JN015365

STATE OF TERROR

ステイト・オブ・テラー

ヒラリー・R・クリントン
ルイーズ・ペニー
吉野弘人〈訳〉
HILLARY RODHAM CLINTON
AND
LOUISE PENNY

小学館

ステイト・オブ・テラー

Published by arrangement with Simon & Schuster and St. Martin's Publishing Group
through Japan UNI Agency, Inc., Tokyo

その源がなんであれ、
わたしたちをテロから守り、暴力や憎悪、
過激思想に立ち向かう勇気ある男性および女性へ。
あなたたちは毎日わたしたちに勇気を与え、
励ましてくれる。

わたしの人生で起きた最も驚くべきことは、月に人類を送り込んだことでも、フェイスブックが二十八億人のマンスリーアクティブユーザーを擁していることでもない。長崎から七十五年七カ月と十三日のあいだ、核爆弾が爆発していないことだ。

――トム・ピーターズ

❖ CHAPTER 1

「国務長官」とチャールズ・ボイントンが言った。彼はボスとともにマホガニー・ロウ（米国国務省の国務長官室に続く木製のパネルが施された廊下）を国務長官室に急いでいた。「議会議事堂にあと八分で着かなければなりません」

「十分はかかる」エレン・アダムスはそう言うと走りだした。「それにシャワーを浴びて着替えたい。じゃないと……」そう言うと立ち止まって、首席補佐官のほうを向いた。「このままでも行ける？」

彼女は彼によく見えるように両手を広げた。眼（め）に浮かぶ懇願、声ににじむ不安、そしてまるで錆（さ）びた農機具の後ろを引きずられたようなぼろぼろの見た目をしているという事実は見紛（みまが）いようもなかった。

ボイントンの顔は痛みを覚えているかのような笑顔に歪（ゆが）んだ。

エレン・アダムスは五十代後半。中肉中背でほっそりとした体つきには気品があった。ドレスセンスのよさと補正下着（スパンクス）でエクレア好きを隠している。メイクは控えめで、知的な青い瞳を引き立てながら、年齢を隠そうとはしていない。実際より若く見せる必要はないが、老けて見せたいわけでもない。

彼女の美容師は、特別なカラーリングをするとき、その髪色を〝高貴なるブロンド（エミネンス・ブロンド）〟と呼んだ。

「失礼ながら、国務長官、まるでホームレスです」

「ちょっと、なんてことを」エレンの親友で顧問を務めるベッツィー・ジェイムソンがささやいた。

ソウルのアメリカ大使館で行なわれた各国の外交官との朝食会でホストを務めたのに始まり、地域の安全保障に関する高官会議への参加、予想外に紛糾している重要な貿易取引の救済など、終わりがないのではないかと思われた二十二時間に及ぶ一日のスケジュールは、江原道の肥料工場の視察――それは非武装地帯視察の隠れ蓑だった――で終わった。

　そのあと、エレン・アダムスは重い足取りで帰国便に乗り込んだ。飛行機が飛び立つと最初にしたことは、スパンクスを脱いで、シャルドネを大きなグラスに注ぐことだった。

　その後の数時間は、部下や大統領に報告書を送ったり、受信したメモを読んだりして過ごした。あるいは少なくともそうしようとした。アイスランド大使館の人事に関する国務省からの報告書を読みながら、うつらうつらしてしまった。

　アシスタントに肩に触られ、驚いて目を覚ました。

「長官、もうすぐ着陸します」

「どこ？」

「ワシントンです」

「ワシントン州？」彼女は立ち上がると、両手を髪にやって整えた。まるで怖い思いをしたか、あるいは何かとてもいいアイデアを思いついたかのように。

　ワシントン州シアトルであることを願った。燃料を補給するためか、食料の補給のために立ち寄ったのだろう。あるいは思いがけない緊急事態が機内で発生したのかもしれない。いや、違う。彼女にはわかっていた。機械の故障でも、思いがけないものでもない。

　緊急事態は彼女が寝てしまったことと、まだシャワーを浴びていないこと、そして――

「ワシントンＤＣです」

「ああジニー、なんでもっと早く起こしてくれなかったの？」

「起こしました、何かぶつぶつ言って、また寝てしまわれました」

なんとなく覚えていたが、夢だと思っていた。「とりあえずありがとう。歯を磨く時間はある?」

ピン! という音がした。機長がシートベルト着用のサインを点灯したのだ。

「残念ですが」

エレンは、自分が冗談めかして〝エアフォース・スリー〟と呼んでいる政府専用機の窓から外を見た。間もなく自分が席に着くことになる議会議事堂のドームが見えた。

ガラスに映る自分を見る。髪は乱れ、マスカラがにじんでいる。服にはしわがよっていた。眼は充血し、コンタクトのせいで痛かった。顔には一カ月前の就任式のときにはなかった心配とストレスからくるしわがあった。あの明るく輝く日、世界は新しく、すべてが可能に思えた。

彼女はこの国を愛していた。この輝かしくも壊れた道標を。

テレビネットワーク、ニュース専門チャンネル、ウェブサイト、新聞にまで広がる国際メディア帝国を築き上げ、数十年にわたって運営してきた彼女は、それを次の世代に引き継いだ。娘のキャサリンに。

過去四年間、自分の愛する国がほとんど死に体となるのを目の当たりにしてきた彼女は、今はこの国を再生させる立場にあった。

最愛の夫、クインを失って以来、エレンは自分の人生が空虚であるばかりでなく、無力だと感じていた。その感覚は、時間を経ても薄れることはなく、むしろ亀裂が広がっていった。しだいに何かをしなければならないと感じるようになっていた。もっと力になりたい。痛みを報じるだけではなく、それを和らげる何かをしたい。恩返しがしたいと。

その機会は最も意外なところ——次期大統領ダグラス・ウィリアムズ——からやって来た。人生とはあっという間に変わってしまう。もちろん、悪い方向に。だが、よい方向に変わることもある。

そして今、エレン・アダムスはエアフォース・スリーに乗っていた。新政権の国務長官として。前政権のほとんど犯罪的な無能ぶりのあと、彼女は同盟国とのあいだの橋をかけ直す立場にあった。重要な関係を修復し、非友好的な国――害を及ぼそうとしている国やそれを実行する能力を持つ国――に対して警告を発する。

エレン・アダムスは、もはや変化について口にするだけではなく、それを実行する立場にあった。敵を味方に変え、混乱と恐怖を食い止める立場に。

それなのに……

自分を見つめ返してくるその顔はもはや自信に満ちているようには見えなかった。見知らぬ人物のようだった。疲れてだらしなく、精も根も尽き果てた女。年齢よりも老けて見える。そしておそらくは少しだけ以前よりも賢くなっていた。それともシニカルに？　そうでないことを願いつつも、そのふたつにどれほどの違いがあるのだろうかとふと思った。

ティッシュを一枚取り出すと、それを舐（な）めてマスカラを拭き取った。髪をなでつけると、ガラスに映った自分に向かって微笑（ほほえ）んだ。

よそ行きの顔。国民の知っている顔。マスコミ、同僚、外国のリーダーたちが知っている顔だ。地球上で最も強力な国を代表する、自信に満ち愛想のよい、毅然（きぜん）とした国務長官の顔。

だが、それは見せかけだった。エレン・アダムスは幽霊のような自分の顔に別の何かを見ていた。自分自身でさえも隠すのに苦労するほど恐ろしい何かを。それを見せまいと努力しても、疲労のせいで隠すことができなかった。

彼女は自分の顔に〝恐怖〟を見ていた。そしてそれと最も近い存在である〝疑い〟を。

それは本物？　それとも偽物？　最も近くの敵が自分は無能だとささやいていた。この仕事には向いていない。失敗し、何千、何百万の命が危険にさらされるのだと。

そんな考えはなんの役にも立たないと思い、脇に押しやった。だが、たとえそれが消えても、それが真実でないわけではないとささやく声が聞こえた。

飛行機がアンドルーズ空軍基地に到着すると、エレンはＶＩＰ用の装甲車両に急いで乗り込み、さらにメモや報告書、ｅメールを読んだ。外は見えなかったものの、彼女が忙しくしているあいだ、ＤＣの街並みが通り過ぎていった。

巨大なハリー・Ｓ・トルーマン・ビル――この国務省のビルは長年にわたる住人からは今も、おそらくは愛情を込めて、フォギー・ボトムと呼ばれていた――の地下駐車場に入ると、迎えの一団が彼女をエレベーターに乗せ、七階にある執務室にできるかぎり急がせた。

エレベーターに乗ったエレンを迎えたのが、彼女の首席補佐官チャールズ・ボイントンだった。彼は大統領自身の首席補佐官によって、新国務長官の補佐官に任命された人物のひとりだった。背が高く、ひょろっとした痩せ型の体格は、運動や食生活のせいというよりも、過度に神経を使うせいだった。髪の毛もその体つきもまるで船から慌てて逃げ出してきた船員のようだ。

ボイントンは二十六年間、政界における出世の階段を上り続け、ついにダグラス・ウィリアムズの大統領選キャンペーンで戦略ブレインとしてのトップの地位に着いた。ほかの何よりも過酷な選挙戦で。

チャールズ・ボイントンはついに聖域にたどり着き、そこにとどまることを決意した。それは命令に従ったことへの報いだった。候補者を選んだ彼自身の幸運のたまものでもあった。

ボイントンは手に負えない閣僚たちを従わせるためのルールを自ら考案していた。彼の考えでは、閣僚は一時的な政治任用にすぎなかった。彼自身の体制のためのショーウインドウの飾りつけでしかない。

エレンと首席補佐官は、木製のパネルが施されたマホガニー・ロウを執務室に急いだ。側近やアシスタント、外交保安局（国務省・在外公館の高官や海外の外交使節の身辺警護、在外公館の警備・防諜などを所掌する国務省の一部門）の職員がそのあとを追った。

「心配しないで」とベッツィーが言った。「今日は一般教書演説が行なわれるだけだから。あなたはリラックスしていられるわ」

「いえいえ」とボイントンが言った。声が一オクターブ高くなっていた。「リラックスしてもらっては困ります。大統領はカンカン(pissed)です。それにこれは正式な一般教書演説ではありません（就任したばかりの大統領による演説は、正式には一般教書演説ではないとされているが、実際は明確には区別されていない）」

「ああ、お願いチャールズ。そんな杓子(しゃくし)定規なこと言わないで」エレンが急に立ち止まったため、玉突き事故になりかけた。彼女は、泥まみれのヒールを脱ぐと、ストッキングのまま豪華な絨毯(じゅうたん)の上を走った。スピードを上げる。

「それに大統領はいつも酔ってる(pissed)わ」ベッツィーが後ろから言った。「ああ、怒ってるって意味？そうね、彼はいつもエレンに怒ってるわ」

ボイントンは彼女に警戒するような視線を送った。

彼はこのエリザベス・ジェイムソン——ベッツィー——のことが嫌いだった。長官と長年の友人であるというだけの理由で顧問に選ばれた部外者。国務長官には、近しい友人をともに仕事をする顧問として採用する権利があることは知っていた。だが気に食わなかった。部外者はあらゆる状況に対し予測不能な要素を持ち込むのだ。

部外者だからというだけでなく、彼女自身も嫌いだった。心のなかでは、彼女のことを〝ミセス・クリーバー〟と呼んでいた。TV番組《ビーバーちゃん》に出てくるビーバーの母親（ジューン・クリーバー）を演じたバーバラ・ビリングズリーに似ているのだ。典型的な一九五〇年代の主婦。

安全。安定。従順。

だがこのミセス・クリーバーは、それほど白黒はっきりしたわかりやすい人物ではなかった。彼女はベット・ミドラーばりの〝冗談のわからないやつはクソ！〟というタイプの人間だった。彼はディバイン・ミス・M（ミドラー）のことは好きだったが、国務長官の顧問には向かないと思った。

それでもチャールズ・ボイントンはベッツィーの言ったことが真実であると認めざるをえなかった。ダグラス・ウィリアムズは自分の選んだ国務長官に一ミリも愛を感じていなかった。もっともそれはお互い様と言えたが。

当選したばかりの大統領が、自らの政敵であり、豊富な資金力を使って彼のライバルである指名候補者を支援していた女性を、国務長官のような強力で権威ある地位に選んだことは大きな衝撃だった。そしてエレン・アダムスが、自身のメディア帝国を娘に譲って、そのポストを引き受けたことはさらなる衝撃をもって迎えられた。

このニュースは政治家、評論家、マスコミによってガツガツと食い荒らされ、ゴシップとして吐き出された。政治トークショーは、数週間にわたってこの話題で持ち切りだった。

エレン・アダムスの国務長官就任は、ワシントンDCのディナーパーティーでも恰好（かっこう）の話題となった。ホテル〈ザ・ヘイ・アダムス〉の地下のバー〈オフ・ザ・レコード〉でもだれもがこの話題を口にしていた。

ではなぜ彼女は引き受けたのか？

それよりも、ウィリアムズ次期大統領が、なぜ最も声高で獰猛（どうもう）な敵対者に閣僚の地位を与えたのかということのほうがはるかに興味深い疑問だった。しかもよりによって国務長官に？

有力な説は、ダグラス・ウィリアムズがエイブラハム・リンカーンにならって、〝ライバル・チーム〟を作ったというものだった。あるいは古代の中国の軍略家孫子にならって、友は近くに置き、敵はさらに近くに置こうとしたのかもしれない。

だが、実際にはどちらも誤りであることがわかった。

ポイントンは心のなかでは、エレン・アダムスが失敗したときには自分にも悪影響が及ぶかもしれないという程度にしか、自分の上司のことを心配していなかった。彼女が倒れたときに、彼女にしがみついているのはごめんだった。

そしてこの韓国訪問のあと、エレンの――そしてポイントンの――運命は急降下した。その上、いまいましい〝非公式〟の一般教書演説に遅れようとしていた。

「さあ、急いで、急いで」

「もうたくさん」エレンは小走りになると立ち止まった。「脅されて、追い立てられたくない。このままの恰好で行かなきゃならないなら、それはそれで仕方ないわ」

「だめです」とポイントンは言った。彼の眼はパニックで大きく見開いていた。「それじゃまるで――」

「ええ、もう聞いた」そう言うとエレンは友人のほうを見た。「ベッツィー?」

一瞬の間。そのあいだ、聞こえてくるのはポイントンが不愉快そうに鼻を鳴らす音だけだった。

「大丈夫よ」ベッツィーが静かに言った。「口紅が必要かも」そう言うと自分のハンドバッグから口紅とヘアブラシ、コンパクトを取り出して渡した。

「急いで、急いで」ポイントンがほとんど叫ぶように言った。

エレンの充血した眼をじっと見ながら、ベッツィーがささやくように言った。「矛盾語法がバーに入ってきた……」

エレンは考え、そして微笑むと言った。「そして沈黙が耳をつんざいた」

ベッツィーが顔を輝かせて言った。「完璧よ」

彼女は友人が深呼吸をし、自分の大きな旅行バッグをアシスタントに手渡してからボイントンのほうに振り向くのを見ていた。

「さあ、議事堂に行きましょう」

落ち着きを取り戻したように見せていたが、汚れた靴を両手に持って、ストッキングのまま、マホガニー・ロウをエレベーターへと戻るエレンの心臓は激しく脈打っていた。そして下りのエレベーターに乗った。


「急いで、急いで」アミールが妻に向かって急き立てるようなジェスチャーをした。「連中は家にいる」

背後で何かを激しく叩く音と、男たちが何か叫んで命令している声が聞こえた。ことばの訛りは強かったが、その意味は明白だった。「ブハーリー博士、出てこい。すぐにだ」

「行け」アミールはナスリーンを小路に押し込んだ。「走るんだ」

「あなたは？」かばんを胸に抱えながら、彼女が訊いた。

イスラマバード郊外のカフタにある彼らの自宅のドアが砕け、木の破片が飛び散る音が聞こえた。

「連中はわたしを必要とはしていない。やつらが止めたいのはきみだ。わたしが連中の気をそらす。さあ、行くんだ」

だが、彼女が背を向けると、彼は彼女の腕をつかんで引き寄せ、胸に抱きしめた。「愛してる。きみのことを誇りに思う」

彼は歯がぶつかるほど激しいキスをし、彼女は切れた唇から血の味がするのを感じていた。それでも彼女は彼をきつく抱きしめた。そして彼も彼女をきつく抱きしめた。叫び声が近づいてきてふたりは離れた。

無事に目的地に着いたら知らせてくれ、と彼は言いかけた。が、やめた。彼女が自分に連絡できないことを知っていた。

彼女と同じように、彼にもわかっていた。自分がその夜を生き延びることができないことを。

❖ CHAPTER 2

副守衛官が国務長官の到着を告げると、ざわめきが起こった。時刻は九時十分。ほかの閣僚はすでに席に着いていた。

エレン・アダムスが現れないのは、彼女が〝指定生存者（米国の緊急事態対策計画において、三権の長と軍の首脳が一堂に会すのは好ましくないとされるため、一般教書演説などにおいて、副大統領や一部の閣僚を安全な場所に退避させ、核攻撃・事故・テロなどで大統領が執務不能になった場合に職務を引き継がせる）〟に選ばれたからだという憶測も流れていた。もっとも大統領は、彼女を選ぶくらいなら靴下の片方を選ぶだろうというのが大方の見方だったが。

議場に入ったエレンは、耳をつんざくような静けさに気づかないふりをした。

矛盾語法がバーに入ってきた……

彼女は何事もなかったかのように、通路の両脇に集まった下院議員に微笑みながら、顔を上げて、護衛のあとを歩いた。

「遅いぞ」と国防長官が言った。彼女は国防長官と国家情報長官のあいだに坐（すわ）った。「きみのために演説を遅らせていたんだ。大統領はカンカンだ。大統領ではなく、きみにネットワークが注目するようにわざとやったんだと思ってる」

「それは間違ってる」と国家情報長官が言った。「きみがそんなことをするはずがない」

「ありがとう、ティム」とエレンは言った。ウィリアムズ大統領の信奉者のひとりから支持があるのは珍しいことだった。

「韓国訪問があんな惨憺（さんたん）たる結果に終わったとあってはね」とティム・ビーチャムは続けた。「これ以上注目を浴びたいとは思わないだろうから」

「その服はいったいなんなんだね？」と国防長官が訊いた。「また泥んこレスリングでもしたのか？」

彼は顔をしかめながら、鼻にしわを寄せた。

「いいえ、国防長官。自分の仕事をしたまでです。そしてときにはそれは身を低くして、汚れることを意味するんです」彼女は彼の全身を見た。「あいかわらず、しみひとつないみたいですね」

彼女の隣で国家情報長官が笑っていた。そのとき守衛官が「議長、合衆国大統領です」と告げ、全員が起立した。

ナスリーン・ブハーリー博士は散乱する木箱や缶——蹴飛ばしたら居場所を教えてしまいそうだった——をよけながら、見慣れた小路を走った。

決して立ち止まらなかった。決して振り向かなかった。銃撃が始まっても。

彼女は、二十八年間連れ添った夫は逃げ延びたのだと考えた。生き延びたのだ。彼らを——いや彼女を——止めるために送り込まれてきた者たちから。

夫は殺されることもなければ、さらに悪いことに捕らえられて知っていることを白状するまで拷問されることもないのだ。

銃声がやんだとき、それがアミールが無事に逃げ切ったしるしだと彼女は思った。今はそう思わなければならなかった。すべてはそう思うことにかかっていた。

バス停まであと半ブロックのところで、彼女はスピードを落とし、息を整えてから落ち着いて歩き、列に加わった。心臓は激しく鼓動していたが、表情は穏やかだった。

アナヒータ・ダヒールは、国務省南・中央アジア局の自分のデスクに坐っていた。彼女は仕事の手を休めて、奥の壁にあるテレビの前まで行き、大統領の演説に眼をやった。九時十五分。演説は遅れていた。アナヒータの新しいボスである国務長官の到着が遅れたせいだと政治評論家が言っていた。

カメラは新大統領が豪華な議場に到着するところを追っていた。支持者からは大きな喝采が起き、今も傷だらけの野党からは静かな拍手が起こった。数週間前に就任したばかりのウィリアムズ大統領が、ほんとうにこの国の現状を知っているとは思えなかった。知っていたとしてもそれを認めるとは思えなかった。

有識者の意見では、この演説は、あからさまになりすぎないように注意しながらも、前政権が残した混乱を批判すると同時に、楽観的になりすぎないようにしながらも、未来に希望を持たせるという、バランスを考えたものになると見られていた。

つまりこの一般教書演説は、選挙で高まった過大な期待を抑える一方で、前政権に責任を押しつけるためのものだった。

ウィリアムズ大統領の議場への登場は、まるで政治劇、ある意味では歌舞伎のようだった。ことばよりも見た目が重要なのだ。そしてダグラス・ウィリアムズは、間違いなく自分が大統領らしく見える方法を知っていた。

だが、アナヒータは、彼が愛想を振りまき、敵味方関係なく微笑みながら議場を進む一方で、カメラが国務長官を映し出しているのを見ていた。

これこそがほんとうのドラマだった。この夜の真の物語だ。

評論家たちはウィリアムズ大統領が国務長官と対面したときに何をするのかについて、目まぐるしく憶測をめぐらせていた。彼らが喜んで指摘し、何度も何度も繰り返していたように、エレン・アダムスは、惨憺たる結果に終わった最初の外遊――重要な同盟国を失い、ただでさえ不安定な地域をさらに不安定にした――を終え、飛行機を降りてきたばかりだった。

ふたりがこの議場で顔を合わせるこの瞬間は、世界中で何億もの人々が眼にし、ソーシャルメディア上で何度も何度も再生されることだろう。

議場内の期待が高まる。

評論家たちは身を乗り出して、大統領がどんなメッセージを送ってくるか解読しようと待ち望んでいた。

角のオフィスに上司がいる以外、フロアにはアナヒータのほかにはだれもいなかった。彼女はテレビのスクリーンに近づいた。新しい大統領と彼女の新しいボスとのあいだで何が起こるのか興味があった。夢中になるあまり、メールの受信を告げる音を聞き逃した。

ウィリアムズ大統領が時折おしゃべりをするために立ち止まったり、手を振ったりしながら進むあいだ、政治評論家たちはエレン・アダムスの髪型や化粧、乱れて泥のようなものがついている服装に関し、あれこれ話すことで時間をつぶしていた。

「まるでロデオから帰ってきたところのようだ」

「そのあと餌でもやってきたとか」

さらに笑いが起こる。

最後に評論家のひとりが、アダムス長官はあんな恰好で来るつもりじゃなかったはずだと指摘した。あの姿は彼女がいかに一生懸命働いているかの証(あかし)だと。

「彼女はソウルからの飛行機を降りたばかりだ」彼は念を押すように付け加えた。

「ソウルでの会談は物別れに終わったようじゃないか」

「たしかに」と彼は認めた。「一生懸命働いているとは言ったが、効果的だったとは言っていない」

さらに彼らは韓国での彼女の失敗がどれほど悲惨な結果をもたらすかについて、厳しい口調で議論を続けた。アダムス国務長官にとっても、発足したばかりの政権にとっても。そして世界における両国の関係にとっても。

これもまた政治劇であることを外交官であるアナヒータはわかっていた。一回の不幸な会談が永久的なダメージにつながるわけはない。だが、新しいボスを見ていて、そのダメージはたしかにあると感じていた。

アナヒータ・ダヒールは、この仕事に就いてまだ経験が浅かったが、ワシントンでは、事実よりも外見のほうがはるかに重要であることはちゃんと理解していた。それどころか、外見が事実を作り出すこともあるほどだった。

評論家たちがアダムス国務長官をこき下ろしているあいだ、カメラもずっと彼女を映していた。評論家たちとは違って、アナヒータ・ダヒールが見ていたのは、背筋を伸ばし、頭を上げ、注意深く立っている自分の母親くらいの年齢の女性だった。うやうやしく自分に向かってくる男のほうを見て、静かに自分の運命を待っていた。

その乱れた姿は、アナヒータの眼には、むしろ彼女の威厳を高めているようにしか見えなかった。その姿を見るその瞬間まで、若き外交官は、評論家や同僚のアナリストが言うことを真に受けていた。エレン・アダムスは狡猾(こうかつ)な大統領による皮肉な政治任用の結果なのだと。

だが今、ウィリアムズ大統領が近づき、アダムス国務長官が身構えているのを見ると、アナヒータはそうではないのではないかと思った。

彼女はテレビをミュートにした。これ以上聞く必要はない。

デスクに戻ると、新しいメールが届いていることに気づいた。開くと、差出人の名前がある場所に、ただランダムな文字が並んでいた。メッセージにも文字はなく、数字と記号が並んでいるだけだった。


大統領が近づいてきたとき、エレン・アダムスは無視されるのではないかと思った。

「大統領」と彼女は言った。

彼は立ち止まると、エレンの肩越しに両側の人々にうなずき、微笑んだ。そして肘が彼女の顔に当たりそうになるほど手を伸ばして、彼女の後ろにいる人と握手をした。それから初めて、ゆっくりと、ゆっくりと彼女と眼を合わせた。敵意は明らかで、国防長官も国家情報長官も一歩あとずさるほどだった。

〝怒っている〟では彼の感情は言い表せなかった。彼らはその巻き添えになりたくなかった。カメラと何百万人もが見守るなか、大統領のハンサムな顔は、怒っているというよりも失望しているような厳めしさだった。お人よしだが、道を踏み外してしまった子供を見つめる悲しい親のようだった。

「国務長官」無能なクソ女。

「大統領」傲慢なクソ野郎。

「閣議の前、午前中に大統領執務室に立ち寄ってください」

「喜んで」

彼は彼女——自分の内閣の忠実な一員——の前を通り過ぎた。エレンはそれを温かく見守った。

席に着いた彼女は、ウィリアムズ大統領が演説を始めると、礼儀正しく耳を傾けた。だが、演説が進むにつれ、自分自身が引き込まれていくのを感じていた。美辞麗句ではなく、ことばよりもはるかに深いものによって。

それは厳粛さであり、歴史であり、伝統だった。彼女はこのイベントの威厳、静かな気高さ、優美さに飲み込まれていた。実際の内容はともかく、その象徴に。

敵味方に関係なく、強力なメッセージが送られていた。継続性、強さ、決意、そして目的。前政権によって被ったダメージは修復されるだろう。アメリカは戻ってきたのだと。

エレン・アダムスはダグラス・ウィリアムズへの嫌悪さえも圧倒するほどの感情を覚えていた。その感情は、不信や疑惑を押しやり、誇りだけを残した。そして驚嘆を。どういうわけか人生は彼女をここに連れてきたのだ。彼女を奉仕する立場に置いたのだ。

見た目はホームレスのようで、肥料のにおいがするかもしれないが、それでも彼女はアメリカ合衆国国務長官だった。祖国を愛し、祖国を守るためならなんでもするつもりだった。

ナスリーン・ブハーリー博士は、バスの最後列の席に坐り、無理にでもまっすぐ前を見ようとした。窓の外は見ない。膝の上のかばんも見ない。白くなるまで拳を握った。

同乗客にも眼を向けない。眼を合わせないことが重要だった。

退屈そうな、あいまいな表情を無理に作った。

バスが発進し、国境に向かって走りだす。初めは飛行機で行くつもりだったが、夫のアミールを含め、だれにも話すことなく計画を変更した。彼女を止めるために差し向けられた人々は、彼女ができるだけ早く脱出しようとしていると予想するだろう。彼らは空港にいるはずだ。必要ならすべての便に人を乗せるだろう。彼女を目的地に着かせないようにするためだったら、なんでもするはずだ。

アミールは捕まって拷問されたら、きっと計画を明かしてしまう。だから変更しなければならなかった。

ナスリーン・ブハーリーは祖国を愛していた。それを守るためなら必要なことはなんでもするつもりだった。

そしてそれは愛するすべてを置き去りにすることを意味していた。

アナヒータ・ダヒールはコンピューターのスクリーンを見つめた。眉をひそめ、数秒でそのメッセージがスパムだと判断した。人々が考えている以上にそれはよくあることだった。

それでも確認しておきたかった。上司のオフィスのドアをノックしてなかに入った。彼は演説を見ながら首を振っていた。

「どうした？」

「メッセージです。スパムだと思うんですが」

「見せてみろ」

彼に見せた。

「われわれの情報源からじゃないことはたしかなんだな？」

「間違いありません」

「いいだろう、削除しておけ」

彼女はそうした。が、その前にメッセージを書き留めておいた。念のため。

19／0717　38／1536　119／1848

❖ CHAPTER 3

「おめでとうございます、大統領。うまくいきましたね」とバーバラ・ステンハウザーが言った。

ダグ・ウィリアムズは笑った。「ああ、とてもうまくいったよ。望んでいた以上にね」

彼はネクタイを緩めると、足を机の上に置いた。

彼らは大統領執務室（オーバルオフィス）に戻っていた。大統領の最初の議会演説を祝うために招待される家族や友人、裕福な支援者たちのために軽食とともにバーが用意されていた。

だがウィリアムズは、首席補佐官とふたりでくつろぐ時間が欲しかった。演説は彼が望んでいた以上にうまくいった。が、彼はそれとは別にめまいがするほどの興奮を覚えていた。

彼は頭の後ろで手を組んで体を揺らした。給仕がスコッチとともに、ホタテのベーコン巻き、エビのフライの載った小さなプレートを持ってきた。

彼はステンハウザーに近寄るように身振りで示し、給仕に礼を言って下がるように指示した。

バーバラ・ステンハウザーは坐ると赤ワインをぐいっと飲んだ。

「彼女は生き残れるかな？」と彼は訊いた。

「どうですかね。メディアにまかせましょう。演説の前に見たところではすでに攻撃が始まっているようです。家にたどり着く前に死んでしまうかもしれませんね。念のため、上院議員数名にも、韓国での失態を考慮した上で彼女の職務適性について慎重な懸念を示すように手配しました」

「いいだろう。彼女の次の訪問先は？」

「カナダに行く予定です」

「ああ、なんてことだ。週が明ける前に彼らと戦争になってしまう」

ステンハウザーは笑った。「期待しましょう。実はずっとケベックに住みたいと思っていたんです。初期の報告では、あなたの演説は非常に好意的に受け止められています。威厳のある口調で党派を超えて呼びかけたことが評価されています。ですが、大統領、エレン・アダムスの任命については、勇敢ではあるものの、失敗だったという声が上がっています。特に韓国での失態のあととあっては」

「多少の反発は想定内だ。彼女の責任になるかぎりはね。それに彼女に批判が集中しているあいだに、われわれの仕事がやりやすくなる」

ステンハウザーは微笑んだ。ここまで老練な政治家は見たことがなかった。敵を殺すためなら、向こう傷を受けることも辞さない勇気を持った政治家だ。

しかし彼女は知っていた。彼が負っているのが向こう傷以上のものであることを。

エレン・アダムスは、ダグラス・ウィリアムズにどれだけ苛立たせられようと、心から信じる政策を実行するためなら喜んでそれを無視するはずだ。

ステンハウザーは机の上に体を乗り出し、彼に一枚の紙を手渡した。「アダムス国務長官を支持する短い声明文を用意しました」

彼はそれを読むと、投げて返した。「完璧だ。威厳があるが、どちらともとれる」

「ほんのかすかな賞賛」

彼は笑った。そして、安堵のため息をついた。「テレビをつけてくれ。彼らがなんと言ってるか見てみよう」

大きなモニターのスイッチが入ると、彼は身を乗り出し、両肘を机についた。彼は自分がどれだけ頭がいいか首席補佐官に自慢したくなった。が、思いとどまった。

「はい、どうぞ」

キャサリン・アダムスは、母親と自らの名付け親にシャルドネの大きなグラスを渡した。そしてボトルのネックをつかんで、自分のグラスとともに持ち、大きなソファに移動すると、ふたりのあいだに坐った。コーヒーテーブルの上にスリッパを履いた足が三つ並んだ。

キャサリンがリモコンに手を伸ばす。

「待って」母親は娘の手首に手を置いて言った。「もうしばらく、彼らがわたしの韓国での成功について話している気分を味わわせて」

「それとあなたの新しいヘアスタイルとドレスセンスを称賛している気分を」とベッツィーが言った。

「香水もね」とキャサリン。

エレンは笑った。

彼女は帰宅するとすぐにシャワーを浴びてスウェットに着替えた。今、三人の女性は、居心地のよい書斎に並んで坐っていた。壁は本棚で覆われ、たくさんの本と額に入ったエレンの子供たちや亡夫との思い出の写真で飾られていた。

ここは家族とごく親しい友人だけのためのプライベートな空間――聖域――だった。

エレンは眼鏡をかけ、フォルダーを取り出して読み、首を振った。

「どうしたの？」とベッツィーが訊いた。

「会談のこと。失敗してはならなかった。先遣隊はよくやってくれた」彼女は書類を手に取った。「準備もしていた。韓国側も準備をしていた。外務大臣とも話をしていた。会談は形式的なもののはずだった」

「何があったの？」とキャサリンは訊いた。

彼女の母はため息をついた。「わからない。それを知ろうとしてるの。今、何時？」

「十一時三十五分」とキャサリンは言った。

「ソウルは午後十二時三十五分ね」とエレンは言った。「電話したいけどやめておこう。もっと情報が欲しい」彼女はベッツィーをちらっと見た。メッセージをスクロールしている。「どう？」

「友人や家族からのたくさんの応援のメールが来てる」とベッツィーは言った。

エレンが彼女を見つめていたが、ベッツィーは首を振った。エレンが何を尋ねたのかわかっていた。そして何を尋ねなかったかも。

「メールしてみる」とキャサリンが提案した。

「だめよ。何が起きてるかはわかってるはず。連絡したければしてくる」

「きっと忙しいのよ、ママ」

エレンはリモコンを指さした。「ニュースを見たほうがいい。いやなことはさっさとすませましょう」

テレビに映し出されたものが反対刺激として作用すれば、携帯電話の画面に表示されないメッセージのことを、エレンの心から忘れさせてくれるはずだと、ベッツィーもキャサリンもわかっていた。

エレン・アダムスは報告書を読み、ソウルで何が起きたのかに関する手がかりを見つけようとしていた。テレビに映っている専門家と呼ばれる人々の話は半分しか聞いていなかった。

彼らが何を言ってるかはわかっていた。彼女自身の会社だったメディア、国際ニュースチャンネル、新聞、オンラインサイトでさえ、かつて自分たちの経営者であった人物を批判しているに違いない。

それどころか、彼らは自分たちが公平であることを示すために、先陣を切って彼女を攻撃してくるだろう。そしてさらに攻撃を強めるはずだ。エレンはすでにそのにおいを感じていた。国務長官の地位に就いたとき、エレンは自らの持ち株をすべてキャサリンに売却し、娘がウィリアムズ政権全般——特に国務長官——に関する報道に対し個人的に口を挟まないよう、明確な書面の形で指示していた。

この誓約を守ることはキャサリンにとっては難しいことではなかった。結局のところ、家族のなかで彼女はジャーナリストではなかった。彼女の学位や専門知識、興味はビジネス面だけだった。その意味では母親譲りだった。

ベッツィーはエレンの腕に触れ、テレビのほうを顎で示した。

エレンは書類から眼を上げて少しのあいだテレビを見た。そして背筋を伸ばした。

「くそっ、なんだこれは?」ダグ・ウィリアムズは言った。「冗談だろう?」

彼は首席補佐官をにらみつけた。彼女がなんとかしてくれることを期待するかのように。

バーバラ・ステンハウザーにできたのは、チャンネルを変えることだけだった。そしてまた。また。だがどういうわけか、ウィリアムズの一般教書演説から、二杯目のスコッチを飲むまでのあいだに何かが変わってしまったようだった。

キャサリンが笑いだした。その眼が輝いていた。

「なんてこと。どのチャンネルもよ」彼女はすべてのチャンネルを映した。どのチャンネルでも、評論家や政治家たちがアダムス国務長官のハードワークぶりを称賛していた。泥にまみれ、服や髪の手入れもしないまま議会議事堂に現れるほどの彼女の意欲を。

たしかに外遊は予想外の失敗に終わったが、より大きなメッセージは、エレン・アダムス、ひいてはアメリカは決して屈しないということだった。塹壕(ざんごう)のなかにも飛び込んでいく意思があるということ。決して負けず、少なくとも四年間の混乱がもたらしたダメージを元に戻そうとしているということだった。

韓国での彼女の失敗は、無能な前大統領と前国務長官が残した混乱のせいなのだ。

キャサリンが叫んだ。「これを見て」携帯電話を母親とベッツィーの前に突き出した。

ある映像がSNSで拡散されていた。

アダムス国務長官が紹介されたあと、自分の席に向かって通路を歩いているなか、テレビカメラがライバルの上院議員を捉えていた。彼女を軽蔑のまなざしで見つめ、つぶやいていた。「汚い女(ダーティ・ウーマン)が」

「なんだこれは!」ダグ・ウィリアムズはそう言うと、エビを皿の上に投げつけた。エビはレゾリュート・デスクの上でバウンドして逃げ出し、絨毯の上に着地した。「くそっ」

ベッドに横になりながら、アナヒータ・ダヒールはあることを考えていた。

あの奇妙なメッセージはギルからだったのだろうか?

そうだ、ギルかもしれない。彼に連絡を取りたかった。彼に触れたかった。

あのひどく暑く、不快なイスラマバードの午後を思い出し、汗で湿った彼の肌を感じていた。ふたりは、彼の勤める通信社と大使館のほぼ中間にある、彼女の小さな部屋でひそかに会っていた。

彼女は大使館ではまだ下っ端だったので、いなくなってもだれも気づかなかった。ギル・バハールはジャーナリストとして尊敬されていたので、だれも彼の不在を疑問に思わなかった。何か手がかりを追って出かけていると思うはずだ。

閉所恐怖症になりそうなほど閉鎖的なパキスタンの首都では、昼夜を問わず密室での会合が行なわれていた。工作員と諜報員のあいだで。情報提供者と情報を売買する者のあいだで。ドラッグや武器、そして死の商人とその客とのあいだで。

大使館職員とジャーナリストのあいだでも。

いつ何が起きてもおかしくない場所と時間だった。若いジャーナリストと活動家、医師と看護師、大使館員と情報提供者が、地下のバーや小さなアパートメントで開かれるパーティーで出会い、交流を深めていた。互いにぶつかり、身を削り合っていた。

日々の生活はかけがえのないものであると同時に不安定だった。そして彼らは不死身だった。

彼女の体がDCのベッドでリズミカルに動く。彼の硬い体を感じていた。彼女のなかの彼の硬い体を。

数分後、アナヒータは起き上がった。そしてトラブルを求めていると知りながらも、携帯電話に手を伸ばした。

〝わたしにメッセージを送ろうとした?〟

夜中に時折起きては、携帯電話をチェックした。返信はない。

「ばか」と彼女はつぶやいた。そのとき彼のムスクの香りが甦ってきた。彼の裸の白い肌が彼女の黒く湿った体に触れるのを感じた。午後の太陽の光にふたりとも輝いていた。

彼女は自分の上に乗っている彼の重さを感じていた。彼女の心臓の上に横たわっている彼の重さを。

ナスリーン・ブハーリーは、出発ロビーに坐っていた。

疲れた国境警備員は彼女のパスポートをチェックしたが、それが偽造だとは見抜けなかった。あるいはどうでもいいと思ったのかもしれない。

彼はパスポートに眼をやり、それから彼女の眼を見た。彼の眼に映っていたのは疲れ果てた中年女性の姿だった。色あせて擦り切れた伝統的なヒジャーブが彼女の顔の輪郭を縁取っていた。

間違いなく脅威ではない。彼は次に移った。脅威とはかない希望の境界線を必死で越えようとする次の乗客へと。

ブハーリー博士は、かばんのなかにその希望があることを知っていた。そして自分の頭のなかにその脅威があることを。

フライトまで三時間の余裕を持って空港に到着した。だが、どうやら少し早すぎたようだ。

ナスリーン・ブハーリーは、コンコースの向かいの席でくつろいでいる男を視界の片隅に捉えるように坐った。その男は、彼女がチェックインしたときは保安ゲートにいたが、彼女を追って待合室まで来ていた。

最初はパキスタン人やインド人、イラン人を探していた。自分を止めるために差し向けられるとすれば間違いなくそういった連中だろう。だが、まさか白人が来るとは思わなかった。彼は目立っているがゆえにむしろそれがカモフラージュになっていた。ブハーリー博士は敵がこんな意外な方法を取るとは思っていなかった。

考えすぎかもしれない。休養が足りず、まともに食べてもいない。恐怖のあまり、被害妄想になっているのだ。自分の判断力がなくなっていくのを感じていた。寝不足で頭がぼんやりし、体が浮いているように感じることもあった。

科学者であり、知識人であるブハーリー博士にとって、そのことは最も恐ろしいことだった。もはや自分の心を信じることができなかった。自分の感情を信じることができなかった。漂っていた。

いや違う。彼女は思った。そうじゃない。彼女には明確な方向があった。明確な目的地。そこに行かなければならなかった。

ナスリーン・ブハーリーは汚れた待合室の壁にあるボロボロの古い時計にもう一度眼をやった。フランクフルト行きのフライトまで二時間五十三分。

視界の片隅で、男が携帯電話を取り出すのが見えた。

メールが届いたのは深夜一時半だった。

〝きみのいうメッセジは送っていない。力になってほしいことがある。科学者に関する情報が必要だ〟

アナヒータは携帯電話の画面をオフにした。メールを送る前にタイプミスを見直す時間もないくらい忙しいのだろう。

彼女は、自分が彼にとって単なる情報源でしかないことを知りながら、あるいは少なくとも疑いながらも、プロペラに足を踏み入れたのだ。情報源以上の存在ではない。そしてたぶん初めからずっとそうだったのだろう。彼女の価値は大使館員であることであり、今は国務省の内部にいることだった。南・中央アジア局の情報源。

アナヒータは、自分はギル・バハールのことをどれほど知っているのだろうかと思った。彼はロイターの優秀なジャーナリストだった。だが噂（うわさ）があった。ささやかれていた。

もっともイスラマバードはささやきと噂で成り立っていた。経験豊かなジャーナリストでも虚構と真実を区別することはできなかった。妄想と現実を切り離すことはできないのだ。あの大鍋のなかで、そのふたつは溶け合ってひとつになり、見分けがつかなかった。

彼女が知っていることは、ギル・バハールが数年前にアフガニスタンでパサン・ファミリーのネットワークに誘拐され、逃亡するまでの八カ月間拘束されていたということだった。パサンは、〝ザ・ファミリー〟と呼ばれることで知られる、パキスタンとアフガニスタンの国境地帯に住む部族で、最も過激で残忍なテロリストだった。アルカイダとも密接に連携している彼らはほかのタリバンのグループからも恐れられていた。

ほかのジャーナリストが拷問され、首をはねられて処刑されるなか、ギル・バハールだけが無傷で逃げのびた。

それはなぜなのかというのがささやかれている疑問だった。彼はどうやってパサンから逃れたのか？

アナヒータ・ダヒールは、その不快なほのめかしを無視してきた。だが今、ベッドに横になって、そのことについて考えるのを自分に許した。

ギルから最後に連絡があったのは、彼女がパキスタンからDCに異動した直後だった。彼は彼女の個人の電話番号に連絡してきて、社交辞令のあと、情報を求めたのだった。

もちろん彼女はその情報を彼に与えなかったが、その三日後に暗殺があった。ギルが動向を尋ねてきた、まさにその人物が殺されたのだ。そして今、彼はまた情報を求めていた。ある科学者に関する情報を。

❖ CHAPTER 4

「はい？」深い眠りからすぐに眼を覚ましてエレンは言った。「どうしたの？」

電話に答えながら、時刻を確認した。午前二時三十五分。

「国務長官」チャールズ・ボイントンの声だった。深く、沈んだ声。「爆発がありました」

彼女は起き上がると眼鏡に手を伸ばした。「どこ？」

「ロンドンです」

罪悪感の混じった安堵の波を感じた。アメリカ本土ではなかった。少なくとも。だが、それでも。

足をベッドから下ろすと、灯りをつけた。

「話して」

四十五分後、アダムス国務長官は、ホワイトハウスの危機管理室にいた。

混乱と不要な雑音を避けるため、国家安全保障会議の主要メンバーだけが招集されていた。大統領、副大統領、国務長官、国防長官、国土安全保障長官、国家情報長官、統合参謀本部議長がテーブルのまわりに集まっていた。

窓際の壁にはさまざまな補佐官と大統領首席補佐官が坐っていた。顔は険しいが、パニックに陥っているわけではない。大統領や閣僚はともかく、統合参謀本部議長はこのような事態を経験したことがあった。

メディアは何が起きたかを報道し始めていた。何が起きているかを。

部屋の一番奥にあるスクリーンにロンドンの地図が映し出されていた。血のしずくのような赤い点が、爆発の正確な位置を示していた。

ピカデリー通り沿い。〈フォートナム・アンド・メイソン〉のすぐ近くだ。エレンは自分の知っているロンドンの街を思い出していた。〈リッツ・ホテル〉はこの先だ。ロンドン最古の書店〈ハッチャーズ〉は赤いマークの下に隠れていた。

「爆弾に間違いはないのか？」とウィリアムズ大統領が尋ねた。

「間違いありません、大統領」ティム・ビーチャム国家情報長官が答えた。「ＭＩ５とＭＩ６とは常に連絡を取り合っています。彼らは何が起きたのか把握するために必死になっていますが、被害状況から考えて、それ以外には考えられません」

「続けたまえ」ウィリアムズ大統領は身を乗り出して言った。

「どうやらバスのようです」統合参謀本部議長のアルバート・〝バート〟・ホワイトヘッド陸軍大将が言った。彼は軍服のボタンを掛け違えていた。ネクタイは慌てて首にかけたのか、ほどけてゆるんでいた。

だが、その声は力強く、眼は澄んでいた。集中力は完璧だった。

「ようです？」とウィリアムズが訊いた。

「被害が大きすぎて、今すぐには正確な情報は得られません。バスに仕掛けられていたか、バスが通り過ぎた瞬間にすれ違ったトラックかもしれません。ご覧のとおり、そこらじゅうが残骸だらけです」

ホワイトヘッド将軍が自分のＰＣを叩くと、地図に代わって静止画が映し出された。衛星から撮影されたものだった。何キロも離れた宇宙からでも、思いのほか鮮明な画像だった。

全員が身を乗り出した。

有名な通りの真ん中に大きな穴があき、そのまわりにはねじ曲がった金属が散らばっていた。車からは煙が立ち上って漂っている。ロンドン大空襲に耐えた何世紀も前の建築物のファサードが消えてしまっていた。

だが、死体がない。エレンは気づいた。吹き飛ばされ、容易に人間とは確認できないほど小さな破片になってしまったのだろうか？

爆心地は両側を建物で囲まれていた。もしそうでなければ、被害がどこまで広がっていたかわからなかった。

「なんてことだ」と国防長官がささやいた。「何があったんだ？」

「大統領」とバーバラ・ステンハウザー首席補佐官が言った。「たった今、ビデオが届きました」

うなずくと、彼女はそれを映し出した。それはロンドンじゅうに何万台もある監視カメラのひとつから撮影されたものだった。

映像の右下に時刻が表示されていた。

七時十七分〇四秒。

「爆発時刻は？」ウィリアムズ大統領が訊いた。

「グリニッジ標準時間の七時十七分四十三秒です、大統領」とホワイトヘッド将軍が答えた。

エレン・アダムスは口を手で押さえながら見ていた。ラッシュアワーの始まる時間帯だ。太陽は三月の灰色の朝を突き破ろうとしていた。

七時十七分二十秒。

男女が歩道を歩いていく。車や宅配便のヴァン、黒塗りのタクシーが信号待ちをしている。

時間が進んでいく。カウントダウンに入る。

七時十七分三十二秒。

「逃げろ、逃げろ」エレンは隣に坐っている国土安全保障長官がささやくのを聞いた。「逃げろ」

だが、もちろん彼らはそうしなかった。

真っ赤な二階建てバスが信号で止まる。

七時十七分三十九秒。

若い女性が老人を先に乗せるために脇によける。老人が振り向いて感謝する。

七時十七分四十三秒。


さらにビデオが届くと、彼らは危機管理室の奥にある大きなスクリーンに映し出して、別の角度から何度も何度も見た。

二本目のビデオでは、バスが停留所に到着する様子がより鮮明に映し出されていた。この角度からだと、表情までよく見えた。二階の一番前の席に女の子が坐っている。一番いい席だ。自分の子供も含め、すべての子供が駆け寄る席。

エレンはその少女から眼をそらすことができなかった。

逃げて、逃げて。

だが、もちろんどの映像でも、どの角度でも、少女はそのままだった。そしていなくなった。

英国から来た確認情報は、より専門的なものだった。爆発物であることは明らかだった。バスに仕掛けられ、最悪の瞬間、最悪の場所で爆発されるように仕組まれていた。

ラッシュアワー時のロンドン中心部。

「だれか犯行声明を出したのか？」ウィリアムズ大統領が訊いた。

「まだです」国家情報長官が報告書を何度も確認しながら答えた。

情報が次々と流れ込んできている。全員がわかっていた。重要なのはそれを管理することだ。そして自分たちが押し流されてしまわないことだ。

「噂もないのか？」とウィリアムズ大統領は訊いた。彼はピカピカの長いテーブルを囲む、震えている顔を見まわし、エレンのところで眼を止めた。

「何も」と彼女は答えた。だが彼は彼女を見つめたままだった。まるですべての責任が彼女に、彼女ひとりにあるとでもいうかのように。

そして単純な真実が浮き彫りにされた。

彼はわたしを信用していないのだ。エレンはそう悟った。もっと早く気づくべきだったが、新しい仕事をこなすのに精いっぱいで考える余裕がなかった。

思い上がっていた。明らかな敵対関係にあるにもかかわらず、彼が自分を国務長官に選んだのは、自分がこの仕事に適していると彼が認めたのだと思っていた。

今、彼女は、大統領が自分を嫌っているだけでなく、信頼していないのだとわかった。

じゃあ、なぜ信頼できない人物をそのような有力なポストに任命したのだろうか？

その答えの一端は明らかだった。あの部屋、あの瞬間にあった。

ダグラス・ウィリアムズ大統領は彼、あるいは彼女の在任期間中に、これほど早く国際的な危機が訪れるとは予想していなかったのだ。彼女を信頼しなければならない状況が訪れるとは思っていなかったのだ。

では、彼は何を期待していたのだろう？

そういったことが一瞬、彼女の脳裏に浮かんだ。だが、そんなことを悠長に考えている時間はなかった。もっと差し迫った、重要な問題があるのだ。

ウィリアムズ大統領は、彼女から眼をそらすと、国家情報長官に眼をやった。「おかしくないか？」と彼は訊いた。「犯行声明がないなんて」

「そうとはかぎりません」とティム・ビーチャムは言った。「一回かぎりなら。つまり一匹狼によるおおかみ犯行で自爆によって自身も吹き飛ばされているなら」

「でも、そうだとしても」とエレンは言い、テーブルを見まわした。「そういう連中は普通、世間に知られようとするんじゃない？　声明や動画をSNSで公開するんじゃない？」

「そうしない理由のひとつは――」ホワイトヘッド将軍が言いかけたが、大統領首席補佐官によってさえぎられた。

「大統領、英国首相から電話です」とバーバラ・ステンハウザーが言った。

そこにいるほかの面々と同じように、彼女の服装も慌てて身に着けたもので、そのくすんだ表情は、さすがに化粧によっても隠せていなかった。

画面に映し出されていた大惨事は、ベリントン首相――いつものように髪を振り乱していた――の厳めしい顔に変わった。

「首相、アメリカ国民は――」ダグラス・ウィリアムズが話し始めた。

「いや、前置きはいい。何が起きたか知りたいんだろ。わたしもだ。そして正直なところ話すべきことはまだ何もない」

彼はカメラから視線を外し、ＭＩ５とＭＩ６――英国諜報機関――の代表と思われる人物をにらんだ。

「特定の標的がいたのかね?」とウィリアムズが尋ねた。

「まだわからない。爆弾がバスのなかにあったことが確認できたばかりだ。だれが乗っていたのか、近くにだれがいたのかもわかっていない。乗客と歩行者が吹き飛ばされた。ビデオを送ろう」

「必要ない」とウィリアムズは言った。「すでに見た」

ベリントンは眉をひそめた。感心したのか、苛立ったのかよくわからなかった。が、すぐにそのまま進めることにしたようだ。

就任から三年目になるベリントン首相は、国家安全保障と他国からの自立を約束することで、保守党の右派や支持者から絶大な人気を得ていた。この爆破事件は、彼の再選キャンペーンにプラスには働かないだろう。

「被害者の身元が判明するにはしばらくかかる」とベリントンは言った。「顔認識で身元を特定できないか、ビデオを分析しているところだ。テロリストか標的を特定できるかもしれない。どんな協力でも感謝する」

「標的が人ではなく、建物である可能性は? 9・11テロのように」と国家情報長官が言った。

「ありうる」と首相は認めた。「だが、ロンドンには〈フォートナム・アンド・メイソン〉よりも目立つ標的はいくつもある」

「アフタヌーンティーに百ポンドも払うことに反対するだれかの犯行の可能性はあるがね」と国防長官が言い、同意の笑みを求めて、テーブルを見まわした。

だれも笑っていなかった。

「ですが、王立芸術院(ロイヤル・アカデミー・オブ・アーツ)もそこにあったのでは?」とエレンが言った。

「芸術ですか、国務長官?」ベリントン首相が彼女のほうを見て言った。「展覧会を妨害するために、こんな大惨事を引き起こす人間がいるとお思いですか?」

エレンはその見下すような口調に対し、苛立ちを見せないよう努めた。だがアメリカ人である彼女の耳には、英国風のアクセントはどこか上からものを言っているように聞こえた。彼らが話すとき、そのことばには〝このばかが〟という思いが言外に含まれているように感じるのだ。

今、それを聞いていた。だが彼はプレッシャーにさらされ、その一部を自分に向けて発散しているのだ。彼女はそれを許そうと思った。今のところは。

それに公平のために言うと、ベリントン首相は、何年ものあいだ、彼女のメディア帝国のお気に入りのターゲットだった。彼のことをひどく無能に描いてきたのだ。中身のない男、上流階級の間抜け、ガッツはあるかもしれないが、権威的でやたらとラテン語のフレーズばかり口にする男。

彼が見下すような眼で彼女を見ていたとしても不思議ではない。それどころか、エレンは彼が驚くほど自分を抑えていると認めざるをえなかった。

「芸術だけじゃありません、首相」と彼女は言った。「あそこには地質学会があります」

「そのとおりだ」彼は今や探るようなまなざしになっていた。突き刺すようでさえあった。彼女が思っていたよりもはるかに頭がいいようだ。「ロンドンをよくお知りのようだ」

「大好きな都市のひとつです。これは恐ろしい、ほんとうに恐ろしい事件です」

そのことばに嘘(うそ)はなかった。だが、そこにはこの事件が、人命の損失とこの都市の豊かな歴史の一部の破壊をはるかに越えるかもしれない意味を持っていることを示唆していた。

「地質学?」国防長官が言った。「なぜ、岩を研究するようなところを爆破しなきゃいけないんだ?」

エレン・アダムスは答えなかった。代わりに彼女は画面を見て、英国首相の考え込んでいる眼を見た。

「地質学の対象は岩だけじゃない」と彼は言った。「石油。石炭。金。ダイヤモンド」

ベリントンはそこでことばを切った。エレン・アダムスの視線を受け止め、その栄誉ある発言を彼女に譲った。

「ウラニウム」と彼女は言った。

ベリントンはうなずいた。「ウランは核爆弾になる。ファクトゥム・フィエリ・インフェクトゥム・ノン・ポテスト。すでに起きたことを元に戻すことはできない」ベリントンは自ら訳した。「だが、次の攻撃は防ぐことができるかもしれない」

「次の攻撃があると言うのかね、首相?」ウィリアムズ大統領が訊いた。

「ええ、そう思います」

「でも、どこで」と国家情報長官がつぶやいた。

会議が終わると、エレンはホワイトヘッド将軍に歩み寄った。

「だれも犯行声明をしないかもしれないのには理由がある。そう言おうとしましたよね」

彼はうなずいた。

統合参謀本部議長は、兵士というよりも図書館司書のように見えた。

おもしろいことに、議会図書館の館長のほうが兵士のように見えた。

ホワイトヘッド将軍の表情はやさしげで声も穏やかだった。眼鏡の奥のフクロウのような眼から彼女を見つめていた。

だが彼女は彼の兵士としての実績を知っていた。レンジャー。彼は前線で指揮を執りながら出世し、部下の兵士たちから尊敬だけでなく、忠誠と信頼を得ていた。

ホワイトヘッド将軍は立ち止まり、ほかの人たちをやり過ごすと、彼女をじっと見た。その視線は探るようだったが、敵意のこもったものではなかった。

「その理由はなんですか、将軍」

「彼らは犯行声明をしなかった。なぜなら必要なかったからです。彼らの目的はまったく別にある。テロよりももっと重要な何か」

彼女は顔から血の気が引き、体の中心、心臓に溜まるような感覚を覚えていた。

「それはなんですか?」と彼女は尋ねた。自分の声が思っていたよりも落ち着いていることに、驚きながらもほっとしていた。

「暗殺かもしれない。おそらく特定の標的のみに向けられたもので、ある人物またはグループにのみメッセージを送っているのかもしれない。だから犯行声明は必要ない。また犯行声明を出さないことで、はるかに効果的にわれわれのリソースを拘束することができると知っていたのかもしれない」

「ロンドンで起きたことを、〝特定的〟とは言い難いのでは?」

「たしかに。目的に関して特定的と言ったんです。狭い意味での明確な目的です。われわれは何百もの死者を見ているが、彼らが見ているのはたったひとりかもしれない。われわれは恐ろしい破壊を見ているが、彼らはひとつのビルがなくなったと見ているのかもしれない。見方の違いです」彼はネクタイに手をやり、ゆるんでいることに驚いたようだった。「ひとつ言えるのは、長官、わたしの経験から言うと、沈黙が大きければ大きいほど、目的も大きくなるのです」

「では英国の首相と同じ考えなんですか? 次の攻撃があると?」

「わかりません」彼は彼女の眼を見ながら口を開きかけたが、そのまま閉じた。

「教えてください、将軍」

彼はかすかに微笑んだ。「わたしにわかるのは、戦略的な観点から見ると、これは大いなる沈黙だということです」

話し終える頃には笑顔は消え、厳しい顔になっていた。

捕食者がどこかにいた。広大な沈黙のなかに隠れていた。

長く待つ必要はなかった。

エレン・アダムスが国務省のオフィスに戻ったときには、午前十時になろうとしていた。

オフィスは半狂乱の状態だった。エレベーターのドアが開ききる前から、報道官たちが押し寄せ、貪欲なマスコミに与える情報が何かないかと訊いてきた。エレベーターを降りると、オフィスへと急がされた。男女が廊下を走りまわり、オフィスから勢いよく飛び出してきたり、飛び込んでいったりしている。メールはもちろん、電話さえも信用していない。怒号のように質問や要求が飛び交い、補佐官たちはあらゆる手がかりを追っていた。

「あらゆる情報源と接触しています」ボイントンがエレンの脇を足早に歩きながらそう言った。「国際的な諜報機関が調べています。テロ対策のシンクタンクにもコンタクトしました。戦略研究部門に」

「何かわかった?」

「まだです。ですがだれかが何か知っているはずです」

デスクに着くと、彼女は自分の連絡先リストを調べた。「いくつか名前がある。訪問先で知り合った人たち。ジャーナリストもいれば、自分はあまり話さず、多くのことを訊こうとするハイエナみたいな連中もいる」そう言うと一連の連絡先カードを彼に転送した。「わたしの名前を使って。失礼をわびた上で説明するのよ」

「わかりました。ビデオ会議室に移動してください。彼らが待っています」

会議室に着くと、スクリーンにいくつかの顔が映し出されていた。

「ようこそ、国務長官」

〝ファイブ・アイズ〟の会議が始まった。


アナヒータ・ダヒールは国務省の自分のデスクに坐っていた。世界中の外交官が、関係するかもしれないあらゆる情報を転送するように命じられていた。メッセージが送受信され、暗号化され、復号化されるなか、その場所には狂乱に近いエネルギーが脈打っていた。

アナヒータは、自分のデスクにこれまでに届いたメッセージに眼を通し、テレビのニュースをチェックしていた。

ジャーナリストのほうがＣＩＡやＮＳＡよりも優れたネットワークを持っているとますます感じるようになっていた。あるいは国家よりも。

そのことがギルを思い出させ、もう一度彼に連絡したいという思いに駆られた。彼が何を知っているか確認するために。だが、その思いは彼女の頭のなかというよりも、もっと心の奥深くから湧き上がってきているのではないかとも思った。今はそれに浸っている時間はない。

パキスタンデスクの下級外交官（ジュニアＦＳＯ）である彼女は、ハイレベルの情報には関与することはなかった。彼女が手にすることができるのは、ごく少数の情報提供者によるありふれた情報だった。さまざまな政府関係者がどこで、だれと何を食べたのかといったような。

だが、そういった情報であっても、注意深く読まなければならなかった。

〝ファイブ・アイズ〟とはオーストラリア、ニュージーランド、カナダ、英国、アメリカの諜報機関同盟の名称である。エレンは国務長官になるまで、英語圏の同盟国によるこの組織のことを知らなかった。

ファイブ・アイズは、その戦略的立場ゆえ、基本的に全世界をカバーしていた。だが、彼らでさえ何も知らなかった。事前に何もささやかれておらず、爆発から数時間経(た)っても犯行声明もなかった。

ビデオ会議には、アダムス国務長官のほか、各国の閣僚と諜報部門(アイズ)の責任者が出席していた。五人のスパイと五人の外務大臣が、自分たちの知っていることをすばやく、簡潔に共有し合った。彼らのネットワークが捉えたものを。だが何もなかった。

「何も？」英国の外務大臣が言った。「そんなことがありうるのか？　おおぜいの人々が死んでいるんだぞ。負傷者はもっと多い。ロンドン中心部は大空襲(ザ・ブリッツ)を受けたようだ。爆竹じゃないんだぞ、とんでもなく強力な爆弾だ」

「いいですか、閣下」オーストラリアの外務大臣が、最後のことばを過度に強調するようにそう言った。「何もないんです。われわれはロシア、中東、アジアからの情報を調べ直しました。今も探り続けていますが、今のところ何も得られていません」

大いなる沈黙。エレンは将軍のことばを思い出した。

「専門知識と不満を持った異常者のしわざに違いない」ニュージーランドの外務大臣が言った。

「同感です」とアメリカの眼(アイ)であるCIA長官は言った。「外国テロ組織(FTO)だとすれば、アルカイダやISIS――」

「アル・シャバブ」とニュージーランドの眼(アイ)。

「パサン――」とオーストラリアの眼(アイ)。

「全部リストアップするつもりかね？」と英国の外務大臣は言った。「時間はないんだぞ」

「ポイントは――」とオーストラリアの眼が口を開いた。

「そうだ、ポイントはなんだ？」英国の外務大臣は答えを急かした。

「オーケイ」とカナダの眼が割って入った。「もういいわ。互いに敵対するのはやめましょう。言いたいことはみんなわかっている。何百もある既知のテロ組織のどれかが爆弾を仕掛けたのなら、今頃は犯行声明を出しているはずよ」

「未知の組織は？」とアメリカの眼は尋ねた。「新しい組織が生まれていたとしたら？」

「そんな簡単に生まれないんじゃない？」とニュージーランドの眼が言った。彼女はオーストラリアの眼に助けを求めた。

「こんなことをやってのける新たなテロ組織が、長いあいだ無名でいるはずがない」とオーストラリアの眼は言った。「いれば屋根の上から叫んでいるはずだ」

「だれも犯行声明を出さないのは」とアダムス国務長官が言った。「その必要がないからでは？」

　無人の椅子がしゃべったことに驚くかのように、すべての眼と視線が彼女に注がれた。英国の外務大臣は、アメリカの国務長官が何か価値のあることを言おうとして時間を無駄にしていることに腹を立て、苛立ちを露わにした。

　アメリカの眼は困惑していた。

　エレンは、ホワイトヘッド将軍が言ったことを説明した。将軍であり、統合参謀本部議長である人物の発言であるという事実は、彼女自身の提案として話すよりもはるかに信憑性を与えるからだ。

　エレンは気にしなかった。必要なのは彼らの承認や尊敬ではなかった。注目を集めればいいのだ。

「国務長官」と英国の外務大臣が言った。「テロリストの目的は恐怖を広めること以外にはない。黙っていることは、彼らの戦術にはない」

「ええ、ありがとうございます」とエレンは言った。

「彼らはヒッチコックのファンなのかもしれないわね」とカナダの眼(アイ)が言った。

「そうそう」と英国の外務大臣。「あるいはモンティ・パイソンの。さあ、続けよう――」

「どういう意味ですか?」とエレンはカナダの眼(アイ)に訊いた。

「ヒッチコックは、閉じたドアは開いたドアよりもずっと恐ろしいことを知っていたんです。子供の頃の夜のことを思い出してください。クローゼットの扉を見て、そこに何があるんだろうと思った。わたしたちは想像でその隙間を埋めた。そこに子犬やプディングを持った妖精がいるとはだれも考えなかった」彼女はことばを切った。エレンは彼女が自分をまっすぐ見ているように感じた。「真に破滅的な意図を持ったものは、決してわたしたちに扉を開けさせてはくれません。彼らが開ける準備ができたときに開けるのです。将軍の言ったとおりです、長官。恐怖の本質は未知なるものなのです。真の恐怖は沈黙のなかで育まれるのです」

　エレンは自分がとてもとても穏やかに、落ち着いていくのを感じていた。が、その平穏が打ち破られた。エレンは椅子から飛び上がりそうになった。全員の暗号化された携帯電話が一斉に鳴ったのだ。

　英国の画面では、側近が外務大臣の耳元で何かささやいているのが見えた。

「ああ、なんてことだ」と彼はつぶやき、呆然(ぼうぜん)とした表情でスクリーンのほうを見た。ボイントンがエレンの傍らで身をかがめて告げた。

「国務長官、パリで爆発がありました」

CHAPTER 5

飛行機は十分遅れでフランクフルト空港に着陸したが、バスの乗り継ぎ時間まではたっぷり時間があった。

飛行機がターミナルまで走行するあいだに、ナスリーン・ブハーリーは時計を午後四時三分に合わせた。携帯電話はあえて持っていない。使い捨てのものでさえ。リスクを冒すことはできなかった。核物理学者というものは、生まれつき極端にリスクを嫌うものだ。教師である夫によくそう言ったものだ。そうすると夫は笑って、彼女のしていることほどリスクの高い仕事はないと指摘するのだった。

そう考えると、今彼女がしていることは、ほかの惑星にいるのと同じくらい、安全地帯から大きく離れているといってよかった。

すなわちフランクフルトにいることが。

機内の彼女のまわりで、乗客たちが携帯電話の電源を入れだすと、ざわめきやうめき、さらには悲鳴が聞こえてきた。何かあったのだ。

ブハーリー博士は、あえてだれとも話さず、ターミナルに入るのを待ってから、テレビモニターの前に進んだ。人だかりができており、後ろのほうにいたので、たとえ言語を理解できたとしても、何が話されているのかはわからなかった。

だが、映像は見ることができた。そして画面の下のほうに流れる文字を読むことができた。

ロンドン。パリ。ほとんど黙示録さながらの破壊の光景。じっと見つめた。体が麻痺したようだった。アミールがここにいればと思った。どうすべきか教えてもらうためではなく、ただ彼の手を握っているために。そうすれば彼女はひとりではない。

偶然だ。彼女はそう思った。自分とは関係ない。そんなはずはない。

あとずさりして振り向くと、同じ飛行機から下りてきて、今はわずか数メートルのところに立っているあの若い男が眼に入った。

男はテレビを見ていなかった。殺戮の光景を見ていなかった。彼女には確信があった。その男は意識的に彼女を見ていた。軽蔑を込めたまなざしで。

「坐りたまえ」とウィリアムズ大統領が命じた。一瞬メモから眼を上げ、また戻した。

エレン・アダムスは大統領執務室の大統領の向かいの席に坐った。国家情報長官——この国の情報部門の長——の温かみ、すなわち尻の温かみがまだ残っていた。

彼女の背後には、たくさんのモニターがさまざまなチャンネルに合わされ、キャスターの顔や惨事の映像を映し出していた。

外交保安局の職員にエスコートされ、サイレンが鳴り響く車内で、彼女は海外の諜報機関からの残酷なまでに短いメッセージを読んでいた。ほとんどが情報を求め、懇願しており、提供するものはひとつもなかった。

「二十分後に閣議がある」眼鏡を外し、彼女をじっと見て、ウィリアムズは言った。「だが何が起きているのか、そしてわれわれがリスクにさらされているのかを把握する必要がある。どうなんだ？」

「わかりません、大統領」

大統領は唇を一文字に結んだ。レゾリュート・デスク越しにも、彼がゆっくりと息を吸うのが聞こえた。怒りを吸い込もうとしているのだろうか、とエレンは思った。

だがその怒りはあまりにも大きく、抑えることはできなかった。唾と怒りの雲を吐き出しながら言った。

「ど、ど、どういう意味だ？」

そのことば、そのひとつひとつが彼のなかから爆発した。エレンはそのことばを何度も聞いたことがあったが、このように強い力——あるいは不公平に——自分に向けられるのは初めてだった。もっとも今日は公平性を求める日ではなかったが。

彼の叫びは、恐怖に突き動かされていた。顔の湿りけを拭わないように自分を抑えながらも、彼女にはそのことがよくわかっていた。

彼女も恐れていた。だが彼の恐怖は、もし自分が注意深く、充分にすばやく、そして充分に賢くなければ、次に画面に映し出される映像がニューヨークかワシントン——あるいはシカゴかロサンゼルス——になるという確信によって増幅されていた。

就任して数週間、まだホワイトハウスのボウリング場に行く通路もわからない状態のときにこれが起きたのだ。しかも彼が指揮しているのは新しい政権だった。みな優秀だったがこういった状況における経験が不足していた。

さらに悪いことに、彼は、前政権の無能な者たちによって機能不全に陥った官僚機構を受け継いでいた。

ただ恐れていたのではなかった。アメリカ合衆国大統領は、ほぼ永遠に続く恐怖の状態に足を踏み入れたのだ。そしてそれは彼だけではなかった。

「大統領、われわれが知っていることをお話しします。憶測ではなく事実をお伝えします」

彼は彼女をにらみつけた。彼自身が明らかに政治的な意図で任用した彼女を。そしてその結果、彼女は非常に弱い鎖の、最も弱い結び目となってしまった。

エレンは膝の上に置いた書類一式を開き、眼鏡を直すと読み始めた。「パリの爆破事件は現地時間の三時三十六分に発生しました。パリ十区のフォーブル・サン・ドニ通りを走るバスのなかで——」

「もういい、そんなことはすべて知っている。世界中が知っている」彼はテレビのスクリーンを手で示した。「わたしの知らないことを教えてくれ。何か役に立つことを」

二回目の爆発から二十分も経っていない。情報を集める時間はなかったと言いたかった。だが、彼もそのことは知っていた。

彼女は眼鏡を外すと、眼をこすってから彼を見た。

「ありません」

彼の怒りで今にも空気がパチパチと音をたてそうだった。

「ない？」と彼が叫んだ。

「わたしに嘘をついてほしいんですか？」

「少しは有能なところを見せてほしいだけだ」

エレンは深呼吸をして、これ以上彼を怒らせないために、そして貴重な時間を無駄にしないために、何か言うことはないかと頭をめぐらせた。

「すべての同盟国の諜報機関が投稿やメッセージを調べています。隠されたサイトを探してダークウェブも調査しています。われわれはビデオを調べて爆破犯かターゲット候補が見つからないか調べています。今のところロンドンで、ひとつのターゲット候補が特定されました」

「それは？」

「地質学会です」話しながら、彼女の頭にあの少女の顔が浮かんだ。二階の窓。前を見てピカデリーを進んでいた。存在しない未来を見つめていた。

ウィリアムズ大統領が何か言おうとしていた。何か否定的なことを言おうとしているのだ。が、彼は考えるのをやめ、うなずいた。

「パリは？」

「パリは興味深い点があります。有名な場所で爆発が起きると思っていました。ルーブル美術館、ノートルダム寺院。大統領官邸」

ウィリアムズが身を乗り出した。食いついてきた。

「ですが、三十八番のバスのまわりには、ターゲットになる可能性のあるものはありませんでした。ただ広い通りを走っていただけでした。周囲にはあまり人もいなければ、ラッシュアワーでもない。そこが選ばれた理由はないように思えました。でもあったはずです」

「誤って爆発した可能性は？」と大統領は訊いた。「早すぎたか、遅すぎたかして」

「可能性はあります。ですが、われわれは別の説を追っています。三十八番バスは複数の駅を経由しています。事実、爆発したとき、バスはパリ北駅に向かう途中でした」

「パリ北駅。ロンドンからのユーロスターが到着する駅だ」と彼は言った。ダグラス・ウィリアムズはエレンが思っていたよりも頭がいいようだ。あるいは少なくとも旅慣れてはいるようだ。

「そのとおりです」

「そのバスに乗っていただれかが、ロンドンに向かおうとしていたと考えているのかね？」

「可能性はあります。各停留所の監視ビデオを調べていますが、パリはロンドンほど監視カメラが設置されていません」

「二〇一五年に起きた事件のあと、考えたはずなのに……」とウィリアムズは言った。「ロンドンからほかには？」

「まだありません。暗殺のターゲットになりそうな人物はヒットしませんでした。さらに残念ながら、バスに乗り込んだほとんどの乗客が荷物かナップザック、爆発物に見える何かを持っていました。通常のルートに加えて通信社の元同僚にも、彼らのジャーナリストや情報提供者が聞いたことを知らせてもらうように頼んでいます」

大統領は口を開く前に一瞬間を置いた。会話と情報の洪水の両方に耳を傾けていたバーバラ・ステンハウザーがソファから思わず眼を向けるのに充分な長さの間だった。

「息子さんも含めてかね？」とウィリアムズが言った。「わたしの記憶では、彼はコネを持っていたはずだが」

ふたりのあいだの空気が凍りついた。せっかく築き上げてきたもろい協力関係にひびが入り、砕けてしまった。

「大統領、まさかわたしの息子をこの件に巻き込もうとしているわけじゃありませんよね」

「国務長官、まさかきみの直属の上司からの質問を無視しようというんじゃないだろうね」

「息子はわたしのいた通信社で働いているわけじゃありません」

「そんなことは訊いていないし、問題でもなんでもない」ウィリアムズの声は冷淡だった。「彼はきみの息子で、コネを持っている。数年前に起きたことを考えれば、何か知っているかもしれない」

「何が起きたかは覚えています、大統領」ウィリアムズの声の調子が冷淡だとしたら、彼女のそれはまさに氷河のようだった。「思い出させてもらう必要はありません」

ふたりはにらみ合った。バーバラ・ステンハウザーは口を挟むべきなのだろうと思った。会話に礼節を取り戻す。役に立つ、建設的な会話に戻すのだ。

だが彼女はそうしなかった。この先どうなるのか興味があった。たとえ建設的（コンストラクティブ）でなくても、少なくとも役には立つ（インストラクティブ）かもしれない。

「彼が爆弾テロについて何か知っていれば教えてくれるだろう」

「そうでしょうか？」

ふたりのあいだの傷は大きな裂け目になるほどに開いていた。そしてふたりとも、その端をよろよろと歩きながら、真っ逆さまに落ちていた。

バーバラ・ステンハウザーは、大統領がエレン・アダムスを嫌っているのは、彼女が自分の強大なメディア帝国を使って、予備選挙で党の指名を求めるライバル候補を支援したからだと思っていた。その過程で、彼女はあらゆる機会を通じてダグラス・ウィリアムズを辱（はずかし）めた。彼を中傷し、彼のことを無能でずる賢く、未熟な人間として描いた。

臆病者。

彼女はコンテストを開いて、読者に彼の名前のアナグラムを作るように呼びかけることまでした。ダグ・ウィリアムズ（DOUG WILLIAMS）は、薄暗く輝くルイス（AGLOW DIM LUIS）になった。そしてアイオワ州の党員集会での敗北後は、不機嫌なアイオワの大敗（GLUM IOWA SLID）と呼ばれた。

このアナグラムは今でも彼につきまとい、政敵が脇ゼリフのようにこっそりとつぶやいていた。エレン・アダムスもそのひとりだった。そしてそれは彼女が国務長官に就任しても何も変わっていないようだった。

〝泥と残飯まみれ（AI GO MUD SWILL）〟

ステンハウザーは、自分が大統領のことばかりに気を取られ、エレン・アダムスがどうしてウィリアムズをそこまで嫌っているのか考えてもいなかったことに気づいた。

ふたりを見ていると、ステンハウザーはエレンのその感情を過小評価していたことに気づいた。単なる嫌悪感ではない。大統領執務室を満たしているのは怒りでさえもなかった。あまりにも強い憎しみに、首席補佐官はその力によって窓が吹き飛んでしまうのではないかと思うほどだった。

今、ふたりは何を思い出しているのだろうか。大統領の言った〝数年前〟に何があったのだろう。

「彼に連絡しろ」ウィリアムズ大統領はほとんどうなるようにそう言った。「今すぐに。さもなければクビだ」

「彼がどこにいるのかもわかりません」エレンは、そのことを認めるとき、頬が赤くなるのを感じていた。「連絡を取り合っていないんです」

「連絡するんだ」

彼女は、外に立っていた外交保安局の職員から自分の携帯電話を受け取ると、ベッツィーにメールを送った。息子に連絡をして、なんでもいいから爆破事件に関する情報を持っていないか確認するよう彼女に頼んだ。

数分後に返信がきた。

「見せてくれ」とウィリアムズは言い、手を差し出した。

エレンは一瞬ためらったあと、自分の携帯電話を渡した。彼はメッセージを見て眉をひそめた。

「どういう意味だ？」

今度はエレンが携帯電話を手に取る番だった。「顧問とわたしのあいだのあいことばのようなものです。互いを確認するために、子供の頃に決めたものです」

画面にはこうあった。〝誤った推論がバーに入ってくる……〟

彼は携帯電話を返しながらつぶやいた。「こざかしい戯言（たわごと）を」

無知な男。エレンはそう思いながらタイプした。〝風が強いなかなら、七面鳥でさえ飛ぶことができる（七面鳥は飛ばないとされているが、実際には飛ぶことができる）〟そして電話を机の上に置くと言った。「しばらく時間がかかるかもしれません。どこにいるのかわからないんです。世界のどこにいてもおかしくないので」

「パリにいるんだろう」とウィリアムズが言った。

「息子が事件に関与していると――」

「大統領」とステンハウザーが言った。「閣議の時間です」


アナヒータ・ダヒールは時折顔を上げて画面を見ていたが、ほとんどは大きなオープンオフィスの壁にあるテレビスクリーンの下に流れる情報を見ていた。マスコミが自分よりも多くの情報を持っているかどうか――そのことは珍しいことではなかった――たしかめたかったのだ。

ロンドンで最初の爆弾が爆発したのは午前二時十七分。二番目のパリの爆弾は約一時間前の九時三十六分。

だが、爆破シーンが延々と繰り返されるのを見ていて、アナヒータは何かおかしいと気づいた。ロンドンの画像は明るかったから、爆発が深夜であるはずはなかった。それにパリはラッシュアワーの時間のようには見えなかった。

やがて首を振ると、間違いに気づき思わずひとりつぶやいた。時差だ。アメリカのニュースネットは、時刻をアメリカの東部時間に修正して報道していた。ヨーロッパ時間だと……

必要な時間を足して、急いで計算した。じっと坐り、前を見つめていた。

恐ろしいことに、ずっと明白であったものを見ていた。

アナヒータは机の上の書類をものすごい勢いでかきわけた。隣の席の同僚が訊いた。「どうしたの？」

だがアナヒータは聞いていなかった。ただつぶやいていた。「お願い、ああ、お願い。お願い」

そしてあった。

彼女はその紙切れを握りしめた。だが、手が震えるあまり、机の上に置かないと読めなかった。

それは前の晩に来たメールのメッセージだった。暗号だ。その紙を手に上司の部屋に走ったが、そこに上司の姿はなかった。

「会議中よ」と彼のアシスタントが言った。

「どこで？　話をしなければならない。緊急なの」

アシスタントは彼女が下級外交官（ジュニアFSO）であることを知っていて、彼女のことばに納得していないようだった。アシスタントは天を指さした。いや、指さしているのは七階のマホガニー・ロウのオフィスだった。「何が起きてるかは知ってるわよね。首席補佐官とのミーティングを邪魔するつもりはないわ」

「してもらう必要がある。昨日の晩に来たメッセージの件なの。お願い」

アシスタントはためらいながらも、眼の前の若い女性のほとんどパニックといってよい表情を見て電話をかけてくれた。「申し訳ありません、ボス。アナヒータ・ダヒールがここにいます。はい、パキスタンデスクのジュニアFSOです。メッセージがあると言っています。何か昨晩届いたものだそうです」アシスタントは耳を傾けていた。そしてアナヒータを見た。「昨日、ボスに見せたもの？」

「ええ、そうよ」

「はい、そうです、ボス」彼女は聞き、確認すると電話を切った。「戻ったら話すと言ってる」

「それはいつ？」

「わからないわ」

「だめよ、だめ、だめ。すぐに見てもらわなければならないの」

「なら、わたしに預けていって。戻ったら見せるから」

アナヒータはその紙を抱きしめるようにした。「だめ。わたしが見せる」

彼女は自分のデスクに戻ると、その紙をもう一度見た。

19／0717　38／1536
爆発したバスの番号と正確な爆破時間。

暗号ではなかったのだ。それは警告だった。

そしてもうひとつあった。

119／1848
百十九番のバスが夕方の六時四十八分に爆発するのだ。もしそれがアメリカなら八時間の猶予がある。

もしヨーロッパなら……。彼女は各時間帯の時刻を示す時計の列を見た。ヨーロッパの多くの地域では、すでに午後四時半をまわっていた。あと二時間しかない。

アナヒータ・ダヒールは言われたとおりにするように育てられてきた。善良なレバノン人少女だった彼女は、規則に従ってきた。これまでずっと。それは教わって身に着けたものではなく、自然と身に着いたものだった。

ためらった。待つことはできた。待たなければならなかった。待つように命じられていた。だが待てなかった。彼らは彼女が何を知っているかを知らないのだ。無知に基づく命令は正当化されない。

そうじゃない？

彼女はその数字を写真に撮ったあと、しばらくそれを見つめて坐っていた。じっと。そしてさらに。壁にかかった世界中の時計の秒針がカチッカチッと音をたてている。カチッ、カチッ。地球がカウントダウンしていくように。

カチッ、カチッ。優柔不断な彼女を諭すように。カチッ、カチッ。

アナヒータ・ダヒールは椅子が倒れるほど勢いよく立ち上がった。広い部屋は騒然としていたため、その音に気づいたのは隣に坐っていた同僚だけだった。

「アナ、大丈夫？」

だが、同僚が声をかけたときには、アナヒータはすでにドアに向かっていた。

CHAPTER 6

ナスリーン・ブハーリーは、空港からフランクフルトの中心街に向かう六十一番のバスが停まるのを見ていた。今となっては、男が彼女のあとをつけているのは明らかだった。だが、彼女にできることはなさそうだ。振り払うことは不可能だろう。目的地に着いたら、そこにいる人々が何をすべきか知っていることを願うしかなかった。

もうすぐだ。あらゆる困難を乗り越えて、彼女はここまでたどり着いた。アミールに電話できればと思った。彼の声が聞ければと。自分が無事だと伝え、彼も無事であることを聞ければと。

彼女は席に着くと振り向いた。数列後ろの席に男がいた。

今やよく知っているその男を強く意識するあまり、ナスリーンはもうひとりの男の存在に気づいていなかった。

アナヒータはエレベーターの前で待っていた。マホガニー・ロウに直行するエレベーターは一台だけだった。当然のことながらマホガニーのパネルで覆われたそのエレベーターは、特別な鍵がなければ入ることができなかった。

ほかにマホガニー・ロウに行く方法はない。そしてアナヒータはその鍵を持っていなかった。その権限も。

だが、エレベーターを待っているその女性は、どうやら鍵を持っているようだった。その女性は覆いかぶさるようにして携帯電話を操作し、すばやくタイプしていた。ストレスを感じているようだ。警備員から上級職員に至るまで、だれもがストレスを感じているようだった。

アナヒータは自分の名前を見られないようにIDカードをひっくり返し、覚悟を決めた足取りで進んだ。立ち止まると、閉まっているドアを見てイライラしたため息を漏らし、小声で何かつぶやいた。それから自分の携帯電話を取り出すと、集中しているかのように見せようと、一心に画面を見つめた。頭を下げて。集中して。

「失礼ですが――」もうひとりの女性が言いかけた。明らかにこの見知らぬ女性がだれなのか不思議に思っていた。そしてなぜ彼女が七階に行こうとしているのかも。

アナヒータは顔を上げると、ちょっと待ってというように手を上げた。そしてどうやら重要そうなメッセージに視線を戻した。

もっともらしく見せるために彼女はタイプした。〝どこにいるの？　ニュース聞いた？〟

エレベーターが到着し、もうひとりの女性は自分の電話を見ながら乗り込んだ。アナヒータもそれに続いた。

〝ここのだれもが殺気立ってる〟とタイプを続けた。エレベーターのドアが閉まった。〝どう思う？〟

そして七階に連れていかれた。

ギル・バハールの携帯電話が着信メッセージを受けて振動した。

シートのなかで体を動かしながら、そのメッセージを読んだ。そして苛立ちも露わに返信せずに画面をオフにした。今はそんなことをしている時間はなかった。

数分後、バスが出発し、ターゲットから眼を離しても大丈夫になると、携帯電話を取り出してすばやく返信した。

〝フランクフルトでバスに乗っている。詳しくはあとで〟

ベッツィーはエレンが閣議に入る直前のタイミングで、コメントをつけずにそのメッセージを転送した。

エレンはそれを読むと、ドアの前にいるシークレットサービスに携帯電話を渡した。その携帯電話は、ほかの閣僚の電話といっしょに収納棚に収められた。

アダムス国務長官が入ってくると、何人かの閣僚が彼女を見て、「汚い女(ダーティ・ウーマン)」と言った。彼女は、そのジョークを聞いて微笑みを返した。何人かは彼女といっしょに笑った。またほかの何人かは彼女を笑った。

この〝汚い女(ダーティ・ウーマン)〟というフレーズはあっという間に拡散し、有害な男らしさに反対の声をあげる女性団体に採用され、使用されるようになっていた。

エレンはテーブルを見まわしながら、特に毒になるような同僚はいないようだと思った。彼女は知っていた。彼らはこの国が生んだ優秀な頭脳の持ち主なのだ。金融、教育、医療、そして国家安全保障の分野で。

過去四年間のばかげた行為に染まった者はいなかった。だがその結果として、だれも直近において、最高レベルの政治を経験したことがなかった。彼らは賢く、あるものは優秀であり、献身的で誠実、そして勤勉だった。だが知識の深さや組織的な記憶には欠けていた。人脈や重要なコネクションもまだできていない。この政権と壁の外の世界とのあいだには、まだ信頼関係は構築されていなかった。

それどころか、壁のなかの関係もまだ構築途上だった。

前政権は、政策を批判する者を粛清した。異論を唱える者に処罰を加えた。上院議員から下院議員まで、閣僚から統合参謀本部議長、清掃員に至るまで、批判する者をすべて黙らせた。エリック・ダン大統領とその決定に対し、その決定がいかにエゴに基づくものであり、無知で明らかに危険であろうとも、全面的な忠誠を誓うことが要求されたのだ。

そしてしだいにおかしくなっていく政権のなかで、採用の決め手となるものは、能力ではなく、盲目的な忠誠心に置き換わっていった。

エレンは国務長官に就任してすぐに、闇の政府（ディープ・ステート）など存在しないことを悟った。〝深い（ディープ）〟ものなど存在しないのだ。何も隠されていない。キャリア採用組と政治任用組がホールを歩きまわり、会議に出席し、トイレやカフェテリアのテーブルを共有していた。

ダン政権が残していった人々は、実戦を長く経験した結果、自分のまわりの恐怖からようやく解放されて遠くを見つめるような表情をしていた。

そして今、政権発足からわずか一カ月後にこの危機が訪れた。

「エレン」ウィリアムズ大統領が左にいる国務長官に向かって言った。「きみから話してくれ」

手榴弾（しゅりゅうだん）を投げつけるような彼の独善的な表情を見ながら、エレンは、すべての悪意が敵から来るものではないことを悟った。

だれもが古傷を癒すことを望んでいるわけではなかった。

アナヒータは女性を先に降ろそうとし、手を差し出して敬意と自信を込めて言った。「どうぞ（プリーズ）」

お願い（プリーズ）。お願い（プリーズ）。

アナヒータはエレベーターの前で立ち止まり、別の重要なメッセージを読むふりをした。実際にはその女性が部屋のなかに消えるのを待つためだった。

そして長い廊下を見た。

カチッ、カチッ、カチッ。

有名なマホガニー・ロウ。ニューヨークかロンドンの男性専用クラブに降り立ったような気分だった。眼の前の廊下は広く、黒いパネルが施されており、過去の国務長官の肖像画が壁を飾っていた。

アナヒータは葉巻のにおいを嗅いだような気がした。

実際に嗅いでいたのは、廊下の途中のきらびやかなサイドテーブルに活(い)けられたあふれんばかりのオリエンタル・リリーの、少し鼻につく香りだった。

マホガニー・ロウは壮麗だった。壮麗であるように意図されていた。国内外からの訪問者に強い印象を与えるために。それは権力と伝統を物語るものだった。

マホガニー・ロウのなかほどにある背の高い両開きの扉の両脇に、ふたりの外交保安局員(セキュリティスタッフ)が立っていた。国務長官のオフィスだ。アナヒータは推測した。

そこは彼女の目的地ではなかった。会議室に行く必要があった。でもどの扉がそうなの？　すべての扉を開けるわけにはいかなかった。

職員が彼女のほうに注意を向けていた。

アナヒータは決断した。もう母親に甘えている少女ではないのだ。あるいは父親に。別のだれかになる必要があった。

彼女は自分にとってのヒーローであるリンダ・マタール（レバノンの女性権利活動家）になりきることにした。

携帯電話の電源を切り、警備員に預けると、決然と廊下を進み、外交保安局の職員のほうにまっすぐ歩いていった。

「わたしはパキスタンデスクのＦＳＯです。上司に直接メッセージを届けるように指示されました。会議室はどこですか？」

「ＩＤカードの提示を、マァム」

マァム？

ＩＤカードをひっくり返して見せた。

「あなたはこのフロアに入ることはできません」

「ええ、わかってます。ですがメッセージを届けるように言われたんです。さあ、ボディチェックをしてください。わたしについてきてもいいです。なんでもしてください。でも、メッセージを届ける必要があるんです。今すぐに」

カチッ、カチッ、カチッ。

職員ふたりは視線を交わした。ふたりのうちの年長の職員がうなずくと、女性の職員がアナヒータをすばやくボディチェックした。そして彼女を伴って、番号もプレートもない扉の前まで廊下を進んだ。

アナヒータはノックした。一回。二回。大きな音で。激しく。

リンダ・マタールよ。深呼吸して。リンダ・マタール。深呼吸よ。

扉が開いた。「はい？」やせたフェレット顔の男が尋ねた。「なんだ？」

「ダニエル・ホールデンと話をする必要があります。わたしはアナヒータ・ダヒール。彼の部下です。メッセージがあるんです」

「ミーティング中だ。席を外すことは――」

リンダ・マタール。

アナヒータは男を押しのけて進んだ。

「おい」と男は叫んだ。

テーブルのまわりのすべての顔が振り向いた。アナヒータは立ち止まり、両手を広げて、降参するようなポーズをした。危害を加えるつもりはないのだと示した。そして上司の顔を探した。

「いったいここで何をしてるんだ？」ダニエル・ホールデンが立ち上がって、彼女をにらんだ。

「メッセージです」

職員が彼女に詰め寄ってくると、ホールデンは言った。「わたしの部下だ。大丈夫だ」そしてアナヒータを見た。「きみがそのメッセージが重要だと信じていることはわかっている。今日はすべてが重要だ。特に今議論していることを含めてね。戻るんだ。あとで話そう」

その口調は穏やかだったが、毅然としていた。

リンダ・マタールだったら、そんな見下すような態度に我慢しなかっただろう。だが、アナヒータ・ダヒールはリンダ・マタールではなかった。彼女はうなずくと、真っ赤な顔で後ろに下がった。

「申し訳ありません、ボス」

母親と父親、そして自分自身を喜ばせたいという気持ちを押し殺して、彼の手を取り、しわくちゃの紙をそのなかに押し込んだ。

「読んでください、お願いだから読んでください。次の攻撃があるんです」

ホールデンはアナヒータが急いで扉から出ていくのを見送ると、彼女を呼び戻したい衝動に駆られた。そして紙に眼をやった。そこに書かれていたのは次の攻撃のことではなく、ただ数字が羅列してあるだけだった。あの職員はただのパニックに陥ったジュニアスタッフで、実際よりも自分を重要に見せようとしているにすぎない。今はそんなことに関わっている時間はなかった。

紙切れをジャケットのポケットに入れ、あとで読もうと決めると、自分の席に戻り、会議の邪魔をしたことを詫(わ)びた。

カチッ、カチッ、カチッ。

外では、外交保安局の職員がアナヒータをエレベーターまで連れていき、彼女が去るのを見送った。

アナヒータは階下の自分のデスクに戻った。失敗したことがわかっていた。

上司の顔を見るかぎり、彼がメッセージを読むことはないだろう。間に合わなかった。

だが、努力はした。ベストは尽くした。

スクリーンに眼をやる。パリとロンドンの光景が映し出されていた。灰と埃(ほこり)と血にまみれた、傷ついた男女の姿。出血の止まらない負傷者をなんとか介抱しようとする通行人。ひざまずき、死にゆく者の手を握っている。空を見上げ、助けを求めている。

それらは恐ろしい破壊と殺戮の光景だった。延々と繰り返される監視カメラ映像のなかで、人々はプロメテウスのように何度も何度も殺されていた。

あのメッセージ、あの警告を信じるなら、次の爆発まであと二時間あまりしかない。

アナヒータにはわかっていた。もうひとつだけできることがあることを。気が進まなかったが、今やらなければならないことを。

フェイスブックを開くと、元のクラスメートを見つけた。その彼からまた別の名前を。そしてその彼女からさらに別の名前を。

二十分後、彼女は求めていた人物にたどり着いた。彼女が大嫌いだった人物に。

アダムス国務長官は閣議を早めに切り上げ、ホワイトハウスから国務省(フォギー・ボトム)へ車で移動していた。その日の午前二時三十五分にベッドから起こされて以来、百回は往復しているような気がしていた。

国務省に着くと、長官専用会議室に直行し、首席補佐官のチャールズ・ボイントンやほかの側近と合流した。

そして知り合いや各国の外務大臣、安全保障専門家に電話をした。

情報のないなか、内閣は次の攻撃はないという集団意識に陥っていた。もしあったとしてもアメリカ国内ではないだろうと考えていた。

だからこの事件は悲劇的ではあったが、国家安全保障に関する問題ではなかった。可能なかぎり、なんとか同盟国の力になることになるだろうが、アメリカ国民に示すべきは、自分たちが安全だという自信だった。

エレンの質問に対し、国務省情報研究局長は、確証はないが、どの組織も犯行声明を出していない以上、ふたつの爆破事件は、協力して行なわれた一匹狼の犯行と考えるのが妥当だろうと答えた。

「そんなことが可能なの？」エレンは訊いた。「その名が示すとおり、一匹狼は協力して行動することはないんじゃない」

「おそらく小さな集団なんでしょう」

「なるほど」そう言うと、この件で時間を費やしたり、無駄な議論をしたりするのはやめようと思った。

今、彼女は会議室に坐って、何も新しい事実のない報告を聞きながら、閣議をあとにしたことは大きな間違いだったのではないかと考えていた。

あのレベルの政治になると、テーブルについていなければ、自分が俎上に上ってしまうことになるのだ。

だが、勝手にやらせておけばいい。ここここそが彼女がいる必要のある場所だった。

「国家情報長官につないで」と彼女は言った。「いくつか訊きたいことがある」

CHAPTER 7

最初の爆弾が爆発してから数時間しか経っていなかったが、〈インターナショナル・メディア・コーポレーション〉のキャサリン・アダムスのオフィスには経理部員が坐って、不気味に迫ってくる自分たちの危機について警告していた。

「手当たりしだいに海外の支局に送金するわけにはいきません」経理部長が説明していた。「正当な理由が必要です。この調子では、昼までに百万ドルも送金することになる」

「手当たりしだいだって？」報道局長が言い返す。「ちゃんとケツから頭を出してこの状況を見てるのか？」彼はそう言うと、国内外の〈ＩＭＣ〉の支局が報道している悲惨な映像を手で示した。「これだけで理由は充分じゃないのか？　うちのジャーナリストたちがサポートを必要としていて、それは金という形でもたらされる。今すぐに必要なんだ」

「領収書があれば――」と経理部員のひとりが言おうとした。

「そうか。血で書いたのがあればいいのか？」報道局長は叫んだ。

彼らは憤慨した面持ちでキャサリンを見た。

彼女がこの会社のＣＥＯになってまだ数カ月しか経っていなかった。そしてこれは彼女の最初の真の試練だった。だが、メディア一家に生まれた彼女は、母親がジャーナリズムに関する問題や政治的な問題、公平性の問題を解決するのを見てきた。ときには太陽――そして理性――をも覆い隠してしまうエゴと個性をうまく操縦するのだ。

こういったことは、夕食の席で両親と話し合ってきた。ずっと。彼女はこの仕事のために見習いをしてきたのだ。ずっと。

異父兄が父に似てジャーナリストタイプだったのに対し、彼女は母親に似て経営者タイプだった。だが今回のような事態に対処するための準備はしてこなかった。彼女が学んできたのは、机の下に隠れてだれかに決断をゆだねたいときに、自信たっぷりに見せる技術だった。

「冷静でなければなりません」と経理部長は彼女に訴えた。「監査を受けたときに、資金がどこに支払われたかの証拠（エビデンス）がなければ……」

「どうなるんだ？」と報道局長が問い詰めた。「吹き飛ばされるのか？　わかってないようだな。ジャーナリストは最前線にいるんだ。彼らは国の諜報機関よりも早く爆弾に関する情報を入手しようとしている。どうすればいい？　礼儀正しく頼むのか？　お願い（プリーズ）しますとかありがとうございます（サンキュー）とか言うのか？　ミルクでも出して頼めとでも――」

「言いたいことはわかった。だが、記者連中にはこれが彼らの金ではないことをちゃんと言い聞かせてくれ。彼らも大人になる必要が――」

彼はキャサリン・アダムスのほうを見た。

何か言うのよ。キャサリンはそう思った。主導権を握るのよ。さあ何か言って。

「大人になる？　戦争や内乱を報道するのに何が必要なのかわかってるのか？」報道局長が言った。「何年もかけて、諜報機関はもちろん、テロ組織の情報提供者を手なずけたり、もっと恐ろしいことをしたりすることもある。それに必要なのはふたつのことだ。勇気と金。勇気は彼らがなんとかする。あんたは持ち合わせちゃいないだろうからな。だから少なくとも金を出してくれ。今すぐにだ」

彼は苛立たしげにキャサリンを見た。「あなたから説明してください。おれはもう行く」

彼が出ていき、ドアがバタンと閉まると部屋全体が揺れた。経理部長はキャサリンのほうを見て待った。さらに待った。

「やってちょうだい」と彼女は言った。

「われわれは金をたれ流してるんだぞ、キャサリン」

キャサリンは彼の肩越しにモニターの列を見た。ロンドンとパリの光景。そして経理部長に眼を戻した。一家の生涯の友である男に。

「やって」

彼が書類を集めて部下とともに部屋をあとにすると、彼女は母親からのメールを見た。母は、ジャーナリストが集めた有用な情報を国務省と共有するよう報道局長にメールで指示し、そのメールをキャサリンにもCCで送っていた。

報道する前に知らせるように。

キャサリンは報道局長がそうするかどうかは聞かなかった。そして報道局長も自分から伝えようとはしなかった。

影響を与えようとしているとは見られないほうがいい。あるいは影響されているとも。

明らかなのは、彼女の母親が広い網を張って、できるだけ多くの情報を集めようとしているということだ。アダムス国務長官が前任の国務長官に連絡して知見を求めたという噂まで各ニュースチャンネルで報道されていた。

評論家からは、国のためにエゴや党派を脇に置くことができる勇敢な行動と解釈される一方で、手に負えない事態に陥って自暴自棄になった無能な国務長官が愚かにも時間を無駄にしているとも解釈されていた。

ノックの音がした。ドアが開くとアシスタントが慌てた様子で入ってきた。「これを見たほうがいいかと思いまして。あなたの昔のメールアドレスに届きました」そう言うと携帯電話を彼女に渡した。

「学生時代の知り合いのようです」

「今は時間が――」

「今は国務省に勤めているようです」

「わかった、ありがとう」

アシスタントが出ていくと、キャサリンはメッセージに眼をやった。短いメッセージだった。ぶっきらぼうでさえあった。

〝高校でいっしょだったよね。話さなければならないことがある〟国務省南・中央アジアデスクFSO、アナヒータ・ダヒールと署名があった。

キャサリンは椅子に腰を下ろした。アナ・ダブなんとかという女の子のことを思い出した。煙草(タバコ)やマリファナを吸っている生徒や遅刻してこっそりと入ってくる生徒、試験でカンニングしている生徒を密告(チクる)するネズミのような女の子。

教師のペットだったが、教師にさえ軽蔑されていた。

バスケットボールでは、パスではなく、ボールを投げつけられていた。サッカーでは足を引っかけられていた。フィールドホッケーではすねを叩かれていた。

いじめではなく、仕返しだ。罰ではない。若き日のキャサリンはそう思っていた。結果なのだ。アナ・ダブなんとかが自分で招いた結果なのだ。

だが、十五年経った今、キャサリン・アダムスはそうではなかったとわかっていた。あれはいじめだった。

アナはいったい何を望んでいるのだろう？　よりによって今日という日に。

メールの返信ボタンを押して、電話番号を尋ねるメッセージを送った。数秒後に返信が返ってきた。通話ボタンを押すと、すぐに相手が電話に出た。

「アナ？」

「ケイティー？」

「アナ、ずっと連絡しようと思ってたんだ。ごめん……」

「黙って聞いて」とアナは言った。キャサリンは眉を吊り上げた。これは彼女の覚えているアナ・ダブなんとかではなかった。「あなたのお母さんと話す必要があるの」

「何の音？　どこにいるの？　トイレ？」

そうだった。

キャサリンからのメールを受け取ったあと、アナヒータはすぐにデスクを離れ、トイレに駆け込んでいた。

「お願い。トイレの個室で、自分のことばが聞かれないように水を流していた。

「お願い。あなたのお母さんに会わせてほしいの」

「どうして？　なんのこと？　爆破事件と関係あるの？」

アナヒータはそう尋ねられるとわかっていた。そしてケイティー――今はキャサリン――が、母親のあとを引き継いで、巨大で強力な報道機関のトップになっていることを知っていた。

アナが一番避けたかったのは、自分の知っていることがニュースに漏れることだった。

「言えないの」

「まあ、そうよね」とキャサリンは言った。「わたしでも母に会えるかどうかはわからないのよ。なぜあなたを連れていかなきゃならないの？」

「わたしに借りがあるからよ」

「なんですって？　謝らなきゃいけないとは思ってた。ごめんなさい。でもこれは話が別よ」

「お願い。お願い。あなたのお母さんが知りたいことを知っているの」

「何？」

水の流れる音。「言うわけには――」フラッシュ。「いかないの」

フラッシュ。

「わかったわ、ポトマック川の水が空になる前に会いましょう。国務省のビルの北東の角、二十一番通りの入口で」

「急いで」

「わかったわ。でもトイレに行きたくなっちゃった」


カチッ、カチッ。

アナヒータは携帯電話を見た。午後十二時四十八分――ヨーロッパでは午後六時四十八分――にアラームをセットしていた。爆弾が爆発する時刻だ。

彼女の携帯電話は午後十二時一分を示していた。正午を一分すぎたところだ。四十七分しかない。

「アナ？」

アナヒータが振り向くと、どことなく見覚えのある女性が通りを渡って走ってきた。ツイードのコートを着て、乗馬用のブーツを履いていた。栗色の長い髪に、深い茶色の瞳。

学校での卒業式の日に彼女に背中を向けた少女の大人になった姿だった。

一方でキャサリンは、十五年前とほとんど同じ少女の姿を見ていた。卒業式の日に校長にごまをすっていた少女の姿だ。特に目的はなく、ただそうするという理由だけで。

キャサリンが記憶していたよりもきれいだった。漆黒の長い髪、黄褐色で透き通った肌。茶色い瞳はあいかわらず激しいまなざしを放っていた。だが、かつてはなかった自信と決意が今は宿っていた。

「ケイティー?」とアナヒータは言った。「会ってくれてありがとう」

「何を知ってるの?」

アナヒータはためらった。「言えない。信じてもらうしかないの」

「何も聞かずになかに入れるわけにはいかない。母が今何に直面してるか想像できるでしょ? 母を邪魔するわけには——」

「アダムス国務長官が何に直面しているかは正確にわかってる。彼女自身よりも。情報があるの」ケイティーは怪訝(けげん)に思うだけでなく、不安になった。自分が頭のおかしい女性を相手にしてるんじゃないだろうかと。あるいはもっと悪い何かを。アナヒータは続けた。「わたしがまっすぐじゃなかったことがあった? まっすぐすぎたくらいじゃない? 決して嘘はつかない。だましたりしない。ルールも破らない。この情報を上司に見せようとしたけど、真剣に取り合ってもらえなかったの。お願い」

キャサリンは眼の前の女性の顔を見た。そこには真の恐怖があった。彼女は深く息を吸ってから吐き出すと、携帯電話を取り出してメールを送った。

しばらくして「ピン」という音がした。

「行きましょう。少なくとも七階までは上がれる。でも、母が会ってくれるかどうかは保証できない」

アナヒータは急いであとに続いた。キャサリンよりも短い脚では、彼女が一歩進むあいだに、すばやく二歩進まなければならなかった。

カチッ、カチッ。

年配の女性がロビーでふたりを出迎えた。その女性は、アナヒータが眠れないときに深夜のテレビで見ていた、《ビーバーちゃん》に出てくるミセス・クリーバーに似ていた。

「こちらは母の親友で顧問のベッツィー・ジェイムソン」とキャサリンは言った。「アナ・ダブ……えーと」

「ダヒール」

「通行証を用意したわ」ベッツィーが手渡した。「いったい全体どうしたっていうの？　こんなクッソ忙しいときにやって来るなんて」

アナヒータは眉をひそめた。ミセス・クリーバーの台詞(せりふ)はどうやら書き変えられているようだ。

「わたしにもわからない」キャサリンは、ロビーで彼女らを待っている、木製のパネルに覆われたエレベーターに向かいながら、ベッツィーのあとに続いた。「わたしには話してくれないの」

ドアがすばやく閉じ、もう引き返せなくなったとき、アナヒータはふたりの外交保安局員のことを思い出し、シフトが変わっていることを祈った。

携帯電話を見た。

残り四十一分。

ギルはバスターミナルの列に並んでいた。もう隠れようとはしなかった。それどころか、彼女に自分の姿を見せようとしていた。気づいてもらうために。熱い息を感じてもらうために。

もうこの女性も、彼に尾行されていることに間違いなく気づいていた。だが、彼女は計画を変更するわけにはいかないはずだ。そしてそれは彼も同じだった。

ナスリーンはバスを二台見送った。三台目が止まると乗り込んだ。アミールの使い古されたかばんを胸に抱き、彼のムスクの香りを吸い込んだ。

彼女にはわかっていた。その革のかばんが彼女に残された彼のすべてだということを。夫はすべてを賭けて、このかばんと彼女を脱出させようとしたのだ。

彼女はすべてを失った。彼はそれ以上のものを失った。

だがその結果、予想していなかった静けさを得ていた。そして自由を。最悪の事態はすでに起きていた。彼女はもう恐れてはいなかった。

ナスリーンは後ろの隅に坐った。少なくとも今度は逆に彼女のほうが彼を見ることができる。

ギルが乗り込み、彼女の反対側の一列前に坐った。

もうひとりの男は、気づかれることなく、ナスリーンのすぐ前に坐った。

そして百十九番のバスが出発した。

「止まれ!」

アナヒータは止まった。

「いったい何ごと?」とベッツィーが叫んだ。「彼女はわたしのゲストよ。通してあげて」

「この女性をご存じなんですか?」外交保安局の女性職員が尋ねた。手を銃に置いていた。

「もちろんよ」ベッツィーは嘘をついた。「で、彼女のことは知ってるわよね?」ベッツィーはキャサリンを示してそう言った。

外交保安局の女性職員はうなずいた。

「オーケイ。じゃあ行きましょう」

アナヒータの心臓は激しく鼓動していた。分厚い冬のコートの上からでもはっきりわかるほどだった。

女性職員は彼女をにらみつけ、そしてうなずいた。それからしっかりと顔を後ろに引いて通るように示した。

「ありがとう」とアナヒータは言った。だが、かえって女性職員を怒らせただけのような気がした。

三人は控室に入った。そこはアナヒータが想像していたものとはまったく違っていた。彼女は濃い羽目板に囲まれた部屋を想像していた。大きな革製の椅子。分厚い絨毯──あまり近くで見なければすばらしく見えるに違いない──を想像していた。

政府内のほかの多くのことと同様、彼女は毎日新しいことを学んでいた。それらは近くで見ないかぎりは堂々としていた。

だがアダムス国務長官の控室はまったく違った。ひどい有様だった。

足場があり、防水シートがあった。すり減ってまだらになった木製の床がむき出しになり、石膏の粉で覆われていた。そこは工事現場だった。アダムス国務長官は、国務長官室を作り直していたのだ。あらゆる意味で。

「ここで待っていて」とベッツィーが言った。「あなたは──」キャサリンを指さした。「いっしょに来て」

「急いで、お願い」とアナヒータは言った。

ベッツィーは立ち止まると振り向いた。アナヒータは何か鋭い返事を予想した。代わりに彼女が見たのは、うんざりして不安そうな、そして同情するような顔だった。

「わかってるわ。リラックスして。大丈夫、もう大丈夫だから。国務長官がすぐに来るから」

アナヒータはベッツィーとキャサリンが奥の部屋に消えていくのを見守った。

リラックスすることはできなかった。ミセス・クリーバーはわかってくれたようだが、わたしが何を知っているかは知らないのだ。

携帯電話を見た。

残り三十八分。

バスはフランクフルトのはずれに向かって揺れながら進み、男性や女性、子供たちを降ろすために停まった。

そして男性や女性、子供たちを乗せるために。

❉ CHAPTER 8

エレン・アダムスが首席補佐官を伴って現れた。アナヒータは思わず眼を見張った。これまでは遠くからや、テレビでしか見たことがなかった。

思ったより背が高かった。だが、それと同じくらいに力強かった。

「情報があるそうね？」アダムス国務長官はそう言いながら、まっすぐ彼女のほうに歩いてきた。

「これです」

アナヒータは携帯電話をエレンに差し出した。エレンはそれを受け取ってちらっと見ると、ボイントンに手渡した。

「これはなんなの？」とエレンは問いただした。

「昨日、うちのデスクに届いたメッセージを撮った写真です。わたしはFSOで――」

「パキスタンデスクよね。これはどういう意味？」

「時間の無駄です、国務長官」ボイントンが携帯電話を掲げてそう言った。「彼女はジュニアFSOです。会議室にはもっと上位の職員が集まっています。彼女が――」彼はアナヒータを指さした。「われわれの諜報部門の知らないことを知っているはずがありません」

エレンはボイントンに反論した。「わたしが聞いたかぎりでは、その彼らも何も知らないようよ。彼女のほうが少しはましかもしれない」ジュニアFSOのほうを見て言った。「説明して」

アナヒータはボイントンから電話を奪うと、エレンのかたわらまで歩き、体を寄せた。ふたりの肩が触れ合った。

「数字を見てください、長官」

「見ているわ―――」エレンは言いかけたが、口を閉ざした。数字がバラバラになってまた集まり、何か恐ろしいものを形作った。

クローゼットのなかにいるもの。ベッドの下にいるもの。どんな歌声にも追い払えない、暗い路地の奥にいるもの。

想像を絶する恐怖がそれらの数字のなかに現れた。

「これはこれまでのふたつの爆破事件のバスルートと時間よ」とエレンは言った。「そして三つ目がある」ほとんどささやくような声だった。あたかもこれ以上大きな声を出すと、爆発するというかのように。「これが昨夜送られてきたの？」

「はい」

「なんだって？」とボイントンが言い、見ようとして進み出た。

ベッツィーとキャサリンもそのまわりに集まった。

そしてボイントン、ベッツィー、キャサリンが一斉に話しだした。が、エレンが手を上げて制し、静かにさせた。

「どこで起きるの？」とエレンが訊いた。

「わかりません」

「だれが送ってきたの」

「わかりません」

「そりゃすごい」とボイントンは言った。だれも聞いていなかった。あるいは聞こえないふりをした。

だが、エレンはそのことばを聞き逃さず、彼のほかの行動といっしょに心のなかにファイルした。

「推測しなければならないとしたら、わたしなら次のターゲットもヨーロッパだと言います」とアナヒータは言った。

エレンはすばやく、決然とうなずいた。「賛成ね。絞り込まなければならない以上、それが妥当だと思う。もしこの事件が――」彼女は時間をチェックして計算をした。「ああ、なんてこと」彼女はベッツィーを見た。「二十四分しかない」

ベッツィーはことばを失い、青ざめた。

「いっしょに来て」とエレンは言った。

アナヒータらはエレンのあとについて専用会議室に入った。椅子はすべて埋まっており、全員の視線が彼女たちに集まった。

アダムス国務長官が自分たちが手に入れたもの、これから起きることを簡潔に説明した。

「この暗号を同盟国の諜報機関に送ってほしい。百十九番のバスルートのあるヨーロッパの主要都市のリストが必要よ。ロンドンとパリは除いていい。五分でやって」

一瞬、動きが止まるような間(ま)があったが、そのあとすぐ、その場は爆発するように活気づいた。

「EUの対外行動局長に電話をつないで」エレンはボイントンにそう言うと、足早に自分の執務室に入っていった。机を前にして坐ろうとしたときに、ボイントンに気づいた。

首席補佐官は戸口に立っていた。

「どうしたの？」と彼女は言った。

彼は振り向いて会議室のなかとその場の喧騒(けんそう)に眼をやった。そして執務室に入ってくるとドアを閉めた。

「彼女に理由を尋ねませんでしたね」

「ごめんなさい、なんのこと？」

「あの若いFSOです。なぜ彼女に？　なぜ警告が彼女に向けて発せられたんでしょう？」

エレンはそれは重要ではないと言いかけてやめた。重要かもしれないと思い直した。

「EUの対外行動局長に電話をつないだら、アナヒータ・ダヒールについてできるかぎり調べてちょうだい」

坐ると、携帯電話を取り出し、息子に送るメッセージを入力した。〝お願い、連絡して〟

ハートの絵文字の上を指がさまよったが、押さずに送信ボタンを押した。

そして待った。待った。

カチッ、カチッ。

返事はない。

「わかりました」国務省の上級情報分析官がエレンのオフィスに駆け込んできて、そう言った。

エレンはちょうどEUの対外行動局長と電話をしていて、自分たちの持っている情報を伝えたところだった。

分析官はリストを彼女の前に置いた。ほかのメンバーは彼の後ろに並んで、彼女が読むのを見ていた。時間はかからなかった。驚くほど短いリストだったのだ。

ロンドンとパリは除外していいだろう。残ったのはローマとマドリッド、そしてフランクフルトだった。

「どこが一番可能性が高いの？」と彼女は問いただした。

残り六分。

「なんとも言えません、長官。各都市の運輸局に問い合わせましたが、もう六時を過ぎていて、事務所が閉まっています」

彼らは眼を大きく見開いて彼女を見つめていた。エレンはポイントンに向かって言った。「インターポールに連絡して、各都市の警察に警告を出すように言って。キャサリン！」

「何？」彼女の娘がドアから顔を出して答えた。電話を耳に当てていた。

「ローマとマドリッド、フランクフルト。各支局に知らせて」

「わかった」


「何が起きてるの？」上級分析官の一団が国務長官の執務室に駆け込んでいく様子を見ながら、アナヒータが訊いた。

「百十九番のバスがある都市のリストがわかった」と補佐官のひとりが言った。

「どれ？」

補佐官はリストを机の上に置いて差し出した。

それを読むと、アナヒータは眉間にしわを寄せて考えた。そしてハッとしたように眼を大きく見開いた。

「なんてこと、フランクフルトよ」彼女はそうつぶやくと携帯電話を取り出した。

残り四分半。

震える手でタップした。間違ったメッセージが表示された。もう一度タップした。今度はその朝、ギルから受け取ったメッセージが表示された。

〝フランクフルトでバスに乗っている〟

彼女はタイプした。〝フランクフルトにいるの？　バスに乗ってるの？　今？〟そして緊急を示すアイコンを押した。


〝そうだよ〟ギルは座席でくつろぎながら返信を送った。長い二十六時間だったが、もうすぐ着くところだった。

〝どうして〟アナヒータが尋ねた。

〝手がかりを追って〟

〝どんなでがかり？〟アナヒータは震える指で送信ボタンを押してから、タイプミスに気づいた。修正しているところに彼からの返信が届いた。

〝言えない〟

〝Fのどこ？〟

彼女は待った。画面を見つめた。お願い。お願い。

三分二十秒……

〝バスのなか〟

〝どのバス？〟

〝それ重要？〟

〝！！！！〟

〝＃１１９〟

ギルは携帯電話をポケットに入れ、背もたれに体を預けて、眼の前の子供たちが突っつき合ったり、押し合ったりしているのを眺めていた。通路を挟んだ席の年配の女性は、少年たちを見て、自分の子供や孫でないことに感謝しているようだった。

バスは混雑していた。ギルは席を譲ったほうがいいだろうかと思った。だが、ドクター・ブハーリーを監視し、どこで降りるのかたしかめる必要があった。そして彼の情報提供者が正しいのかどうかを。

〝降りて！　爆弾!!〟

だが、返信はない。

アナヒータは画面を見つめた。お願い。お願い。

何もない。

電話をかけてみた。

出ない。

彼女は立ち上がると、国務長官のオフィスに走った。職員が止めようとしたが、今度もすり抜けた。

「友人が」彼女は叫んだ。「友人がフランクフルトで百十九番のバスに乗っている。手がかりを追ってる。彼に爆弾があることを伝えようとしたけれど返事がない」

「手がかりを追っている？」とベッツィーが言った。「その友達はジャーナリストなの？」

「ええ」

ベッツィーは振り向くとエレンを見た。

エレンが携帯電話を取り出すと、ベッツィーはアナヒータのほうに眼を戻して言った。「その友達の名前は？」

　エレンは最後に受け取ったプライベートのメッセージに眼をやった。自分の息子からの。

〝フランクフルトでバスに乗っている。詳しくはあとで〟

「ギル」とアナヒータは言った。「ギル・バハール」彼女はショックを受けているベッツィーの顔から、エレンの顔に視線を移した。彼女は口を開け、眼を大きく見開いていた。

　エレンは震える指で携帯電話のアイコンを押し、ベッツィーと眼を合わせた。

「どうしたの？」とアナヒータが訊いた。

「ギル・バハールは彼女の息子だ」チャールズ・ボイントンが言った。

　部屋の空気がすべて吸いつくされたようだった。

　残り三分と五秒。

　全員がエレンを見つめた。

　キャサリンが部屋に入ってきて立ち止まった。「何があったの？」

　ベッツィーが彼女に歩み寄ると言った。「ギルがフランクフルトで百十九番のバスに乗っているの。お母さんが今電話をしている」

「ああ、神様」彼女はそう言うと、ことばを失った。


　バスが停まった。前の席の子供たちがそれに気づき、叫びながら慌てて立ち上がってバスから降りていった。ちょうどナスリーンの前の席の男も降りていったところだった。

　だがその男は何かを置いていった。

　何組かの家族が乗ってきた。十代の若者たち。年配のカップル。

ギルは携帯電話に着信があって振動しているのを感じていたが無視した。それぞれの停留所でブハーリー博士の動きに集中し、最後の瞬間にバスから降りられないように注意しなければならなかった。

バスが発車すると、彼は電話を取り出した。

「くそっ」と彼は言うと、赤い〝拒否〟のアイコンを押した。


「拒否された」とエレンは言った。

「わたしのを使って」とキャサリンが言った。ダイヤルしてから母親に渡した。

残り一分十秒。


また携帯電話が振動した。

ギルは、母親の写真が表示されていることを予想しながら電話を取り出した。代わりに彼が見たのは異父妹のキャサリンの写真だった。

「ハイ、ケイティー」


「よく聞いて」と母親が言った。その声は険しいものの、穏やかだった。

「ああ、くそっ」とギルは言って、終了ボタンを押そうとした。

「爆弾よ」とエレンは言った。その声はしだいに大きくなっていった。

「なんだって？」

「バスに爆弾がある」穏やかさは消えていた。ほとんど叫ぶようになっていた。「一分しかない。降りて！」

そのことば、恐怖、意味を理解するのに一瞬かかった。

立ち上がると叫んだ。「バスを止めろ！　爆弾がある！」

ほかの乗客が彼を見て、狂ったアメリカ人から思わず身を引いた。

彼はブハーリーに手を伸ばし、腕をつかんだ。「立って！　降りるんだ！」

彼女は彼を押しのけると、アミールのかばんで殴りかかった。彼を殴りながら助けを呼んだ。

この男は自分をバスから降ろそうとしてるのだ。彼女はそう思った。心臓の鼓動が速くなり、アドレナリンが湧き出た。

ギルは、彼女を残して前方に走り、運転手に叫んだ。

「止まるんだ！　みんなを降ろすんだ」

ギルは振り向いて長いバスを見渡した。彼を見つめている顔を見た。男性、女性、子供。怯(おび)えていた。爆弾にではなく、彼に。

「お願いだ」懇願した。

カチッ、カチッ。


全員が、壮麗なオフィスの壁一面にかかった時計がカウントダウンするのを見ていた。携帯電話からは、くぐもった声でギルが叫び、懇願するのが聞こえていた。

十九秒。

十八秒。

「ギル！」母親が叫んだ。「降りて！」

ようやくバスが揺れながら停まった。ドアが開き、運転手が立ち上がった。

「ありがとう――」ギルは言いかけたが、運転手の手が彼のジャケットをつかんだ。

そして放り出された。

十秒。

九秒。

全員が眼を見開いていた。息を止めていた。

「八秒」アナヒータはささやいた。

硬い歩道に落ち、傷つき、冷たい風にさらされながら、ギルはバスが去っていくのを見ていた。よろめきながら立ち上がると、バスのあとを追いかけ、そして追いつけないと悟ると、歩行者を見た。

三秒。

二秒。

「下がれ、伏せるんだ。あのバスは――」

カチッ、カチッ。

アナヒータの時計のアラームが鳴り、エレンの顔は蒼白(そうはく)になった。

CHAPTER 9

携帯電話がエレンの手から床へ滑り落ちた。頭がぼうっとし、背後に手を伸ばして体を支えようとした。まっすぐ立っているように。

額に入った写真、思い出の品、ランプが落ちた。

そしてパニックになりながらも、携帯電話を拾おうとした。

「ギル?!」電話に向かって叫んだ。「ギル??」

だが通話は切れていた。

「ギル?」彼女はぞっとするような沈黙に向かってささやいた。

「ママ?」とキャサリンが言い、エレンに歩み寄った。

「爆発した」とエレンはつぶやいた。眼を大きく見開き、娘を、そしてベッツィーの顔を見つめた。

そして大混乱となった。部屋にいた全員が弾(はじ)けるように行動を開始し、命令を叫んでいた。

「ストップ!」

全員が動きを止めた。エレンのほうを見た。ベッツィーは彼女の傍らに、キャサリンはその反対側にいた。

爆発から十秒が経過していた。

「バスの正確な位置はわかる?」エレンが訊いた。

「はい。携帯電話の通信から追跡できます」とボイントンが言った。彼は携帯電話を握り、いくつかキーを押すとうなずいた。「わかりました」

「それをドイツに送って」エレンが命じた。「そうしたらフランクフルトの救急サービスに連絡して。すぐによ！」

「はい、長官」

補佐官らは、今起きたことをすべての諜報機関に報告し、フランクフルトのアメリカ領事館に連絡して現場に人を派遣させるように指示された。

「そしてギルを探すように彼らに言って」とエレンは呼びかけた。「ギル・バハール」彼女はスペルアウトし、廊下を急ぐ補佐官らを追いかけるようにそのアルファベットを伝えた。

エレンはキャサリンのほうを見た。彼女は電話でギルを呼び出そうとしていた。キャサリンが首を振る。ふたりはアナヒータを見る。彼女も同じようにギルに電話をしていた。

眼を大きく見開き、電話を耳に当てていた。出ない。

「フランクフルト支局に電話する。彼らならすぐに着けるはず」キャサリンが指で携帯電話を叩きながら言った。「あなたは兄さんにかけ続けて」とアナヒータに言った。

アナヒータはうなずいた。

電話が鳴り始め、受信音、警告音を発していた。

ベッツィーがテレビをつけると、ドクター・フィル（アメリカのトークショー番組《ドクター・フィル》の司会者）が、夫が女性に変身し、自分も男性に変身していることを打ち明けなければならない女性にインタビューをしていた。

リモコンをクリックする。

ジュディ判事（裁判を模したアメリカのリアリティショー《ジャッジ・ジュディ》の司会者）は、隣人が物干し竿[ざお]から布巾を盗み続けている事件を裁いていた。

クリック、クリック。

まだ何も報道されていない。一分以上経過していた。

クリック。

「長官、ドイツの首相に報告し、位置情報を先方の諜報部門と救急サービスにも送りました」ボイントンが報告した。「大統領に知らせますか?」

「大統領?」とエレンが訊いた。

「アメリカの」

「ああ神様、そうね。わたしからする」

エレンはほとんど崩れ落ちるように坐り込むと、うつむいて両手で頭を押さえた。指で頭皮をつかむ。顔を上げた。その眼は充血していたが、それ以外にはたった今息子が殺されたかもしれないと知った様子は見せなかった。

「ウィリアムズ大統領につないでちょうだい」

報告がものすごい勢いで入ってきていた。補佐官らは自分の得た情報を伝えていた。

「大統領、また爆破がありました」


「待ってくれ」

ダグラス・ウィリアムズは、首席補佐官に中小企業局の代表との会談を中止し、大統領執務室から辞去させるよう指示した。

ひとりになるとウィリアムズは、外の芝生を見ながら言った。

「どこだ?」

「フランクフルトです。今度もバスです」

「くそっ」少なくともアメリカではなかった。そう思わずにはいられなかった。デスクに坐ると、通話をスピーカーモードにし、ラップトップPCのサーチエンジンにすばやく入力した。「ウェブにはまだ何も出ていない」

バーバラ・ステンハウザーが戻ってきて、ボディランゲージで質問した。だが彼女が得た答えは機敏な仕草だけだった。

「また爆破だ」彼は執務室の反対側にいる彼女にそう言った。すぐにテレビをつけてチャンネルを次々と切り替えるように指示していた。

「なんてこと」チャンネルをCNNにしたまま、彼女は携帯電話を手に取った。「フランクフルト」

「いつ起きた?」大統領がエレンに訊いた。

彼女は時計を見て、まだ一分半しか経っていないことに驚いた。「九十秒前です」

永遠のようだ。

「ドイツ政府と各国の諜報部門には連絡しました」とエレンは言った。「安全なチャンネルを通じて警告を発しました」

「ちょっと待て。ドイツに連絡したと言ったな。ドイツからじゃなくて? どうしてそんなに早くわかったんだ?」

エレンは一瞬口を閉ざした。話したくなかった。だが、話さなければならないとわかっていた。

「わたしの息子が乗っていました」

そのことばは沈黙をもって迎えられた。

「なんと言ったらいいか」と彼は言った。心からそう思っているように聞こえた。

「バスから降りたかもしれません」と彼女は言った。「そう聞こえました……」気力を振り絞るよう

「そうしてくれ」

「そちらにうかがってもよろしいでしょうか、大統領？　一連の出来事を説明するために」

「彼と話していたのか？　そのときに？」

にそう言った。

エレンが携帯電話を握りしめて――ギルからの電話に備えてシークレットサービスに渡すのを拒んでいた――ホワイトハウスの大統領執務室に到着したときには、すでに国家情報長官、CIA長官、統合参謀本部議長のホワイトヘッド将軍がいた。

「国土安全保障長官と国防長官もすぐに来るはずだ」とウィリアムズ大統領は言った。「だが待てない」

大統領はギルについては言及しなかった。エレンはほっとした。彼女の痛みに気を遣ってそうしたのではないだろう。気が引けたのか、あるいは忘れてしまったのだろう。

エレンは何が起きたかを簡潔に説明した。このときには、世界はすでに爆破事件のことを知っていた。あらゆるニュースで映像が流されていた。ニュースキャスターは不安と興奮でほとんどヒステリックといっていい状態だった。普段は有能なドイツ警察が統制を取り戻そうとするなか、マスコミは現場に押し寄せ、認められた境界を越えて接近しようとしていた。救急車と消防車がそのあいだを通り抜けようとしていた。

「ジュニアFSOが警告を受けていたというのか？」国家情報長官のティム・ビーチャムが言った。「われわれの精緻な情報ネットワーク、熟練した諜報員、世界中のだれも知らなかったというのに、そのだれかは彼女にメッセージを送ったと？」

「ええ、そうです」とエレンは言った。まさにそう言ったのだ。

「しかしだれが？」と大統領が訊いた。

「わかりません。彼女はメッセージを削除したんです」

「削除した？」

「そういう手続きなんです。彼女はそれをスパムだと判断しました」

「ナイジェリアの王子からだったのか？」とたった今着いたばかりの国土安全保障長官が言った。だれも笑わなかった。

「なぜ彼女に？」と大統領が訊いた。「このアナ――」

「アナヒータ・ダヒールです。理由はわかりません――」

「アナヒータ・ダヒール」ＣＩＡ長官はそうつぶやき、国家情報長官を見た。

「訊く時間がありませんでした」とエレンは言った。「彼女が知らせてくれたことに感謝しています」

「遅すぎた」と国防長官が言った。「爆弾はすべて爆発した」

　エレンは黙っていた。結局はそのとおりだ。

　国家情報長官が席を外し、一分後に戻ってきた。

　ホワイトヘッド将軍はそれを見て、かすかに首を傾（かし）げた。彼はエレンに眼をやり、安心させるように小さな笑みを浮かべたが、それは逆効果だった。

　彼女もティム・ビーチャム国家情報長官をじっと見た。

「もういいかね？」とウィリアムズがビーチャムに訊いた。

「はい、大統領」とビーチャムは答えた。「部下にいくつか指示する必要がありました」

　エレンはなぜビーチャムの短い不在が統合参謀本部議長を不安にさせたのか不思議に思った。そしてそれがわかる気がした。

ティム・ビーチャムは、部下に指示するためなら部屋を出る必要はなかった。そうした理由は、ほかの者に聞かれないようにするためでしかなかった。

ではなぜ？

エレンはふたたびホワイトヘッド将軍を見たが、彼の視線はふたたび大統領に向けられていた。アダムス国務長官として質問に答える一方で、ギルの母親であるエレンはテレビのモニターに背を向けていた。見る勇気はなかった。もしも……

ホワイトヘッド将軍がようやく尋ねた。

「息子さんは？」

「連絡はありません」彼女の声は険しく、張り詰めていた。その眼はこれ以上訊かないでくれと懇願していた。

彼は素っ気なくうなずくとそれ以上尋ねなかった。

「それでまだ犯行声明はないのか？」と大統領は尋ねた。

「ありません。これは明らかに一匹狼の範囲を越えています」と国防長官は言った。「狼の群れのしわざです」

「気の利いた台詞はもういい。必要なのは答えだ」ウィリアムズ大統領は、部屋のなかを見渡し、無表情なアドバイザーたちを見た。

長い間。

「ないのか？」ほとんど叫んでいた。「何も？　きみたちはふざけてるのか？　われわれは地球上で最も偉大な国家だ。最高の監視システム、最高の情報ネットワークを持っているのに、何もないというのか?」

「おことばですが、大統領——」とCIA長官が口を開いた。

「なんだ、言ってみろ」大統領がにらみつけた。

CIA長官は助けを求めるように部屋のなかを見まわした。その視線の先にあったのは国務長官だった。エレンはため息をついた。

すでに大統領と対立してるのだから、失うものは一番少ない。それに、エレン・アダムスはこんな政治にはもう興味はなかった。

「あなたは四年も時代から遅れてる、ダグ」

思わずファーストネームが口をついた。

「何が言いたいんだね?」

「よくご存じのはずよ」彼女はそう言い放つと、首席補佐官のバーバラ・ステンハウザーに眼をやった。「そしてあなたも。時間を無駄にしたくないので要点だけ言います。前政権は触れるものすべてをだめにした。井戸を汚染し、国際関係も汚染した。われわれはこの自由世界の名ばかりのリーダーです。あなたが誇る優秀な情報ネットワークはもはや存在しない。同盟国はわれわれに不信感を抱いている。われわれに危害を加えようとする者が跋扈(ばっこ)している。われわれがそれを許したんです。われわれが彼らを許した。ロシア。中国。北朝鮮の狂人。そしてここ、この政権のなか、影響力のあるポジションはどうなのか? 下級職員は? 彼らがよい仕事をしているとほんとうに信じることができるの?」

「闇の政府(ディープ・ステート)」と国家情報長官が言った。

エレンは彼に向かって言った。「心配すべきは深さじゃない。その範囲よ。どこもかしこも汚染されている。四年間、狂った大統領にごまをするためならなんでも言い、なんでもする人間を採用し、昇進させ、報酬を与えることによって、わたしたちは脆弱になってしまった」そう言うと彼女は自分の携帯電話を見た。何もない。「だれもが無能なわけではありません。そうだとしても悪意があるわけではありません。彼らにわれわれを弱体化させるつもりがあるわけではない。ただ、ほんとうによい仕事をする方法がわからないのです。わたしは民間企業出身です。人がやる気を感じているかどうか、刺激を受けているかどうかはわかります。われわれは四年間も恐怖のなかで過ごしてきた何千もの職員を受け継いだんです。彼らはただ頭を下げていたいのです。それにはわたしの部門も含まれます。そしてそれは――」彼女はバーバラ・ステンハウザーを見た。「ホワイトハウスにも及んでいます」

「わたしも含まれるのかね？」ホワイトヘッド将軍が言った。「わたしは前政権にも仕えていた」

「聞いたところでは、あなたはほとんどの時間を手榴弾の下に身を投じて過ごしたそうですね」とエレンは言った。「正気とは思えない軍事的、戦略的決定の影響を止めるため、あるいは少なくともその影響を少なくするために」

「すべてがうまくいったわけではない」と統合参謀本部議長は認めた。「わたしは大統領と彼の支持者たちにこれ以上核開発を進めないよう懇願した。そのとき大統領がなんと言ったか知ってるかね」

エレンは黙っていた。訊くのが怖かった。

「彼は言った。〝使えない核兵器に何の意味があるんだ〟と」そう言うホワイトヘッドの顔は文字どおり蒼白になっていた。「もっと強く言っていたら……」

「少なくとも努力はした」とエレンは言った。

ホワイトヘッドは小さくうなるような声をあげた。「墓標にそう刻まれるんだろうな。〝彼は少なくとも努力はした"……」

「重要なことです」とエレンは言った。「ほとんどの人はしなかった。申し訳ありません、大統領。わたしは国務省に戻ります。ドイツに行かなければなりません。ほかに何かわたしから聞いておきたいことはありますか」

「いや、エレン」ウィリアムズ大統領はためらった。「ドイツへの旅は、個人的な訪問かね？」

彼女は大統領をじっと見た。言っていることが信じられなかった。何が言いたいのか。

ホワイトヘッド将軍が進み出て言った。「一時間以内にアンドルーズ空軍基地を出発する予定の軍用輸送機に乗ることができます」

「いやだめだ」とウィリアムズは言った。「公務でなくとも、政府専用機を使いたまえ。ドイツの首相も急な訪問だと理解して、外交儀礼に反しているとは言わないだろう」

「彼女も血の通った人間です」エレンはウィリアムズをにらんだままそう言った。「お願いします」

CHAPTER 10

「何もないの？」エレンは、慌ててオフィスに駆け込むとそう言った。

ギルからの知らせがあればすでに聞いているはずだとわかっていた。だが、それでも訊かずにはいられなかった。

「ありません」とボイントンは言った。

ベッツィーとキャサリンはフランクフルトに向から準備のために帰ってしまっていた。エレンは海外からの緊急の質問に答えながら会議室に入った。そして席に着くと、首席補佐官、上級補佐官、そして安全保障分析官を見つめた。

「報告して」

「ドイツ側は、三つの爆発の背後に同一の組織がいることは明らかだと言っています」と上級補佐官が言った。「ですが、どの組織かはわかっていません」

「アルカイダかもしれません」と安全保障分析官が言った。「ISIS――」

「ISILだ」

「ストップ」エレンは手を上げて制した。「爆発は数時間あいだを置いている。テロが目的なら同時多発テロになるはず。9・11のように」彼女はテーブルを見渡し、専門家たちを見た。「違う？」

何人かが肩をすくめ、沈黙が部屋を覆った。

「長官、実のところ」と上級分析官が言った。「目的が何だったのか……いえ、何なのかはわかっていません」

「何なのか？　まだ終わっていないと言うの？」

彼女は自分がヒステリックになっていくのを感じていた。めまいがして、笑いだしたいという欲求に押しつぶされそうになる。部屋を飛び出し、腕を振りまわしながら、廊下を駆け、玄関を出て、通りの真ん中を叫びながら駆け抜けたい。飛行機に着くまで止まることなく。

彼らは互いに譲るように見つめ合っていた。

「続けて」とエレンは言った。

さらに沈黙が続いた。エレンはまだ彼らの心が読めなかった。彼らは自分の本心、特にほんとうの考えを隠すように教育されてきた。それは外交や諜報活動の訓練によるものであると同時に、四年間、真実はもちろんのこと、事実らしきものを明らかにすることで罰せられてきたという経験によるものでもあった。

「もっと大きな目的があるように思えます」女性補佐官が言った。どうやらはずれくじを引いたようだ。「これらの爆弾は、事前の警告なのではないかと」

その補佐官はそう言うと、眼を細め、かすかに顔をそむけた。覚悟を決めていた。不吉な知らせだと非難される覚悟を。

だがアダムス国務長官はそのことばを受け止めて、うなずいた。

「ありがとう」彼女はテーブルを見まわした。「それでなんの警告だというの？」

「何かより大きな計画があって、これらは彼らのできることのほんの一部だと言っているのではないでしょうか」上司の反応に勇気づけられたように、安全保障分析官のひとりがそう言った。

「自分たちの望むことをなんでもでき、やるつもりなのだと」別の分析官が言った。「好きなときにどこでも、いつでも」

「世界のどこでも罪のない男性や女性、子供たちを殺すことができるのだと」別の分析官も言った。

「自分たちはプロフェッショナルだと」さらに別の分析官が言った。今となっては、エレンは正直に話すよう促したことを後悔していた。「下着爆弾犯でも、靴爆弾犯でもない。ナップザックのなかの釘爆弾でもない。だれがやったにせよ、まったく違うリーグに属している」

「彼らは何をやっても成功するでしょう、長官」別の分析官が同意した。

「もう終わり?」とエレンは訊いた。

彼らは見つめ合い、長いため息をついた。長年溜まったフラストレーションを吐き出すように。そしてそれとともに長年にわたる不安を吐き出すように。

「ミズ・ダヒールが受け取ったメッセージについてわかっていることは?」とエレンは尋ねた。

「サーバーで発見しました」情報分析官のひとりが言った。「IPアドレスはありません。発信元を示すものは何もありませんでした。現在調査中です」

「わかった。ミズ・ダヒールはどこ?」とエレンは訊いた。「三十五分後にドイツに出発します。その前に彼女と話しておきたい」

彼らは周囲を見まわした。まるでアナヒータが姿を現すのを期待するかのように。

「どうなの?」

「しばらく見かけていません」とボイントンが言った。「たぶん自分のデスクに戻ったんでしょう。連れてきます」

一分後、彼はアナヒータはいなかったと報告した。

エレンは頭蓋骨の付け根から背筋へと寒気が走るのを感じた。「探して」

彼女は自分の意志で消えたのだろうか？　それとも消されたのだろうか？

どちらにしてもうまくなかった。

エレンは〝アナヒータ・ダヒール〟と口にしたときのCIA長官と国家情報長官ティム・ビーチャムのあいだで交わされた視線のことを思い出していた。

彼女にはあの視線の意味がわかっていた。ジェーンやデビー、ビリー、テッドといった名前以外の人物に対して許される視線。あのときは怒りを覚えたが、今、同じことを考えている自分に気づいていた。

アナヒータ・ダヒール。出身はどこなのだろう？　生い立ちは？

彼女の忠誠心は？

どこにいるの？

そしてエレンは単純な事実についてもう一度考えていた。早期警戒態勢を敷いていたにもかかわらず、爆弾は爆発した。アナヒータ・ダヒールが彼らにメッセージを伝えるのが遅すぎたために。

エレンの携帯電話が鳴った。個人の電話だ。キャサリンからだった。

「生きてた」喜びに満ちたキャサリンの声が回線を伝わってきた。

「ああ、神様」エレンはそううめくと、頭が触れるほど会議室のテーブルに体をゆだねた。

「どうしたんですか？」とボイントンが尋ねた。その眼は心配で大きく見開かれていた。「息子さん？」

エレンが顔を上げると、大統領とは違い、ほんとうに心配そうな眼と眼が合った。その瞬間、自分はチャールズ・ボイントンを愛していると思った。

だれをも愛していた。

「生きていた」そう言うと、今度は電話の向こうのキャサリンに尋ねた。「具合は？　どこにいるの？」

「怪我(けが)をしている。けど危険な状態じゃない。兄さんがいる病院はツム・ハイリゲン……ガイスト──」

「いいわ」とエレンは言った。「すぐに行く。アンドルーズで会いましょう」

電話を切った。ギルの母親は眼を閉じ、深く息をした。そして眼を開けたとき、国務長官に戻り、笑顔の補佐官らに眼をやった。

「大丈夫。回復する。今から向かう。あなたもいっしょに来て」彼女は首席補佐官に言った。「ほかに何かわかっていることはある？」彼らは首を振った。「何か疑わしいことは？」

「これは間違いなく組織的なテロ攻撃です、長官」と上級情報分析官が言った。「ですがだれなのかはわかりません。さっき言ったとおり、過激派の極右グループからイスラム国の新たな下部組織まであらゆる可能性があります。幸いなことに、われわれのＦＳＯが受け取ったメッセージを信じるなら、あれが最後である可能性が高い」

「今のところは」と別の補佐官が付け加えた。「わからないのは、なぜ彼らが爆弾について警告してきたかということです。なぜあんなメッセージを送ってきたのか？」

「送ってきたのは犯人じゃない」と分析官が言った。「爆破を計画していた人物は爆弾が爆発することを望んでいたはずです」

「じゃあ、だれが送ったの？」とエレンは訊いた。沈黙が続いた。「推測でいい」

「敵対するグループ？」上級情報分析官が言った。「組織内の反乱分子かもしれない。イデオロギーに賛同しない者が爆発を止めようとしたのかもしれない。思いつくまま言っているだけですが」

「いいえ、予想されるあらゆる可能性を探っているのよ」とエレンは言った。「想像力を働かせて。それだけの人材と専門知識を持った人間はそう多くはないはず。リストが欲しい」彼女は立ち上がった。「だれの発案なのか突き止めて、阻止する必要がある」

「なぜ、あれらのバスだったのかもわかっていないのでは？」ボイントンが言った。「なぜあれらの都市なのか？　思いつきで選んだのか？」

またしても全員が、車のダッシュボードの上に置いた犬の置物のように首を振った。

エレンが立ち上がり、ほかのメンバーもそれに続いた。「出発する前にミズ・ダヒールと話をする必要がある。彼女を探して」

ドアの前で立ち止まり、あのときの視線を思い出した。CIA長官とティム・ビーチャムのあいだで交わされた視線。

「国家情報長官に電話をつないで」彼女はボイントンに言った。

デスクに戻ったときには電話がつながっていた。

「ティム」

「国務長官」

「うちのFSOを捕まえた？」

「なぜわたしが？」

「とぼけないで。あなたは諜報部門を管轄しているかもしれないけど、わたしは外交全般を管轄してるのよ」

「技術的には——」

「いいから答えなさい」

「ええ、国務長官。彼女はわれわれが拘束しました」

アナヒータはこんなことが可能だとは夢にも思わなかった。ここでは。文明国では。自分の国では。

彼女は金属製のテーブルに坐り、制服姿だが、記章も名札もつけていないふたりの男と向かい合っていた。軍情報部。さらに大柄な男がふたり、ドアの前に立っていた。彼女が逃げ出そうとしたときに備えて。

だが、その頑丈な肉の壁をすり抜けたとして、どこへ逃げればいいのだろう？

彼女は、自分の出身地がどこであれ、彼らの抱いている疑惑には関係ないことに早い段階で気づいていた。クリーブランド出身ではないような扱いだった。

彼らが何度も自分の名前を言っていることがわかった。アナヒータ。

まるで醜い何かに翻訳するかのようにその名前を口にした。アナヒータ。テロリスト。よそ者。敵。脅威。

彼らはあざ笑うかのように言った、アナヒータ・ダヒール。

「クリーブランド生まれです」彼女は説明した。「調べてください」

「調べた」ふたりのうちの若いほうの男が言った。「だが記録は偽造できる」

「そうなの？」そう言ったとき、いかにも愚かに聞こえると気づいた。そんなつもりはなかった。疑いを深めるだけだった。彼らの経験ではそこまでうぶな人間はいない。あるいは世間知らずな人間は。

アナヒータ・ダヒールという名前の者ならなおさらだ。

〝ダヒール〟はアラビア語で〝教師〟を意味する〝ダビール〟から来ている。そして〝アナヒータ〟はペルシア語で〝治療する人〟あるいは〝知恵〟という意味がある。だが彼らにそんなことを言っても無駄だ。〝ペルシア語〟と聞いたあとは、その先を聞こうとはしないだろう。

それは〝イラン語〟と翻訳することができる。つまり〝敵〟ということだ。

そう、何も言わないのが一番だ。だがアナヒータ・ダヒールは心のなかでは彼らは間違っていないのではないか、実際には彼らは味方でもなんでもないのではないかと思っていた。自分がこんな連中と同盟を結んでいるなんて信じられなかった。

「民族的な背景は？」

「両親はレバノンのベイルート出身です。内戦を逃れて、難民としてこの国に来ました。わたしは一世です」

「イスラム教徒？」

「クリスチャンです」

「両親は？」

「父はイスラム教徒、母はクリスチャンです。ふたりが国を去らなければならなかった理由のひとつです。クリスチャンがターゲットにされたんです」

「だれがあの暗号メッセージを？」

「わかりません」

「話すんだ」

「話してます。正直なところわからないんです。届いてすぐ上司に見せました。彼に聞いてください」

「われわれに指図するな。質問にだけ答えろ」

「わたしは――」

「上司にメッセージの意味を伝えたか？」

「いいえ――」

「なぜ伝えなかった？」

「なぜなら、わからなか――」

「ふたつの爆弾が爆発するまで待った。そして話したときには三つ目の爆弾を止めるには遅すぎた」

「違います！」頭のなかが混乱していた。必死になって平衡感覚を取り戻そうとした。

「そしてそれを削除した」

「スパムだと思ったんです」

「スパム？」年配のほうの男が言った。その口調はより理性的だった。そしてはるかに恐ろしかった。

「説明しなさい」

「ときどき届くんです。検索ロボットはさまざまなアドレスを使って、ランダムにメッセージを送信します。ほとんどは国務省のファイヤーウォールに止められますが、なかには通り抜ける（スニーク・スルー）ものも――」〝スニーク（卑劣な行ないをするという意味がある）〟と言ってすぐに後悔したが、そのまま続けた。「週に一度くらいはあります」ほかのFSOに訊けばいいと言おうとしたが思いとどまった。彼女も学んでいた。「すり抜けたものは意味がないように見えるんです。今回のものみたいに。判断できないときは、上司に報告することにしています」

「上司のせいだと言いたいのか？」若いほうの男が問い詰めた。

「違います。もちろんそんなつもりはありません。質問に答えているだけです」と彼女は言い返した。

怒りが恐怖を上まわっていた。年配の男を見て言った。

「ジャンクメールだと判断したら、削除するかどうか上司に意見を求めた上で、その後削除します。それがわたしのしたことです」

年配の男は一瞬ためらってから、身を乗り出して言った。

「それだけじゃないでしょう。数字をメモした。なぜですか？」

アナヒータは口を閉ざした。動かなかった。

なんと説明したらいい？

「奇妙に思えたからです」

そのことばはその狭く息苦しい部屋に音をたてて着地したようだった。若いほうの男は首を振って、椅子にもたれかかったが、年配の男はじっと彼女を見ていた。

「あまり説明になっていないかもしれないけど、それが真実なんです」と彼女は言った。今度は年配の男にだけ話しかけた。「なぜそうしたかは自分でもよくわかりません」

そのことばはいっそう悪く聞こえた。年配の男がまったく反応しないのを見て、そのことを悟った。いっさい反応がない。アナヒータが見たところ、男は息さえもしていなかった。

そのときドアの外で騒ぎがあった。

それでも年配の男は反応しなかった。彼は自分が仕事をしているあいだは、表の警備員も自分の仕事をすると信じていた。まるで自分の仕事が彼女を見つめることだというかのように。

「そこをどけ」

今度は年配の男もドアのほうを見た。そしてアナヒータも。それは彼女の知っている声だった。しばらくしてチャールズ・ボイントンが入ってきて、そのあとに国務長官が続いた。

全員が立ち上がったが、年配の男の動きはほかの者よりもゆっくりだった。

「国務長官」と彼は言った。アナヒータがエレンに何か言おうとすると、彼は視線で彼女を制した。

「彼女はうちのＦＳＯね」とエレンは言った。アナヒータをちらっと見て、彼女の無事を確認した。

不安そうだったが、危害は加えられていなかった。

「はい。いくつか訊きたいことがありましたので」

「わたしもよ。名前を教えてくださるかしら」

彼は一瞬ためらった。「ジェフリー・ローゼン。国防情報局大佐です」

エレンは手を差し出した。「エレン・アダムス。アメリカ合衆国国務長官」

ローゼン大佐は彼女の手を取ると微笑んだ。ほんのかすかに。

「話せるかしら、大佐？　ふたりだけで」

大佐が部下に向かってうなずくと、部下の男がアナヒータを連れて外に出ようとした。が、その前にアナヒータが言った。「長官、ギルは？　彼は……？」

「病院にいる。回復するわ」

アナヒータは小さくうなずいた。何時間もの不安から解放されて肩の荷を下ろしたようだった。

「わかってください……わたしは関与していません」

エレンはそれを無視し、ほかの者に彼女と大佐だけにするようにうなずいて指示した。チャールズ・ボイントンだけがドアのそばに残った。

「彼女は何を話したの？」

「おそらくあなたがすでに知っていることです」彼はアナヒータのメールボックスにメッセージが表示された瞬間から、爆弾が爆発するまでの一連の出来事を説明した。「わからないのは――」

「なぜ数字を書き留めていたのか」とエレンが言った。

彼が眉をひそめたのを見て、彼女はそれを侮辱と取らないよう努めた。エレン・アダムスは人から見くびられるのには慣れていた。成功を収めた中年の女性が、つまらない男たちから侮られるのはよくあることだ。このローゼン大佐がそうだとは思っていなかったが。

その答えにすぐにたどり着いたのがホワイトヘッド将軍だったら、大佐は驚いていたかもしれない。

「それで？」と彼女は尋ねた。

「説明できなかった」

「考えてみて、大佐。もし彼女が外国のスパイで、この件に関与しているのなら、説明できたはずじゃない？」

そのことばに彼は驚き、そして考えた。「自分を無実に見せようとしたんです」

「それで有罪になるの？　魔女裁判だったらうまくいったでしょうね」エレンはドアに向かって歩きだした。「ドイツに行きます」

彼はエレンのあとを追った。「答えが見つかることを願っています、国務長官。ご子息のことを聞いてほっとしました。彼は勇敢な男です」

そのことばがエレンを止めた。この国防情報局の大佐を見て、なぜギルが勇敢かどうかを知っているのだろうかと思った。あの日だけではなく、アフガニスタンでのあの恐ろしい日々のことを。ローゼンの顔は暗号のように何も教えてくれなかった。

「われわれはわれわれで仕事をします。アナヒータ・ダヒールは何かを知っている」

「もしそうなら、飛行機のなかで訊き出します」

エレンはローゼン大佐の驚きの表情を見た。喜びを感じてはいけないとわかっていた。が、無理だった。

「それは間違っている」今回は国務長官とつけなかった。飾り気のない、はっきりとした言い方だ。

「ミズ・ダヒールはこの件に関与しています。どうやってかはわかりませんが、関与していることはたしかです。あなたにだってわかるはずです」

「わたしにだって？」エレンのまなざしはその口調と同様険しかった。「わたしはこの国の国務長官よ。反対するのはかまわない。まったくかまわない。それでもその職務には敬意を示しなさい」

「謝罪します」彼はそう言ったが、引き下がらなかった。「ですが間違っていると思います、国務長官」

エレンはしばらく彼を見つめた。彼は自分の考えを言ったのだ。

彼にとっての真実。それは政府の上層部のほとんどが真空状態のなかで何もしないでいるよりははるかにましだった。

「もうひとつ言わせてください、長官。アナヒータ・ダヒールは信用できません」

「ええ、わかっています、大佐。そして信じてください、わたしはあなたの言ったことを真剣に受け止めています。それでもミズ・ダヒールは連れていきます」

大佐は、三度目の攻撃が迫っていることをエレンに伝えようとしているときの彼女の表情を見ていない。

そこには混じりけのないパニックがあった。そこにいたのは爆発を必死で止めようとする若い女性の姿だった。

エレンはアナヒータがいなければ、自分の息子は死んでいたということもわかっていた。彼女には借りがある。だが、自分は彼女を信じているのだろうか。

完全には信じていない。自分を信じてほしい、なんとかしてほしいとエレンに懇願する彼女の表情は、側近の輪のなかに入ろうとする演技、策略なのかもしれない。もっと大規模な攻撃が計画されているあいだ、自分たちを操るための。

エレンは、ローゼン大佐が自分のことを実際よりもはるかに考えが甘いと思っているとわかっていた。そして今は――敵と味方の区別がつくまでは――それでいいのだと思った。また、もしアナヒータ・ダヒールが事件に関与しているなら、彼女を近くに置いておきたかった。監視するために。そして安心させてミスを犯させるために。

アンドルーズ空軍基地に行くために待っているリムジンに向かうあいだ、エレンは考えていた。ミスを犯すのが自分のほうでないかぎりはと。

アナヒータはフライト中、自分を救い出してくれたことを直接エレンに感謝しようとした。自分を信じてくれたことに。自分をドイツに連れていってくれることに。ギルと会えるその場所に連れていってくれることに。

自分は何も知らなかったし、何も隠していないと説明したかった。

だが、それは嘘だった。

CHAPTER 11

ギル・バハールが意識を取り戻したのは、夜明け近くだった。手足が重く、拘束されているようだった。まるで縛られているようだ。

あいまいな記憶が甦る。

そしてパニックが押し寄せ、それはもはやあいまいではなくなった。記憶ですらなかった。手首や足首に食い込む汚れたロープの感触があった、糞尿(ふんにょう)や腐った食べ物、肉の悪臭を嗅いでいた。うつぶせになって、床の埃を吸っていた。

渇き。渇き。そして恐怖。

眼を覚ますと、すばやく水面に浮上するように、体を起こそうともがいた。突然のそして圧倒的なパニック。

「大丈夫よ」聞き覚えのある声がした。そしてよく知った香りが心地よいと同時に不安にもさせた。

「安全よ」

ようやく眼の焦点があった。「母さん?」

ここで何をしているんだ? あいつらは母さんも誘拐したのか?

「大丈夫よ」エレンはやさしく言った。顔が近い。だが近すぎない。「病院にいるのよ。医者は数日でよくなると言ってる」

そして記憶が甦った。傷ついた心が動き出した。跳びはねたり、よろめいたりしながらも戻ってきた。フランクフルト。人々。歩行者。バス。彼を見つめる乗客の顔。子供たち。

かばんを持った女性。彼女の名前はなんだった？　彼女の名前。

「名前は？(ヴィー・ハイセン・ジー)」

明るい光が彼の眼に向けられる。手が頭に置かれ、彼を押さえ、横にしてまぶたを開けさせた。

「なんだって？」とギルは言い、抵抗するように動いた。

その女性――医師――が思わずあとずさる。「ごめんなさい。あなたの名前。名前を教えてもらえますか？」

一瞬考えなければならなかった。「ギル」

「ギルバートのギルね？」

一瞬間(ま)を置いてからそうだと言った。母親と眼を合わせることができなかった。

「名字は？」医師の声はやわらかだったが、しっかりとしていた。ドイツ風の強い訛りがあった。

時間がかかった。なぜ思い出せないのだろう。

「ブハーリー」と思わず漏らした。「ナサリーン・ブハーリー」

医師は彼を見て、それから彼の母親を見た。ふたりとも心配そうな表情をしていた。

「違う、違う」彼は起き上がろうとした。「ぼくの名前はギル・バハール。ドクター・ナスリーン・ブハーリーは彼女の名前だ」

「わたしはドクター・ゲルハルトよ」

「あなたのことじゃない。バスに乗っていた女性だ」彼は医師の肩越しに母親を見た。「彼女を尾行してたんだ」

エレンは少し離れたところに立っていた。彼女は、自分が付き添っているので外で待っていてほしいとほかの者に伝えていた。彼が眼を覚ましたときに、呼び出しボタンを押して医師を呼んだのだった。

彼女は一歩前に出ると言った。「先生に診てもらってから話しましょう」

ギルの眼を見つめ、ほかの人の前で話さないほうがいいと伝えようとした。

彼は同意した。そのほうが混乱した頭を整理する時間ができる。具体的な内容を思い出すことができる。なぜ、ナスリーン・ブハーリーという名前を聞くと、どきどきするのだろう。

彼女はだれだ？

ゲルハルト医師が診察を終えた。満足そうだった。脳震盪とあばら骨の骨折、そして打撲があると伝えた。「それと太ももに深い傷があります。運がよかった。見物人があれほど早く止血してくれなければ、命に関わるところでした。縫合しましたが、二、三日は安静にしていてください」

医師が病室をあとにする頃には、ギルは自分の疑問に対する答えを見つけていた。

ブハーリー博士が怖いのではなかった。その後ろの影のなかにいる人物が怖かったのだ。

エレンは医師の後ろで重いドアが閉まるのを見届けると、息子のほうを見た。手に触れようとしたが、彼はその手を引っ込めた。鋭くではなく、本能的に。

それがかえってつらかった。

「ごめんなさい」と彼女は言いかけたが、彼がさえぎり、身をかがめて顔を近づけるように身振りで示した。一瞬、頬にキスをしようとしているのかと思った。その代わり、彼はささやいた。

「バシル・シャー」

彼女は顔を上げると息子の顔を見つめた。エレン・アダムスはもう何年もその名前を聞いていなかった。長い会議の果てに、会社の顧問弁護士から、このパキスタンの武器商人に関するドキュメンタリーをこれ以上放映するのはやめるべきだと警告を受けて以来だった。

記者が一年をかけて調べた。だがその結果、記者の家族が脅され、複数の情報源が姿を消した。

そんなことがあったあとに、放送しないわけにはいかなかった。

シャーは武器取引に関する非難を軽くあしらったが、立派なパキスタン市民に対する攻撃を非難する声明を発表した。それは道を切り開いてきた彼の祖先や指導者、勇敢で優秀な核物理学者の多く、A・Q・カーン（パキスタンの核開発の父と呼ばれる人物）のような人々に浴びせられてきたのと同じ誤った非難だと言って。

シャーは、テロとの戦いにおいて、パキスタンは西側諸国の同盟国だと説明した。

彼が脅威であるという事実を伝えることがこのドキュメンタリーの要点だった。ところが実際には、彼のおざなりな否定のなかに、より深い真実が隠されていた。

バシル・シャーは自分が死の商人であることを世界に知らしめたかったのだ。

エレン・アダムスは、自分が不注意に、そして人命を犠牲にして、彼のための宣伝をしたことに気づき、恐怖に震えた。オスカーを受賞したこのドキュメンタリーは、テロリストに生物兵器の入手先を教えた。塩素ガス。サリン神経ガス。小火器やミサイル・ランチャーの入手先を。

そしてさらに悪いものを。

「彼がバスに乗ってたの？」彼女は信じられないというように聞いた。

「いいや。でも彼が背後にいる」

「爆弾の？」

今度は首を振った。「バスの爆破じゃない。ほかの何かの。爆破事件の背後にいるのがだれなのかはわからない」

「女性を尾行していたと言ってたわよね。ナスリーン……」エレンはその女性の名字を思い出そうとした。

「ブハーリー」とギルは言った。「情報提供者によると、シャーは三人のパキスタンの核物理学者を雇ったということだった。ブハーリー博士もそのひとりだ。ぼくは彼女がどこに行くのか知りたかった。シャーが何を企(たくら)んでいるのか。少なくとも彼がそこにいるのか知ろうとした」

「でも彼がどこにいるかはわかってる」とエレンは言った。「彼はイスラマバードで自宅監禁されている。何年も前から」

パキスタン政府は、シャーのインターネットへのアクセスを検閲する措置まで講じていた。ほかの武器商人とは違って、バシル・シャーはビジネスマンであると同時に思想家でもあった。彼はイスラマバードで生まれ、英国で育った。今は五十代となった彼は、ケンブリッジ大学で物理学を専攻していたときに過激な思想に目覚め、その後、インターネット上の聖戦主義者(ジハーディスト)のサイトに大いに影響を受けるようになった。

彼は、これまでの世代のパキスタンの核物理学者を尊敬する一方で、彼らがまったく成果を残していないと考えるようになっていった。だが、彼は結果を出すつもりだった。

バシル・シャーに越えられない一線はなかった。

「パキスタン政府は去年、彼を釈放した」とギルは言った。

「そんなはずはない」と彼女は言った。一瞬声を荒らげ、息子からの視線を受けてまた声をひそめた。「ありえない」ささやくような、ほとんど息を漏らすような声だった。「釈放すれば、われわれにわかるはず。隠れてするはずがない。最初に彼を見つけたのはアメリカの諜報員なのよ」

「隠れてやったんじゃない。前の政権が同意したんだ」

エレンは思わずあとずさって、息子を見た。彼の言っていることを理解しようとした。なぜ小声で話しているのか不思議に思っていたが、今その理由がわかった。

もし彼の言っていることが真実なら、シャーは……

彼女は個室のなかを見まわした。まるでバシル・シャーが部屋の隅に立って、ふたりを見ていると思ったかのように。

彼女は心臓を高鳴らせながら、ばらばらのピースをつなぎ合わせようとした。隙間を、空白を埋めようとした。

エレン・アダムスは、国務省の報告書を読んで、世界には多くの悪人がいることを知っていた。自分たちの目的を追求するためになら、何も、そしてだれも顧みない人々がいる。

シリアのアサド。イスラム国のアル・クラシ。北朝鮮の金正恩(キムジョンウン)。

そしてエレンは、外交上正式には言えないが、ひそかにロシアのイワノフ大統領もそのリストに加えるべきだと思っていた。

だが、そのいずれもバシル・シャーの比ではなかった。彼は悪人というだけでは言い足りなかった。彼女の祖母だったら悪魔と言っていたかもしれない。バシル・シャーは邪悪そのものだった。この世に地獄をもたらそうとする存在だった。

「ギル、どうしてシャーと核物理学者のことを知っていたの？」

「言えない」

「言って」

「情報源だ。言えない」彼女の眼に浮かぶ怒りを無視し、一瞬の間(ま)を置いてから彼は訊いた。「何人？」

エレンは彼の言いたいことを理解した。「正確な数字はまだ出ていないけど、バスのなかで二十三名、それ以外で五名の死者が出た」

乗客の顔を思い出して、ギルの黒い眼から涙があふれた。もっとできることがあったのではないか。せめてあの子を母親の腕から引き離して、そして……

「あなたは止めようとした」とエレンは言った。

だがそれで充分だったのだろうかと彼は思った。あるいは母親のことばに慰めを覚えることで、実際には地獄へ続く道の石畳を歩いているのではないだろうかと。


キャサリンは母親の代わりにギルのベッド脇に坐り、異父兄が眠り、目覚め、そしてまた眠りに落ちるのを見守っていた。

アナヒータもギルを見舞いに病室に入った。彼は彼女に微笑み、手を差し出した。

「きみがぼくの命を救ってくれたそうだね」

「もっと多くの命を救えたらよかったのに」

そう言うと、彼女は彼の手を取った。なじみのある手だった。彼女自身よりも彼女のことをよく知っている手。

ふたりはしばらく話をし、彼の眼が重くなってくると、アナヒータは病室をあとにした。別れ際に彼の頬にキスをするために身を寄せようとしたがやめた。キャサリンがいたからだけでなく、適切ではない気がしたのだ。

もう〝あのとき〟のふたりではなかった。

病室から出ると、ポイントンが身振りを交えて言った。「いっしょに来るんだ」

「爆破事件の現場まで連れていって」アダムス国務長官は、ボイントン、アナヒータ、ベッツィーとともに車に乗り込むと、外交保安局の運転手に言った。「そのあとアメリカ領事館へ」

補佐官と顧問らを乗せた別の車が続き、その前後をドイツの警察の車両が囲んでいた。

「領事には一時間以内に到着すると言ってあります」とボイントンが言った。「領事館員がここで起きたことに関する情報をできるかぎり集めています。領事と打ち合わせをしたあと、ドイツ駐在の課報部門のトップと安全保障部門の人間から話を聞き、そのあと各国の外務大臣と電話会議をします。これが、フランスが提案してきた出席者リストです」

エレンは国名と名前に眼を通し、何人かを消して、ひとりを追加した。なるべく少人数にしておきたかった。

ボイントンにリストを返すと訊いた。「車は安全?」

「安全?」

「〝掃除〟はしてあるの?」

「掃除?」とボイントンは尋ねた。

「いちいち繰り返すのはやめて、質問に答えてちょうだい」

「はい、安全です、長官」助手席に同乗していたセキュリティチームのリーダー、スティーブ・コワルスキーが言った。

ボイントンは彼女をじっと見て言った。「どうしてですか?」

「バシル・シャーについて教えてもらえる?」安全が確保されているにもかかわらず、彼女は声をひそめて言った。

「シャー?」とベッツィーが訊いた。

エレンは、自身のメディア帝国が予想外に大きくなったとき、ベッツィーに教師を辞めていっしょに仕事を手伝ってほしいと誘った。男性ホルモンが充満するマスコミという世界で、エレンには親友兼秘密の聞き役が必要だった。ベッツィーが聡明さと忠誠心において、抜きんでた存在だったのも助けになった。

シャーのドキュメンタリーの指揮を手伝ったのもベッツィーだった。

「まさか彼が黒幕だと言うんじゃないでしょうね?」と彼女は言った。「お願い、違うと言って」

ベッツィーは驚いていなかった。が、疑っていた。そしてフランクフルトを走るにつれ、彼女の表情は、疑いから不安に変わり、やがて恐怖に近い何かに落ち着いた。

「だれですか?」とボイントンは訊いた。

「バシル・シャー」エレンは繰り返した。「彼について何か知っている?」

「何も。聞いたことはありません」

彼はエレンを見てからベッツィーに眼をやり、そしてまたエレンに視線を戻した。アナヒータ・ダヒールは見なかった。だがエレンは彼女を見た。そしてエレンが彼女の顔に見たものは、ベッツィーの顔に浮かんだものとよく似ていた。

似ていたが、まったく同じではなかった。アナヒータはバシル・シャーの名前を聞いて、ただ恐れているだけではなかった。怯えていた。

チャールズ・ボイントンが見ていたものは、自分をにらんでいる上司の表情だった。エレン・アダムスは、彼がこれまでに見たことがないくらい怒っていた。とはいえ彼女と知り合ってから、まだ数週間しか経っていなかったが。

「嘘をついてるのね」

「すみません、なんと?」とボイントンが言った。たった今聞いたことばが信じられなかった。

「シャーを知っているはずよ」とベッツィーは言い放った。「彼は——」

だがエレンが彼女の脚に手を置いて制した。「だめ。それ以上言わないで」

「ばかげてる」とボイントンは言い返した。そしてすぐに続けた。「長官。正直に言ってあなたがだれのことを言ってるのかわかりません。わたしはまだ国務省に来たばかりなんです」

そのとおりだった。バーバラ・ステンハウザーが大統領の承認を得て、エレンの首席補佐官にボイントンを抜擢(ばってき)したのだった。

それはエレンにとっても、ボイントンにとっても驚きだった。エレンに自身の補佐官を選ばせるのではなく、国務省内部から指名するのでもなく、選挙キャンペーンで優れた事務能力を発揮した人物を国務長官の首席補佐官に任命したのだった。

エレンは、これもウィリアムズ大統領が彼女を弱体化させようとする企みの一部なのではないかと疑っていた。だが今は、もっと暗い目的があるのではないかと思っていた。ボイントンはほんとうに知らないのだろうか? バシル・シャーを知らないわけがなかった。たしかにシャーは陰に隠れていた。だが、その陰を見るのが彼らの仕事ではないのか?

「着きました、長官」フロントシートからコワルスキーが言った。

何百もの人々が木の柵で囲まれた爆発現場を見ようと集まっていた。車から降りると、見物人が彼女のほうを見た。そこにあった不気味な静けさが車のドアを閉める音によって破られた。

彼女は担当のドイツの警察官とCIAドイツ支局長のスコット・カーギルに迎えられた。

「あまり近づくことはできません」とカーギルが言った。

爆発からちょうど十二時間が経とうとしていた。太陽が昇り始め、三月の寒く、湿気を帯びた灰色の日が始まろうとしていた。寒々として人を寄せ付けない一日が。工業都市フランクフルトは最悪の日を迎えていた。とはいえ最もよいときでさえたいしたことはなかったが。

この街の歴史的中心部は戦争で爆撃されていた。〝グローバル・シティ〟と呼ばれていたが、それは経済の中心地であることを意味し、多くの小都市のような魅力もなければ、ベルリンのような興奮や若者の活気もなかった。

エレンは振り向いて柵の外に集まっている無言の人々を見た。

「ほとんどが関係者です」とドイツの警官が説明した。すでに花の絨毯が敷かれていた。テディベア。風船。まるでそれらが死者を慰めることができるかのように。

できるのだ。エレンは知っていた。

彼女は破壊された場所を見まわした。ねじまがった金属。煉瓦とガラス。地面に敷かれた赤い毛布。ほとんどは平らだった。

エレンは報道陣が自分を見ていることに気づいていた。彼女を撮影していた。

それでも彼女は、遠くまで敷き詰められた毛布の野原を見つめていた。その端が風に吹かれてわずかにめくれあがっていた。ほとんど美しかった。ほとんど平和だった。

「長官?」とスコット・カーギルが言ったが、エレンはなおも見つめていた。

その毛布の一枚がギルを覆っていたかもしれなかったのだ。

その毛布はすべて、だれかの子供や母親、父親、夫、妻、そして友人だった。

とても静かで、ほとんど音もしない。聞き慣れたカメラのシャッター音だけがしていた。彼女を狙ったものだった。

〝われわれは死者である〟。彼女は戦争の詩を思い出した。〝ほんの数日前、われわれは生き、夜明けを感じ、夕焼けを見て、愛し、愛された……〟

エレン・アダムスは振り返ると、自分を見ている事件の関係者に眼をやった。そしてヒナゲシの咲く野原のような毛布に眼を戻した。

「エレン？」とベッツィーがささやき、彼女と記者のあいだに割り込んだ。たとえ一瞬であっても友人の盾となろうとして。

エレンはその眼を見てうなずいた。込み上げてきた苦いものを飲み込み、恐怖を抑えながら、アダムス国務長官は嫌悪感を決意に変えた。

「何か聞いておくことは？」彼女は警察官に訊いた。

「ほとんどありません、長官。ご覧のように大きな爆発でした。だれがやったにせよ、確実に目的を達成したかったのでしょう」

「その目的とは？」

彼は首を振った。ほぼ二十四時間ぶっ続けで仕事をしていて、疲れ切っているはずなのに、そうは見えなかった。

「ほかのふたつの都市と同じでしょう。ロンドンとパリと」彼は周囲を見まわすと、彼女に視線を戻した。「もし何か知っていたら教えてください」

そう言うと、彼はエレンをじっと見た。そして沈黙が続くとさらに続けた。「われわれの知るかぎり、この場所には戦略的に考慮すべき組織はありません」

エレンは深呼吸をすると、ふたりに礼を言った。

目的についてもっと訊くべきだったのかもしれない。だが、ナスリーン・ブハーリー博士のことは言えなかった。バスに乗っていたパキスタン人核物理学者。もっと詳しいことがわかるまではまだ。

それにバシル・シャーのことは秘密にしておきたかった。少なくとも各国の外務大臣と話をするまでは。

車に戻る前に、エレンは最後にもう一度じっくりと見まわした。これがひとりの人間を殺すためにしたことなのだろうか？

ドイツ人警官が簡潔に指摘したように、ここの爆破の目的がロンドンやパリと同じであることはほぼ間違いないだろう。ということは……

「領事館に行きましょう」と彼女はボイントンに言った。

だが、それでもエレンは柵のところで立ち止まって、被害者の親族に話しかけた。彼らが持っている写真を見るために。息子や娘の写真。母親や父親。夫や妻。行方不明者の写真を。

〝もしきみらが死んでいくぼくらの信頼を裏切るなら、ぼくらは眠ることはできない〟

エレン・アダムスは信頼を裏切るつもりはなかった。だが早朝のフランクフルトを走る車のなかで、彼女はチャールズ・ボイントンとアナヒータ・ダヒールを見た。そして思った。気がつかないうちに、自分はもう裏切ってしまっているのではないだろうかと。

❖ CHAPTER

12

会議が開かれるまでに、彼らは答えを得ていた。スクリーン上には各国の外務大臣と諜報機関のトップ、補佐官らが映し出されていた。

「あなたの情報のとおりだった、国務長官」英国の外務大臣が言った。もう上からものを言うような態度ではなかった。「ロンドンのバスの乗客のなかにアーメド・イクバル博士がいたことを特定した。彼はケンブリッジ在住のパキスタン人で、ケンブリッジ大学物理学科のキャヴェンディッシュ研究所で教えていた」

「核物理学者なのかね?」ドイツの外務大臣ハインリッヒ・フォン・バイアーが訊いた。

「そうです」

「ムッシュ・プジョー?」エレンはスクリーン右上のフランス外相を見て言った。いつも彼女は、このテレビ会議が《ハリウッド・スクエア》（アメリカのゲームショー番組。ふたりの出場者が三目並べのゲームで競い合う）みたいだと思っていた。とはいえこれはゲームではなかったが。

「はい（ウィ）、今の時点では予備的な情報で、二重、三重のチェックが必要だが、どうやらパリのバスに乗っていた犠牲者のなかにエドゥアール・モンペティ博士が含まれているようだ。年齢は――」彼はメモを確認した。「三十七歳。既婚。子供がひとり」

「パキスタン人ではない?」カナダの外相ジョセリン・ターディフが訊いた。

「母親はパキスタン人、父親はフランス系アルジェリア人だ」とプジョーは説明した。「パキスタンのラホールに住んでいて、二日前にパリに旅行で訪れている」

「どこに向かっていたの?」とエレンは尋ねた。

「まだわかっていない」フランス外相は認めた。「家族に話を訊くために捜査員を派遣した」

「顔認識システムで特定したということだが」とドイツが言った。

「そうだ」と英国外相は答えた。「地下鉄ナイツブリッジ駅でバスに乗ったところを監視カメラが捉えていた」

「それならなぜもっと早く特定できなかったんだね?」とドイツが訊いた。「容疑者やターゲットを探していたときに」

エレンは身を乗り出した。いい質問だ。

「実は」と英国の外相は言った。「われわれの情報アルゴリズムは彼をターゲットと認識しなかった」

「パリでも同じだ」とフランスは言った。「当初、われわれの顔認識システムはモンペティ博士をはじいた」

「なぜだね」とイタリアが訊いた。「核物理学者は当然ターゲットになるし、少なくとも候補にはなるはずだ」

「モンペティ博士は下級物理学者と見られていた。パキスタンの核開発に携わっていたが、周辺業務に位置する下級レベルのものだった。おもにパッケージングだ」

「配送業務?」とドイツが訊いた。

「いや、ケーシングだ」

「イクバル博士は?」イタリアが訊いた。

「今の時点でわかっているかぎり、イクバル博士はパキスタンの、あるいはいかなる国の核開発プログラムにも関与していない」と英国は言った。

「だが彼は核物理学者だった」とカナダの外相が言った。問題となることばを強調するように。彼女はこれまで見たことのないような最悪のドレスセンスをしていた。フランネルのドレッシングガウンを着ていたのだ。それもヘラジカとクマの模様の。白髪を後ろで束ね、化粧もしていない。

考えてみればオタワは夜中の二時過ぎだ。深い眠りから起こされたのだろう。

だが、準備不足のように見える一方で、彼女の表情はそうではないことを物語っていた。警戒し、落ち着き、集中していた。そして険しい表情をしていた。

「イクバル博士は研究者だった」と英国は言った。「理論家だ。しかもそれほど優秀ではなかった。もう一度言うが、これらはすべて予備的な調査結果だ。基礎的なチェックでは彼の名前で――」彼は書類を見せている補佐官のほうを向いた。「いくつかの著作物があることしかわかっていない。すべて共著書だ」

英国の外相は眼鏡を外し、脇から補佐官が身を乗り出して何か言うと、「ああ、ああ、わかっている」と言い返した。カメラのほうに向きなおると続けた。「ケンブリッジの彼の部屋を捜索中で、彼の上司からも話を訊く予定だ。パキスタンとはまだコンタクトしていない」

「われわれもしていない」とフランスが言った。「まだしないほうがいい」

英国の外相が苛立ちを見せる。彼はフランスに指図されることを快く思っていないのだ。あるいはドイツに。イタリアに。カナダに。自身の補佐官にも。あるいはおそらく自分の母親にも。

エレンにはわかっていた。これはいつバラバラになってもおかしくない緩やかな同盟なのだ。それを支えているのは相互の尊敬ではなく、互いに必要としているという事実だった。

《ハリウッド・スクエア》というよりも救命ボートのようなものだった。そして仲間の乗客と争って、転覆させるようなリスクを冒すことだけは絶対に避けたかった。

「ナスリーン・ブハーリーについては何かわかったの？」とカナダが尋ねた。

「これまでにわかっていることは、カラチ原子力発電所で一時期働いていたということだけだ。今も働いているかどうかはわからない」とドイツ。「カナダはその発電所の建設を手伝ったんじゃなかったか？」今度はドイツが腹に一物あるような口調で言った。

「何十年も前のことよ」とカナダがきっぱりと言った。「それにパキスタンの真意がわかってからは支援を打ち切った」

「少し遅かったな――」とドイツは言った。

カナダの外相が口を開きかけたが思いとどまった。エレンは首を傾げ、あの女性といっしょにシャルドネでも飲みたいものだと思った。見事な自制心だ。

カナダの外相はただこう言った。「カラチの施設はエネルギー・プラントよ。彼らの軍備計画の一部じゃない」

「まあ……」とドイツは言った。「それはわれわれもそう思っているし、願っている。だがブハーリー博士が標的になったということは何か別のことを示唆しているのかもしれない」

「くそっ(メルド)」とフランスがつぶやいた。

「まだまだわからないことが多い」と英国は言った。「もちろんこの三人が殺された理由を含めて。彼らが何を企んでいたのか、そしてだれが彼らを止めたかったのか？」

「イスラエルだ」全員が一斉に言った。暗殺があると必ずと言っていいほど返ってくる答えだ。

「ウィリアムズ大統領がイスラエルの首相に電話をかけているはずよ」とエレンは言った。「すぐに何かわかるはずだけど、モサドがこれらの科学者を標的にすることはあっても、そのためにバスを爆破するとは思えない」

「たしかに」と英国が認めた。

「いいニュースもある」とイタリアが言った。「この三人が死んだことで、彼らが計画していたことがなんであれ、それも失敗に終わった。違うかね？」

「彼らが何をしようとしていたかわからない」とフランス。「たまたま何かを発見して、それを伝えようとしていたのかもしれない」

「三人全員が？」とカナダが訊いた。「同時に？　ちょっと偶然すぎる気がする」

エレンは落ち着かないように体を動かした。彼女はまだバシル・シャーのことを話していなかった。この科学者たちが彼に雇われていたことを。

「われわれに警告するつもりではなかったと思う」とエレンは言った。

ドイツの外務大臣が彼女をじっと見た。「何か知ってるのかね、エレン？　われわれはこれまでにわかったことを話した。だがきみはまだ話していない。きみはフランクフルトで爆破テロが起きると首相に言ったそうじゃないか。バスのルートと時間まで正確に知っていた。どうやって知ったんだ？」

「それに」とフランスが言った。「どうしてナスリーン・ブハーリーのことを知っていて、ほかのバスにもパキスタンの核物理学者が乗っていないか調べさせたのかね。答えてもらう必要がある」

エレンの耳には彼らの質問がどこか非難めいて聞こえた。だが自分の何を非難しようというのだ？　いや、そうではない。彼らは彼女個人を非難しているのではない。アメリカを非難しているのだ。エレンはここにいる人々が本来はアメリカを信頼している――信頼したいと思い、必死になって信頼しようとしている――はずが、危機を前にして、実際にはそうではないという事実に気づいていた。

もう信頼されていないのだ。この四年間の大混乱のあとでは。

彼女は、国務長官としての自分の仕事の大部分はその信頼を回復することだとわかっていた。小学校の入学式の日、校門のところで母親がしゃがんで言ったことばを思い出していた。「エレン、友達が欲しければ、友達になりなさい」

その日、彼女はベッツィーと出会った。ベッツィーはその頃からジューン・クリーバーに似ていた。

そして半世紀が経った今、アメリカ国務長官エレン・アダムスは、どうしても友人を作る必要があった。商船隊の小さな水兵のような声をしていたが。

彼女は同僚たちの心配そうな顔や用心深そうな顔を見ながら、自分が何をすべきか悟った。真実を話さなければならない。ジュニアＦＳＯが受け取った奇妙なメッセージについて。ギルが話したことについて彼らに伝えなければならない。バシル・シャーについて。

彼らには知る権利がある。

だがおそらくまだそのときではない。


二十分前、フランクフルトのアメリカ領事館に着いたとき、彼女はすぐにセキュリティの施された部屋に入り、ワシントンの統合参謀本部議長に連絡をしていた。

ホワイトヘッド将軍は最初の呼び出し音で出た。「もしもし？」

「エレン・アダムスです。起こしてしまいましたか？」

背後で深夜二時にだれからの電話なのかと眠そうに訊く夫人の声がした。

「アダムス国務長官だ」と彼は言った。受話器を手で押さえているのだろう。くぐもった声だった。

「大丈夫です、国務長官」まだ眠そうだったが、ことばを重ねるごとに力強さが戻ってきた。「息子さんの具合はいかがですか？」

それはあまりにも多くの若者たちを失ってきた男ならではの質問だった。

「回復しています、ありがとうございます。どうしても訊きたいことがあります。機密事項です」

「この回線は安全です」どうやら寝室を出て、自分の書斎に入ったようだった。「続けてください」

エレンは領事館の分厚い強化ガラスの窓からギーセナー通りの向こうの公園を見た。だが朝の弱い日差しによって実際にはそれが公園ではないことがわかった。ただそう見えただけだった。

彼女が今いる建物は、アメリカの外交官の公邸だったが、ここがまるで捕虜収容所（シュタラーク）のように見えるのと同じだ。

物事は見かけによらない。

彼女が見ているのは公園ではなかった。アメリカ領事館は巨大な墓地の向かいにあったのだ。

「バシル・シャーのことを教えてください」

アルバート・ホワイトヘッドは、音をたてて腰を下ろすと、書斎の壁に飾られた写真を見た。これが最後の任期になるだろうと彼は思っていた。気概はもとより、もうそんな情熱もなかった。

バシル・シャー。彼女はほんとうにその名前を口にしたのか？

「長官、あなたはわたしと同じくらい知っているはずです」

「どうやら」フランクフルトからの彼女の声は驚くほど明瞭だった。「そうではないかもしれないんです」

「あなたのところの記者が作ったシャーに関するドキュメンタリーを見ました」

「少し前のことです」

「たしかに。諜報部門があなたに確認してもらうために作成した書類も読みました。メッセージのことも聞いています」

エレンは不愉快そうに小さくうなずいた。「あなたなら聞いているでしょうね」

「届いてすぐに報告したのは賢明でした」

彼の言うメッセージは、ドキュメンタリーが放映された直後から届くようになっていた。毎年、エレンの家に郵便で一枚のカードが届いた。署名はなく、誕生日を祝う内容だった。英語とウルドゥー語で「誕生日おめでとう」と書かれ、「長生きしてください」とも書かれてあった。

エレンは最初の一通をFBIに渡したあとは、そのことを忘れていた。ギルの誕生日にふたたび届くまでは。そしてキャサリンの誕生日にも。

エレンの二番目の夫で、キャサリンの父親であるクインが心臓発作で突然この世を去ったときに、さらに一通届いた。死の数時間後。公式発表される前に。お悔やみの手紙だった。英語とウルドゥー語で。

そのときは手渡しだった。

証明する手立てはなく、FBIの捜査も空振りに終わったが、エレンにはわかっていた。傷ついた心臓から血が流れ出したかのように指先が冷たくなっていった。わかっていた。

バシル・シャーからだ。

毒物検査を行ない、クインの死は自然死以外の何ものでもないとわかった。悲劇ではあったが、自然死だった。

エレンはシャーが疑念の種を撒くために、その悲劇を利用したのだと信じたかった。悲しみにさらに苦痛を与えるために。猫がネズミをもてあそぶように。

だがエレン・アダムスは震えるネズミではなかった。彼女は現実を直視していた。

バシル・シャーが彼女の夫を殺したのだ。そしてもうひとつ恐ろしい事実があった。彼は、エレンが放映したドキュメンタリーに対する復讐としてそれをやったのだ。そのドキュメンタリーは、一連の新聞報道へとつながり、その結果、当時のアメリカ政権がパキスタン政府に数カ月間にわたって圧力をかけ、シャーの逮捕と裁判へとつながった。

そして今ふたたび、シャーが彼女の前に現れた。だが彼女には情報が必要だった。もっと情報が。

「わたしが何も知らないと思って話してください」

「なぜシャーのことを知りたいか教えてもらえますか？」

「お願い、ただ教えてください。ティム・ビーチャムに電話しようと思ったけど、先にあなたに電話することにしたんです」

ふたたび間があった。「長官、それはいい判断だったと思います」

それを聞いて、エレンにはわかった。大統領執務室で国家情報長官が電話をするために部屋をあとにしたのを見たとき――はるか昔のようだ――の、ホワイトヘッドのあの懸念の表情が何を意味していたのかを。そして統合参謀本部議長が眉をひそめていたことの理由を。

「シャーはパキスタンの核物理学者です」ホワイトヘッド将軍が話し始めた。ゆっくりとクローゼットの扉を開けてなかのものを見せるように。「核開発計画を第一世代から受け継いだ息子たちのひとりでもある。だが、彼の兵器ははるかに強力で、はるかに洗練されています。彼は優秀だ。間違いなく天才です。彼は自らの研究所――パキスタン研究所――を設立しました。その研究所は、インドに対抗して核兵器開発を進めるための隠れ蓑です」

「はい、パキスタンは今も核兵器の保有を拡大させています。知るかぎりで百六十もの核弾頭を保有している」

「なんてこと、神が嘆き悲しむわ」

「神はすぐにむせび泣くことになるでしょう。われわれの情報提供者は、パキスタンが二〇二五年までには二百五十発の核弾頭を保有することになると言っています」

「ああ、神様」エレンはため息をついた。

「このことはただでさえ不安定なこの地域をこの上なく危険な状態にし、さらにその状態を維持しようとしている」

「イスラエルも核兵器を持っているんでしょう？」とエレンは言った。電話の向こうからクスクスと笑う声が聞こえた。

「彼らにそれを認めさせることができれば、ヤンキースはあなたをピッチャーとして雇いますよ、長官。間違いなく奇跡を起こせる」

「わたしはパイレーツのファンなの」

「ああ、そうか。あなたがピッツバーグ出身だということを忘れてました」

「ここだけの話でいいから教えて、将軍。イスラエルは核弾頭を保有してるんでしょ？」

「ええ、長官、そのとおりです。彼らが喜んで漏らす秘密のひとつです。ですが、そのことがパキスタンの核開発に口実を与えている。パキスタンは自らが核保有を拡大させるのは、イスラエルの核開発と同じだと主張しています。インドに対するいわゆる〝恐怖の均衡〟を図ろうとしているのです」

「なるほど」

エレン・アダムスはこの考えについてはよく知っていた。米ソ冷戦時代、人類滅亡をもたらす報復につながることから、どちらの国も核のボタンを押したがらなかった。

そのおかげで、それぞれが最悪の行為をすることが避けられたのだ。理論上は。

しかし、実際に生み出されたものは、〝恐怖の均衡〟ではなく、永続的な〝恐怖の状態(ステイト・オブ・テラー)〟だった。

「イランの核開発計画は?」と彼女は訊いた。

彼女には彼が首を振るのが電話越しにもわかった。「疑惑はあるが、確証はない。ですが長官、イランも核兵器を保有しているか、まもなく保有することになると考えるべきでしょう」

「すべて公知の事実というわけね」とエレンは言った。「シャーの個人的なビジネスについても教えてください。ある時点から彼は自分で商売を始めた」

「そのとおりです。彼は兵器用のウランやプルトニウムの密売を始めた。ですがそれだけではありません。ロシアンマフィアを始めとする連中もそのマーケットで商売をしています。だが、シャーをより危険な存在にしているのは、彼がなんでもそろうワンストップショップになったことです。いわば兵器の〈ウォルマート〉です。材料だけではなく、技術も売っている。設備、専門知識、運搬システムも」

「人も」

「そうです。顧客は彼のところに行けば、一回の取引で核爆弾の開発に必要なものをすべて揃(そろ)えることができるのです。いわばスープからナッツまでというわけです」

「顧客というのはほかの国のことですか?」とエレンは訊いた。

「その場合もあります。北朝鮮に核兵器開発のための部品を供給していたのは彼だったと考えています」

「それでパキスタン政府は彼のしていることを知っていたの?」

「はい。承認とは言わないまでも、政府が見て見ぬふりをしていなければそれをやり遂げることはできなかったでしょう。彼らは取引を容認していた。なぜ? 互いの目的が一致していたからです」

「目的とは?」

「地域を不安定にし、インドに対して優位に立つこと。そして西側諸国を弱体化させることです。シャーは、あらゆるものを最も高値で買ってくれる相手に売って、何十億ドルも稼いできた。核技術だけでなく、重火器、化学兵器、生物兵器。もっと伝統的な兵器も。彼の顧客がほかの国なのかと訊きましたよね。危険なのはそこではないんです。少なくとも政府はコントロールできる。ほんとうの脅威は、核兵器が犯罪者やテロ組織の手に渡ることなのです。率直に言って、まだそうなっていないことが不思議なくらいです」

エレンはしばらく黙ったまま、そのことばを吸収しようとした。心臓がどきどきしていた。「だれがシャーに部品や兵器を提供しているの? 彼が作っているわけではないでしょう」

「いいえ、彼は仲介役です。いろいろなプレイヤーが絡んでいますが、主な供給元はロシアンマフィアのようです」

「パキスタンはそれを認めているの?」エレンはこの点をはっきりさせる必要があった。「彼らはわれわれの同盟国よ」

「彼らは危険なゲームをしている。アメリカがアフガニスタンに長く駐留しているあいだ、パキスタンはわれわれに北部の軍事基地の利用を認めていましたが、同時にビン・ラディンやアルカイダ、パサン、タリバンにも安全な避難場所を提供していた。アフガニスタンとの国境は穴だらけで出入りは自由だ。あの国は政府から支援や保護を受けている過激派やテロリストであふれかえっている」

「そしてシャーから兵器の供給を受けているテロリストたちで」

「そうです。だが彼に会ったら、あなたも疑うことはないでしょう。彼はあなたの兄弟や親友のように見える。良識のある学者のように見える」

「だが物事は見た目どおりではない」

「めったにない」とホワイトヘッド将軍は言った。「わたしはパキスタン軍との会議に参加していました。だがあの洞窟にもいた。そこに隠されていた、シャーが提供した武器も見た。もしこれらのグループのひとつが実際に核爆弾を手に入れていたら――」

「何十年も兵器の提供をしていたのなら、どうしてそうならなかったのですか？」

「理由はふたつあります」とホワイトヘッドは言った。「これらのグループのほとんどは人食い人種のようなものです。互いに争っている。自分たちの仲間を殺している。組織はほとんどなく、継続性もない。実際に核爆弾を作るには何年もかかるし、安定も必要です。山の中腹の洞窟でできることではありません。もうひとつの理由は西側諸国の諜報機関が彼らを阻止してきたからです。われわれの諜報機関と警察のネットワークは、ソビエトが崩壊して以来、核物質や核廃棄物を売買しようとする何十もの試みを阻止してきました。思い出してください、核爆弾を作るにはわずかな量でこと足りるのです」

思い出す必要はなかった。その考えが彼女の頭を離れたことはなかった。

「ご存じのように」と将軍は続けた。「ふたつ前のアメリカの政権がパキスタンに圧力をかけてシャーを逮捕させた。それは一部にはあなたの会社のドキュメンタリーのおかげでもあります。世論の圧力がパキスタンにかけられたのです。われわれは実刑を望んだが、自宅監禁にとどまった。それでも何もしないよりはましです。彼の影響力を制限することができた」

「これまでは」とエレンは言った。

「どういう意味ですか?」

「知らないのですか? 彼は解放された。パキスタン政府は昨年彼を釈放したんです」

「そんな——知らなかった。すみません、国務長官」ホワイトヘッド将軍はため息をついた。「バシル・シャーが釈放された。それは問題だ」

「あなたが考えている以上に。どうやらわれわれの承認のもとに行なわれているようなのです」

「われわれ?」

「前政権の」

「ありえない。だれがそんなばかなことを……。ああ、そうか、くそっ」

前大統領のエリック・ダン。彼しかいない。側近からさえ——むしろ側近から特に——〝おばかなエリック(エリック・ザ・ダム)〟と呼ばれていた。だがこれはばかを通り越して、頭がいかれているとしか言いようがなかった。

「選挙の直後です」とエレンは言った。

「選挙のあと? 敗れたあとに?」とホワイトヘッド将軍は訊いた。「なぜそんなことをするんだ?」と彼はつぶやいた。「どうやってそのことを知ったんですか?」

「息子から聞きました。シャーに雇われていたナスリーン・ブハーリーという名の核物理学者を追っていました」

エレンは知っていることを説明した。ホワイトヘッド将軍が聞いているあいだ、電話の向こう側は静かだった。一言一句を聞き逃すまいとして。そしてそれの意味するものを。

ようやく彼は言った。「だが、なぜシャーは自分の仲間を殺すんですか?」

「彼じゃない」

「ではだれが？」

「あなたが教えてくれると思っていました」

だが国務長官が耳にしたのは大いなる沈黙だけだった。

「イスラエルの首相は爆破テロとの関与を否定しています」ボイントンがエレンの耳元でささやいた。

各国の外務大臣、諜報機関のトップ、補佐官らとのオンライン会議が始まって三十分後のことだった。

「ありがとう」と彼女は言うと、画面に映ったほかのメンバーに説明した。

ボイントンによる中断はありがたかった。爆弾が爆発する正確な時間や標的、都市をどうして知っていたかという質問に答えなくてすんだからだ。

そのおかげで答えを考える時間が少しだけ与えられた。

「イスラエルの首相のことばを信じるのか？」とフランスが尋ねた。

「イスラエルがこれまでに嘘を言ったことはあったかね？」とイタリアが言った。

これには笑いが起きた。

だが同時に彼らはわかっていた。イスラエルが自分たちにはすべて正直に話すとはかぎらない一方で、イスラエルの首相がアメリカ大統領に嘘をつく可能性は低いということを。イスラエルにとってはアメリカという友好国は必要な存在なのだ。そして嘘をついてもなんの利益にもならなかった。

「それに」と英国の外相が言った。「モサドならパキスタンの核物理学者を喜んで殺すかもしれないが、あんな雑で残忍な方法ではやらないだろう。彼らは正確であることに誇りを持っている。クリーンであることに。これはまったく違う」

彼はほんの数分前にエレンがまさにそのことを言っていたのを忘れているようだった。

「アダムス長官」とカナダが言った。「あなたはまだわれわれの質問に答えていません。どうやってフランクフルトの事件とブハーリー博士のことを知ったのですか?」

エレンは、このカナダ人とはやはり友人にはなれないかもしれないと思った。

「それにほかのバスに乗った標的がパキスタンの物理学者だったことも」とイタリアも尋ねた。

「ご存じでしょうが、わたしの息子がフランクフルトのバスに乗っていたんです。息子はジャーナリストで、ある情報源から、パキスタンの核物理学者を巻き込んだ陰謀があるという情報を入手していた。その名前がナスリーン・ブハーリーだった。彼は彼女を追っていた。それらからすべてを導き出すのは難しくはなかった」

「その情報源とは?」とカナダの外相が尋ねた。

ほんとうにこのヘラジカとクマの服を着た女性は人を苛立たせる。

「教えてくれなかった」

「自分の母親にも?」とドイツが訊いた。

「国務長官には」その口調は、息子との個人的な関係についてこれ以上の質問を思いとどまらせた。

「どんな陰謀だったんだ? 何が計画されていたんだ?」とフランスが尋ねた。スクリーンに向かって体を寄せたため、鼻がアップで映り、毛穴まで見えた。

「息子も知らなかった」

フランスの外相は怪訝な表情をした。

「あなたの息子さんは数年前にパサンに誘拐された」とドイツの外相が言った。

「そのとおりだ」とフランス。

「ことばに気をつけなさい」とカナダの外相が警告した。が、フランス人はほとんど聞いていなかった。

「三人のフランス人を含むジャーナリストが処刑された一方で、彼はなんとか逃げ出した――」とフランスは続けた。

「落ち着きましょう」とカナダが言った。「もう充分」

だが、そうはならなかった。

「しかもご子息はイスラム教に改宗したと聞いています」

「やめなさい！」とカナダ外相が言った。「もう充分よ」

だが遅すぎた。あまりにも。

「何が言いたいの？」エレンの声は警告に満ちていた。

だが、彼女にはフランスの外相の言っていることがよくわかっていた。ほかの者もほのめかしてきたこと。だが決して面と向かっては口にはしなかったこと。

「彼は何も言っていない」とイタリアが言った。「彼も動揺しているんだ。パリはひどい攻撃を受けたばかりだから。気にしないでください、長官」

今やフランスの外相の顔はスクリーンに押しつけられんばかりになっていた。「あなたの息子がこの陰謀に関わっていないとどうしてわかるんだ？　彼が爆弾を仕掛けたのではないとなぜわかる？」

やはりそう来たか。

「よくもまあ」エレンはうなるように言った。「わたしの息子がこの件に関与してると言いたいの？彼は止めようとした。自分の命を危険にさらして止めようとしたのよ。もう少しで死ぬところだった」

「もう少しで」とドイツが言った。その声は腹立たしいほどに穏やかで理性的だった。「だが死ななかった。生き延びた。誘拐を生き延びたように」

エレンは彼のほうを見た。自分の耳にしていることが信じられなかった。「本気で言ってるの?」彼女は全員を見た。ばかげたヘラジカとクマのガウンを着たカナダの外相さえも彼女が質問に答えるのを待っていた。

ほかの全員が処刑されたのに、どうやってギル・バハールはイスラム・テロリストである誘拐犯から逃れたのか?

それは逃亡直後にストックホルムで彼に会ったとき、彼女自身が尋ねた質問でもあった。彼女は何もほのめかすつもりはなかった。だがギルは彼女の声に非難を聞いて取った。彼はいつもそうだった。ただでさえぎくしゃくしていたふたりの関係は、そのあとさらに悪化した。答えのない質問が朽ち果てていくように。

今ではふたりのあいだにはほとんど会話もなかった。だがエレンは何度も何度も試みた。ベッツィーを通じて。キャサリンを通じて。電話や手紙で。愛していること、信じていることを伝えるために。

彼がそのことを話したいと思って訊いただけなのだと。

ギルの誘拐はエレン・アダムスと当時の上院議員——現在の大統領——ダグラス・ウィリアムズとの対立の核心でもあった。

それもまた悩ましかった。

彼女は同僚たちに眼をやった。みな、神経をすり減らせ怯えていた。受け取った暗号メッセージのことはまだ彼らには言えなかった。そのこととアナヒータ・ダヒールのことがもっとよくわかるまでは。

だが彼女は彼らに何かを投げ与えなければならなかった。そしてそれが何かわかっていた。

「息子の情報源は背後にだれがいるのかを彼に告げました」彼女は話し始めた。「今朝、病院のベッドで彼と話すことができたんです」

彼女はそれを投げてみようと思った。ギルは無傷で逃げ延びたわけではなかった。ありがとう。

「それで?」とドイツが言った。

「バシル・シャー」

まるでブラックホールが口を開け、彼らの部屋からすべての生命、すべての光、すべての音を呑(の)み込んでしまったかのようだった。何も感じられない状態で。

シャー。

そして一斉に彼らは話し始めた。質問を叫んだ。

いろいろな形で質問されたが、ひとつの問いに集約されていた。

「なぜシャーだと? 彼はイスラマバードで自宅監禁されているはずだ。もう何年も」

彼女はホワイトヘッド将軍と話したことを正確に説明した。ふたたび唖然(あぜん)とした沈黙が流れた。

「くそっ(シット)」

「くそっ(メルド)」

「くそっ(シャイセ)」

「くそっ(メルダ)」

「くそったれ(ファッキング・ヘル)」とカナダ人は言った。

エレンは考えを改めた。これが終わったら、やはりこの女性とシャルドネを飲もう。

「だれもシャーの居場所を知らないと言いましたよね」とフランスが訊いた。

「はい」エレンは全員の顔を見わたし、だれもが同じように知らないのだという結論に達した。そして同じように憤慨している。同じように怒っている。

彼女に対し。

「なぜそんなことを」とドイツが言った。「最も危険な武器商人を逃がすなんて——いや逃げ出したんじゃない。正面玄関から出ていったんだ」

「いや裏口から出ていったんだろう」とイタリアは言った。「だれにも見られないように——」

「出口はどうでもいい」ドイツが言い返した。「重要なのは、彼はアメリカ政府の承認のもとに自由の身になったということだ」

「だが今の政権ではない。わたしも喜んでいるわけじゃない」とエレンは言った。「わたしもあなたたちと同じくらい、いやそれ以上にシャーを憎んでいる」

なぜなら、エレン・アダムスはシャーがクインを殺したと思っていたからだ。心から愛した夫を。あのドキュメンタリーに対する報復として。そしてただ彼にはそれができるという理由だけで。

しかも彼は今日まであのふざけたカードで彼女をあざ笑ってきた。

今、その彼が自由になった。パキスタン政府の一部と妄想癖のある当時のアメリカ大統領とその愚かな手下どものお墨付きを得て、好きなことをなんでも自由にできるようになったのだ。

その愚かな手下のなかに、ティム・ビーチャム臨時国家情報長官も含まれるのではないかとエレンは疑っていた。

だからホワイトヘッド将軍は彼を信用しなかった。

ティム・ビーチャムは前政権からの残留組だった。ダン大統領の政権末期に慌てて上院に提出された政治任用のひとつだった。上院は採決を行なわず、新大統領は、彼を留任させるか判断できるまで〝臨時の〟国家情報長官としたのだった。上院議員時代から、ウィリアムズはビーチャムを右派の保守的な情報専門家として知っていたが、それだけの関係だった。

大統領としては、国家情報長官が忠実であることを祈るしかなかった。そして彼は間違いなく忠実だった。だがだれに対して？

「シャーは何を企んでいるの？」とカナダが訊いた。「三人の核物理学者。いいことのはずがない」

「三人の死んだ物理学者だ」とイタリアが言った。「彼らを殺しただれかはわれわれに貸しを作ろうとしてるのか？」

エレンはふたたび遺族の顔や彼らが手にしていた写真のことを思い浮かべていた。テディベアや風船、歩道で枯れていく花。われわれに対する貸し？

それでもイタリアの言うことにも一理あった。

「理解できないのは、彼はなぜ二流の物理学者を採用したのかということよ」とカナダが言った。「彼ならだれでも採用できたでしょうに」

そのことはエレンも気がかりだった。

「アダムス長官、息子さんを説得してください」とイタリアは言った。「だれが情報源なのか言ってもらう必要がある。シャーが何を企んでいるのか知る必要がある」

エレンの要請により、ベッツィーは飛行機でDCに戻ることになった。フランクフルト発の民間機に乗ると窓際の席に坐り、エレンから手渡されたメモを開いた。すぐに彼女だとわかる筆跡で書かれていた。

エレン自身が雑誌〈ピープル〉に挟んで手渡したものであるにもかかわらず、そして筆跡を見間違えようがなかったにもかかわらず、エレンはメモの冒頭にこう書いていた。〝混喩（ひとつの表現のなかにある、ふたつ以上の矛盾するたとえ）がバーに入ってくる……〟

シートベルト着用サインが点灯し、携帯電話を機内モードにするようにとのアナウンスが流れた。

ベッツィーはその指示に従う前に、慌ててエレンにメールを送った。

〝……壁の筆跡(handwriting on the wallで不幸の前兆という意味がある)を見て、つぼみのうちに摘んでおきたいと思った〟

そして深く腰かけるとその短いメモの続きを読んだ。彼女のすぐ後ろ、キャビンのなかほど、右側のビジネスクラスの座席では、目立たない風貌の青年が新聞を読んでいた。

彼はベッツィーが自分に気づいていないと思っているようだ。

ベッツィーはメモを読み終えると、パンツスーツのポケットに入れた。財布を盗まれることはあっても、パンツを脱がされることはないだろう。

そこなら安全だ。

大西洋を横断するあいだ、ほかの乗客が食事をしたり、座席を倒して睡眠を取っているなか、ベッツィー・ジェイムソンは窓の外を見ながら、エレンに頼まれたことをどうやって成し遂げようかと考えていた。


「彼女を連れてきて」とエレンは言った。

チャールズ・ボイントンは、アメリカ総領事が用意した部屋をあとにし、アナヒータ・ダヒールを連れて戻ってきた。

「ありがとう、チャールズ。下がっていいわ」

彼はドアのところでためらっていた。「何か食べるものか、飲み物を持ってきましょうか、国務長官?」

「いいえ、結構よ。あなたは、ミズ・ダヒール?」

アナヒータは空腹を覚えていたが、首を横に振った。国務長官の前でエッグサラダ・サンドイッチを食べる気にはなれなかった。

ボイントンは心配そうな表情を浮かべながらドアを閉めた。彼は締め出されてしまった。なんとか戻る方法を見つけなければならなかった。

エレンはドアが静かな音をたてて閉まるのを待ってから、アナヒータを自分の向かいの肘掛け椅子に坐らせた。

「あなたは何者なの？」

「どういうことですか、長官？」

「聞こえたでしょ。時間を無駄にするわけにはいかないの。人々が死に、さらにもっと悪いことが起きる充分な根拠がある。そしてあなたも巻き込まれている。だから答えて。あなたは何者なの？」

アナヒータが見守るなか、エレンは膝の上に置いたフォルダーの表紙にゆっくりと手を置くと、その手を広げた。アナヒータにはそれが諜報部門による報告書だとわかった。国務省の地下で尋問官が持っていたのと同じ報告書だ。

彼女はそこから視線を上げて国務長官を見た。

「わたしはアナヒータ・ダヒール。国務省の外交官(FSO)です。だれにでも聞いてください。キャサリンが知っています。ギルも知っています。わたしは自分の言うとおりの人間です」

「そこまでは嘘ではないわね？」とエレンは言った。「それがあなたの名前と職業だということは信じているけど、それ以外にもあるはずよ。あのメッセージはあなた宛てに来た。はっきりと。そこにはパキスタンとのつながりがあるはずよ。三人の核物理学者はみんなパキスタン出身だった。あなたはイスラマバードのアメリカ大使館に二年間いた。今はパキスタンデスク担当よね。だれがあのメッセージを送ってきたの？」

「わかりません」

「わかってるはずよ」とエレンは言い放った。「いい、わたしがあの尋問から救ってあげたのよ。そうするべきじゃなかったかもしれない。けどそうした。安全であるようにいっしょに連れてきた。それもするべきじゃなかったかもしれないけどそうした。あなたはわたしの息子の命を救った。だからあなたには借りがある。でもそれにも限界がある。もう限界なの。警備員が外にいる」彼女はその方向を見ようともしなかった。「今話さないなら、彼らを呼んであなたを引き渡す」

「知らないんです」その声は、収縮した喉からまっすぐ出てきたように上ずっていた。「信じてください」

「いいえ、わたしがしなければならないのは、真実を知ることよ。あなたはメッセージを消去する前に書き写した。普通そんなことをするの？」

アナヒータは首を振った。

「なら、なぜ今回だけ？」

FSOの困惑した表情から、エレンは自分が核心をついたことがわかった。答えは得られないかもしれないが、少なくとも疑問点は明らかになった。

だが、その答えは、エレンが予想していたものとはまったく違っていた。

「わたしの両親はレバノン人です。愛情豊かだけど厳しい両親です。伝統的な家族です。普通、レバノンの娘は結婚するまで家族といっしょに過ごします。両親は、わたしの友人たちが経験するよりもはるかに多くの自由をわたしに与えてくれました。わたしは仕事のために家を出ることを許され、海外で勤務することさえ認めてもらいました。ふたりはわたしが国務省で働き、アメリカのために奉仕していることを誇りに思っています。そしてわたしが決してある一線を越えないと信じていました」
エレンはしっかりと聞いていた。頭のなかで考えをめぐらせ、あることにたどり着いた。

「ギルね」

アナヒータはうなずいた。「ええ。あのメッセージが届いたとき、ほんとうにスパムだと思いました。最初は。だから上司に見せたあと消去しました。でもその直前に、ひょっとしたらギルからかもしれないと思ったんです」

「なぜそう思ったの？」

一瞬の間。エレンは眼の前の大人の女性が頬を赤らめていることに気づいた。

「わたしたちは、いつもイスラマバードのわたしの小さなアパートメントで会っていました。会いたいとき、彼はいつも時間だけをメールしてきました。ほかには何もなし。ただ時間だけ」

「すてきね」とエレンが言うと、アナヒータはかすかに微笑んだ。

「ええ、ほんとうにすてきな人でした。変に聞こえるかもしれませんが、彼がそうしたのはわたしのためだった。わたしは両親に知られないように、ふたりの関係を秘密にしておきたかった。そしてそれは――」

愉しく、めまいのするような、興奮に満ちた経験。欺瞞と裏切りに満ちた街での密会。イスラマバードの蒸し暑い昼と夜。だれもが若く、活気に満ち、信念と自信にあふれていた。まわりには生命があふれ、その一方で市場では死が待っていた。

自分たちのしている仕事が重要だと感じていた。翻訳者として、安全保障担当者として、あるいはジャーナリストとして。スパイとして。自分たちがとても重要だと感じていた。暴力と死が他人を襲う場所で不死身だと感じていた。自分たちは決して死なないと。

そしてあのメッセージ。１９４５。１３３０。そして彼女のお気に入りの０６１５。そのために早く起きた。ギルのために。

その思い出に対するアナヒータの反応を見て、エレンは必死で笑みをこらえた。それは彼女がギルの父親に対して抱いていたのと同じ感情だった。カルはエレンの初恋の人だった。ソウルメイトではない。それはキャサリンの父、クインだ。

だがカル・バハールは愉しい人だった。そして信念の人だった。

今でも、彼のことを思い出すと……

やめた。今はそんなことを考えているときではなかった。

エレンは咳払いをした。アナヒータはふたたび顔を赤らめると、フランクフルトの冷たく灰色の特徴のない部屋に思いを戻した。「ギルからのメッセージだったらと思い、それを書き留めてから消去しました。その日の夜になって、彼からのメッセージかどうか確認するメールを送りました」

「彼の居場所を知っていたの？」

「いいえ。ここしばらくは連絡をしていませんでした。わたしがＤＣに戻ってからは一度も」

エレンはうなずいた。アナヒータがこのことを国防情報局の将校に話しても、彼らは信じなかっただろう。若い女性が初恋の男性に抱く憧れや熱い思いを理解できなかっただろう。そのせいで彼女がメッセージを深読みし、誤解し、何度も読み直して考え抜いたことを。

希望は、どんなに聡明な人間をも盲目にしてしまうということを。

だがエレン・アダムスにはそのことがはっきりとわかっていた。彼女もまたギルの父親によって盲目になってしまった。ほかの人にははっきりと見えていたものが見えなくなっていた。ベッツィーがそのことに気づき、やさしく教えてくれようとした。エレンとカルが決してうまくいかない理由を。

「それで彼がフランクフルトにいることを知ったのね」とエレンは言った。

「はい」

「でもメッセージを送ったのがギルではないとしたら、だれだったの?」

「わかりません。だれが送ったにしろ、わたしに宛てる特別な意図があったとは思えません。パキスタンデスクの人間ならだれでもよかったのだと思います」

「バシル・シャーのことを何か知ってる?」エレンはFSOの顔が凍りつくのを見た。「何か知ってるのね。車のなかであなたのリアクションを見た。あなたは怯えていた」

アナヒータがそわそわとし、長い沈黙が流れた。「イスラマバードにいたとき、核拡散問題に取り組んでいました。そのときパキスタンの知人たちが彼のことを話していました。ほとんど畏敬の念を持って。彼は神話だった。恐ろしいほどに。戦争の神のひとりのような。彼が背後にいるんですか?」

答える代わりに、エレンは立ち上がった。「ほかに話しておくことはない?」

アナヒータも立ち上がり、首を振った。「いいえ長官、以上です」

エレンは彼女を戸口へと促した。「ここを出発する前に病院に寄って、ギルに会ってくる。あなたもいっしょにどう?」

アナヒータはためらったあと、顎を上げ、背筋を伸ばして言った。「ありがとうございます。でもやめておきます」

エレンはドアを閉めながら思った。ギルは自分が何を失ったのかわかっているのだろうか?

アナヒータは廊下を戻りながら、もしこのまま進み続けたらどこへ行くのだろうかと思った。彼女がいなくなったと彼らが気づくまでにどこまで行けるだろうか。

彼女がまたしても嘘をついたと彼らが気づくまでに。

CHAPTER 14

ベッツィー・ジェイムソンはダレス国際空港でタクシーの列に並びながら、あのすてきな青年に相乗りしないかと声をかけるべきか迷っていた。

彼が彼女を尾行しているのは見え見えだった。彼がスパイでなければいいのだが。彼女にさえ見破ることができるのだから、まだキャリアが浅いのだろう。そしておそらくはその人生も短いものとなるはずだ。だがベッツィーは彼が自分を尾行しているというよりは、自分を守っているのではないかとも思っていた。

エレンに送り込まれて、自分の安全を守るために。

それは心地よくもある一方で、不穏な気持ちにもさせた。ベッツィーは自分がこれからすることを危険なことだとは思っていなかった。たしかに困難ではあるが、危険ではないと思っていた。

ベッツィー・ジェイムソンは困難には慣れていた。ピッツバーグの南部で育つことで、彼女はファイターになった。その困難とは、人生とは苦難の連続であり、人は愚かでだれも信用できないと信じて育つことだった。家族は彼女を虐待するために存在し、男は強姦魔で、女はあばずれだった。猫はずるがしこい。犬はオーケイだ。ただし小さくてキャンキャン吠えるやつは除いて。鳥は論外だ。

彼女の経験では、怪物はクローゼットから出てくるのではなく、玄関から入ってくるのだった。招き入れられて。

ベッツィー・ジェイムソンは五歳のとき、だれも招き入れてはならないことを小学校の校庭で学んでいた。

彼女は感情という山の中腹にある自分自身の洞窟に引きこもった。そこではだれも、そして何も彼女を見つけることはできなかった。彼女を傷つけることはできなかった。

レッド・ローバー（子供の遊びのひとつ。ふたつのチームが距離をおいて向かい合い、交互に相手チームのメンバーを指名する。指名された人は勢いよく走って相手の列を突破しようとし、それに失敗すると相手チームの一員となる）で遊ぶときも、彼女はだれも突破させなかった。列に突進するほかの子供たちもベッツィーの握った手を突破しようとはしなかった。

しかし入学式の日、壁を背にして坐っていたベッツィーは、X脚で大きな分厚い眼鏡をかけた小さなブロンドの少女が、その日には暖かすぎるセーターを着て、校門のところに立っているのを見た。母親が腰をかがめて何かささやいていた。真面目そうな顔つきの少女は、母親を見てうなずき、そしてふたりはキスをした。

そのときのベッツィーは、最後にキスをしたのがだれだったか思い出せなかった。少なくともあんな風にしたことはなかった。ほんの一瞬、やさしく頬に。思いやりを込めて。

そしてとてもか弱く見えたその金髪の少女は校門をくぐって校庭に入ってくると、思いがけずそして止める間もなく洞窟の奥深くに入ってきた。ベッツィー・ジェイムソンが心を隠していた場所へ。

その日から、エレンとベッツィーは切っても切れない仲となった。エレンはベッツィーに善の存在を教え、ベッツィーはエレンに襲ってくる男たちのタマを蹴る方法を教えた。

ふたりは同じ大学に進学した。エレンは法律と政治学を学び、ベッツィーは英文学の学位を取って教師になった。

その成果も家族からは祝福されなかったが、その頃にはもうそんなことはどうでもよくなっていた。

ベッツィー・ジェイムソンは洞窟をあとにし、今も危険の跋扈する世界、だが善も存在する世界へと足を踏み出したのだった。

　今、三月の寒空の下、ダレス国際空港で彼女は、フランクフルトのアメリカ領事館でのエレンとの長い抱擁と「気をつけて」とささやかれたことを思い出していた。

　もちろんそのときはまだメモを開けていなかった。今も彼女のパンツのポケットにあるメモだ。そのメモは、静かに、そして秘密裏にティム・ビーチャムのことを調べるようにという内容だった。彼は今、ウィリアムズ政権の臨時国家情報長官だ。前政権では国家安全保障担当の上級顧問を務めていた。少なくとも公式には。だが、実際には何をしていたのだろう？　エレンはそれを知りたかった。知る必要があった。それもすぐに。

　表面上は、エレンが求めたことを調べるのは簡単だった。だがふたりの関心は表面上のことではなかった。

　ベッツィーは青年をちらっと見た。彼はフライト中に八時間も読んでいたのと同じ新聞をまだ読んでいた。彼女は彼のことが不憫（ふびん）に思えてきた。だが近づいていって、同じタクシーに乗るよう申し出たところで、彼を困らせるだけだ。それに国務省（フォギー・ボトム）までの車内で考える時間が欲しかった。

　彼女のタクシーの順番が来た。

　タクシーが走りだすと、ベッツィーは青年がロープを飛び越え、すでに駐車禁止ゾーンに待機していた車に乗り込むのを見た。通常、政府のナンバープレートの車でないかぎり、そこで待つことは認められなかった。

　ベッツィーは深く腰かけて、次の行動を考えた。

「食事はした？」

「まだ」とキャサリンが答えた。

「何か食べてきて。ギルはわたしが見ているから」とエレンは言った。

イスラマバード行きの飛行機は、あと一時間足らずで離陸する予定だった。エレンは大統領と各国の外務大臣にはイスラマバードに行くことを話していた。反対はあったものの、英国とフランス、ドイツが爆破のターゲットである一方で、パキスタンから答えを引き出せるとしたら、アメリカこそが一番の適役だということは明らかだった。

そして飛び立つまでは、イスラマバードを含め、だれにもアメリカの国務長官の到着が迫っていることを伝えないことにした。

ギルの息遣いが変わった。かすかなうめき声とともに病院のベッドで体を動かし、眼を覚まし始めた。彼女は彼の手を握った。慣れ親しんだような、そうでないような感覚だった。手を握るのは久しぶりだったのだ。

エレンは、鎮痛剤の泥沼から抜け出そうとしてもがいている、ハンサムで傷だらけの顔を見ていた。眼を開けると、彼は母親に眼の焦点を合わせて微笑んだ。しかし完全に意識が戻るとその笑みは消えてしまった。

「どんな具合？」と彼女はささやき、頬にキスをしようと体を寄せた。が、彼が体を引いた。

かすかだったが、充分わかるものだった。

「大丈夫だ」事件の記憶が甦り、顔をしかめた。「ほかの人たちは？」

現場の周辺にいた十七人の負傷者も入院していた。エレンも何人かとは少しだけ話をした。最も軽傷の人たちだった。医師はそのほかの人たちとは面会できないと告げた。多くの人々はまだ安静が必要だった。命を懸けて闘っており、その家族が徹夜でその闘いを見守っていた。

毎日通っていた道を歩き、車を走らせ、自転車を走らせていた彼らのすべてが一瞬で変わってしまった。

手足が失われ、脳に回復不能な損傷を負った。失明した者。重傷を負った者。麻痺の残った者。一生癒えることのない傷――眼に見えるものも、見えないものも――が刻まれていた。

病室のドアが開き、チャールズ・ボイントンが覗(のぞ)き込んだ。「国務長官、そろそろ時間です」

「ありがとうチャールズ、すぐに行く」

首席補佐官はしばらくとどまってから出ていった。

エレンはギルのほうを向いた。「イスラマバードに行く」

「パキスタンが協力を？」

「そのために行くのよ。彼らに協力させるために。彼らはシャーの居場所を知っているはず」

「ぼくもそう思う」

「ギル、もう一度訊かなければならない」彼女は彼の眼をじっと見た。「あなたの情報源を教えて」

彼は微笑んだ。「母親が息子の無事を確認しに来たんだと思っていた。国務長官と話しているとは思わなかったよ」

見事に決まったかのようなその台詞に、エレンは思わず口を閉ざした。逃げ出したい気持ちだった。それは弱みにつけこんだひと言だった。そしてギルもそのことを知っていた。

「言えない」と彼は言った。その声は少しやわらかくなった。「わかってるだろ。メディア帝国を経営してたんだから。情報源を明かさないジャーナリストを守るために裁判まで起こしたあなたが、今はぼくの情報源を明かせというの？」

「人命が――」

「人命が危険にさらされているなんて言わないでくれ」彼は言い放った。

ギルの心のなかには、いつまでも生き生きと甦る記憶があった。暗い夜や晴れた日に不意に浮かんでくる静止画像。歩いているとき、食事をしているとき、シャワーを浴びているとき。ごくなんでもないときにそれは現れた。

友人のフランス人ジャーナリストが首を切られる瞬間。ギルを捕らえた者は、彼にそれを見せ、次が自分だと悟るように仕向けた。ジャン＝ジャックは刃が喉に当てられると、まっすぐギルの眼を見た。

テキサス州の極右過激派の運転するトラックが、彼の取材していた平和的デモの参加者の列に突っ込んだ瞬間の、若い黒人女性の画像が思い浮かんだ。彼女の人生最後の瞬間。

ほかにもあったが、最も頻繁に訪れるのはそのふたつだった。招かれざる客。招かれざる幽霊。

そして今、もうひとつの画像が別の恐怖とともに取って代わろうとしていた。バスの乗客の列。彼らの上目づかいの顔が彼を見つめている。彼を恐れている。彼らは死のうとしていた。そして自分は彼らを救うことができなかった。

「あれ以上の死が防げた唯一の理由は、情報源がぼくを信用してくれたからだ」と彼は言った。「情報源がだれかを話した瞬間に、それは終わってしまう。だめだ、エレン、教えるつもりはない」

〝ママ〟や〝母さん〟ではなく名前で呼ばれるほうが傷ついた。だから彼はそうするのだろうか。痛みを与えるためでもあるが、警告でもある。

それ以上近づくなという。

それでも、自分の息子との関係よりも、ほかの何万もの息子や娘たちの命のほうが大切だった。その母親や父親たちも。もし今回のことで自分の家族が完全にばらばらになったとしても、それはそれで仕方ない。この数時間で多くの家族が失ったものに比べれば、さほど恐ろしいことではない。

「もっと情報が必要なの。あなたの情報源はそれを持っているはず。あなたがわたしたちに話したことをその情報源が知ることはないわ」

「本気で言ってるのか？」彼がにらみつけた。「情報源は彼らに殺されるときに知ることになる」

「彼ら？」

「シャーとその仲間だ」

「その人物はシャーのために働いているの？」

「いいかい、ぼくも力になりたい。シャーを見つけて彼を止めたい。だけどこれ以上は言えないんだ」

エレンは深呼吸をして、自分を落ち着かせようとした。

落ち着きを取り戻すと言った。「あなたの情報源はシャーが何を計画しているか知っているの？」

「もちろん訊いた。知らないと言っていた」

「信じるの？」

ギルの父、カル・バハールは、息子にジャーナリスト、調査記者、戦争特派員は英雄だという信念を植えつけていた。民主主義の足元に火を絶やさない第四の権力。

ギル・バハールはそれこそが自分のやりたいことであり、やるべきことだと思って育ってきた。彼は紛争の当事者になることは望まなかった。紛争を報道することを望んだ。たとえその紛争がアフガニスタンであれ、ワシントンDCであれ。

目撃し、報道する。〝なぜ(why)〟を見つける。そして〝どうやって(how)〟を。そして〝だれが(who)〟を。

真実を伝えること。たとえそれがどんなに醜くとも。どんなに危険であろうとも。

一方で彼の母親は、常にビジネスパーソンだった。帝国を動かす官僚だった。スプレッドシートの数字の向こうには決して眼を向けようとしない合理的な人間だった。

経理屋。父親は彼女のことを、ときには愛情を込めてそう呼んだ。ぼくは豆が好きなんだ。彼は笑いながらそう付け加えた。

ジャーナリストの卵のつもりだったギルには、子供ながらにその軽口の向こうにある真実が見えていた。

だが今、彼は何かが変わったのかもしれないと思っていた。彼の父親がずっと間違っていて、自分が思っているほど母親のことを知らなかったのか、あるいは母親が、人々が何を知っているかだけではなく、もっと重要なこと、彼らが何を信じているかを訊き出す能力を身に着けたのかのどちらかだ。そして今、とうとう彼女は自分の息子に何を信じているかを尋ねていた。

「たぶん彼はシャーの計画を知っていると思う」とギルは言った。「だがシャーの名前を聞きだすのがやっとだった。彼は怯えていた。そして怯えるべき根拠もあった。彼はぼくにそこまで話してしまったことを後悔しているはずだ」

「その情報源がシャーの計画について教えてくれないなら、せめて核物理学者の死でその計画が終わったのか、それともまだ続いているのかだけでも探ってみてくれない？」

ギルはベッドの上で体を起こすと、かすかに顔をしかめてから母親を見つめた。国務長官を。

「ぼくのメールを追跡する？」

彼女はためらった。「いいえ。わたしは、あなたが自分で見つけた重要な事実をわたしにも話してくれると信じている。でも他人は……」

彼はうなずいた。「なら、情報源に連絡することはできない」彼は不自然なくらい大きな声でそう言うと、ささやくような声で続けた。「けど別の方法があるかもしれない」

「長官、よろしいですか」

エレンはポイントンに眼を向けた。戸口に立っていた。どこまで聞いていたのだろう。

「飛行機は待たせておいて」と彼女は言った。

「アナはいっしょ？」ギルはドアのほうをちらっと見た。

一瞬、彼が小さい頃の少年に戻ったように見えた。痛みの伴う質問をすることを恐れていたが、それでも紛争地域の優秀なジャーナリストと同じく、知りたいという欲求のほうが恐怖よりも大きいと判断したのだ。

「いいえ、あなたに会うように言ったけど……」

彼はうなずいた。今のところはその事実だけで充分だった。

「長官」とポイントンは言った。どこか険のある口調だった。「飛行機の件ではありません」


フランクフルトのアメリカ領事館でリムジンから降りると、爆破事件の現場で話したのと同じ中年の男性が彼女を迎えてくれた。ドイツに駐在する諜報部門のトップだ。

「スコット・カーギルです、長官」

「ええ、覚えてますよ、ミスター・カーギル」そう言うと彼女は、建物のなかに入るように急かされながらも、彼といっしょにいるやや若い女性に眼をやった。

「こちらはフラウ・フィッシャー。ドイツの諜報部門の者です」海兵隊員がドアを持って開けているなか、彼はそう説明した。

「容疑者を見つけました」とフィッシャーが言った。きれいな英語だった。

ロビーを横切ってエレベーターに向かうと、彼らの足音が大理石の床に響いた。エレベーターのうちの一台が彼らのために待機していた。

「拘束したの？」とエレンが訊いた。

「まだです」エレベーターのドアが閉まるとフィッシャーが言った。「今のところ、あるのは沿道の防犯カメラとバスのなかのカメラの映像だけです」

エレンとボイントンは軍用倉庫のような窓のない部屋に案内された。エレンは、そこにドイツの外務大臣がベルリンから直接来ていることに驚いた。

「エレン」彼はそう言って手を差し出した。

「ハインリッヒ」

彼は横にある坐り心地のよさそうな回転椅子を示した。「われわれが見つけたビデオを見てほしい」

彼女は席に着きながら、〝われわれ〟ということばにかすかに微笑んだ。ハインリッヒ・フォン・バイアーがこの発見にどれほど関与しているのかは疑問だった。

彼が合図をすると、部屋の前方にあるスクリーンに映像が映し出された。

百十九番のバスが停留所に停まり、ひとりの男が降りていく様子が映っていた。

そこでクリックとともに画像が止まった。

「これは」とスコット・カーギルが言った。「爆発するふたつ前の停留所です」

「われわれの爆弾犯だ」とフォン・バイアーが言い、エレンはまた微笑んだ。今度も〝われわれ〟と言ったことに。放っておいたら、その〝われわれ〟はどこまで続くのだろうかと思った。

スクリーンには、ジーンズにジャケット、チェックのクーフィーヤを首に巻いた小柄な青年が映っていた。

彼女はカーギルを見て言った。「どうして彼が容疑者だとわかるの？　わたしには人種的なプロフアイリングのように思えるけど」

「ほかにもふたつの証拠があるからです」とカーギルは言った。ふたたびビデオが映し出された。今度はバス内部の映像だった。

そしてまた、スクリーンに映し出された映像が止まった。

バスの後ろのほうに完全にくつろいだ様子のギルが坐っていた。

「それが」とフィッシャーが言い、ギルの左後ろにいる女性を指さした。「ナスリーン・ブハーリーです」

「物理学者ね」

「そうです、長官。ご子息はもちろんおわかりですね。そしてその男が――」ブハーリー博士の前の乗客を指さした。「われわれの容疑者です。次に何が起きるか見ていてください」

映像がふたたび動き始め、男が前の席の女性に隠れるように身をかがめるのが見えた。そして体を起こすと、立ち上がってバスの前方に歩いていった。次の映像はすでに見たもので、男が降りるところを捉えていた。

映像が止まり、フィッシャーが男の顔にズームインした。肌の色は浅黒く、きれいにひげを剃っていて、防犯ビデオをまっすぐ見つめているように見えた。

「爆破パターンから、バスの左後ろが爆発源だったことがわかっています」とフィッシャーは言った。「彼の坐っていたところです」

エレンは男の顔をじっと見た。

彼は何を思いながらバスをあとにしたのだろう？　人々を残して。あそこに坐って、子供たちが席で身をよじって話しているのを見て何を思ったのだろう。携帯電話で話しているティーンエイジャーたちや、帰宅途中の疲れた労働者たちを見て、どう感じていたのだろう。

爆弾犯は罪のない人々が死ぬことを知りながら、何を考え、感じていたのだろうか？

エレンは、アメリカ軍兵士が、上官の命令で敵に向けてミサイルの発射ボタンを押し、そしてときには罪のない民間人をも殺してしまうという事実——真実——に対し、無関心ではいられなかった。

今、彼女は身を乗り出して、その若者を見つめていた。「なぜ彼は生きているの？」

「彼はバスを降りたんです、国務長官」とフォン・バイアーは言った。

「ええ、わかってる。でも、普通は自爆テロを行なうんじゃない？」

疑問が漂ったまま、沈黙が流れた。ようやくカーギルが答えた。

「たしかにそのとおりですが、いつもというわけじゃありません」

「どんなときに自爆テロを行なうの？」

「関与している者が過激化している場合です。宗教的な狂信者のように」と彼は答えた。「そして彼らのハンドラー——彼らを教育した者——が、爆弾が確実に爆発するようにしたいときです」

「つまり、初歩的な爆弾の場合ね？」エレンは、ふたりの課報部員を見ながら訊いた。「おそらく素人の作った手製の爆弾。手動で作動させなければ失敗するような」

「そうです」

「そうでない場合は？　彼のように爆弾を放置する場合は？」エレンはスクリーンの男を示してそう尋ねた。

今、ドイツとアメリカの諜報部門の担当者はうなずきながら考えていた。検討していた。

「彼らがその装置に確信を持っているとき」とドイツ人が言った。

「そして彼らが狂信的ではないとき」とアメリカ人が言った。

を。

全員がスクリーンを、その顔を見つめた。殺人犯の顔を。そこから去って、今も生きている男の顔

「あるいは彼自身が死にたくないと決意した場合」とフィッシャーは言った。

「彼が無意味な自滅行為で浪費するには、あまりにも価値の高い資産である場合」

「続けて」とエレンは言った。

「国際的な情報ネットワークにこのことを伝えよう」とドイツの外相は言った。「彼が採用されて、教育されたのだとしたら、どこかのシステムに引っかかるはずだ」

「でも顔認識では引っかからなかった」とエレンは言った。

「ええ、そのとおりです」とカーギルは言った。「彼は、これまでクリーンにしてきた資産なのかもしれない。空港と駅に警戒するように伝えます。バスターミナルとレンタカー会社にも」

「そしてSNSとニュース・ネットワークにも」とフィッシャーが言った。「われわれが彼を特定できなくても、世間に知られることで彼の行動を阻止することができます。だれかが彼を見て通報してくるかもしれない」

カーギルが部下にうなずき、その部下はすぐに部屋を出ていった。

「それからもうひとつ、少しだけ……」

カーギルが適切なことばを探しているあいだ、エレンとフォン・バイアーは待った。

「……普通ではないことがあります」

「すばらしい」とエレンは低い声で言った。その横で厳めしい顔のフォン・バイアーが「くそっ」とつぶやいた。

「少しどころではありません」とフィッシャーは言った。「見てください」

彼女はスクリーンを指さした。そこには彼らが数分前に見ていた画像が映し出されていた。

「何?」とエレンは訊いた。

「帽子をかぶっていません」

エレンは視線をフィッシャーに戻し、それからフォン・バイアーを見たが、彼も同様に困惑しているようだった。まさかこの若い女性は、三月上旬の肌寒いフランクフルトで、爆弾犯が帽子もかぶらず風邪をひくことを心配しているわけじゃ……

そして彼女はフォン・バイアーと同時に気づいた。彼は眉をひそめ、青い眼を大きく見開いていた。

「この男は自分のことを隠そうとしていない」とエレンは言った。

「そのとおりです」とフィッシャーは言った。「それどころかわたしたちによく見えるように立ち止まった」

エレンは黙ったまま、その顔を見つめていた。彼をしっかりと見た。気のせいだろうか? その眼に浮かんでいるのは悲しみではないように見えた。懇願にさえ見えた。理解を求めているのか? 助けを? そんなはずはない。爆弾を爆発させて多くの罪のない人々を殺し、理解してほしいと期待する者などいるはずがない。

「どういうことかね?」フォン・バイアーが尋ねた。

「いいことかもしれません」とカーギルは言った。「うぬぼれているのかもしれない。自信過剰に。自分が爆弾を仕掛けたことをわれわれが知らないと信じているか、あるいはわれわれに知ってほしがっているのかもしれない」

「なぜ?」とフォン・バイアーが訊いた。

「それはわかりません」とカーギルは認めた。「エゴ? 傲慢?」

「彼の表情を見て」とエレンは言った。それを見ているのはわたしだけなの？「彼はすまないと思っている」

「おいおい、エレン、そんなはずはないだろう」とフォン・バイアーが言った。「彼は罪のない民間人を殺そうとしてるんだぞ。すまないと思うはずがない」

エレンはカーギルに眼をやった。彼もドイツの外相と同じ意見のようだ。フィッシャーに眼をやった。彼女は眉をひそめて爆弾犯の顔を見つめていた。

そして彼女はエレンを見てうなずいた。

「彼は恐れているんだと思います」とフィッシャーは言った。

エレンは男の顔をもう一度見てうなずいた。「あなたの言うとおりね」

「もちろん彼は恐れている」とフォン・バイアーは言った。「自分の爆弾で吹き飛ばされることを、そして自分のしたことを必ずしも快く思わない創造主に会うことを」

「いいえ、何か違うものを恐れている」とエレンは言い、すっきりした顔をした。「彼は生き延びるはずじゃなかったのよ」

「だから彼のハンドラーは彼の正体を隠すことにこだわらなかった」とフィッシャーが言った。「問題ではなかったから」

エレンの心臓が高鳴った。「彼の画像の公表を止める必要がある」

「どうしてですか？」とカーギルは言った。そして数秒後に理解した。「ああ、くそっ」

もし爆弾犯が死ぬことになっていたのだとしたら、彼のハンドラーにも彼が死んだと信じさせておくのが一番だった。

「ちくしょう（フェダムト）」フィッシャーが言い放った。「彼を見つけなければ。早く。彼らより前に」

「トンプソンを捕まえろ」カーギルは電話に向かって叫んだ。「彼にストップするように言え。容疑者の写真を流すのを――」

カーギルは大きな音をたてて坐った。「わかった。じゃあ公表を制限しろ」彼は電話を切った。「遅かった。すでに出てしまった。いくつかの公表は止めることができたが」

「無駄です」とフィッシャーは言った。「もう拡散しています。できるなら利用したほうがいい。広く知らせるんです。彼がだれなのか知っている者がいるはず。彼が国境を越えている場合に備えて、各国の諜報部門のトップにも連絡します」彼女はドアに向かった。「彼を見つけます」

エレンは立ち上がりながら言った。「もしほかになければ、大統領に電話で報告してから飛行機で――」

「エレン、もうひとつ見せたいビデオがあるんだ」とハインリッヒ・フォン・バイアーが言った。

エレンは腰を下ろすとスクリーンを見た。ふたたびバスの車内が映し出されていた。爆弾犯はすでに去っていた。彼の席は空席になっている。エレンはギルを見た。彼は電話に出て、それから立ち上がって叫び始めた。

彼女は両手を握りしめながら、ギルが必死になってバスを止めようとしているのを見ていた。人々を降ろすために。パニックと苛立ちで彼はほとんど泣き出しそうだった。人々をつかみ、引きずり降ろそうとしていた。ナスリーン・ブハーリーもそのひとりだった。彼女はかばんで彼を叩いて追い払おうとしていた。

エレンは全身の筋肉を硬直させながら見守っていた。ようやくバスが止まる。運転手が立ち上がり、ギルを外に放り出した。

ビデオが切り替わり、ギルが歩道に激しく倒れ、バスが去っていく様子が映し出された。

エレンは身を乗り出した。今は手で口を押さえていた。スクリーンでは、彼女の息子が体を起こしてバスを追いかけていた。音声はなかったが、彼が何か叫んでいるのは明らかだった。絶叫していた。やがて立ち止まると振り向き、人々を歩道から追い払おうとした。

そして爆発。

彼女は眼を閉じた。

「国務長官」ハインリッヒ・フォン・バイアーが立ち上がって彼女を見ていた。その表情は厳粛で、態度はどこか堅苦しかった。「あなたに謝罪しなければならない。あなたのご子息が事件に関与しているかもしれないと、誤ったことを示唆してしまった。彼は人命を救うためにできるかぎりのことをした。運転手が放り出さなければ死んでいただろう」

彼は小さく頭を下げて、自分の過ちを認めた。

そして彼女も心のなかで自分の過ちを認めた。彼の誠実さをみくびっていたことを。彼はその過ちも自分のせいにしていた。

「ありがとう(ダンケ)」と彼女は言った。立ち上がると、両手をフォン・バイアーに差し出した。彼はその手を取るとやさしく握った。「当然の過ちです」と彼女は言った。「わたしでもそう思ったはずです」

「ありがとう」と彼は言った。ふたりともそれが真実ではないとわかっていた。

フォン・バイアーは声を落として言った。「イスラマバードでの幸運を祈っています。気をつけてください。シャーは見ています」

「ええ」そう言うと彼女はポイントンのほうを向いた。彼は坐ってここまでのやりとりをすべて見ていた。「大統領にはエアフォース・スリーから報告する」

「まだ会議があります」

「これがあなたの言っていた会議ではなかったの？」

「いいえ、国務長官。まだ別にあります」

CHAPTER 15

「お願い、もう一度説明して」とエレンは言った。

ボイントンはまたしても彼女を、窓がなく薄暗い、特徴のない部屋に案内した。そこは地下二階の部屋だった。彼らはそこに入るのに、多くのセキュリティ・チェックと強化扉を通り抜けなければならなかった。

部屋のなかに入ると、技術者がキーパッドを叩いてから言った。「国務長官、ご自身のセキュリティ・コードを入力してください」

「首席補佐官ではだめなの?」

「いいえ、残念ですが。これには最上級の権限が必要です」

〝これ〟というのが何なのかわからなかったが、エレンは一連の番号を入力し、そして待った。

大きなモニターに、国家情報長官のティム・ビーチャムが映し出された。

堅苦しく、温かみのかけらもない挨拶のあと、ビーチャムは説明を始めた。だが、この会議の目的が明らかになると、エレンは彼をさえぎって、チャールズ・ボイントンのほうを見た。「スコット・カーギルを連れてきて。彼にも聞いてもらう必要がある」

「国務長官、少なければ少ないほうが――」ビーチャムが言いかけたが、エレンは視線で制した。

「わかりました」とボイントンは言い、数分後にカーギルを伴って戻ってきた。彼はエレンの隣に坐った。

自己紹介は必要なかった。国家情報長官は、CIAのドイツ支局長をよく知っていた。

「何かわかった？」と彼女はささやいた。カーギルは首を振った。

もう一度説明するようにというエレンの求めに応じて、ビーチャムが先ほどのことばを繰り返した。

「ミズ・ダーヒルに送られてきたメッセージを詳しく調べました。彼女が削除したと言っていたものです」

その説明はエレンには不要だった。「わかってる、ごみ箱のファイルのなかにあるのを見つけたということなら、彼女が削除したんでしょう。そこにあったのね？」

「そうです」

「そしていつ削除されたかを示すタイムコードが添付されているはずよね」

「はい」

「彼女が説明したタイムラインと整合していたのね」

「そのとおりです」

「つまり、アナヒータ・ダヒールは真実を話していた」事実とその根拠をなるべく早く確立することが重要だ。エレンはそう思った。しかもあいまいさを残さずに。

彼女はこの狡猾な男が嫌いだった。ホワイトヘッド将軍も同じように感じているのではないかと思っていた。そして今、ビーチャムが落ち着かない様子でいるのを見ながら、エレンはベッツィーのことを思い出し、国家情報長官について詳しく調べるよう彼女に頼んだことを考えていた。

ベッツィーからはワシントンDCに到着して、国務省に向かっているという短いメールが届いて以来、何も連絡はなかった。

「それで何がわかったの、ティム？」

「メッセージの発信元が判明した」

「ほんとう?」彼女は身を乗り出してモニターに近づいた。モニターが発する熱を感じるほどに。

「どこなの?」

「イラン」

エレンは画面に触れてやけどをしたかのように腰を落とすと、ゆっくりと深く息を吸い、そしてゆっくりと吐き出した。彼女の横でカーギルが「ああ」と言うのが聞こえた。みぞおちを殴られたときに発するようなやわらかいうめき声だった。

イラン。イラン。

心臓の鼓動が速くなった。イラン。

もしシャーが核機密と核物理学者の両方を売っているとしたら、イランはそれを止めたいと思うはずだ。イランは独自に核開発を行なっており、それを公然と否定していたものの、その一方で、地域や国外のあらゆる勢力にその事実を明確に知らしめていた。

エレンは点と点を結んだ。中東各地での爆破と暗殺の血なまぐさい痕跡。すべてはイランがこの地域で別のだれかが核装備を手に入れることを阻止するために行なってきたものだった。

「イランなら、シャーの雇った核物理学者が目的地に着くのを絶対に阻止したいと思うはず」と彼女は言った。

「そのとおり」とビーチャムは言った。「ただし――」

「あのメッセージを送ったのがだれであれ、爆弾を仕掛けた人物ではない」とカーギルは言った。

「その人物は殺人を防ごうとしたんだ」

エレンの眼がさらに大きく見開かれた。そのとおりだ。彼女はカーギルからモニターに眼を戻した。

ビーチャムは自分の言おうとしていた秘密を横取りされたことに苛ついているように見えたものの、同時に困惑しているようにも見えた。

「そこがわからないところだ」とビーチャムは言った。「なぜイランが爆破を止めようとしたのか？　なぜシャーの雇った核物理学者を救おうとしたのか？　彼らがシャーから核物理学者を買ったのではないかという可能性も考えたが、すぐに却下した」

「イラン政府がパキスタン人を信用するはずがない。彼らがバシル・シャーを雇うなんてありえない」とカーギルが同意した。「彼らがバシル・シャーと取引をすることはないだろう。シャーはサウジアラビアやスンニ派のアラブ諸国と親密な関係にある」

「それに彼もイランとは取引しないでしょう、違う？」とエレンは言った。

「ありえない」とビーチャムは言った。「イランには独自の高度に熟練した核物理学者がいて、独自の計画がある。取引をする意味がない」

「じゃあどういうこと？」とエレンは訊いた。

答えはなかった。

「ほんとうにイランから来たの？」と彼女は訊いた。「間違いの可能性は？　違う基地局やIPアドレスから発信された可能性は？　この爆破事件の背後にいるのがだれであれ、自分の居場所を隠せるほどには頭がいいはずよ」彼女はことばを切った。「ああ、違う。また同じ間違いをしている。イランが爆破の背後にいると考えるほうがはるかに理にかなっているわ。爆破を止めようとしたんじゃなくて」

「メッセージがイランからであることに間違いはない」ビーチャムははっきりと言った。「もっともこのメッセージは急いで送られてきたようで、そうでなければ発信元をもっと隠そうとしたはずだ。

それにもうひとつある」

　彼はもったいぶるようにそう言った。エレンは何かが背筋を伝って這うような感覚を覚えた。まるで大きな蜘蛛が上ってくるような。

「続けて」

「メッセージがどこから発せられたかわかっている」

「ええ、聞いたわ。イランからでしょ」

「いいえ、もっと正確に。テヘランのコンピューターからであることが判明した」彼はノートをチェックした。「ベーナム・アフマディ教授のコンピューターだ」

「冗談だろ」とカーギルは言った。が、それは思わず口をついてしまったことばだった。彼には、そして全員にはわかっていた。国家情報長官は決して冗談を言う人物ではなかった。

「知ってるの？」とエレンはカーギルに訊いた。

　彼は、自分の考えを整理しながらうなずいた。「核物理学者です」

「彼が殺された人たちを知っていて、救おうとした可能性はある？」と彼女は尋ねた。

「可能性はある」とビーチャムは言った。「だが低い」

「なぜ？」

「アフマディ博士はイランの核開発計画の立案者のひとりです」とカーギルは言った。「少なくともわれわれはそう信じています。彼らが否定している計画について正確な情報を得るのは難しいのです」

「イランが核を持っていることはわかっているが、わからないのは彼らがまだ核爆弾を開発することができるかどうかだ」とビーチャムは言った。

「つまりどういうこと？」エレンはふたりの顔を見た。「なぜアフマディ博士はこれらの核物理学者たちの殺害を止めようとしたの？」

「彼が他国に雇われたスパイである可能性も考えた」ビーチャムは言った。「たとえばサウジアラビア。彼らは核兵器計画に躍起になっている。金払いもいい。それにイスラエルも。彼らはイランの核開発に携わるイラン人科学者を殺害したこともある」

「でも、アフマディ博士がイスラエルのために働くことはないでしょ、違う？」とエレンは訊いた。

「彼らがいくら払うかと、博士がどれだけ必死かによる。どんな可能性も排除はできない」

カーギルは首を振った。「わたしには信じられない。アフマディがほかの国に協力するわけがない」

「なぜそう言えるの？　どんな人物なの、アフマディ教授は？」とエレンは訊いた。

「テヘランのアメリカ大使館が学生らに占拠されて、アメリカ人が人質に取られた事件のことを覚えてるか？」ビーチャムが訊いた。「一九七九年のことだ」

エレンは彼をにらんだ。「ええ、だれかから聞いた気がする」

「ベーナム・アフマディはそのときの学生のひとりだ。彼がアメリカの外交官の頭に銃を突きつけている写真がある」

「見てみたい」

「送りましょう、国務長官」とビーチャムは言った。「ベーナム・アフマディは狂信者だ。ホメイニの信奉者であり、強硬派聖職者のモハンマド・ヤズディーの信奉者でもある」

「でもどちらも死んでいる」とエレンは言った。

「そのとおりだ。だがそれでもアフマディの忠誠心と信念を証明するものだ」とビーチャムは言った。

「彼は今、明らかに現在の大アヤトラ、ホスラビに忠誠を誓っている」

「ホスラビは核兵器開発に反対する決定（ファトワー）を出していたのでは？」とエレンは言った。ビーチャムがそんなことまで知っているのかと驚いているのを見て、少し満足を覚えた。

「そうです」とカーギルが言った。「ですがわれわれはそれが本心からだとは思っていません。イランが包括的共同行動計画に参加し、国連の査察団を受け入れているあいだは、彼らの核開発計画は停止していると信じていました。だがダン政権がそれを反故にしてからは……」

「自由に行動できるようになった」エレンは言った。

「その結果、証明することが何もかもはるかに難しくなった」とビーチャムは言った。

だがそこで疑問が残った。「なぜイランの強硬派が、自国に害を及ぼす可能性のあるパキスタンの核物理学者三人の命を救おうとするの？」とエレンが訊いた。

沈黙が流れた。明らかに彼らにはその理由がわからなかった。一瞬、彼女はスクリーンがフリーズしてしまったのではないかと思った。

「もうひとつ重要な情報がある」国家情報長官はようやく言った。「あなたは気に入らないかもしれないが」

「この二十四時間で気に入ったことなどほとんどないわ。話して、ティム」

「あなたがアナヒータ・ダヒールを連れてDCを離れたあと、彼女の経歴を詳しく調べた」

蜘蛛がエレンの頭蓋骨の根元まで這い上がっていった。

「彼女は、両親はレバノン人で、内戦でベイルートから難民としてアメリカに来たと言っていた。調べたところ、難民認定申請書にそう書かれてあった」

だが、とエレンは思った。だが……

「だが当時――内戦中――は、徹底的に確認する方法はなかった。今ならできる。そしてそうした。ミズ・ダヒールの母親はベイルート出身のマロン派キリスト教徒だ。歴史学の教授だった」

だが、とエレンは思った。だが……

「だが彼女の父親はレバノン人ではなかった」とビーチャムは言った。「彼は経済学者だった。イラン出身の」

「たしかなの？」

「そうでなければこんな話はしない」

エレンはおそらくそのとおりなのだろうと思った。

「あなたといっしょに来た外交官(FSO)のことを話してるんですか？」とカーギルは訊いた。「彼女はどの程度のアクセス権を持ってるんですか？」

エレンはチャールズ・ボイントンに眼をやった。彼は会議のあいだ何も言わず、まるで透明人間のようだった。エレンは、彼が存在しているのに、だれからも気づかれない特殊な能力を持っていることに気づいていた。社交的にはあまり有利とはいえないが、国家機密を探ろうと思ったなら、大きな利点となるだろう。

「彼女は最高機密のアクセス権やアクセスコードは持っていません」とボイントンは言った。

「でも耳と頭はある」とエレンは言った。「昨日もわたしの会議に入ってこようとした。彼女を見つけて、ここに連れてきて」

ボイントンが去り、エレンがふたたびスクリーンに眼を向けると、補佐官のひとりがビーチャムの耳元で話しかけ、何かを見せていた。彼はモニターをミュートにしていたが、興味深そうにしていると同時に苛立っているようにも見えた。

彼は彼女のほうに向きなおり、ミュートを解除した。「フランクフルトの爆破事件の容疑者がいることをいつ話してくれるつもりだったんだ？」

「まあ、もうその必要はない。たった今、補佐官から聞いた。彼女はCNNから聞いた」彼の顔はほとんど紫色だった。

「下がってくれる?」エレンはカーギルに言った。かなりひどい状況になることがわかっていた。

彼が部屋を出ると、ティム・ビーチャムが詰め寄った。「大統領もこのことをわれわれからではなく、テレビから知った」

「もういい、ティム」とエレンは言い、手を上げて制した。「不満なのはわかるけど、わたしたちもたった今知ったところで、その足でまっすぐここに来たの。あなたが何も話す機会を与えてくれなかったのよ」

そんなふうに言うことはアンフェアだとわかっていた。実際、エレンはこの男に何かを急いで伝えようとは思っていなかったのだから。

万が一……彼が裏切者(ブギーマン)だったら。

ベッツィーはうまくやっているだろうか。裏切者の可能性のある男の情報を探らせるのに元教師を派遣したのは間違いだったんじゃないだろうか。

彼女はまた、なぜベッツィーから連絡がないのかと不思議に思っていた。だが、自分の携帯電話がドアの外にいる外交保安局の職員の手にあることを思い出した。ベッツィーは連絡しようとしたのかもしれない。

「今すぐ、話してくれ」とティム・ビーチャムは言った。

エレンは説明した。「彼は自爆テロをするはずだったという可能性がある。ロンドンとパリもビデオを見直した。車内のカメラから犯人を特定したそうで、どちらも爆発で死亡している」といって締めくった。

「なぜこの男はそうしなかったんだ？」

「命令に背いたんだと考えている」

「つまりこの男はわれわれにとって非常に貴重な存在だということだ」とビーチャムは言った。「そしてこれを計画した人物にとっては非常に危険な存在だ」

「そのとおりよ」

エレンはビーチャムの上級補佐官が彼に書類を渡すのを見た。彼はそれを読み、一瞬、心からの困惑の表情を浮かべた。

「あなたの部下とその家族についてさらに詳しいことがわかった」彼は眼の前の書類を軽く叩いた。「彼女の父親は革命後にイランからベイルートに来たときに名字をダヒールに変えている。それまでの名字はアフマディだった」

今度はエレンがフリーズする番だった。「アフマディ？　ベーナム・アフマディの？」

「兄だ」

アナヒータ・ダヒールの叔父はイランの核兵器計画に関わっていたのだ。

❈

CHAPTER 16

「スコット？」

カーギルは次々と入ってくるメッセージから顔を上げた。洪水のように押し寄せる情報を管理するのはますます難しくなっていた。重要な情報と取るに足らない情報を分けること。事実と偽りの報告を分けることが。

爆弾犯はヨーロッパ全土で目撃され、ロシアでさえ目撃されていた。

「あ？　どうした？」

「バート・ケッツティングです」

「たしかか？」

「間違いありません。男はそこに住んでいます。地元の警察が確認しました。男の身元情報を送ってきました」

彼女はそれを支局長に見せた。

彼はそこにいた。アラム・ワニ。二十七歳。住所はバイエルンの小さな町だった。

「妻と子供がいます」

「今、そこにいるのか？」

「わかりません。自宅に特別捜査官を派遣するように要請しました。ニュルンベルクから向かっていて、しばらく時間がかかりそうです。そのあいだ、地元の警察にだれかを派遣してひそかにチェックしておくように指示しました」

「いいだろう。われわれもそこに行く必要がある」

「ヘリを待たせています」


「はい？」

若い女性がドアを少しだけ開けた。

「ワニ夫人ですか？」

「はい」

その女性は腕に子供を抱いていて、警戒しているようだったが、実際に何かを恐れているようには見えなかった。

女性警官は私服で、ワニ夫人の母親くらいの年齢だった。祖母といってもよかった。

「ああ、よかった。電話もせずに来てしまってすみません」

「いいえ、どちら様？」ドアがもう少し開いた。

「ナオミといいます。寒いですね」警官は肩を上げ、身をすくめるようにして寒さを表現した。ドアがさらに開き、女性がなかに招き入れた。「ありがとうございます」

「どうぞ」

「ほんとうに湿気もひどいですよね？」ナオミは温かく微笑み、部屋のなかを見まわした。その家は小さく、清潔だった。子供――十八カ月の少女――ドイツ人の母親とイラン人の父親から授かった薄茶色の肌に青い眼をしていて、ほとんどありえないくらいの美しさだった。

その警官は、ワニ夫人がドイツで生まれ育ち、ヨーロッパの血を引いていることを知っていた。ここに向かう前に調べておいたのだ。

「ご主人から聞いていませんか?」と警官は尋ねた。

「いいえ」

警官は首を振って、男ったら、というように身振りで示してみせた。

「ご存じと思いますが、移民のかたがたに迅速に市民権を与えるため、地域別に抽選が行なわれています。あなたのご主人はドイツ人と結婚されていて――」彼女はさらに温かな笑みを浮かべた。「お子さんもいるので、資格のあるかたとして名前が挙がったんです」彼女はそこでことばを切ると、心配そうな顔をした。「ご主人はアラム・ワニさんですよね?」

「ええ、そうです」ワニ夫人の表情がほころんだ。彼女は脇によけて来客を通すと、ドアを閉めて、キッチンに進むよう示した。「抽選のことは聞いていませんでした。ほんとうなんですか?」

「ええ。ですがご主人にいくつかお訊きしたいことがあります。ご在宅ですか?」


アラム・ワニはバスの後方の座席に前かがみになって坐っていた。

このことに皮肉を感じていたとしても、それを表には出していなかった。それどころか、何も示していなかった。何も。何かを漏らしたら、爆発して燃えてしまいそうだった。

帰らなければならなかった。家族のもとへ。家族を逃がさなければ。国境を越えてチェコに逃げるのだ。彼がまだ生きていることが知られる前にそうしたかった。だがバスターミナルで彼はあらゆるカメラに映っていた。

彼らは知っている。警察も。シャーとロシア人も。

自首することも考えた。そうすれば少なくとも生き延びるチャンスがある。そしてドイツの警察に家族の保護を懇願することができる。だが時間がなかった。まず家族のもとに行かなければならなかった。

ベッツィー・ジェイムソンは、クロワッサンのチキンサラダ・サンドイッチが入った紙袋を持って、マホガニー・ロウを歩いていた。それは小道具だった。すべてがいつもどおりであることを印象づけるための。

何人かのスタッフが慌ただしく立ち止まって彼女に挨拶をし、アダムス長官から何か聞いていないか尋ねた。そして何をしに戻ってきたのかと訊いた。

「国務長官に戻るように言われたのよ。何かあったときのために」と彼女は答えた。

幸いなことに国務省のスタッフはみな忙しく、彼女のあいまいな答えを気にする者はいなかった。そしてほとんどのスタッフはあまり深く詮索しないよう心得ていた。

その場は騒然としていた。爆弾犯の写真が報道されたことがオフィスにも流れ、間もなく突破口が開けるかもしれないという期待感が広がっていた。

ワシントンの国務省は危機には慣れていた。少なくとも世界のどこかが危機的状況に陥り、その対応に追われるのはいつものことだった。だが今回は違った。テロ攻撃があまりにも見事に成功したからというだけでなく、このビルのだれも、どの諜報機関も、警告のささやきすら聞いていなかったのだ。

まったく。

もしそれらの攻撃について何も聞いていなかったなら、どうやってほかに何が起きようとしているのかを知ればいいのだろうか？　それがここにいる人々にとっての悪夢だった。

国家テロ勧告システムが警報を発し、アメリカ本土への攻撃が迫っていると市民に警告していた。どのオフィスでも、どのフロアでも、国務省の男女は、同僚や情報提供者に連絡を取っていた。情報を掘り出す。深く掘り下げる。そして金を発見したら、それを本物の金と見掛けだおしの金により分ける。

ベッツィーは、パスカードを使い、国務長官の執務室の分厚いドアの鍵がカチャッと音をたてるのを聞いた。ドアが開き、なかに入ろうとするとだれかが背後から声をかけてきた。「ミセス・ジェイムソン」

振り向くと、深い緑色の制服とアーミーレンジャーの大尉の記章をつけた女性が近づいてくるのが見えた。特殊部隊だ。

「はい？」

「ホワイトヘッド将軍が、あなたが戻ったと聞いてわたしを派遣しました。何か必要なことがあれば、わたしに連絡するようにとのことです。自分はデニス・フェランです」

ベッツィーは上着のポケットに何かが入れられるのを感じた。「遠慮は無用です」

フェラン大尉は愛想よく微笑むと、エレベーターのほうに戻っていった。残されたベッツィーはなぜアーミーレンジャーの助けを借りる必要があるのだろうかと思っていた。

エレンのオフィスに入ると、彼女は長官をサポートするスタッフに迎えられた。彼らはみな、ベッツィーがアダムス国務長官の顧問であることを知っていた。彼らはそれが名誉職のようなものだと信じていた。国務長官を精神的に支えるが、特に重要な仕事をするわけではない。

彼らは礼儀正しく、友好的だったが、どこかよそよそしかった。

ベッツィーのほうはといえば、おしゃべりや世間話をし、デスクの端に腰をかけることまでしてみせた。どうやら長い話になりそうだ。

何十年も高校で教えているうちに、ベッツィー・ジェイムソンはボディランゲージに詳しくなっていた。特に完全に興味を失っている人々のそれに。

爆発寸前までみんなを苛立たせたと確信すると、エレンの執務室に入り、ドアを閉めた。外にいる人々は、危機の真っただ中にいることを理解していない人間にこれ以上無意味なおしゃべりをされるくらいなら、むしろ放っておこうと思ったはずだ。

これでだれにも邪魔をされないだろう。

彼女はエレンの執務室にある小さなソファに坐り、クロワッサンを袋から取り出していくつかの書類の上に置いた。それから携帯電話でキャンディークラッシュを立ち上げ、一ゲーム半ほどプレイしたあと、ゲームの画面を表示し続けるようにスクリーンセーバーをオフにした。

だれかが入ってきても、携帯電話を見れば、ゲームをしたり、食べたりする以外にやることがないのだと思うだろう。国家情報長官についての情報を集めているとはまず思わないはずだ。

そして連結扉を通って、チャールズ・ボイントンのオフィスに入った。彼のＰＣを起動し、パスワードを入力した。だれかが調べても、あのフェレット顔のボイントンにたどり着くはずだ。彼女ではなく。エレンでもなく。

椅子に坐ると、ポケットに硬くて四角いものがあるのを感じた。

取り出す前から、ベッツィーにはそれが何かわかっていた。電話だ。使い捨ての携帯電話。フェラン大尉が彼女の上着のポケットに滑り込ませたものだ。

電源を入れてみると、フル充電されており、番号がひとつだけ登録されてあった。電話をポケットのなかに戻すと、ベッツィーはボイントンのＰＣのスクリーンに眼をやった。深く息を吸うと、仕事に取り掛かった。

教師を甘く見ると痛い目に遭うのだ。

「オーケイ、このクソ野郎」タイプしながら、彼女はつぶやいた。「今、行くからね」

エンターキーを押すと、ティモシー・T・ビーチャムの極秘ファイルが現れた。


アナヒータは、フランクフルト領事館の地下にある軍用倉庫のような部屋の指示された椅子に坐った。

彼女と国務長官のほかに、チャールズ・ボイントンもいた。DCから国家情報長官のティム・ビーチャムと彼女を尋問したふたりの将校が画面に映し出されていた。

上級将校が話し始めたが、国務長官が丁寧かつはっきりと制止した。

「もしよければ、わたしがこのインタビューをリードします。わたしが終わって、まだ質問があるときは、もちろん訊いていただいてかまいません」

彼女はあえてこれを尋問ではなく、インタビューと呼んだ。アナヒータ・ダヒールを安心させたかったのだ。そしてそれがうまくいっているのがわかった。

アナヒータは、ほかの者ではなく、国務長官が質問をリードするのを見て、ストレスを弱めたようだった。

彼女はわたしを友人だと思っている。それは間違いだ。

アナヒータは無理に顔をリラックスさせた。無理に体をリラックスさせた。

彼女が真(ま)に受けたと思わせるように。だがそうではなかった。

彼女は今もしっかりと警戒していた。充分だとは思っていなかったが。それにあまりにも遅すぎたと思っていたが。

彼らは知っている。

わからないのはどこまで知っているかということだ。彼らは城壁に群がっている。それは明らかだった。だが、どこまで深く彼女の人生に入り込むことができたのだろうか？


ベッツィーの手はボイントンのＰＣのキーボードの上、数センチのところで浮いていた。

何か物音がした。だれかが控室にいる。

ドアをちらっと見た。閉まっていたが鍵はかかっていなかった。

自分を罵りながら、ベッツィーはログアウトもクローズする時間もないと悟った。彼女はＰＣの背後に手を伸ばすと、電源コードを壁から引き抜いた。

画面が真っ暗になるのを待たなかった。メモを手に取ると、エレンの執務室に続くドアを通って慌てて戻った。ソファに坐ったところでバーバラ・ステンハウザーが現れた。

ホワイトハウスの首席補佐官は突然立ち止まると、ベッツィーをじっと見た。

「ミセス・ジェイムソン、フランクフルトで国務長官とごいっしょだと思っていました」

「あら、こんにちは」ベッツィーはサンドイッチを置いた。「いたわ、けど……」

「はい？」

けど何？　何？　ベッツィーは必死で脳を働かせた。バーバラ・ステンハウザーに出くわすとは思ってもいなかった。大統領の首席補佐官が国務省(フォギー・ボトム)を訪れるのは異例中の異例だった。

ステンハウザーはことばを待っていた。

「やれやれ、困ったわね」

お願い、ベッツィーは自分の脳に訴えた。さらにまずいことになっている。何が困ったんだ。何か考えるのよ。

「わたしたち喧嘩をしたの」気づくとそう話していた。

「ああ、それは残念ね。かなりひどかったんでしょうね。どんなことで？」

ああ、いいかげんにして。ベッツィーは思った。どんなこと？？？

「彼女の息子。ギルのことで」

「ほんとうに？　彼がどうしたの？」

気のせいだろうか、ステンハウザーの口調が変わったような気がした。軽い驚きから疑念へと。

「え、何？」

「喧嘩よ。何について？」

「個人的なことよ」

「それでも」と首席補佐官は言い、部屋のなかに入ってきた。「聞きたいわ。だれにも言わないから」

「たぶん察しがつくと思うわ」とベッツィーは言った。お願い。お願いだから察して。

バーバラ・ステンハウザーはじっと見ていた。ベッツィーは、彼女が実際に察しようとしていることに気づいて驚いた。大統領首席補佐官は無知だと思われたくないのだ。彼女の武器はなんでも知っていることだった。彼女のアキレス腱は知らないと認めることができないことだった。

「誘拐の件ね」ステンハウザーは自信たっぷりにそう言った。ベッツィーも一瞬それを信じたほどだった。

事実、バーバラ・ステンハウザーはポイントをついていた。ベッツィーとエレンの仲に亀裂を生じさせる唯一のこと。

三年前のギル・バハールの誘拐事件。

そしてベッツィーは、ステンハウザーがほんとうにずっと聞きたかったことを言った。矢となって放たれたことば。ホワイトハウスの首席補佐官を止めることのできるかもしれない唯一のことばを。

「そのとおりよ」ベッツィーはステンハウザーがリラックスするのを見た。麻薬を打ったジャンキーのように。

もちろん彼女は間違っていたのだが、おかげでベッツィーにも先が見えてきた。

「ギルの解放を交渉しないという、当時のウィリアムズ上院議員の判断は正しかったと思うってエレンに言ったの」

「ほんとうに?」ステンハウザーはそう言うと、ベッツィーに一歩近づき、携帯電話のキャンディークラッシュのゲーム画面に眼をやった。ベッツィーは恥ずかしそうに慌てて電源を切った。

「あなたは上院議員に賛成だったの?」ステンハウザーは訊いた。

「ええ。勇気ある行動だと思った」

「あれはわたしのアイデアだったのよ」

「ああ、そうだったのね」なんとか自分の声から強い嫌悪を隠すことができているのが驚きだった。

ギルがアフガニスタンで行方(ゆくえ)不明になったあの長い数週間。そしてあの写真。服装は乱れ、汚れていた。もつれた髪とひげ。母親以外にはだれだかわからないだろう。そして名付け親以外には。

その眼はとり憑(つ)かれたようだった。ほとんど何も映っていなかった。

才気にあふれ、活気に満ち、悩みを抱えていたギル。その彼がひざまずいていた。後ろにはふたりのパサンの兵士が立っていて、胸にAK-47を下げていた。まるでギルが雄鹿で、彼らがハンターであるかのように。

「ウィリアムズ上院議員は当初、交渉に応じようとした。けど大統領選への立候補を成功させるには、強さと決意を示すことが必要だと指摘したの」

ベッツィーは無理やり薄笑いを浮かべ、眼の前のこのくだらないことではなく、もっと先を見ようと思った。

「賢明ね」

あれは悪夢の日々だった。

毎晩のように、ニュースやエレン自身の会社のチャンネルで処刑映像が流れていた。そしてセレブ・ジャーナリスト、ギル・バハールの写真も。アメリカ人唯一の人質で、しかも価値の高い人質だった。

彼自身も毎日死の恐怖に脅かされていた。

エレンは、文字どおりひざまずいて、裏のルートを使って解放させるよう、ウィリアムズ上院議員に懇願した。公式にはアメリカはテロリスト——タリバンの最も残忍な分派であるパサンとはもちろん——と交渉することはないとされていた。が、実際にはひそかに行なわれていた。

ときには成功さえしていた。

だがこのとき、エレンがひれふして懇願したにもかかわらず、当時上院情報委員会の委員長だったウィリアムズは拒否した。

エレンはそのときの恐怖から完全には立ち直ることはできなかった。そして決して彼を許さなかった。これからも許すつもりはなかった。

ベッツィー・ジェイムソンも同じだった。

そしてダグ・ウィリアムズも、エレン・アダムスが彼女のメディア帝国を使って、彼に対する党の大統領候補指名をやめさせるために行なった容赦ないキャンペーンのことを許すつもりはなかった。

「当時わたしは、ウィリアムズ上院議員を傲慢で権力に溺れた狂人だと言った彼女に、自分も賛成だと言った」

エレンは自身の政治生命を賭け、あらゆる手段を駆使して、彼を追い詰めた。

残念ながらそれはうまくいかず、エレンの政敵、宿敵は大統領に選出された。そしてだれもが驚いたことに、エレン・アダムスを国務長官に抜擢したのだった。

だがエレンはその理由を知っていた。そしてベッツィーも。ウィリアムズ大統領は彼自身による処刑を企んでいるのだ。

まずエレン・アダムスを彼女のメディアという止まり木から引き離し、内閣の一員とする。つまりアダムス国務長官は彼の人質となる。そして彼女の喉に剣を突き刺す。

エレンやベッツィーが彼の動機に少しでも疑念を持っていたとしても、今回の韓国訪問によって拭い去られていた。それはあってはならない失敗だった。自ら選んだ国務長官を破滅させるためなら手段を選ぼうとしないアメリカ大統領が仕組んだ公開処刑だったのだ。

「フランクフルトに向かう飛行機のなかで」ベッツィーは大統領首席補佐官に言った。「ちょっと飲みすぎてしまって、ウィリアムズ大統領は、頭のなかにクソが詰まったクソ野郎ではないと思うって言ったの。必ずしもばかの国からばかを広めに来たってわけじゃないし、〈キャップンクランチ〉（朝食用シリアル食品）の蓋を送って法律の学位を取った間抜けなエゴイストでもないって」

ベッツィーは愉しんでいた。悪いクリーバー夫人を演じるのは久しぶりだった。

だが、そろそろ次に進む頃合いだ。

次に言わなければならないとわかっていることに思わず喉が詰まりそうになったが、バーバラ・ステンハウザーの眼を見ながら嘘をついた。「彼がギルを助けなかったことは正しいことだったたと思うって彼女に言ったの。選択肢はなかったんだと」

「そうしたら、彼女はあなたを帰した」

「エアフォース・スリーから放り出されなかっただけでもましだった。だからここに坐って、サンドイッチを食べながら、キャンディークラッシュをやって、彼女に電話をして謝る勇気を振り絞ろうとしているの。たとえダグ・ウィリアムズがナルシストのクソ野郎だと信じているにしても」

よし、うまくいっている。

「信じているの、それとも信じていないの？」

「ごめんなさい？」

「彼がナルシストのなんとかだと信じてるって言わなかった？」

「そんなこと言った？」

「いいわ、気にしないで」

「ところであなたはここで何をしてるの？」とベッツィーは訊いた。「何かお役に立てるかしら？」

「大統領に言われて来たの。アダムス長官か、彼女の首席補佐官が何か会議のメモを残していないか確認するように。混乱のあまり、速記者がいくつか聞き逃したみたいなの」

「幸運を祈るわ。見てのとおり、彼女の机はごみの山のようだし、ボイントンの机は整然としすぎていて仕事をしてないみたい」ベッツィーは一瞬口ごもった。「以前はいっしょに仕事をしていたのよね？　あなたとボイントン？」

「短期間だけ」

「情報委員会だったわよね。ウィリアムズ上院議員が委員長を務めていたとき」

「ええ、選挙戦でも」

それはベッツィーの推測だったが、ステンハウザー自身がエレンの首席補佐官を任命したのだから答えを引き出すのは難しいことではなかった。ステンハウザーがボイントンのオフィスに入ってドアを閉めるのを見ながら、あのばかの国にはどれだけのばかがいるのだろうかと思った。そしてほかにだれがやって来たのだろうかと。

ベッツィーはエレンにメールを送り、国務省に到着したことと、彼女が護衛のために派遣してくれた若いエージェントについて感謝のことばを述べた。

仮定法はバーに入ってくるだろう……

二十分後、彼女はボイントンのオフィスのドアを開けた。鍵はかかっておらず、だれもいなかった。

バーバラ・ステンハウザーはすでに去っていた。

ボイントンの席に坐り、電源コードに手を伸ばした。鼓動が速くなった。

チャールズ・ボイントンのPCはすでに電源が入っていた。


スコット・カーギルはシートベルトを締め、パイロットに離陸するよう指示した。

彼の副官が自分の携帯電話を渡した。カーギルはすばやくメッセージを読んだが、何も表情に表さなかった。「ほかは?」

「確認中です。すぐに連絡があるはずです」

カーギルは素っ気なくうなずくと、国務長官にメッセージを送った。そしてヘリコプターが傾いて東に向かうあいだ、フランクフルトの上空に眼をやった。バイエルン州へ。そしてテロリストが住まいを構える魅力的な中世の村、バート・ケッツティングへ。

外交保安局の職員がエレンに携帯電話を返した。スコット・カーギルから緊急のフラグがついたメッセージが届いていた。

〝ナスリーン・ブハーリーの夫が殺害されているのが発見された。ほかの被害者の家族についても確認中。爆破事件の容疑者を追って、バイエルンへ向かっている〟

カーギルは返信を見た。〝幸運を祈る。連絡を待つ〟

エレンは携帯電話を外交保安局の職員に返すと、アナヒータのほうを向いて言った。

「時間がないの、ミズ・ダヒール」その声は素っ気なく、堅苦しかった。「あなたは繰り返し何度もわたしたちに嘘をついた。今度こそほんとうのことを話してもらう必要がある」

アナヒータは椅子の上で背を伸ばして坐るとうなずいた。

「あなたの爆破事件との関係は？」

アナヒータは驚きを露わにした。「国務長官？」

「もういいわ。あなたのお父さんのことはわかってるのよ」

「父が何を？」声を平静に保った。

彼らに何も話さないのは無理だった。彼らは明らかに知っていて、それを否定することは事態を悪化させるだけだった。

それでも真実を話すことはできなかった。両親が彼女にそう求めていたのだ。絶対に話さないと約束していた。だれにも。
だれにも。霊魂（ソウル）の存在を信じる母はそう言った。信じていない父親は、彼女を膝の上に乗せ、恐れるなと言った。この秘密さえ守ればすべてうまくいくと。そして何よりも彼女を愛していると言ってくれた。

彼は命を、命の尊さを信じていた。

彼女が充分理解できる年齢に達したとき、DC郊外にある彼らの小さな家に隠された大きな秘密について、父は彼女に話した。

父は穏やかな声で、自分の家族全員が殺されたことを話した。イラン革命の血まみれの狂乱のなか、強硬派によって粛清されたのだ。父の家族は、どうやら信頼できない知識人とみなされていたのだった。

なぜなら学問は疑問につながり、疑問は独自の思想につながり、さらには自由への欲求につながるからだ。アヤトラにさえ支配できないものへと。

「わたしだけが脱出した」

父の口調は力強く、事務的といってよいほどだったが、その眼には悲しみが浮かんでいた。

「イランの人たちが追いかけてくるのが怖いのね？」とそのとき彼女は言った。

「違う。彼らが追ってくることはない。だが、もしアメリカがわたしの難民申請の嘘を見破り、わたしがイラン人だと知ったら……」

「送り返されるのね？」その頃には、彼女もその意味が充分わかる年齢になっていた。「絶対に言わない」と彼女は約束した。

そして言わなかった。これからも言うつもりはなかった。

「ばかげている」とビーチャムが言った。「彼女は協力するつもりはない。彼女がだれのために働いているのかは明らかだ。それはわれわれではない。逮捕して起訴するんだ」

部屋のなかにいた警備員がアナヒータのほうに一歩進み出た。

「なんの罪で？」エレンはそう言うと、警備員を手で制した。

「治安妨害、大量殺人、テロリズム。共同謀議で」とビーチャムは言った。「それで気に入らないなら、ほかにももっとある」

「あなたは忘れている」エレンは言い放った。「イランからのメッセージは爆破を止めようとしていた。むしろわれわれを助けた」

「メッセージはイランから発信されたものだったんですか？」とアナヒータは訊いた。

「ああ」とエレンは言った。我慢の限界に来ていた。「もういいわ。われわれはあなたの父親がイラン人だと知っている。難民申請で嘘をついた。名前はアフマディ――」

「なぜきみの叔父さんはきみにメッセージを送ってきたんだ」とビーチャムが割って入った。

アナヒータはエレンからビーチャムへ視線を移した。「どういうこと？」

エレンがテーブルに手を強く打ちつけ、その音にアナヒータは飛び上がりそうになった。海の向こうのビーチャムでさえ驚いていた。

エレンは身を乗り出して、アナヒータの顔のすぐ近くまで迫った。「もういい。時間がないの。答えて」

「何かの間違いです。わたしに叔父はいません」

「いやいる」ビーチャムが言った。「テヘランに住んでいる。名前はベーナム・アフマディ、核物理学者だ。彼はイランの核開発計画に力を貸した人物だ」

「そんなことはありえない。わたしの家族は全員、イラン革命で殺された。父だけが――」

彼女は口を閉ざした。が、遅かった。言ってしまった。

アナヒータは待った。待った。怪物アジ・ダハーカが彼女を捕まえに来るのを。あまりにも強く心に刻み込まれていたため、そしてあまりにも深く両親と約束していたため、理性的な大人であるはずのアナヒータでさえ、この秘密を洩らせばすぐに災いが訪れると信じていた。

彼女は眼を見開き、荒い呼吸のまま待った。

だが何も起きなかった。それでもアナヒータは騙されなかった。怪物は解き放たれ、彼女たちに向かって迫っているのだ。ベセスダのつつましい家庭に向かって音をたてて迫っている。

電話をしなければ。警告しなければ。どうするように？　逃げる？　隠れる？　どこへ？

「アナ？」その声は遠くから聞こえた。「アナ？」

アナヒータはフランクフルトのアメリカ領事館の地下にある部屋に戻った。

「教えてちょうだい」アダムス国務長官がやさしく言った。

「わからないんです」

「じゃあ、知っていることを教えて」

「みんな死んだと聞いていました。父の家族全員です。強硬派に殺されたと。家族はイランには残っていないと聞いていました」

「戯言だ」DCからのスクリーンのなかで上級情報将校が言った。「メッセージは彼女の部門に届いた。彼女の叔父は彼女の居場所と連絡方法を知っていた。彼女も彼を知っているはずだ」

「でも知らないんです」アナヒータはスクリーンを見て言った。

「それならお父さんに電話をして」とエレンは言った。その口調は明瞭で、断固としていた。

「それはいい考えとは思えません、国務長官」上級情報将校が言った。

「とんでもないアイデアだ」とビーチャムも言った。「テロリストを仲間に加えようと言うのか。もろ手を上げて」彼は両手を大きく上げてみせた。「われわれの手の内を明かそうとでも」

ビーチャムはエレンをにらんだ。エレンはにらみ返した。

「彼らが向かっています」下級情報将校が携帯電話から顔を上げて報告した。「もうすぐベセスダに着くはずです」

「だれが？」とアナヒータは訊いた。パニックが襲ってきた。

が、答えはわかっていた。

怪物だ。彼女が解き放った怪物。

「いいだろう」ビーチャムはそう言うと立ち上がった。「わたしもそこに行く」

ベッツィー・ジェイムソンは、国務省のチャールズ・ボイントンのオフィスでPCのスクリーンを見つめていた。眼は大きく見開かれ、手で口元を覆っていた。

「なんということ（ダーン）」

ベッツィーの家族や友人は、ずっと以前から、状況が悪くなると、彼女のことば遣いが汚くなることに気づいていた。だが壊滅的な状況になったときはむしろきれいになるのだった。

「ああ、神様」ベッツィーは画面を見つめながら、広げた指の隙間からそうささやいた。

バーバラ・ステンハウザーは、ベッツィーが何をしていたか見ていた。画面にはティモシー・T・ビーチャムの記録を検索した結果が映し出されていた。

それは奇妙なまでに不完全な記録だった。

やがてベッツィーは笑いだした。

ステンハウザーが知っているのは、チャールズ・ボイントンが国家情報長官について調べていたということだ。キャンディークラッシュをするのに忙しく、やけ食いをしていたベッツィー・ジェイムソンではない。

彼女は椅子に坐り、深呼吸をして心を落ち着かせた。

そして身を乗り出して、ふたたび仕事に取りかかった。明らかにもっと掘り下げる必要があった。

一時間後、ベッツィーは眼鏡を外し、眼をこすりながらスクリーンを見つめた。どこにもたどり着いていなかった。見込みのある手がかりをつかんだと思うと、行き止まりに突き当たった。迷路に迷い込んだようだった。中心に真のティム・ビーチャムがいるのにそこへ行く道がない。

だがあるはずだ。見逃しているだけなのだ。

大学の記録を調べてみた。ハーバードのロースクールに行っていたことは知っていたが、何もなかった。卒業していることがわかっただけで、ほかには何も見つからなかった。

郡の記録も同様に消し去られていた。

結婚していて、ふたりの子供がいる。四十七歳。ユタ州出身の共和党員一家。

それだけは秘密にはできない。

国家情報長官に関する情報よりも、彼女の家に来る郵便配達人の情報を知る方が簡単だろう。彼女はそう思った。〝ティモシー・T・ビーチャム〟の〝T〟が何を表しているのかさえもわからなかった。

必要なのは、迷路の中心に行く正しい道ではなかった。必要なのは壁を壊すためのチェーンソーだった。

彼女はコートを着ると、散歩に出かけた。頭をすっきりさせる。考えろ。考えろ。

公園のベンチに坐り、たくましいジョギング・ランナーが通り過ぎるのを見た。それから飛行機にいた若い男性を見つけた。彼女のボディガードだ。小さな物置小屋のそばで目立たないように立っていた。

ベッツィーは携帯電話を取り出し、エレンからの返信を見た。〝仮定法はバーに入ってくるだろう……〟とメッセージは始まっていた。〝知ってさえいたら〟

エレンのメッセージには続きがあった。〝無事に戻ってよかった。ところでボディガードってなんのこと？〟

ベッツィーは荷物をまとめると、物置小屋のほうを見ないようにして、さりげなく歩きだした。慌てて思いをめぐらせた。自分の心臓の鼓動に追いつくほどに。

ますます寒さの厳しくなるなかを歩きながら、背中に視線を感じていた。

バスはバート・ケッツティングの小さな停留所に停まった。

「降りないのか？」と運転手が声をかけた。我慢できずに苛立っているようだった。

アラムはほかの乗客が全員降りるのを待っていた。さらにもう少し待って、停留所をだれかうろついていないかたしかめた。

だれもいなかった。

「申し訳ない」と彼はドイツ語で言った。運転手の横を通り過ぎるとき、フランクフルトで買った帽子を引っ張って顔を隠した。「すまない、寝てしまった」

運転手は気にしなかった。ただ酒場で温かい料理と温かいビールを飲みたかっただけだった。

「別のメッセージです」カーギルの副官がローターの轟音(ごうおん)のなかで叫んだ。

彼女は携帯電話の短いメッセージを見せた。

ほかの爆弾犯や物理学者の妻子や両親も全員殺されていた。

「なんてこった」彼はささやいた。「シャーは大掃除をしている」彼は身を乗り出してパイロットに言った。「急いでくれ。至急、着かなければならない」

そして副官に向かって言った。「バート・ケッツティングの警察に警告しろ」


玄関のドアの開く音がした。

「ああ、アラムが帰ってきたわ」

ワニ夫人は立ち上がった。ナオミは腰に手をやり、銃を取り出した。

CHAPTER 17

イルファン・ダヒールは電話を取ると微笑んだ。

「ドルード、アナヒータ、チェトリ？」

一瞬の間があった。彼は娘がフランクフルトにいることに気づいた。海外との通話は時間差があることがある。

フランクフルトの軍用倉庫のような部屋のエレンのスクリーンの下に、通訳が入力したペルシア語が表示された。

そしてすぐにさらに多くの文字が表示された。〝やあ、アナヒータ、元気だったか？〟

エレンはアナヒータを見てうなずき、答えるように指示した。だが、彼女は呆然としていた。まるでまひしているようだった。

「アナ」深くて温かく、ほんの少しだけ心配した声がスピーカーから聞こえてきた。「ハレトクバ？」

〝大丈夫か？〟と通訳がタイプした。

エレンが何か言うようにとアナヒータにジェスチャーで示した。なんでもいいから。

「サラム」彼女はようやくそう言った。

こんにちは。

イルファンは心臓が止まりそうになった。そして心臓は胸郭に当たって、逃げ出そうとした。〝サラム〟。娘が話せるようになり、充分に理解できるようになったときに教えたシンプルなことばだった。

〝こんにちは〟――だがアラビア語だった。それはあいことばだ。真剣な顔をした少女に彼はそう説明した。何かトラブルになったとき、だれかに知られたとき、このアラビア語の〝こんにちは〟を使うのだと。ペルシア語ではなく。

彼は静かな通りに面したリビングルームの窓に眼をやった。

目立たない黒い車が私道に入ってきて、もう一台が縁石に止まっていた。

「イルファン？」台所から来た妻が言った。作っているカフタからミントとクミン、そしてコリアンダーの香りがした。「裏庭に男たちがいる」

彼は何十年も我慢してきた息を吐いた。

耳元に電話を戻すと、かすかに訛りのある英語で言った。「わかってるよ、アナヒータ。大丈夫かい？」

「パパ」顎にしわをよせながら言った。「ごめんなさい」

「大丈夫だ。愛してるよ。大丈夫、わかっているから」

この堂々としたことばを聞き、そして打ちひしがれている娘を見て、エレン・アダムスは恥ずかしさを覚えた。だが、そのとき風にたなびく赤い毛布や、震える手を握りしめた犠牲者たちの息子や娘、夫や妻の写真を思い出した。

もう恥ずかしいとは感じていなかった。憤りを覚えていた。エレン・アダムスは死んでいった人々の信頼を裏切るわけにはいかなかった。

スピーカー越しに、遠いドアベルの音が聞こえた。

イルファン・ダヒールは、今はリビングルームの真ん中でじっと立っている妻に、そのままそこにいるようにと仕草で示した。

彼が鍵を開けて、ドアを開けようとすると、突然ドアが突き破られた。よろめいたところを、重武装した男たちにつかまれ、床に投げ出された。

「イルファン！」妻が叫んだ。

アナヒータはパニックで眼を大きく見開いた。

「パパ？　ママ？」彼女は電話に向かって叫んだ。「何があったの？」

イルファンの背中に押しつけられた膝が最後に鋭いひと突きを加え、息を吐き出させた。そして離れた。

ぬいぐるみ人形のように無理やり引っ張られ、ふらふらとした状態で立たされた。

「イルファン・ダヒールだな？」

彼は顔を上げると、年配の私服の男をじっと見た。きれいにひげを剃った顔、白髪交じりの短髪、スーツにネクタイ。なんだか校長先生のようだと、どこか混乱した頭でイルファンは思った。

「そうだ」しわがれた声でそう答えた。

「お前を逮捕する」

「罪状は?」

「殺人」

「なんだって?」

彼の驚きは、電話回線を伝って大西洋を越え、フランクフルトのアメリカ領事館にいる娘の耳まで届いた。そしてアメリカ合衆国国務長官の耳にも。


ベッツィー・ジェイムソンは、ダブルのエスプレッソを隅のほうにある、丸いビストロテーブルに持っていった。マフィンも買った。ほとんど客はいなかったものの、テーブルを占拠することを正当化するためだった。


だが少なくともここは公共の場だ。

あの若い男はもはや偽装することさえしていない。彼女を尾行しているのは明らかだった。

今もジャケットのポケットのなかにある携帯電話に触った。取り出すと、登録されている番号をじっと見た。ホワイトヘッド将軍が派遣したアーミーレンジャー、フェラン大尉のものであることはほぼ間違いない。

指がボタンの上をさまよう。

「遠慮は無用です」とデニス・フェラン大尉は強いまなざしで言っていた。

だが、今ベッツィーはためらっていた。あのレンジャーはほんとうに統合参謀本部議長が派遣した人物なのだろうか? ただフェランがそう言っていただけではないのか? そして今は、それだけでは充分とはいえなかった。

彼女は意を決した。電話をポケットに戻すと代わりに自分自身の携帯電話を取り出し、ダイヤルした。数えきれないほどの複雑な手順を踏んだあと、ようやく男の深い声を聞いた。

「ミセス・ジェイムソンですか？」

「はい、お忙しいところをすみません、将軍」

「どうされました？」

「お会いしたことはありませんが——」

「ええ、ですが存じ上げています。モノは届きましたか？」

ベッツィーは息を吐いた。ほっとしたものの、同時に急に疲れてしまった。「じゃあ、彼女はあなたが派遣したんですね」

「はい。ですが確認されたのは賢明でした。何か問題でも？」

「それが……」今度は恥ずかしさを覚えた。が、コーヒーショップの向こう側に坐って監視をしている男を見ると、恥ずかしさも消え去った。「コーヒーをごいっしょしてもらえないかと思って」

「もちろんです。いつ、どこで？」

彼の同意する早さにほっとすると同時に、少し動揺した。彼が心配しているのは明らかだった。彼に告げると、タクシーに飛び乗った。適当なホテルの住所を言い、降りて通用口まで歩くと、別のタクシーを拾った。テレビで見たことのある〝尾行を巻く〟というやつだ。まさか実際にやることになるとは思っていなかった。

が、驚いたことに、うまくいったようだ。

数分後、彼女は〈オフ・ザ・レコード〉に入った。ホテル〈ザ・ヘイ・アダムス〉の地下にあるこのバーは、薄暗い照明と豪華な赤いベルベットの室内装飾が施された、ワシントンの政府関係者御用達の場所だった。

ホワイトハウスと通りを隔てた真向かいにあり、ジャーナリストや政治家の側近が暗い隅でささやき合うバーだった。秘密が交わされ、取引が行なわれる場所だ。政府関係者のあいだでは中立地帯とされていた。

ベッツィーは半月型の個室ブースに坐り、将軍が入ってくるのが見えるようにドアのほうを向いていた。そして彼女を追っている影も見えるように。

ホワイトヘッド将軍が現れたとき、彼女は気づくのに少しかかった。正直に言うと、彼がブースに滑り込んできて、自己紹介をするまで気づかなかった。

ベッツィーがジューン・クリーバーに似ているとすれば、眼の前のこの男は、《パパ大好き》に出てくるフレッド・マクマレイにどこか似ていた。痩せ気味でやさしそうだった。制服よりも自宅でカーディガンを着ているほうが似合うタイプだ。

ベッツィーは彼のことをテレビで何度も見たり、遠くから見たりしていたが、実際には会ったことはなかった。会いたいとも思っていなかった。今日までは。

ベッツィー・ジェイムソンは軍の上層部には疑念を抱いていたのだ。彼らは本質的には主戦論者なのだと信じていた。しかも統合参謀本部議長は軍のなかでも最高の地位だ。

ダン政権にも仕えていたアルバート・ホワイトヘッド将軍ほど、彼女が疑念を抱く人物はいなかった。

だがエレンは彼を信頼している。そしてベッツィーはエレンを信頼していた。

それに、ほかにだれを信頼していいのかわからなかった。

ヘリコプターが着陸すると、カーギルは待機していた車に走り寄った。

彼は国務長官に短いメッセージを送った。〝バート・ケッツティングに到着。家に向かっている。あとで連絡する〟

カメラがセットされ、フランクフルトにいるアナヒータは、ベセスダの家の食卓に両親がならんで坐っているのを見ていた。

そこは彼女のよく知る部屋だった。誕生日を祝う場所。休日に友人と食事をともにする場所。十五年間毎日宿題をしていた場所。

片思いをしていた男の子のイニシャルを彫った場所。

母親にはそのことでひどく怒られた。

そして今、幼い頃には考えられなかったような光景を目の当たりにしていた。アメリカの国家情報長官が、両親といっしょに質素な食卓を囲んでいた。だがそれは、考えられる社交の場とはほど遠いものだった。

ティム・ビーチャムはダヒール夫妻を観察し、アダムス国務長官も同様に見つめていた。ふたりの顔は、カメラの強い光に洗い流されたかのように蒼白になっていた。それでも洗い流せないものがひとつあった。

怯え。彼らはまるでイランの秘密警察が向かいに坐っているかのように怯えていた。

エレンは比較するのをやめようとしたが、アブグレイブ刑務所（イラク戦争後、米軍がイラク人捕虜に虐待を行なっていた刑務所）やグアンタナモ湾収容キャンプ（グアンタナモ米軍基地に設置されている収容キャンプ。アフガニスタン紛争およびイラク戦争の過程でテロに関与しているとして逮捕された人物が収容、拘禁されている。人権を侵害した違法な拘束であると批判を浴びている）、そして彼女が知り得た数々の秘密軍事施設がどうしても頭から離れなかった。

「爆破に関して知っていることを話すんだ」とティム・ビーチャムは言った。

「ヨーロッパで起きている件？」とマヤ・ダヒールが訊いた。

「ほかにあるのか？」ビーチャムは問いただした。

今度はダヒール夫人が困惑した表情をした。「いいえ、そういう意味ではありません。わかりません」

「百十二名が死亡し」とビーチャムは言い、視線をマヤからイルファンへ向けた。「負傷者は数百名に及んでいる。そして手がかりはお前につながっている」

「わたしに？」イルファン・ダヒールは心からショックを受けているようだった。「わたしは関係ない。何も」

そう言うと彼は助けを求めるように妻を見た。彼女も同じように呆然としていた。そして同じように怯えていた。

「だがお前の弟のベーナムは関係している」とビーチャムは言った。「彼に訊くんだな」

イルファンは眼を閉じ、頭を垂れた。「ベーナム」と彼はささやいた。「いったい何をやったんだ？」

フランクフルトでは、アナヒータが国務長官の横に坐り、モニターを見つめていた。

眼の前のことが信じられなかった。

「テヘランの家族のことを話すんだ、ミスター・ダヒール」

気を落ち着かせるのにしばらくかかったあと、イルファンは話し始めた。何十年も封印してきたことばを口にするために。

「今もテヘランに弟と妹がいる」

「パパ？」とアナヒータは言った。

「妹は医者で」と彼は続けた。娘の顔を見ようとしなかった。見ることができなかった。「弟は核物理学者だ。ふたりとも体制に忠実だ」

「忠実どころではない」とビーチャムは言った。「テヘランのアメリカ大使館が占拠されたとき、アメリカの外交官の頭に銃を突きつけているお前の弟の写真がある」

「昔のことだ。わたしは弟とはまったく違っていた」

ビーチャムが体を乗り出して言った。「それほど違わないんじゃないか？　これに見覚えは？」

彼は粒子の粗い新聞の写真を見せた。その下に書かれた見出しを読むことができた。

〝テヘランでアメリカ人を人質にする学生たち〟

「どうだね、ミスター・ダヒール？」

イルファン・ダヒールが〝くそっ、やられた（アイム・ファックト）〟と言える男ならそう口にしていただろう。そして口にした。

今度はビーチャムがそのことばを口にした。

「そうだ、やられたんだよ（ユーアー・ファックト）、ミスター・ダヒール。写真に写っているのはお前だな？　弟の隣で」

イルファンは肩を落として見つめた。そんな写真があるとは知らなかった。頭上にライフルを掲げて勝利に酔いしれるその青年の存在すら忘れていた。かつての自分。

「そうだ」彼は浅く速い息を何度もした。長すぎるレースを走り終えたかのように。それはあまりにも遠い昔のことだった。

「われわれの記録では、お前がイランを出たのはその二年後のことだ。命からがら逃げてきたとは到底思えない」

イルファンはしばらく考えてから、静かにこう言った。「ミスター・ビーチャム、秘書のジレンマという話を聞いたことがあるかね？」

CHAPTER 18

飲み物——ベッツィー・ジェイムソンにはジンジャーエール、彼自身にはビール——が運ばれてくると、ホワイトヘッド将軍は彼女のほうを向いた。

ベッツィーがすぐに彼に気づかなかった理由のひとつは、彼が制服を着ていないからだった。アルバート・ホワイトヘッドはわざわざ普通のスーツに着替えていた。

「目立ちにくいから」微笑みながらそう説明した。

ベッツィーは納得した。制服姿の大将ほど目立つ人物はいないだろう。《オズの魔法使》のブリキ男のようだ。心臓を探していた男。ベッツィーはそう思った。

この男も心臓がないのだろうか？　大量の武器を自由に使える、心臓のない男。そう考えると恐ろしくなった。

だが制服を脱いだアルバート・ホワイトヘッドは、何千もの官僚のひとりと変わりがなかった。もしフレッド・マクマレイが政府の職員だったら……

それでも彼のまわりには、まぎれもなく静かな権威のオーラが漂っていた。彼女はなぜだれもがこの男に従うのかわかった。疑問を持つことなく、彼の言うとおりにするのかが。

「どうしました、ミセス・ジェイムソン？」

「尾行されているんです」

彼は驚いて顔を上げたが、まわりを見まわしはしなかった。が、警戒心を強めた。

「その人物はここに？」

「ええ。あなたのちょっと前に到着しました。巻いたと思ったんですが、うまくいかなかったようです。あなたの後ろにいます。ドアの近く」

「外見は？」

ベッツィーがその若い男について説明すると、ホワイトヘッドは席を立ち、ベッツィーが見ているなかを、その男に向かってまっすぐ歩いていった。

かがんでひと言、ふた言何か言うと、ホワイトヘッドが男の腕に手を置き、ふたりでどこかへ行った。親しげに見えたが、ベッツィーにはそうでないことがわかっていた。

永遠と思えるような時間が過ぎたが、携帯電話の時計を見ると二分しか経っていなかった。ホワイトヘッドがブースに戻ってきた。

「もう二度とあなたを困らせることはないでしょう」

「だれだったの？　だれが寄越(よこ)したの？」

ホワイトヘッドが答えないでいると、ベッツィーが代わって答えた。「ティモシー・T・ビーチャム」

彼は一瞬、彼女を見た。「アダムス長官から何か聞いてますか？」

「ビーチャムについて何がわかるか調べるためにDCに戻されました。彼が何に関与しているのか見つけるために」

「何もするなと言ったのに」

「あら、エレン・アダムスを知らないのね」

彼は微笑むと言った。「だんだんわかってきました」

「ビーチャムについて教えてくれませんか？　ファイルには何もなかった。全部どこかに移動されていた」

「あるいは消去されている」

「なぜそんなことを」

「だれにも見せたくないものがそこにあるからでしょう」

「それは何？」

「わかりません」

「でも、何かを知っている」

アルバート・ホワイトヘッドは不機嫌そうだった。この立場に置かれたことを苛立たしくさえ思っているのかもしれない。だが、ようやく折れた。

「わたしが知っているのは、あらゆる分別のある助言に反し、そしてわたし自身の反対に反し、ダン政権がイランとの核合意から離脱したことです。あれはとんでもない過ちだった。イランの核開発に対するあらゆる調査や監視を閉ざすことになった」

「それがビーチャムとどういう関係が？」

「ダン大統領にそうするよう進言したひとりが彼だった」

「なぜビーチャムはそんなことを？」

「もっといい質問は、だれが得をしたかだ」

「じゃあわたしがそのもっといい質問をしたことにして」

将軍は微笑んだ。そして笑みは消えた。「ひとつはロシアです。われわれが離脱したことで、彼らはイランで自由に行動することができるようになった。今となっては何かを変えるには遅すぎる。もう終わってしまった」彼はテーブルの上に置かれたコースターを見て微笑んだ。「〝あなたがそれを許しても、許されたことにはならない。わたしにはまだ罪があるのだから〟」

ホワイトヘッド将軍は視線を上げると、彼女と眼を合わせた。突然、英国の詩人ジョン・ダンの詩を引用した。なぜ？

そのとき、彼女は彼が見ているものに気づいた。〈オフ・ザ・レコード〉の有名なコースターで、政治家の風刺画が描かれていた。

ホワイトヘッド将軍が見ていたのはエリック・ダンのものだった。

彼は〝あなたがそれを許して(done)も〟と言ったのではなかった。彼はダン(Dunn)と言ったのだ。

エリック・ダン。

アダムス国務長官は、ビーチャムがイルファン・ダヒールに尋問を続けているのを聞いていた。だが、しだいに携帯電話が気になってしかたがなくなってきた。

とうとう取り出すと、スコット・カーギルにメッセージを送った。〝何か進展は？〟

答えはなかった。

「どういう意味ですか？」とベッツィーは訊いた。「エリック・ダンがもっと知っているということ？教えてください。エレンも知る必要がある」

ホワイトヘッド将軍はため息をついた。「ひとつには権力に戻りたいという願望だ」

「そうでない政治家がいる？」ベッツィーはテーブルの上のコースターを指さした。さまざまな大統領や閣僚、そして外国の指導者たちがおもしろおかしく描かれている。

ロシアの大統領。北朝鮮の最高指導者。英国の首相。どれも毎晩のニュースで見る顔だった。

「たしかに」とホワイトヘッド将軍は言った。「だがその願望はエリック・ダンよりもはるかに深いところにある。アメリカにはこの国の方向性に不満を持つ勢力が存在する。そういった勢力がダンを利用している。彼らはエリック・ダンをアメリカの衰退を食い止めるための唯一のチャンスとして見ている。彼にビジョンがあるからではなく、彼なら操ることができるから。だが、まずは権力の座に就かせる必要がある」

「どうやって?」

彼はしばらく間を置いた。自分のことばを探し、選んでいた。「もしアメリカ本土で大惨事が起きたら? 何世代にもわたってこの国に傷を負わせるような恐ろしいテロが起きたら? それがこの政権下で起きたら?」

「ダグ・ウィリアムズ大統領の責任が問われるでしょうね。彼の退陣を求める声が上がる」

「もし大統領がその攻撃を生き延びることができなかったら?」

ベッツィーは胸に重圧を感じ、その重さにほとんど息ができなかった。「何を言ってるの? それが起ころうとしていると?」

「わかりません」

「でも恐れている」

彼は答えなかった。が、唇をかみしめていた。恐怖を抑えようとして握りしめた拳が白くなっていた。

極右メディアはすでに、バス爆破事件とそれらを阻止できなかったのは、アメリカの諜報機関、ひいては新政権のせいだと非難していた。より穏健なメディアでさえ、次のテロ攻撃への恐怖をあおり始めていた。もっと大規模な攻撃。アメリカ本土での。

そしてもしそうなったら……

「前大統領が政権を取り戻すために、テロリストが爆弾や、おそらくは核兵器さえも手に入れて使うことを、意図的に認めていると言うのですか？」とベッツィーは訊いた。

「エリック・ダンが意図的に同意しているとは思わない。彼は利用されているんだろう。ロシアだけではなく、もっと身近な勢力に」

「彼の党に？」

「ええ、おそらくは。ですがそれは党派をはるかに越えたところにあります。アメリカの多様性とそれがもたらす変化を嫌う人たちがいる。彼らはそれを自分たちの生活や生き方への脅威だと考えています。自分たちのことを愛国者だと思っています。デモで見たことがあるでしょう。狂信者、ネオナチ、ファシスト」

「ええ、あります、将軍。ですがあのプラカードを持った連中が、このすべてを画策しているなんて信じられません」

「いや、彼らは眼に見える症状です。病因はもっと深いところにある。権力と富を持ち、自分たちの持っているものを守ろうとしている者たち。そしてもっと手に入れようとしている者たち」

わたしにはまだ罪があるのだから……

「彼らはエリック・ダンといううってつけの道具を見つけた」

「彼らにとってのトロイの木馬」とベッツィーは言った。

ホワイトヘッドは笑みを浮かべた。「いいたとえです。空っぽ。彼ら、彼女らの野心、怒り、憎しみ、そして不安を注ぎ込んだ空っぽの器だ」

彼を見ながら、そしてその口調を耳にしながら、彼女はあることが頭に浮かんだ。「エリック・ダンのことは好きでしたか?」

ホワイトヘッド将軍は首を振った。「好きでも嫌いでもなかった。彼はわたしの司令官だった。かつてはまともな人間だったのだろう。たいていの人間はそうだ。自分の国を滅ぼしたいと願いながら成長する者はいない」

「でも、この事件の背後にいる人たちは、自分がこの国を滅ぼそうとしているとは思っていないんですよね。その反対。彼らは自分たちのことを、自分の国を救う愛国者だと思っている」

「自分たちの国。それが彼らの見方だ。われわれがいて、彼らがいる。彼らはアルカイダなみに過激化している。内なるテロリストだ」

この男は頭がおかしいのだろうか? ベッツィーは思った。頭を叩かれすぎたのか? 敬礼のしすぎじゃないだろうか? 何もないところに陰謀を見ているのでは?

彼女は自分がどう考えたいのかわからなかった。統合参謀本部議長が妄想癖のある狂人だと思いたいのか、それとも彼が、他人が恐怖のあまり認めようとしないことを話していると思いたいのか。

この国に対する真の脅威があること。それも内部からの。

彼女は、汗をかいたジンジャーエールのグラスの表面を指で上下になぞりながら、これがウィスキーだったらと思った。

「それでビーチャムは? 彼はこれにどう関わってくるの?」

ホワイトヘッドの口元が引き締まり、唇がほとんど見えなくなった。彼女は言った。「ここまできたからには教えてください。これらすべてにおける彼の役割はなんなんですか?」

「わからない。裏のルートも使って調べようとしたが、まだ何もわかっていない」

「でも疑っている」

「わかっているのは、ティム・ビーチャムがイラン核開発の情報分析を担当していたということです。彼はあの地域の兵器の動きに非常に詳しい。人脈も持っている」

「シャー?」

「なぜダン政権はシャーの釈放に同意したのか?」とホワイトヘッドは訊いた。

「わたしに訊かないで」

「わずか数カ月のあいだに、政権は核合意から離脱し、イランに核開発計画を自由に行なわせ、さらにパキスタンの核兵器の密売人を釈放させた」

「そのふたつには関係があると?」

「どちらも核拡散のリスクを高めたという点ではそうです。だが具体的に何を目的としているのか?」

「それも」とベッツィーは言った。「訊く相手を間違ってる。ジョン・ダンの詩の引用についてなら、答えられるかもしれないけど」

ホワイトヘッドは微笑んだが、それもすぐに消えた。「わかっているのは、どちらの決定にもティム・ビーチャムが関わっているということです」

「自分で何を言っているのかわかってますか?」

「残念ながらわかっています」そう言うとホワイトヘッド将軍は怯えるような表情をした。「それだけじゃない」

「〝わたしにはまだ罪があるのだから〟」とベッツィーは静かに言った。そして待った。

「それはいわゆる〝厄介な問題〟というやつです。中東はすでに混乱状態にあったものの、そこそこ安定していた。そこにダン大統領が、タリバンになんの計画も条件も求めず、アフガニスタンから全軍を撤退させた。ウィリアムズ大統領はその決断を受け継いだ」

ベッツィーは口を閉ざしたまま、この軍人をじっと見た。自分の最初の印象は正しかったのだろうか？　彼はフレッド・マクマレイの顔をした主戦論者なのだろうか？

「議論があることはわかりますが、いつかは撤退しなければならなかったのでは？」と彼女は言った。

「兵士たちを帰国させる。わたしは、それは彼がした唯一よいことだと思っています」

「信じてください。わたしほど兵士たちを危険から遠ざけたいと願っている人間はいない。撤退すべきときだったということには同意します。だが問題はそこじゃない」

「では何が問題なの？」

「なんの計画も、なんの見返りもなく行なったことです。苦労して得た安定や、諜報活動や防諜活動、テロ対策にかかる能力の維持を確保するための方策が、いっさい行なわれなかったのです。ダン政権の決断によって空白が生まれた。タリバンはその空白を喜んで埋めようとしている」

ベッツィーは深く椅子にもたれかかった。「じゃあ、二十年以上も戦ってきた結果、タリバンがアフガニスタンをふたたび支配下に置くことになるということ？」

「そうなるでしょう。そして彼らはアルカイダだけでなく、パサンも連れてきます。彼らを知っていますか？」

「ギルを誘拐した連中ね」

「アダムス国務長官のご子息ですね、ええそうです。彼らは過激派の分派で、合法的か否かを問わず、この地域のあらゆる組織を攻撃しています。現在のアフガニスタンのいわゆる民主的な政府は、われわれによって支えられています。無計画にわれわれが撤退すれば……」彼は両手を広げた。「すべてのネズミが戻ってくる。すべての土地は失われ、すべての権利が失われる」

「女性たち、少女たち……」

「彼女たちが安全に教育や仕事を得られるとだれが信じたでしょう」とホワイトヘッドは言った。「彼女たちも罰せられることになるだろう。だがそれだけじゃない」

〝わたしにはまだ罪があるのだから〟ベッツィーはジョン・ダンが嫌いになってきた。

「続けて」

「タリバンは支援を必要とするでしょう。この地域の同盟国の。そしてそれはパキスタン以外にはない。パキスタンは、アフガニスタンがインドに支援を求めないようにするためなら、なんでもするはずです」

「でも、パキスタンはわれわれの同盟国よ。それはいいことじゃないの？　いろいろな動きがあるのは知っているけど、それでも……」

「パキスタンは複雑なゲームをしている」とホワイトヘッド将軍は言った。「オサマ・ビン・ラディンはどこで見つかりました？」

「パキスタン」とベッツィーは言った。

「パキスタンというだけじゃない。彼は人里離れた山腹の洞窟に潜んでいたわけじゃない。アボッタバードの郊外にある巨大で豪華な屋敷に住んでいた。国境のすぐ内側の。パキスタンが彼の存在を知らなかったはずがない。わたしはこれらの要因のあいだの結合部分について見ようとしてきました」ホワイトヘッドは言った。「ひとつだけわかったことがあります。ダン大統領は、アフガニスタンから撤退することが、政治的に見て勝利だと確信していたということです」

「そうね。みんなあの戦争に疲れていた」

「賛成です。彼はアフガニスタンが混乱に陥るのを見たくないと思うほどには明敏だった。すべての成果や犠牲が無駄になっては元も子もない。じゃあ、どうします？」

ベッツィーは考えた。そして微笑んだ。が、おもしろくなさそうに。「ダン大統領はパキスタンに近づいたのね」

「あるいはパキスタンのほうがひそかに彼に近づいたのかもしれない。彼らはアフガニスタンを支配下に置くことを約束するが、その見返りをダンに求めた。真に恐ろしいものを」

「ああ、なんてこと。真に恐ろしいもの。これまでにあなたが言ったもの以外の。オーケイ、彼らは何を求めたの？」

ホワイトヘッド将軍は彼女をじっと見た。自分が見ているものを彼女にも見せようとした。

「バシル・シャーね」と彼女は言った。「彼らは戦争の犬を解き放った」

「すべてが彼を中心にまわっている。パキスタンはダン政権を政治的な失敗から救い出すことになる。タリバンが戻ってきたとしても、テロ組織を支配下に置くことになる。その見返りにパキスタンはバシル・シャーの釈放を受け入れさせようとした」

「そしてダン大統領はシャーのことを知らなかったか、知っていたとしても気にしなかった」とベッツィーは言った。「再選されることしか頭になかった」

「そして再選されなかったとき――」

「背後にいた人々はパニックに陥った」と彼女は言った。「今もパニックになっている。彼らはダンを政権に復帰させる必要がある」

統合参謀本部議長はうなずいた。彼は一九五〇年代の主婦のような中年の教師を見て、厳めしく悲しげな表情を浮かべた。

そして小さな声で言った。「調査は中止してください。彼らはひどく不愉快なことをするひどく不愉快な連中だ」

「わたしは子供じゃありません、将軍。子供に諭すように話す必要はありません」

彼はかすかに微笑んだ。「すみません。あなたの言うとおりです。こういうことについて民間人と話すことに慣れていないもので。ついでに言えば、だれに対してもですが」

彼は頭を動かすことなく、視線をバーエリアに向けた。ベッツィーが眼を向けるとそこにはどこか見覚えのある男が席に着いていて、騒ぎを起こしたせいで、人々がまわりから離れていっていた。

ホワイトヘッドは、視線を彼女に戻すと、声をさらにひそめて言った。「彼らは人殺しだ」

「ええ、そのことはよくわかっています」ベッツィーは静かなフランクフルトの通りの惨状をふたたび思い浮かべていた。「教えてください。悪夢とはなんですか？」

「バシル・シャーは、核の専門知識と材料を他国に売ることができるとわかっているのに釈放された。パキスタン政府の内部や軍部に強力な味方がいる。彼らはみな金持ちになるだろう。だが――」

「当ててみましょうか。それだけじゃない」

「真の悪夢は、バシル・シャーが核兵器をテロリストにも売るだろうということです」

その飾ることのないことばは、ふたりのあいだにある使い古されたテーブルの上にとどまっていた。多くの秘密、多くの陰謀、多くの恐ろしいことを聞いてきたテーブルの上に。それでもここまで恐ろしいものはなかった。

「想像してみてください」と彼は静かに言った。「アルカイダやＩＳＩＳといったテロ組織が核爆弾を持つことを。それこそが悪夢です」

「そういうことなの？」ベッツィーの声はほとんど聞こえなかった。「核物理学者やバス爆破も？」

彼女はしばらく彼を見つめた。「そしてティム・ビーチャムもその一部なの？」

「わかりません。ただ言えることは、一見無関係に見えるが、実際には連動しているそれらの決定に、ビーチャムが関与していたという事実です。核合意からアメリカを離脱させ、無計画にアフガニスタンから軍を撤退させ、その結果、タリバンのあとを追ってテロリストが戻ってくることを許し、さらにシャーを釈放した。あなたがビーチャムについて何も見つけることができないのはそのためでしょう。彼の関与を証明する文書やメール、メッセージ、会議でのメモがあるはずだ。それらすべてを隠す必要があった」

「ビーチャムよりももっと深いところに？」

「かなり。そのはずです。彼が関わっているとしたら、操り人形だと思います。道具です。その背後にははるかに強大な力がある」

「だれ？」

「わかりません」

彼女は、今度は彼のことばを信じた。それだけではないのだ。彼女にはわかった。ベッツィー・ジェイムソンは黙っていた。永遠かと思えるほど。やがてホワイトヘッド将軍が口を開いた。

「恐れているのは、あの核物理学者たちが、仕事が始まる前ではなく、仕事が終わったあとに殺されたのではないかということです」

「ああ、なんてこと」

❈ CHAPTER 19

バート・ケッツティングの家のドアは少しだけ開いていた。

スコット・カーギルは入る前から、自分が何を発見するかがわかっていた。自動小銃を発射したあとの刺激臭がドアの隙間から漂ってきて、さらにまぎれることのない別の何かをいっしょに運んできた。かすかに金属のような血のにおいがした。

彼は銃をしっかりと握り、裏にまわるように副官に合図を送った。そして静かに、慎重になかに入った。

廊下に女性の死体があった。子供も。

注意深く、そのまわりをまわって、居間を覗き込んだ。

だれもいない。

ふたたび暗い廊下を進み、キッチンに入った。そこには年配の女性の死体があった。手には警察支給の銃が握られている。眼を大きく見開いていた。どんよりと生気のない眼。

完全に静止する。耳を澄ます。

起きたばかりだ。

犯人はまだ家のなかにいるのか？　そうは思えなかった。

それにアラム・ワニは？　爆弾犯は？　彼も殺されたのだろうか？

カーギルは銃を構えたまま階段を上がった。小さなベッドルームをひとつずつ確認した。暴力のにおいはそこにはなかった。感じたのはベビーローションのにおいだけだった。階段を降りると、開いた玄関の敷居に影が差しているのが見えた。

彼は立ち止まった。

その影も止まった。

カーギルは小さな音を聞いた。すすり泣き。

階段を駆け下りた。一番下に着くと、ちょうど逃げていく男の背中が見えた。

あとを追ってドアから飛び出し、副官に向かって叫んだ。聞こえたかどうかはわからなかった。


アラム・ワニは走った。自分の命が懸かっていると思って走った。自分の生死はもうどうでもいいと思っていたのに。

走ることは本能だった。それ以外の何ものでもなかった。それでも彼は死から逃げた。銃を持った男から逃げた。妻と子供を殺した男から。

アラム・ワニは走った。


スコット・カーギルは追いかけた。必死に走った。ＣＩＡのドイツ支局長として、ここしばらくは走る必要などなかった。

だが今は走った。膝を前に突き出し、石畳に足を打ちつけた。肺が冷たい空気のなかであえいでいた。

走った。

ワニが角をまわるときに足が滑った。

カーギルはほんの少しだけスピードを落とす。角をまわるときに転ばないように。そして殺さずにワニを撃てるかどうか考えようとした。ただ彼を止め、連行する。そうすれば彼を尋問することができる。攻撃を指示した組織について訊き出すことができる。

おそらくそれしかなかった。

角を曲がると、彼は滑って立ち止まった。

「ああ、くそっ」

アナヒータの両親は逮捕され拘束された。が、連行されようとしているところで、エレンが彼らを止めた。

「もうひとつだけ質問を。ミスター・ダヒール、秘書のジレンマとはなんですか?」

「それは数学における問題です、国務長官」

「どんな問題ですか?」彼女はフランクフルトの会議室に坐って、モニターに映る彼を見ていた。

「いつやめるかという問題です」とイルファンは言った。

「何をやめるんですか?」

「家や配偶者、仕事、秘書を探すことです」と彼は言った。「正しいもの、最高のものを見つけたと知ること。それとももっといいものがあるんじゃないかと、ずっと疑問に思いますか? そうしているうちは進歩はない。たとえ不完全であったとしても、決断しなければならない。わたしがテヘランにいたとき、革命のなかで、あまりにも多くのものを見てきました。イスラム教について教えられたこととそぐわないことがあまりにも多すぎた。だがどの段階で国を去ればいいのでしょう。イランはわたしの故郷でした。家族も友人もみなそこにいた。わたしはイランを愛していた。どこが限界なのか？　二度と戻れないと知りながら、いつ国を去ると決断すればいいのでしょう？」

「それでいつ去ったのですか？」とエレンは訊いた。

「新政権が、旧政権以上とは言わないまでも、同じくらい悪いとわかったときです。そしてこのままとどまれば、自分もそうなってしまうと思った」

視界の片隅で、彼女はティム・ビーチャムが体を動かすのを見た。まるでこの会話が終わるのを待ち望んでいるかのように。

「そこには法則があるのですか？」と彼女はイルファンに訊いた。

「はい。多くのことがそうであるように、われわれは計算することができます。計算は役に立つかもしれませんが、最終的には直感に行き着きます」彼はそう言うと、暗く悲しい眼で彼女を見た。「そして勇気です、国務長官」

秘書のジレンマ。エレンは考えた。

そして理解した。

ダヒール夫妻が連行され、画面に何も映らなくなると、アナヒータがエレンを見て言った。

「ふたりは何も悪くありません。たしかに嘘をつきました。何十年も前に。ですが、それ以来、父はずっと誇り高きアメリカ人、模範的な市民でした。ふたりは今回の事件とは無関係だとあなたはわかっているはずです」

「それはわからない」とエレンは言った。「わかっているのは、あなたの叔父さんの家のだれかが、あなたにメッセージを送ってきたということよ。あなたが知らないとしても、だれかがあなたのことを知っている」

アナヒータの表情が晴れた。「じゃあ、わたしを信じてくれるんですね。両親を信じてくれるんですね」

「そこまでは言えない。でも、あなたはギルの命を救ってくれた。ほかの人たちを救おうとした。あなたが関与しているとは思わない。でもあなたの両親に関しては……」彼女はそのあとを言うべきか悩んだ。が、続けることにした。「ギルはあなたのことを大事に思っている。あなたを信頼している。そして彼は簡単に人を信頼しない」

「わたしのことを大事に思っている？　彼がそう言ったんですか？」

「その話は今はやめておきましょう」

フランクフルト領事館の会議室を出るとき、エレンはギルのことを考えた。彼は、彼女が情報提供者のことを尋ねたことに激しく怒った。断固として言おうとしなかった。断固としてその情報提供者を守ると決めていた。

そしてそのとき彼はささやいた。「けど別の方法があるかもしれない」ちょうどアナヒータがそこにいるかどうかを訊く前に。

エレンは彼がこの若い女性に思いを寄せていて、アナヒータの所在を尋ねたのだと思っていた。だが今は疑問に思っていた。

ひょっとしてその情報提供者は、小柄できゃしゃで、自分の少し後ろを歩いている女性なのだろうか？　バラの香りを漂わせながら、自分の無実を、そして自分は何も知らなかったことを主張している女性。だがその家族は首まで、いや頭の上まで深く関与しているかもしれなかった。

赤いフラグの立った緊急のメッセージが携帯電話の画面に表示された。

スコット・カーギルだ。やっと来た。

エレンが開くと、それはカーギルからではなく、ティム・ビーチャムからだった。

〝テヘランの工作員から連絡があった。娘がいる。ザハラ・アフマディ。二十三歳。学生。物理学専攻〟

エレンはボイントン――彼女は彼がまだそこにいることを忘れていた――のほうを向いた。

「大統領と安全な回線をつないで」そう言うと、ビーチャムにメールを返した。〝彼女がそうなの？〟

〝そう信じている。強硬派ではないらしい〟

〝信じている？　それともわかっているの？〟

〝連れてこないとわからない〟

〝だめよ。何もしないで。考えがある〟

エレンはアナヒータのほうを向いた。「あなたの従姉妹にメッセージを送ってもらう必要がある」

「わたしに従姉妹がいるの？」

「そうよ」

「従姉妹？」とアナヒータは言った。

「聞いて。彼女に連絡してもらう必要がある」

ようやくそのことばが彼女の関心を引いた。「わたしが？　どうやって？　今の今まで従姉妹がいることさえ知らなかったのに」

エレンはそのことばを受け流した。「彼女があなたにメールを送ってきたのなら、あなたから彼女にメールを送ることもできるはず。カーギルが助けてくれる」そのとき彼が爆弾犯を追って出ていることを思い出した。

「テヘランの送信者のＩＰアドレスがわかっています、国務長官」とボイントンが言った。「それを使うことができます」

エレンは考えた。「だめよ。そのPCはイランに監視されているはず」そう言うと、さらに考えた。もしそれがほんとうなら、イラン当局はアメリカ国務省に送られたメッセージについてもすぐに知ることになるだろう。彼らは、それはアナヒータの叔父が送ったと思うはずだ。少なくとも最初は。そして彼は娘を守ろうとするかもしれない。少なくとも最初は。

ザハラ・アフマディにメッセージを送る必要があった。すぐに。

「三分で大統領とつながります」とボイントンは言った。

「ありがとう。ミズ・ダヒールをカーギルの部署に連れていって」とエレンはボイントンに言った。「彼らが従姉妹に連絡しようとしている。十分以内にほかの選択肢を聞かせて」

彼らは今、二階に戻ってきた。日差しがあり、墓地がよく見える場所だった。

エレンはもう一度携帯電話をチェックした。バート・ケッツティングからの連絡はまだなかった。

「思っていたよりも混乱しているな」プールサイドの男が言った。男は五十代、細身で壮健、自宅監禁されているあいだにさらに体を鍛えていたようだった。「だが少なくとも仕事は終わった」

「はい、ボス。そしてむしろわれわれに有利に働くかもしれません」彼にこの知らせを持ってきた部下がそう言った。

「どうやって?」

「彼らの注意を引くことになります」

「すでに彼らの注意を引いてるんじゃないか? 違うか?」彼は話しながら、まぶしい日差しから眼を覆わなくてすむよう、部下に坐るように仕草で示した。「決して繰り返してはならない失敗がふたつあった」

シャーの声は親しげだったが、部下の男は、自分が石になったような気がしていた。自殺をするはずだった爆弾犯が実際には自殺をしなかったというニュースを伝えることにすでに怯えていた。体が硬直していた。身構えた。彼のボスの体は引き締まり、丸まって、まるで肉食獣が今にも飛びかかろうとしているかのようだった。

「それが何かわかるか?」とシャーは訊いた。

「爆弾犯が逃げました。ですがわれわれは――」

シャーは手を上げて制した。「そして?」

「息子は死ななかった」

「そうだ。息子が逃げた。ギル・バハールを確実にあのバスに乗せるのに大変な労力が必要だった。なぜ彼はバスを降りた?」

「見てほしいものがあります。情報提供者がビデオを送ってきました」

シャーはフランクフルトの百十九番バスの車内から撮影されたビデオを見た。見終わると部下のほうを見た。

「電話があった。警告を受けた。だれが電話した?」

「母親です」

シャーは深く息を吸った。それは彼が予想していた答えであると同時に、最も聞きたくなかった答えでもあった。

「国務長官はどうやって爆弾のことを知った?」その声は険しくなっていた。怒りがことばにこもっていた。「だれが彼女に警告した?」

部下の男はまわりを見た。が、ほかの部下たちは一歩下がっていた。

「わかっていません。国務省のだれかだと思われます。外交官（FSO）のひとりかと」

「その人物はどうやって知った？」

部下の男は動揺しているようだった。「すぐにわかります、ボス。実は――」彼は眼をつぶると、短い祈りのことばを口にした。「もうひとつお耳に入れておきたいことが」

「続けろ」

「彼らはあなたのことを知っています」

「核物理学者がわたしのために働いていたことをエレン・アダムスが知っているというのか？」

「はい、そうです」そう言うと、男はこのあとどうなるのだろうと思った。撃たれる？　刺される？　それともワニのいる沼に放り込まれる？　神様それだけはお許しください。

だが代わりに彼が見たのはボスが笑みを浮かべ、うなずく姿だった。

バシル・シャーは立ち上がった。「クラブで飲むので着替えたい。帰ってくるまでに答えを出しておけ」

部下の男は、シャーがプールをまわって、パームビーチの親しい友人から借りた大きな邸宅のなかに入っていくのを見守った。


フランクフルトの総領事はアダムス国務長官のためにオフィスを貸してくれた。

彼女は総領事のデスクに坐った。手にした電話には、大統領の不機嫌そうな顔が映っていた。まるで大統領を手のひらに乗せているような、めまいのするような感覚だった。

もしも……

そしてしばらくすると、分割された画面のもう片方に、大統領の顔に押しつぶされたような、さらに不機嫌そうなティム・ビーチャムの顔が映し出された。

エレンは彼も電話会議に参加することに驚いたが、それを表に出すことも、質問することもしないことにした。どうせ今さら何を言っても始まらないのだ。だが慎重に進めなければならない。何を言い、何を言わないかを選ばなければならなかった。

「オーケイ」とウィリアムズ大統領が言った。「何があった？」

「何もありません、大統領」とエレンは言った。「むしろいい方向に進んでいます」

彼女は状況を説明した。ビーチャムがすでに知っていることだけを大統領に話すように慎重に進めた。

「では、警告の背後にはザハラ・アフマディがいると言うんだな？」とウィリアムズは言った。「ビーチャム、彼女については何がわかっている？」

「たった今、報告を受けたところです。彼女はテヘラン大学で物理学を学んでいます」

「父親と同じだ」と大統領は言った。

「正確には違います。彼女の専門は統計力学です」

「それは確率論だな、そうだろ？」とウィリアムズは言った。

エレンは驚きを表に出さないように訓練しておいてよかったと思った。そうでなければ椅子から転げ落ちるところだった。

どうやらダグ・ウィリアムズは彼女が考えていたよりも聡明なようだ。

「そうです、大統領。ですが興味深いのは彼女が進歩的な学生組織に所属しているという点です。より開放を求め、西側諸国とのつながりを求めている組織です。唯一の警戒すべき点は非常に信仰心に篤(あつ)いということです」

「わたしも信仰心に篤いぞ」ウィリアムズ大統領は言った。「それが疑わしい理由になるのか?」

「イランではそうです」

「彼女はモスクに通っているの?」とエレンが訊いた。

「ええ、通っています」

「父親と同じ?」と彼女は訊いた。

「いいえ、彼女のモスクは大学に併設されているものです。今、そこの聖職者が急進主義者かどうか確認しているところです」

「何を考えているんだね、エレン?」とウィリアムズが尋ねた。

「われわれは今、イランが爆破事件に関与していると確信しています。それが一番つじつまが合う。彼らはパキスタンの核物理学者を脅威とみなしたのです。もしザハラ・アフマディがわたしのFSOにメッセージを送ってきたのだとしたら、彼女は爆破を止めたかったのです。だがなぜでしょうか?彼女と話してみるまではわかりません。今、彼女にメッセージを送る方法を考えています」

エレンはそのことをビーチャムの前で認めざるをえなかった。結局のところ、それに取り組んでいるのは彼の管轄する部署であり、彼もその決定の一端を担っているのだから。

彼がザハラのことを知っているにもかかわらず、エレンが彼女に直接連絡しようとするのは、控えめに言っても問題となりそうだった。だが、今のエレンにできることはなかった。

「彼女はどうやって爆破事件のことを知ったんだ?」と大統領は尋ねた。そしてことばを切ってから続けた。「父親から聞いたのか? 物理学者の?」

「可能性はあると思います、大統領」とビーチャムは言った。

「ティム、父親が娘に話したというのかね?」とウィリアムズは訊いた。「彼も爆破を止めたがっていたと？」

「いいえ。アフマディ博士は強硬派で、体制の支持者です。だが、娘が何かを耳にしたのかもしれません。あるいは彼の文書のなかに何かを見たのかもしれません」

「推測だ。あてにはならない。それをどうやってたしかめるというんだ？」ウィリアムズ大統領が尋ねた。画面の顔が歪むほど前かがみになっていた。「エレン？」

「就任以来、イランの外相との関係を構築しようとしてきました。前政権によるダメージは大きいですが、外相は教養のある人物で、われわれとの友好関係に意義を見出して(みいだ)いるようです」

「彼らはあれらのバスに乗った罪のない人々を殺した」ウィリアムズ大統領は言った。「平和を求める、教養のある人物のすることではない」

「たしかに」とエレンは賛成した。「問題は、もしわれわれが警告の情報源を突き止めたのだとしても、イラン側もそう遠くないところまで迫っているということです。当面は、彼女の父親が娘を保護するかもしれませんが、そうではないかもしれない。もし彼女が捕まったら……」

「先に彼女に連絡をつけなければならない」とウィリアムズは言った。「だが、どうやって？」

「彼女の従姉妹である国務省の外交官(FSO)が、現地の工作員に短いメッセージを送ることができれば」とビーチャムは言った。「彼女に近づいて、それをこっそりと渡すことができるかもしれません。われわれが気づいていて、保護するつもりだと彼女に知らせるんです」

「だが、それをどうやって約束するんだね？」とウィリアムズは訊いた。「まさか彼女を誘拐するわけにはいかない。違うか？」

実際にはそれを期待しているようだった。

「別の考えがあります」とエレンは言った。国家情報長官の前で話したくなかったが、もはや選択肢がなかった。事態はあまりにも急速に進んでいた。「わたしがテヘランに行きます」

ダグ・ウィリアムズは口を大きく開き、そして閉じてから言った。「なんだって?」

「テヘランです。エアフォース・スリーの準備が整っています。予定ではパキスタンに飛ぶはずでしたが、途中でフライトプランを変更することができます。極秘にテヘランへ行くんです」

「あのどでかいエアフォース・スリーで?」ウィリアムズが訊いた。「だれかに気づかれるだろうが?」

ビーチャムは無言だったが、今にも顔から眼が飛び出しそうな表情をしていた。

「たしかに。ですがひっそりと入国して、マスコミが気づく頃には出国することができます。イランは情報の自由がないですから。ザハラ・アフマディをいっしょに連れ出すこともできるかもしれません」

「本気なのか、ワイリー・コヨーテ(Wile E. Coyote)(ワーナー・ブラザースのアニメ作品、『ルーニー・テューンズ』に登場するコヨーテのキャラクター。ずる賢いという意味のワイリーとかかっている)。それがきみの計画なのか?」とウィリアムズは言った。「出国させてもらえないとは思わないのか? たしかに頭のおかしい国務長官を追い出すひとつの方法ではあるがね」

「変数が多すぎる」とビーチャムは言った。「現地の工作員が彼女を誘拐しようとしないかもしれない」

「彼らを責めることはできない。それにもし彼女を誘拐すれば、だれかが彼女の失踪に気づくだろう。しばらく時間がかかるかもしれないが、いずれは——」

「オーケイ」とエレンは言った。「言いたいことはわかりました。それでもイランの外相と直接会ってこの件を話し合う必要があります。信頼関係を築くとまではいかないまでも、親密な関係を築くことはできるかもしれない。そしてザハラ・アフマディにメッセージを伝えるのに充分なあいだ、彼らの気を引いておくことができるかもしれない。今のところ、彼らはだれかが攻撃を止めようとしたことには気づいていないようです」

「ティム?」とウィリアムズ大統領は尋ねた。

国家情報長官は首を横に振った。「そんなことをすれば、爆破事件の背後にイランがいることをわれわれが知っていると教えることになる。われわれがどこまで情報を持っているか、あるいは持っていないかをイランに知らせるのは得策じゃない」

「もし核物理学者を殺したのがイランだとすれば、彼らは今何が進行しているのかわかっているはず」とエレンは言った。「シャーが何を計画しているか。ひょっとしたら彼の居場所も知っているかもしれない」彼女はウィリアムズ大統領の眼を見た。「危険を冒す価値はあるのでは?」

彼は素っ気なくうなずいた。「やろう。ただしテヘランはだめだ。オマーンで会うんだ。中立国で。わたしがサルタンに電話をして同意を得たら連絡する。ティム、エレンと協力してアフマディ博士の娘にメッセージを送ってくれ」

「大統領、わたしは——」とビーチャムが言いかけた。

「いいかげんにするんだ」とウィリアムズが言い放った。「きみたちふたりはあまり仲がよくないようだ。だが残念に思うかもしれないが、きみたちは結果を出している。レノンとマッカートニーのように。だから続けるんだ。うまくやってくれ。わたしは今日じゅうに『アビイ・ロード』を作りたい。オマーンでの幸運を祈る、エレン。それからドイツで爆弾犯を捕まえたらすぐに知らせてくれ」

「わかりました」とエレンは言った。

彼の画面が真っ暗になった。エレン・アダムスとティム・ビーチャムは互いににらみ合う形となった。

「わたしがマッカートニーを取るわ」

「いいだろう。どうせレノンのほうがいいミュージシャンだったし」

エレンは思わず反論しようとしたが、もっと重要な問題があることを思い出した。

「協力しましょう（カム・トゥギャザー）、すぐにでも（ライト・ナウ）」と彼女は言った。そして彼の顔に薄笑いが浮かぶのを見た。

「どうせやりたいことをやるだけでしょうけど」彼女はそうつぶやいた。

エレンはカーギルの部署に行き、近況をたしかめることにした。だが、着くとすぐに何かがおかしいと感じた。

いつもは活気に満ちた部屋が静まり返っていた。だれも動こうとせず、ただ呆然とした顔を彼女に向けてきた。

「何？」と彼女は訊いた。「何があったの？」

上級アナリストのひとりが前に進み出た。「彼らは死亡しました、長官」

エレンは自分が冷たくなっていくのを感じていた。「だれが？」

だが彼女にはその答えがわかっていた。

スコット・カーギル。彼の副官。そしてアラム・ワニ。

三人とも、バート・ケッツティングの裏通りで撃たれていた。

❈

CHAPTER 20

ベッツィーは最初の呼び出し音で出た。

「どんな様子？」

「あまりよくない」とエレンは答えた。

彼女は疲れているようだった。無理もない。ワシントンDCは午後六時過ぎ、フランクフルトは真夜中過ぎだった。

疲れ切っている以上に意気消沈しているようだった。

「話して」とベッツィーは言った。

彼女はエレンが自分のオフィスに置いているソファに腰を下ろした。ティモシー・T・ビーチャムの調査にふたたび取り組む前に、仮眠を取ろうと思っていた。エレンのためになんでもいいから何かニュースをつかみたいと思っていた。

活力のほとんどを失ってしまったような友人の声を聞きながら、ベッツィーは自分を尾行していた男のことは言わないことにした。ホワイトヘッド将軍が彼のことは対処してくれていたし、エレンは〝ボディガードってなんのこと？〟で終わった、あの短いやりとりのことを忘れているかもしれない。

「最初にあのボディガードのことを教えて」とエレンが言った。ベッツィーは思わず微笑んだ。

もちろん彼女は忘れたりはしない。

「冗談だったの。若くてハンサムな男がナンパしてきた。少なくともそうだと思ってたの。フライト中、わたしの隣にいた若い美人の注意を引こうとしてたんじゃないはずよ」

「もちろん、そんなことはないわ」エレンは少しだけ笑う真似をした。「で、うまくいったの?」

「悲しいかな、今はホールのチーズケーキとシャルドネのボトルがお相手よ」

「ああ、すてき」とエレンは言った。

「ホワイトヘッド将軍と会った。彼から今起きていることについて、いくつか考えを聞いた。そしてこれから起きようとしていることについて」

「聞かせて」

ベッツィーは話した。「彼は、パキスタンがロシアの支援を得て、エリック・ダンを説得し、取引の一部としてシャーの釈放に同意させたと考えている」

「どんな取引?」エレンの声は不安に満ちていた。

「ダンは無条件でアフガニスタンから米軍を撤退させ、パキスタンはアフガニスタンの安定を保証する。それと引き換えに、パキスタンは世界で最も危険な武器商人の釈放に同意するようアメリカに要求した。ダンはあまりにも鈍感で、自分が何に同意しているかわかっていなかった」

あまりにも鈍感なのか、あるいは近視眼的。エレンはそう思った。支持率しか見ていなかったのか、それとも金のことしか頭になかったのだろう。

「で、ビーチャムは?」とエレンは訊いた。

「両方の決定に関与していた」とベッツィーは言った。

「オセロの耳元でささやくイアーゴーね」

「わたしならマクベス夫人を推すわ」とベッツィーは言った。

「証拠は?」

「今のところない。でも何かあるはず」〝わたしにはまだ罪があるのだから〟ベッツィーはそう思った。「ホワイトヘッド将軍はビーチャムだけではないと思っている。自分たちのことを愛国者だと信じている人々が、自分たちの認めない政府を倒してダンを擁立しようとしている陰謀があると。なぜならダンなら彼らの望むことをしてくれるから」

ベッツィーには見えなかったが、エレンはうなずいていた。自分がこのことに完全にショックを受けていないという事実に、むしろショックを受けていた。

エレンはフランクフルトのホテルにひとりいた。深夜一時を過ぎようとしていたのに、疲れすぎて神経過敏になるあまり眠れなかった。だがどうにかして寝たかった。

彼女は、オマーン行きが決まったという連絡を待っていた。それが決まれば、イランの外相と連絡を取ることができる。すでにひそかに探りは入れてあった。

もしイランがバス爆破と爆破犯を手配したのなら、バート・ケッツティングのアラム・ワニ殺害も彼らのしわざということになる。

そしてスコット・カーギルと彼の副官の殺害も。

そう、エレンはどうしてもイラン政府と話をしたかった。

「だれを信じたらいいか知る必要がある」とエレンは言った。「そしてだれを信じてはいけないか。証拠が必要よ」

ベッツィーはその聞き慣れた声のなかに恐怖を聞いて取った。

「気をつけてね、エリザベス・アン・ジェイムソン」とエレンは言った。

「心配いらない。ホワイトヘッド将軍がわたしを見守るためにレンジャーを寄越してくれた。まだ連絡していないけど」

「お願い、連絡すると約束して」

「わかった。今度はあなたの番よ。何が起きたのか教えて」

エレンは話した。顧問である親友にすべてを話した。話し終えると、ベッツィーが言った。「なんて言ったらいいか……。スコット・カーギルと彼の副官を殺したのはイランなのね」

「そして爆弾犯も。そう思っている。これからオマーンに行って、イランの外相と会うつもりよ」

「本気で言ってるの？」ベッツィーが問い詰めた。思わず背筋を伸ばしていた。「だめよ。殺されるかもしれない。あるいは拘束されるかも」

不意に電話の向こう側から笑い声が返ってきた。「ダグ・ウィリアムズがこの訪問を許可したとき、それを期待するようなことを言っていた」

「あのクソ野郎」

「冗談よ、冗談。わたしは大丈夫。イランは友人とは言えないけど、彼らもばかじゃない。わたしを傷つけたり、拘束したりしてもなんのメリットもない。最初はテヘランに行くことを提案したんだけど――」

「ああ、お願いだから――」

「ティム・ビーチャムに、わたしが彼の思っているような間抜けだと思わせておくためよ」とエレンは言った。「それに最初からオマーンを提案していたら、ウィリアムズは断るだろうとわかっていたから」

「ちょっと待ってよ。あなた、わたしの最初の夫についても同じ心理ゲームをしたわよね。そうやって……」

「違うわよ。彼は全然わたしの好みじゃなかった」

「わたしもいっしょにオマーンに行きたかった」

「わたしもよ」

「だれと行くの？」

「ボイントンと外交保安局の職員のほかには、キャサリンとアナヒータ・ダヒールを連れていくことにした。彼女はペルシア語を話せる。イランの外相が実際にはなんと言ってるかがわかる人物がいれば助かる」

「彼女の家族について知ったあとでも、彼女を信頼できるの？」

一瞬の間。「いいえ、完全には。彼女をそばに置いておきたいもうひとつの理由はそれよ。でも、われわれは彼女をうまく利用してもいる。CIAがザハラ・アフマディにメッセージを送る方法を考え出した。それにはアナヒータが必要なの。彼女の従姉妹はアメリカの工作員の言うことは信用しないでしょう。でもアナヒータのことばなら信用するかもしれない。イランはおそらく、アフマディ博士のコンピューターからの通信をモニターしているはず。イランの秘密警察より先に、ザハラに連絡する必要がある」

「彼女がメッセージを送った人物だというのはたしかなの？」

「いいえ、でも一番ありそうな答えではある」エレンは長いため息をついた。「作戦を承認した。ザハラが授業に出るために家をあとにしたら、彼らがすぐアプローチすることになっている」

ベッツィーは以前から、自分の勇気は虚勢にすぎないと思う一方で、エレンはほんとうに勇気があると思っていた。自分がこのような決断をする必要がないことをありがたく思った。

「電話を切る前に、ギルの具合を教えて」

「ちょっと前に病院に電話をした。今は眠っていて、当直の医師が言うには、だいぶよくなったそうよ。空港に行く途中で立ち寄るつもり」

「まだ情報提供者については話さないの？」

「ええ、何も」

しばらく間があった。エレンが意図的にためらったのか、それとも疲れのせいなのか、ベッツィーにはわからなかった。尋ねないことにした。早く電話を切れば、その分、早く友人も眠れることになる。

「気をつけてね、エレン・スー・アダムス」


一時間後、うたた寝から眼を覚ましたベッツィーははっと気づいた。

〈ザ・ヘイ・アダムス〉の地下のバーで見た人物。将軍も見ていた人物。騒ぎを起こしていた人物。

彼を見るのは何年ぶりだろう。当時はとても若く見えた。ほとんど少年のようだった。

だがその日の午後、〈オフ・ザ・レコード〉で見た彼はすぐにはわからなかった。それどころか、まるでチェーンソーのように奇矯な振る舞いをしていた。ベッツィーはソファを飛び出すとシャワーを浴びた。


フランクフルト、午前三時。電話がかかってきて、エレンは断続的な眠りから覚めた。

オマーン行きが決まった。

エレンはベッドから飛び出すと、二時間後には、イランの外務大臣からオールドマスカットのスルタン公邸で会う約束を取り付けていた。

「一時間だけですよ、長官」と外務大臣は言った。彼はきれいな英語を話すが、通訳を介して話すことを好む場合が多かった。

だが、今回は直接話した。簡潔でわかりやすく。そしてより慎重に。

エレンは、チャールズ・ボイントンに電話をしてアナヒータ・ダヒールに連絡させたあと、キャサリンを起こした。

「オマーンに行くわよ」と彼女は言った。「控えめな服装に着替えてちょうだい」

「了解。革のパンツは置いていくわ」

母親は笑った。「飛行機は四十分後に出発する。車は二十分後よ」

「わかった。アナヒータは？」とキャサリンは訊いた。

ふたりの若い女性のあいだには友情が育まれているようだ。エレンは、自分がそのことをうれしいと思っているのかどうかわからなかった。

「いっしょに行く」


予定どおり、二十分後に装甲車両が空港へ出発した。

「先に病院に寄ってくれる？」とエレンは頼んだ。

数分後、彼女はギルのベッドの横に立っていた。彼は眠っていた。傷ついた顔は安らかだった。

「ギル？」彼女はささやいた。こんなことをするのはいやだった。だがエレン・アダムスが嫌っていることはたくさんあり、そのリストに新たにひとつ加わるだけのことだ。「ギル？」

彼は体を動かすと、腫れぼったい眼を開けた。「何時？」

「午前四時を過ぎたところよ」

「ここで何をしてるの？」ギルは起き上がろうとし、彼女は背中に枕をあてて手伝った。

「イランの外相と話をするためにオマーンに行くところよ。爆破の背後にはイランがいた」

ギルはうなずいた。「それならつじつまが合う。彼らならシャーが核の秘密や科学者を地域のだれかに売り渡すのを黙って見ていないだろう」

「あなたの情報提供者は――」

「言っただろ、話すつもりは――」

彼女は手を上げて制した。「わかってる。それがだれなのかは訊かない」彼女は声を落とした。「わたしが前にここにいたとき、何か言おうとしてたわよね。情報提供者からもっと情報を得るための別の方法があるかもしれないって。シャーについての情報をもっと得るための」

「言えないんだ」彼はささやくように言った。

「でもどうするの？　病院にいるのに」

「もう大丈夫だ。母さんは自分のやるべきことをやって、ぼくのことはぼくにまかせてくれ。ぼくは吹き飛ばされた。犠牲者の顔を永遠に忘れることはできない。自分もこの件に関わっているんだ。信じてほしい」

「信じてないんじゃない。あなたを失いたくないの」彼女はアナヒータのことを話す決心をした。たしかめるために。「アナヒータをオマーンに連れていく。今は外で待っている」

エレンはギルの反応を待った。もしアナヒータが情報提供者なら……

反応はなかった。「よろしく言っておいて」と言うだけだった。

「わかった。今日じゅうに戻ってこないとならないから、そのときにまた立ち寄る」

「幸運を祈ってる」

二十五分後、エアフォース・スリーは暗闇に包まれた滑走路を疾走し、湾岸諸国への七時間の飛行を開始した。

飛行機が高度を上げると、エレンは機内のオフィスに入って準備をしようとした。そこにはきれいなフラワーアレンジメントが置いてあった。彼女の好きなスイートピーだ。美しく、いい香りがした。

腰をかがめて香りを嗅ごうとしたとき、一枚のメモに気づいた。

「あなたが注文したの？」コーヒーと朝食を持った乗務員とともに入ってきたボイントンに訊いた。

ボイントンは手にしていたファイルを置くと、花束に眼をやった。「いいえ。でもすてきですね。たぶん大使からでしょう」

「でもどうしてわたしの好みがわかったのかしら」

「彼女はとても気配りが行き届いてますから」とボイントンは言った。彼は上司に好みの花があることを知らなかった。そうは言っても新しい国務長官についてほかにも調べなくてはならないことがたくさんあったのだから仕方なかった。「きっと調べたんでしょう」

「ありがとう」エレンは乗務員に言った。彼は大きなカップにブラックコーヒーを注いで去っていった。

メモを開くと、コーヒーカップが指から滑り落ちそうになった。熱いしずくが太ももに落ちて火傷(やけど)をする前に、すんでのところで押さえた。

「どうしたんですか？」とボイントンが尋ね、近寄ってきた。

「だれがこの花を贈ってきたの」と彼女は訊いた。その声は、今は不愛想になっていた。

「さっき言ったように、だれからかはわかりません」彼女の反応にほんとうに困惑しているようだった。「何か問題でも？」

「調べて、お願い」

「わかりました」

彼が部屋を出ていくと、エレンはそのメモを机の上に置いた。これ以上、触れないように気をつけて。

それはベッツィーがワシントンDCに戻る前に、彼女に渡したメモをスキャンしたものだった。ティム・ビーチャムについて調べてほしいと指示したメモ。そして何があろうと他人には見せないようにと指示したメモ。

それがここにある。オマーンに行く途中のエアフォース・スリーの機内で、スイートピーの花束に添えてあった。

それ以外には何も書かれていなかった。サインもない。それでも彼女には背後にいる人物がわかっていた。長年にわたりサインのないメモを送ってきた人物。バースデーカード。クリスマスカード。クインが死んだあとに送られてきたメッセージ。

彼女は電話を手にすると、ベッツィーにかけた。心臓の鼓動が喉のあたりまで伝わってくるようだった。

CHAPTER 21

バーは満員だった。

夜の十時過ぎ、DCは賑わっていた。

ベッツィーは周囲を見まわし、薄暗い光に眼を慣らした。彼女はピート・ハミルトンを最後に見たバーに急いで戻ってきていた。彼はもうそこにはいなかった。いかにも彼のいそうな場所だったので、どうしても覗いてみたかったのだが。

「何になさいますか」とバーテンダーが尋ねた。

シャルドネを大きな樽で。エレン・アダムスの親友はそう思った。

「ダイエット・ジンジャーエールをお願い」国務長官の顧問は言った。「できればマラスキーノ・チェリーを添えて」と付け加えた。

待っているあいだに、電話が振動するのを感じた。

「何してるの。きっと――」言い終わる前にさえぎられた。

「直喩がバーに入ってくる」とエレンは言った。その声は張り詰めていた。

「何？　実を言うとたった今、バーに入ってきたところなの」

「ベッツィー、直喩がバーに入ってくるのよ！」

ベッツィーの心が一瞬凍りついた。直喩……直喩。

「砂漠のように喉が渇いている。エレン――」彼女は声を落とした。「どういうこと？　どこにいるの？　なんの音？」

「あなた大丈夫だった？」

「ええ、今〈オフ・ザ・レコード〉にいる。あなたの風刺画のコースターがもうあるって知ってた？」

「聞いてベッツィー、帰国する前にあなたに渡したメモはどこにある？」

「ポケットのなかよ」彼女は手を入れた。が、そこにはなかった。「えっ、待って。ああ思いだした。あなたのオフィスに着いたときに取り出して、デスクの上に置いたんだった。なくさないようにと思って」ベッツィーは落ち着きを取り戻すと言った。「どうして？」

「なぜならそのコピーがここにあるからよ」

「フランクフルトに？　どうやって――」

「ううん。エアフォース・スリーよ」

「しまった」、その日の行動を思い出して、彼女の心臓の鼓動が高鳴った。「ボイントンのPCを使ってビーチャムのことを調べるときに、机の上に置きっぱなしにしていた」

「だれか入ってきた？」

「ええ。バーバラ・ステンハウザー。なんてこと、エレン」

ああ神様。エレンは思った。国家情報長官だけでもひどいのに、大統領の首席補佐官まで？

「どうして彼女が取って、それをスキャンしてあなたに送るの？」とベッツィーは言った。

「取ったのがだれであれ、それをシャーに送ったのよ。彼は飛行機のなかのスイートピーのフラワーアレンジメントにそれを添えた」

「クインがよくあなたに贈っていた花に？　警告として？」

「あざ笑っている。自分が近くにいると知ってほしいのよ。したいことが何でもできるくらい、とても近くに。どこだろうと手を出せると」

「でもフランクフルトにいるだれかにあなたの飛行機にアクセスさせなければならないわ。エレン――」

「わかってる」

だれでもおかしくなかった。セキュリティチームのメンバー。乗務員のひとり。パイロットさえも。あるいは――エレンは閉まったドアのほうを見た――彼女の首席補佐官。ほとんど見えない存在のチャールズ・ボイントン。

「なんてこと」とベッツィーは言った。「もしステンハウザーが……ということはウィリアムズ大統領も？」

「いいえ」とエレンは言った。「彼にはいろいろあるけど、バシル・シャーと結託していることはないと思う。とにかくはっきりさせる必要がある。だれもが疑わしく思える。でも今はもうやめておきましょう」

「賛成ね、けどどうする？」

「繰り返しになるけど、事実、証拠、情報が必要よ。ほかにだれもわたしのオフィスに入ってこなかった？」

「ひょっとしたら……」

「どうしたの？」とエレンは言った。

「わたしがここでホワイトヘッド将軍と会っているときに、だれかがあなたのオフィスに入ったのかもしれない。つまりシャーはあなたがビーチャムを怪しんでいることに気づいている」

エレンは自分がとても落ち着いていることに気づいた。俗説とは違い、多くの女性と同じように、彼女は危機に強かった。そして今こそが危機だった。「つまり時間がないということよ。彼らはどうするか決めようとしてるはず。何か見つかった？」

「いいえ、まだ何も。だからここに来たの」

「バーに？」

「ダイエット・ジンジャーエールと――」

「マラスキーノ・チェリー？」とエレンは訊いた。

「最高の組合せよ。聞いてエレン、午後にここに来たとき、ピート・ハミルトンを見たの」

「ダンの元報道官？」

「ええ」

「若くて理想主義者で、親しみやすいタイプ」とエレンは言った。「ダンの嘘を売り込むのがうまかった」

「とても説得力があった」ベッツィーが同意した。

「たぶん、自分の言っていることをほんとうに信じていたんでしょう。伝道者の最初の信者は自分自身よ」

これは彼女が自身のメディア帝国に採用した新米ジャーナリストに、仏教僧のトゥブテン・チョドロンがしたアドバイスである〝自分の考えていることをすべて信じるな〟とともに叩き込んだことばだった。

「ハミルトンはいい仕事をしていた」とエレンは言った。「でもダンの息子と交代させられた」

「あのばかが」とベッツィーは言った。「なぜハミルトンがクビになったのか聞いたことある？」

「説明はなかったけど、噂では飲酒の問題だったはず。国家の機密を扱うには信頼できないと。どうして彼に会おうとしてるの?」

「ダン政権内部の人間が必要だから。必要な情報を提供してくれる協力者が。ほかの人間はみんな怖がって話そうとしないかもしれないけど、ひょっとして彼なら話すかも」

「苦い思いをしたアル中の言うことは信用できないけど、もしまともになったのなら……」

ベッツィーは大きな言い争う声と、彼から離れていく男女のことを思い出していた。

「そうじゃないかもしれない」とベッツィーは認めた。「でも気の利いたことを言う人間はいらない。必要なのは、わたしの求める情報を与えてくれる人物よ。それに今、わたしはティモシー・T・ビーチャムの〝T〟が何を意味しているのか調べるのも手一杯なの」

「それだけ持って帰ってこないでよ」

ベッツィーが笑い、エレンも笑った。あの日以来、笑えるようになるとは思っていなかったが、ベッツィーはいつも彼女の心を明るくしてくれる。

「気をつけてね」とエレンは言った。「ホワイトヘッド将軍がレンジャーを差し向けたと言ってたわよね。その女性に電話をするのよ。シャーがわたしのメモを読んだのなら、彼はあなたがビーチャムを追っていることを知っている。もしあなたが真実に近づいたら……」エレンはことばを切った。考えたくなかった。だが、考えなければならなかった。「彼ならやりかねない……」

「わたしを傷つける?」

「お願い、わたしの心の平安のためだと思って。もうほとんど残っていないから」

「わかった。彼女に電話をする。でもその前にピート・ハミルトンと連絡を取りたい。アーミーレンジャーに怖がって逃げ出してしまわないように。オマーンに向かってるの?」

「ええ、そうよ」

「キャサリンによろしく。革のパンツは置いていってればいいけど」

エレンはまた笑った。彼女は娘が冗談で言ったのだと思っていたが、ひょっとして……

「ああ、それからエレン」

「何？」

「あなたも気をつけて」

エレンは電話を切ると、スイートピーに眼をやった。とても美しく、明るい気持ちにさせる色。やさしい香り。それらはいつもクインのやさしさを思い出させた。

花束を手に取り、ごみ箱に捨てようとした。が、やめて机の上に置いた。

シャーがそれを彼女から奪うことはできない。

そして、ああ神様、彼にベッツィーを奪わせないで。


「ああ、彼ね」ベッツィーが尋ねると、バーテンダーはそう答えた。「ピート・ハミルトン。二週間ごとに来るよ。万が一のために」

「何の？」

「万が一、だれかが彼と話したがったときのために。彼を雇おうとして」

「雇う人はいるの？」

「いや、全然」バーテンダーはテレビ番組の《ビーバーちゃん》の母親のような女性をじっと見た。

「もう帰ったの？」

「帰るように言った。来たときから酔っぱらってたか、ハイになってた。ほかの客にからみ始めたから出ていってもらった」彼は彼女を見た。「どうして彼を探してるんだ？」

「彼の叔母なの。彼がホワイトハウスを辞めたあと、家族と連絡が取れなくなって。母親が病気になったので話をする必要があるの。どこに住んでるか知ってる?」

「いや、詳しくは。ディーンウッドのどこかだと思う。こんな時間にはあそこには行きたくないね。暗くなったあとには」

ベッツィーはダイエット・ジンジャーエールの代金を払い、荷物をまとめた。「残念なことに彼の母親の病気がひどく悪くて、早く彼を見つけたいの」

バーテンダーはドアの前で彼女に追いついた。「あのあたりをあまりうろうろしないほうがいい」彼はそう言うと、名刺を渡した。「何カ月か前にこれを置いていった。広報担当者を必要としてる人のために」

「ありがとう」

彼女はその薄汚れた紙切れを見た。どう見ても、自宅のPCでプリントアウトしたもののようだ。

「もし彼に会ったら、ここには二度と来ないように言ってくれ。迷惑だから」


タクシーはその住所に停車した。DCの北東にあるディーンウッドは〈ザ・ヘイ・アダムス〉から二十分の距離だった。そしてホワイトハウスからも。

ベッツィーはアパートメントのドアの前に立った。ブザーはなく、穴が開いているだけだった。ドアを開けてみた。ドアノブは壊れ、鍵もかかっていない。なかに入ると、ほとんど眼に見えそうなほどのにおいが襲ってきた。

尿。排泄物。腐った食べ物と腐敗した何か、あるいはだれかのにおい。

壊れそうな階段を最上階まで上がると、ドアをノックした。

❖ CHAPTER 22

「うえっ」

ベッツィーはティッシュを顔に当てて、においをブロックしようとした。

「ミスター・ハミルトン？」

沈黙。

「ピート・ハミルトン？　えーと――」彼女は手にしていた汚れた名刺を見た。「広報担当者を探してるの」

「こんな深夜にか？　クソ食らえだ」

「緊急なの」

無言。椅子が木にこすれる音がした。

「どうやってぼくを見つけた？」声は、今度はドアの反対側から聞こえた。

「〈オフ・ザ・レコード〉のバーテンダーから住所を聞いた。今日、そこであなたを見かけて」

「あんたはだれだ？」

ここまで来る車中で、ベッツィーはこの質問にどう答えようかずっと考えていた。

「わたしはエリザベス・ジェイムソン。友人からはベッツィーと呼ばれてる」

彼に正直でいてほしかったら、自分も正直である必要があった。嘘から入るのはうまくなかった。

一回、二回、三回と鍵がまわり、ボルトのはずれる音がした。そしてドアが開いた。

ベッツィーは有毒な波が押し寄せてくると思って身構えた。その場所が臭くないと理解するのに何度か呼吸をしなければならなかった。それどころか、正確に言えば、アフターシェーブローションのにおいがした。心地よい男らしさのかすかな香り。

そしてオーブンで何かを焼いている香り。チョコレートチップ・クッキーだ。

彼女は眼の前に立っている男が充血した眼をしているのを想像していた。嘔吐物にまみれ、だらしない不潔な下着姿でいることを。それには準備できていた。事実、彼女の子供時代はそのための準備といってよかった。

だがベッツィー・ジェイムソンはこの事態は想定していなかった。

ピート・ハミルトンは、きれいにひげを剃り、澄んだ眼をして、まるでアイロンをかけたようなスウェット姿で彼女の前に立っていた。黒い髪はまだシャワーに濡れていた。

背は彼女より少し高いだけで、赤ん坊のような脂肪がついている。太ってはいないが、やわらかいようなぽっちゃりした顔は、安アパートにいるガーバー・ベイビー（米国のベビーフードとベビー用品メーカー、ガーバー・プロダクツ・カンパニーの商標キャラクター）のようだった。

「国務長官の顧問だよね」

「ええ、そうよ。あなたは元大統領報道官ね」

彼は脇によけた。「どうぞ入って」

ドアを大きく開けると、そこには小さなリビングルームがあった。壁は落ち着いた青みがかった灰色に塗られており、木の床はサンドペーパーで磨き直されたようにぴかぴかだった。

開いてベッドになった折りたたみ式のソファと、坐り心地がよさそうな肘掛け椅子があった。窓際のテーブルには、ノートPCが開いて置いてあり、その横には書類があった。水とクッキーとともに。

部屋の隅には簡易キッチンがある。

彼女がこの状況を理解するのに数秒かかるあいだ、鍵が元どおりにかかる音が聞こえた。

「用件は?」と彼は訊いた。「広報担当者じゃないんだろ」

「いいえ、広報を必要としてる。もっと正確に言えばあなたが必要なの」

彼は彼女を見つめると微笑んだ。「推測するに、これはバスの爆破と関係があるんじゃないかな」

彼は首を傾げた。「まさかぼくが疑われてるとか?」

彼はダンの嘘を売り込むときに使ったのと同じ無邪気な笑顔を彼女に向けた。それは相手の敵意を和らげるような魅力的な笑顔で、ベッツィーは防御を固めるのに必死になった。

だが天使のような笑顔とチョコレートチップ・クッキーの香りを前にして、ベッツィーはこの戦いには勝てないのではないかと不安になった。それでもフランクフルトで見た家族の顔を思い出し、ふたたび防御を固めた。

「ミスター・ハミルトン、あなたなら力になってもらえると思ったの」

「なぜぼくがそうすると?」

彼女は部屋のなかを見まわし、それから彼の眼をじっと見た。

「ぼくがここがいやで逃げ出したいと思っているとでも?」と彼は言った。「そうは見えないかもしれないけど、ここはわが家だ。それにこのアパートメントは実際にはコミュニティで、壊れてはいるが、まともな人たちがいる。すぐに溶け込めた」

「でも選択肢があることはいいことなんじゃない? それがあなたの望みなんでしょ。みんなそうじゃない? ここに住むことを選択できるけど、そうしなきゃならないわけではない。さっきも言ったように、今日の午後、〈オフ・ザ・レコード〉であなたを見た。ひどく酔っていた。だらしなくて見ていられなかった」

「広報が必要なんじゃなかったのかい」と彼が言うと、彼女は微笑んだ。

「どうしてあんな芝居を？」彼が答えないでいると、彼女はテーブルに近づき、ＰＣのそばにあるメモに眼をやった。彼がその上に手を広げる前に少しだけ見えた。

「帰ってくれ」

「あなたは本を書いている。ダンについての」

「違う。帰ってくれ。力にはなれない」

彼女は彼の黒い瞳をじっと見た。「あなたはここには全然なじんでいない」

彼は鼻を鳴らした。「あんたらエリート主義の民主党員はみんな同じだ。抑圧された人々を大事にするふりをして、実際には見下している」

彼女は眉をひそめた。「わたしの言いたいことをわかってない。あなたは隣人たちのことをまともだと言ったわよね。あなたがここになじんでいない理由はそれよ。あなたはまともとはいえない。爆破事件の犯人を見つける手助けをするチャンスをあげると言ってるのよ。もしかしたら次の爆破を防げるかもしれない。なのにあなたが関心があるのは本と復讐のことだけ」

「復讐じゃない。正義だ。本を書いてるんじゃない。証拠を見つけようとしてるんだ」

「なんの？」

「彼らがぼくにしたことの。だれがやったかの」

「国務長官」チャールズ・ボイントンがエアフォース・スリーのキャビンに入ってすぐのところに立っていた。「テヘランの工作員の準備ができました。あとは長官の指示を待っています。ミスター・

ビーチャムに連絡しますか?」

「いいえ、その必要はない」

「ですが――」

「ありがとう、チャールズ。ミズ・ダヒールとキャサリンに来るように言ってくれる?」

彼が出ていったあと、彼女は電話を取った。

テヘランの現地工作員は、国務長官の声を聞いて明らかに驚いていた。

「準備はできた?」

「はい、国務長官。アフマディ博士の家が見えるところにいます。彼女はそのうち大学に向かうはずです」

「イランの治安当局が監視していないのはたしか?」

電話の向こうの女性がやわらかく笑う声が聞こえた。「間違いありません。ですが、だからこそ迅速に行動する必要があります。待てば待つほど、見つかる可能性が高くなります」

エレンはことばに詰まった。スコット・カーギルのことを思い浮かべた。そしてほんの数時間前にバート・ケッツティングで銃弾に倒れたもうひとりの諜報部員のことを。

彼ら、彼女らのなんと勇敢なことか。自分は温かいコーヒーとペストリー、そしてスイートピーの香りに包まれて、上空を航行しているというのに。

「やって。あなたにアッラーの祝福がありますように」

「すべてアッラー（インシャーアッラー）の思し召しのままに」

「トイレを借りてもいい?」とベッツィーは尋ねた。

彼女が戻ってくると、彼がキッチンで紅茶を淹れていた。クッキーの載った皿がカウンターの上にある。彼はそれを顎で示した。

彼女は言われたとおり皿を取り、クッキーをひとつ手にすると肘掛け椅子のほうに歩いた。ベッドはソファに戻っていた。

「ぼくが淹れたのでよければ」彼は彼女のところまで来て、ティーポットを示しながらそう尋ねた。そしてカップを彼女に差し出すと言った。「で、探しているものは見つかった？」

「実のところ――」彼女はカップを取った。「なかったわ」

アスピリン以外に薬はなかった。今では驚いていなかった。この男は麻薬中毒の酔っ払いではない。人々にそう信じさせたかっただけなのだ。

「内通者が必要なの、ミスター・ハミルトン。物事を知っているだれか、見つけることのできるだれか、そして喜んで話してくれるだれかが」

「爆破事件について？　ぼくは何も知らないよ」

「ダン政権の小さな汚い秘密についてよ」

答えは沈黙だった。

「どうしてぼくがそんなことをすると？」彼はようやく言った。

「あなたがそれを自分で掘り起こそうとしているから」

「いいや、ぼくは自分自身の証拠を見つけようとしているだけだ」

「いい？　とてもおいしそう」彼女はクッキーのほうを顎で示した。

「サンドイッチはいかが？　お腹は空いてない？」

彼女は微笑んだ。「いいえ、結構よ。でも、ありがとう」彼女は彼のほうに身を乗り出した。「彼らはあなたに何をしたの？」

　黙っているので、助け舟を出すことにした。

「理由もなく解雇することはできない。だから理由を捏造しなければならなかった。電子メールや携帯のメッセージ、あなたが薬物依存症であることを示す何かをでっち上げた」

　そう言いながら、彼を見た。彼は眼を伏せた。

　いや違う。彼女は思った。もっと何かある。〝わたしにはまだ罪があるのだから……〟

「あなたが麻薬を密売していることをほのめかしたのね」

　彼は視線を上げると、長く、そして深く呼吸をした。「ぼくはしていない」

「でもドラッグはやってた」

「みんなやるだろ？　ガキだったんだ。マティーニのようなもんだった。でもぼくは――」

「吸い込んではいない？」

　彼は笑った。「密売はしていない。絶対に。それにマリファナよりも強いのはやってない。なのにあいつらはぼくがまるで政権を危険にさらす麻薬中毒者かのように言った。麻薬を買う金欲しさに秘密を売りかねない、国家安全保障を脅かす存在だと」

　彼の眼は今や彼女に訴えかけていた。いや、自分じゃない。ベッツィーは、彼が彼女を見ていると同時に、彼を告発した者を見ているのだと気づいた。非公開の会議の場で、彼らは彼の眼の前に証拠を並べた。

　彼はショックを受けた。否定し、懇願し、泣いた。信じてほしいと。

　そして悲劇的なことは、もちろん彼らは彼のことばを信じていたということだった。

「なぜ彼らはあなたにそんなことをしたの？」と彼女は訊いた。

ハミルトンはラップトップPCを持ってくると、いくつかのキーを叩いて、写真のファイルを表示させた。

「思いつく一番の理由はこれだ。解雇される三日前に出た」

それは新聞の記事だった。いや、記事ともいえない。DCの政治ゴシップ欄だった。ピート・ハミルトンが写っていた。今自分の眼の前にいる青年よりもずっと若く見えた。彼はホワイトハウス担当の記者たちと笑っていた。場所は〈オフ・ザ・レコード〉だ。

その下の行には、〝ピート・ハミルトン――ホワイトハウス報道官――明らかに冗談を言い合っている（イン・オン・ザ・ジョーク）〟とあった（in on the jokeには〝秘密を共有する〟という意味がある）。

ベッツィーは顔を上げた。「それだけ？　記者と話をしていたという理由だけでクビになったの？　それがあなたの仕事でしょ？」

「当時のホワイトハウスでは忠誠心こそが最も重要だった。少しでも批判的なことを言いそうな人物は放逐された」

「でもあなたは笑っているだけよ。何を話してるかなんてわからないじゃない」

「それは重要じゃなかった。いっしょにいるのはCNNの記者だ。大統領はぼくが自分のことを冗談の種にしていると思った。種が撒（ま）かれれば、雑草はすぐに育つ。ぼくは去らなければならなかった」

「去る。オーケイ、そこまではいいわ。でも彼らはあなたを国家安全保障の脅威のように言った。麻薬の密売人だと。あなたを破滅させた」

「見せしめとして。政権初期の頃だったから、彼らは忠誠心を疑われた者がどうなるのかをまわりに示す必要があった。頭を杭（くい）で突き刺されなかっただけでも幸せだった」

「同じようなもんじゃない。あなたは今も失業中でしょ」

「ああ。彼らは何も声明を出さなかった。公(おおやけ)にぼくを告発したわけでもないから、ぼくは弁明することも、訴訟を起こすこともできなかった」

「彼ら？　エリック・ダン？」

ベッツィーには彼が躊躇(ちゅうちょ)しているのがわかった。「そうでないと願うけど、わからない。あの政権で起きていることで、彼が知らないことはあまりないはずだ」

「それで今は？」彼女は机の上とファイルを見た。「汚名を晴らそうとしてるのね。捏造された証拠を探している」

「怒りの段階に至るまで時間がかかった。最初はショックだった。次は当然の報いだと思った。エリック・ダンを信じていたんだ。政権の目標も。だけど時間が経つにつれて、そして自分が受けたダメージを目の当たりにするにつれて、怒りが込み上げてきた」

「ずいぶんと導火線が長いのね」

「その分、大きな爆弾につながっていた」

「今日の〈オフ・ザ・レコード〉での振る舞いはなんだったの？　酔ったふり、ハイになったふりをしてただけなんでしょ。どうして？」

「あなたがここにいる理由を教えてください、ミセス・ジェイムソン。それに覚えておいてほしい。自分に何が起きたにしろ、ぼくは根っからの保守派だ。もうダンの大ファンというわけではないけれど、同時にあなたの大統領のことをばかだとも思っている」

ベッツィーは笑って彼を驚かせた。「もしあなたが今でも政治を追いかけているなら、わたしやアダムス国務長官も同じ考えを持ってると知っているはずよ」そう言うと真面目な顔になった。「われわれの大統領はばかかもしれない。でも危険な人物ではない」

「ばかな大統領はそれだけで危険だ」

「わたしが言っているのは、彼はあからさまに政府の転覆を目論(もくろ)んで、テロリストを支援したり、武器を与えたりはしないということよ。わたしがここで何をしてるかって訊いたわよね。わたしたちは、エリック・ダンか、あるいは彼に忠実な人々が、バス爆破事件とそのあとに起きることに関与していると考えている」

ピート・ハミルトンは彼女をじっと見た。たぶん驚いていた。だがショックは受けていない、と彼女は思った。

「どうしてそう考えるんだ？」

「ダンがバシル・シャーの釈放を認めたからよ。シャーというのはパキスタンの――」

「彼がだれなのかは知っている。自宅監禁を解かれたのか？」

「そして姿を消した」

「シャーが爆破事件の背後にいると？」

「いいえ、まだ公表されていないけど、それぞれのバスにはシャーが雇ったパキスタンの核物理学者が乗っていた」

彼の顔を見ているのはどこか気味が悪かった。今も天使のように見えたが、その天使はまるで怪物を呑み込んだようだった。

「何を知ってるの？」と彼女は訊いた。「あなたは何かを知っている。何か聞いているのね」

「なぜ、〈オフ・ザ・レコード〉に行って酔ったふりをするのかと言いましたよね。ぼくが脅威ではないことを証明するために行くんです。ぼくはもう終わった。だれもぼくのことを心配する必要はないと。すると彼らは安心する。ぼくが虚(うつ)ろな眼でひとり言を言っているあいだ、彼らは互いに話をする。ぼくはそれを聞く。彼らがぼくのことを空気のようなただの酔っ払いだと考えていてくれるかぎりは、それを利用することができる」

ベッツィーはこの少年のような若者を見て、現代のモーツァルトを眼の前にしていると悟った。天才少年。

「それで何を聞いたの？」

「ささやき声。DCでは人々は常に陰謀を企て、常におおげさにものを言っている。常に大きなことを約束している。だがこれは違う。これは静かだ。よくある政治的な戯言（たわごと）や見せかけはいっさいない。それを見つけようとしたけど、問題はどこをどう探すかだ。何年もかけて聞き出した。機密文書の保管場所は知っている。けどアクセスができない。ホワイトハウスのサイバーセキュリティを突破できないんだ」

ベッツィーは微笑んだ。

朝七時過ぎ、ザハラ・アフマディは自宅を出て、テヘラン大学までの短い道のりを歩いていた。バラ色のヒジャーブが彼女の顔を縁取り、足元まで伸びていた。

母親はいつも黒のヒジャーブを着ていて、父親も娘に、敬意を表したもっと地味な色を着るように言っていた。だが二十歳（はたち）になり、大学生になったザハラは、父親を尊敬してはいたものの、これだけは個人的な反抗として譲らなかった。

彼女のヒジャーブは鮮やかで陽気な色だった。彼女は、イスラム教は自分を幸せにしてくれるものなのだと父親に説明した。アッラーは彼女に喜びと平和をもたらすのだと。

父親はそれが真実だとわかっていたが、認めることもしなかった。アフマディ博士は、自分の愛する長女が、自分たちの政府はもとより、自分たちの神に対し、適切な敬意や尊敬、あるいは恐れさえも抱いていないことを心配していた。

神も政府も、もし不愉快だと感じたなら、何をするかわからないのだ。

ザハラ・アフマディがいつもの道を歩いていると、背後に人の気配を感じた。店の窓にふたりの人物が映っている。男と女。ふたりとも真っ黒な服を着て、女のほうはブルカをまとっていた。

ザハラは、見た瞬間、情報省(VAJA)の職員——すなわち秘密諜報機関のメンバー——だと思った。彼らは彼女の家、父親、彼女の人生のすべてに姿を現していた。父親の乱雑な書斎に坐って、父に質問し、指示した。父はそれをすべて受け入れ、言われたとおりに実行した。

彼女にはわかっていた。父は強制されたからやっているのではなかった。やりたいからやっているのだ。

彼女はこの人たちを怖いと思ったことはなかった。ザハラは彼らを父親と同じ眼で見ていた。敵対する世界から市民を守ろうとする政府が、手を差し伸べてくれているのだと。だが今は違った。最後に来たときに、彼女の部屋に通じる通気口から聞こえてきた会話を聞いてしまってからは。

彼女は歩みを速めた。

通りには商品を並べ始める露店商以外にはだれもいなかった。

男と女も歩みを速め、足音が近づいてきた。

彼女もスピードを上げた。

ふたりもスピードを上げる。

彼女は走りだす。

ふたりが走って追いかける。追いついてくる。速く走れば走るほど、彼女はパニックに陥った。

彼女はずっと自分が勇敢だと思っていた。今は自分がただ世間知らずなだけだったと悟っていた。ザハラは路地を走って、反対側の通りに出た。ピンクの陽気で鮮やかなヒジャーブが彼女の後ろではためき、目印になっていた。決して見逃すことのない目印に。

「止まって」ふたりのうちのひとりが叫んだ。「傷つけたりしない」

もちろんそう言うだろう。ほかになんと？　止まったら殺される？　拷問される？　消される？

ザハラは止まらなかった。だが次の角を曲がったとき、眼の前に男が現れた。男に激しくぶつかり、後ろによろめいた。後ろから近づいてきた女が捕まえなければ、倒れていたかもしれない。

ザハラはもがいた。が、男は彼女をしっかりと押さえ、彼女の口を手で覆った。一方、女のほうはブルカのポケットに手を入れた。

「いや」ザハラは訴えようとしたものの、その声は手で押さえられてくぐもっていた。「いや、やめて」

何かが彼女の顔の前に突き出された。

「ザハラ？」声がした。

ゆっくりとザハラは身をよじるのをやめ、眼の前の携帯電話をじっと見た。訛りのあるペルシア語が話しかけてきた。それは若い女性の声だった。アメリカ人の声。

「アナヒータよ。あなたの従姉妹の。その人たちはあなたを助けに来たの」

オマーンに向かうエアフォース・スリーの執務室で、アダムス国務長官、キャサリン、アナヒータの三人は机の上の電話を見つめていた。

返事を待っていた。時間が過ぎていく。

「アナヒータ?」小さな声がした。

机のまわりに集まった三人は顔を見合わせて微笑んだ。緊張を解いた。

「どうしてあなただとわかるの?」

彼らはこの質問に備えていた。この質問が来ると予想して、イルファン・ダヒールに、彼と弟しか知らないことを、娘に教えるように頼んでいた。

エレンはアナヒータにうなずいた。

「父はあなたのお父さんのことを〝あほ（リトル・シットヘッド）〟って呼んでた。あなたのお父さんは、わたしの父のことを〝まぬけ（ダムアス）〟と呼んでた。父が物理学を学ばず、経済学に進んだから」

小さな安堵のうめき声――愉しげでさえあった――がスピーカーから聞こえてきた。

「そのとおりよ。今はわたしが妹のことをそう呼んでる。妹は演劇を勉強しているの」

「わたしにはもうひとり従姉妹がいるの?」とアナヒータが訊いた。彼女は机の上に置かれた小さな箱を、そのなかにずっと憧れていた家族がいるかのように見つめていた。

「弟もいる。弟はほんとうにあほ（シットヘッド）よ」

アナヒータは笑った。

エレンが指ですばやく宙に円を描き、急ぐようにと指示した。

アナヒータはうなずいた。「あなたのメッセージは受け取ったけど、爆破を止めることはできなかった。聞いて、そこにいる人たちはトラブルに陥ったときにあなたを助けてくれる。あなたの脱出を助けることができる」

「でもわたしは逃げるつもりはない。イランはわたしの祖国よ。人々を助けるためにやったのであって、イランを害するためにやったんじゃないの。罪のない人々を殺すことは進むべき道じゃない」

「そうね、わかる。でも秘密警察に捕まりたくないでしょ。聞いて、あなたのお父さんがどうやって物理学者たちのことを知ったのか知りたい。バシル・シャーのことは知ってるの？　彼は何を計画していたの？　もし――」

そのとき叫び声がした。争うような音。

そして電話は切れた。

❈

CHAPTER 23

「申し訳ありません、国務長官」とイランの外相は言った。「バス爆破？　なんのことをおっしゃっているのかわかりません」

「驚いたわ、アジズ外務大臣。ナセリ大統領はあなたのことを信頼していないんですか？」

エレンたちは宮殿の入口でサルタン自身に出迎えられ、巨大な大広間へと案内された。

背が高く、礼儀正しいその男は、エレンをオマーン湾を見渡す部屋まで連れていく途中、オマーンの芸術や文化について礼儀正しく説明した。

そして彼女たちを残して去っていった。

その部屋は、床から天井まで、眼のくらむような真っ白な大理石で覆われていた。広いテラスに通じる両開きのドアの外には海が広がり、その向こうにはイランが見えそうだ。もしその気になれば、イランの外相は船でこの会談にやって来ることも可能だったろう。

エレンが体を乗り出すと、アジズは椅子にもたれかかった。ここまで彼女は随行員に言われていたとおりにしてきた。

イランの外相と会うときは、相手の体に触れないこと。

正式な肩書きを使うこと。

髪は控えめなスカーフで隠すこと。

背中を向けてはならない。時間を見てはならない。さらに相手を不快な気分にさせないためのこまごまとした決まりが百近くもあった。

　たしかに侮辱することは避けられるかもしれないが、そうしたところで何も得られないだろう。生命維持装置につながれているような両国の関係に、これ以上のダメージを与えたいとは思わなかったが、こんな気取った態度を取っている暇はなかった。

「ほんとうです。お話しすることがあればそうしています」と彼は言った。

　すべて通訳を介しての会話だった。

　エレンはイランの外相に、彼らの持っている情報を共有できないか尋ねていた。

「それは極めて信頼関係を必要とする行為です、国務長官」アジズ外相は電話での会話では、完璧な英語でそう言っていた。

「あなたの通訳がわたしの言ったことを間違って伝えるリスクがあるとは思いませんか？」と彼女は愉快そうに言った。

「もし彼がそんなことをしたら、ワシに舌を抜かせるまでです。あなたがたのマスコミはわたしたちのことをそう言ってるのでしょう？　わたしたちが野蛮人だと」

「それは誤った認識でした」エレンは認めた。「互いの文化や現実について実際には知らないことがたくさんあります。今こそ真摯になるべきときです」彼女はことばを切った。「そして透明性を確保すべきときです」

　ザハラ・アフマディに何をしたのか訊きたいという誘惑に駆られたが、そうはしなかった。訊いたところで事態を悪化させるだけだった。

　代わりに、彼らは互いに向かい合って坐っていた。明るい太陽がアラム宮殿の広大な海のような白い大理石を照らし、眼の前にはオールドマスカットのムトラ港が広がっていた。

もちろんエレンは彼女の後ろにいる若い補佐官がペルシア語を話せることは黙っていた。アナヒータには何も話さないように、特に絶対にペルシア語で話さず、ただ聞いておいて、あとで外相が実際にはなんと言っていたかを伝えるように指示していた。

アジズはアナヒータをじっと見ながらペルシア語で話しかけた。どこの出身かと。

アナヒータは無表情だった。

アジズは微笑んだ。

エレンには彼が納得したかどうかはわからなかったが、会議が進むにつれ、彼が後ろに静かに坐っているキャサリンやアナヒータ、そしてチャールズ・ボイントンのことを忘れて、国務長官だけに集中しているのがわかった。

「ナセリ大統領は重要なことはなんでもあなたに話すそうですが、バス爆破事件のことは聞いていないのですか？　自分の国の政府が仕掛けた爆弾のことを」

エレンはこの男に関心があった。彼は明らかに革命の目標を信じていた。だが同時にイランの孤立は弱体化を招くとも信じているようだった。

そして彼は、イランの隣人であり同盟国であるロシアをもはや信頼しておらず、アメリカとの協力関係に前向きであるという微妙なシグナルを彼女に送り続けていた。それは完全な外交関係ではなく、親密なものでもない、わずかな変化でしかなかった。それでもダン元大統領が核合意から離脱したことを考えると、イランにとっては大きな変化だった。

だが、アジズはアメリカの新しい大統領が大きく信頼を失った状態からスタートすることになると明言していた。イランがふたたび新たな監視協定を結ぶことは難しいだろう。なぜならそうすればイランが弱体化し、脆弱に見えてしまうからだ。

そして今、獰猛で予測不能なロシアと、対立を避けることに前向きなアメリカとによって、非常に、非常に小さな隙間が生まれているとエレンは感じていた。

そのわずかな隙間に相互の利益を見出すのが彼女の仕事だった。そしておそらく、時間をかけてそれを真の理解へと発展させるのだ。そうなれば、イランはもはや永続的な脅威ではなくなり、アメリカとその同盟国はもはや彼らの攻撃目標ではなくなる。

だが彼らはまだそこに到達していなかった。まだまだ遠かった。しかもバス爆破事件がその距離をさらに広げてしまった。それでもそのことは、彼女が必要としていたきっかけを与えるものでもあった。

「ではパキスタンの核物理学者の殺人については議論したくないんですね」彼女はそう言うと、サルタンのキッチンスタッフが用意してくれたフルーツや菓子の盛り合わせのなかから、肉づきのよいデーツを選んだ。「バスに乗っていて殺された人々のことはどうでもいいと」

「議論するのはかまわないが、非難されたくはない。結局のところ、なぜイランがパキスタン人を殺したいと思うのかね？　しかもあんな血なまぐさいやり方で？　筋が通らないでしょう、国務長官。むしろインドのほうが……」

彼は意味ありげに両手を広げ、自分の言いたいことがわかるように彼女を誘（いざな）った。

「なるほど」と彼女は言うと、椅子の背にもたれかかり、両手を広げて言った。「ところでバシル・シャーは……」

彼女は向かいに坐っているその男が大理石のように固まるのがわかった。太陽が彼の眉間の汗を照らしていた。

笑顔は消え、その眼はもはや少しも愉しそうではなかった。彼は礼儀正しい仮面を脱ぎ捨て、彼女をにらんでいた。

「どうやら」と彼女は言った。「ふたりきりで話したほうがよさそうですね？」

　ほかのメンバーが出ていくと、エレンはアジズ外相のほうに体を乗り出し、彼も同じように近づいた。

「Havercrafte man pore mārmāhi ast」彼女はそのことばをゆっくりと、静かに、そして慎重に発音した。そして彼の灰色の眉が上がるのを見た。

「はい？」と彼は言った。

　エレンの眉が下がった。「どういう意味なんですか？　補佐官が調べて教えてくれて、練習したんです」

「あなたの言ったことがほんとうではないことを祈ります。〝わたしのホバークラフトはウナギでいっぱい（『モンティ・パイソン』の一シーンの台詞。タバコ屋でマッチを買おうとして間違えてこのフレーズを言ってしまうところから、外国語を話そうとしているが、正しく使えていないことを意味する）〟という意味ですから」

　エレンは唇を引きつらせて笑いをこらえた。が、ついにあきらめた。「ごめんなさい、ほんとうはあたしのホバークラフトにウナギはいません」

　今度は彼が笑った。「でしょうね。さて何が言いたかったのでしょうか、国務長官？」

「英語でいうところの〝手の内をさらけ出す〟ということです」

「賛成です。正直になるときだ」

　彼女は彼の眼を見るとうなずいた。「テヘランにいる核物理学者の自宅から、バス爆破に関して警告するメッセージが送られてきました。残念ながら、受け取ったスタッフがそれをジャンクメールと判断して無視した結果、手遅れとなってしまいました」

「残念です」とだけ彼は言った。

イランの外相は、彼女の率直さに驚いていたとしても、それを顔に出さないだけの外交官としての経験を持っていた。

時間がなかった。そして話さなければならないことはたくさんあった。思ったより早く彼を率直にさせることができたが、今度はゴールラインを越えなければならなかった。

「その物理学者と家族はあなたのところの秘密警察に拘束されています」

「そのような事実はありません」と彼は言った。ウナギの耳にも入るような決まりきった答えだった。

彼女は無視した。「米国政府は、同時に捕らえられたふたりのイラン人も含め、彼らが解放されることを願っています」

「仮に拘束していたとして、彼らが解放されるかどうかは疑わしい。あなたがたは裏切者やスパイを釈放するんですか？」

「より大きな利益があるなら、答えはイエスです」

「それはイランにとってどんな利益だと？」

「新大統領からの謝意。個人的な貸しです」

「前大統領からも謝意をいただいた。それも実質的なものを。彼は核合意から離脱し、イランに平和的核エネルギー開発計画を行なう自由を与えてくれた。なんら干渉を受けずに」

「そのとおり。ですが彼はバシル・シャーの釈放も認めた。シャーはあなたのホバークラフトのコブラになるのでは？」

アジズは彼女をじっと見つめた。彼女は見つめ返して待った。さらに待った。

「ほんとうに欲しいのは何ですか、長官？」

「パキスタンの核物理学者についてどうやって知ったのか、シャーの計画について何を知っているのか、そしてあの人たちを解放してほしい」

「なぜわれわれがそんなことを？」

「友人を持つためには、自ら友人になる必要があるからです。なぜわたしに会うことにしたのですか？　それはロシアが不安定で気まぐれだとわかっているからでは？　あなたの国はますます孤立している。イラン・イスラム共和国に友人は必要ないとしても、敵を減らす必要はある。シャーはパキスタンの力を借りて、この地域の少なくともひとつの国に核兵器を開発する能力を提供しようとしている。おそらくはテロ組織にも。それがイランが核物理学者を殺した理由です。だが核物理学者はほかにもいる。全員を殺すことはできない。それをやめるためにわれわれの力が必要なのです。そしてわれわれもイランを必要としています」

数分後、アダムス国務長官とアジズ外相は別れた。イランの外相はそのまま空港に向かい、短いフライトで帰国した。一方、エレンはもう少しだけ宮殿に滞在させてほしいとサルタンの許しを請うた。手すりのそばに立って、古くからの歴史を持つ港を眺めながら、エレンは電話をかけた。

「バーバラ？　大統領と話をする必要がある」

「大統領は今ちょっと忙しくて——」

「今すぐによ」

バーバラ・ステンハウザーは後ろに下がって、ウィリアムズ大統領が電話に出るのを見ていた。

「エレン、どうだった？」大統領の声には少なからず不安が漂っていた。

「テヘランに行く必要があります」

「なるほど。わたしは世論調査で支持率九十パーセントになる必要がある」

「本気よ、ダグ。願望の話をしてるんじゃないの。行く必要があるのよ。アジズ外相は彼らが爆弾を仕掛けたことを認めたも同然だった。うちの工作員を助け出して、シャーに関する情報を得るチャンスはある。でもアジズにはわれわれに必要なものを提供することはできない。彼には無理なのよ。できるのはナセリ大統領。ひょっとしたら彼にも無理かもしれない。大アヤトラにしかできないかもしれない」

「最高指導者に謁見するのは無理だ」

「やってみなければわからない。彼らのところに行くという意欲を見せれば、うまくいくかもしれない」

「きみが見せようとしてるのは自暴自棄だ。お願いだエレン、わかってくれ。きみが国務長官として最初に訪れる国のひとつが、タンカーを爆撃したり、飛行機を撃墜したり、テロリストを匿ったり、今度は罪のない市民を殺したりする不倶戴天の敵だと知れたら、どう思われる?」

「だれも知る必要はない。数時間で出入国できる。プライベートジェットを使って。わたしがオマーンにいることをだれか知ってる?」

「いや。きみの不在については北朝鮮の高級スパにいると説明してある」

エレンは思わず笑ってしまった。

「オンラインじゃできないのか? 敵と親密にしていると疑われるリスクを冒すことはできない」

ウィリアムズは、部屋の奥のテレビモニターの列に出演者の顔が映し出されているのを見ていた。いわゆる専門家たちだ。そのほとんど——すべてではないにしろ——は、ウィリアムズ政権がこの事件に対しどういう立場にあったのか疑問視していた。なぜテロのことを知らなかったのか？　ほかにも知らないことがあるんじゃないか？

前国務長官がＦＯＸニュースに出演し、自分たちの政権ではこんな大惨事は起こりえなかったと説明していた。そしてこんな弱点を抱えた政府では、次にアメリカ本土で何が起こるかわかったものではないと。

「これがどのように見えるかはわかってる」エレンは認めた。「でも、シャーを捕まえて、彼の計画を阻止するチャンスがやっとめぐってきたの。わたしが直接行くしかない。誠意を見せるしかないの」

「イランがその情報を持っているのはたしかなのか？」

「いいえ」とエレンは認めた。「けどわれわれ以上の情報を持っているのはたしか。彼らは物理学者について知っていた。わからないのは、なぜバスを爆破しなければならないと思ったのかよ。なぜ科学者を撃つだけじゃだめだったの？　はるかに簡単なのに」

「見せしめのためじゃないのか？」とウィリアムズは示唆した。「彼らはこれまでもはるかにひどいことをしてきた」

「それでも筋が通らない。答えはテヘランにある。そしてザハラ・アフマディとわれわれの工作員もテヘランにいて、秘密警察に拘束されている。彼らを脱出させ、イランがシャーについて知っていることを探り出さなければならない。もしシャーの計画や居場所を知らなくても、だれが知っているかを教えてくれるかもしれない」

「なぜ彼らが教えるんだね？」

「われわれにシャーを止めさせたいから」

「なら、なぜ事前に教えなかった？　助けが必要なら、なぜ物理学者のことをわれわれに教えなかった?」

「わからない。だからテヘランに行くの」

「もし裏目に出たら? きみが大アヤトラやナセリ大統領に頭を下げている写真をイランが公開したらどうする? あるいはきみたちを拘束したら? スパイ容疑で逮捕されたら? そのときはどうするつもりだ?」

「そのときどうなるかはわかってる」とエレンは言った。その口調は突然冷ややかになった。「あなたはわたしを釈放するよう交渉はしない」

「エレン――」

「承認してくれるの、くれないの? サルタンの厚意でプライベートジェットを借りることができる。けど彼らに知らせる必要がある。それにイランが考えを変えて、ロシアに助けを求めに行く前に会う必要がある」

「わかった」とウィリアムズは言った。「だがもしきみがトラブルに巻き込まれたら……」

「自分でなんとかする。わたしが一方的にやったことにする。あなたには相談しなかった」

臆病者。電話を切りながら、彼女はそう思った。

正気じゃない。電話を切りながら、彼はそう思った。

「ティム・ビーチャムを呼んでくれ」と彼は言った。

「はい、大統領」

首席補佐官が去ると、ダグ・ウィリアムズはモニターを見つめた。大統領執務室の壁が回転を始めるような感覚に襲われた。遠心分離機のように。個体と液体が分離するような感覚だった。濃いものだけを残して。

❈

CHAPTER 24

「よし、入った」とピート・ハミルトンは言った。「何を探せばいい?」ベッツィーは彼をポイントンのオフィスに入れ、機密情報にアクセスするログインIDとパスワードを教えていた。その前に国務長官の続き部屋のメインドアと、エレン自身の部屋、そしてポイントンの部屋の鍵をかけたことは言うまでもなかった。

ソファをドアの前に置く以外のことはすべてやっていた。それもやろうかと考えていた。

「ティム・ビーチャムに関することをすべて」

ハミルトンの指がキーボードの上で止まった。彼女をじっと見た。「なんとね。国家情報長官の?」

「ええ。ティモシー・T・ビーチャム。そしてここにいるあいだに、彼のTが何を意味するのか調べだして」

二時間後、太陽が昇りかける頃、ハミルトンは自分の椅子をぐいと後ろに引いて机から離れた。

「何か見つかった?」とベッツィーは言い、近づいていくと彼の後ろに立った。「これは何?」

ハミルトンは両手で顔をこすった。眼は充血し、顔はやつれていた。

「これがビーチャムについて見つけたすべてだ」

「二時間で?」

「ああ。だれかこれ以上われわれに知られたくないと考えているようだ。報告書も、電子メールも、会議のメモや議事録もない。四年分の貴重な資料がすべてなくなっている。法令上、保管が求められているものがいっさいない。全部消えてしまった」

「どこに消えたっていうの？　消されたの？」

「あるいは別の場所に保管されている。だれも見ようと思わない別の場所に。どこでもありえる。あるいはぼくが見つけられないほど情報を深く埋めたのかもしれない」

「なぜ？」

「わかりきっている。何か隠したいことがあるんだろう」

「掘り続けて」

「無理だ。もう底まで掘りつくした」

ベッツィーはうなずいた。考えた。「わかった、これまではビーチャムを追ってきた。別のところに眼を向けましょう。背後にまわり込んで、裏口を探すのよ」

「シャー？　タリバン？」

「蝶ネクタイよ」

「は？」

「ティム・ビーチャムは蝶ネクタイをしている。エレンの新聞のファッション欄で彼に関する記事を読んだ気がする」

「それで？」

「報道された内容ならすべて記録されているはず。クリッピングサービスか何かあるんじゃなかった？　ティム・ビーチャムはダン政権では国家情報長官ではなかった。上級情報顧問だった。あまり記事に取り上げられることはなかったし、むしろそうならないようにしていた。でもファッションに関する記事は？　ダン政権の人間のすることをすべて批判するので有名だった新聞のなかで、唯一相手をいい気分にさせる記事よ。記者たちが利用しない手はないわ」

「蝶ネクタイを？」

「アル・カポネは脱税で捕まったのよ」とベッツィーは言い、スクリーンに体を近づけた。「ビーチャムを蝶ネクタイで捕まえるのはなぜだめなの？　まさに首のまわりに縄をかけるようなものよ。記者たちがほんとうに蝶ネクタイの種類を気にしていたわけがない。その記事を見つければ、彼のことがわかるはずよ」

ピート・ハミルトンは理解した。蝶ネクタイは彼らが燃やし損ねた、彼らを罪に追い込む証拠の山への架け橋となるかもしれなかった。

「コーヒーを買ってくる」とベッツィーは言った。

「ペストリーも」ハミルトンがベッツィーの背中に声をかけた。「シナモンパンを」

ボイントンのオフィスを出ると、キーを叩く音を聞きながら、ホワイトヘッド将軍のアーミーレンジャーに連絡する約束を思い出した。

ばかばかしく思えた。国務省のビルの奥深く、国務長官のオフィスの居心地のよい、慣れ親しんだ安全な環境のなかで、命の危険にさらされているとは信じられなかった。それでも同時に、バスに乗っていた人々もきっとそう思っていたに違いないとわかっていた。

だがその前にコーヒーとシナモンパンだ。

一階のカフェテリアに着くと、ベッツィーは少なくとも〝ティモシー・T・ビーチャム〟のTが何を意味するかがわかっただけでもよかったと思った。それもまた奇妙な内容であったのだが。

イラン政府から来た年配の女性は、一歩下がってエレンを観察した。そして英語で言った。「問題ありません」

彼らはサルタンのジェット――今はテヘランのエマーム・ホメイニー国際空港の格納庫に止まっていた――の寝室にいた。その女性は、広いキャビンにいるほかの人たちに眼をやった。キャサリンとアナヒータも同じように頭から爪先までブルカを着て、見た目にはだれとはわからない服装をしていた。

オマーンでサルタンのプライベートジェットに乗る前に、エレンはアジズ外相に電話をして、民族衣装を用意するように頼んでおいたのだ。彼はすぐにその理由を理解した。

まだオマーンのターミナルにいたとき、エレンはアナヒータを脇のほうに連れていって言った。

「あなたはここに残ったほうがいいと思う。イラン側があなたがだれなのか気づいたら――間違いなくそうなると思うけど――、トラブルに陥ることになる。スパイとして逮捕されるかもしれない」

「わかっています、国務長官」

「ほんとうに？」

アナヒータは微笑んだ。「わたしはこれまでずっと、もしイランが家族を発見したらどうなるんだろうという恐怖を抱いて生きてきました。ライオンのすみかに入っていくなんて想像もつかなかった。でも昨日、両親を見て、秘密と恐怖がふたりにもたらしたものを見ました。両親はずっと怯えて生きてきた。怯えながら生きていくことには疲れました。見つかることを恐れて目立たなくしていることに疲れたんです。もうたくさんです。それに何が起きるにしても、わたしが想像しているほどではないはずです」

「そうかしら？」とエレンは言った。

「わたしがどんな想像をしているかわからないと思います。わたしは夜になるとやって来る悪魔の話を聞いて育ってきました。クラフスタルです。そのなかで一番怖かったのはアルです。彼らは眼に見えない。彼らがそこにいることを知る唯一の方法は、恐ろしいことが起きるからです」

そして恐ろしいことはたしかに起きた。

エレンは、バシル・シャーが爆破テロの背後にいると初めて聞いたときのアナの表情を思い出していた。

「シャーがアルなの？」

「そうならまだいいんですが。彼はアジ・ダハーカです。最強の悪魔。彼はアルの軍隊を指揮し、混乱と恐怖をもたらします。死を。アジ・ダハーカは嘘から作られたものなんです」

ふたりの女性は見つめ合った。

「わかったわ」とエレンは言った。

彼女は脇によけ、アナヒータがテヘラン行きの飛行機に乗り込むのを見守った。

飛行機が着陸する直前、エレンは、ギルと話すためにフランクフルトの病院に電話をかけた。

「いないって、どういうこと？」彼女は問いただした。

「申し訳ありません、国務長官。彼はあなたには話したと言っていました」

嘘ばっかり。眼下に広がるイランを見ながらエレンはそう思った。ペルシア。眼を凝らせば、アジ・ダハーカが飛行機を見つけるためにテヘランに向かっているのが見えるのだろうか。それともどこか別の場所にいるのだろうか。アメリカの海岸に忍び寄り、嘘によってますます強力になっているのだろうか？

「でも怪我は？」彼女は医師に訊いた。

「命に関わるものではありませんし、成人ですから、自分で書類にサインをして退院することができます」

「どこに行ったかわかる?」

「残念ですが、国務長官」

彼女は彼の携帯電話にかけたが、別人が出た。看護師だった。ギルが彼女に電話を渡し、持っているように頼んだのだとその看護師は説明した。

追跡されないようにするためだ、と彼女は思った。

「ほかに何か言ってなかった?」

「いいえ……」

「どうしたの? まだ何かあるんでしょ?」エレンは看護師の口調から察した。

「二千ユーロ貸すように頼まれました」

「渡したのね?」

「はい。昨日銀行から引き出しました」

ということは、彼は昨日の時点で逃げ出そうと思っていて、自分には言わなかったということだ。

「なぜお金を渡したの?」

「とても必死だったから」と彼女は言った。「それにあなたの息子さんだし、助けてあげたいと思ったんです。いけなかったですか?」

「ううん、そんなことはない。お金は必ず返します。彼から連絡があったら、わたしに知らせてください。ありがとう（ダンケ）」

切ったとたん、電話が鳴った。

「間違った位置に置かれた修飾句がバーに入ってくる……」

ベッツィー！　エレンはその声を聞くといつもほっとした。

「……ラ、ラ、ラルフという名の義眼の男が所有するバーに。どうしたの？　何か見つかった？」

「ティム・ビーチャムについて見つかったものはないわ。まったく。奥深くに隠れている。つまり、見つからないこと自体が多くを物語っている。そう思わない？」

「ベッツィー、その何かを見つけなければならないの。彼が背後にいるという証拠をつかまなければならないのよ。今のままでは彼はだれかに仕組まれたと主張するはず。だれかが彼をハメようとしたんだと。大統領に警告したいけど、証拠がなければできない」

「わかってる、わかってる。今やってるところよ。裏口から入る方法を見つけたかもしれない。あなたのおかげで」

「わたしの？」

「ええ、でもあなたじゃなくて、あなたの新聞よ。蝶ネクタイをした政界の黒幕についてのファッション特集をしたことがあったでしょ」

「うちの新聞が？　よっぽど暇な月だったんでしょうね」

「結果的には、あなたの新聞社にとって最も重要な記事だったかもしれない。ビーチャムに関する記事は、ほかのファイルのあいだに埋もれていて、どこにあるのかわからない。どこから探せばいいかもわからないの。その蝶ネクタイの話を除いて。ダン政権にいたあいだに、彼が唯一受けたインタビューがそれよ。彼らがそれを機密扱いにしたとは思えない。ピート・ハミルトンが今、探してる」

「それが見つかれば、残りも同じ場所にある」

「そう願うわ」そう言うと、ベッツィーは電話の向こう側で深いため息の音を聞いた。

「何かにたどり着いたら教えて」

「もちろんよ、ああ、そうだった。ビーチャムについてひとつだけわかったことがある。〝T〟が何を意味するか。きっと信じられないと思う」

「なんなの?」

「彼のフルネームはティモシー・トラブル・ビーチャムなの」

「ミドルネームが〝トラブル〟?」エレンは笑いをこらえながらそう言った。「だれが子供にそんな名前をつけるというの?」

「古い名字なのかもしれない。あるいは両親がうすうす感じていたのかも……」

彼らは悪魔（アル）を生んだのだ。エレンはそう思った。

「あと、レンジャーのフェラン大尉にも連絡したから」とベッツィーは言った。「向かってるそうよ」

「ありがとう」

「今どこにいるの?」

「テヘランに着いたところ」

「何かあったら教えてよ」

「もちろん。あなたもね」

飛行機はテヘランのエマーム・ホメイニー国際空港の滑走路を移動していた。エレンの息が窓を曇らせた。彼女は無意識のうちに忘れかけていた曲を口ずさんでいた。

エレンはアイルランドのロックバンド、ホースリップスの曲を口ずさんでいた。

「トラブル、トラブル」彼女は歌詞をつぶやいた。「正真正銘のトラブル（トラブル・ウィズ・ア・キャピタル・T）」

飛行機が格納庫で止まると、イラン人女性が、エレンが用意するように頼んだブルカを持って機内に乗り込んできた。

数分後、彼らは飛行機を降りた。女性たちがタラップを降り、チャールズ・ポイントンがそのあとに続いた。

ブルカは頭から爪先まで体を覆い、眼のところに小さなメッシュの窓があるだけだったので、西洋の女性たちはつまずかないように気をつけて歩かなければならなかった。

イランの女性たちは、通常は完全に体を覆うブルカを着ることはない。それらは主にアフガニスタンで着られるものだったが、三人の女性たちがまったく場違いには見えない程度には充分役に立った。たまたま眼にした人や空港職員、運転手も、アメリカの国務長官がイランに到着したとは思わないだろう。

エレンは最後の一段までたどり着くと、地上に降り立った。一九七九年のカーター大統領以来、イランに足を踏み入れた最初のアメリカの高官となった。


「やった」ピート・ハミルトンはスクリーン越しにベッツィーを見て言った。「見つけた」

「何を?」シナモンパンを置いて、デニス・フェランが訊いた。

ベッツィーは満面の笑みを浮かべた。「まずあなたのボスに報告しましょう」

彼女はホワイトヘッド将軍に電話をし、内容を伝えた。

「蝶ネクタイね」と統合参謀本部議長は笑いながら言った。「あなたは危険な女性だ。すぐに向かいます」

「ミスター・シャー、国務長官の飛行機は予定していたイスラマバードには到着しませんでした」と側近が言った。

「じゃあ彼女はどこに？」

「テヘランだと思います」

「そんなはずはない。彼女はそこまで無謀じゃない。探せ」

「わかりました」

バシル・シャーはレモネードをひと口飲み、宙を見つめた。彼は何年も経つうちに、しだいにエレン・アダムスのことを好きになっていた。彼女のことをかなり詳しく知るようになり、奇妙な縁さえ感じるようになっていた。

「何を企んでいる？」彼はひとりごちた。

彼女のことはよく知っていたので、行動する前には慎重に考えるはずだと思っていた。だが。彼が怯えさせたせいで、ミスを犯したのかもしれない。

あるいはそうではないのかもしれない。

ひょっとしたら、ミスを犯したのは自分のほうなのかもしれなかった。その考えはあまりにも異質で予想外だった。彼は自分のほうが怯えていることに気づいた。それはわずかなひっかかりだったが、たしかにそこにあった。

数分後、側近が戻ってきた。シャーは昼食の招待客のために、テーブルの上のカトラリーを整えていた。

「テヘランです」

バシル・シャーはその情報を受け入れると、テラスの向こうに広がる海を眺めた。イスラマバードで自宅に監禁され、緑に囲まれた世界だったあの頃とは大違いだ。

どんなに居心地がよくても、二度と監禁されるのはごめんだった。

「で、息子のほうは？」

「彼はまさにあなたの予想どおりのところにいます」

「予想ではない。当て推量などではない。そこには自由な意志など存在しない。選択肢はなかったのだ」

あのいまわしい一家のうち、少なくともひとりは仕向けられた場所に向かったようだ。

「飛行機を用意しろ」

「ですが、昼食のゲストがもうすぐ来ることに――」シャーの視線が男を黙らせた。そして彼は電話をするために急いで出ていった。

「キャンセルなんてできません」電話の向こう側の女性が言った。「自分をだれだと思ってるんですか？　前大統領に会えることがどんな光栄なことなのか――」

「ミスター・シャーは謝罪しています。緊急事態が発生したのです」

バシル・シャーは大西洋に背を向けると、装甲リムジンに乗り込んだ。もう一生分の海を見た。庭を見たいと思っている自分に気づいていた。

❈

CHAPTER 25

ギル・バハールは母親がいなくなるや否や、フランクフルトの病院を出た。着替えているときに、若い看護師が金を渡してくれた。彼は、それは彼女のなけなしの蓄えなのではないかと思った。

「戻ってきて、必ず返す」

「妹があのバスに乗るはずだったの。彼女は乗り遅れた。何か別のことが起きるのを止めようとしてるんでしょ。持っていって」

空港へ向かう車のなかで袋を開けた。そこにはユーロ紙幣があった。さらに薬と包帯も。

彼は鎮痛剤を一錠飲み、残りは取っておいた。

数時間後、彼の母親がフランクフルトの病室に電話をしようとしている頃、ギル・バハールは飛行機から降りて周囲を見まわしていた。

パキスタン。ペシャーワル。

胃が締め付けられ、心臓が高鳴るのを感じた。血が頭から体の中心に集まって、一瞬気を失ってしまうかと思った。まるでかつてのほかの人々の血の記憶から逃れようとするかのように。ほかの人々の斬り落とされた頭の記憶から。

誘拐されて以来、ペシャーワルには戻っていなかった。それがISISやアルカイダ——彼らも充分恐怖の対象だった——のしわざではないと気づいて以来。そう、彼を誘拐したのはパサンだった。

パサンがほかの聖戦主義者(ジハーディスト)たちよりも知名度が低いのは、おそらく人々が彼らの名前を口にするどころか、存在を認めることすら恐れているからかもしれない。パサンは、アルカイダやタリバン、治安部隊にさえも影響力を持つ広範囲なファミリーだった。彼らは亡霊だった。彼らが現れたときは、だれもがそこにいたくはないと思うはずだ。

だが袋が取られ、頭と眼が慣れてきたとき、ギルはそこにいた。パキスタンとアフガニスタンの国境近くにあるパサンのキャンプに。

そしてギル・バハールは自分は死んだと思った。ひどく恐ろしかった。

だが彼はなんとか逃げ出した。できるだけ速く、できるだけ遠くまで走った。にもかかわらず、今彼はその場所に戻ってきた。

空港の税関職員が彼をじっと見ているあいだ、リラックスしているように見せようとした。観光客はあまりいなかった。

「学生です」と彼は説明した。「博士号を取るために勉強しています。シルクロードに関しての。知ってますか――」

パスポートにスタンプが押される音がして、進むように手で追い払われた。

空港を出て、およそ二百万人の都市の熱と埃の喧騒のなかに足を踏み入れると立ち止まった。細身の男たちが彼のほうに走ってきた。

「タクシー?」

「タクシー?」

ギルはまぶしい光をさえぎるために手を額に当てると、運転手のひとりを選んだ。その男がギルのバッグに手を伸ばそうとしたが、彼はその手を払いのけ、バッグを握りしめた。

おんぼろのタクシーに乗り込むと、深く腰かけた。街並みがバックミラーに映し出されると、ようやくギルは口を開いた。

「サラーム・アライクム、アクバル」

「アクセントがましになってきたな、クソ野郎」

「それを言うならシットヘッドだ。シットフェイスは、普通は酔っ払いという意味だ」

「あんたの場合はケツの穴という意味かもしれんな」とアクバルは言い、ギルが笑うのを聞いた。

「友よ、平和のともにあらんことを」

アクバルは大きな高速道路を下りると、しだいにわだちの多くなっていく道を走った。シルクロードは、決して平坦な道ではなかった。アレキサンダー大王やマルコ・ポーロ、チンギス・ハンらがその危険を知っていたように。


チャールズ・ボイントンのデスクに坐り、メールや携帯のメッセージを読む統合参謀本部議長の顔は険しかった。

「今のところ、特に有罪の証拠となるものはない」と彼は言った。「シャーの名前は出てくるが、触れる程度だ。まるでビーチャムが彼の正体を知らなかったかのようだ」

ホワイトヘッド将軍はほかのメンバーを見た。国務長官首席補佐官のオフィスはコーヒーとシナモンパンのにおいがしていた。ベッツィー・ジェイムソンとピート・ハミルトンは机の反対側に立ち、一方でフェラン大尉はドアのそばという戦略的なポジションを取っていた。

ブラインドは降ろされ、カーテンも閉められていた。将軍が到着して最初にしたことがそれだった。太陽の光をさえぎるためではなく、遠距離スコープの視界をさえぎるためだった。

彼らはティモシー・トラブル・ビーチャムに関する隠されたファイルに深く入り込んでいた。だがそれは、彼らがますます危険にさらされていくことを意味してもいた。

「だれかがビーチャムに関する文書を隠すのに、これだけ手間をかけたのには理由があるはずだ」とホワイトヘッドは言い、ハミルトンに席を譲った。ハミルトンは作業を続けた。「すべてを隠すには数週間かかったに違いない」ホワイトヘッドは考え込むようにうなずいた。「きっとこのなかに何かある」

「見つけますよ」ハミルトンはそう言うと、スクロールとスキャンを続けた。

「彼のミドルネームはほんとうに〝トラブル〟なのか？」とホワイトヘッドは訊いた。

「そのようです」とベッツィーは言った。「なぜ彼がそれを使わないかわかるわ。わたしは裏切者のTだと思っていました」

ホワイトヘッドは、まるで売国奴を見るような嫌悪感を露わにした眼でPCを見た。そしてベッツィーに視線を戻すと言った。「アダムス国務長官は今どこに？」

ベッツィーが答える前に、ハミルトンが言った。「オーケイ、今はここまでにしておこう。眼がかすんできて、ミスを犯すのが怖い。休みが必要だ」

彼はコンピューターをシャットダウンした。

「わたしが引き継ぐ」とベッツィーは言った。

「いや、あなたも休んだほうがいい。ひと晩じゅう寝てないだろ。それにぼくならどの文書を見たかがわかってる。系統立ててやってるから、あなたに代わるとそれが台無しになる。一時間経てば、頭もすっきりするから」

「彼の言うとおりだ」そう言うとホワイトヘッドはフェラン大尉のほうを見た。「われわれは休養の重要さを知っている。鋭気を養うことの重要性を。そうだな、大尉?」

「イエッサー」

ホワイトヘッド将軍は、机の上から帽子を取ると、ハミルトンをちらっと見た。そのまなざしは鋭く、査定しようとするかのようだった。そしてドアのほうに歩いた。

「ほんとうに信用できるんですか?」彼はベッツィーにささやくように言った。「彼はダンのために働いていた」

「あなたもね」

「いや、それは違います。わたしはアメリカ国民のために働いていた。今もそうです。でも彼は?」

彼は帽子でピート・ハミルトンのほうを示した。ハミルトンはキーボードの上で腕を組み、そこに頭を預けていた。「わからない」彼はベッツィーのほうに向き直り、突然微笑んだ。「蝶ネクタイ。なかなかやりますね。これが終わったら、わたしと妻と夕食をごいっしょしませんか。〈オフ・ザ・レコード〉以外の場所で」

ベッツィーは微笑んだ。「ぜひ」

これが終わったら。彼女はそう考えながら、フェラン大尉が将軍に付き添ってマホガニー・ロウをエレベーターまで歩いていくのを見ていた。彼らは、彼女やほかの人に聞こえないような小さな声で話していた。

いい考えだ。

これが終わったら。

「ドアを閉めて」彼女がポイントンのオフィスに戻ると、ピート・ハミルトンが言った。彼はすっかり眼を覚まし、PCにパスワードを打ち込んでログインしていた。「できたら、鍵をかけてほしい」

「どうして？」

「お願いだ」

彼女は言われたとおりにすると、彼のところに行った。彼の指はキーボードの上を飛びまわっている。競い合って走っている足音のようだった。激しい追跡を繰り広げているような。

そして手を止めると立ち上がって、彼が見つけ、黒い長方形のコンピュータースクリーンのなかに捕らえたものをベッツィーに見せた。

「これを見つけたの？」彼女はそう言うと坐り込んだ。彼の蒼白な表情が何かを警告していた。それは彼らが予想していたものではなかった。はるかに、はるかに悪いものだった。

彼女は二回、三回と読み返した。スクロールダウンし、元に戻した。そして意を決したように彼を見た。

「さっきPCの電源を切った理由はこれなのね？」と彼女は訊いた。

彼はうなずくと、スクリーンに映し出された覚え書きをじっと見た。

それはバシル・シャーを自宅監禁から解放するためのパキスタンの計画を全面的に支援するという内容だった。

スクロールダウンし、二枚目の覚え書きを見て、ふたりは驚きのあまり黙り込んでしまった。それはイラン核合意からの離脱を強く勧めるものだった。

三枚目の覚え書きは、アフガニスタン撤退後の計画は必要なく、ないことが望ましいとする詳細な説明だった。

これらの覚え書きはそれぞれ重要度が高く、最高機密に分類されていた。そして統合参謀本部議長によって署名されていた。アルバート・ホワイトヘッド将軍。

「なんてこと」

「国務長官」セキュリティチームのリーダーが身をかがめてささやいた。「お電話です」

「ありがとう」と彼女はささやき返した。「でも今は出られない」

「顧問のミセス・ジェイムソンからです」

エレンはためらった。視線はナセリ大統領に向けたままだった。「できるだけ早く連絡すると伝えて」

イランの大統領は、アダムス長官とその小さな随行団を、大統領の執務室のある政府ビルの入り口で出迎えた。エレンは会談が始まる前に、彼をよく見るため、そして彼からも彼女がよく見えるようにするために、ブルカを脱ぐ許可をもらっていた。

「その前に同行者を紹介します。わたしの首席補佐官のチャールズ・ボイントンです」

「ミスター・ボイントン」

「大統領閣下」

「娘のキャサリンです」

「ああ、メディアの巨人ですね。お母さんのあとを継いだんでしたね」彼はチャーミングな笑みを浮かべた。「わたしにも娘がひとりいます。民衆が望むなら、いつか彼女がわたしのあとを継いでくれることを願っています」

最高指導者が望めば、ということだ。エレンはそう思ったが口には出さなかった。

「わたしもそう願っています」とキャサリンが言った。「女性がイランの大統領になるのはとてもすばらしいことです」

「アメリカの大統領に女性がなるようにね。どちらが先に実現するか愉しみにしていましょう。どちらも実現するかもしれないし、あるいはあなたのお母さんが……」

彼はエレンのほうを向くと、小さくお辞儀をした。

「ああ、やめてください、ナセリ大統領」とエレンは言った。「何かあなたを怒らせるようなことを言ってしまいました?」

彼は笑った。見事な切り返しだった。彼のコメントを認めつつ、適度に自虐的になる。

これで彼女は茶番を終え、ブルカを脱ぐことができる。だが、まだもうひとり紹介しなければならなかった。エレンは左隣に立っている女性に眼をやると言った。

「そして国務省の外交官、アナヒータ・ダヒールです」

アナヒータはほんの少しだけ前に出た。ブルカで顔を隠していたが、体の緊張は隠せなかった。それは彼女から放出されているようで、近くに立っているエレンにはだぶだぶの生地が震えているのがわかった。

「大統領」とアナは英語で言い、それからペルシア語に切り替えた。「わたしのかつての名字はアフマディでした」

彼女は顎を上げ、彼をじっと見た。彼も彼女をじっと見た。護衛のひとりが一歩前に出たが、彼が手で制した。

エレンはペルシア語を理解できなかったが、「アフマディ」ということばを聞いて、アナヒータが告白したのだと悟った。

国務長官は、自分の外交官のほうに近づいた。

「あなたがだれなのかは知っています」ナセリ大統領は英語で言った。「イルファン・アフマディの娘。あなたの父はイランを裏切った。革命に身を投じた同士を裏切り、自分のきょうだいを裏切った。そんな彼をアメリカはどう扱いました？　わたしの情報源からの報告によれば、彼とあなたのお母さんは拘置所にいるそうじゃないですか。ただイラン人であるという罪で逮捕された。あなたの両親はわたしたちを恐れていない。彼らが恐れているのは――彼はエレンのほうを見た――あなただ」

エレンの予想をはるかに超える速さで事態は崩壊に向かっていた。突然、韓国訪問が勝利だったかのように思えてきた。

何か言おうと、否定しようと口を開きかけたが、アジ・ダハーカのことを思い出した。嘘によって育つ怪物。

さらに大きな嘘をつくことを恐れて、真実を否定することは簡単だ。エレンはそう思った。そしてアジ・ダハーカがいかに危険な存在であるかを悟った。それが善良な人間を追い詰める怪物だからではなかった。追い詰めてなどいなかった。それはすでにそこにいた。彼らのなかに。事実をねじまげ、嘘を言いふらしていた。

それは究極の裏切者だった。

「そのとおりです」

エレンのそのことばを聞いて、彼は一瞬驚き、黙り込んだ。彼女をじっと見た。アメリカの国務長官がなぜそんなことを認めたのか理解しようとするかのように。

「彼には恐れる理由があった」と彼女は続けた。「イラン人だからという理由ではありません。嘘をついていたからです。ですがここに来た理由はそれではありません」

「ではなぜここに？」

「話を続ける前に、ブルカを脱ぐことをお許し願えますか？」

ナセリ大統領は、民族衣装を持って飛行機で出迎えてくれた女性に静かにうなずいた。彼女は着替えとリフレッシュのため、三人を隣接する部屋に案内した。

エレンはひどく息苦しかったブルカを脱いでほっとした。

「大丈夫?」キャサリンがアナヒータに訊いた。アナヒータは青ざめていたが、落ち着いていた。

「彼はわたしたちのことをよく知っていた」とアナヒータは言った。「父はスパイがいると疑っていたけど、わたしはただの被害妄想だと思っていた」

彼女は旧市街を見下ろす窓のほうに歩いていった。

キャサリンが彼女の手を取って言った。「大丈夫よ」

「大丈夫?」

「ここをわが家のように感じている。そうじゃない? ナセリとの対決にもかかわらず」

アナヒータはキャサリンに微笑み、ため息をついた。「そんなにわかりやすい? 幸せと恐怖を同時に感じるなんてありえる? 幸せだから怖い。そんなことってある? わたしはずっとイランに怯えてきたし、恥じてさえいた。でも、今こうして大統領と話をしている。ペルシア語で。そして——」彼女は窓の外を見た。「ここは居心地がいい。自分の居場所のように感じる」彼女はエレンのほうを見た。「よくわからないの」

「すべての意味がわかる必要はない」とエレンは言った。「人生で最も重要なことのいくつかは、理屈に合わないものよ」

「秘訣(ひけつ)があるの。とてもシンプルな秘訣よ」キャサリンはアナヒータの手を握りしめた。「人が正しく理解することができるのは心だけ。つまり肝心なものは眼には見えないの」彼女は母に微笑んだ。

「子供の頃、パパとママが毎晩本を読んで寝かしつけてくれた。わたしのお気に入りは『星の王子さま』だった」

エレンは微笑んだ。あの頃はなんてシンプルだったのだろう。クインとギル、そして赤ん坊だったキャサリンと過ごした日々。アナヒータと同じように、エレン・アダムスも人生がここに導かれるとは思ってもいなかった。イランに。敵の真ん中に。国務長官として訪れていることももちろんだ。若き日の自分だったら、さぞかし驚いたことだろう。

証拠はなかったものの、エレンは心のなかではアナヒータ・ダヒールがアメリカに忠誠を誓っていると理解していた。皮肉なことに、彼女がイランをわが家のように感じていると言ったことが、結果的にエレンを納得させることになった。

スパイや裏切者がそんなことを認めるはずがなかった。

アメリカ大統領も、アメリカの諜報部門も彼女の考えを受け入れてくれるとは思えなかった。だが、星の王子さまなら受け入れてくれるだろう。

悲しいかな、彼がその小さな手に彼女たちの運命を握っているわけではなかった。

エレンはふたりの視線を受け止めると、ドアのそばに立っている女性職員のほうをちらっと見た。

「すみませんでした」アナヒータはささやくような声で言った。「ナセリ大統領にあんなことを言うべきじゃなかった。彼を怒らせてしまっただけでした」

「いいえ」エレンの声も小さかった。「何か訊かれたら、ただほんとうのことを言えばいいのよ」

「彼がわたしのことを知っているのなら、ザハラがわたしの従姉妹であることも知っているはずです」

「そうね」今こそ、どれだけ危険なゲームをするのかを決めなければならないときだった。次のことばは普通の大きさで話した。全員に聞こえるように。「でも彼はザハラがあなたに警告のメールを送ったことに気づいていないかもしれない。警告がアフマディ家から国務省に送られたことしか知らないかもしれない」

「彼らはザハラに何をするのでしょう?」とアナヒータは訊いた。

「スパイや裏切者として裁判にかけるでしょうね」とエレンは言った。

「スパイや裏切者はどうされるの」キャサリンが訊いた。

「処刑される」

沈黙が流れた。

「アナヒータが警告を受け取っていることがばれたら?」キャサリンは母親をにらんだ。「彼らは彼女をどうするの?」

エレンは深く息を吸った。「わかっていることだけを話しましょう、憶測ではなく」

だが心のなかではわかっていた。アナヒータを連れてきたことが大きな間違いだったのではないかと思っていた。さらにはささやき以上に声を大きくしたことで、取り返しのつかない失敗を招いたのではないかと。

そして今、アダムス国務長官は、控えめな西洋のドレスを着て、髪と顔をヒジャーブで覆い、特徴のない建物——一九八〇年代にソ連が設計し、建てたものではないかとエレンは思っていた——の特徴のない会議室でナセリ大統領の向かいに坐っていた。

彼女は、ロシアが盗聴器を仕掛けて、自分たちの会話をすべて聞いているのではないかと推測していた。イランの諜報機関や秘密警察も同じことをしている可能性がある。ひょっとしたら、アメリカの諜報員も聞いているのかもしれない。ティモシー・トラブル・ビーチャムを含め。

この会談は、ビッグ・ブラザーよりも多くの聴衆が聞いているのかもしれなかった。

「なぜここに来たのかとお尋ねでしたが——」彼女は年配の男に向かってうなずいた。「アジズ外務大臣からお聞きと思います。われわれはあなたがたが三台のバスを爆破した犯人であることを知っています」

ナセリ大統領が話し始めようとすると、彼女は手を上げて制した。

「お願いです。最後まで言わせてください。あの物理学者たちを止めようと躍起になったことも含めて、いくつか知っていることがあります。バシル・シャーが彼らを雇ったことも知っています。つまりあなたがたは物理学者に関する情報を、シャーに近い人物から得たということになります」

「あなたの知らないこともたくさんあります」とナセリは言った。

「わたしがここまで来た理由はそこにあります、大統領。聞くため、教えてもらうためです」

それ以上、何か言う前に、ナセリ大統領がほとんど飛び上がるようにして立ち上がった。アジズもそうだった。アメリカ人を除く全員が同じ行動を取った。

エレンが眼を向けると、ひとりの老人が部屋に入ってきた。長く整えられた白いひげを生やし、黒い、流れるようなローブをまとっていた。

彼女も立ち上がり、振り向いた。そして、イラン・イスラム共和国の最高指導者、大アヤトラ、ホスラビと向き合った。

「ああ、神様」アナヒータはつぶやいた。

CHAPTER 26

もはや道とはいえないような小道を車がひた走るなか、ギル・バハールはドアの取っ手を握り、もう一方の手を古いおんぼろタクシーの屋根に置いて体を安定させていた。

一時間以上走ると、アクバルが車を止めた。

「残りは歩きになる。行けるか?」

ギルが痛みに耐えているのは明らかだった。

「休ませてくれ。少しだけ」

アクバルがボトルに入った水とパンを渡し、ギルはありがたく受け取った。鎮痛剤の隠し場所をたしかめた。あとふたつ。

前方に広がる険しい地形に眼をやった。彼は自分が向かっている場所がわかっていた。そして一番の心配がこの急な坂道やごつごつした岩ではないということも。

薬を飲むと、脚の傷に貼ってある血のついた包帯を取り換えるためにスラックスを脱いだ。

「貸せ」とアクバルが言った。「おれがやろう」

彼は震えるギルの手から包帯を受け取ると、非常に慎重に、そしてことのほか巧みに傷口をきれいにし、消毒薬を塗ってから新しい包帯を脚に巻いた。

「ひどいな」

「運がよかったほうだ」とギルは言った。その苦しみを隠したくとも隠すことはできなかった。それに彼とアクバルは痛みを隠す必要がないほどに、あらゆる種類の苦難を経験してきた。

数分もすると、薬が効いてきた。ギルは立ち上がった。顔は青ざめていたが、元気を取り戻していた。

前を見ると、彼はアクバルに言った。「ここで待っていてもいい、もしそうしたければ」

「いや、おれも行くよ。そうじゃなければ、彼がお前を殺したかどうか、どうやって知るんだ？」

「おれを連れてきたことで、彼がお前も殺したら？」

「そのときは、それがアッラーのご意志だ」

「アルハムドゥリッラー」とギルは言った。アッラーに感謝を。

ふたりの男は出発した。岩だらけの道を登る途中、アクバルが木の枝を見つけ、杖にするようにとギルに渡した。ギルは足を引きずりながら、彼の後ろに続いた。強さを、そして勇気を願うイスラム教の祈りを捧げながら。

「エレンは電話に出ない」とベッツィーは言った。低く、ほとんどうなるような声で。

彼女はレンジャー部隊のデニス・フェラン大尉に、廊下で立っているように言った。彼女が驚いた顔をすると、ベッツィーは、極秘の資料を調べなければならないので、だれも部屋に入ってこないようにしたいのだと説明した。

フェラン大尉は、はっきりとわかるように、ピート・ハミルトン——エリック・ダンの失脚した元報道官——に眼をやった。

「彼に権限をゆだねたのよ」ベッツィーは大尉の眼を見てそう言った。

もちろん、それはばかげていた。ハミルトンにデコーダーリング（暗号の作成・解読のために表面にアルファベットが書かれた指輪）やガンベルトを預けたと言っているようなものだった。あるいはマイティ・ソーのハンマーを。

彼女には大尉が戸惑っているのがわかった。それでも信じるだろう。真実でなければ、だれがそんなばかなことを言うだろうか？

フェランは廊下にいたものの、ふたりは、部屋に盗聴器が仕掛けられていることを想定して、声をひそめて話した。

デニス・フェランはホワイトヘッド将軍の部下だ。つまり彼女はベッツィーを護衛するためではなく、監視するために派遣されたのだ。オフィスには盗聴器が仕掛けられていると考えざるをえなかった。

ベッツィーは、バシル・シャーと内通していたスパイがビーチャムではなく、ホワイトヘッドだと知ったことにまだ動揺していた。統合参謀本部議長がテロリストの味方をして、重要な情報を流していたのだ。

その〝理由〟は理解できず、理解しようとも思わなかった。あとで考えればいい。今は、エレンに警告する必要があった。

電話がつながらなかったので、メールを打った。

「間違えてない？」ピート・ハミルトンは、ベッツィーが書いた文章を見て言った。

〝転喩（先行する物事で後続する物事を表す比喩の技法）が居酒屋にふらっと入ってくる〟

「どこが？」

「全部。ホワイトヘッドがスパイだって書くつもりなんじゃないの。間違えてるようだけど」

「トラブルが発生したことを示す、わたしたちの暗号なの」ベッツィーは小さな声でそう言った。彼女はPCのほうを顎で示した。「それらの文書にほかに何が書かれているか調べなければならない」

ハミルトンはボイントンのデスクに坐り、仕事に戻った。

エレンは聖職者のほうを向いた。彼が部屋に入ってくると、護衛や役人が手のひらを心臓のあたりに当ててお辞儀をした。

「国務長官」

「猊下」とエレンは言った。彼女は一瞬ためらった。ウィリアムズ大統領の言っていたことが事実であることを充分に承知していた。テロ国家の元首に頭を下げているところはもちろん、会っているところを写真に撮られるだけでも、大変なことになるだろう。

だがエレン・アダムスはとにかく頭を下げようとした。体裁よりも重要なことがある。何千もの命がこの会談の結果にかかっているのだ。

彼女がわずかに頭を下げたところで、大アヤトラ、ホスラビが手を伸ばした。彼女に触れていなかった。近づいてもいなかった。それでもその仕草の意味するところは明らかだった。

「いや必要ない」と彼は八十代の男のやや甲高い声で言った。

エレンは背筋を伸ばすと、彼の灰色の眼を見た。そこには好奇心があった。そして厳粛さも。だが彼女は騙されなかった。眼の前にいるこの男が、長年にわたって数えきれないほどの人々の殺害を指示してきたことはまぎれもない事実だった。そしてほんの数時間前、三人の核物理学者を殺すために、百名以上の罪のない男女、子供を虐殺するよう命じたのだ。

だがエレンは礼儀には礼儀で応えた。

「アッラーがともにあらんことを」そう言うと、手を心臓のあたりに当てた。

「そしてあなたにも」彼は揺るぎのないまなざしでエレンの眼を見た。彼女を値踏みしていた。彼女が彼を値踏みしているように。

彼の後ろには、若い男たちが壁のように並んでいた。エレンは、短い時間のなかで今のイランについて調べ、専門家とも話をしていたので、彼らがアヤトラの息子たちと顧問であることを知っていた。彼女はまた、大アヤトラ、ホスラビが単なるイランの精神的な指導者ではないことも知っていた。三十年以上にわたって最高指導者であり続けた彼は、謙虚な聖職者であるかのように装いながら、ひそかに権力を強固なものにしていたのだった。

大アヤトラ、ホスラビは、イランの未来に関する重要な決定を自身の側近にさせる、影の政府というべき存在だった。方針の変更があれば、たとえ些細なものであっても、それは彼の口から発せられた。舵を取っているのは彼だった。ナセリ大統領ではなく。

大アヤトラは、流れるような黒いローブとマントを身にまとい、独自の掟に基づく巨大な黒いターバンを巻いていた。白ではなく、黒であることが、彼が預言者ムハンマドの直系の子孫であることを宣言していた。そしてターバンの大きさはその地位を表していた。

大アヤトラのターバンは、土星の外輪のようだった。

ホスラビが手を振ると、彼らはあらためて席に着いた。ホスラビは、ナセリ大統領の隣、エレンの向かいに坐った。

「国務長官、あなたがここにいるのは、わたしたちがあなたに提供できると信じている情報のためですね」と彼は言った。「そしてわたしたちが提供すると信じるに足る理由があるとお考えだ」

「今回は、双方のニーズが一致していると思っています」

「そのニーズとは？」

「バシル・シャーを止めることです」

「ですが、われわれは彼を止めた」と大アヤトラは言った。「彼の物理学者はもはや任務を遂行することはできない」

「その任務とは？」

「核爆弾を作ることだ。それは自明だと思っていたがね」

「だれのために？」

「それは重要ではない。この地域のほかの国に核爆弾や核戦力を与えることは、われわれの利益に反する」

「ですが、彼らの代わりはほかにもいる。世界じゅうのすべての核物理学者をみな殺しにすることはできませんよ」

ホスラビは眉をひそめると、かすかに微笑んだ。まるで必要なら世界じゅうの核物理学者を殺すとでも言うかのように。自分たちの物理学者を除いて。

だが、エレンはまた、彼がこの会談に現れたのには理由があるとわかっていた。何かを必要としていないかぎり、イラン・イスラム共和国の最高指導者がここに現れるはずがなかった。何かを必要としているのだ。

そして彼女はそれがなんであるかを、自分が知っているのではないかと思っていた。彼は壮健に見えたが、アメリカの諜報部門からは健康状態が悪化しているとの噂も聞いていた。ホスラビは息子のアルダシールにあとを継がせたいと思っていた。だが、ロシアは自分たちの選ぶ人物を後継者に考えていた。自分たちがコントロールできる人物を。

そのことは、イランは名目上は独立した国家でありながら、実際にはロシアの衛星国になることを意味していた。

ひそかな権力闘争が行なわれていた。中東の複雑で、ときには残酷な政治をずる賢く生き抜いてきたこの男は、この闘争にも勝つつもりだった。だが彼がこの場に現れたことは、それが可能かどうか、彼自身も確信が持てていないことを物語っているようにエレンには思えた。

そこで彼はロシアとアメリカの両者を争わせて漁夫の利を得ることにしたのだ。それは危険なゲームであり、それをプレイしようとしているという事実が、絶望と、彼が決して認めない弱さを物語っていた。

だが彼は弱さを認める必要はなかった。彼女が両者のニーズが一致していると言ったことで、彼が認める必要はなくなったのだ。彼女は彼が理解しているのがわかった。どちらもロシアが闘争に勝つことを望んでいなかった。そして、どちらもそれぞれが認める以上に絶望し、脆弱だった。

それはエレンが考えていた以上に、長所でも短所でもあった。成功するチャンスがあることは長所だったが、同時に、絶望した脆弱な人間や国家は予期せぬ、破滅的なことをしでかす可能性があるという短所もはらんでいた。

たとえばひとりの人間を殺すために、多くの民間人の乗ったバスを爆破するようなことを。

「どうやってシャーの物理学者のことを知ったのですか、猊下?」と彼女は訊いた。

「イランは世界じゅうに友人がいる」

「友人がたくさんいる国は大量殺人をする必要はないはずです。あなたがたはバスに乗っていた人々を殺しただけでなく、逃亡した爆弾犯も追跡して殺害した。彼の家族とふたりのアメリカの諜報部員も」

「ドイツ駐在の諜報部門トップとその副官のことを言っているのですか?」と大アヤトラは尋ねた。

知らないふりをしなかったという事実は、それが、彼自身が直接ではないにしろ、個人的にフォローすべき重要な情報であることを彼女に伝えたかったのだろう。

「ですが、どうしろと言うのですか」と彼は尋ねた。「われわれの警告がすべて無視されたというのに。信じてください。あの人々に危害を加えたくはなかった。そしてあなたがたがわれわれの懇願に応えてくれていたなら、そうしなかったでしょう。わたしたち同様、あなたがたにも責任があるのです。いやそれ以上に」

「何を仰ってるんですか？」

「やれやれ、国務長官。あなたの国で体制の交代――」

「政権です」

「――があったことは知っています。ですが情報の引継ぎはあったはずです。一介の聖職者であるわたしが、アメリカのような大国の国務長官であるあなたよりも詳しいとは言わせませんよ」

「ご存じのようにわたしは国務長官としてはまだ新米です。おそらくあなたのほうが詳しくご存じだと思います」

アヤトラは右側に坐っている若い男性に眼を向けた。息子で後継者と目されている人物、アルダシールだ。

「物理学者については、われわれは何カ月も前にアメリカの国務省に警告していました」とアルダシールが言った。やわらかく、淡々とした口調でこの爆弾発言を口にした。

「なるほど」とエレンは言った。冷静にこの情報を受け止めているように見せながら。「それで？」

彼は両手を上げげた。「何も反応はなかった。メッセージが届いていないのかもしれないと思い、何度か試みた。ご想像のとおり、正式なルートは使えませんでしたが、送信したものを見せることができます」

「それは助かります」そのメッセージの存在や文言を確認する必要はなかった。警告を受け取った人物の名前が知りたかった。ティム・ビーチャムもそのなかのひとりだろうと彼女は考えていた。

彼女は必死でバランスを取り戻そうとした。優位性は失われていたものの。

「西側が気にしないことが明らかになったとき」アルダシールは続けた。「われわれは自分たちの手でなんとかした。残念ながら」

「罪のない人々まで爆破する必要はなかった」

「知っていたらそうしたでしょう、長官。われわれの情報源が得ていた唯一の情報は、物理学者が核兵器を作るためにバシル・シャーに雇われているということだけでした。名前もわからなかった。ただ彼らの移動手段の手配だけしかわからなかったのです」

「バスだ」とナセリが言った。「われわれはあなたがたのネットワークがもっと詳しい情報を持っていないか尋ねました。お願いした。結局、選択の余地はなかった」

「われわれは、イラン・イスラム共和国がこのような脅威を決して容認しないということを、バシル・シャーと西側諸国に知らしめる必要があった」とアルダシールは言った。「われわれはこの地域のどの国に対しても、核兵器を取得することを認めない。特に父が大量破壊兵器に反対する決定(ファトワー)を発布したあとには」

「そうですね」とエレンは言った。「それなのにあなたがたは自分たちの核物理学者を擁している。あなたがたが核兵器計画のリーダー、ベーナム・アフマディ博士を逮捕したことを知っています」

「それは違います」

「違う？　何が違うんですか？」

「アフマディ博士が携わっていたのは原子力のための計画であって、核兵器ではない」アルダシールは言った。「それにわれわれは彼を逮捕していない。質問に答えてもらうために来てもらっただけです。ですが、彼の娘は、たしかに逮捕しました。裁判にかけられ、有罪になれば処刑されるでしょう」彼はアナヒータのほうを見た。「あなたが彼女の連絡した相手、彼女の従姉妹だ。違いますか？」

アナヒータは話そうとした。が、エレンが彼女の手をつかんだ。彼女に嘘をつかないようアドバイスしていたものの、必要以上の情報——彼女が従姉妹から警告を受けていたこと——を与える必要はなかった。

イランがシャーの計画についてアメリカに警告を発しようとしたが、無視されていたという事実は、政治的、外交的、そして道徳的にも大失態だった。それがイランが行なった虐殺に対する言い訳を与えるものではなかったし、道徳的に同等であるともいえなかったが、計算を大きく狂わせたのはたしかだった。

エレンは何か言うべきことばを探した。「アメリカは今、行動する用意があります——」

そのことばは、高官たちを喜ばせたようだった。だが最高指導者のほとんど眼に見えない動きによって静かになった。彼は全神経を彼女に集中させていた。

「遅ればせながらではありますが」エレンはホスラビに眼をやった。

彼女はイラン人たちが彼女からの反撃に備えていることがわかった。彼ら自身の犯した悲劇的なまでに長いリストを持ち出されることを。

そして彼女はその誘惑に駆られた。だが、その欲求がいかに正当なものであろうと、その誘惑に屈することは、またしても過去と同じ論争に陥るということもわかっていた。何も解決せず、泥と胆汁にまみれて去ることになるのだ。

「猊下、あなたがたのメッセージに耳をふさいだことは、大変遺憾です。警告を無視したことを、合衆国政府を代表して謝罪し、深く反省していることを表明します」

息を呑む音が聞こえた。イラン人たちが驚いていたのはたしかだったが、息を呑んだのは彼らではなかった。

それは彼女の首席補佐官チャールズ・ボイントンだった。「長官！」とささやくように叫んでいた。

エレンは、ロシアからアメリカの諜報部門まで、あらゆる人々が、アメリカの国務長官がイランの大アヤトラに謝罪したという事実を耳にし、息を呑んでいるところを想像した。

だがこれは計算だった。自分が何をしているかはよくわかっていた。彼女はナイフの刃の上でバランスを取っていた。真実と慎重さのあいだでバランスを取りながら、大アヤトラに微妙なメッセージを送っていた。

彼は弱者こそ怒鳴りちらし、否定し、嘘をつき、激しく拳を振るうことを知るだけの充分な経験を持っていた。

強者は誤りを認め、それによって支配力を奪う。

真に手強い者だけが、悔恨の念を表すことができる。アメリカの国務長官が示したのは、決して弱さではなく、計り知れない強さと決意だった。

大アヤトラは、エレン・アダムスがたった今したことを理解していた。

彼は、エレンの謝罪のことばもさることながら、自分たちの優位性を奪ったこの行動を認めて、かすかにうなずいた。

「シャーに関する情報が欲しいと」とホスラビは言った。「そして彼を止めたいと。なるほど国務長官、あなたの言うとおり、われわれのニーズは一致しているようだ。だが残念ながら、あまり多くの情報をお教えすることはできない。シャーがどこにいるかはわからない。われわれが知っていることは、彼が科学者や材料とともに、核機密を売っているということだけだ」彼はことばを切ると、シルクのハンカチーフで鼻を拭った。「今回は阻止することができたが、彼自身を捕らえなければ、彼が続けるだろうということもわかっている。あなたがたは怪物を解き放った。あなたがたには責任がある」

「彼を自宅監禁に戻しますか？」

「それには賛成できませんね、国務長官」

エレンは彼の言っていることをはっきりと理解していた。彼――すなわちイラン――がアメリカに何を求めているのかを。

「シャーと核物理学者に関する情報はどうやって？」と彼女は尋ねた。

「匿名の情報源です」と大アヤトラの息子が言った。

「なるほど。ザハラ・アフマディに関してあなたがたに教えたのと同じ情報源ですか？」とエレンは尋ねた。

大アヤトラが、ドアの前にいた革命防衛隊の兵士にうなずくと、兵士がドアを開けた。鮮やかなピンクのローブとヒジャーブをまとった若い女性が入ってきた。

アナヒータが立ち上がろうとしたが、エレンが彼女の脚に手を置いて制した。

今度は気づかれたに違いない。

ザハラの後ろから年配の男が入ってきた。彼女の父親、核物理学者のベーナム・アフマディだ。

ふたりは、大アヤトラを見て立ち止まった。衝撃を受けていた。おそらく遠くから見たことはあっても、生身の姿を実際に見るのが信じられないのだろう。

アフマディ博士は、慌てて手を心臓のあたりに当てて深くお辞儀をした。「猊下」

ザハラもそれに続いたが、その前にエレンを見つめてから――明らかに国務長官であることを認識していた――、アナヒータを見た。

従姉妹同士、とてもよく似ていたので、彼女がだれなのか、ザハラが気づかないはずはなかった。だが何も言わず、控えめに眼を伏せて、最高指導者に頭を下げた。

「ちょうどあなたたちのことを話していたところです」とナセリ大統領が言った。ホスラビは彼に引き継ぐように仕草で示した。「ミス・アフマディ、どうやってバスの爆破について知ったのか教えてくれるかね?」

「あなたが話しました」

その部屋にいた全員が眉をひそめた。が、だれよりも大きく眉をひそめたのはナセリ自身だった。

「わたしは話していない」

「直接にではありません。ですが、あなたが科学顧問を父のもとに派遣し、彼が物理学者についてと、その時間にバスに乗ることだけわかっていると伝えました。立ち聞きしてしまったんです。わたしの寝室は父の書斎の上にあるので」

話しているあいだ、彼女は父親のほうを見なかった。ほとんどロボットのような口調から、彼女が質問を予想し、答えを用意した上で練習していたのは明らかだった。

また父親を守ろうとしていることも。

「ではなぜアメリカに伝えようとしたのかね?」とナセリは訊いた。

部屋のなかに電気を帯びるような緊張が走った。その答えが彼女の運命を決めることになるだろう。もし認めれば、彼女に未来はない。

「なぜなら猊下」ザハラは大アヤトラをじっと見て言った。「慈悲深く、思いやりに満ちたアッラーが罪のない人々を殺すことをお認めになるとは信じられなかったからです」

そう言った。自信を持ってはっきりと。運命は決した。

「われわれに、大アヤトラに講義をしようというのかね、アッラーについて？」ナセリが問いただした。「お前にアッラーのご意志がわかるのか？」

「いいえ。わたしが知っていることは、アッラーは罪のない男性や女性、子供が殺されることを望まないということです。イランを守るために物理学者だけを殺す計画だと聞いていたら、止めようとはしなかったでしょう」

彼女は父親のほうを見た。彼はまだ眼を伏せたままだった。

「父はこのことは何も知りません」

「どうかな」と大アヤトラは言った。「そんなことはない、わが子よ。われわれがお前のしたことをどうやって知ったと思うかね？」

部屋のなかはますます静まり返った。彼らは絵画の一部になっていた。全員が父と娘を見つめていた。

「パパ？」

沈黙。

「パパが話したの？」

彼は眼を上げると、何かつぶやいた。

「大きな声で」とナセリ大統領が命じた。

「仕方なかったんだ。わたしのコンピューターは監視されている。何を検索したかも、どんなメッセージを送ったかもすべて見られている。いずれ見つかってしまう。お前の弟と妹を守るためにはそうしなければならなかった。お前の母親を守るためにも」

「彼は忠誠心を示した」とナセリは言った。

だがエレンは、大アヤトラとアジズ外相の顔に嫌悪の感情を見て取った。国家への忠誠が第一だが、家族を裏切るということは、その人物の品格を物語った。そしてそれは決してよいものではなかった。

ベーナム・アフマディは娘より長生きするかもしれない。だが彼の品格は死んだも同然だった。

ザハラは父親から眼をそむけた。

エレンも彼から眼をそむけた。

大アヤトラとその場にいた全員がベーナム・アフマディから眼をそむけた。

今や事態は急速に進展していた。ばらばらになりながらも落ち着くところに落ち着こうとしていた。

エレンはすばやく考えなければならなかった。何かを救うためには、すばやく行動しなければならなかった。

「後ろではなく、前を見なければ」エレンはそう言うと、彼らの注意をその若い女性から引き離そうと考えた。それはあとで考えよう。「アメリカは行動を起こす用意があります。ですがそのためには、シャーに関する情報が必要です。彼の居場所。計画。どこまで迫っているのか。あなたがたの情報源を知る必要があります」

エレンはアヤトラの視線を受け止め、メッセージを送ろうとした。ロシアがほぼ間違いなく盗聴していることを知っていると伝えようとした。その部屋のなかで語られていることのほとんどが、ロシアにとっての利益になるのだということを。彼が情報を持っていたとしても、それを伝えることができないことはわかっていた。それでもなんらかのサインを送ることはできるかもしれない。

何かを。なんでもよかった。

彼はシャーに関する情報源を知っているはずだ。それを手に入れられるほど、シャーに近い人物に違いない。だが、すべての情報を得られるほどには近くない。

大アヤトラが話したがらないということは、情報源がロシアであることはほぼ間違いない。だが国家ではない。もしそうならホスラビが話しても問題はないはずだ。ロシアの情報部がすでに知っていることなら、彼は話していただろう。

そうだ。情報源はロシア人だ。だがロシアそのものではない。そうなると可能性はひとつしかなかった。

大アヤトラは彼女の視線を受け止めた。「あなたは自分のお子さんたちに『星の王子さま』を読み聞かせた。わたしも自分の子供に読み聞かせをしました」

エレンはしっかりと集中していた。神経がヒリヒリしていた。彼は、エレンとキャサリン、そしてアナヒータがブルカを着替えていたときに話していた内容をすべて盗聴していたことを静かに認めたのだ。

そのときエレンが、盗聴されていることを知った上で、アナヒータが従姉妹からのメッセージを受け取ったことをあえて認めたことを含めて。

それは計算されたリスクだった。そしてエレンは自分の計算が正しかったのかどうかを知ろうとしていた。

最高指導者の今の発言には、何重もの意味が込められているのだ。

年老いた聖職者は息子たちに眼を向けた。「お前たちのお気に入りはいつもペルシアの『パンチャタントラ』だった」彼は左手で不自由な右腕を支えて持ち上げた。エレンは彼が数年前の爆弾テロで大怪我をして、右腕が不自由になっていたことを思い出した。今、彼は子供を抱くように、その腕を抱え、エレンのほうを向いた。「ライオンとネズミに関する寓話を知っていますか？」

「すみません」と彼女は言った。「知りません」彼が自分たちの国を意味する古いことば、〝ペルシア〟と言ったことを聞き逃さなかった。

「ライオンが猟師の網にかかってしまった」彼の声は低く心地よかった。が、その眼は鋭かった。「ネズミが穴から出てきてこれを見た。ライオンはネズミに網をかじって自由にしてくれと頼んだが、ネズミは断った」アヤトラは微笑んだ。「ネズミは賢かったので、解放したらライオンに食べられてしまうと思ったのだ。しょせんライオンはライオンだから。だが、ライオンは懇願した。ネズミはどうしたと思うかね？」

「ネズミは――」とナセリが言いかけたが、アジズが制した。

「大統領、大アヤトラは国務長官に尋ねられたのだと思います」

エレンは考えた。これがなんらかのメッセージであり、暗号なのではないかと思った。だが、解き明かすことはできなかった。

「わかりません、猊下」すると驚いたことに、アヤトラはそれに同意する表情を見せた。

「狡猾なネズミは網をかじったが、全部はかじらなかった。ひとかじり分を残したので、ライオンはまだ捕らえられたままだった。猟師が近づいてくる音が聞こえた。どんどん近づいてきた」

部屋のなかのほかの人々が消え去り、残っているのはイラン・イスラム共和国の最高指導者とアメリカの国務長官だけのように感じた。

大アヤトラ、ホスラビは声を低くして、エレンの耳に直接話しかけるように言った。

「猟師が近づいてくることにライオンが気を取られているあいだ、ネズミは土壇場で最後の一本をかじって、ライオンを自由にした。ライオンが、自分が自由になったと気づくまでの一瞬のあいだに、ネズミは穴のなかに逃げ込んでしまった。そしてライオンは木の上に逃げた」

「猟師は？」とエレンは訊いた。

「手ぶらで帰った」そう言うとアヤトラは肩をすくめた。だが、その黒い眼は彼女のまなざしを捕らえたままだった。

「あるいは」とエレンは言った。「ライオンに食べられたのかもしれない。しょせんライオンはライオンだから」

「そうかもしれない」そう言うと、大アヤトラは革命防衛隊の兵士のほうを見た。「彼女を逮捕しろ」

エレンは凍りついた。兵士はザハラに近寄った。

「彼女じゃない」とホスラビは言った「そっちの女性だ。裏切者の娘。メッセージを受け取ったほうの女性だ」

アナヒータはよろめきながら立ち上がった。エレンは飛び出して、彼女の前に立ちはだかった。

「だめよ！」

「まさかスパイや裏切者がイランに入り込み、政府高官と会うことをただ認めると思っていたわけではありませんよね、ミセス・アダムス」アジズがそう言うと、革命防衛隊の兵士がエレンを押しのけ、その手からアナヒータを奪った。「われわれはネズミがだれであるか知っています」

「失礼する」大アヤトラはそう言うと、立ち上がって部屋を出ていった。

CHAPTER 27

ギルとアクバルがパサンの野営地にゆっくりと近づくと、山の見張り台からAK‐47が向けられた。戦闘員の姿は見えなかったが、そこにいることはわかっていた。

パシュトゥーンの民族衣装に身を包んでいたふたりは、両手を広げた。ギルはライフルと間違われないように、杖代わりにしていた木の枝を地面に落とした。

その隣にいるアクバルは、険しい道を登ってきたことと恐怖とで息が荒くなっていた。ギルはさらに足を引きずるようになり、一歩ごとに顔をしかめていた。

それでも、前に進んだ。

武装した兵士が近づいてくる。その後ろに見覚えのある人影が現れた。機関銃がふたりの新参者に向けられた。ギルとアクバルは立ち止まった。

「アッサラーム・アライクム」とギル・バハールは言った。あなたに平和あれ。

「ワ・アライクム・アッサラーム」明らかにパサン・キャンプの司令官らしき男がそう言った。あなたにも平和を。

一瞬、緊張が走った。若い男はライフルを強く握りしめ、指示を待っていた。男は司令官に背を向けていたので、ひげに覆われた司令官の顔にわずかに笑みが浮かんだのを見ていなかった。

「ひどい様子だな、友よ」と司令官は言った。

「ああ、だが最後に会ったときよりはましだろう」

「ああ、まだ頭はあるようだ」

「おかげさまで」

兵士が銃を降ろすと、ゲリラの司令官は彼の横を通り過ぎ、ギルを抱きしめて三回キスをした。

ギルは一歩下がると、腕の長さだけ離れて、男を観察した。

体格がよくなり、筋肉質になっていた。三十代前半になった彼は、ギルが初めて会った頃の爽やかな顔立ちの青年ではなくなっていた。もっともそれはギルも同じだったが。

その男の顔は風にさらされてやつれ、ひげで覆われていた。長く伸ばした髪の毛をオールバックにし、アフガニスタンの戦闘員の制服を着ていた。イスラム教の服装と西洋の軍服のハイブリッドだった。

「元気か、ハムザ?」

「生きている」司令官は周囲を見まわすと、大きな手をギルの肩に置いて言った。「来い。もう遅いから、暗闇から何が現れるかわからない」

「夜はお前のものだと思っていた」ギルはそう言うとあとに続いた。

「おれは何も持っちゃいない」ハムザはギルが入(はい)れるように、テントのフラップを持った。アクバルは外に残った。

「ああ、おれがここを去ったときと同じ質素なままだ」とギルは言った。爆薬や手榴弾の入った箱のほかに〝アフトマート・カラニシコヴァ〟と印刷された長い木箱がある。

AK-47。すべての箱にロシア語が印刷されていた。

ハムザはテントのなかにいた男たちに出ていくよう命じると、サモワール（ロシアや中央アジアのお茶を淹れるための湯沸かし器）からふたり分の紅茶を淹れた。

「ロシアから来たものが、すべて殺戮を目的としたものじゃないのはありがたいことだ」と彼は言い、甘い紅茶の入ったカップを持ち上げて乾杯をした。そして険しい表情になった。「来るべきじゃなかった」

「わかっている。すまない。ほかに方法があれば来なかった」

ハムザは、また出血しだしているギルの脚を顎で示して言った。「何があった？　彼女を止めようとしたのか？」

「核物理学者を？　いや違う。パキスタンからの空路、ブハーリー博士を尾行して、フランクフルトまで追いかけた。彼女を追えばシャーまでたどり着き、何を企んでいるのかわかると思った。だが彼女の乗ったバスが爆破されたんだ」

ハムザはうなずいた。「爆破のことは聞いた。なぜそんなことになったのか、だれがやったのかは言っていなかったが、不思議に思っていた」彼はギルをじっと見た。「なぜここに来た？」

「すまないハムザ、もっと情報が必要なんだ」

「これ以上は無理だ。もうすでに話し過ぎている。もしだれかに知られたら……」

ギルは坐っている地面に置かれた大きな枕の上に体を乗り出すと、少しだけ顔をしかめた。「お前もおれも、シャーを倒すことでしか身の安全を図ることができないとわかっている。彼はもう自分を売ったのがだれか知っているはずだ。すべてを悟って、お前を追いかけるようになるのは眼に見えている」

「中年のパキスタン人武器商人が、おれの兵士たちの眼をかいくぐってあの山を登ってくるというのか？　おれは大丈夫だ」

「おれの言っていることはわかっているはずだ。それにだれを送り込んでくるかも」ギルは背後の木箱を見た。「すまない」

「おれはシャーとはなんの関係もない。あの物理学者たちの噂を伝えただけだ」

「たしかに、だがだれかが彼らのことをお前に話した」ハムザが首を振ると、ギルは周囲を見まわした。「もっと必要なんだ」

「帰れ。今日はもう遅いから、明日の朝一番に」ハムザは立ち上がった。「もう話すことはない。おれは何年か前にお前が逃げるのを助けた。そのことを後悔させないでくれ。アッラーはお前の首が斬られることを望んでいたのかもしれない。主の意志に従わせないでくれ」

「お前はそんなことは信じちゃいない」とギルは言った。その場から動かなかった。「お前がおれを解放したのは、おれたちふたりで何カ月もかけてコーランを勉強したからだ。お前は預言者ムハンマドのことばを教えてくれた。真のイスラム教は平和的共存のためにあるのだと。だからお前はシャーを止めたかった。そして今もそうだ」

監禁されていたあいだ、ギルは見張りの兵士の話を聞き、そのことばやフレーズを聞き取ろうとした。やがて兵士にパシュトゥ語で話しかけるようになった。そしてある夜、食事を持ってきてくれた一番若い男が答えた。

その若者が見張りに立つようになって数カ月後、ギルは彼にアラビア語のフレーズ、コーランのことばを教えてほしいと頼んだ。ふたりはイスラム教について話した。いっしょにコーランを読み、ギルは預言者ムハンマドの教えを学んだ。やがて彼は預言者の教えやイスラム教の生き方を愛するようになった。

そしてふたりで話しているうちに、ハムザの態度もやわらかくなり、過激な聖職者たちがいかに自分たちの目的のためにことばや意味をねじまげているかを語るようになった。

ある夜、フランス人ジャーナリストが斬首されたあと、ハムザはギルの手首と足首の拘束を解いて彼を解放した。その後もふたりはひそかに連絡を取り合った。ふたりの絆は強かった。

「おれはお前が罪のない男女や子供を殺さないことを知っている」とギルは言った。「ほかの戦闘員は違う。だがアッラーは罪のない人が殺されるのを望まない。だからお前はシャーと物理学者たちの話をおれに教えた。ライフルと――」彼は後ろにあるAK-47の詰まった木箱を見た。「無差別に人々を殺す大量破壊兵器は別物だ。もっと情報が欲しい。それを阻止するために」ギルはテントの床に置かれた大きな枕に身を乗り出し、歯を食いしばって脚の痛みに耐えた。「もしシャーの取引相手が核爆弾を作り、それが爆発することになれば、何千もの人が死ぬことになる。そのときアッラーはなんと言うだろう?」

「おれの信念を笑っているのか?」

ギルは驚いた顔をした。「違う。そんなことはない。おれの信念でもある。だからわざわざあのいまいましい山を登ってここに来たんだ。お前に会うために。シャーを阻止するために。お願いだ。頼む、ハムザ。力になってくれ」

ふたりは見つめ合った。同年代のふたりは別々の世界で育ったが、運命がふたりを兄弟のように結びつけた。同胞のように。まさにこの理由のために。この瞬間のために。

ハムザというのは本名ではなかった。戦闘員に加わったときにつけた名前で、〝ライオン〟を意味していた。

一方、ギルというのは本名だったが、フルネームではなかった。ほとんどの人は〝ギルバート〟だと思っていた。だが真夜中、囚人と看守がコーランについて話しているとき、ギルは秘密を打ち明けた。

彼のフルネームはギルガメッシュだった。

「なんとな」ハムザはまるでヒステリーを起こしたように笑った。「ギルガメッシュ？　なんでそんな名前になったんだ？」

「父が大学で古代メソポタミアの研究をしていて、母に詩を読んで聞かせたんだ。母は叙事詩のギルガメッシュが好きだった」

ハムザには話さなかったが、ギルが幼い頃、彼の部屋の壁にはルーブル美術館のポスターが貼ってあった。それは古代メソポタミアの都市ドゥル・シャルキンの遺跡から何世紀も前に略奪された像のポスターだった。叙事詩の主人公ギルガメッシュの彫像の。彼はライオンを胸に抱いていた。ふたりの魂、ふたりの運命は強く結びついていたのだ。

その遺跡も、先の戦争でＩＳＩＳに破壊された。そう考えると、略奪といっても、結果的に実際は多くの芸術品を保護したことになる。

ギルは、救世主は思いがけない形で現れるものだと考えるようになっていた。最初は救世主に見えないことが多い。その逆だ。救世主がひどく不愉快な存在であることもあれば、モンスターに説得力があり、最悪の事態を最高のものに見せてしまうこともある。過激な聖職者のように。破廉恥な政治指導者のように。

今、ふたりの男――ギルガメッシュとライオン――は、夕闇に包まれたテントのなかで向かい合っていた。決断を迫られていた。

CHAPTER 28

「ママ、どうするの？　アナを置いていくことはできない」

ブルカに着替え、出発の準備をするために通された部屋のなかをエレンが歩きまわっているあいだ、キャサリンはそのあとをついてまわっていた。

そこは彼女たちがブルカを脱ぐために通されたのと同じ部屋だった。もう千年も前のことのような気がした。

「わからない」とエレンは言った。それはほんとうだった。そしてほぼ確実に盗聴しているであろうイラン人とロシア人にとっても意外ではなかっただろう。

エレンは歩みを止め、アナヒータのブルカを見た。ソファの上に置かれ、平べったい人の形をしていた。まるでそれを着ていた女性が突然消えてしまい、その影だけを残していったかのように。

それはエレンに、原爆が投下され、人々が蒸発してしまい、黒い輪郭だけが残った広島と長崎の恐ろしい写真を思い出させた。

主よ、わたしをお助けください。エレンは祈った。

彼女はアナヒータのブルカの黒い輪郭を見つめながら、自分が薄い空気をつかもうとしているように感じていた。落下を止めようと必死になっていた。

どうすればいいかわからなかった。どうすればシャーを阻止できるのか、そしてアナヒータとザハラ・アフマディを解放して、イランから脱出させることができるのか？

イランを訪れても事態は改善しなかった。それどころか、かなり悪化していた。少なくとも表面上は。

彼女はまた歩きだし、まるで捕らえられたライオンのように部屋の壁に沿って、何度も何度もまわった。彼女は自分が必要としているものはすでに手に入れていたような気がしていた。大アヤトラは情報――ツール――を彼女に与えてくれたのだ。彼はアナヒータを逮捕し、事実上彼女を人質にして、エレンの両手を縛った。

何を企んでいるのだろう？

彼がアメリカの外交官を逮捕させたことは驚きだった。衝撃的だった。攻撃であり、挑発でもあった。筋が通っていなかった。表面上は。

なぜ大アヤトラ、ホスラビはそんなことをしたのだろう？　そして彼は自分に何をさせたいのだろう。選択肢は多くなかった。アナヒータ・ダヒールを置いて、そしてバシル・シャーに関する情報を得ることなく、この国をあとにすることはできなかった。ホスラビもそのことは知っているはずだ。

それなのに彼は彼女をイランから追い出そうとしている。手ぶらで。

彼女は窓の前で歩みを止めると、イランの首都を見渡した。

ライオンとネズミの話は明らかに何かを意味していた。ただの寓話ではなかった。だが話のなかのライオンはだれなのか？　ネズミはだれなのか？

なぜ一方が、もう一方を助けるのだろう。それは彼らには一時的に共通の目的があったからだ。猟師を倒すために。バシル・シャーを倒すために。

ではどうしてアナヒータ・ダヒールを逮捕したのか？

なぜ？

あの狡猾な男の言動には、何重もの意味と目的があるに違いない。

「ママ」キャサリンが不安そうに言った。「何かしなければ」

「してるわ。考えている」

ドアを叩く音がした。

「国務長官」とセキュリティチームのリーダー、スティーブ・コワルスキーが言った。「顧問からメールが入っています」

エレンは、考えているところなのでふたりきりにしてくれと言おうと思った。だがベッツィーから電話があったことを思い出した。そして今度はメール。緊急事態に違いない。

エレンは携帯電話を受け取った。

「どうしたの?」とキャサリンが訊いた。

エレンは、うんざりするような今日一日のストレスからすでに青白い顔をしていたが、ベッツィーからのメッセージを読んで、わずかに残っていた顔色さえも失った。

〝転喩（先行する物事で後続する物事を表す比喩の技法）が居酒屋にふらっと入ってくる〟

トラブルだ。大きなトラブルだ。

〝失読症の人がブラのなかに入る（失読症なのでバー――Bar――をブラ――Bra――と読んでしまったというジョーク）〟とエレンはタイプした。たしかに本人だということを証明する、あらかじめ用意されていた答えを打ちながら、彼女は何か恐ろしいことが起こったのだと悟っていた。

返事は一瞬で来た。ベッツィーは明らかにセキュリティの施されている携帯電話を見つめて、エレンの返信を待っていたのだ。

〝裏切者はビーチャムではなかった。ホワイトヘッドだった〟

エレンは椅子に坐り込んだ。落下は終わった。どん底まで落ちたのだ。

〝間違いないの？〟と書きたい誘惑に駆られた。だが、ベッツィーが絶対の確信を持って送信していることがわかっていた。

代わりにこう書いた。〝大丈夫？〟

〝ええ、でもホワイトヘッドのレンジャーがドアの外にいる〟

エレンは胸が締め付けられるような感覚を覚えた。自分がベッツィーに大尉に連絡するように言ったのだ。それが今……

〝証拠は？〟

〝覚え書きよ。ホワイトヘッドがシャーの釈放を承認した。承認してそれを支援した〟

エレンは息を吐いた。彼は嘘をついていたのだ。

ティム・ビーチャムが電話をかけるために、大統領執務室から出たとき、ホワイトヘッドがちらっと見ていたことを思い出した。それを見て、エレンは統合参謀本部議長が国家情報長官を信用していないことを確認したのだった。

今、彼女は、そのことや、そのほかの百もの些細なことが何を意味していたのか理解した。巧妙なだけではなかった。狡猾だった。彼は静かにティム・ビーチャムを弱らせ、暗殺したのだ。非常に巧妙な、視線による暗殺。

〝彼は何を知っているの？〟とエレンは書いた。

〝わたしが知っていることすべて〟

それはほとんどすべてということだった。イランで起きたことを除いて。いやそれも知っているかもしれない。彼も盗聴していたかもしれない。

エレンは気づいた。機密情報にアクセスする権限を持つホワイトヘッドがそれがどう見えるかをわかった上で、ビーチャムのファイルを隠したのは間違いなかった。そして同時に自分の役割について有罪の証拠となるものを消したのだ。この計画は急場しのぎのものではなかった。数ヵ月、数年がかりの計画だったに違いない。すべてはダン政権のあいだに行われていた。内部が混乱し、ほとんど監視の眼が届かなかったときに。

だがホワイトヘッド将軍は自分自身に言及した文書をひとつだけ見落としていた。しかも最悪のものを。それが彼女には奇妙に思えた。それだけ苦労しておいて、原爆級の覚え書きを見落としていたのだ。

だがその考えも、別の考えに圧倒され、脇に追いやられた。

アルバート・ホワイトヘッド？　彼が裏切者なのか？　バシル・シャーと手を組んでいるのか？　テロリストに情報を提供したのか？　統合参謀本部議長がなぜそんなことをしたのだ？

彼は祖国を裏切った。大量殺人に加担した。

ことごとく嘘をついていたのだ。

統合参謀本部議長はアジ・ダハーカだった。

フレッド・マクマレイによく似た男は悪魔だったのだ。

ホワイトヘッド将軍は、シャーが成功すれば、何千、いやおそらくは何十万もの人々が影だけを残して消えてしまうことを知っていた。

彼女の携帯電話が振動した。今度はギルからのメッセージだった。

〝もう行かなきゃ〟とエレンはベッツィーに書いた。〝気をつけて〟

よく見ると、息子からのメッセージは見覚えのない送信元からだったが、件名に〝ギルより〟と書いてあった。いつもの短いメールではなかった。ギルは母親宛にメールを書いていた。

いや違った。エレンは読んですぐに気づいた。それはアメリカの国務長官に宛てたメールだった。

読み終えると、携帯電話が指のあいだをすり抜けて膝の上に落ちた。

ギルはアフガニスタンにいた。パキスタンとの国境近く、パサンの支配する地域だ。かつて彼が捕まっていた場所に。ああ、なんてこと。

彼は必要な情報をつかんでいた。

バス爆破により暗殺されたパキスタンの核物理学者三人はおとりだった。めくらまし。ただ殺害させる目的のためだけにバシル・シャーによって雇われた平凡な科学者たちにすぎなかった。西側に危険は去ったと信じさせるための。あるいは少なくとも時間はあると思わせるための。

だが、実際には時間はなかった。

ギルの情報源によると、本物の核物理学者は、数年前に採用されていた。その一流の科学者たちは、一見すると長期の有給休暇を取っているように見えるが、実際はシャーに雇われており、シャーは彼らを第三者——アルカイダであることはほぼ確実だった——に貸し出していた。アフガニスタン国内で核兵器開発計画を立ち上げるために。

エレンは慌てて立ち上がった。その勢いに椅子が倒れるほどだった。すばやく考え、メールを書いた。〝電話をして〟

ギルは間違いなく信頼できる人物から電話を借りていた。アクバルとかいう男だろう。盗聴されていないはずだ。一方で彼女の電話もセキュリティが施されている。それでも、この部屋が盗聴されていることはほぼ確実だ。発言には気をつけなければならなかった。

電話が傍受されるまでには、二分か三分かかるだろう。

なかった。

「二分計って」彼女はキャサリンにささやいた。キャサリンも緊急性を察知し、今回ばかりは質問し

エレンは最初の呼び出し音が鳴り終わる前に電話に出た。「場所を教えて」

「シャーの物理学者？　正確にはわからない。パキスタンとアフガニスタンの国境沿いのどこかだ。洞窟やキャンプじゃないだろう。放棄された工場か何かだと思う」

国境線は長く、多くの地域があったが、ギルはそれ以上特定することはできなかった。

「大きさは？」彼女は声を低くし、発言をあいまいにしようとした。

「わからない。ナップサックに入るダーティーボムから、もっと大きいものまでなんでもありだ。数ブロックから街全体を破壊できるものまで」

キャサリンが指を一本立てた。一分が経過した。残り一分。

「複数？」

「ああ」

「どこで？」

彼が答えるまで、果てしない間があるように感じた。「アメリカで」

「どこ？」

「都市。どの都市かはわからない。いくつか作られている。ロシアンマフィアがシャーに材料を提供しているんだろう」

うなずける。エレンはそう思いながら、考えをめぐらせた。つながっている。ロシア政府ではない。公式にではない。だがロシアの大統領と新興財閥はマフィアと関係があり、武器から人間までなんでも売って、数十億ドルをひそかに山分けしていた。

ロシアンマフィアにはイデオロギーもなければ、罪の意識もない。ブレーキもない。彼らにあるのは、武器と人脈、金だけだ。彼らは何でも売った。プルトニウムから炭疽菌まで。子供の性奴隷から臓器まで。

彼らは悪魔とベッドをともにし、必要なら朝食まで用意する。

シャーは物理学者についてイラン側に密告するために、第三者を利用する必要があった。ロシアンマフィアとイランの諜報部門の両方に通じている情報提供者以上にうってつけの存在がいるだろうか。ロシアンマフィアは、イランとシャーを結ぶリンクだった。この両者のあいだを行き来する幽霊のようなものだ。

「母さん……」とギルは言った。

「何？」

「噂ではもうすでにそこにあるらしい。その都市に。爆弾が。だからシャーは物理学者をヨーロッパで殺させた。アメリカから注意をそらすために。われわれに次の攻撃、大きな攻撃はヨーロッパだと思わせるために」

キャサリンが指をまわした。時間だ。

だがもうひとつだけ質問があった。

「いつ？」

「すぐに。それしかわからない」

エレンは電話を切るとつぶやいた。「くそっ」

ベッツィーにメールが送られてきた。

睡眠不足から眼がかすんできたので、ピート・ハミルトンに数時間の休憩を取るように言った。彼はチャールズ・ボイントンのオフィスのソファで丸くなり、ぐっすり眠り込んでいた。一方、ベッツィーはエレンのソファに横たわって、天井を見つめていた。

体は疲れ切っていたが、頭のなかはまだぐるぐるとまわっていた。アルバート・ホワイトヘッド。二重スパイ（モグラ）。統合参謀本部議長。大将。アフガンとイラクの血まみれの戦争の経験者。裏切者。

そしてメールが来た。

〝眠れない。ビーチャムの情報は？　大統領に報告しなければならない〟

一瞬、ベッツィーはテヘランにいるエレンからのメールだと思った。が、すぐにホワイトヘッドからだと気づいた。

〝何も〟と彼女は書いた。疲れと怒りで指が震えていた。〝ひと休みして寝ます。あなたもそうして〟

そしてふたたび横になる前に、別のメールが届いた。今度はエレンからだった。彼女はギルからのメッセージを伝えてきた。

ベッツィーはそれを読むとつぶやいた。「くそっ」

バシル・シャーの飛行機は真夜中に着陸した。彼はイスラマバードの自宅まで車を走らせ、あまり使っていない裏門から庭を横切って邸宅へ入った。

予定していたよりも一日早くアメリカを立った。予定していた日。

世界が永遠に変わってしまう日の一日前。

「エレン・アダムスはまだテヘランにいるのか？」と彼は副官に尋ねた。

「知るかぎりでは」

「それでは不充分だ。たしかな情報が必要だ。だれと会い、何を話したか」

十五分後、シャーが寝る準備をしていると、副官が情報を持って戻ってきた。

「彼女はナセリ大統領と会いました」

「それと?」シャーはまだ何かあるとわかっていた。が、男は話すのを恐れていた。

「そして大アヤトラと」

「ホスラビ?」シャーがにらむと、副官はうなずいた。その眼は大きく見開いていた。

「彼女は何も知らされていません」

「何も?」

「はい。そして同行者のひとり、外交官がスパイとして逮捕されました」

シャーはベッドの横に坐り、そのことを考えようとした。理屈に合わなかった。

「大アヤトラは彼女にライオンとネズミの話をしました。寓話です。大アヤトラが自分の子供たちに読んで聞かせていた話だとか」

「そんなことはどうでもいい。彼女の行動をすべて知りたい」

ホスラビは何を企んでいる? シャーは歯を磨きながら考えた。エレン・アダムスは何を考えているのだろう。

チャンスのあったときに殺しておくべきだった。

幸いなことに、彼女の息子はすぐに死ぬことになる。彼女はそれが彼のしわざだと知るだろう。そして自分のせいだと。

彼は口のなかのものをシンクに吐き出すと、PCに向かい、ライオンとネズミに関するペルシアの古い寓話を見つけた。それはありえそうもない同盟の話だった。彼はそう見た。それは明らかだった。

だが同時に狩りの話でもあった。そしてめくらましの。

　バシル・シャーはゆっくりとPCを閉じた。彼は経験豊富なハンターだったので、騙されることはなかった。ライオンもネズミも両方とも捕まえてやる。そう思った。


「ここを離れなければならない」とアクバルは言った。「すぐに」

「本気で言ってるのか？」とギルは言った。「もう暗い。それに山にはイスラム聖戦士(ムジャディーン)がうろうろしている。ハムザの兵士が誤っておれたちを殺さなくても、彼らに殺されてしまう。おれもここを出たいが、夜明けまでは待たなければならない」ギルは同行者をじっと見た。アクバルが不安で緊張しているのは間違いなかった。「どうしてそんなに帰りたいんだ？」

　アクバルは後ろを見た。彼らは自分たちのテントのなかにいた。ハムザが食事と飲み物を用意してくれていた。ギルは全身の痛みに耐えながら、眠りにつこうとしていた。

「いやな予感がするんだ」とアクバルは言った。

　彼は毛布を体に巻き付け、テントのポールによりかかると、服のひだに隠してある長いナイフに何度も手をやった。

CHAPTER 29

「国務長官」とチャールズ・ボイントンは言った。首席補佐官はノックをしてから部屋に入ってきた。

「オマーンのサルタンのジェットの準備ができました。イラン人たちは去るように言っています」

彼は痩せた体で、不安そうにドアの近くに立っていた。

国務長官とその娘は窓際に立っていた。まるで人生最大の恐怖を味わったかのような表情をしていた。

「どうしたんですか?」と彼は訊いた。部屋のなかにもう一歩進むとドアを閉めた。

エレンはギルのメッセージに、電話で話した内容を加えて、キャサリンとベッツィーに転送していた。ウィリアムズ大統領とビーチャムにも送ろうとしたが、ためらった。

ホワイトヘッド将軍がひとりでやっているとは思えなかった。ホワイトハウスの上層部、ひょっとしたら閣僚のなかにさえ協力者がいるかもしれない。もし彼女が送ったメールが傍受されれば、陰謀が露見したことを知らせることになる。そして捕まる危険を冒すくらいなら、予定よりも早く爆弾を爆発させるかもしれない。

だめだ。ウィリアムズ大統領には内密に伝えなければならなかった。それも直接会って。

だがイランでの仕事はまだ終わっていなかった。もっと情報を集めなければならなかった。だれかがシャーに核物質を供給していた。おそらくギルが言っていたようにロシアンマフィアだろう。

そしてだれかがイランに物理学者のことを教えていた。

これもマフィアと組んだイランの情報提供者の可能性が高い。シャーの思いどおりにナセリとアヤトラが動くように意図的に情報をリークしたのだ。彼らが物理学者を殺害するように。

その人物はシャーのより大きな計画を知っているかもしれない。おそらく彼の居場所も。その情報提供者はまだイランにいるはずだ。もしその彼または彼女を見つけることができれば……

「どうしました、国務長官？」ポイントンが、もう一度訊いた。

「ママ？」とキャサリンが言った。

エレンは手を口元に持っていくと、頭を後ろに傾けて天井を見つめた。なんとか考えようとした。もし彼女がすべてを理解しているとしたら、大アヤトラも同じだろう。彼はシャーを止めるために彼女の力を必要としていた。そして彼女もテロ攻撃を阻止するために、彼の力を必要としていた。

ホスラビは情報提供者の正体を知っているのだろうか？　もしそうなら彼女に話すことはできないだろう。あからさまに話すことはできない。すべての会話や行動は監視されているのだ。

だから彼は別の方法で彼女に情報を伝える必要があった。

ライオンとネズミの話はそのためのものだった。相互の利益。だが、それはめくらましでもあった。注意をそらすこと。重要なことが別の場所で起きているのに、ある方向に眼を向けさせること。

「彼らはわたしに去るように言ったの？」彼女はポイントンに訊いた。「それともわたしたちに？」

彼はその質問に混乱しているようだった。「同じことじゃないですか？」

「お願い、彼らがなんと言ったか正確に思いだして」

ポイントンは考えた。「『イランを離れるように国務長官にお伝えください。大アヤトラの命令です』」

「かなりはっきりしてるわね」とキャサリンは言った。

らせた。

「そうかしら」とエレンは言い、ポイントンのほうを見た。「彼らを引き止めておいて」

彼は思わず鼻を鳴らして笑ってしまった。「今ですか?」だが、上司の真剣な表情を見て、顔を曇らせた。

「時間を稼いで」とエレンは言った。

「時間を稼ぐ?」ポイントンが訊き返した。

「とにかくやって」

彼女はポイントンをドアから追い出した。ドアが閉まると、首席補佐官がイランの高官たちに彼女はすぐに出てくると話しているのが聞こえた。その声はほとんど悲鳴に近かった。「どうやって?」が聞こえた。「ここでも女性の問題はあるのですか?」「少し遅れます。女性の問題で」そして彼が尋ねるの
思っているほど時間はないかもしれないとエレンは考えた。

心を落ち着かせようとした。ホワイトヘッド将軍が二重スパイであることは今は置いておこう。ギルが言っていたことも今は置いておこう。核爆弾がすでにアメリカの都市にあり、すぐにでも爆発する準備が完了しているのがほぼ確実であることも。

時計の針が進むように、心臓の鼓動が感じられた。

眼を閉じて深く息を吸った。ゆっくりと吐き出す。次の動きを見極める。彼女は自分に言い聞かせた。すべての雑音、すべての干渉をシャットアウトする。はっきりと見るのだ……

「ママ?」

沈黙。そして眼を開けた。

心臓はさらに速く脈打っていた。あばら骨を叩いていた。貴重なときを刻むビッグ・ベンのように。

深夜のチャイムに向かって脈打っていた。

心臓の鼓動に合わせて、彼女は必死に頭を働かせた。もう少し。あと少し。

そしてわかった。大アヤトラの言いたいことが。

エレンは大きな足取りで部屋を横切ると、ドアを開け放った。ポイントンと彼に捕まった哀れなイランの高官が、預言者が木だったなら、どんな木だったかについて話していた。彼女は、今にも自分の首席補佐官が逮捕されようとしていたのではないかと思った。神を冒瀆した罪で。

「チャールズ！」

彼はエレンを見た。まるで針にかかった魚のようだった。「なんですか？」

「入って」

二度言われるまでもなかった。

「わたしはここを出る必要がある」彼の後ろでドアを閉めると彼女はそう言った。「今すぐに」

「ええ、さっきそのように言いました」とポイントンは言った。

「あなたたちには残ってもらう必要がある」

「は？」

「あなたとキャサリン」

ふたりは彼女を見つめた。

「アナヒータを置いていくことはできない」エレンは説明した。普段と変わらない口調だった。「会話を聞いている全員が聞き取れるように。「DCに戻って、ウィリアムズ大統領に状況を説明しなければならない。彼の指示を仰ぐ必要がある。あなたたちはわたしが戻るまでイランで待っていてちょうだい。そのあいだは観光にでも行けばいいから」

ふたりとも、彼女が頭がおかしくなったというかのようにエレンを見ていた。

「尾行がつくでしょうから、無駄足を運ばせればいい。何か企んでると思わせるのよ。ペルセポリスを見に行くといい。いえ、待って、バルーチェスターンの先史時代の洞窟美術を見たいと言うのよ」

「何を言ってるの?」とキャサリンが言った。

「ここに来る途中で読んだの」とエレンは説明した。「考古学者が洞窟画を発見したのよ。一万一千年も前のもの。何千年か前にイラン人がアメリカ大陸に移り住んだことを証明しているという説もある」

「なんのこと?」とキャサリンは言った。完全に途方に暮れていた。一方でポイントンはなけなしの勇気を振り絞ろうとしていた。

「その絵には、北アメリカの先住民が乗っていたのと同じ馬が描かれているの。きっと見たいと思うはずよ」

「そうなんですか?」ポイントンがようやく口を開いた。「ほんとうに?」

「ほんとうよ。わたしたちがみな、ひとつの民族であることの証しとして。いい、重要なのは、あなたたちを追ってくるのがだれであれ、愉しい追いかけっこにしてあげることよ」

「愉しい?」とポイントンは言った。

「まあ、不機嫌な追いかけっこのほうがよければ、それでもいいけど」

ポイントンが洞窟画について調べているあいだ、キャサリンは声を落とし、ささやくように言った。

「ママ、爆弾のこと。ギルが言ってたんでしょ。時間を無駄にできないのよ」

「してない」エレンは娘の眼を見た。キャサリンはそこに決意を見てとった。

「そこは車で二十時間の場所にあります」ポイントンが携帯電話から顔を上げてそう言った。

「近くまで飛行機で行って、そこから車で行けるはずよ」とエレンは言った。ふたたび普段の声に戻していた。あるいはできるだけ普段の声に近づけようとしていた。「道中眠れるし、あなたたちの行動に関心を持っているだれかは尾行するのにさらに時間と労力を無駄にすることになるでしょうね」

「ですが、わたしたちも無駄な時間と労力を使うことになりますよ」とボイントンが抗議した。

キャサリンは母親を見た。その眼は疲れから血走っていた。が、輝いていた。明るさからなのか、頭がおかしくなってしまったのか、キャサリンにはわからなかった。ギルのメッセージと、大惨事を阻止しようとするプレッシャーが、彼女をぎりぎりまで追い詰めてしまったのだろうか？

「アナヒータは？」とキャサリンが訊いた。「それにザハラは？　彼女たちを助けるために何をすればいいの？」

「それに同じく逮捕されたふたりのイラン人工作員は？」とボイントンが訊いた。

「ウィリアムズ大統領の考えを聞いてみる。この決定はわたしの権限を越えている。すぐに戻るから。いい？　できるだけ騒ぎながらその洞窟に行くのよ。そうすれば、彼らはあなたたちのあとを追って、わたしのしていることには注意を払わなくなる」

エレンはそう言いながら、携帯電話でキャサリンにすばやくメッセージを送った。

〝行って。わたしを信じて。まかせて〟

アダムス長官がサルタンの飛行機に乗り込んだとき、あたりは真っ暗になっていた。広い機内に入ると、彼女はブルカを脱いで、女性職員に渡そうとした。

「とっておいてください」と彼女は完璧な英語で言った。「あなたが戻ってくると信じています」

飛行機が長い帰国の途に就くために滑走路にさしかかると、エレンは前方の席に坐った。まるでそのほうが早くワシントンに着けるというかのように。

最後に見たキャサリンの姿は、彼女とボイントンが洞窟へ向かう長旅のために別の車に乗り込む姿だった。

アヤトラのライオンとネズミの話を正しく理解していることを祈った。エレンは、アヤトラが彼女たちのだれかを残らせるために、アナヒータ・ダヒールを逮捕させたのだと確信していた。公式にはアダムス長官を追放したものの、その娘と首席補佐官が残ることを認めたことで、エレンは確信を持った。

彼はめくらましのゲームをしたのだ。何かを伝えたかったが、エレンに対する監視が厳しすぎた。だから、最高指導者は彼女を国外に追放する必要があった。その一方で、残ったアメリカ側の同行者のだれかを情報提供者に会わせることで、必要な情報を伝える必要があったのだ。

飛行機が巡航高度に達したとき、エレンはキャサリンからメールを受け取った。

〝空港で飛行機が待っていた。予想されてたみたい〟

エレンは安堵のあまり頭を垂れた。

予想されていた。これがホスラビが望んでいたことだったのだ。

彼女はすばやくサムズアップの絵文字を返すと、深く背にもたれた。間違いなかった。イラン・イスラム共和国の最高指導者の考えを正しく読み取ったのだと確信した。

けれど……

けれど……

彼女は裏切りの可能性を考えることを押しとどめようとした。

あの男はテロリストだ。米国の不倶戴天の敵だ。西側諸国への多くの攻撃に資金を提供してきた人物なのだ。彼女は娘を、祖国を、敵の手にゆだねてしまったのだろうか？　ライオンとネズミの寓話を根拠に？

エレンは、あの狡猾な老聖職者が罠(わな)を仕掛けるような男ではないと信じていたし、自分が罠にはまったとも思っていなかった。

それが、疲労に襲われて眠りに落ちる前に最後に考えたことだった。

小さなターボプロップ機のドアが閉められると、ボイントンは十字を切った。

彼らは、スィースターン・バルーチェスターンへのフライトでなんとか睡眠を取ることができた。

飛行機が下降を始めると、ボイントンはそこがパキスタンとの国境からそう遠くないところにあると、イーヨー（『くまのプーさん』に登場するロバのぬいぐるみ。いつも悲観的に考えるところがある）のような口ぶりで教えてくれた。どこか、それだけで事態がさらに悪化したと言っているようだった。

だがキャサリンは、暗闇のなかで窓の外に見える大地を緊張した面持ちで見つめながら、ボイントンはアメリカの都市にすでに設置された核爆弾のことを知らないのだと思った。さらに悪化するということが何なのか、彼は知らないのだ。

ファルハードという名の白髪交じりの老人が飛行機を出迎え、運転手兼ガイドをすると説明した。煙草のにおいのするぼろぼろの車に乗ると、彼は砂漠のなかを車を走らせた。

彼は流暢(りゅうちょう)な英語を話し、アクセントはソフトで耳に心地よかった。これまでにも西洋の考古学者たちにこの遺跡を案内してきているので、充分慣れていると言った。明らかにこの遺跡を誇りに思っているようだ。車には三人しか乗っておらず、ほかに車は見当たらなかった。いつもいるボディガードもオブザーバーもいない。だれも彼らに関心を持っていなかった。

チャールズ・ボイントンもまた興味を失い、窓の外にどこまでも続く、夜明け前の光に照らされた砂漠と岩山の風景を見つめていた。

ファルハードは、車を走らせながら、青銅器時代の動物や植物、人間の絵文字や岩面彫刻の発見について話した。

「植物染料で描かれたものもあれば」彼は説明した。「血で描かれたものもある。何千もの絵がある」

この地域は洞窟美術の宝庫なのに、基本的に観光客には無視されていると彼は言った。

「外国人旅行者が来ることはほとんどない」

彼は発見されたものを保護する必要性を熱く語った。彼は隣に坐っているキャサリンを見た。ボイントンは後部座席でいびきをかいていた。頭を後ろにやり、口を開けている。

「だからあなたがたはここにいるんですよね。大切なものを守るために」

彼のまなざしはとても熱く、彼女は思わずうなずいた。自分が何に同意しているのかわからないまま。

朝日が昇る頃に高台に到着した。ボイントンをなんとか起こすと、彼らは高台に登り、ファルハードが魔法瓶に入った濃いコーヒー、肉づきのよいイチジク、オレンジ、チーズ、パンの朝食を用意した。

キャサリンはボイントンとファルハードの写真を撮った。スーツにネクタイ姿の首席補佐官は、まるで国務省(フォギー・ボトム)の隠し扉を通ってここに入ってきたかのようだった。

思いがけず。不幸にも。

彼女はその写真と洞窟に着いたというメッセージを母親に送り、また何かあったら連絡すると添えた。

朝日が昇るなか、キャサリンは岩の上に腰かけ、何万年――ひょっとすると何百万年――も変わらない太古の風景を眺めた。そして驚嘆した。ほかのだれかもまさに彼女が坐っているところに坐り、彼らの人生を岩に刻み込んだのだ。彼らの信念。彼らの思い。彼らの感情さえも。

「触ってもいい？」とキャサリンは尋ねた。ファルハードがうなずくと、彼女は人差し指を伸ばし、その線をなぞった。

「それはワシです」と彼は説明した。「そしてそれは――」その上を指さした。「太陽です」

自分でもよくわからなかったが、喉の奥が熱くなるのを感じ、眼が潤んできた。まるで心の奥底に響く音楽を聞いたときのように。あるいは本の一節を読んで心を動かされたときのように。馬や猟師、ラクダ、そして空を舞うしなやかな鳥の絵。喜びに満ちた日差しの絵。それらはとても人間的だった。それらを描いた手は、同じ大地を足元に感じ、同じ太陽を感じていた。自分たちの儀式を記録する必要性を感じていた。彼らの生活は彼女自身の生活とそう変わらなかった。まったく違うわけではなかった。

そして彼女が自分の経営する新聞社やテレビネットワークでやっていることとそれほど違いはなかった。岩に刻まれているこれが彼らのニュースなのだ。彼らの日常の出来事なのだ。

それは心地よい感覚だった。コーヒーを飲み、フルーツとチーズを食べながら、そう思った。そして太陽が昇るのを見た。彼女は癒しを求めていた。

シャーが何を計画しているか――彼がすでにアメリカの都市に設置したもの――を考えると怖くてたまらなかった。自分たちがそれを止めることができないことが怖かった。

そしてとても混乱していた。母親はなぜ自分たちをここへ送り込んだのか？　自分たちに何を求めているのか？　それでも昇る太陽を見ていると、キャサリンは思いがけない、深い安らぎを覚えた。数千年のときを超えて、生命の宣言がなされていた。

人生が終わる一方で、人生は続く。

「行こう」朝食を片付けるとファルハードが言った。「なかに最高のものがある」岩にできた狭い亀裂のようなもののほうを顎で示すと、立ち上って、ふたりにランタンを手渡した。

彼らは亀裂のあいだをなんとか進んだ。ボイントンが「くそっ、くそっ、くそっ」とつぶやいていた。キャサリンは上着についた赤土を払うと、ランタンでゆっくりと弧を描いて、周囲を見まわした。もう絵は見えなかった。

「もっと下にある」とファルハードは説明した。「だから最近まで発見されなかったんだ」彼は先に進んだ。ボイントンとキャサリンは視線を交わした。

「たぶんわたしはここにいたほうがいいと思う」とボイントンは言った。

「いっしょに来たほうがいいわよ」とキャサリンは言った。

「洞窟は苦手なんだ」

「洞窟に入ったことがあるの？」

「どうやらきみはホワイトハウスであまり過ごしたことはないようだな」彼はささやくように言った。キャサリンの笑い声が洞窟のなかを転がるように響き、低いうめき声のようなものになって返ってきた。

彼女は携帯電話を取り出した。電波は入っていない。ここまで来たことをビデオに撮っておきたいと思ったが、バッテリーの残量が少なくなっていたので電源を切った。それでもお守りのようにしっかりと手に握った。

ふたりがファルハードを追って角を曲がると、彼が立ち止まった。そして振り返ってふたりを見た。「もうこの辺でいいだろう」その手には銃があった。

ふたりはガイドを見つめた。そして銃を。

「何をしているの？」キャサリンがなんとかそう言った。

「待っている」

そして洞窟の奥から音が聞こえてきた。足音。反響しているため、近づいてきているのが何人なのかはわからなかった。何百人のようにも聞こえた。キャサリンは、壁に血で描かれた古代の人物が生き返ったのではないかというとっぴな考えに襲われた。岩から飛び出して近づいてきているのだと。

彼らは音のする方向を見た。キャサリンはファルハードの銃が今は暗闇のほうを向いていることに気づいた。しだいに近づいてくる何かに向けられていることに。

彼女はすばやくランタンを洞窟の土の床に置き、ボイントンにも同じことをするように示した。そしてふたりで静かに光から遠ざかり、暗闇のなかに入った。

三歩も下がらないうちに、古代の洞窟の奥から出てきた人影を見た。最初はゆらゆらと動く光の塊のように見えた。霊魂が浮遊しているように。

だが近づいてくるにつれ、光の背後にいる人影が見えてきた。

それはアナヒータだった。そしてザハラと彼女の父親のアフマディ博士。さらにふたりのイラン人工作員――ザハラに会ってメッセージを伝えたアメリカの諜報員――がいた。ふたりの革命防衛隊の兵士がいっしょにいた。銃を抜き、囚人らではなく、ファルハード、キャサリン、ボイントンに向けていた。

彼らはおよそ五メートル離れたところで立ち止まった。

母はとんでもない間違いを犯したのだろうか？　キャサリンは思った。

これがその結末なのだろうか？　壁に自分の血が飛び散ることになるのだろうか？　古代の祖先の

血とともに？　何世紀かあとに人類学者がその血しぶきを見て、星図を描こうとしたものだと解釈するのだろうか？

母親が読んだと言っていたあの記事は、結局のところ正しかったようだ。古代のイラン人とアメリカ人は結局同じ場所に行きついたのだ。ただそれはオレゴン州ではなく、この洞窟の壁だった。

キャサリンはアナヒータの眼を見た。恐怖に満ちていた。彼女も同じことを考えていた。終わりだ。

キャサリンは携帯電話のビデオをクリックした。何が起きたとしても、記録は残ることになる。

「マハムード？」捕らえられていたイラン人工作員のひとりが彼らをじっと見て言った。

ファルハードがかすかに拳銃を下げた。が、完全には下げなかった。「逮捕されたそうだな」

「ええ」笑みを浮かべることなく、工作員の女は言った。「だれかが知らせたせいでね」彼女は革命防衛隊の兵士を見た。「銃を降ろしていい。彼がわたしたちの会う人物よ」

「マハムード？」キャサリンがささやくように訊いた。「あなたの名前はファルハードだと思ってた」

「ガイドをするときはね」

「今は何者なんだ？」とボイントンが訊いた。

「きみたちの救世主だ」

女性工作員は首を振った。「エゴが服を着て歩いているような男よ。ＭＯＩＳの情報提供者」

「ＭＯＩＳはイランの諜報機関だ」とボイントンが言った。

「マハムードはロシアマフィアのためにも働いている」と女性工作員は軽蔑の色も露わに説明した。

「だから、わたしたちはここにいるんでしょ、違う？」

彼らはまだ五メートル離れていた。同僚と話しているように親しげに聞こえたが、緊張感が漂っていた。まるで今にも跳びかかろうとする肉食獣のようだった。

地面に置いたキャサリンのランタンが、洞窟のでこぼこした岩壁に光を投げかけ、美しい絵を照らしていた。

優美で、官能的だ。外の絵とは比べ物にならないほど精緻に描かれている。血で描かれた馬やラクダに乗った男たちが、叫び、苦悶するライオンのような動物に槍を突き刺している。そこには動きがあり、流れがあった。

これは狩りだった。殺戮だった。

❈ CHAPTER 30

ハムザは野営地の外までふたりを送ってくれた。

晴れ渡った寒い朝だった。それでも昼過ぎには息苦しくなるような暑さになる。この高度と緯度での生活はそんなものだった。この環境で生活するには適応力が必要だった。

ギルとハムザは抱き合った。ギルは何かが自分のジャケットのポケットに滑り込むのを感じた。最初は携帯電話かと思ったが、あまりにもかさばり、あまりにも重い。

「必要になると思う」とハムザはささやくように言った。「幸運を祈る」

「ありがとう。いろいろと」

ふたりは眼を合わせた。それぞれが相手のしたことを理解していた。そしてその結果を。ギルはアクバルのあとを追い、細い道を伝って山を下りた。その道の先には古いタクシーがあるはずだった。そしてそこからパキスタンに行き、飛行機で……どこへ？

祖国へ？　DCへ？　ほぼ間違いなく爆弾のひとつがある場所へ。

足を引きずって歩きながら、ギルはそこに戻ることを正当化しようとした。そして戻らないことを正当化しようとした。

このルートを熟知しているアクバルはどこでそれをすべきか正確に知っていた。道がそれる場所。ハムザの見張りから見えなくなり、目撃者がいなくなるとき。

彼はポケットのなかの携帯電話を探った。死体の写真を撮れば、割増ししてもらえるだろう。新車を買えるくらいに。

エアフォース・スリーが着陸するとすぐに、アダムス国務長官は装甲されたSUVに乗り込み、ワシントンの通りを駆け抜けた。ライトを点滅させ、護衛の車が交差点を封鎖した。

それでもアンドルーズからホワイトハウスまでの道のりは一生分かと思うほど長かった。

エレンは携帯電話を何度もチェックした。キャサリンからのメッセージは、民族衣装を着た年老いたイラン人男性の横で彼女の首席補佐官が不機嫌そうにしている写真が送られてきて以来なかった。

その写真にはメッセージが添えられていた。〝うまくいったよ。ママの言うとおり、来た甲斐(かい)があった。けどだれもついてこなかった〟

それが数時間前のことだった。それ以来、何もない。

もう一度確認してから、メッセージを送った。

〝ニュースは？　あなたは大丈夫？〟そのあとにハートの絵文字をつけた。

SUVがホワイトハウスの裏口に止まると、エレンは飛び降りた。海兵隊員の警備員が入口の扉を開け、職員が立ち止まって出迎えた。「国務長官」

彼女は平静を装いながら、広い廊下を全速力で走った。ピート・ハミルトンを連れて大統領執務室に来るようにベッツィーにメールしておいた。

ふたりの女性は抱き合い、ベッツィーはエリック・ダンの元報道官を紹介した。

「助けてくれてありがとう」とエレンは言った。

「自分の国を助けているんです」

エレンは微笑んだ。「それで充分よ」

「大統領にあなたが着いたことを知らせます、国務長官」ウィリアムズの秘書がゆっくりとした口調でそう言った。エレンはてっきり甘いアイスティーでも出されるのかと思った。

だがその女性は落ち着いているように見えて、動きはすばやかった。今の状況を正確に理解していることを証明するように効率的に行動した。

いや、正確には理解していないだろう。エレンはそう思いながら、携帯電話をもう一度チェックした。何もない。

ドアが開いた。が、大統領執務室に二歩入ったところで三人は立ち止まり、部屋のなかをじっと見た。

ウィリアムズ大統領との内密の会談を求めていたにもかかわらず、ソファからふたりの男が立ち上がった。

ふたりの男はシンクロするように振り向いた。

ティム・ビーチャムとアルバート・ホワイトヘッド将軍だった。

エレンは驚きと苛立ちを隠そうとしなかった。

ふたりの男を無視して進み出ると、ウィリアムズに直接話しかけた。

「大統領、この会談は内密にとお願いしたはずです」

「ああ、だがわたしは同意していない。シャーの情報をつかんだのなら、早く聞けばそれだけ早く計画が立てられる。ティムはロンドンへのフライトを遅らせてここに来たんだ。さあ、話してくれ」

そのとき、ウィリアムズはエレンといっしょにいるほかのふたりに気づいた。ベッツィー・ジェイムソンは知っていたが、もうひとりは……。ウィリアムズ大統領は、政治家ならだれでも頭のなかに持っているアルバムをめくった。

そして気づいた。彼の表情はその男のことを思い出せたことに喜んでいると同時に、困惑していることを示していた。彼がだれなのかわかったことに。

「きみは――」

「ピート・ハミルトンです。ダン大統領の報道官でした」

ウィリアムズは国務長官のほうを見た。「どういうことだね？」

エレンは大統領に歩み寄った。「内密にお話ししたいことがあって戻ってきました。内密に。お願いします」

彼女の声に懇願を聞いて取ったとしても、彼はそれを無視した。

「シャーについてか？」と彼は訊いた。「彼の計画について何かわかったのか？」

それについては何もなかった。エレン・アダムスは肩をすくめて言った。「二重スパイ、ホワイトハウスの裏切者について。だれがシャーの釈放を認めたか。アメリカに対抗してタリバンとアルカイダに核兵器を手に入れさせるために、シャーやパキスタン政府の一部に協力していたのがだれなのかについて」

エレンのことばのたびに、ウィリアムズの眼は大きく見開かれ、まるで怯えた男の風刺画のようだった。

「なんだって？」

「見つけたのか？」とホワイトヘッドが言った。彼はティム・ビーチャムに一歩近づいた。「われわれが必要としていた証拠を」

ウィリアムズは統合参謀本部議長に眼をやった。「きみは知っていたのか？」

エレンもホワイトヘッド将軍を見た。彼女の憤怒は抑えることができず、周囲からも見紛いようがなかった。彼女は怒りに震えていた。

一瞬、何も話せなかったが、将軍を見つめる彼女の表情がすべてを物語っていた。ホワイトヘッド将軍の顔に驚きが広がった。そして眉をひそめた。「待て。まさかきみは――」

「わかっています」とエレンは言った。「証拠があります」

彼女はベッツィーにうなずいた。ベッツィーがレゾリュート・デスクの上にプリントアウトを置いた。ミセス・クリーバーが最初の釘を打った。彼女は振り返ると、ホワイトヘッドをにらんでから、後ろに下がった。

将軍が机と書類のほうに動こうとしたが、ウィリアムズが手を上げて制した。

大統領はそれを手に取った。読みながら、彼の顔が弛緩していった。口を開き、まなざしは鈍くなり、理解不能に陥っていた。階段を降りるときにつまずいてしまう、あの瞬間だ。もう助からないと悟る瞬間。そしてこれはまずいことになると悟る瞬間。

大統領執務室は完全な静寂に包まれていた。暖炉の上の時計のチクタクという音だけが聞こえていた。

そしてウィリアムズ大統領は書類を落とすと、ホワイトヘッドを見た。

「貴様」

「違う、わたしじゃない。わたしじゃないんだ。その書類に何が書いてあるか知らないが、嘘だ」

彼は狂ったようにまわりを見まわした。そしてティム・ビーチャムに眼を止めた。彼は恐怖とショックに満ちた眼で統合参謀本部議長を見つめていた。

「お前か」ホワイトヘッドはそう言うと、前に進み出た。「お前がやったんだな」

彼が近づくと、ビーチャムはあとずさりし、肘掛け椅子につまずいて床に倒れた。

「セキュリティ！」とウィリアムズが叫ぶと、すべてのドアが開いた。

シークレットサービスが大統領のまわりに群がり、ほかの者は銃を抜いて、部屋のなかの危険物を探した。

「彼を逮捕しろ」

シークレットサービスらは大統領から、彼が指さす男へと視線を移した。大将。戦争の英雄。彼らの多くにとってのヒーロー。

統合参謀本部議長。

わずかな沈黙のあと、シークレットサービスのひとりが前に進み出た。

「武器を捨ててください、将軍」

「武器は持っていない」ホワイトヘッドは両腕を大きく広げて言った。そしてボディチェックを受けながら、視線を大統領に移した。「わたしじゃありません。彼だ」彼はちょうど床から立ち上がろうとしているビーチャムを顎で示した。「どうやったか知らないが、彼だ」

「お願いだから」とエレンは言った。「もうあきらめて。証拠があるのよ。覚え書きがある。あなたが隠していたはずのもの。シャーの釈放に同意すること。この地域を不安定にして、すべてを仕組んだことを示す覚え書きが」

「していない……」ホワイトヘッドが言った。「シャーの釈放は狂気の沙汰だ。わたしは決して——」

ベッツィーがさえぎった。「ビーチャムの書類のなかからその覚え書きを見つけたのよ」

「なんのことだ？」とビーチャムが言った。「どこで？」

「ここにいるホワイトヘッド将軍はあなたを巻き込もうとした」とベッツィーは説明した。「あなたを裏切者に仕立てようとした。それもダン政権のときのあなたに関する文書を公式アーカイブから抜き去ることによって。あなたが何かを隠しているように見せかけるためにそれを埋めた」

「ぼくがその文書を見つけた」とピート・ハミルトンが言った。「ダン政権の秘密のアーカイブのなかに隠してあった」

「そんなものはない」とウィリアムズ大統領は言った。「すべての通信記録と文書は自動的に公式アーカイブに送られる。機密扱いとすることはできるが、必ずそこにあるはずだ」

「いいえ、大統領」とハミルトンは言った。「ダン政権の人々は注意して裏アーカイブを作っていたんです。彼らは文書を消すことはできませんでしたが、ほとんど侵入することのできない壁の後ろにそれらを隠したんです。パスワードを持っている人間にしかそこには入れません。わたしはそのパスワードを知っていますが、コンピューターにアクセスすることができませんでした」

「わたしはアクセスできた」とベッツィー・ジェイムソンは言った。「けれどパスワードは持っていなかった。だから互いに協力したんです」

「あなたは、シャーとパキスタンと関わっているのがミスター・ビーチャムであると見せかけるため、自分に関するすべての記述を変えたんだ」ピート・ハミルトンはホワイトヘッドに言った。「だがふたつの文書を見落としていた。そしてわれわれはそれを発見した」

ホワイトヘッドは首を振っていた。唖然としているようだった。

だがエレンは彼がすぐれた嘘つき、うまい俳優だと感服しつつあった。そうでなければならないのだ。

彼女はこのフレッド・マクマレイ——みんなの親友——に似た男に一度は騙された。二度目はない。

「あなたはティム・ビーチャムは信頼できないとずっとわたしにほのめかした」とエレンは言った。

「そしてそれはうまくいった。わたしはあなたを信じた」

「フランクフルトからわたしを尾行し、公園やバーにもいたあの若い男」とベッツィーは言った。「わたしがあなたに話した男。あなたは彼と話した。すんなりと片をつけてくれて助かったと思った。でも今わかった。彼はあなたの部下だったのね」

「違う」

「エレンがくれたメモをスキャンさせたのはそのときなのね？」とベッツィーは言った。「あなたは彼を追い払ったんじゃなかった。わたしがあなたとバーにいるあいだに国務長官のオフィスにいってそのメモを探すように命じたのね。何か個人的なものを探せと言って。エレンを脅すために、シャーに渡せる何かを」

「それはあなたの考え？　それともシャーの考え？」とエレンは訊いた。

「そんなことはしていない」だが包囲網が閉じられていくにつれ、彼の否定のことばもしだいに力を失っていった。

「ベッツィー、あのレンジャーはまだいるの？」とエレンは尋ねた。

「ええ、廊下に待たせている」

エレンは大統領に向きなおった。「陸軍のレンジャー――」

「デニス・フェラン大尉です」とベッツィーが言った。

「彼女は彼と協力しています。彼女も逮捕する必要があります」

「お願いだ、これはやりすぎだ」とホワイトヘッドは言った。「彼女は経験豊かな軍人だ。この国のために命を捧げている。こんなことは許されない。彼女は関係ない」

「だがお前が関与していることは認めるんだな？」とウィリアムズ大統領は言った。そしてホワイトヘッド将軍が黙り込むと、彼はシークレットサービスのひとりにうなずいた。「フェラン大尉を逮捕しろ」

ホワイトヘッドは深く息を吸った。もう逃げ道はないと悟ったのだと、エレンは思った。彼は捕らえられ、縛に就いた。フェランが軽い刑期と引き換えにすべてを話すのはほぼ間違いないだろう。

「ちょっと待て」とビーチャムは言った。なんとか話に追いつこうとしていた。「はっきりさせておこう。わたしが祖国を裏切っていると思っていたのか?」と彼はエレンに言った。「バシル・シャーに協力していたと? なんの証拠もなく? 彼のほのめかしだけで?」

「そうよ、申し訳なく思っている、ティム」とエレンは言った。

「申し訳ない?」とビーチャムは言った。ほとんど叫んでいた。信じられないというかのように。

「申し訳ないだって?」

「あなたはあまり好かれているとはいえないから、しょうがないわね」とベッツィーは言った。エレンは笑いをこらえて唇をぎゅっと結んだ。固く。

「なぜだ?」とウィリアムズが言った。彼の眼はホワイトヘッドに向けられたままだった。「お願いだ、将軍、教えてくれ。なぜそんなことをした?」

「していない。そんなつもりもない」彼は眉をひそめ、必死で考えていた。戦略家はあきらめていなかった。網のほころびを必死に探していた。

だが逃げ道はなかった。どうあがいても無駄だった。そしてそのことをわかっていた。

「金だ」とビーチャムは言った。「どんなときも金だ。あの男女や子供を殺すのにいくらもらった? われわれの敵に核兵器を渡すのに、いくらもらったんだ、将軍?」彼は大統領のほうを向いた。「部下に海外口座を調べさせます。そこで見つかるはずです」

ホワイトヘッドの視線はエレンに向けられていた。一瞬ベッツィーに眼をやり、それからまたエレンに戻った。

「フェラン大尉はこの件とは無関係だ」彼はエレンに繰り返した。静かに。

「貴様はわたしを巻き込もうとしたのか？　わたしをハメたのか？」ビーチャムの怒りはもはやヒステリーになっていた。「一生をこの国に捧げたわたしを、お前のクソみたいな計略に陥れようとしたのか？」

するとと今度はホワイトヘッドが思いがけないスピードでビーチャムに突進し、一瞬で彼をじゅうたんの上に押し倒した。ホワイトヘッドはビーチャムの上にまたがり、拳を振り下ろして国家情報長官の顔を殴った。ビーチャムは泣き叫び、顔をかばおうとしたが無駄だった。

すぐにシークレットサービスが反応したが、特殊部隊で鍛えられた将軍が、ダメージを与えるには充分な時間だった。

ふたりのシークレットサービスが大統領をつかんでかがませ、自分たちの体で大統領を守る一方で、ほかのふたりが将軍に向かった。ひとりが銃でホワイトヘッドの顔を殴り、ビーチャムから引きはがして、床に倒した。ビーチャムの意識はもうろうとしていた。

彼らはホワイトヘッドを膝で押さえ、頭に銃をつきつけた。

無意識のうちに、エレンは腕を上げてベッツィーの体を守っていた。彼女を押しとどめていた。まるで母親が突然子供にブレーキをかけるように。

ダグ・ウィリアムズは立ち上がり、自分の服を整えた。

シークレットサービスのふたりがホワイトヘッドを引っ張って立たせた。顔の横に血が流れていた。

「終わりだ、バート」とウィリアムズは言った。「すべてを話せば、なんとかしてやる。シャーが何を企んでるのか知る必要がある。ターゲットはどこだ？」沈黙。「核技術を買ったのはだれだ？ タリバンなのか？ アルカイダか？ どこまで進んでいる？ どこで活動している？」沈黙。「爆弾はどこだ？ 教えるんだ！」大統領は吠えた。そして今にも襲いかかろうとするかのようにホワイトヘッドに近づいた。

シークレットサービスがビーチャムを立ち上がらせ、椅子に坐らせてタオルを渡した。鼻が折れ、白いカーペットに血が染みこんでいた。

ホワイトヘッドがエレンのほうを向いて言った。「自分の役目は終わった」

「なんてこと」ベッツィーがささやいた。「認めたわ。これまで……」

「どういうこと？」エレンは、アルバート・ホワイトヘッドを見つめた。「何をしたというの？」

「〝あなたがそれを許しても、許されたことにはならない〟」ホワイトヘッドはベッツィーを見ながら言った。「〝わたしにはまだ罪があるのだから〟」

そのことばは恐ろしいほどの沈黙に包まれた。が、アメリカ合衆国大統領によって破られた。

「彼を連れていって尋問しろ。何を知っているのか訊き出す必要がある。それからティム、傷の治療を受けるんだ」

執務室から男たちが出ていくと、ダグ・ウィリアムズは机の後ろにどさっと坐り、プリントアウトに眼をやった。いまわしい覚え書きに。

「夢にも思わなかった……」

大統領は顔を上げると、エレンとベッツィーに坐るように示した。そしてもう一度立ち上がった。ゆっくりと。打ちひしがれた男のように。

ピート・ハミルトンに歩み寄ると、若い男の腕を取ってドアまで導いた。

「力になってくれてありがとう。二、三日したらまた会おう」

「わたしはあなたに投票していませんよ、大統領」

ウィリアムズは疲れた笑みを浮かべ、声をひそめて言った。「彼女たちもそうなんじゃないかと思ってる」

彼は国務長官とその顧問のほうに頭を傾けた。

だがその顔におもしろがっている様子はなかった。ただ不安に押しつぶされそうに見えた。

「幸運を祈ります、大統領。もしほかにもぼくにできることがあれば……」

「ありがとう。このことはだれにも言わないでくれ」

「わかっています」

ハミルトンが部屋をあとにすると、ウィリアムズは自分のデスクに戻った。「ホワイトヘッド将軍のことを話すために、わざわざテヘランから戻ってきたのかね？」

大統領がハミルトンと話しているあいだ、エレンは携帯電話をチェックしていた。

何もなかった。キャサリンからも。ギルからも。

不安がパニックになろうとしていた。

だが集中しなければならない。集中だ。

ベッツィーが彼女の手を取り、ささやいた。「大丈夫？」

「キャサリンとギルから連絡がない」

ベッツィーがエレンの手をぎゅっと握りしめた。エレンはウィリアムズのほうを見て言った。「あなたにホワイトヘッド将軍について知らせる必要がありました、大統領。それに通信を傍受される危険を冒すわけにはいかなかったので」

「レンジャー以外にもだれかが関与していると？」

「その可能性はあると思います」

「これはクーデターなのか？」彼の顔は青ざめていた。が、少なくとも最悪の事態を直視する用意はあるようだとエレンは思った。

「わかりません」そこで彼女は口を閉ざした。

そうなのか？　もし核爆弾が爆発して、何百、何千、おそらくは何十万もの人々が死に、主要なアメリカの都市が破壊されたら大混乱に陥るだろう。人々は怒り狂うだろう。

そしてうわべだけの秩序が回復されたあとは、説明責任を求める声が当然起こるはずだ。答えを求めて。だが復讐を求める声も起きるだろう。それを行なったテロリストに対してだけではなく、それを阻止できなかった政権に対しても。

すべてはエリック・ダンの政権のときに始まったという事実は、熱狂のなかで忘れ去られるに違いない。

エレンはエリック・ダンのことを愚かだとは思っていたが、狂者だとは思っていなかった。彼はこの企てに積極的には関与していない。関与しているのはこの混乱によって得をするだれかだ。戦争によって。政権交代によって。ダン政権のもとで増殖した蛭（ひる）や悪党が今もまだ新政権のなかにいるのだ。

これはクーデターなのかもしれない。

ダグ・ウィリアムズは、国務長官の表情に当惑を読み取った。

「ホワイトヘッドから訊き出すことになるだろう」と彼は言った。

「話すでしょうか？」とエレンは言った。「ほかにもお話しすることがあります。内密にお伝えしなければならないことが」

大統領はベッツィーに眼をやった。

「彼女は知っています」とエレンは言った。「娘と息子もです。ですが彼らだけです。情報を得たのはギルです」

大統領執務室のドアが大きく開き、バーバラ・ステンハウザーが現れた。数メートル入ると立ち止まり、カーペットの血痕を見つめた。

「今聞きました。ほんとうなんですか？」

「わたしたちだけにしてくれないか、バーバラ」と大統領は言った。「用があったらブザーを鳴らす」

ステンハウザーは呆然と立ちすくんでいた。廊下で聞いたホワイトヘッド将軍のことに、そしてたった今大統領から聞いたことばに。

彼女の視線は、大統領からアダムス国務長官、そしてベッツィー・ジェイムソンに移った。そのまなざしは冷たかった。凍りつくようだった。

「何があったんですか？」

「お願いだ、バーバラ」とウィリアムズは言った。その声には三度目はないという警告が込められていた。

彼女が出ていくと、ウィリアムズは身を乗り出して言った。「話してくれ、国務長官」

そしてエレンは話した。

❖ CHAPTER 31

「ここで休もう」とアクバルが言った。

彼は立ち止まり、尾根から下の渓谷を見た。

ギルも立ち止まり、彼と彼の脚のことを考えてくれた同行者に感謝した。下りは肺には負担はかからないが、傷ついた脚にはかなり負担がかかる。よろけたり、すべったりするせいだ。

「いや、だめだ」と彼は言った。「早く下りなければならない。母に連絡したいんだ」

「ハムザはきみに何を言ったんだ？　ずいぶん動揺してたじゃないか」

「へえ、ハムザを知ってるんだ。あいつまるでドラマクイーンだな」

アクバルは笑った。「ああ、彼は有名だ。パサンはみんなそうだ」

「おれが動揺していたのは、彼が何も話してくれなかったからだ。彼はシャーのことをいろいろ知っているのに話してくれない。彼が最後の望みだったのに。母には何も収穫はなかったと伝えなければならない」

「昨日、母親にメールを送ってなかったか？　おれの携帯電話を借りたとき」

「ああ、送った。けどハムザが朝になって考えを変え、何か役に立つことを知らせてくれると思ってたんだ。だが彼は教えてくれなかった」

アクバルは同行者をじっと見た。彼の友人を。だが結局のところ親友ではない。

「残念だな。せっかく来たのに成果なしとは」アクバルは腕を広げ、ギルに先を進むように示した。

「先を歩け」

「できたらお前が先のほうがいい。おれの脚がだめになったら、お前の上に着地できるから」

「今度はお前が悲劇のヒロイン（ドラマクィーン）になるってわけか？」そう言いながらも彼は前に出た。ギルに見られる形になることから、やるべきことが少し難しくなる。背中にナイフを刺すほうが簡単だったのに。背後から突き飛ばすのも。

　そうすればショックを受けた顔に悩まされることもないだろう。もっとも新しい車が来れば、そんなこともすぐに忘れてしまうだろうが。

　岩壁の角を曲がると道は狭くなり、転がり落ちてきた石ころでいっぱいだった。彼は立ち止まると振り向き、ギルのほうに突然両手を突き出した。

　それを見てギルは戸惑った。が、それもほんの一瞬だった。

　ギルはよけると、露頭に傷口を打ちつけた。痛みに悲鳴をあげながら脚がくずおれるのを感じた。が、本能的にアクバルの服をつかんで引きずり倒した。

　地面に叩きつけられると、服をつかんでいた手を放し、這って逃げようとした。右手をローブのポケットのなかに入れた。ハムザが銃を隠した場所に。

「何をするんだ？」ギルは叫んだ。アクバルは両手と両足をついて追いかけてきた。

　ギルは眼を見開いた。アクバルは答えなかったが、長く反った刃のナイフがすべてを物語っていた。

「くそっ」とギルは言い、さらに激しくポケットのなかを探った。だがゆったりとしたローブはそう簡単に銃を見つけさせてくれなかった。

　彼は石と砂を手に取り、アクバルの顔に投げつけた。だがアクバルの動きを鈍らせることはできなかった。

ギルは必死に蹴ったが、アクバルはイスラム聖戦士だった長年の経験から至近距離での戦いに熟練しており、ギルのブーツをつかんでひねった。ギルは痛みと恐怖で悲鳴をあげ、体全体を横向きにさせられた。まるで仔牛が縄で縛られようとしているかのように。

彼は完全に無防備になった。腰を振って泣き叫び、喉にナイフが刺さるのを待った。が、そのとき恐ろしいことにアクバルが何をしようとしているかに気づいた。彼は自分を崖から突き落とそうとしていた。そうすれば、滑って落ちたように見せかけることができる。事故だ。殺人ではない。

「やめろ、やめてくれ！」

彼は崖の縁から滑り落ちようとしていた。重いブーツが彼を引っ張っていた。まるでスローモーションのようだ。走ろうとしても走れない悪夢のような。

両腕を前に出して、何かをつかもうと必死に探る。何か、なんでもいい、つかむものを。

だが手遅れだった。もう後戻りはできなかった。今にも勢いがついて、崖の縁を越え、宙を舞う。

そして……

彼の指が土をひっかき、爪が剝がれて血の跡を残した。

そのとき銃声がした。一発の銃声。そして視界の片隅に何かぼんやりとしたものが横を転がり落ちていくのが見えた。

だがギルの問題は終わっていなかった。まだ滑っていたのだ。さらに激しくもがき、必死で何かをつかもうとした。

そのとき襟もとに手をかけられるのを感じ、滑るのが止まった。その手が彼を引っ張り上げた。

安全な状態になると、彼は地面に横たわって、あえぎ、泣いた。震えが止まらなかった。泥と涙で汚れた顔をようやく上げた。

「今度はだれが悲劇のヒロイン（ドラマクィーン）だって？」とハムザが言った。

「ああ、くそっ。どうして……？」

「知ったかって？　知らなかった。だがあのクソちび野郎を信用したことはなかった。やつは自分の利益のためにだけ動く。たいていは金だ。おれたちが敵から奪った武器をブラックマーケットで売っていた。そうすれば結局は奪われた連中のもとに戻る。やつはクソ野郎だ」

「なぜ言ってくれなかった？」

「お前があのクソ野郎とずっと連絡を取っていたなんてどうやって知るというんだ？」

「やつはだれのために働いていたんだ？」とギルは訊いた。が、彼にはわかっていた。「シャーか？　くそっ、なんてこった。もしアクバルが彼に雇われていたのなら、シャーはおれがここに来たことを知っていることになる。お前に話したということを」ギルが話しているあいだ、ハムザはうなずいていた。「シャーはおれに情報を与えたのがお前だと知ることになる」

「そうはならないかもしれない。このあたりの忠誠心は――」彼は乾燥した周囲の風景を見渡した。「流動的だ。アクバルはだれかほかのやつのために働いていた可能性もある。彼はアメリカの国務長官の息子が行くところなら、どこにでも売るに足る情報があるとわかっていたはずだ」

「だが必要としたのは情報だけじゃない。だれかが金でおれを殺そうとしたんだ」

「そのようだな」

「だから銃を渡してくれたんだな」ギルはポケットのなかに手をやった。

「ああ、何かがあったときのために。お前がやつに話しているのを聞いた。お前は嘘をついた。おれが何も話していないと。なぜだ？　やつを疑っていたのか？」

ギルは崖の下を見た。手足を広げ、不自然に折れ曲がった死体があった。疑っていたのだろうか？

だがギルは首を振った。「いや」と彼は認めた。「生まれつき用心深いだけだ。知っている人間は少なければ、少ないほうがいい」

ハムザも崖の上から自分が殺した男の死体を見ていた。「野営地でお前がやつといっしょにいるのを見て驚いた」

そのことばはどこか聞き覚えがあった。その理由に気づくのに一瞬かかった。「〝彼とはサマーラで会う約束があったから〟」

ハムザが首を傾げると、ギルは説明した。「メソポタミアの古い物語からの引用だ。死神を騙すことはできないということについての。ある商人の召使が市場で死神に脅されたことから、サマーラに逃げることにすると主人である商人に告げた。その商人は市場で死神を見つけ、なぜ自分の召使を脅したのだと問うと、死神は、脅したのではないと答えた。市場で会って驚いただけだ。彼とは今夜サマーラで会う約束があったからと」

「お前は二度、死神を騙したようだな。今度はどこで会う約束になっているんだろうな？」ハムザはかがむと、道端から何かを拾った。「やつのポケットから落ちたものだ」彼は携帯電話と車のキーをギルに渡した。だが長く反ったナイフはそのままにしておいた。「おれがお前だったら、サマーラには近づかない」

脚を引きずって山を下りながら、ギルは、死神はもう自分のあとを追いかけてきていないのではという奇妙な感覚を覚えていた。死神はあの場に残った。ハムザと約束を交わしたのだ。自分が死神を彼のもとに導いたのだ。

そして最後に友人の姿を見たとき、ギルはハムザも同じことを考えているのがわかった。

ギルガメッシュにその情報を与えたことで、ライオンであるハムザは自分の命を捧げた。そして傲慢な死神は、バシル・シャーという形で、それを手に入れようとしていた。

ギルはアクバルの携帯電話の電波を何度も確認した。野営地では電波が届いていたが、渓谷や洞窟では？　届いていない。

車にたどり着くと、彼は国境に向かい、わだちの多い裏道をパキスタンへと車を走らせた。

ワシントンに帰るつもりだった。今はただ祖国に帰りたかった。力になるために。だが、フランクフルトを経由して、あの親切な看護師に金を返し、アナヒータを探さなければならない。

彼はパサンに誘拐されて以来、恐怖から自分の周囲に壁を作り、その要塞から世界を見てきた。そこは安全で、独立しており、そして孤独だった。だがもう違う。崖から滑り落ちて死にそうになったとき、要塞は崩れ落ちた。もう一度生きるチャンスを与えられた今、彼は恐怖に負けて、彼女と過ごす大切な時間を奪われるつもりはなかった。もし死神が彼を見つけるとしたら、そのとき彼の心のなかには、恐怖ではなく愛があるはずだ。

アナヒータは従姉妹の隣に坐りながら、ザハラが洞窟のなかでできるだけ父親から離れて坐ろうとしていることに気づいた。キャサリン・アダムスがザハラの反対側に坐り、ふたりは抱き合うようにして支え合っていた。

ファルハードことマハムードは、銃を下ろすと、ほとんど見えない、洞窟へと続く横の出入り口へと彼女たちを導いた。そこで彼は、洞窟の床にある、何万年も前に燃え尽きた炎で黒くなったストーンサークルの真ん中にランタンを置くように指示した。

彼らは、はるか昔に死んで亡骸（なきがら）となった人の手によって転がされた岩の上に坐った。

何か大惨事が起きて、この人たちは自分たちの家を捨ててしまったのだろうか。アナヒータはそう思った。ここは祝祭の場だったのだろうか。それとも儀式の場？　隠れ家？　彼らはこの洞窟の奥深くに隠れていたのだろうか？　自分たちは安全だと信じて。アナヒータたちが今信じているように。

それでも結局何かが彼らを見つけたのだろうか。

アナヒータは壁や天井に描かれた絵に眼をやった。灯油ランプのやさしい揺らめきが人物に動きを与え、それがまるで狩りの最中で、永遠に続くかのように見えた。あるひと続きの絵では、彼らが追っているライオンのような生き物が逆に彼らを追いかけているように見えた。

そうなのだろうか。ライオンが彼ら男女や子供たちを見つけたのだろうか？

アナヒータは想像の世界に負けそうになっている自分に気づいた。そしてそれがよくないことに。現実が充分恐ろしいというのに。

彼女はランプ越しにサークルの反対側にいる叔父に眼をやった。彼はアナヒータに話しかけようとせず、敵であるかのようににらんでいた。まるで彼女が自分の娘を決してしてはいけないことに誘ったかのように。

そしてその結果として、決してしてはいけないことを自分にさせたというかのように。

だが、アフマディ博士は自分を許してほしいと娘に懇願していた。なぜ彼女を警察に引き渡したのかを理解してほしいと言った。彼は泣きながら、娘の手を取ろうとしたが、彼女はその手を振り払い、アナヒータとキャサリンのところに行き、アフマディ博士をひとり苦悩のなかに残したのだった。

核物理学者は今、両手で頭を抱えて坐っていた。アナヒータはアインシュタインのことばを思い出していた。〝第三次世界大戦がどんな武器で戦われるかはわからないが、第四次世界大戦は棒と石で戦うことになるだろう〟

だがアインシュタインはもっと正直に話すべきだった。彼はよくわかっていたのだ。周囲の人々と同じように、何が自分たちを石器時代に逆戻りさせるようになるかを。

そしてそのような兵器の生みの親ほど、そのことをよく知っている人物はいないだろう。ベーナム・アフマディ博士。

「われは死神なり……」アナヒータは小さな声で、ロバート・オッペンハイマーが『バガヴァッド・ギーター』から引用したことばをつぶやいた。「世界の破壊者なり」

彼女は叔父の姿を見ながら、自分たちは洞窟で住むことに慣れなければならないのかもしれないと思った。

キャサリンは自分の横にくっついているチャールズ・ポイントンに眼をやった。わたしを守るため？　どうだろうか。だが彼女はその答えを知っていた。彼女に守ってもらうためだ。

キャサリンはこの男のことが好きになってきた。

「大統領執務室（オーバルオフィス）みたいじゃない？」彼女はそうささやきながら、洞窟のなかを見まわした。

ポイントンは微笑んだ。「不気味だな」

ファルハードが咳払いをした。全員の眼が彼に集まった。

「わたしはMOISのハンドラー（エージェントの管理者）からきみらアメリカ人に会って、ここに連れてくるように言われた。そして知っていることを伝えるようにと」

キャサリンはいっとき眼を閉じた。母は、これがアヤトラの計画であることを知っていたか、うすうす気づいていた。だから彼女たちをテヘランから脱出させ、シャーを止めるための情報をだれにも知られることなく、自力で手に入れる方法を考えたのだ。

特にロシアに知られることなく。

だれにも尾行されなければ、目的地はどこでもよかった。

抜け目のない母親。抜け目のないアヤトラ。

ファルハードは、自分たちを取り囲む暗闇を見つめ、そして人々に眼を戻した。「わたしはきみらのことは――」彼は腕で全員を示した。「聞いてない」

「それは重要?」

「かもしれない。もし彼らが尾行されていたなら」彼は明らかに怯えていた。視線はあちこちをさまよっていた。「なぜここに?」

「彼らをここに連れてくるように言われた」と革命防衛隊の上官が答えた。「そして引き渡すようにと。だが彼はだめだ。彼はわれわれといっしょに帰る」

兵士はアフマディ博士を見ていた。博士が頭を上げた。

「じゃあ、なぜ連れてきたんだ?」とボイントンが訊いた。

兵士ははっきりと微笑んだ。「あなたがたはなぜここにいるのか説明を受けていますか?」

「わかったわ」キャサリンは苛立たしそうにそう言った。「あなたの知っていることを早く話してくれればくれるだけ、わたしたちも早くここから出ることができるというわけね」

そう言いながら、彼女の不安は高まっていた。もしこの男が情報を伝えるように言われており、明らかにそれを伝えて帰りたがっているのなら、あの朝食はなんだったのだろう。なぜ食事の準備にあんなに時間をかけたのだろう?

今も時間稼ぎをしているように思えた。何かを待っているようにさえ見えた。だがアナヒータたちでないとしたら、だれを待っているのだろう。

「ほんとうの科学者たちはどこで働いているの?」とキャサリンは問いただした。

「ほんとうの科学者?」とボイントンが言った。「何を言ってるんだ?」

彼女は、ギルからのメッセージを説明することで、貴重な時間を無駄にしたくなかった。すべてをファルハードに集中した。

「パキスタンに廃棄された工場がある。アフガニスタンとの国境近くだ」ファルハードが小声で答えた。

輪になっていた全員が身を乗り出した。キャサリンは、想像力を抑えることができず、壁に映し出された映像が回転する様子を思い浮かべた。さらに身を乗り出した。より大きなゲームを感じていた。新鮮な血を感じていた。

「ロシアンマフィアは一年以上前から核分裂物質や装置をシャーに売り、その場所に送っている」とファルハードは言った。

「すでに少なくとも三つの爆弾を製造した」とキャサリンが言うと、ファルハードは彼女が知っていることに驚いたように眼を向けた。彼はうなずいた。

「なんということだ」とボイントンは言った。

「どこにあるの?」とキャサリンは訊いた。

「知らない。わたしが知っているのは、二週間前にコンテナ船でアメリカに送られたということだけだ」

「くそっ、なんてことだ」とボイントンが言った。「アメリカに核爆弾があるというのか?」彼は勢いよく立ち上がると、覆いかぶさるようにファルハードを見下ろした。「どこだ? 知ってるんだな? どこにあるんだ?」

ファルハードが首を振ると、ボイントンは彼に飛びかかり、岩の上から引きずり下ろして土の床に倒した。この官僚は、ファルハードよりもかなり大きく、何歳も若かったが、接近戦の訓練を受けた針金のように痩せた男にかなわなかった。ボイントンにとっては国務省で自動販売機を相手に格闘したのがすべてだった。そしてそのときでさえ負けていた。

　気がつくと、ボイントンは首を絞められていた。

「やめて」とキャサリンが言った。「こんなことをしてる時間はない」彼女はファルハードを突き飛ばした。ファルハードは怒りに満ちた眼を彼女に向けた。一瞬、キャサリンは彼が今度は自分を攻撃しようとしているのではないかと思った。が、彼は後退すると、ボイントンを解放した。ボイントンは喉を押さえてよろめきながら立ち上がった。

「坐って」とキャサリンが言うと、ふたりは坐った。彼女も自分の席に戻ると、ファルハードのほうに体を乗り出した。「その工場に行ったことはあるの？」

　彼はふたたび周囲を見まわすと、小さくうなずいた。「木箱に入ったものを届けた。それが何なのかは知らない」

「場所を教えて」

「バジョール地区、キコット郊外の廃セメント工場だ。だがそこに行くのは無理だ。タリバンがうようよしている」

「爆弾が仕掛けられている場所を知っているのはだれ？　どの都市のどこなのか？」キャサリンは問い詰めた。

「シャーだ」

「それと？　ほかにもだれか知ってるはずよ。彼が自分で配達するわけじゃない」

「工場のだれかが知っている。彼らは出荷の手配をしたはずだ。それにアメリカにも爆弾を仕掛ける人物がいる。だがそれがだれかはわからない。知っているのは聞いた話だけだ」

「それは？」

「ただの噂だ。いいか、シャーは神話のような存在だ。彼のまわりにはさまざまな風変わりな話が作り上げられている。彼は何百歳にもなるとか、見ただけで人を殺せるとか」

「彼はアジ・ダハーカだとか」とアナヒータが言った。

ファルハードは恐怖で青ざめながらもうなずいた。

「神話ではなく、事実を話して」とキャサリンは言った。「お願い」

彼女はチムニーランタンのガラスのなかの炎が揺らめいたことに気づいた。そしてかすかな風を感じた。前腕の毛が逆立つには充分なほどだった。

シャーのことを話したからだ。彼女はそう思った。気のせいだ。

だが、今度は間違いなく炎が揺れた。ほかの者もそれに気づいていた。

「教えて」とキャサリンは言った。声を低くしたものの、その強さを増して。

ファルハードの眼が大きく見開いた。革命防衛隊の兵士がライフルを上げてしっかりと握ると、背後の闇のほうを向いた。

最初の銃弾がファルハードの胸を捉えた。

キャサリンは腕を振って、ザハラとボイントンを坐っていた岩から下ろし、彼女自身も転がるようにして土の床に身を伏せた。そして銃弾が降り注がれ跳ねまわるなか、岩陰に隠れようとした。

チャールズ・ボイントンがファルハードに近寄り、彼の銃をつかんで体を寄せた。死にゆく男は何かことばを発すると咳き込んだ。ボイントンの顔に血が飛び散った。

ボイントンはキャサリンを見た。その眼は恐怖に大きく見開かれていた。

ファルハードは死んだ。そして革命防衛隊の兵士ひとりを含むほかの者も倒されていた。

「ザハラ！」銃声のなかでアフマディ博士が叫んだ。

もうひとりの兵士は、洞窟の壁の隙間に陣取って、暗闇に向かって反撃していた。

彼らは光から離れなければならないとわかっていた。いや、それよりも光のほうを遠ざけたほうがよかった。

覚悟を決めた。

キャサリンを見ていたアナヒータは、彼女が何をしようとしているのかを察知して身構えた。

次に革命防衛隊の兵士が発砲したとき、ふたりの女性はストーンサークルのなかに飛び込み、ランタンをつかんで暗闇のなかに投げ入れた。敵の銃が放たれている場所へ。そして地面に伏せた。

兵士が撃たれ、壁に叩きつけられたが、女性工作員が手を伸ばしてＡＫ－47を奪った。

ランタンが地面に落ちて火が燃え広がると、襲撃者たちが突然照らし出された。

「ポイメト（くそっ）」と襲撃者のひとりがロシア語で叫んだ。工作員が銃で撃ち、それが彼の最後のことばとなった。

ボイントンも銃を向けて撃ち続け、洞窟じゅうに弾丸を撒き散らしていた。

一斉砲火のあいだ、キャサリンは岩でできた心もとない避難所まで後退し、両腕を頭の上に置いて横たわっていた。銃声がやむと、ゆっくりと顔を上げた。

つんと鼻をつく煙が宙を漂っていた。それが消えると惨劇が露わになった。

「パパ」

キャサリンとアナヒータが振り向くと、ザハラが父親のほうに這って進んでいた。彼は倒れたまま、仰向(あおむ)けになって両手両足を広げていた。娘のところに向かおうとして機関銃の一斉射撃を浴びたのだ。

「パパ」ザハラは父親のところにたどり着くと、その横にひざまずいた。

キャサリンがザハラのところに行こうとしたが、アナヒータが止めた。「少し待ってあげて」

ファルハードも死んだ。革命防衛隊の兵士も。ふたりのイラン人工作員も。

「チャールズ」とキャサリンは言い、ボイントンに近づいた。彼は足が言うことを聞かなくなり、子供のように地面に坐っていた。銃を持った子供だ。「大丈夫？　怪我はしなかった？」

彼女はひざまずくと、やさしくその武器を取り上げた。

ボイントンは彼女を見た。下唇と顎が震えていた。「だれかを殺してしまった」

キャサリンは彼の手を取った。「選択肢はなかった。そうするしかなかったのよ」

「傷つけただけかもしれない」

「ええ、おそらく」キャサリンはティッシュを取り出すと、それを舐めてから、彼の顔についたファルハードの血を拭き取った。

「彼は言ったんだ――」ボイントンはファルハードに眼を向けた。死体は洞窟の天井を見上げていた。そこに浮かんでいる壮大な芸術に心を奪われているかのように。「ホワイトハウスと」

「なんですって？」

「彼は〝ホワイトハウス〟と言ったんだ。どういう意味だろう？」

❖

CHAPTER 32

ウィリアムズ大統領は眼を輝かせ集中していた。すべてを受け入れていた。エレンがことばを発するたびに、両手をゆっくりと握り、拳を固くした。あまりにも強く握っているため、そのうち血が出てしまうかもしれないとベッツィーが思うほどだった。彼の爪が肉に食い込み、聖痕を作るのだ。

バスで殺された科学者たちはおとりだった。

はるかに優秀な本物の核物理学者たちは、シャーの下で一年以上も働いていた。

シャーは釈放され、タリバンやアルカイダのための核兵器開発計画を加速させた。パキスタンとロシアの一部はそのことを知っていた。

彼らは少なくとも三つの爆弾の製造に成功し、すでにアメリカの都市に仕掛けていた。いつ爆発してもおかしくなかった。

だが場所についてはわからなかった。日時についても。どのくらいの規模なのかも。

「以上か?」と大統領が訊いた。アダムス国務長官がうなずくと、彼はボタンを押した。バーバラ・ステンハウザーが現れた。「副大統領にエアフォース・ツーに乗り込んでコロラド・スプリングスのシャイアン・マウンテン空軍基地に飛び、次の指示を待つように伝えてくれ」

「わかりました、大統領」ステンハウザーはショックを受けた様子だったが、何も訊かずに姿を消した。

彼はエレンのほうに向きなおった。「すべて息子さんからの情報なのか?」

エレンは明らかな非難ではないにしろ、なんらかのあてこすりを言われるものと身構えた。ギル自身が関与していないのなら、どうやってそれらのことを知ったのだろう？　捕虜になっているあいだにパサンの仲間になっていたのでなければ、どうして知っているのだろう。彼がイスラム教に改宗したのは周知の事実だった。あんなことがあったにもかかわらず、彼は中東を愛していた。

彼の情報は信頼できるのだろうか？

「勇敢な男だ」とダグ・ウィリアムズは言った。「感謝していると伝えてくれ。だが、もっと情報が必要だ」

「大アヤトラがもっと情報を伝えようとしているようです」

「彼がなぜそんなことを？」

「後継者のことを考えているからです。イランの将来を。それを自らの手から奪われ、敵国やロシアの支配下に渡すことを望んでいないからです。またアメリカの関与も望んでいません。ですがその前途は多難だと見ている。ライオンとネズミが協力する必要があると」

「なんだって？」

「気にしないでください。ただの寓話です」

大統領はうなずいた。寓話を聞くまでもなく、意味するところを理解していた。「シャーを止めることができれば、われわれもイランも勝利する」

「ですがアヤトラは、彼がわたしに情報を与えるところを見られるわけにはいかなかった。キャサリンとボイントンをあとに残してきたのは、わたしが正しいという希望に託してでした。アヤトラは外交官のひとりを逮捕しました。アナヒータ・ダヒールを」

「警告のメッセージを受け取った人物か？」大統領は彼女の名前を書き留めた。

「そうです」今はアナヒータの家族の背景を話す必要はないと思った。「そしてアヤトラはわたしをイランから脱出させた」

「テヘランのスイス大使館にいるうちの人間にわが国の外交官が違法に拘束されていると伝えよう」

「いいえ、やめてください」

電話に伸ばしかけた手が止まった。「なぜだめなんだ?」

「大アヤトラは、キャサリンたちに情報を渡すためにそうしたんだと思います」

「なぜきみにじゃだめなんだ?」

「わたしでは目立ちすぎる。彼はわたしをイランから追い出す必要があった。監視されていることを知っていた」

「ロシア」

「あるいはパキスタンか、シャーがわたしを追いかけるだろうと。ロシアはわたしが追い出されて恥をかかされたと思うでしょう」

「たしかに」とウィリアムズは言い、顔をしかめた。

「そしてアナヒータを解放させるために、わたしの娘とボイントンが残ったことは気にも留めないはずです」

「大アヤトラが伝えたがっている情報を得るために、彼らを残してきたときみは言うんだな。いったいどんな情報なんだ?」

「わかりません」

「それがアヤトラの意図するところかどうかもわかっていない。とんでもないリスクを冒しているんだぞ、エレン」

すべてだ、と彼女は思った。が、口にはしなかった。「大きな賭けです」

「ポイントン」と大統領は言った。「きみの首席補佐官。〈トゥインキー〉（米国ホステス社のクリームが詰まったスポンジケーキ）をやめたくてもやめられないと言っていたのは彼じゃなかったかね？」

「それは〈ホー・ホーズ〉（同じくホステス社のクリームが詰まったチョコレートロールケーキ）じゃなかったかしら？」

「まあ、少なくともだれも彼のことをスパイだと疑わないだろう。彼らは何かわかったのかね？」

エレンは深呼吸をしてから言った。「ここ数時間、連絡がありません」

ダグ・ウィリアムズは上唇を嚙み、素っ気なくうなずいた。「爆弾が仕掛けられた場所を突き止める必要がある。それにその爆弾がどこで作られているのかも」

「そのとおりです、大統領。話すとは思えませんが、ホワイトヘッド将軍なら知っていると思います」

「必要なら拷問してでも訊き出してやる」

エレンは、〝強化尋問〟とも呼ばれる拷問の残虐性を思ってぞっとしたものの、自分のなかに状況倫理（状況によっては絶対的な倫理や宗教的戒律を守れなくても許されるべきであるという考え）という深い井戸があることにも気づいていた。拷問で情報を引き出し、数千人の命を救うことができるなら、やればいい。

エレンは両手に眼を落とした。膝の上で指をからませた。拳が白くなっている。

「どうしたの？」とベッツィーが訊いた。

エレンは顔を上げると友人の眼を見つめた。ベッツィーは理解したというように小さく鼻を鳴らした。

「あなたにはできないのね。目的は手段を正当化しない……」

「目的は手段によって定義される」エレンはそう言うとダグ・ウィリアムズを見た。「拷問よりももっといい方法、早い方法があります。拷問を受けている者は、やめさせるためならなんでも白状するということがわかっています。必ずしも真実を話すとはかぎりません。それにホワイトヘッドはなかなか口を割らないでしょう。彼の自宅を捜索する必要があります。ペンタゴンのオフィスには情報はない。それにPCに保存しているとも思えない。自宅のどこかにメモがあるはずです」

ウィリアムズは電話を取った。「ティム・ビーチャムはどこだ?」

「病院です。鼻の骨が折れていたので。もうすぐ病院を出るはずです」

「時間がない。代わりに副長官をここに呼べ。すぐにだ」

「わたしも将軍の自宅に行きます」とエレンは言い、立ち上がった。

「そうしてくれ」とウィリアムズは言った。「結果を知らせるんだ。わたしは同盟国と連絡を取る。シャーのために働いているほかの科学者たちについて、彼らの諜報機関で何かつかめるか確認してみよう」

サイレンを響かせて、車の列がベセスダへ向かった。エレンは道中、ずっと携帯電話をチェックしていた。

恐怖にほとんど耐えられそうもなかった。連絡がなかったら? 子供たちを死なせてしまったら? そして子供たちに何が起きたか、決して知ることができなかったら?

テヘランのアジズ外相に連絡すべきなのかもしれない。イランの外務大臣がバルーチェスターンの洞窟に人を送ってくれるかもしれない。確認するために……

だが考え直した。

キャサリンにもっと時間を与える必要があった。アジズと連絡を取れば、すべてが台無しになってしまうだろう。

代わりに眼の前の仕事に集中するしかなかった。ホワイトヘッド将軍が隠している情報を見つけるのだ。

「彼は何か言ってなかった？」エレンは何度目かの質問をした。「何か役に立ちそうなことを」

ベッツィーは必死に頭を働かせた。「あのクソみたいな詩以外は何も。あの詩もなんの役にも立たない」

彼がまたジョン・ダンの詩を引用したときは、思わずどきっとした。

彼らはケープ・コッド風の家の私道に止まった。ピケットフェンスに屋根窓、そして広々としたベランダにはロッキングチェアが置かれていた。

いかにもステレオタイプな、典型的なアメリカの邸宅に見えるという事実が、いっそうエレンを腹立たしく思わせた。苦いものがこみあげてくるのを感じていた。

課報部員が玄関のドアを激しく叩くあいだ、ほかの課報部員は裏口にまわった。

ドアを叩き壊そうとしたそのとき、ひとりの女性が出てきた。白髪交じりの髪はシンプルだが、クラシックな感じにカットされていた。スラックスにシルクのブラウスという姿だった。

エレガントだ。エレンは思った。だが決してこれ見よがしではない。

「いったい何ごと？　何が起きてるの？」と彼女は訊いた。その口調は問い詰める寸前だった。課報部員が脇に押そうとすると、彼女は言った。「バートはどこ？」

彼女は夫の姿を探して、彼らの背後を見た。その眼がアメリカ合衆国国務長官に止まった。

彼女は大きな犬――興奮して、困惑していた――の首輪を握っていた。家の奥のほうからは子供の泣き声が聞こえてきた。

「何があったの？」

「どいてください」課報部員のひとりがそう言い、彼女を押した。

エレンがベッツィーにうなずくと、彼女はホワイトヘッド夫人の腕を取って、泣いている子供のほうに連れていった。

すでに課報部員があちこちに散らばっていた。本棚から本を抜き取り、椅子やソファをひっくり返している。壁から絵をはがしていた。さっきまで優雅で快適だった家は、今や混乱に陥っていた。そしてさらにひどくなっていた。

ベッツィーが将軍の妻のあとを追ってキッチンに行っているあいだ、エレンは書斎を見つけた。そこでは国家情報副長官と上級課報部員が捜索をしていた。

その部屋は広くて明るく、大きな窓からは裏庭が見えた。手作りの子供用のブランコがあった。それは分厚い木の板で、オークの枝にロープで取り付けてあった。

芝生の上には、子供用のアメフトのボールが置き去りにされていた。

書斎の壁には本棚が並び、本や額装された写真があった。それらはすべて取り払われ、調べられて、床に放り出された。

その部屋には勲章や表彰状はなかった。

ただ子供や孫の写真、アルバート・ホワイトヘッドとその妻の写真、友人と仲間たちの写真があるだけだった。

まわりで目まぐるしく捜索が行なわれているなか、エレンは壁際に立っていた。不思議だった。

何がひとりの男にあんなことをさせたのだろう？　何が彼に国を裏切らせ、同胞を殺させたのだろう？　核爆弾のうちのひとつはほぼ間違いなくDCに仕掛けられているはずだ。ほぼ間違いなくホワイトハウスそのものに。

大統領もそれをわかっていた。だからこそ、エレン以外の主要閣僚をDCから遠ざけたのだ。爆風と放射性降下物は、数マイル先まで及ぶ。その範囲内にあるすべてのものを灰にし、放射線を浴びせるだろう。

アルバート・ホワイトヘッドに何があったのだろう？　テロリストとの共謀がその答えなら、何が彼をそうさせたのだろうか？

エレンはベッツィーらをキッチンで見つけた。そこではホワイトヘッド夫人と娘が尋問を受けていた。

エレンはしばらくその様子を戸口で聞いていた。彼女たちは、ふたりの諜報部員から質問を浴びせられていた。母親の腕のなかでは子供が泣きながらもがいていた。

「わたしたちだけにしてくれる？」とエレンは言った。諜報部員は困ったような表情で立ち上がった。

「ホワイトヘッド夫人と娘さんに個人的に話をしたいの」

「それはできません」

「わたしがだれだかわかる？」

「はい国務長官」

「よろしい。フランクフルトの息子の病室から徹夜でここまで来たの」少しおおげさに言った。「少し時間をいただけないかしら」

彼らは互いに顔を見合わせたが、明らかにおもしろくなさそうだった。それでもふたりはその場を去った。

エレンは坐る前に、泣いている子供に眼をやり、母親に言った。「この子を外に連れていってくれるかしら？　新鮮な空気を吸うために」

「ママ?」

ホワイトヘッド夫人は小さくうなずいた。娘と孫が去ると、エレンは坐ってその女性を観察した。怒りが恐怖と、そして混乱と戦っていることは明らかだった。

だがエレンもまた困惑していた。ホワイトヘッド夫人は見覚えがあった。エレンはどこかで彼女を見たことがあった。

そしてわかった。「ミセス・ホワイトヘッドではないですよね?」

ベッツィーが眉をひそめた。が、何も言わなかった。

「家にいるときは、それで結構よ」

「マーサ・ティアニー教授。ジョージタウン大学で英文学を教えている」

書斎の床に広げられていた本の一冊にこの女性の写真が載っていたのを思い出した。何年か前のものだったが、著者の写真だった。ジョン・ダンの詩から取った『王と絶望した男たち』というタイトルの本だ。難解な詩人の伝記だった。

「どうしてご主人は〝あなたがそれを許しても、許されたことにはならない〟という引用を繰り返し口にするんですか?」

「〝わたしにはまだ罪があるのだから〟」ティアニー教授がそのあとを引き継いだ。「ことば遊びです。わたしはジョン・ダンの研究者です。彼はこのことばが好きなんでしょう」

「でも、なぜ?」

「わかりません。わたしは彼がそれを口にするのを聞いたことはないから。詩の話をしにここに来たんじゃないんでしょう、国務長官。何が起きているのか教えてください。夫はどこにいるんですか?」

「あなたの近くに何年もいたことで彼がジョン・ダンの研究者になったのだとしたら」エレンはかま

わず続けた。「あなたは安全保障の専門家になったというのですか？」

「弁護士を呼んでください」とティアニー教授は言った。「それとバートと話をさせてください」

「わたしは警官ではありませんし、あなたは逮捕されていません。力になってほしいんです。この国を助けるために」

「それならこれが何なのかを知る必要があります」

「いいえ、質問に答えてください」エレンは声を低くした。「ショックなのはわかります。怖いのも。でもお願いです、わたしたちの知りたいことを教えてください」

ティアニー教授は口を閉ざしたままうなずいた。「できることはなんでもします。ただ教えて、バートは無事なの？」

「ご主人はバシル・シャーのことを話したことがありますか？」

「武器商人ね。ええ。ちょうど先日。彼が自宅監禁から釈放されたと言って怒っていた」

「ご主人がそう言ったのですか？」とエレンは言った。

「それは国家機密なの？」とティアニー教授が訊き返した。

エレンは考えた。「いいえ、違うと思います」

「彼は、それ以上は何も言いませんでした」

「では彼はシャーの釈放に驚いていたんですね？」

「ショックを受けていた。それにこの数年見てきたなかで一番怒っていた」

エレンはそれを信じたい気持ちもあったが、もちろんこの手の連中——裏切者たち——はそこにつけ込むのだ。人々は最悪の事態を喜んで信じようとする一方で、さらに破滅的な事態を見過ごそうとする。

ホワイトヘッド将軍が怒ったのはシャーが自由になったからではなく、それが露見したからだ。

「ご主人の個人的な書類はどこにあるのですか?」とエレンは訊いた。

一瞬の間のあと、ティアニー教授は言った。「書斎のドアから一番近い本棚の後ろに金庫がありま す」

エレンは立ち上がった。「暗証番号は?」

「わたしが行って開けます」

「いいえだめです。暗証番号を教えてください」

ふたりの女性は見つめ合い、やがて教授は番号を教え、子供の誕生日だと説明した。

エレンはその場を離れ、数分後に戻ってきた。「行くわよ」とベッツィーに言った。

DCに戻る車のなかで、ベッツィーが訊いた。「それで? 金庫のなかには何が入っていたの?」

「子供たちの出生証明書以外は何もなかった。何か隠されていないか分析が必要だけど……」

ベッツィーはエレンが手ぶらで帰ってきたわけではないことに気づいた。彼女はティアニー教授の本を握りしめていた。

『王と絶望した男たち』

そして女たち。ベッツィーはそう思った。


国境を越えてパキスタンに入ると、ようやくギルは電波が届いていることに気づいた。車を停めて、急いで母親に送るメッセージをタイプした。

道端に停車するのは安全ではなかったので、ぐずぐずはしなかった。メッセージを送ると、まだ数時間はかかるだろう空港への道のりを急いだ。

「わたしが行く」とアナヒータは言った。

「わたしも行く」とザハラは言った。「父のことが。やらなければならないことが……」

彼らはファルハードがここまで運転してきた車のところまで戻っていた。だがどこにもキーがなかった。彼がまだ持っているのだと気づいた。

実の父親を突然亡くしていたキャサリンにはザハラの気持ちがよくわかった。「行って。でも急いで戻ってくるのよ。ほかにだれがここに向かっているかわからないから。どうやらだれかがロシア人にこの会談のことを話したようね」

「ファルハードだ」とボイントンは言った。「彼が両方に通じていたんだ」

キャサリンは、ボイントンが死んだ男から奪った銃をアナヒータに渡した。「急いで」

体型も動き方もよく似た従姉妹ふたりは、洞窟の入口までの斜面をいっしょによじ登った。洞窟に入るとふたりは、今はもう見慣れた通路を走り抜け、壊れたランタンの灯りのほうに向かった。

少し進んだところで、ザハラがゆっくりと立ち止まると手を上げた。アナも隣に立ち止まった。神経を張り詰めた。五感のすべてを発揮した。

彼女にも聞こえた。

声。ロシア人の声だ。

「くそっ」と彼女はつぶやいた。「くそっ、くそっ、くそっ」

彼女は後ろを見た。洞窟の入口のほうを。そしてかすかな灯りと怒りに満ちた残忍な声のするほうに眼を戻した。

選択の余地はない。車のキーが必要なのだ。

体をかがめると、アナは洞窟の奥に向かって少しずつ進んだ。洞窟の奥の通路で暗く歪んだ影が動いている。彼女はザハラを見た。ザハラは父親の遺体を見つめていた。遺体は倒れたままの状態で一部が岩陰に隠れていた。

「行って」とアナはささやいた。「でも急ぐのよ」

彼女はザハラが何をしようとしているのかわからなかった。そして今はそれを議論しているときでもなかった。

アナは腹ばいになって、ファルハードの死体に忍び寄り、無理やり眼を凝らして彼の体を探ってキーを見つけた。

慎重に、慎重に、慎重に、音をたてないようにしてキーを引き出した。

キーをしっかりと握ると、アナはザハラのほうをちらっと見た。従姉妹は父親の額にキスをし、両手と両足をついたままあとずさりしていた。

ふたりが洞窟の外につながる入口近くの通路に達したところで怒鳴り声がした。

そして懐中電灯の灯りがふたりを照らした。

従姉妹たちは背を向けると走った。振り向かなかった。隠れようともしなかった。通路を駆け、まるでナイフの刃のように陽光が射(さ)し込む場所へと向かって走った。

背後からブーツの音と、怒鳴り声が聞こえた。

なんとか外に出ると、アナはキャサリンとボイントンに向かって叫んだ。「まだいた。見つかった」

「来る」ザハラが叫んだ。転がるようにして斜面を滑り下りた。

キャサリンは近寄ると、アナからキーを奪った。「乗って!」

説得されるまでもなかった。車が発進したところで銃声がした。アナが窓を開けて反撃する。やみくもに。銃を撃ったことはもちろん、手にしたことさえなかった。それでも洞窟の入口にいたふたりの男をひるませるには充分だった。

キャサリンがアクセルを踏み、走りだした。アナが振り返ると、男たちの姿は見えなかった。だがそれもいっときだ。アナにはわかっていた。キャサリンにもわかっていた。だれもがわかっていた。

彼らは追ってくるだろう。

ボイントンが、後部座席に散乱している古い地図を見つけた。自分たちがどこにいて、どこへ向かおうとしているのか調べようとした。

「わたしの携帯電話は充電が切れてる」キャサリンは、古い車が道から滑り落ちないようにするため、必死でハンドルを握りながらそう言った。「ファルハードがシャーの物理学者について言っていたことをママに知らせないと。チャールズ？」

「やっている」ボイントンは地図をどけようと格闘した。車が揺れたり、跳ねたりするなか、ザハラが地図を受け取った。

ボイントンの携帯電話も危険な状態だった。バッテリーの残量は約三分。

彼は急いでタイプすると、貴重な時間を使ってタイプミスがないことを確認した。今はミスをするときではなかった。

彼は送信ボタンを押すと、息を吐いた。

「どこへ行くの？」とアナは訊いた。

遠くで土埃が彼らを追ってくる。車内は静まり返っていた。彼らにはわかっていなかった。どこに行けるのかはもとより、自分たちがどこにいるのかさえも。

「車を停めて」とエレンは言った。ハンドルを握っていた外交保安局の職員がそうした。

「国務長官？」と助手席のコワルスキーが振り向いて言った。

だが彼女は黙ったまま、ほとんど同時に入ってきたふたつのメッセージを何度も読み返した。

まずアクバルの携帯電話から送られてきたギルからのメッセージ。彼はフランクフルト経由でDCに戻ると言っている。

そしてチャールズ・ボイントンからのメッセージ。

エレンは深く息を吸い込むと、身を乗り出して運転手に言った。「ホワイトハウスに向かって。できるだけ早く」

「わかりました」

サイレンを鳴らし、ライトを点滅させながら、彼らは通りを猛スピードで走り抜けた。

「エレン？」とベッツィーが言った。「どうしたの？」

「キャサリンとボイントンが情報を入手した。爆弾を製造している場所がわかった」

「ああ、よかった。仕掛けられている場所はわかったの？　どの都市にあるか？」

「いいえ。でも工場に踏み込めばわかるはず。ギルもメールを送ってきた。DCに戻るつもりだと言っている。そうしないように言ったけど」

ベッツィーはうなずいた。平静を装った。「少なくともふたりとも無事だったのね」

「そうね……」とエレンは言った。ボイントンからのメッセージから判断するかぎり、彼らが安全とはほど遠いことは明らかだった。「サラーバーンの洞窟美術を調べられる？　イランのスィースターン・バルーチェスターン州にある」

調べながら、ベッツィーは訊いた。「なぜ？」

「キャサリンとポイントンをそこに行かせたの」

「危険から遠ざけるため？」

「正確には違う」ベッツィーが携帯電話にイランの地図を表示させると、エレンはイランとパキスタンの国境線に沿って調べた。そして息子にメッセージを送った。


ギルはメールの受信を伝える音を聞いて車を停め、母親からの返信を読んだ。

そして急いで地図を検索した。「くそっ」

一瞬考えてから、返信を送った。


議会議事堂のドームが見えてきたとき、ギルからのメッセージが届いた。

彼女はそれをポイントンに転送し、自分でも少しことばを添えた。そしてシートに身を預けて考えた。


上司からのメッセージが届いたとき、ポイントンの携帯電話のバッテリー残量は一分を切っていた。

「ペンと紙を。早く」彼はそう言うと、ザハラから地図を受け取り、携帯電話が完全に切れる前にいくつか走り書きした。

「パキスタンだ」と彼はみんなに言った。「パキスタンに行く必要がある」

「気でも狂ったの？」とザハラが言った。「わたしはイラン人よ。彼らは間違いなくわたしを殺す」

「彼らも間違いなく殺すでしょうね」追ってくる砂埃を手で示しながらアナは言った。まるでタズマニアン・デビル（米国のアニメシリーズ、ルーニー・テューンズのキャラクター。竜巻のように回転し、貪欲でなんでも食べてしまう）が追いかけてくると言うかのように。

ボイントンは身を乗り出してキャサリンに話した。「きみのお兄さんがパキスタンで待ってくれている。そこにはお兄さんの友人や知人もいる。町の名前はわかっている。国境からそう遠くない。国境を越えさえすればいいんだ」

キャサリンはバックミラーに眼をやった。砂埃が近づいてくる。

ザハラとアナヒータが国境までの最善のルートを探しているあいだ、チャールズ・ボイントンはシートにもたれかかって前方を見ていた。

何かが気になった。何か忘れていたことがある。そして思い出した。慌てて携帯電話を取り出すと、何度もクリックしてみるが動かない。バッテリー切れだ。

ファルハードが死の間際につぶやいたことばをアダムス長官に伝えるのを忘れていた。

ホワイトハウス。

CHAPTER 33

エレンとベッツィーがまだ大統領執務室のドアを通り抜けきらないうちに、ウィリアムズ大統領が言った。「何かわかったか？」

「ホワイトヘッド将軍の家には何もありませんでしたが、キャサリンとチャールズが、シャーが物理学者に爆弾を作らせていた場所を突き止めました。彼らは爆弾の仕掛けられた場所もそこでわかるはずだと考えています」

「よかった。その場所はどこだ？」

「パキスタンのアフガニスタン国境近くです」彼女は具体的な情報を伝えた。

「それなら簡単に見つかるはずだ」と彼は言った。「パキスタンのバジョール地区キコット郊外の廃セメント工場」彼は繰り返し、間違いがないかどうかもう一度確認した。エレンがうなずくと、彼はインターフォンを押した。「ホワイトヘッド将軍をここへ呼んで――」

そして口を閉ざした。

「大統領、将軍は――」とステンハウザーが言った。

「わかってる、忘れていた。統合特殊作戦コマンドの司令官に危機管理室（シチュエーションルーム）に来るように伝えてくれ。今すぐだ。それとティム・ビーチャムにもそこに来るように伝えるんだ。彼は病院を出たのか？」

「彼からの伝言です、大統領。彼は各国諜報機関の会合でロンドンに向かっています。呼び戻しますか？」

「いいえ」とエレンが言った。ウィリアムズ大統領が眼を向けると、彼女は続けた。「彼がその会合に出ることは重要です」

ウィリアムズは眼を細めたが、インターフォン越しに言った。「必要ない、バーバラ。行かせていい」そして机の上から書類を集めるとエレンに言った。「いっしょに来てくれ」

「申し訳ありませんが、大統領、パキスタンに行って首相と会う許可をください。はっきりさせるときだと思います」

「イランとのあいだでしたようにかね、エレン？」

「情報があります」

「イランでは外交官が逮捕され、きみは国外に追放された」

「情報があるんです」彼女は繰り返した。「はっきりとしていませんし、常識的でもない。それでも情報は情報です」

「だが信じられるのかね？」

「自分の娘を信用できるかと言ってるんですか？」

「お願いだ、エレン、勘弁してくれ。わたしはギルを見殺しにした。すまなかった。誘拐犯から解放させるように交渉するべきだった」

エレンはずっと待っていた。

あの月日、あの時間。頭がおかしくなりそうな一分一秒のあいだ、自分の息子が首を切られたという知らせが届くのを覚悟して待った。それを見るために。それを見るために。どんなに避けようとしても、その画像はすべての新聞の第一面、すべてのニュースで眼にすることになるだろう。すべてのウェブサイトでも。

ギルの母親はその光景を永遠に忘れることはできないだろう。その画像は、彼女の残りの人生で眼にするすべてのものの前に浮かぶだろう。

ギルをあの苦しみから救えたはずの男、彼女を救えたはずの男がすまないと言っている？

彼女は自分が何を話してしまうか信じられなかった。ただ大統領執務室に立って息を整えようとしていた。アメリカ合衆国大統領をじっと見ていた。彼を傷つけたいと思っていた。彼が息子を傷つけたように。彼女を傷つけたように。

「想像してください」彼女はようやく言った。「あなたの息子が首をはねられるところを」

「だがギルは首をはねられなかった」

「いいえ違います。毎晩、毎日、首をはねられた。わたしの心のなかでは」

ダグ・ウィリアムズはそんなことを考えてもみなかった。そして今、その画像が頭に浮かんだ。彼自身の息子が地面にひざまずいている姿。不潔で、怯えた姿。長い刃(やいば)が喉に当てられている姿。

ウィリアムズは息を呑むと、エレンを見た。エレンと眼を合わせた。長い、長い時間が過ぎ、彼がささやくように言った。「すまない」

そして彼女にはわかった。今度こそ本気でそう言ったのだと。些細な過ちをないことにするためのその場しのぎの政治的な謝罪ではなかった。そのことばは心のどこか奥深くから湧き出てきたものだった。

彼は悔やんでいた。

彼はエレンに赦(ゆる)しを請うべきではないとわかっていた。赦してくれるはずもなく、また赦すべきでもなかった。

「エレン、わたしはきみの息子や娘を疑っているのではない。彼らの情報源を疑っているんだ」

「彼らが命を懸けて手に入れた情報です。今はそれしかありません。それに従うしかないんです。イスラマバードに行く必要があります。それもできるだけ派手に。集められるだけの権力を誇示して。少なくとも、あなたが襲撃を計画し、実行しているあいだの陽動作戦が必要です」

「その〝陽動作戦〟がどんな内容なのかは知りたくないな」広い廊下を急ぎながら、大統領はそう言った。エレンは彼の長い歩幅に合わせて走った。

「それと……」と彼女は言った。

ウィリアムズは立ち止まると振り向き、彼女を見て言った。「まだあるのかね？」

彼女は深く息を吸った。「途中でエリック・ダンに会いたいんです」

「フロリダで？　なぜ？」

「彼が何を知っているか探るため」

「きみは前大統領がこの事件の背後にいると言うのかね？」ウィリアムズは問い詰めた。「いいかね、わたしはあの男を尊敬しているわけじゃないが、彼がアメリカの都市で核兵器を爆発させることを実際に認めるとは思えない」

「わたしもそうは思いません。ですが彼は何かを知っている可能性があります。自分ではそれに気づいていないにしても」

これを聞いていたベッツィーは、イラン・コントラ事件の公聴会でのレーガン大統領に関する有名な台詞を思い出していた。

〝大統領は何を知らなかったのか、そして知らなかったことをいつ知ったのか？〟

エリック・ダンが知らなかったことは、公文書館を埋め尽くすほどにあるのだろう。

ウィリアムズの同意を得て、エアフォース・スリーに向かうあいだ、ベッツィーはエレンがまだ手にしていた本に眼をやった。

ティアニー教授の『王と絶望した男たち』。ジョン・ダンの伝記だ。

ベッツィーはシートにもたれかかると、来たるべき対決に思いを馳せた。〝あなたがそれを許しても、許されたことにはならない〟

彼女は背後から突き飛ばされたかのように、勢いよく身を乗り出した。

「なんてこと、エレン、ホワイトヘッドが言っていたのはそれだったのね。彼はずっとそう言っていた。許すではなく、ダンだったのよ。ことば遊び。ジョン・ダンはそれをした。ホワイトヘッド将軍も。だからあなたはその本を持ってきたのね。だからエリック・ダンに会いに行くのね。アルバート・ホワイトヘッドがそう言っていたから」

「そうよ」

「でもそれはきっと何かのトリックよ。わたしたちに時間を無駄にさせようとしている。エリック・ダンは何も知らないか、知っていても何も言わないかのどちらかよ。ホワイトヘッドはわたしたちの頭のなかに入り込んで、混乱させようとしてる。ちょっとした心理戦なのよ」

「そうかもしれない」とエレンは言った。彼女は体を乗り出すと、外交保安局員にジョージタウンのティム・ビーチャムの家に寄るように指示した。

「ビーチャムはロンドンに向かっているって言ってなかった？」とベッツィーが訊いた。

「そうよ」とエレンは答え、そのまま口を閉ざした。

着くと家政婦に確認し、彼は不在でビーチャム夫人と十代の息子ふたりもユタ州の別荘に向かっているとわかった。

飛行機がフロリダに向けて飛び立ったとき、エレンがベッツィーに訊いた。

「どうしてアルバート・ホワイトヘッドはまだDCにいるの？」

「まあ、彼は自分の意思に反して、ホワイトハウスの面談室に拘束されているんだから、それが理由なんじゃない？」

「じゃあ、なぜティム・ビーチャムはDCにいないの？」

「ロンドンで諜報部門のトップの会合があるからでしょ。もっと情報を得るための。あなた自身、彼が参加することが重要だって言ってたじゃない」

「ええ、そうよ」

「何を考えているの？」とベッツィーは訊いた。

だがエレンは答えなかった。物思いに沈んでいた。思考に浸っていた。

巡航高度に達すると、エレンの机の上のコンソールが、暗号化されたメッセージの到着をブザーで知らせた。大統領がビデオ通話を求めてきたのだ。眼の前のスクリーンをタップすると、ダグ・ウィリアムズの顔が映し出された。

エレンがベッツィーに眼で合図をすると、彼女は微笑んでコンパートメントをあとにした。これはトップシークレットなのだ。国務長官の顧問であっても知ることはできなかった。

「どうぞ、大統領」

「いいだろう。こちらも集まったところだ」ウィリアムズ大統領がテーブルを囲んでいる将軍たちにうなずいた。

そして彼らの人生において最も重要な会議が始まった。

核兵器の製造を阻止するために、アメリカの特殊部隊をいかにしてあの廃セメント工場に送り込むか。何よりも重要なことは、核兵器がどこに仕掛けられているかを突き止めることだった。

その日百回目かと思えるほど、アサルトライフルがキャサリン・アダムスに向けられた。

彼女はもはやそれに驚いていない自分に気づいていた。

イランとパキスタンの国境を目指して急ぐ二十五キロの道中、キャサリンは何を言うべきかリハーサルしていた。彼女とほかのメンバー、特にボイントンと話し合っていた。

どうやって国境を越えるか。そしてどうやって追っ手に国境を越えさせないか。

「あんたはアメリカの国務長官の娘だと言うのかね？」パキスタンの国境警備隊員が言った。

アナヒータが通訳し、キャサリンはうなずいた。彼はボイントンとキャサリンのパスポートを見ていた。ほかのふたりはパスポートどころかなんの書類も持っていなかった。

キャサリンは深く考えなかったが、パキスタンの国境警備隊員は、ほかのふたりがパスポートを持っていないことよりも、キャサリンとボイントンのパスポートのほうを怪しいと思っているようだった。

「なぜパキスタンに入ろうとするのかね？　目的は？」

「安全のためだ」とボイントンが言った。「きみが入国させなかったために、アメリカの国務長官の娘と首席補佐官が傷ついたり、殺されたりしたと知ったら、きみの国の首相はさぞかし怒るだろうな。政治的にも個人的にも悪夢だ。首相にとっても、きみにとっても」

「でも」キャサリンは、今や混乱し、動揺している警備隊員に向かって言った。「あなたがわたしたちの命を救ったことを首相が聞いたら、彼はどれだけ喜ぶかしら？　あなたの名前は？」

アナヒータが書き留めた。

ボイントンは近づいてくる砂埃を指さした。「あの車にはロシアンマフィアが乗っている。あれこそきみが止めるべき男たちだ。アメリカはきみたちの国の同盟国だが、ロシアは違うだろ」

別の警備隊員が小屋から現れ、同僚に携帯電話を見せた。そこにはふたりの身元を確認する情報が映し出されているようだった。

チャールズ・ボイントンはその携帯電話をじっと見ながら、貸してもらえないかと頼みたい誘惑に駆られた。考えれば考えるほど、ファルハードの最後のことばをアダムス長官に伝えることが重要に思えてきた。血で書くように咳き込みながら吐き出したことばを。

ホワイトハウス。

だが、警備隊員が携帯電話を貸してくれたところで、それを使ってアメリカの国務長官の個人の安全な携帯電話にメッセージを送ることはできなかった。それでもボイントンは見つめ続けた。まるで飢えた男がリブステーキを見つめるかのように。

「で、彼女たちは?」警備隊員はアナヒータとザハラを指さした。

「イランはわれわれの友人ではない。彼女たちはパスポートを持っていない。入国させるわけにはいかない」

これはまずい。警備員はキャサリンとボイントンは入国させてもいいが、ほかのふたりはだめだと言っているのだ。

「でも、パスポートを持っていないのに、どうしてパキスタン人じゃないとわかるの?」

「彼女たちは違う」

「違わないかもしれない。いい、友人たちをここに置いていくことはできない。だからあなたが判断して。彼らはイラン人なの?　それともパキスタン人?　わたしたちを入国させてヒーローになる?　それとも追い返して、とんでもないトラブルを招く?」

「われわれはイランとの国境沿いの最前線に配備されています」あとから来た警備隊員がきれいな英語で言い、パスポートを返した。「それがどれだけ大変なことかわかりますか?」

「アフガニスタンとも国境を接してるんじゃなかったかね?」とボイントンが言った。「そこに飛ばされたらピクニックというわけにはいかないだろう」

警備隊員は肩をすくめた。「知ったら驚くでしょうね」だが彼は彼らが知ることはないとわかっていた。「アルコールは持ち込みますか? 煙草は?」彼らは首を振った。「銃器は?」

彼はアナヒータの膝の上にある銃をじっと見ていた。

彼らは首を振った。そして警備隊員は手を振って彼らを通した。アメリカへの愛からではなく、自分たちの首相を恐れて。アフガニスタンとの国境に飛ばされることを恐れて。

立ち去るとき、警備隊員がつぶやくのが聞こえた。「クソアメリカ人が」だがそこには悪意はこもっていなかった。ほとんど称賛といってよかった。ほとんど。

キャサリンは気にしなかった。

この地域、それどころか恣意的な国境全体が、派閥や部族間の忠誠心が煮えたぎった大釜のようなものだった。何世紀も続く不平不満や、混じり合っては分裂する複雑な忠誠心が渦巻いていた。そのなかにアメリカに向けられたものはほとんどないが、だからといって彼らがロシアのファンだというわけでもない。

キャサリンは車を走らせ、角を曲がったところでバックミラーを見た。砂埃が国境に到着していた。後部座席から小さなつぶやきが聞こえた。

ザハラがイスラム教の数珠を持ち、ビーズひとつひとつに「アルハムドゥリッラー」とつぶやいていた。

アナヒータもそれに加わった。

その数珠は、アフマディ博士が一日に何度も指で触れ、繰り返し祈ってきたため、すり減って輝いていた。ザハラが命を懸けて取ってきたものだった。愛する父親の形見。父が何をしたにせよ。ひとつの恐ろしいことが生涯にわたる献身を消し去ることはなかった。

「アルハムドゥリッラー」

小さな町や村を通って、ギルとの待ち合わせ場所に向かって走るうちに、初めはボイントンが、次にキャサリンが加わり、汚れたぽんこつの車は、静かな祈りの声で満たされた。彼らは何度も何度も繰り返し、何か平穏のようなものに包まれていた。

アルハムドゥリッラー。

すべての感謝と称賛をアッラーに。

キャサリンは神に感謝した。あとは兄(ギル)を見つけるだけだ。


エレンは特殊部隊の隊長がパキスタンのバジョール地区の3D地形図に覆いかぶさるようにしているのを見ていた。彼は手際よく地図を動かし、調べ、操作し、探索していた。

「二〇〇八年にここで〝バジョールの戦い〟がありました」そう言うと彼は地図をズームインし、動かした。「パキスタン軍がこの地域からタリバンを追い出すために戦いました。最終的に彼らは勝利し、タリバンを追いだしました。だがそれは厳しい戦いでした。パキスタンは勇敢に、そして情け容赦なく戦った。タリバンがまた戻ってきたと聞くのは残念です」彼は顔を上げると、大統領と眼を合わせた。「当時われわれにはアドバイザーがいました。諜報部門と軍部の。アルバート・ホワイトヘッドもそのひとりでした。彼は当時大佐でした。この地域のことをよく知っています。彼もここにいるべきです、大統領」

「ホワイトヘッド将軍はほかの場所で必要とされている」とウィリアムズ大統領は言った。

部屋のなかにいた軍人たちのあいだで視線が交わされた。彼らは明らかに噂を聞いていた。

「では、ほんとうなんですね？」ひとりが訊いた。

「続けろ」ウィリアムズ大統領は言った。「あの工場に行かなければならない。どうする？」

あそこから始まったのだろうか、とエレンは思った。山や谷、洞窟で繰り広げられた激しい戦いのなかで、ホワイトヘッド大佐の信念に髪の毛ほどの亀裂が生じたのだろうか？

長い年月のあいだに、彼はあまりにも多くのものを見てしまったのだろうか？　自分の嫌悪する行為が行なわれているにもかかわらず沈黙を強いられたのだろうか？

多くの若い男女が命を落とす一方で、ほかの者たちが利益を得るのを見てきたのだろうか？　ホワイトヘッド大佐の亀裂は時間をかけてゆっくりと広がり、そしてホワイトヘッド将軍の深い裂け目となったのだろうか？

エレンが携帯電話を取り出して、バジョールの戦いを調べたところ、ライオンハート作戦と呼ばれていたことがわかった。

ライオンは罠から逃れたが、その心（ハート）を置いてきてしまったのだろうか？

携帯電話を置くと、彼女はワシントンDCの危機管理室（シチュエーションルーム）で起きていることに集中した。彼女は軍事戦術の専門家ではなかった。彼女の仕事は、アメリカがパキスタン国内で許可なく隠密の軍事作戦を遂行し、パキスタン市民を捕らえ、ひょっとしたら殺してしまったことがパキスタンに明らかになった場合に、事態を収拾することだった。

運がよければ、バシル・シャーがその死者のなかに含まれるだろう。エレンはそう思った。だが彼女は疑ってもいた。アジ・ダハーカをどうやって殺すというのか？

彼女は地図に眼をやった。険しく、ほとんど侵入不可能のように見える地形。彼女とウィリアムズ大統領が村や山脈、川を見ていたのに対し、将軍たちは別のものを見ていた。彼らは機会と死の罠を見ていた。ヘリコプターや空挺部隊の着陸地点を見ていた。そしてそれらの部隊が地上に降り立つ前に、どのようにして倒されるかについて見ていた。

「少し時間がかかります、大統領」と将軍のひとりが言った。

「いや、時間はない」ウィリアムズはスクリーン越しにエレンを見た。彼女はうなずいた。やらなければならないのだ。

「テロリストがあの工場を使ってタリバンのために核兵器を作っていると言ったが、そこにはほかにも何かあるはずなんだ」とウィリアムズは言った。

〝わたしにはまだ罪があるのだから〟とエレンは思った。

「彼らが三つの爆弾を作り、アメリカの都市に設置したという情報がある」

それまで地図の上に覆いかぶさっていた将軍たちが一斉に体を起こし、見つめ合った。しばらくだれもことばを発することができなかった。

それはまるでその部屋のなかにいる者と、世界のそれ以外の者とのあいだを隔てる渓谷が大きく開いたような感覚だった。知らないことと知っていることのあいだに越えられない空間が広がっていた。

「あの工場に侵入しなければならない」とウィリアムズ大統領が言った。「科学者たちを止めるために。だが何よりも爆弾がどこに仕掛けられているのかを今すぐ知らなければならない」

「妻に電話をしなければ」ひとりの将校がそう言い、ドアに向かった。「妻と子供たちをＤＣから脱出させないと」

「夫と娘にも」別の将校が言い、やはりドアに向かった。

ウィリアムズがドアの前にいる警備員にうなずくと、彼らはドアの前に進み出た。

「計画を立てるまでだれも外に出るな。チャンスは一回だけ、これからの数時間でそれをつかまなければならないんだ」

エレンはその様子を見ていた。心臓の鼓動が高鳴る。抑えようとした。どこに向かっているかわかっていた。そしてそれはまったく気に入らなかった。

すでに途中まで来ていた。それでも怖くてその先に進めそうもなかった。だが今彼女はその一歩を踏み出していた。

「長官」パイロットの声がスピーカーから聞こえてきた。「パームビーチ国際空港から着陸許可が出ました。七分後に着陸します。いったん、通信を遮断する必要があります」

「だめ」彼女は言い放った。それから声のトーンを調整した。「ごめんなさい。でもまだだめ。もう少し時間が必要。どうしてもと言うなら、もう一度旋回して」

「できません。航空管制官の許可がないと――」

「なら取って。あと五分必要よ」

一瞬の間(ま)。「わかりました」

エアフォース・スリーが傾いて旋回すると、エレンはこの会議で初めて発言した。

「大統領、お話があります。内密に」

「今、会議の途中――」

「お願いです。今すぐ」

会話を終えて大統領との通信を切ると、エレンはパイロットに着陸を指示し、明るい日差しに輝くヤシの木と海に眼をやった。それからホワイトヘッド将軍宅の手作りのブランコとアメフトのボールのことを考えた。写真。さらには白いピケットフェンスのことを。

そしてフランクフルトの事件現場の境界線で、生死が不明の子供たちの写真を手にする母親や父親のことを考えた。アスファルトの上で赤い毛布がはためくのが今も眼に焼きついていた。

さらに彼女はパキスタンのどこかにいるキャサリンとギルのことを考えた。

エレン・アダムスは王と絶望した男たちのことを考えた。自分は自らの人生において最悪の過ちを犯してしまったのではないだろうか。それだけではなく、あらゆる人々の人生においても。

CHAPTER 34

アダムス国務長官の車列が、エリック・ダンのフロリダの私邸の正面にある背の高い金色の門に到着した。

前大統領が彼らが来ることを知っていたにもかかわらず、そして彼女たちの車列が長い長い私道を向かってくるのを私設警備員が見ていたにもかかわらず、エレンたちは待たされた。

彼女は、ダンの私設警備員――実質的にはダンの私設軍隊――が身分証明書の提示を求め、時間をかけてそれを返すのに対しても笑顔で誠実に対応した。ダンの部下には気づかれていなかったが、エレンの膝が上下に揺れているあいだ、ベッツィーは山のような悪態をつぶやいていた。

エレンについているセキュリティチームのリーダー、スティーブ・コワルスキーは長年の経験を有するベテランだったが、助手席のシートから〝クリーバー夫人〟が本来なら絶対に組み合わさることのないことばを組み合わせてつぶやいているのを聞いていた。名詞を動詞のように使ったり、動詞をまったく別の何かにしたりした結果、そのことばはグロテスクであり、滑稽でもあった。それは外交保安局の職員には想像もつかない言語学的展開だった。だが元海兵隊員の彼にとってはどこか耳に心地よかった。

彼がアダムス長官を尊敬すると同時に、彼女の顧問のことを崇拝しているのは明らかだった。

空港からゲートまでの車中で、彼らは飛行機のなかにいたあいだにエリック・ダンが行なった記者会見を見ていた。彼はエレンたちが向かっているのを知って、記者たちを集めたのだった。

その会見の目的はアダムス長官の息子の顔に泥を塗ることだったようだ。彼は、ギル・バハールがロンドン、パリ、そしてフランクフルトの爆破事件に関与しているとほのめかした。いやそれどころか、実際に非難してみせた。ギルが過激化し、母親である国務長官をそそのかしてアメリカに敵対させたに違いないとまで言った。この国は政権交代で弱体化したと身振り手振りを交えて叫んだ。急進主義者、社会主義者、テロリスト、堕胎医、裏切者、ばかが支配している国になったと。

「入っていいぞ」と警備員が言った。彼は、エレンがオルタナ右翼に関する報告書のなかで見たことのある記章をつけていた。

「シークレットサービスはもう前大統領をガードしていないの？」SUVが城のような邸宅に向かって、残りの道のりを進んでいるあいだ、エレンは尋ねた。

「おそらくしているはずです」とコワルスキーが答えた。「ですが彼は自分の部下を周囲に配置しています。シークレットサービスをディープステートの一部だと考えているんです」

「なるほど、シークレットサービスはアメリカ合衆国と大統領という地位には心から忠誠を誓っているけど、ダン個人に対してはそう思っていないという意味では、彼の言うとおりね」とエレンは言った。

なかに入る前に、彼女はもう一度携帯電話をチェックした。キャサリンやギル、ボイントンからのメッセージはなかった。大統領からのメッセージもない。

携帯電話をコワルスキーに渡すと車から降り、ベッツィーとふたりで巨大な両開きの扉の前に立って扉が開くのを待った。

さらに待ち、そして待った。

バーテンダーは、ピート・ハミルトンがふたたび薄暗い部屋を横切り、〈オフ・ザ・レコード〉のカウンター・スツールに坐るのを呆然と見ていた。

「二度と来るなといったはずだ」ピートが坐るとバーテンダーは言った。

だがその若者はどこか違っていた。それほどだらしなくは見えなかった。眼が輝いている。服は小ぎれいで髪にもつやがあった。

「何があったんだ?」とバーテンダーは尋ねた。

「どういう意味だ?」

バーテンダーはピートのほうに首を傾げ、驚いたことに自分がこの若者を気にかけていることに気づいた。この四年間、ゆっくりと痛ましいほどに落ちぶれていくのを見てきて、この青年のことを気の毒に思っていた。

どんなレベルであれ、政治は残酷である。特にここワシントンでは情け容赦なかった。この青年も犠牲になったのだ。串刺しにされ、焼かれたのだ。

だが今、予期せず突然に、ピート・ハミルトンはすっかり元に戻ったように見えた。ふたたび元気を取り戻したようだ。たった一日で。シャワーを浴びて、清潔な服を着るだけでこんなにも変わるのかと驚きだった。

だが長いことこの商売に携わってきたバーテンダーは騙されなかった。これはうわべだけで、それ以上ではない。

「スコッチをくれ」とピートは言った。

「スパークリング・ウォーターにしておけ」とバーテンダーは言った。くし切りにしたライムを落とすと、アダムス国務長官の風刺画が描かれたコースターの上に、背の高いグラスを置いた。

ピートは微笑むと、まわりを見た。

だれも彼に注意を払っていない。ここにいるのは間違いだとわかっていた。まっすぐ家に帰るように言われていたし、ホワイトヘッド将軍や彼の共犯者に関する証拠を突き止める仕事がまだあった。だが彼は、この権力の奥深くで今何が語られているのか聞きたかった。

当然のことながら、メイントピック——唯一のトピック——はアルバート・ホワイトヘッドのことで、統合参謀本部議長が逮捕されたという噂が根強く流れていた。なんの容疑で逮捕されたのかは語られていなかった。

一番大きなグループがちょうど来たばかりの若い女性のまわりに集まっていた。このバーで見かけたことはなかったが、今はだれなのかわかっていた。この日、大統領執務室に入るのを待っていたときに見かけた人物だった。彼女は大統領首席補佐官のアシスタントだ。

ピートと眼が合うと明るく微笑んだ。彼も微笑み返した。もしかしたら今日はラッキーな日なのかもしれない。彼はそう思いながら、グラスを手に取り、ふらふらと歩いていった。

バーバラ・ステンハウザーのアシスタントがなぜこの国の最大の危機のさなかにバーにいるのか、疑いもしなかった。

ひょっとしたら、彼女があとをつけてきたのかもしれないとは思いもしなかった。

ほんとうはとてもアンラッキーな日だとは思いもしなかった。

危機管理室を退出していたウィリアムズ大統領が、事前に予定されていた記者会見を終えて三十分後に戻ってきた。

会見をキャンセルしたら奇妙に思われると考えたのだ。記者会見は十分で終わった。彼は残りの時間をほかのことに費やした。

ホワイトヘッド将軍について記者たちからいくつか質問があったが、どれも漠然としたものだった。嵐雲が集まりだしていたが、今のところ何も起きていない。遠くでゴロゴロと鳴っているだけだ。

「何かわかったか？」ウィリアムズは地図のまわりにいる将軍たちに加わると尋ねた。

そのときまでに、彼らはふたつの作戦を考えついていた。「どちらも確実ではありません」特殊部隊の隊長が言った。「しかし短時間で思いつきうる最善の策です。もしもっと時間があれば……」

「時間はない」とウィリアムズは言った。「それどころか、どんどんなくなっている」彼は将軍たちの提案に耳を傾けた。「成功の確率は？」

「第一の計画では二十パーセント、第二の計画では十二パーセントとなっています。もしタリバンが報告されているとおりに強固な組織であれば、われわれのチームが現地に到着できる確率はほとんどありません」

「工場を爆撃することもできますが」将軍のひとりが言った。

「それも魅力的だ」と大統領は認めた。「だがほかにも核爆弾があれば、それを爆発させる危険性がある。それにアメリカのどこに核兵器が仕掛けられたかという情報もいっしょに吹き飛ばしてしまうことになる。今はそれを知ることが最優先事項だ」

「ほかにその情報を得る方法はないのですか？」

「あればそうしている」そう言うと大統領は地図の上に体を乗り出した。「ばかげていると思うかもしれないが、もうひとつ可能性がある。ここに着陸させたらどうだろう――」彼は将軍たちが考えていなかった場所を指さした。

「このあたりは険しすぎます」と将軍のひとりが言った。

「だが高台がある。ヘリコプターを二機着陸させるには充分な広さだ」

「どうして高台があるとわかるんですか?」とひとりが地図の上に身を乗り出して訊いた。

「見えるんだ」とウィリアムズ大統領は言い、3D画像を操作して拡大した。たしかにそこには平らな地域があった。大きくはなかったが、たしかにあった。

「おことばですが大統領、それがなんの役に立つと言うのでしょうか? 工場からは十キロも離れています。そこからでは工場にたどり着けません」

「それでかまわない。彼らは陽動部隊だ。ヘリで空から支援して、タリバンの戦力を引きつけておき、そのあいだに本隊が工場に降下すればいい」

将軍たちは異常者を見るように、大統領を見つめていた。

「だが正気の沙汰じゃない」と統合参謀副議長が言った。「すぐに殲滅(せんめつ)されてしまいます」

「めくらましを使えばどうだ? もしタリバンがどこか別の地域を占拠しているとしたら? その可能性はあるよな?」ウィリアムズは探るように彼らの眼を見た。「襲撃の数時間前に、われわれの情報ネットワークを使って噂を流す。その地域にタリバンの存在を確認し、襲撃を計画していると。そうすれば注意を引くことができるだろう。その襲撃地域は、工場が真の標的だと疑われない程度離れた距離だが、タリバンの支配地域の中心にすれば信憑性もある。英国のベリントン首相と話をしよう。爆破事件の報復として英国のSASが実行しようとしているように見せかけるんだ。そのほうが信憑性が高いし、われわれから注意をそらすことができる」

ウィリアムズは彼らが顔を見合わせているのを見ていた。

「できるか?」と彼は言った。

だれも口を開かなかった。

「できるのか！」彼は叫んだ。

「三十分ください、大統領」統合参謀本部副議長が言った。

「二十分だ」そう言うとウィリアムズはドアのほうに向かった。「特殊部隊を出発させろ。詳細は途中で詰めるんだ」

部屋を出ると、彼はドアに寄りかかり、眼を閉じた。そして両手で顔を覆い、つぶやいた。「わたしは何をしてしまったのだろう」


「王と絶望した男たち」ベッツィーはそうつぶやきながら、広大な玄関ホールを通り抜け、これが劣等感の裏返しの記念碑ではなく、実際の宮殿だったらすばらしかっただろうにと思いながら眺めていた。

「前大統領がテラスでお待ちです」と彼の個人秘書が言った。

イタリア風のデザインのテラスがいくつもあり、真ん中に噴水のあるオリンピックサイズのプールに続いていた。とても印象的だったが、実際に泳ぐには無用の長物だろう。

これらすべてのまわりに、手入れの行き届いた芝生と庭が広がっている。そして敷地の一番奥には海が広がっていた。さらにその先には何も見えなかった……

エリック・ダンにとって、世界は自分の所有地の端で終わっているのではないかと、エレンは思った。彼の勢力の範囲の外のことなどどうでもよいのだ。だがそれは驚くほど大きかった。そう認めざるをえなかった。

彼女はこの会談を早く切り上げなければならなかったが、彼にそのような印象を与えてしまえば、引き延ばされてしまうだろう。

てきた。「ミセス・アダムス」エリック・ダンがそう言って立ち上がると、両手を広げて彼女のほうに近づいてきた。

彼は大きかった。巨大といってよかった。社交行事ですれ違う程度だったが、エレンはこれまでにも彼に何度も会っていた。彼女は彼のことを愉快な人物だと思っていた。魅力的だとさえ思っていた。だが自分にしか興味がなく、他人にスポットライトが当たるとすぐに飽きてしまう。

エレンは、エリック・ダンの帝国が築き上げられ、崩壊し、ふたたび隆盛を極めたとき、自分のメディア各社に、彼に関する特集を組ませたことがあった。そのそれぞれのとき、彼は常にだれよりも大胆で、だれよりも高慢、そしてだれよりももろかった。

風呂のなかの泡のようで、今にも破裂して悪臭を放ちそうだった。

そして思いがけず政治家に転身し、この国のトップの地位を手に入れた。だが彼女にはわかっていた。彼から利益を得ようとする人々や外国政府の協力なしに、それは実現することはなかった。そして実現した。

それは民主主義の明るい光につきまとう暗い影だった。人々には自身の自由を乱用する自由があるのだ。

「こちらの小さな女性はだれかな?」ダンが、ベッツィーのほうを見て言った。「あなたの秘書かな? それともパートナー? わたしは心が広いので、人前で何をしようが公序良俗を乱さないかぎりは気にしないよ」

彼が笑っているあいだ、エレンは反応しないようにとベッツィーに小声で警告した。この中身のない男の餌食になるだけだ。

エレンは、長年の友人であり、顧問でもあるとベッツィーを紹介した。

「アダムス国務長官に何をアドバイスするのかな？」彼はそう訊きながら、すでに用意してあった椅子に坐るように手で示した。

「アダムス国務長官は自分で決めることができます」とベッツィーが言った。その声はとても甘く、そのことがかえってエレンを怯えさせた。「わたしはセックスのためにいるだけです」

エレンは眼をしばたたいて、神様、もし聞いていたら、わたしをここから連れていってと思った。エリック・ダンが笑いだすまで、一瞬の間があった。

「オーケイ、エレン、用件はなんだね？」彼はなれなれしいモードに戻って言った。「爆破事件とは関係ないことを祈るよ。あれはヨーロッパの問題だ。われわれのじゃない」

「ある情報が入ってきました……。不穏な情報です」

「またわたしの悪口かね？」と彼は言った。「信じるな、フェイクニュースだ」

エレンは彼がギルを中傷した戯言について反論したい衝動に駆られたが、それこそ彼の思うつぼだと思った。代わりに彼女は、彼に対しても自分に対しても、そのニュースを見なかったふりをすることにした。

「直接には違います。ホワイトヘッド将軍について教えてください」

「バート？」ダンは肩をすくめた。「彼を使ったことはあまりなかったが、言われたとおりにしていたな。わたしの将軍がみなそうだったように」

実際には〝彼の将軍〟ではないと指摘させようと誘っているのだろうか？　それともほんとうにそう信じているのだろうか？

「彼が指示されていないことをした可能性は？」

ダンは首を振った。「ありえない。わたしの政権ではわたしが知ることなしに、そしてわたしの承認なしには何も起こらない」

よしよし。その発言は、ブーメランのように戻ってきて、彼の尻に噛みつくことになりそうだとベッツィーは思った。

「なぜバシル・シャーの自宅監禁の解除に同意したのですか？」とエレンは訊いた。

彼は背もたれに身を預けると、椅子をきしませた。「ああ、そのことか。彼はきみが訊いてくるだろうと言っていたよ」

「彼？」とエレンは言った。「ホワイトヘッド将軍？」

「いやバシルだ」

舌をコントロールできても血流をコントロールすることはできそうもなかった。今、血液が顔から体の芯へと激しく流れ、そこに集まって彼女の顔を死人のように蒼白にしていた。

「シャーが？」と彼女は訊き返した。

「ああ、バシルだ。きみが苛立っていると言っていたよ」

エレンは礼儀正しく話せるまで口を閉ざしていた。そして言った。「彼と話したの？」

「もちろんさ。なぜいけない？　彼はわたしの支援に感謝の意を示したがった。彼は天才で、起業家でもある。わたしとは共通点が多い。そう、きみは彼に大きなダメージを与えたね？　彼は単なるパキスタンのビジネスマンだというのに、きみのところのメディアによって、よりによって武器商人だと不当に非難された。全部説明してくれたよ。パキスタン政府も説明してくれた。きみは核エネルギーと核兵器を混同している」

ベッツィーが何かほとんど聞き取れないことばをつぶやいた。ばか（アス）？

ダンが突然ベッツィーのほうを見た。顔が真っ赤になっていた。今にも泡を吹き出しそうだった。

「今なんと言った？」

「あなたのことを……鋭いと」

ダンは彼女をにらんでいたが、やがてエレンに視線を戻した。

エレンは思わずのけぞりそうになった。この男の迫力は否定できなかった。エレンはこのような人物、このようなことは経験したことがなかった。

成功した政治家の多くはカリスマ性を持っていた。だがこれはそれだけでは説明できなかった。彼の軌道上にいることは、何か特別な経験だった。どこか引き寄せられるような、興奮を約束されるような経験。それは危険な経験でもあった。手榴弾でジャグリングをするような。

刺激的であると同時にぞっとさせるもの。そして彼女もそれを感じていた。

エレン・アダムスは決して彼に惹かれることはなく、むしろ拒絶していた。それでもエリック・ダンが強力な磁力と動物的な本能を持った人物だと認めざるをえなかった。彼は他人の欠点を見つける天才だった。人を自分の意のままに曲げることができた。曲がらなければ壊すまでだ。

彼は恐ろしく、そして危険だった。

だが彼女は引き下がるわけにはいかなかった。逃げるつもりもなかった。曲がるつもりはなかった。そして絶対に壊されるつもりもなかった。

「あなたの政権のだれがシャーの監禁の解除を提案したの？」

「だれでもない。わたしの考えだ。関係修復のための会談でパキスタンの首相と会って、そのときに思いついた。彼らは前政権の干渉に不満を抱いていて、指導力のある人物が政権に就いてくれてどれだけ安心しているかと言ってくれた。前の大統領は弱く、愚かでひどい目にあわされたと。彼らがシャーについて触れた。彼はパキスタンでは英雄だが、当時の大統領が間違ったアドバイスに耳を傾け、彼を拘束するようパキスタンに強要した。そのせいで両国の関係が大きく損なわれた。だからわたしが修復した」

「シャーの釈放に同意することで」

「彼に会ったことがあるかね？　洗練されていて知的な男だ。きみが考えているような人物じゃない」

反論したい衝動に駆られたが思いとどまった。またシャーがどのような形で感謝の意を表したのかも訊かなかった。その必要はなかった。

「シャーは今どこにいるの？」代わりに彼女はそう訊いた。

「昨日、彼とランチをいっしょにすることになっていたが、キャンセルされた」

「なんですって？」

「そうなんだ、信じられるか？　わたしとの約束をキャンセルするなんて」

「彼はここにいたの？　アメリカに？」

「そうだよ。一月からね。ここからそう遠くない友人の家に滞在するように手配した」

「彼はアメリカ入国のビザを持っていたの？」

「たぶん。ここに来るときは、わたし自身が飛行機で連れてきた」

「住所を教えてくれる？」

「そこへ行くつもりならもういないよ。昨日出ていった」

「どこへ？」

「見当もつかんよ」

エレンはベッツィーをちらっと見て、誘いに乗らないように警告した。だが、ベッツィーは眼を見開いて呆然としていた。個人的な感情に浸る気分でもなければ、そんな状態でもなかった。気を取りなおすと彼女は携帯電話に眼をやった。ピート・ハミルトンから来たフラグつきのメッセージが映し出されていた。

〝HLI〟

明らかにタイプミスだと思ったので、ベッツィーは〝?〟と返信して会話に戻った。

「ミスター・ダン」とエレンは言った。「シャーの居場所を知っているか、知っている人がいたら教えなさい。今すぐ」

彼女の口調に、エリック・ダンの動きが止まった。急にまじめな顔になった。眉をひそめて彼女を観察していた。

「何があった?」

「シャーがアルカイダの核兵器開発に関与していると考えている」彼女はそこまで言った。

ダンは彼女をじっと見た。彼女は一瞬、彼にほんとうにショックを与えることができ、協力させることができるかと思った。が、彼は笑いだした。

「完璧だ。彼はきみがそう言うだろうと言っていたよ。きみは被害妄想に陥っている。もしそう言われたら、花はどうだったか聞いてみろと言っていた。どういう意味かさっぱりわからんがね。彼がきみに花を贈ったのかね? そりゃあきっと愛からに違いない」

静寂のなか、エレンは自分の息遣いだけを聞いていた。そして立ち上がった。

「お時間ありがとうございました」彼女は手を差し出し、彼がその手を握ると強く引いて、その巨大な男を近くに引き寄せた。鼻と鼻が触れそうなくらいで、彼の息のにおいがした。肉のにおいだ。

彼女はささやいた。「その強欲と愚かさの下で、あなたはほんとうにこの国を愛しているはずです。もしアルカイダが爆弾を持っているなら、ここで使うはずです。アメリカの領土で」

彼女は体を引くと、今はたるんだ彼の顔をじっと見てから続けた。

「あなたは、ホワイトハウスでは自分の承認なしには何も起こらないと繰り返し明言した。その主張を見直すか、この事態を食い止めるのに協力するか、どちらかしたくなるでしょう。もし大惨事が起きたら、あの大きな金色の扉にも及ぶはずです。保証するわ。シャーがどこにいるのか知っているなら、今すぐ教えなさい」

彼女は彼の眼に恐怖を見た。迫りくる大惨事への恐怖？　それとも大惨事の責任を負わされることへの恐怖だろうか。エレンにはわからなかったし、どちらでもよかった。

「教えなさい。今すぐに」彼女は求めた。

「彼が滞在していた場所なら教えることができる。アシスタントから住所を教えよう。だが知っているのはそれだけだ」

だが、エレンはそれがすべてではないことはほぼ間違いないと思っていた。

〝わたしにはまだ罪があるのだから……〟

「ホワイトヘッド将軍。彼はシャーの釈放にどんな役割を果たしたの？」

「彼は自分の手柄にしようとしているのか？　あれはわたしの考えだ」

エレンは彼をじっと見た。彼はたとえ大惨事であっても、自分の手柄にせずにはいられないのだ。

アダムス国務長官とベッツィー・ジェイムソンは玄関ホールでダンのアシスタントを待っていた。シャーの滞在していたパームビーチの別荘の住所を教えてくれることになっていた。アシスタントの女性は、やって来るとエレンに紙を渡しながら言った。「ダン前大統領が偉大な人物であることをわかってください」

彼がそう言うように言ったのかと、エレンはもう少しで訊きそうになった。が、代わりに言った。

「そうかもしれませんね。いい人ではないのが残念です」

　おもしろいことに、その若い女性は反論しなかった。

　ＳＵＶに戻ると、ベッツィーがエレンの手のなかにある紙を示して言った。

「そこへ行くの？」

「ううん、パキスタンに行く」彼女は携帯電話を取り出すと、ダンのアシスタントが教えてくれた住所をウィリアムズ大統領に送った。彼ならすぐに行動を起こすように命令してくれるだろう。


「大統領」英国の首相のきびきびとしたビジネスライクな声が、安全が確保された回線から流れてきた。「用件はなんだね？」

「ジャック、単刀直入に言おう。爆破事件の報復として、きみのところのＳＡＳがアルカイダの支配するパキスタンへの攻撃を計画しているという噂を広めたい」

　しばらく間（ま）があった。

　英国の首相がすぐに電話を切らなかったのは称賛に値した。

　ウィリアムズは手に力を入れ、電話を強く握った。拳は血の気が引いていた。

「何を企んでいるんだ、ダグ？」

「知らないのが一番だ。だがきみの力を必要としている」

「これによってわが国がテロリストの標的になるとわかってるんだろうな？」

「攻撃しろとは言っていない。噂を否定しないでほしいだけだ。これから数時間のあいだだけ」

「認識こそが現実だ。イギリスに責任があろうとなかろうと関係ない。テロリストはそれを信じる。それを信じたがる」

「現実には、きみの国はすでに標的になっている。二十六人が死んでるんだ、ジャック」

「二十七人だ。一時間前に少女が息を引き取った」長いため息があった。「わかった、やってくれ。訊かれても否定しない」

「だれにも真実を知られてはならない。きみの部下でさえも」とウィリアムズは言った。「ロンドンで各国の諜報機関のリーダーが緊急会合を開いているそうだな」

長い吐息の音が聞こえてきた。ベリントン首相は考えていた。「自分の部下にも嘘をつけというのか?」

「そうだ。わたしも同じことをする。きみが同意すれば、わたしは自分の国家情報長官から始めるつもりだ。ティム・ビーチャムがロンドンの会議に出席している。彼にSASの攻撃に関する噂を知らせるつもりだ。彼はきみの部下に尋ね、きみの部下はきみに尋ねるだろう」

「そしてわたしは嘘をつかなければならない」

「真実を言わなければいい。話したがらなければ。あいまいにすること。きみの得意分野だろう?」

ベリントンは笑った。「わたしの元妻と話したな?」

「で、やってくれるのか、ジャック」

ウィリアムズはアダムス国務長官から緊急のメッセージが入っているのを見た。彼は待った。ベリントンの答えを待った。

「少女は七歳だった。わたしの孫娘と同い年だ。わかった、大統領、数時間、狼を寄せつけないでおこう」

「ありがとう、ジャック。今度一杯おごるよ」

「いいね。ダグ、今度きみがイギリスに来たときにパブに行ってパイとビールでも愉しもう。サッカーの試合でも見ながら」

ふたりとも黙ったまま、それを想像した。それが可能であることを望んだ。だがそんな日々は過ぎ去ってしまった。永遠に。

電話を切ると、ウィリアムズはエレンからのメッセージを読み、FBIと国土安全保障省にパームビーチの別荘に急行するよう命じた。

彼はまた前日にパームビーチを発ったプライベートジェットの乗客と、その行き先を突き止めるよう指示した。そしてSASに関する噂を流した。

机の上のブザーが鳴った。

「大統領」統合参謀本部副議長が言った。「彼らは飛行機で向かっています」

ウィリアムズ大統領は時計に眼をやった。数時間後には、特殊部隊がパキスタンのタリバンの支配する地域に入り、暗闇のなかを到着する。

襲撃が進行していた。攻勢が始まったのだ。

❈

CHAPTER 35

エレンは、イスラマバードへ向かう機内で断続的にしか眠ることができず、何度も起きてメッセージを確認した。

チヌークヘリや給油機などを含むすべての航空機が中東の秘密基地を出発し、司令官たちが襲撃の最終計画を検討していた。

夕方、エアフォース・スリーがパキスタンに着く頃には、レンジャーはふたつの部隊に分かれていた。

時間を見た。部隊が地面に降り立つまで三時間二十三分。陽動部隊が先で、その二十分後にもうひとつの部隊が工場を襲撃する。

別のメッセージが入り、バシル・シャーはフロリダをあとにし、どこに向かったかはわからないことが確認された。別荘は空っぽだった。人影もなければ書類もなかった。そして彼の名前での搭乗記録もなかった。

残念ではあったが、驚くことではなかった。

すべてのプライベートフライトを追跡し、今ではその地域から出る民間航空機にまで捜査の範囲を広げていた。

バシル・シャーは幽霊のように消えてしまった。

彼女は机の上に眼をやった。そこにはスイートピーの花束がまだ置かれていた。彼女は、満足げに見た。花はしおれ、うなだれて枯れかけていた。

　乗務員がそれを取り去ろうとしたが、エレンがそのままにさせておいたのだ。彼からの贈り物が枯れていくのを見るのは、彼女に奇妙な満足感を与えた。

　シャー自身の代わりにはならないが、ないよりはましだ。

「飛行機を降りる前に見せたいものがあるの」とベッツィーが言った。

　ピート・ハミルトンからの返信はなかったが、とにかく彼のメッセージを見せることにした。

「ＨＬＩ？」とエレンは言った。「どういう意味？」

「タイプミスだと思う」

　エレンは眉をひそめた。「でもフラグがついている。タイプミスのメッセージにフラグはつけないでしょ。そんなに大事なことなら、間違いないかちゃんと確認するはずよ」

「たしかに。けど急いでたんじゃない？」

「ハミルトンの説明は？」

「尋ねたけどまだない」

　ふたりはその文字を見つめた。彼はＨＩＬと書くつもりだったのだろうか？　だがそうなら、どういう意味なのだろう？　丘（Hill）？　議会議事堂（Capitol Hill）？　爆弾があるところなのか？　だがそれでも意味が通らない。なぜ二番目のＬを省略した？　それに彼は緊急扱いのメッセージにしている。

「返事が来たら教えて」

　エレンは鏡のなかの自分を見た。今回はブルカはなしだ。地味で控えめな服装。長袖のパンツスーツ。彼女が国務長官に就任したときに、パキスタンの外務大臣から贈られた美しいシルクのスカーフをしていた。クジャクの羽のデザインでこの上なくすばらしかった。

彼女は今から自分がやろうとしていることに申し訳ない気持ちになりかけていた。だがほかに方法はない。あの勇敢な特殊部隊員たちにできるなら、自分にもできるはずだ。

「大丈夫？　ここにいたほうがいい？　少し眠る？」彼女はベッツィーに尋ねた。彼女も疲労とストレスを感じているようだったが、エレンのためにそれを隠そうとしていた。

「冗談でしょ？　九年生に『テンペスト』を教えるのに比べたら、どうってことない。十四歳の子供三十人を相手にするくらいなら、アルカイダの占領地にパラシュートで降りるほうがましよ」

〝おお、すばらしい新世界〟ベッツィーはそう思うと、友人を見た。〝こんな人々がいるなんて〟（シェイクスピア『テンペスト』の台詞）

「やっと見つけたのよ」とエレンは言った。

〝地獄は空っぽ〟彼女は思った。〝悪魔はみんなここにいる〟（同じく『テンペスト』の台詞）あるいは少なくともここから遠くないところに。エレンはシャーが工場にいることを願った。何が近づいているか知らずにいることを。もう一度時刻を見た。

三時間と二十分。

チヌークヘリがよろめくように飛んでいた。

太陽が沈む頃に出発し、機首を下げながら進んであの高台に降下するレンジャーを運んでいた。そして待機した。

隊長は隊員たちの覚悟を決めた表情を見た。ほとんどが二十代だった。鍛え抜かれた歴戦の勇士たち。それでもこの任務は彼らが直面してきたどんな任務より難しいだろう。そして、多くはないにしろ、そのうちの何人かは戻ってこれないだろう。

隊長自身の上官は、彼女にこの任務を与えたときからそのことを知っていた。そして彼女はこの計画を見たとき、そのことを悟った。だが、この任務の重要性を理解し、反論しなかった。ためらわなかった。

「キャサリンとギルもパキスタンにいると思うと変な気分ね」エアフォース・スリーから降りる準備をしながらベッツィーが言った。「かなり遠いけど。会えるといいんだけど」彼女はことばを切った。エレンに〝会えるわ〟と言わせるために。そして〝会うつもりだ〟と言わせるために。だが沈黙が流れた。「それでも」とベッツィーは続けた。「ワシントンDCにいるよりはここにいるほうがいい」

「わたしもそう思う」エレンにはわかっていた。核爆弾のことを聞いた者が最初に抱く感情がそれだった。家族をDCから脱出させろ。標的になりそうな主要な都市から脱出させろ。

飛行機の外では軍楽隊が演奏を始め、行進曲を奏でながら、儀式的な演習を披露していた。

「これを見た?」ベッツィーがiPadを差し出した。

エレンは体を乗り出して、ウィリアムズ大統領の記者会見の映像を見た。

記者が、ダン前大統領のギルに関する発言とバス爆破事件での彼の役割について質問していた。

「一度だけお答えします。一度だけです」とウィリアムズ大統領は言い、まっすぐカメラを見た。「ギル・バハールは自らの命を危険にさらして、そしてほとんど命を失いそうになりながら、あのバスに乗った男性や女性、子供たちを救おうとした。彼はすばらしい若者だ。彼は家族の誇りであり、この国の誇りだ。彼や彼の母親の名前、評判を汚そうとしているのは悪意を持った、誤った情報に踊らされている者だ」

エレンは思わず眉を上げ、ダグ・ウィリアムズがいい声をしていることにどうしてこれまで気づかなかったのだろうと思った。

「ピート・ハミルトンからはまだ何も連絡はないの？」とエレンは訊いた。

ベッツィーはもう一度確認して、首を振った。

「国務長官」アシスタントが言った。「時間です」

エレンは最後にもう一度、鏡のなかの自分を見た。深く息を吸うと背筋を伸ばして立った。肩幅を広げ、顎を上げ、毅然とした態度を取った。

わたしたちならできる。エレンはもう一度自分に言い聞かせながら、歓声とアメリカ国旗がはためく暖かな夜へと足を踏み出した。常にエレンの心を揺さぶるアメリカ国歌のなかへ。「たそがれの最後の輝きのなかで」と彼女は歌った。

おお神よ、わたしたちをお助けください。

第二陣が飛び立った。ヘリコプターは尊い貨物を満載していた。彼らの両親たちは、自分の国が子供たちに何を求めているかを知り、恐れを抱くだろう。その若い男女らはM－4ライフルを握りしめ、通路を挟んで見つめ合っていた。

彼らは槍の穂先だった。レンジャー。エリート部隊だ。十年前、海軍特殊部隊（ネイビーシールズ）がパキスタンに降下した。そのときの任務はオサマ・ビン・ラディンを捕らえることだった。そして彼らは成功した。

この兵士たちは自分たちの任務が、それ以上ではないにしろ、少なくとも同じくらい重要だということを知っていた。

そして、それ以上ではないにしろ、少なくとも同じくらい危険であることも。

「ありえない」車が小さなパキスタンの村で震えながら止まると、チャールズ・ボイントンはそう言った。「掘立て小屋じゃないか」

「何を期待していたの?」とキャサリンが訊いた。「リッツ?」

「いろいろあるだろう。リッツとここ——」かすかに傾いた、木でできた建造物を手で示した。「とのあいだには。そもそも電気は通ってるのか?」

「電動歯ブラシのため?」車から出るとキャサリンは言った。だが内心では彼女も少しの驚きと失望を覚えていた。

「いや」とボイントンは言った。「これのためだ」彼は携帯電話を掲げた。「充電して、きみのお母さんにメッセージを送る必要がある」

ホワイトハウス。ホワイトハウス。

キャサリンは何か嫌味を言おうとしたがやめておいた。空腹で疲れ切っていた。ここに着くことでそのふたつの問題が解決すると願っていたが、明らかにそうではないようだ。

ホワイトハウス、ホワイトハウス。ボイントンは考えた。どうしてそのメッセージといっしょに送らなかった? 殺されそうになっていたからだ。だれかを殺してしまったからだ。彼は一時的に動転してしまい、殺される前に、本物の物理学者とその居場所についての情報を上司に伝えることで精いっぱいだったのだ。

ホワイトハウス。ここに来るまでのあいだ、彼はその意味を自問していた。あるいは、実際には自明のように思えることを受け入れないようにしていた。

ホワイトハウスのだれかがシャーに協力しているのだ。ホワイトヘッド将軍のことかもしれないが、正確に言えば彼は〝ホワイトハウス〟ではなく、〝ペンタゴン〟だ。

だが、ファルハードはその違いを知らなかったのかもしれない。

それでもチャールズ・ボイントンは心のなかでそうではないと思っていた。ファルハードが今わの際に血を吐きながら〝ホワイトハウス〟と言ったのだ。そのままの意味のはずだ。

キャサリンがドアをノックした。叩くとドアが揺れた。そして不意にドアが開き、そこにギルが立っていた。

「ああ、よかった」とギルは言った。

キャサリンは兄を抱きしめようとしたが、ギルが自分の後ろを見ていることに気づいた。

アナヒータ・ダヒールを。

そして彼女は脇に押されるのを感じた。アナヒータがギルに駆け寄りしっかりと抱きしめた。

「あら」キャサリンの後ろから声が聞こえた。「意外ね」

キャサリンが振り返るとアナヒータはそこにいた。よく見るとギルを抱きしめてほとんど泣きそうになっていたのは、アナヒータではなく、ボイントンだった。

ボイントンは離れると言った。「電話、電話を持ってるか?」

「ああ――」

「貸してくれ」ギルが携帯電話を貸した。しばらくするとボイントンはメッセージを送信した。やった。これで責任は果たした。だがそのことばが送信されても、その意味はまだ居坐っていた。心のなかにとげのように刺さっていた。

ホワイトハウス。

「国務長官、これは思いがけない喜びです」パキスタンのアリ・アワン首相が手を差し出した。もっともその表情はまったくうれしそうではなかったが。

「近くまで来たので」とエレンは温かい笑顔で言った。

アワン首相の笑顔は強張(こわば)っていた。迷惑な話だったが、アメリカの国務長官が突然立ち寄ったというのに、代理人を出すわけにもいかなかった。

彼は首相公邸の玄関で出迎えた。投光照明が白い建物を照らし、緑豊かな公園にも光がこぼれていた。

荘厳なヤシの木が頭上にそびえ立っている。歴史好きのエレンは、この数世紀でどれだけの人々が、今自分のいる場所に立って感嘆の念を覚えたのだろうかと考えるばかりだった。

暖かく、よい香りのする夜だった。湿気の多い空気のなかを花々から甘くスパイシーな香りが立ち昇っていた。アダムス国務長官の車列は、パキスタンの首都の雑然とした活気に満ちた通りを抜け、長いコンスティテューション・アヴェニューを通り、活気にあふれる都市の中心部にある楽園、この由緒正しい場所に到着していた。

数百キロ離れた場所で何が起ころうとしているのかを考えると、このような静かな場所にいることが不思議でならなかった。

彼女は星空を見上げ、夜空を航行するレンジャーに思いを馳せた。


ヘリコプターは着陸地点に近づいていたが、山や渓谷に囲まれているため、着陸の直前にならないと高台を見ることができなかった。

パイロットは暗視装置を通して見ていた。着陸地点に到着する前にタリバンやその対空砲に見つからないことをひたすら願っていた。チヌークヘリは大幅な改造が施されていたが、パイロットとオペレーターは、ヘリコプターのステルス技術は完璧にはほど遠いことを知っていた。

会話はなかった。パイロットが眼を凝らして見ると、ヘリの胴体部分にいる兵士たちは星を見つめながら、それぞれの思いにふけっていた。

カクテルは新鮮なフルーツのジュースで、アルコールがいっさい入っていないことにエレンは安心した。その後、ゲストたちは晩餐のために美しくセッティングされた楕円形のテーブルに着いた。

エレンは自分の携帯電話を警備チームのリーダーであるスティーブ・コワルスキーに手渡した。それが外交上の礼儀だったこともあったが、二分おきに携帯電話をチェックするのを我慢できるか自信がなかったのもある。

彼女の向かいでは、ベッツィーが若い陸軍士官と何か話していた。エレンは左に坐っている首相に眼をやった。

男性も女性もこの晩餐会に急遽呼び出されたのだ。そのなかに軍事長官のラカニ将軍——首相の向かい側に坐っていた——が含まれているのを見てエレンはほっとした。

外務大臣も出席していた。新しいアメリカの国務長官が、前任者と同じように無能であると証明してくれることを願っているのだろう。

エレンは最近の韓国での失敗が思わぬ収穫になっていると気づいた。少なくとも一部の人間には自分がほんとうに無能であることが証明されたのだ。だから簡単に操ることができると。

そう思わせておきたかった。これからの重要な数時間のあいだはなんとしても。

「ミスター・シャーもここにいると思っていました」

彼女の軽率な行動を確認するために。

何人かの政府関係者がフォークを落とす音がした。だがアワン首相は違った。彼は平静を装ったままだった。

「バシル・シャーのことですか、長官？　彼はわたしの家でも、いかなる政府の建物でも歓迎されません。彼は一部からは英雄視されていますが、われわれは事実を知っています」

「彼が武器商人であるということですか？　金を払う者ならだれにでも核技術や核物質を売るということを？」彼女の視線は無邪気で、声もニュートラルだった。まるで聞いてきたばかりの噂をたしかめようとしているかのように。

「ええ」その声は歯切れがよかった。自制心がなければ、その口調は無作法と紙一重だった。そこには明らかに警告が含まれていた。パキスタンでは、バシル・シャーは公式な外国人との集まりで触れてはならない話題なのだ。

「ところで、この魚はおいしいですね」とエレンは言い、アワン首相を窮地から解放した。「気に入っていただいてよかった。この地方の名物なんです」

ふたりとも和やかでリラックスした雰囲気を保つのに懸命だった。エレンはアワン首相もこの茶番が終わるのを願っているのではないかと思った。彼女は、激動するこの国を研究する学者や諜報部門から事前に話を聞き、アワン首相が深い葛藤を抱えていることを突き止めていた。

彼は初めの頃はシャーを支持していたが、今は公然と反旗を翻していた。パキスタンの国家主義者であるアワン首相は、インドという巨人の隣で自国が生き残る唯一の道は、より強くなることだと考えていた。あるいは少なくともそう見えるようになることだと。

フグのように、自分をより大きく、より威圧的に見せる。核分裂物質で自らを満たすことによってそうしてきた。

バシル・シャーがそれを提供した。しかしこの武器商人は望んでもいない危険な注目までも集めてしまった。爆弾をジャグリングするもうひとりの異常者がそこにいた。だが彼の場合は、手榴弾ではなく、核爆弾だった。

「首相、彼がどこにいるかご存じではないようですね。たしか彼の家はここからそう遠くはないと思いますが」

アメリカの諜報部門は彼の家を監視していた。だが彼はその前に忍び込んでいるかもしれなかった。

「シャー？　見当もつきませんな」アワンはこの話題を終わらせることをあきらめた。どうやら彼女は不快で危険でさえあるこの話題について話すと決めたようだ。「そちらの前大統領が自宅監禁を解くように求めたので、それに従った。その後、彼はどこでも好きなところに行けるようになった」

「彼を脅威だとは思わないのですか？」

「われわれにとってかね？　いいや」

「ではだれにとって？」

「もしわたしがイランだったら、心配するかもしれない」

「そう言っていただいてうれしいです。互いに協力しましょう。イランを核合意に復帰させて、彼らが持とうとしている核兵器を放棄させるのです。リビアではうまくいきました」

彼女は予想していたとおり、そして望んでいたとおりのリアクションを眼にした。首相は眉をひそめ、ラカニ将軍は、首相に体を寄せてまるで彼女がとんでもなく愚かなことを言ったかのように彼女を見た。

そのとおりだ。

エレンは思った。ときには人はライオンになる。ときにはネズミに。そしてときには猟師に。

彼女には彼らが何を考えているのかわかっていた。

文字どおり、千載一遇のチャンスが空から膝の上に降ってきたと思っているのだ。これを無駄にするわけにはいかないと。新任の国務長官を自分たちの手中に収めるチャンスだ。彼女の教師、よき師になることを申し出る。実際には、この地域に対するパキスタンの考え方を彼女に教え込むのだ。自分たちは白い帽子をかぶり、インド、イスラエル、イラン、イラクその他は黒い帽子をかぶっており、信用できないのだと。

だが彼女は同時に、パキスタン国内や、政府内部、軍部にさえ、そしておそらくはこのテーブルのまわりにいる人たちのなかにも、アメリカのアフガニスタンからの撤退を、この地域における自国の力と影響力を主張するよい機会だと考えている者がいるのを知っていた。

アフガニスタンを事実上パキスタンのひとつの州とすることで。

アメリカがいなくなると、パキスタンで長いあいだ安全な場所を確保していたタリバンは、ふたたびアフガニスタンで権力を握ることになるだろう。そして彼らとともに彼らの同盟相手もやって来る。タリバンの国際的な軍事組織といっても過言ではないアルカイダも。

西側諸国を傷つけることこそがアルカイダの意図するところだった。特に彼らはオサマ・ビン・ラディンを殺害したアメリカへの復讐を強く考えていた。それを誓っていた。そして今、バシル・シャーとロシアンマフィアの力を借り、そしてアメリカのアフガニスタン撤退とタリバンの再興により、彼らはその脅威を実行する立場となった。彼らが想像していたよりも壮大かつ破壊的な方法で。

テロ組織は政府にはできないことができる。政府は国際的な監視と制裁の対象となる。

テロ組織にはそれがない。

アワン首相は、偉大な男ではなかったとしても善人だった。聖戦主義者(ジハーディスト)ではなかった。過激派とはほど遠く、テロ攻撃にはうんざりしていた。だが現実主義者でもあった。彼にはパキスタン国内の過激派をコントロールすることはできなかった。アメリカが去り、タリバンが戻り、シャーが解放された今では、過激派を止めることはほとんど不可能といってよかった。

パキスタンの首相は、首脳会談でアメリカの前大統領がシャーの釈放を求めてきたとき、内心ショックを受けていた。ダン大統領に、起こりうる結果について説明しようとしたが、聞き入れてもらえなかった。

目いっぱいのお世辞——普段はアメリカの大統領には効果的だった——を振りまいたにもかかわらず、大統領はシャーの釈放に固執した。それがアワンの唯一の失敗だった。明らかにほかのだれかが先にダンにお世辞を振りまいていたのだ。だれなのかは想像がついた。

そして今、バシル・シャーは世に放たれ、アワン首相はふたたび、アメリカとの距離を保ちつつ、自国の過激派との距離をさらに縮めるという綱渡りの状態に追い込まれていた。

アルカイダについては？　アワンはひたすら身をひそめて静かにしているしかなかった。政治的にも、肉体的にも、彼の生命はその能力にかかっていた。

ダンが選挙に負けたとき、アワンは不安になった。だが今、この新しい国務長官は無知で傲慢であるようだった。そしてそれゆえに融通が利く。

魚はますますおいしくなっていた。

CHAPTER 36

荒っぽい降下となった。

渓谷を吹き抜ける風のせいで、ヘリコプターをコントロールすることはほとんど不可能に近かった。だが二機のチヌークヘリのパイロットはレンジャー小隊全員が飛び出すのに充分な時間、なんとかヘリコプターを安定させた。

その後ヘリコプターが上昇し、援護のために旋回したちょうどそのとき、強い突風が先頭のヘリコプターを岩肌に押しやった。

「くそっ、くそっ、くそっ」パイロットはつぶやきながら、副操縦士とともにコントロールを取り戻そうと奮闘した。が、ローターが岩にぶつかり、衝撃が走った。

彼女は操縦桿（かん）が激しく震えるのを感じた。そして機体が傾いた。

このままではいけないと悟り、彼女は副操縦士とナビゲーターに眼をやった。彼らも彼女を見返し、うなずいた。

そして彼女は高台に降りた兵士たちから離れるように舵を切った。もう一機のヘリコプターから離れるように。

ヘリコプターが崖を越えて見えなくなると、もう一機のヘリコプターの機内は静寂に包まれた。

「ああ、神様」とパイロットはささやいた。

そして火の玉が向かってきた。

数秒後、タリバンの陣地からの飛行機雲が続いた。
「来るぞ」レンジャーの隊長が叫んだ。

弦楽四重奏団がバッハの《ふたつのバイオリンのための協奏曲》を演奏するなか、サラダが運ばれてきた。

エレンの好きな曲のひとつだった。彼女は毎朝この曲を聴いて、その日一日に向けて心を落ち着かせていた。偶然だろうかと思ったが、そうではないような気がした。この部屋にいるだれかがこの曲を流すように手配したのかもしれない。

首相だろうか？　彼はこの曲に隠されたメッセージには気づいていないようだった。外務大臣だろうか？　そうかもしれない。

軍事長官のラカニ将軍は？　機密報告書を読むかぎりでは、彼が一番可能性が高そうだ。体制側と過激派の両方に片足ずつ突っ込んでいる男だ。

だがだれかラカニ将軍に話した人物がいるはずだ。そしてエレンはその人物を知っていた。

スイートピーを送ってきたのと同じ人物。

子供たちの誕生日にカードを送ってきた人物。彼女の夫を毒殺したであろう人物。

多くの男女や子供たちを爆死させた張本人。

バシル・シャーは葉野菜とハーブが盛りつけられた皿をアダムス国務長官の前に置いた。

この瞬間だ。彼は奇妙な感覚を味わい、それが興奮であることに気づいた。冷笑家である彼が、このようなスリルを覚えるのは久しぶりのことだった。

エレン・アダムスにはこれまで直接会ったことはなかったが、ずっと遠くから観察していた。今、体をかがめると彼女のオードトワレの香りがするほど近くにいた。〈クリニーク〉だ。〈アロマティック エリクシール〉。彼がクリスマスに贈ったボトルのものかもしれない。彼は彼女がそれをごみ箱に捨てたのだと思っていたのだが。

ばかげたリスクを冒しているとわかっていた。だがリスクのない人生などあるだろうか？　最悪の事態となったところでどうなるというのだ？　もしばれたら、ちょっとした冗談だと言い張るつもりだ。ウェイターのひとりに扮してみたかったのだと。最悪の場合、不法侵入となるが、罪に問われることはないだろう。そのことはシャーも確信していた。

もうひとりの彼——無鉄砲な彼——としては、自分が発見され、エレン・アダムスが自分の正体に気づいたときの顔を見てみたいとも思っていた。彼がどこまで近づいたのかを知り、自分がどうすることもできなかったことを知ったときの顔を。彼はアメリカのおかげで自由の身になったのだ。

今なら彼女を殺すこともできた。彼女の首を折ることも、鋭利なナイフで刺すこともできた。料理に毒やガラスの粉末を入れることさえできるだろう。

彼女の生と死を支配する力を持っていた。

その代わり、彼は彼女の上着のポケットに紙切れを忍ばせた。それは彼女を殺すことはできないが、それに近いことはできるかもしれなかった。

そう、彼はもう少し彼女と遊ぶつもりだった。爆弾が爆発したときの彼女の反応を見るのだ。自分の失敗が何千人もの死を招いたと悟ったとき、自分の国の大きな転換点を招いたと悟ったときの反応を。

彼女のほのかな香りを嗅ぎながら、彼は自分がこの女性に不気味な恋心を抱いているのではないかと思った。逆ストックホルム症候群のようなものだ。憎しみと愛情は密接に結びついているのかもしれない。

いや違う。彼は自分の強い感情のほうが上まわっていることを知っていた。この女に人生を台無しにされた。そして今、彼はその仕返しをしようとしていた。ゆっくりと。彼女から大切なものをすべて奪ってやる。彼女の息子は暗殺から逃れたようだが、別のチャンスがあるだろう。今、この瞬間を彼は愉しんでいた。彼は彼女に話しかけることさえ自分に許した。

「サラダです、国務長官」

エレン・アダムスが顔を向けた。

「ありがとう（シュクリア）」とエレンはウルドゥー語で言った。

「どういたしまして（アブカ・ケイル・メクデム・ヘイ）」と給仕が言い、彼女に温かい笑顔を見せた。

きれいな眼をしていると彼女は思った。深い茶色でやさしかった。彼女の父親と同じ眼だ。だから少し親しげに見えたのだろう。

いい香りもする。ジャスミンだ。

給仕は首相へ移った。首相は礼を言ったが顔は上げなかった。軍事長官は機嫌がよさそうで、ほとんど陽気といってよかった。彼が給仕に何か言うと、給仕は礼儀正しく微笑んで仕事を続けた。

はて、ラカニ将軍は何がそんなにうれしいのだろうか？　エレンはそれがなんであれ、よい兆候ではないような気がしてならなかった。

バッハの協奏曲が背後で静かに流れるなか、エレンはこれが予想していたよりもはるかに複雑なダンスであることに気づいた。

レンジャーは今どこにいるのだろうか？　陽動作戦は始まっているはずだ。もう工場に着いたのだろうか？

「あなたはイランに核兵器開発を放棄させると言ったが」とアワン首相が言い、エレンの心を会話に引き戻した。「長官、大アヤトラは狡猾です。彼はムアンマル・カッザーフィーの二の舞いにはなりたくないでしょう」

カッザーフィーはどうなったんでしたっけ、と言いかけたが、さすがにそれはやりすぎだろうと思った。アワン首相も彼女がそこまで無知だとは思っていないはずだ。彼はじっと観察していた。分析している。エレンはその視線の強さを感じた。

彼女は黙ったまま、自分がいかに世間知らずか彼に察してもらうことにした。もう一度時計を見たい誘惑とも戦った。そういった行為は無礼の極みと取られ、何かが起きることを期待していると思われるだろう。

実際に期待していた。

ふたたび、レンジャー部隊のことに思いを馳せた。作戦はどう進んでいるのか。そしてハーブのサラダを食べ、バッハを聴きながら、彼女のホストたちがほんとうのことを知ったときには、どれだけ大混乱になるかと考えた。

「カッザーフィー大佐は核兵器を放棄するように説得された」軍事長官が説明した。アワン首相はまだ彼女を見ていた。「そしてご存じのようにリビアは侵略され、カッザーフィーは倒され殺された。この地域のだれもがこの教訓を忘れていない。核兵器を持っている国は安全だ。だれもあえて攻撃しない。核兵器を持っていない国は脆弱だ。核兵器を手放すのは自殺行為だ」

「恐怖の均衡」とエレンは言った。

「力の均衡です、国務長官」首相は温和な笑みを浮かべてそう言った。将軍は振り向くと補佐官をにらみつけて何か言った。補佐官が身をかがめて、ラカニ将軍に小声で何か話しかけた。補佐官は慌てて出ていった。

そして軍事長官は静かにアワン首相に語りかけた。

来た、とエレンは思った。彼女は無理矢理リラックスしようとした。息を吸うのよ。息を吸って。

楕円形のテーブルの反対側でベッツィーもこのやり取りに気づいていた。

アワン首相は聞き終わると。エレンのほうを見て言った。「英国が今夜、パキスタン国内のアルカイダの拠点を攻撃するという情報が入りました。それについて何か知っていますか？」

幸いなことに、エレンはこのニュースに心から驚き、それを表情に示した。

「いいえ、知りません」

アワンは非常に強いまなざしで彼女を見つめ、そしてうなずいた。

「そのようですね」

「ですがそれは理にかなっていると思います」エレンはゆっくりと言った。「ロンドンやほかの都市の爆破事件の背後にアルカイダがいると信じるならば」

慎重に選んだことばをゆっくりと口にしながら、彼女の頭脳は急速に動き、あらゆる可能性を検討していた。

アワンが言ったことはほんとうなのだろうか？　ティム・ビーチャムが出席している諜報部門の会議からの提案によって、英国は自ら攻撃することを決定したのだろうか？　その夜のパキスタン上空は特殊部隊で混みあっているのだろうか？

もうひとつの可能性は、それは事実ではないということだった。ウィリアムズ大統領がこの偽の噂思った。

を流したということだ。もしそうだとしたらお見事だ。エレンはただどちらなのかがわかればいいと思った。

「わからないのは」とアワン首相が言い、部屋のなかの会話がすべてストップした。「われわれに知らせなかったことだ。われわれの領土への攻撃だ。どこが攻撃されるかわかっているのか?」

「部下が調査中です」とラカニ将軍が言った。このときの将軍はもう陽気な表情ではなかった。ちょうどそのとき、補佐官が戻ってきて腰をかがめてささやいた。

「大きな声で」と将軍は言った。「もうみんな知っている。攻撃が行なわれるのはどこだ?」

「もう始まっています、将軍。バジョール地区です」

「連中は何を考えているんだ?」と首相は言った。「またバジョールの戦いか? 最初の戦いが充分血なまぐさいものではなかったとでもいうのか」

首相はそのときそこにいたのだ。当時彼はかろうじて命拾いをした中堅将校だった。そして今、彼は音楽を聴いてサラダを食べながら、二度目の攻撃のニュースを聞いていた。神様、お助けください。彼は自分がそこにいないことに安堵していた。山の要塞でタリバンとアルカイダを相手に戦っている英国の特殊部隊に思いを馳せた。

バジョールの戦い。ライオンハート作戦。そのトラウマは決して癒えなかった。その出来事は、アワンが戦争を嫌い、平和で安全なパキスタンを強く願う理由のひとつだった。

アワン首相は、軍事長官が安堵の表情を浮かべるのを見た。意味をなさない表情だった。英国がパキスタン国境内で秘密裏に攻撃を開始したことを、どうして彼は喜んでいるのだろうか? 怒り狂ってしかるべきだった。

彼は何を企んでいるのだろうか? そして自分はほんとうにその答えを知りたいのだろうか? 綱

渡りの綱の上でぐらつくような感覚を覚えながら、アワンはそう思った。

アワン首相はラカニ将軍に幻想を抱いているわけではなかった。党内の急進派をなだめるのに彼を起用しただけだった。信頼を置くことのできない軍事長官を抱えることには問題があった。

そのとき、アダムス国務長官のセキュリティチームのリーダーが彼女にささやき、携帯電話を渡した。

「首相、失礼します。緊急のメッセージです」

「英国からですか？」とアワン首相が問いただした。国家的侮辱のとげの刺さった傷がまだ痛んでいた。

「いいえ、わたしの息子からです」


「もうすぐです」とパイロットが言った。「九十秒」

大佐が命令を下すと、突撃部隊が立ち上がってドアの前に整列した。

窓から遠くに見える夜空が、砲撃で照らされていた。ジェット機がタリバンの陣地に爆弾を投下し、大きな爆発が起こっているのが見えた。

高台に降下したレンジャーが敵と交戦していた。陽動作戦が始まった。

「四十五秒」

窓の外を見ていた視線が今にも開こうとしているドアに注がれる。彼らには自分たちのすべき仕事があった。工場内部にいる者が散り散りになって逃げる前に、すばやく、光の速さで確保すること。なかにいる者が書類を破棄する前に。

核兵器を起動させる前に。

「十五秒」

ドアが引き開けられ、冷たく新鮮な空気がどっと流れ込んできた。

彼らはコードを頭上のワイヤーに引っかけると身構えた。


エレンは短い文章を読んだ。ギルからではなく、ポイントンからだった。イランの諜報機関とロシアンマフィアの両方のために働いていた、情報提供者のファルハードがロシア側に殺された。彼は死の間際に言い残していた。

〝ホワイトハウス〟と。


タリバンの陣地からの攻撃は容赦なかった。予想以上に激しかった。隊長はロシア製の武器であることを認識し、その情報を本部に伝えた。そして彼らが一歩も引かずに応戦していることを報告した。

上空からの援護はどうなっているのかと訊こうとしたそのとき、頭上で大きな轟音が鳴り響き、さらに地響きが起こった。アメリカの戦闘機が山腹に爆弾を投下したのだ。

一時的に戦火がやんだ。

そしてまた始まった。

岩陰に身をかがめると、隊長は腕時計に眼をやった。もうひとつの小隊が工場に到着したはずだ。彼らはあと二十分もすれば攻撃を開始するだろう。

持ちこたえろ。持ちこたえろ。何があっても持ちこたえるんだ。

小隊のなかでなぜ自分たちがここにいるのかを知っているのは隊長である彼女だけだった。もし捕虜になって拷問されても、彼女の部下たちは任務の真の内容を明かすことはできない。だが彼女にはわかっていた。捕まることは決して許されないのだと。

ウィリアムズ大統領はホワイトハウスの地下にある危機管理室に坐り、諜報部門と軍のアドバイザーに囲まれていた。この一時間彼らはずっとここにいた。窓がなく、息苦しかった。だが、だれもそのことに気づいていなかったし、気にもしていなかった。

彼らはモニターに完全に集中し、今にも工場に懸垂下降するレンジャーの様子に注目していた。

「十五秒」パイロットの声が聞こえた。驚くほどクリアだ。

ウィリアムズ大統領は、回転椅子の肘掛けを握りしめて身構えた。

統合特殊作戦コマンドの司令官が彼の横にいた。統合参謀本部副議長は隣の部屋で高台の部隊をモニターで見守っていた。

「大統領、ヘリコプターを一機失いました」と副議長が報告した。

「レンジャーは?」ウィリアムズは声に警戒心が出ないように感情を抑えながら訊いた。

「脱出しました。ですが、三名の特殊作戦部隊員を失いました」

ウィリアムズは不愛想にうなずいた。「ほかの隊員は無事か?」

「はい、大統領。攻撃を引きつけ、注意を集めています」

「いいだろう」


「行け、行け、行け」命令が下った。

何千マイルも離れた危機管理室で、アメリカ合衆国大統領は身を乗り出した。

彼はレンジャーがかぶっているヘルメットの暗視カメラを通して、何が起きているかを正確に知ることができた。まるでその場にいるかのような感覚だった。

ダグ・ウィリアムズは、小さく勢いをつけ、襲撃の責任者である司令官とともにヘリコプターから下降した。不気味なほど穏やかで、ほとんど静かだった。大統領はほかの隊員たちが降りてくるのを見ていた。

ブーツが地面に当たるとき、トンという音とうめき声がした。

だれも何もことばを発していなかった。レンジャーは何をすべきかを正確に知っていた。

捜査官はピート・ハミルトンの部屋のドアをノックしながら、汚れた廊下を見まわした。においが鼻をついた。パートナーを見ると、彼は顔を歪めていた。

「ハミルトン?」彼は叫び、ドアを拳で叩いた。

彼らは〈オフ・ザ・レコード〉からここにたどり着いていた。彼が部屋に戻ってから一時間以上経っていたが、その後、どのメッセージにも応答していなかった。

シークレットサービスのベテランである主任捜査官は周囲を見まわした。何かおかしかった。ホワイトハウスの関係者なら、メールや電話に必ず出るはずだった。それが朝の三時ならまだしも、今は午後のさなかだ。

彼はうなじの毛が逆立つのを感じた。

鍵の上に覆いかぶさるようにして、道具を使って数秒待つと、カチッという音がした。拳銃を取り出すと、パートナーにうなずいた。

準備はいいか?

オーケイだ。

足を使ってドアを蹴り開けた。

そしてその場に立ちすくんだ。

エレンの前にデザートが置かれた。今度は別の給仕によって運ばれてきた。

イスラマバードの晩餐会はそれまでも決して陽気な雰囲気ではなかったが、バジョールでの英国の襲撃の知らせを聞いて、すっかり陰鬱なものになっていた。ラカニ将軍は離席していたが、首相はその場に残っていた。アワン首相がアメリカからの賓客をいかに重要視しているかを示すためだろう。あるいはだれが責任者なのかを示しているのかもしれない。エレンはそう思った。甘いグラブ・ジャムン（丸いドーナツをシロップに浸したインドのお菓子）を愉しむべきなのはだれかということを。

アダムス国務長官は、SASの噂が実際には策略なのだと気づいた。バジョールに降り立ち、アルカイダと交戦しているのはアメリカの特殊部隊だ。パキスタンが真相に気づくのは時間の問題だった。

そして襲撃――ふたつの襲撃――を指揮したのがだれなのかに気づくのも。

彼女はシロップのなかで丸いケーキを転がした。ファイン・ボーン・チャイナのボウルから、ローズとカルダモンの香りがほんのりと立ち上がってきた。

ボイントンからの警告を転送して以来、ウィリアムズ大統領からはなんの連絡もなかった。

ホワイトハウス。

実際には、それはすでにわかっていたことの確認でしかなかった。ホワイトハウスに裏切者がいる。それも大統領のすぐ近くに。

そのときエレンの携帯に赤いフラッグのついたメッセージが表示された。

ピート・ハミルトンの様子を見にいかせた捜査官が、アパートメントで彼を発見した。射殺されていた。

彼らは〈オフ・ザ・レコード〉までハミルトンの動きを追っていた。そこで彼は若い女性とおしゃべりをし、すぐに帰ったそうだった。彼らはその女性を探していた。

「大丈夫ですか?」エレンが青ざめているのを見て、アワン首相が声をかけた。

「魚が合わなかったのかもしれません。ちょっと失礼してよろしいですか、首相?」

「もちろんです」エレンが立ち上がると、彼も立ち上がり、ベッツィーにうなずいて同行するように示した。テーブルを囲んでいたほかの者も立ち上がり、女性補佐官に案内されて、トイレに急ぐふたりの女性を見送った。

この気まずく、果てしのない夜も終わろうとしているようだった。主賓が吐いたら、一般的にはもう終わりだという合図だ。

だが、彼らは間違っていた。


レンジャーたちは、文字どおり地を蹴って走り、工場に向かっていた。大統領らが見守るなか、彼らは門を破ってなかになだれ込んだ。

「クリア!」

「クリア!」

「クリア!」

侵入してから七秒。今のところ抵抗はなかった。発砲もない。

「これは普通なのか?」ウィリアムズは統合特殊作戦コマンドの司令官に訊いた。

「〝普通〟というのはありません、大統領。ですがわれわれはこの施設が防御されていると予想していました」

「それがないということは？」

「完全に不意をついたということかもしれません」そう言いながら彼はどこか不安そうだった。

ウィリアムズ大統領はほかにどんな意味があるのかと尋ねそうになったが、ただ見守ることにした。すぐにわかるだろう。

時間が刻々と過ぎ、その時間は長く伸びすぎて壊れてしまいそうだった。ウィリアムズは、一秒がこれほど長く伸びるものだとは思ってもみなかった。

重いブーツがコンクリートの階段を音をたてて二段ずつ上がっていく。兵士たちは手にM-4ライフルを構えていた。あるグループは上へ、あるグループは下へ、そして別のグループは産業機械で埋め尽くされた巨大なオープンエリアへと駆けていった。

二十三秒。

「クリア！」

「クリア！」

「クリア！」

「あれはなんだ？」ウィリアムズが画面のひとつを指さした。

部隊の隊長に近づくように指示が出され、彼がそうすると、それが明らかになった。

「ああ、くそっ」と大統領が言った。

「ああ、くそっ」統合特殊作戦コマンドの司令官が言った。

「ああ、くそっ」と地上にいる隊長が言った。

それは死体の列だった。全員、白衣を着ていた。物理学者たちが床に倒れていた。背後の壁に弾痕があり、血の流れた痕があった。

「身元を調べろ」と隊長が言った。「書類がないか探すんだ」手袋をした手が伸び、遺体を探った。

「いつ起きたんだ？」統合特殊作戦コマンドの司令官が言った。

「死んでから一日、いやもっと経っているようです」

シャーは自分の仲間を殺したのだ。彼らはもう用済みだった。彼は望むものを手に入れたのだ。ウィリアムズ大統領はそう悟った。爆弾は組み立てられてアルカイダに売られた。そのアルカイダは今、タリバンの保護下にある。

シャーはあと片付けをしたのだ。

「書類を見つけろ」大統領が命じた。「情報が必要だ」

「了解しました」

神様、お願いします。お願いします。

「この上にもっと多くの死体が」別の声がした。「二階です」

「地下にもあります。なんてこった。大量虐殺だ」

「即席爆発装置（IED）に気をつけろ」と隊長が命じ、彼とその部下は工場をくまなく探した。書類を。コンピューターを。電話を。なんでも。

ウィリアムズ大統領は両手で顔を押さえ、スクリーンをじっと見た。眼を大きく見張った。息が荒かった。

「爆弾がどこに仕掛けられたか知る必要がある」と彼は繰り返した。

九十秒。何もない。

二分十秒。何もない。

「今のところ何もありません」隊長が報告した。「探し続けます。ブービートラップの兆候はありません」

統合特殊作戦コマンドの司令官が大統領のほうを向いて言った。「それは奇妙だ」

「だが、いいことだろう、違うか？」

「そうですね」だが彼は不安そうだった。

「言ってくれ」

「心配なのは、これをやったのがだれであれ、われわれを罠にかける前にもっと奥に進めさせようとしているということです」

「だがほかに何ができる？」

「ありません」

「彼らに警告すべきでは？」ウィリアムズ大統領はそう言うと、スクリーンを顎で示した。

「彼らはわかっています」

危機管理室にいる人々は険しい顔をスクリーンに向け、レンジャーが重要な情報を求めて工場の奥深くへと進んでいくのを見守った。その先に何が待っているか充分承知していた。

「大統領」

ウィリアムズは集中をさえぎられてはっとした。ドアのほうに眼をやると統合参謀本部副議長が立っていた。彼はドアの枠をつかみ、気分が悪そうだった。その後ろには高台の部隊の状況を見守っていた兵士たちが立っていた。

ウィリアムズは立ち上がった。彼らの表情からいいニュースではないことがわかった。「どうした、将軍？」

「全滅です」

「なんだって？」とウィリアムズは言った。

「全員死亡しました。小隊全員です」

死のような沈黙が流れた。「全員？」

「はい、そうです。敵を抑えようとしましたが多すぎました。どうやら敵は警告を受けていたようです」

ウィリアムズは統合特殊作戦コマンドの司令官を見た。彼も呆然としていた。そしてドアのところにいる男に眼を戻した。

「続けてくれ、将軍」と大統領は言い、姿勢を正して身構えた。

〝わたしにはまだ罪があるのだから〟

「パサンとアルカイダに圧倒され、逃げ場がないことが明らかになったとき、作戦担当の大尉は、手の届く範囲のテロリストを盾にして最後まで戦えと命じました」

「ああ、なんてことだ」ウィリアムズは眼を閉じ、頭を垂れた。想像しようとしただができなかった。

背筋を伸ばし、深く息を吸った。そしてうなずいた。「ありがとう、将軍。遺体は？」

「武装ヘリコプターを送り込んで回収を試みていますが……」将軍は具合が悪そうだった。

「わかった。ありがとう。彼らの名前を教えてくれ」

「はい、大統領」

悲しむのはあとだ。ウィリアムズ大統領は工場に戻った。そこではレンジャーがほぼ間違いなく罠が待っている奥へ奥へと移動していた。

だが彼らにはその情報が必要だった。

アメリカのどの都市で核兵器が爆発しようとしているのか。


ベッツィーは女性用トイレを探し、入るとドアをロックした。

ふたりきりだ。だからといって盗聴されていないとはかぎらない。

「どうしたの?」と彼女はささやいた。「何があったの?」

エレンはシルクの長椅子に坐り、隣に坐った友人を見つめた。

「ピート・ハミルトンが殺された」エレンはそうささやいた。「彼のノートPCと携帯電話、書類がなくなっていた」

「ああ」ベッツィーは頭を抱えてうつむいた。若者の熱意に満ちた顔が眼に浮かび、全身の骨が溶けてしまうような感覚を覚えた。彼女が彼を採用した。力になってくれと説得したのだ。

もし、そうしていなければ――

「彼からの最後のメッセージはいつ届いたの?」とエレンは訊いた。

ベッツィーはなんとか気を取り直して確認し、エレンに告げた。

「それからは何も? 説明もなし?」

ベッツィーは首を振った。突然、〝HLI〟は謎のタイプミスから、命の危険を感じたであろう若者の最後の緊急メッセージとなった。

「でも、ほかにもあるの」とエレンは言った。彼女は青ざめていた。「陽動部隊が……レンジャーが……」

「どうしたの?」

エレンは深く息を吸った。「殺された」

ベッツィーはエレンを見つめた。眼をそらしたかった。眼を閉じたかった。数秒だけでも暗闇に引きこもりたかった。だが友人を見捨てることはできない。たとえ一瞬でも。ベッツィーは手を伸ばすと、エレンの手を握った。

「全員?」

エレンはうなずいた。「レンジャー三十名と特殊作戦部隊の航空隊員六名が死んだ」

「ああ、なんてこと」ベッツィーはため息をついた。そして恐れていた質問をした。「もうひとつの部隊は?　工場のほうは?」

「連絡はない」

ノックの音がし、ドアノブがガチャガチャと揺れた。

「国務長官」女性の声がした。「大丈夫ですか?」

「ちょっと待って」ベッツィーが答えた。「すぐに出ます」

「助けが必要ですか?」

「いいえ」とベッツィーが答えた。そして気を取り直すと言った。「ありがとう。少し時間をください。胃の調子が悪いので」

それは今やほんとうになっていた。

ふたりはエレンの手に握られた携帯電話を見つめた。ホワイトハウスからのメッセージを待っていた。

ホワイトハウス。エレンは思い出した。ボイントンからのメッセージ。イランの二重スパイが今わの際(きわ)に言ったことば。

「ピート・ハミルトンのメッセージをもう一度見せて」

死のうとしている男からのもうひとつのメッセージ。そしてわかった。ホワイトハウスではなくとも、同じくらいの意味を持っていることを。

HLI。

そのときエレンの携帯電話に緊急のフラグの立ったメッセージが表示された。ホワイトハウスからだ。


ウィリアムズ大統領はスクリーンをじっと見ていた。工場内のレンジャーが二回目の捜索を終えていた。そして統合特殊作戦コマンドの司令官を見て言った。

「彼らを連れて帰ってくれ」

「了解しました」


エレン・アダムスは個室に入り、膝を折って吐いた。ベッツィーはウィリアムズ大統領から送られてきた数行のメッセージを見つめていた。

〝工場は空(から)だった。物理学者と技術者は死んでいた。書類はない。コンピューターもない。爆弾がどこに送られたのかもわからない。核分裂性物質がそこにあった証拠があった。痕跡を分析中だ。目的地に関する情報はない〟

何もなかった。

ベッツィーはエレンのところに行ってやるべきだと思った。彼女を助けるために。彼女の顔にあてる冷たい布を探さなければ。

だが動けなかった。なんとか眼を閉じることしかできなかった。震える手で眼を覆うと、手のひらの下で頬が濡れるのを感じた。

ピート・ハミルトンは死んだ。陽動作戦のために派遣されたレンジャー隊員も死んだ。物理学者たちも死んでいて、工場は空っぽだった。

すべては無駄だったのだ。

彼らはまだ、核爆弾がどこに仕掛けられたのか知らなかった。まったく。そしてそれがいつ爆発するかも。だがそれがすぐであることはほぼ間違いなかった。

❈ CHAPTER 37

「国務長官?」

今度の声は、エレンのセキュリティチームのリーダー、コワルスキーの声だった。

「何かお困りですか?」

「いいえ、ありがとう。もう少しだけ。顔に水をかけるだけだから」

そしてそうした。だがエレンは水道の水を流したままにし、ベッツィーに話そうとしていることが外に聞こえないようにした。

「ピート・ハミルトンの言いたかったことがわかったと思う」

「なんですって?」

「メッセージよ。HLI」

「タイプミスか、パニックになって送ってきたのではないってこと?」

「そうじゃないと思う。何年か前、エリック・ダンが大統領になった直後、アレックス・ファンがわたしのところに来た」

「ホワイトハウスの上席特派員ね」とベッツィーは言った。

「そう。彼はウェブ上の取るに足らない陰謀論者から噂話を聞いていた。HLIと呼ばれるウェブルームへの漠然とした言及について。彼はそれを調べて、このHLIは極右の過激派——夢想家——が流したジョークか、彼らの希望的観測のどちらかだと結論づけた。いずれにせよ、存在しなかった」

「それがHLIであることはたしかなの？　もう何年も前のことなのにどうしてそんな細かいことまで覚えているの？」

「HLIが何を意味しているかわかったから。もしそれがほんとうなら、どんなことになるかわからなかった」

「どういう意味なの？」

「高位情報提供者（ハイ・レベル・インフォーマント）よ。ホワイトハウスの」

「でも妄想なんでしょ、違う？　何？　架空の高官が極右に秘密情報を流しているというの？」とベッツィーは訊いた。「エリア51？　エイリアンがわたしたちのなかにいるとかいう話？　ワクチンには追跡装置があるとか？　フィンランドは存在しないとか？　その手の話なの？　彼らはデタラメをでっち上げてこのHLIのせいにしたということ？」

「最初はファンもそう考えた。奇妙だけど無害だろうと。彼はホワイトハウスのブリーフィングでピート・ハミルトンにそのことを尋ねたことさえあった。ハミルトンは何も知らないと否定し、ファンもウサギの巣穴のような陰謀論のひとつだと結論づけた。けれどわたしはもう少し続けるよう彼に頼んだ」

「なぜ？」

「ほとんどのウサギの巣穴には行き止まりがあるけど、この穴にはその先があった」

「ダークウェブね」

「実際には今もわかっていない」

「結局、アレックス・ファンはそれ以上進めなかったの？」

政府を担当するジャーナリストのことを〝特派員〟と呼ぶのは奇妙なことだとエレンは常々思って

いた。まるでそこが異国の地のように聞こえる。だが今その理由がわかった。国のなかに国があり、独自の行動規範があるのだ。独自の重力と息苦しさがある。独自の移り変わる国境がある。

その国の象徴は〝噂〟だった。ホワイトハウスには噂がはびこっていた。政権交代を何度も経験してきたベテラン記者たちは、どの噂が真実なのか、そしてどれが真実ではないのかを知ることで、それを生き延びてきた。だがおそらくもっと重要なことは、間違った噂であっても、それがいずれ役に立つことを知っていたことだった。

「ええ、彼はそれ以上進めなかった。そしてそれこそが最も奇妙だと気づいた。陰謀論を唱える人のほとんどは、できるだけ多くの人に知ってもらおうとする。彼らは自分の〝秘密〟を広く知らしめようとする。けれどHLIを知る人たちはそうじゃなかった。それどころか、彼らは口封じに必死なようだった」

「大いなる沈黙」とベッツィーは言った。

エレンもうなずいた。「彼は調査をやめ、ほどなくして退職した」

「彼はどこに行ったの？　別の新聞社？」

「バーモント州に引っ越したらしい。たぶんそこの新聞社に。静かな生活。ホワイトハウスの特派員をしていると燃え尽きてしまうから」

「わかった、わたしが探してみる」

「どうして？」

「追跡したいの。もしこのHLIが実際に存在して関与しているなら、見つけ出す必要がある。ピートのためにも」

それは単なることばではなかった。心からそう思っていた。ベッツィーはあの若者に対して義務のようなものを感じていた。

「ええ。でもあなたはだめ」とエレンは言った。「ほかの人にやらせる」

「なぜわたしじゃだめなの？」

「ピート・ハミルトンは質問をしたために殺された」

「でもエレン、爆弾が爆発したら、わたしたち全員が窮地に立たされるんじゃない？」とベッツィーは言った。「調べてみる。なんのイニシャルだったかもう一度教えて？」

エレンはかすかに微笑んだ。「あなたはほんとうにばかな人ね」彼女は水道の蛇口を閉めた。「準備はいい？」

「もう一度、あの突破口へ突撃だ、諸君（シェイクスピア『ヘンリー五世』の台詞）」鏡で口紅をチェックしながらベッツィーが言った。

ふたりがトイレを出ると、パキスタン首相の怒った顔が待っていた。

アリ・アワン首相は、両手を後ろにまわし、荘厳な廊下に立っていた。後ろには弦楽四重奏団を始め、晩餐会に参加したすべての人々が並んでいた。

全員がエレン・アダムスをにらんでいた。

「国務長官、いつわたしに話すつもりだったのですか？」彼は携帯電話を掲げた。そこにはその夜の特殊作戦部隊の襲撃の真相を伝えるメッセージがちょうど届いたところだった。

エレンはもううんざりだった。

「あなたはいつわたしに話すつもりだったのですか、首相？」彼が怒っていたとするなら、彼女は白熱していた。「ええ、わが国の特殊部隊が今夜、バジョールのタリバンとアルカイダと交戦し、恐ろしい犠牲を払いました。一方で別の部隊が廃セメント工場を襲撃しました。英国ではなく、われわれです。そして、ええ、パキスタンの領土に深く入り込んだ。なぜだかわかりますか？」

彼女は二歩彼のほうに進み、刺繍の施された長いクルタをつかみそうになるのをなんとかこらえた。

「なぜならそこにテロリストがいるからです。ではなぜ彼らはそこにいるのですか？　あなたがたが彼らに安全な避難所を与えたからです。西側の敵、アメリカの敵に、自分の国で活動することを許したからです。なぜ今夜の襲撃を知らせなかったかですって？　あなたがたが信用できなかったからです。あなたがたは、アルカイダがパキスタンで活動するのを許しただけでなく、バシル・シャーが廃工場で兵器を製造することも許したんです。あなたたちに」彼女はもう一歩近づき、首相は思わず後ろに下がった。「責任が」さらにもう一歩。「あるのです」

彼女は今や彼にぴったりくっつき、その輝く顔を見上げていた。

「だから今度はあなたがたを信じろと？」と彼は言った。「あなたは嘘をついた、長官。あなたはわたしたちの気をそらすためにここに来た」

「もちろんそうです。そして何度でもします」

「あなたはわが国の名誉を冒瀆した」

彼女は体を寄せてささやいた。「名誉なんてクソ食らえよ。あなたがたが許した大惨事を防ごうとして、三十六名の特殊部隊員が今夜命を落とした」

「わたしは――」首相は比喩的にも文字どおりにも押されていた。

「なんですか？　知らなかったとでも？　あるいは知りたくなかったとか？　シャーを釈放したとき、何が起こるかわからなかったとでも？」

「われわれには――」

「選択肢がなかったと？　冗談でしょう？　偉大なるパキスタンがアメリカの異常者に屈したんです

か?」

「アメリカ大統領だ」

「では今のアメリカ大統領にどう説明するつもりですか?」彼女はにらみつけた。

アワン首相はひどくショックを受けているように見えた。彼は綱渡りの綱から落ちたが、まだ片手でしがみついていた。命がけでしがみついていた。地の底に落ちまいと必死でしがみついていた。

「来てください」エレンは彼の腕を取り、無理やり女性用トイレに押し込んだ。ベッツィーがそれに続き、ほかの者がついてくる前に鍵を閉めた。

「首相」彼の警備主任が叫んだ。「下がってください」

「だめだ」アワンが叫んだ。「待つんだ。危険はない」彼はエレンを見た。「ですよね?」

「もしわたしの言うとおりにするなら――」彼女は言いかけた。そして深く息を吐いた。「いいですか。情報が必要です。シャーは爆弾を作らせるために物理学者を雇い、そのためにバジョールの工場を使っていた」

「爆弾?」

彼女は彼をじっと見た。アワン首相が知らなかったということはあるだろうか? 彼の表情を見るかぎりではおそらく知らないのだろうと思った。彼の越えられない道徳的な一線をようやく見つけたのかもしれない。

「工場に核分裂性物質の証拠がありました」

「核兵器?」状況を理解しようとしていた。その表情は驚愕(きょうがく)から恐怖へと変わっていた。

「そうです。何か知っているんですか?」

「何も知らない。なんてことだ」彼は彼女に背を向けると、シルクで覆われた大きなオットマンを縫うようにして豪華な空間を歩き始めた。手を額に当てていた。

「さあ、何か知っているはずよ」とエレンは言い、彼のあとについて歩いた。「われわれの情報では爆弾はアルカイダに売られ、すでにターゲットまで届けられているそうよ」

「どこですか?」

「それが問題」エレンは手を伸ばして彼を止め、自分のほうに振り向かせた。「わからないの。わかっているのはアメリカの三つの都市にあるということだけ。正確な場所と爆発時刻を知る必要がある。われわれを助けてください、首相。さもなければ神に頼むしか……」

アワン首相の呼吸が浅くなり、ベッツィーは彼が気を失ってしまうのではないかと心配になった。ある程度は疑っていたのかもしれないが、具体的な内容を知ってショックを受けたことは明らかだった。

彼はオットマンのひとつにどすんと腰を下ろした。「わたしは彼に警告した。警告しようとしたんだ」

「だれに?」エレンは彼の隣の椅子に坐り、体を寄せた。

「ダンだ。だが彼のアドバイザーたちが譲らなかった。シャーを釈放する必要があると言って」

「どのアドバイザー?」

「わからない。わかっているのは大統領がアドバイザーの言うことを聞いてわれわれの説得を拒んだということだ」

「ホワイトヘッド将軍?」

「統合参謀本部議長の? いや彼は釈放に反対していた」

反対するでしょうね。ベッツィーは思った。公の場では。彼女はピートのことを考えた。統合参謀本部議長に関する文書が、秘密のアーカイブに埋まっているのを見つけたときの恐怖と興奮が入り混じった彼の表情を。

ホワイトヘッドがＨＬＩなのだろうか？　そうに違いない。だが彼ひとりではない可能性もある。彼は〝ペンタゴン〟の人間だ。〝ホワイトハウス〟には別の人物がいるとしたら？

「シャーは今どこに？」エレンはアワンに問いただした。

「知らない」

「だれが知ってるの？」

一瞬の間。

「だれなの？」エレンは問い詰めた。「軍事長官？」

アワン首相は眼を伏せた。「かもしれない」

「彼をここへ呼んで」

「ここに？」彼は女性用トイレを見まわした。

「なら、あなたのオフィスに。どこでもいい。でも早く」

アワンは電話を取り出すとかけた。呼び出し音が鳴った。鳴った。鳴った。

首相は眉をひそめた。メールを送り、別の番号にかけた。

「ラカニ将軍を探せ。今すぐにだ」

そのあいだ、エレンはウィリアムズ大統領にメッセージを送り、ティム・ビーチャムをロンドンから呼び戻すよう進言した。

すぐに返信が来た。ビーチャムは軍用機でＤＣに戻ると。

〝きみにも帰ってきてほしい〟と大統領は書いていた。

エレンは一瞬考えてから、メッセージを書いた。〝もう二、三時間待ってほしい。ここに答えがあるかもしれない〟

送信ボタンを押すと、すぐに返信が来た。

〝一時間だ。エアフォース・スリーで戻ってくるんだ〟

エレンは携帯電話をしまおうとしたが、考え直した。もうひとつ訊きたいことがあった。

〝物理学者を殺すために使われた銃弾は？〟

〝ロシア製だ〟

彼女はアワン首相を見ると尋ねた。「ロシアはパキスタンにどれだけ深く関わっているの？」

「関わっていない」

エレンはアワンを見つめた。そしてアワンもエレンを見つめた。どういうわけか、アダムス長官の冷静さは、彼女が怒鳴っているときよりも彼を不安にさせた。

それにラカニ将軍はどこにいるんだ？　彼がこんな事態に巻き込んだのだ。彼こそがこの怒りに直面するべき人物だった。

「あなたはわたしが無能な愚か者だと思ったことでしょうね」彼女はそう言って彼を驚かせた。「操れると思った」

「そういう印象を受けた。意図的にそうしたのだと今はわかる」

「わたしがあなたのことをどう思っているかわかりますか？」

「簡単に操れる無能なばかだと？」

そのことばを聞いて、ベッツィーはこの男を嫌いになるのは難しいなと思った。だが、信用するのはもっと難しい。

「まあ、少しは」とエレンは認めた。「でもほんとうのところは、あなたは信じられないほど困難な立場にいる善人だと思いました。今でもそう思っています。でも運命のときが来た。あなたは選択をしなければならない。今。わたしたちか、聖戦主義者（ジハーディスト）か？　同盟国につくのか、テロリストにつくのか？」

「もしわたしがあなたがたを選んだら、エレン、もしあなたがたを助けたら――」

「あなたが次の標的になるかもしれない。ええ、わかっています」彼女はなにがしかの同情を含んだ眼で見た。「ですが、もしテロリストを選んだとしても、いずれにせよ彼らはあなたを殺すでしょう。必要なくなったときに。そしてあえて言いましょう、アリ、あなたはその瀬戸際に立っている。ひょっとしたら、今夜それを越えたのかもしれない。シャーは大掃除をするつもりのようです。そしてあなたは今やごみの一部なんです。唯一の希望はわれわれが彼を見つけるのを助けることです」彼女は彼が苦しんでいるのを見た。「パキスタンがテロリストや狂者の手に落ちることをほんとうに望んでいるのですか？　ロシアの手に落ちることを」

王と絶望した男たちだ、とベッツィーは思った。今は絶望した男たちだけだった。

「シャーがどこにいるかはほんとうに知らない」とアワンは言った。「ラカニ将軍ならあなたに教えることができるかもしれないが、どうだろうか。ロシアについて質問しましたよね。彼らは同盟国ではない。だがパキスタン国内の一部はロシアンマフィアと関係がある」

「ラカニ将軍を含めて？」

首相はひどく不愉快そうな表情でうなずいた。「ええ」

「彼がロシアンマフィアからシャーに武器を密売しているの？」

うなずく。

「核分裂物質を含めて？」

うなずく。

「シャーからアルカイダへ？」

うなずく。

「そしてテロリストに安全な避難場所を保証した」

うなずく。

エレンはなぜそれを止めなかったのだとアワンを問い詰めそうになった。だが今はそのときではなかった。もしこの事態を生き延びたらそうしよう。彼女にはわかっていた。アメリカ政府もその歴史のなかで、悪魔とベッドをともにしたことがあることを。それはときに必要悪でもあった。だが悪魔と互角に渡り合えたことはほとんどなかった。

アダムス国務長官が見ているなか、アリ・アワン首相は決断を下した。綱渡りの綱から手を放し、落ちていくかのように。

「バシル・シャーが核分裂物質を保有しているとすれば、彼はロシアンマフィアの最高幹部と通じているに違いない」と彼は言った。

「それはだれ？」

アワンがためらっていると、エレンはささやいた。「ここまで来たのよ、アリ、あと一歩を踏み出して」

「マキシム・イワノフ大統領。決して認めないが、ロシア大統領の関与がなければ何も起こらない。核兵器も核分裂物質も、彼の許可なしには手に入らない。彼はそうやって何十億ドルも稼いできた」

エレンはかつて疑惑を抱き、彼女の主要な新聞社の調査班にイワノフ大統領とロシアンマフィアの関係を調べさせたことがあったが、一年半かけてもどこにもたどり着かなかった。だれも話そうとしなかった。話してくれそうな者は姿を消した。

ロシア大統領が新興財閥(オリガルヒ)を作った。彼は彼らに富と権力を与えて支配した。そして新興財閥がマフィアを支配していた。

ロシアンマフィアがすべての要素をつなぐ糸だった。イラン。シャー。アルカイダ。パキスタン。赤いフラッグがついたメッセージが届き、「ピン」という音がした。ウィリアムズ大統領からだ。工場で検出された核分裂性物質は、ウラン235であることが判明した。南ウラルで採掘され、二年前に国連の核監視委員会によって紛失が報告されていた。

エレンはその事実をしっかりと頭に入れると、勇気を振り絞って返事を書いた。

だがアワン首相にもうひとつだけ質問があった。

「HLIと聞いて何か思いあたるものはありますか?」

「HLI? すみません。何も」

エレンは立ち上がった。感謝を述べて去ろうとしたが、その前にここで話したことはだれにも話さないようにと頼んだ。

「ああ、心配しないでください。だれにも言いません」

彼女は信じた。

大統領執務室では、ウィリアムズ大統領が携帯電話を見てつぶやいた。「ああ、くそっ」

その夜は恐ろしい夜から、最悪の夜へと変わっていった。

国務長官からのメッセージによると、ロシアンマフィアが関与している可能性があるということだった。つまりロシア大統領が関与している可能性が高いということだ。

ダグ・ウィリアムズは自分が核爆弾の上に坐っていることにまったく疑問を持っていなかった。そそして彼は怯えていた。だれよりも死にたくなかった。

だがそれ以上に失敗したくなかった。

彼はホワイトハウスに避難命令を発し、最も重要なスタッフだけを残すように命じた。

ウラン235からの放射能の痕跡を探して、専門家のチェックが始まったが、ウィリアムズは痕跡を隠す方法があることも知っていた。そしてホワイトハウスには隠せる場所がたくさんあることも。

ダーティーボムだとすれば、ブリーフケースに収まる。そしてこの四方八方に広がる古い建物にはそのくらいのスペースはいくらでもあった。

ウィリアムズはエレン・アダムスのメッセージをもう一度見た。

彼女はワシントンには戻らない。今はまだ。代わりにエアフォース・スリーでモスクワに向かっていた。ロシア大統領との会談を手配できるだろうか？

ウィリアムズ大統領は一瞬、裏切者が国務長官であるという考えを心に抱いた。だから彼女は核爆弾からできるだけ遠ざかろうとしているのだ。

だが、彼はその考えを打ち消した。そう考えること自体が大きなリスクだとわかっていた。パニックのあまり、互いを敵だと疑っていた。

この難局を乗り切るには、協力しなければならない。

彼が核爆弾の上に坐っている一方で、エレン・アダムスの立場も決して恵まれたものではなかった。国務長官はロシアの〝熊〟との対決に向かっていた。どちらが得だろうか？　焼き尽くされるのと、ばらばらに引き裂かれるのと？

彼はレゾリュート・デスクの上で腕を組み、頭を垂れた。一瞬だけ眼を閉じると、草が生い茂り、陽光を浴びている牧草地と小川を頭に浮かべた。愛犬のゴールデンレトリバーのビショップが、捕まえられそうにない蝶を追って跳びはねている。

ビショップは立ち止まると空を見た。そこにはきのこ雲が現れていた。

ウィリアムズ大統領は顔を上げ、両手で顔をこすると、モスクワに電話をかけた。

神様、今だけは間違いを犯させないでください。

エレンは空港に向かう途中、携帯電話を取り出そうと、上着のポケットに手を入れた。無意識の行動だった。携帯電話を使う都度、セキュリティチームのリーダーに渡していたことを忘れていた。

だが……

「これは何？」

「どうしたの？」とベッツィーが訊いた。彼女は苛立っていたし、疲れてもいた。へとへとだった。こんなことをいつまで続けられるのだろうかと思っていた。

それから、ピート・ハミルトンのことを思い浮かべていた。そして高台のレンジャーのことを。もっと長く。できるだけ長く続けるのだ。それが答えだ。

エレンは親指と人差し指のあいだで紙切れをはさんだ。「スティーブ？」

彼は助手席で振り向いた。「はい、長官？」

「証拠袋はある？」

その声のトーンに、彼は国務長官をじっと見つめ、それから彼女が手に持っているものに眼をやった。彼は座席のあいだのコンパートメントに手を伸ばし、袋状のものを取り出した。

エレンはそのなかに紙切れを入れた。その前にベッツィーは、そこに注意深く書かれた優雅でさえある文字を写真に撮ることを忘れなかった。

〝310　1600〟

「どういう意味？」ベッツィーが訊いた。

「わからない」

「どこから来たの？」

「ポケットのなかにあった」

「ええ、でもだれがそこに入れたの？」

エレンはその晩のことを思い起こしてみた。エアフォース・スリーのなかでジャケットを着たとき――はるか昔のことのようだ――にはなかった。その後、彼女のポケットにそれを忍び込ませることのできる者はおおぜいいた。だが晩餐の客のほとんどは、礼儀正しく距離を取っていた。アワン首相や外務大臣もそこまで近寄ってはこなかった。

ラカニ将軍もだ。

ではだれが？

ある瞳が眼に浮かんだ。深い茶色の眼。そしてかがんで近寄ったときのやわらかなアクセントの声。コロンのにおいを嗅げるほど近づいていた。

ジャスミン。

〝サラダです、国務長官〟

そして彼は姿を消した。残りの給仕のあいだはそこにはいなかった。

だが彼はこの紙を彼女のポケットに忍ばせるのに充分な時間、そこにいた。間違いない。

そして間違いないことがもうひとつあった。

「あれはシャーだった」彼女の声はほとんど聞き取れなかった。

「シャー？」ベッツィーはもう完全に眼が覚めていた。「彼がだれかを使ってあなたに渡したと言うの？　花のときのように？」

「いいえ、シャー自身よ。サラダを出した給仕。彼がシャーだったのよ」

「彼が今夜、あそこにいたっていうの？　なんてこと、エレン」

「スティーブ、携帯電話をちょうだい」彼から渡されるや否や、エレンは電話をかけた。「アダムス国務長官です。諜報部門のだれかにつないで」

イスラマバードのアメリカ大使館の夜間電話交換手に、自分がほんとうに国務長官であることを納得させるのにひどく長い数分間を費やしたあと、結局電話を切って、直接、大使に電話をかけた。

「バシル・シャーの住所が知りたい」と彼女は言った。「セキュリティと諜報部門の人間をすぐに彼の自宅に派遣して。完全武装で」

「はい」大使はそうつぶやくと、深い眠りから眼を覚まそうと必死になった。「ちょっと待ってください、長官。住所をお教えします」

大使から住所を聞いた数分後、エレンらはイスラマバードの緑豊かな郊外にいた。大使館員を待つあいだ、ベッツィーはＨＬＩの存在を掘り起こした元ホワイトハウス特派員のアレックス・ファンの行方を調べ始めた。

エレンはもうひとつ電話をした。今度はアワン首相で、晩餐会でのことを伝えた。

「シャーが今夜あそこにいたというんですか？」首相はあきれたようにそう言った。「ラカニ将軍が手引きしたんでしょう。彼が給仕と冗談を言い合ってるのを見て不思議に思ったんだ……」

「わたしもです。将軍の行方は？」

「今探しています。シャーといっしょかもしれない」

「シャーの自宅に入る許可をいただけますか？」

「なくてもやるんでしょ、違いますか？」と彼は言った。

「もちろん。でもあなたにまっとうなことをするチャンスを与えているんです」

「わかりました。許可を与えます。もっともわが国の法廷がわたしにその権限があると認めるかどうかはわかりませんが」彼はことばを切った。「でもわたしを信頼してくれてありがとう」

彼女は完全には彼を信頼していなかった。今はまだ。だが今は飛び込むしかなかった。

「３１０ １６００と聞いてなんのことだかわかりますか」

彼はその数字を繰り返し、口を閉ざすと考えた。「１６００はホワイトハウスの住所ではないですか？」

エレンは青ざめた。どうして気づかなかったのだろう。ペンシルベニア通り一六〇〇番地。「そうです」

だがほかの数字は何を意味するのだろう？ ３１０。時間なのか？ 爆弾は午前三時十分にホワイトハウスで爆発するように仕掛けられているということなのか？

「もう行かなければ」

「幸運を祈ります、長官」

「あなたも、首相」

電話を切ると、彼女はベッツィーにアワンが数字について言ったことを話した。

「そうね、そうかもしれない」とベッツィーは同意した。「爆弾のひとつはホワイトハウスにある。

そうだと思っていた。でも爆弾が三つあるなら、どうしてシャーはひとつだけ警告したの？　もっと単純なことのような気がする。ほかの爆弾と同じように」

「ほかって？」

「バスよ。あなたの外交官(FSO)に送られてきて、解読した数字」

エレンはその数字をじっと見た。「バス？　アルカイダが三百十番のバスに爆弾を仕掛けて十六時に爆発させるというの？」

「午後四時。わたしはそう思う。ロンドン、パリ、フランクフルトの爆破事件は、おとりの物理学者を殺すためだけでなく、一種の予行演習だったのかもしれない」

「でもこれではどの都市かわからない」とエレンは言った。「それに午後四時？　どの時間帯の？」

ベッツィーはその紙をじっと見た。そしてあることに気づいた。「エレン、それは３１０じゃない。３、スペース、１０よ。十番のバスが三台あって、それがどの時間帯であろうと午後四時に爆発するのよ」

「ですがそれでも意味をなしません」とコワルスキーが助手席から振り向いて言った。「すみません、でも聞かずにはいられませんでした」彼は青ざめていて、明らかに自分の聞いたことにショックを受けていた。「もし、アメリカのどこかにある三台の十番のバスにダーティーボムが仕掛けられているとわかれば、すべての交通局に警報を出し、バスを止めて捜索すればいいだけのことです。簡単なことではないですが、可能なはずです。それに時間もある」

エレンはため息をついた。「あなたの言うとおりよ。そんなはずはない」

ふたりはその数字を見た。寝不足でかすんだエレンの眼は、そのかすかなスペースに気づかなかったが、たしかにそこにはスペースがあった。３１０　１６００

だが、それが何を意味するのかはまだわからなかった。だからこそ、シャーを見つけることが何よりも重要だった。

暗い家を眺めながら、エレンは氷水のような恐怖が体を伝っていくのを感じていた。口や鼻のほうへと這い上がっていくのだ。怖かった。完全にお手上げだった。

わからなかった。わからなかった。メッセージが何を意味するのかわからなかった。

バスかもしれない。あるいはホワイトハウスなのかもしれない。

あるいは適当な数字なのかもしれない。バシル・シャーは彼女を混乱させようとしているのだ。貴重な時間を浪費させようとしているのだ。

エレンにわかっていたのは、疲労困憊で、自分ひとりで解決するのは無理だということだった。数字と数字のあいだのスペースを見落としていた。ほかに何を見落としているだろう。

「写真をわたしに送って」とエレンは言い、ベッツィーがそうすると、すぐにそれを転送した。

「大統領に？」とベッツィーが訊いた。

「いいえ、彼にわたしたち以上にわかるとは思えない。それにもしほんとうにＨＬＩがいるのなら、ホワイトハウスのほかのだれかに見られるリスクを冒すことはできない。最初の暗号を解いた人に送った」

そして彼女はダグ・ウィリアムズにメッセージを送り、核爆弾がホワイトハウスにあるなら、午前三時十分に爆発するようにセットされているかもしれないと警告した。

ウィリアムズは時計を見た。

午後八時過ぎだった。あと七時間しかない。

CHAPTER 38

ギルとアナヒータは小さな町へ出かけ、食料とペットボトルの水を調達してみんなの元へ戻ってきた。

ふたりはそこまでの道中と、香ばしいにおいのする食べ物をストリングバッグに入れて持ち帰る道中、ずっと話をしていた。

まずこの二十四時間に起きたことを少しずつ話した。

アナは、ギルがハムザに会ったことやアクバルに襲われたことを話すのをじっと聞いていた。彼女は質問し、同意し、しっかりと注意を払って聞いた。それから彼が彼女の経験したことについて尋ねた。

アナは彼のことをよく知っていたので、それが儀礼的な質問だとわかっていた。自分も話したから彼女にも訊く。それだけのことだ。彼女の母親は、最初の質問はだれにでもできるとよく言っていた。重要なのはふたつ目、三つ目の質問だ。

いっしょに過ごしていたとき、ふたりで愛を交わしたあと、ギルはベッドに横になりながら、彼女の一日の様子を尋ねたものだった。だが、ふたつ目、三つ目の質問をすることはなかった。そして彼女の一日に興味があったとしても、彼女自身がどうだったかを尋ねることはまれだった。

アナは彼の自分に対する興味の限界を知った。そして、個人的な情報は自分から話さないほうがいいと学んだ。心から心配していない相手には。それでも彼女は彼のことを気にかけずにはいられなかった。オセロのように賢くは愛せなかったが、深く愛していた。

だがオセロは実際にはその見返りとして愛されていた。彼の悲劇はそのことを知らないことだった。

パキスタンの小さな町の暗い路地を歩き、スパイシーな料理の温かな香りに包まれながら、彼女は最も表面的な答えだけをギルに与えた。見出しだけ。だれにでも話すようなこと。それ以上は話さなかった。彼女が心のなかでほんとうに考えていることや、感じていることを話すつもりはなかった。

だがドアの鍵はかかっていなかった。彼女はその反対側にいて、彼を受け入れたいと強く願っていた。その鍵になるのはふたつ目の質問だった。三つ目の質問で彼は敷居を越え、彼女の心のあるところにたどり着くことができる。

「大変だったんだね」彼女が話し終わると、彼はそう言った。

知らず知らずのうちに、アナヒータは待っていた。一歩、二歩、三歩、無言のまま路地を歩いた。

彼女はギルが自分の手を取ったのを感じた。彼女はそれがなんであるかわかっていた。彼が手に入れようとしなかった、そして受けるにはふさわしくなかった愛情への前奏曲（プレリュード）だ。彼女はいっとき口を閉ざしたまま、慣れ親しんだ温かい肉体が自分の肌に触れるのを感じていた。あの暑く蒸し暑い夜に一瞬だけ、心のなかで感じていた感覚を。

そして彼女は彼のするがままにまかせた。

だがギルが口を開きかけたちょうどそのとき、彼の携帯電話にメッセージが入ってきた。

「母からだ。バシル・シャーから数字が書かれた紙を渡されたそうだ。何がわかるかきみに見てほしいと言っている」

「わたしに？」

「暗号みたいだ。この前の暗号をきみが解いたから、この暗号も解けるかもしれないって」

「見せて」

　メッセージを読めるように携帯電話を彼女のほうに向けると彼は言った。「アナ――」

「まず読ませて」と彼女は言った。その口調はビジネスライクで素っ気なかった。
　３１０　１６００
　彼女の若い眼には、数字と数字のスペースがすぐにわかった。若き外交官（FSO）は今、完全にこの仕事に没頭していた。

　今度はそんなに時間をかけるわけにはいかない。従姉妹のザハラからのメッセージの重要性を理解するのに時間がかかりすぎたし、その意味を解読するのにさらに時間がかかってしまった。その遅れが百名以上の命を奪ったのだ。同じ過ちは二度と繰り返さない。集中しなければならなかった。彼女は、隠れ家に帰るまで頭のなかでずっと数字のことを考えていた。
　３１０　１６００
　隠れ家に着くと、彼女はそれを紙に書き出して、全員に一枚ずつ渡した。

「バシル・シャーがこれを送ってきた」と彼女は言った。「何を意味するか解読しなければならない」

「ダーティーボムについて？」とキャサリンが訊いた。

「あなたのお母さんはそう考えている」

　食料を分けると、オイルランプが照らすテーブルに覆いかぶさるようにして、アイデアや考え、そして憶測を出し合った。

　１６００。ホワイトハウス？

　十番のバスが三台？

　アダムス長官と同じ仮説にたどり着くのにそう時間はかからなかった。この数字が計略である可能性や狂人の悪ふざけである可能性も含めて。だがこの数字には何か意味があると考えないわけにはいかなかった。

ギルはテーブルの反対側のアナをちらっと見た。彼女の顔はやわらかい炎に照らされていた、その眼は輝き、知性に満ちていた。完全に集中していた。

ふたりで歩いて帰ってくる途中、彼は、彼女の両親が尋問されているのを見たときのことを聞きたいと思った。

自分がテヘランにいると知ったときのこと。彼女が逮捕されたときのこと。何が起きたのか、どう感じたのか。彼女が洞窟で襲撃されたことを短い文章で説明したとき、ギルは、彼女を失ってしまうことを考えて、めまいがするような感覚を覚えた。

そのあと何が起きたのか聞きたかった。そしてその先も。その先も。戸口に腰かけて、彼女の話を聞いていたいと思った。いつまでも。彼女の世界に没頭し、彼女の世界で自分を見つめたかった。

代わりに彼は黙っていた。

父親からは、ジャーナリストとして取材するのでないかぎり、個人的な質問をするのは無作法だと教え込まれていた。友人——特に女性の友人——が心を開くのを待つべきだ。父曰く、質問をすることは相手の領域を侵害することだとみなされる可能性がある。不適切な好奇心と解釈されるおそれがあると。

だが母親が父親と離婚した理由はそこにあった。そして父親が何度も恋愛に失敗した理由も。

さらに言えば、母親がクイン・アダムスと再婚した理由がそこにあった。クインは彼女がどう感じているかを尋ねた。その答えに耳を傾けた。そしてさらに質問した。好奇心からではなく、おそらくは大事に思っていたから。

話す代わりに、ギルは自分が知っている唯一のやり方で、自分が大事に思っていることを伝えた。彼は彼女の手に自分の手を伸ばした。が、彼女は手を引いた。沈黙のなかへと。

二台の黒いSUVがアダムス国務長官の車の後ろに滑るようにして止まり、武装した諜報部員の一団が降りてきた。

銃を手にした外交保安局の職員が諜報部員らのIDをチェックしたあと、車のドアを開け、エレンとベッツィーは車から降りた。

「ここがだれの家かわかる？」とエレンは訊いた。

「はい、国務長官。バシル・シャーです」と上級諜報部員が言った。「われわれが監視していました。彼がいる気配はありません」

「ええ、けれど彼がイスラマバードにいると信ずる理由がある。彼を見つけて、生きたまま捕まえる必要がある」彼女は諜報部員と眼を合わせると言った。「生きたまま」

「わかりました」

「この家の間取りについては知っている？」

「はい。いつか入ることになるかもしれないと思い、調べてあります」

エレンは感謝しているというようにうなずいた。「よろしい」彼女は暗い家に眼をやった。「重要な書類があるかもしれない。彼の次の標的について詳しく書かれたものが」

「次？」

「彼はロンドン、パリ、フランクフルトのバス爆破事件に関与している。ほかにも爆弾を仕掛けたと考えられている。それがどこか知る必要がある」

上級諜報部員は深く息を吸った。これは著名な武器商人の家を襲撃し、逮捕することからはるかに、はるかに重大なことになっていた。

「わたしたちは自分たちの身分を明かした上でなかに入れてもらうことはできない」とエレンは言った。「彼らが書類を破棄するリスクを冒すことはできないから。完全な奇襲が必要よ」

「それがわたしたちの専門分野です、長官」彼はそう言うと、高い壁に眼をやった。「警備されているようですね」

「ええ、そうでしょうね。問題はある?」

「いいえ、常にトラブルは想定しています」

「正真正銘(トラブル・ウィズ・ア・キャピタル・T)のトラブルよ。わたしもいっしょに入る」

「それはだめです」と彼が言った。スティーブ・コワルスキーが「ノー」と言うのと同時だった。

「邪魔はしない。でも書類を探す必要がある」

「だめです。認めるわけにはいきません。あなたの安全のためだけでなく、邪魔になります。作戦全体を危険にさらすことになる」

「わたしが作戦を指揮するとは言っていない」彼女は自身のセキュリティチームのリーダーに向かって言った。「いい、スティーブ、わたしたちの会話を聞いていたわよね。何が懸かっているかはわかっているはずよ。この情報を得るためにどれだけの命が失われたのかも」彼が反論しようとすると、エレンは言った。「もうどこにも安全な場所などない。あなたもわかっているでしょ。シャーとその情報を手に入れるまでは。もしシャーが成功したら、この爆弾だけでは終わらない。さらに続くはず。だから任務を分担しましょう。あなたはシャーを見つけ、この場所を確保する。わたしは彼の書類を探す」彼女はコワルスキーから襲撃チームのリーダーに眼をやった。「あなたがいいと言うまでなかには入らない。それでいい？」

　非常に渋々ながらだったが、彼らは同意した。

　エレンはベッツィーを見ると言った。「離れないで」

「オーケイ」

　彼らが家を守る高い門へと向かうと、ベッツィーも続いた。

「トラブル、トラブル……」

　コワルスキーの合図で、ふたりの女性は中庭を駆け抜けた。一歩一歩、暗い家に近づいていくたびに、エレンは前腕の毛が逆立つのを感じた。

「正真正銘のトラブル（トラブル・ウィズ・ア・キャピタル・T）」ホースリップスの曲の歌詞をつぶやいた。

　抵抗はなかった。警備員もいない。アダムス長官はその意味がわかるような気がし、悪い予感を覚えていた。


「ちょっと待って、ちょっと待って、ちょっと待って」ザハラ・アフマディが両手を上げて静かにするように言った。

　彼らはその数字についてさまざまな説をめぐらせたが、どんどん突拍子もない方向に進んでいた。

「バシル・シャーは核物理学者に関する情報をわたしたちの国の政府にリークした」と彼女は言った。

「そうよね？」

「イラン政府にね。ああそうだ」とボイントンは言った。

「イラン政府に彼らを殺させたかったから。そしてイラン政府が非難されるように」

「そうよ」とキャサリンが言った。「何が言いたいの？」

「同じことをここでもしてるとはいえない？　わたしたちを操っていると」

「可能性はある」とチャールズ・ボイントンが同意した。「けれど今回、ぼくらはそのことを知っている」

「違いはそれだけじゃない」とザハラは言った。「わたしたちはシャーに集中し過ぎていたんじゃないかな。彼はそうさせたかったのよ。なぜ彼はこのメッセージをアダムス長官に渡したんだろう？」

「彼はうぬぼれの強い異常者で、ぼくたちを翻弄せずにはいられないから？」とボイントンが言った。

「たしかに」とギルは言った。「だが彼はビジネスマンでもある。これが失敗したら、買い手から責められることになる。それは望んではいないはずだ。彼は失敗を恐れているんだ。時間がないなか、われわれは彼が思っている以上に近づいているんだ」

「わたしもそう思う」とザハラが言った。「これは保険よ。この男は跳びはねながらわたしたちに手を振って自分のほうを見させようとしている」

「そしてわれわれが本来見るべきところから眼をそむけるように」とキャサリンは言った。

「でもそれはどこだ？」とボイントンは言った。

「彼のクライアント」とアナヒータは言った。「シャーは武器商人よ。仲介者。彼は爆弾を作る手配はするが、使うのは彼じゃない。標的やタイミングを決めるのは彼じゃない」

「そのとおりよ。でもおそらく彼は知っている」とザハラは言った。

「そうね、おそらく知っている」とアナヒータは言った。「輸送の手配をしているかもしれない」

「でも場所や時間を決めるのは彼のクライアント」とキャサリンは言った。みんなの言わんとすることを理解し、眼を大きく見開いていた。「わたしたちはシャーの視点からこの数字を見てきたけど、視点を変える必要がある」

「アルカイダの視点に」とザハラは言った。

アナヒータは従姉妹のほうを見た。「わたしたちは欧米人の頭で考えてきた。あなたはこの数字をイスラムの頭で見る必要があると言っているのね」

「イスラムではなく、聖戦主義者(ジハーディスト)の視点で」とザハラは言った。「彼らの世界ではこの数字は何を意味するんだろう？　どんな意味を持っているんだろう？　アルカイダやほかのテロ組織は、宗教だけでなく、神話も重視している。彼らは古代から現在まで、自分たちになされた過ちに対する抗議を繰り返し繰り返し行なってきた。彼らは傷口を開いたままにしてきた。じゃあ、どんな傷がこの数字に含まれているのだろう？」

３１０　１６００

「死体があります！」

諜報部員がシャーの家の地下にうつぶせに倒れている男に近づくと、死体の下にワイヤーが見えた。

「ワイヤーだ」そう言って諜報部員はあとずさった。

中庭に入る前に、この家が無人であることはわかっていた。抵抗はなかった。そしてシャーのような男だったら、周囲を私兵で固めているだろうことも。

それがだれもいないのだ。つまり生きている者は。

エレンとベッツィーは一階のシャーの書斎で書類を探していた。このエリアは仕掛けがないことが確認され、安全だとみなされていた。

「ここを出る必要があります、国務長官」とコワルスキーが言った。「地下で遺体を発見しました。爆発物とワイヤーで結ばれています」

「シャーなの?」とベッツィーが訊いた。答えはわかっていたが。

コワルスキーは彼女らを家の外に連れ出そうとした。「わかりません。遺体をひっくり返して身元を確認する前に、爆弾を解除する必要があります」

エレンは、地下にある遺体がだれなのか確信していた。そして五分後、それが確認された。パキスタンの軍事長官、ラカニ将軍だった。

アジ・ダハーカはその夜大忙しだった。血と恐怖を解決策として用いた大掃除をしていた。

安全が確認されると、ベッツィーは家に戻って書類の探索を再開しようとした。だが、エレンがそれを止めた。

「何もない。彼は全部持っていった。何か見つかったとしても、わたしたちを誤った方向に導くためのもの。行かなければ」

「モスクワへ?」とベッツィーは訊いた。彼女は爆弾のリスクを冒してでも、家のなかに戻るほうを選びたいと思っているようだった。

「モスクワへ」

エレンにはわかっていた。そこはこの旅の最後の目的地だった。モスクワのあとにはどこにも行くところはなかった。家に戻って待つ以外には。

だがもうひとつだけ追い求めるべき道がある。エアフォース・スリーに乗り込んだベッツィーは、行方不明のジャーナリストの捜索を続けた。HLIを見つけた人物。

カザフスタン上空のどこかを飛んでいるとき、彼女はその人物を見つけた。

❈
CHAPTER 39

三月上旬の朝九時十分、エアフォース・スリーは吹雪のなか、モスクワのシェレメーチエヴォ国際空港に降り立った。

まるで何かに殴られたような空だった。傷だらけの雲が陽光をさえぎり、せっかくの太陽を台無しにしていた。ベッツィーはかつてマイク・タイソンが言ったことばを思い出していた。

〝だれもが口にパンチを食らうまでは計画があるものだ〟

彼女はひどいパンチドランカーになったような気分だった。そしてもし計画があったとしても、それがなんだったのかもう覚えていなかった。

エレンもベッツィーも、外交保安局の職員もコートを持っていなかった。手袋も帽子も。アメリカ大使館に電話をしておいたおかげで、装甲されたＳＵＶ数台が滑走路で待っていたが、厚手の衣類を要求することは思いつかなかった。

深く息を吸うと、エレンは飛行機から降りた。彼女を守るものは頭の上の傘だけだった。それもシベリアからロシアを横断し、雪と氷とともに猛スピードで吹きつける風によってひっくりかえされ、叩きつけるように彼女に襲いかかってきた。エレンは階段の上で立ちすくみ、一瞬呆然とした。息ができなかった。顔や眼に当たる雪を、眼をしばたたいて防ぐ以外に身動きが取れなかった。

使いものにならなくなった傘を背後の職員に渡し、体を支えようと手を伸ばした。彼女の手が手すりの冷たい金属をつかんだ。が、すぐに放した。温かい手のひらの肉が凍りついて、引き裂かれてしまうのではないかと怖くなったのだ。

「大丈夫ですか?」振動する飛行機の上でも聞こえるように、コワルスキーは耳元で叫ばなければならなかった。

大丈夫だろうか? 今日一日、どこまでうまくいかないのだろう? だが彼女はレンジャーのことを考えた。バスに乗っていた人たちのことを。写真を持った母親、父親、子供たちのことを。ピート・ハミルトンのこと。そしてスコット・カーギルのことを。

「大丈夫(Fine)」とコワルスキーに叫び返すと、視界の片隅で、ベッツィーが同意するようにうなずくのを見た。

前の年のクリスマスにベッツィーは彼女の好きな詩人、ルース・ザルドの最新作をエレンにプレゼントしていた。その薄い詩集は『わたしはファイン(Fine)』というタイトルだった。ファイン(F・I・N・E)はひどく混乱した(Fucked up)不安定(Insecure)、神経過敏(Neurotic)、自己中心的(Egostical)の頭文字を取ったものだった。

アダムス国務長官は歯を食いしばって震えを抑えると、タラップの下で待っている人たちのほうに顔を向けた。まるで休暇を過ごすためにカリブ海の島に上陸したかのように、無理に笑顔を作ってみせた。

彼女は、ウィリアムズ大統領がこの訪問を内密にするようにと特別にロシア側に頼んでいたことを知っていた。注目されないように。騒がれないように。そして絶対にメディアには伝えないようにと。

アメリカの国務長官とロシア大統領のあいだの、単なる秘密の会談にするように。

いま、彼女はタラップの上に立ち、カメラを持ったジャーナリストたちに手を振っていた。イワノフに何かを頼むと、まず間違いなくその反対のことをする。またもや身震いに襲われながら彼女は思った。もしかしたらバシル・シャーの居場所を自分には絶対に教えないでくれと言うべきかもしれない。

そして爆弾が仕掛けられた場所も教えないようにと。

彼女はタラップを降り始めた。凍死する前に一番下までたどり着くことを願いながら。途中から歩くのが難しくなった。ローヒールを履いた脚が凍りつき始め、もはや顔の感覚もなかった。

タラップは雪と氷で覆われ、一歩一歩踏み出すたびに小さく滑った。エレンはイワノフがわざとやったんじゃないだろうかと思った。タラップの雪を取り除くくらい難しいことではないだろうに。転んで首の骨を折ることを期待しているとか？

まさかそんなことはないだろう、そう思うそばからまた足が滑った。なんとか体勢を立て直した。

車が見えた。必要以上遠くに止まっている。暖かそうだ。彼女は最後の数段を飛び降りて、車に向かって走りたかった。氷の彫刻になる前にそこにたどり着きたかった。

代わりに彼女は無理して速度を落とし、最後の段で立ち止まってベッツィーを待った。「くそっ、くそっ、くそっ」というつぶやきが聞こえ、彼女が数歩後ろにいることがわかった。

もしベッツィーが凍った階段で足を滑らせたら、自分が彼女の落下を食い止めることができるようにしたかった。これまでにベッツィーが彼女の――彼女の人生の――クッションになってきてくれたように。

エベレストかと思うような階段を下り、ようやく彼女の足は雪で覆われた滑走路に触れた。

エレンは出迎えてくれた人々に向かって無理やりうなずき、微笑んだ。少なくとも微笑んでいるように見えることを願った。ただ顔がひび割れているだけに見えているかもしれない。

出迎えた人々はみな、厚手のパーカーを着て、毛皮の縁取りのあるフードを頭からかぶっていたので、男性なのか女性なのか、ホッキョクグマなのかマネキンなのかもわからなかった。

彼女は車へ向かう途中で転びそうになったが、コワルスキーが腕をつかんでくれた。車に乗っても、エレンは震えを抑えられなかった。腕をさすり、両手を暖房の吹き出し口にかざした。

「大丈夫?」とベッツィーに訊いた。が、その声は不明朗なつぶやきになった。凍りついた顔とカタカタと震えている歯のせいで、ベッツィーはうめくようにしか答えることができなかった。だが、彼女はどうにかしてそのことばさえも下品なことばにしていた。

「今、何時?」とエレンはコワルスキーに訊いた。ようやく口が動くようになってきた。「九時三十五分です」と彼は言った。まだ凍っていた唇でかろうじてことばにしていた。

「DCは?」

彼は時計を見た。「朝の——」寒さから来るけいれんが彼を襲った。「二時三十五分です」

「携帯電話をちょうだい」電話を受け取ると、ウィリアムズ大統領に短いメッセージを打った。指がひどく震えていたため、何度か戻って間違いを直さなければならなかった。おまけにオートコレクト機能のせいで"爆弾(bombs)"がアメリカの大統領へのメッセージには絶対に出てくるべきじゃないことば——おっぱい(boobs)——に変わってしまったのも訂正しなければならなかった。

ダグ・ウィリアムズはメッセージを読んだ。

彼は大統領執務室にいた。セキュリティチームがホワイトハウスのなかを徹底的に調べたが、ウラン235の痕跡はなく、放射能も検出されなかった。それでも彼らはほんとうにないとは言い切れないと告げていた。ただ見つからなかっただけなのだと。

何が起こるかを知ったシークレットサービスは、大統領にホワイトハウスを離れるように要請し、要求し、最後には懇願した。大統領と同様、シークレットサービスにもわかっていた。もしホワイトハウスに核爆弾があるとしたら、それはできるだけ大統領の近くに仕掛けられるだろうということが。

だが彼は拒んだ。

「それは虚勢というものです、大統領」上席補佐官が言い放った。疲れてストレスが溜まり、苛立ちを感じているようだった。

「そう思うかね？」ウィリアムズはその女性をじっと見た。「多くの大統領に長く仕えてきたきみならわかるはずだ。どんな虚勢にも、どんなことばにも、そしてどんな作為も不作為にも必ずなんらかの影響がある。どちらが悪い？　ここで死ぬことと、テロリストに彼らが大統領を自分の家から追い出したと教えることと」彼は彼女に微笑んだ。「信じてほしい、わたしも逃げ出したい。この数時間でわたしは自分が勇敢な男ではないと悟った。だが、行けない。申し訳ない」

「それならわたしたちも残ります」

「命令だ。きみたちの死はほんとうに虚勢にしかならない。わたしを守るのがきみたちの仕事なのだということはわかるが、それは襲撃を止めることを意味する。あるいは大統領を守るために撃たれることもある。だが、きみたちには爆弾を除去することはできない。爆発したときに、きみたちにはわたしを守れない。わたしの死は、世界に向かってわれわれは脅しには屈しないと宣言することになる。だがきみたちの死は無意味だ。出ていくんだ。わたしは残る」

彼女らはもちろん拒んだ。だがシークレットサービスは大統領に対して譲歩した。幼い子供のいる護衛官は外に配備された。より安全な場所に。

ウィリアムズがひとりになったとき、将軍がトイレから出てきた。

ふたりは窓際に立ち、サウスローンの先をじっと見た。

「一応言っておきますが、大統領、あなたはとても勇敢なかたです」

「ありがとう将軍、だがわたしのパンツを見てから言ってくれ」

「それは命令ですか、大統領?」

ウィリアムズは笑い、統合参謀本部議長を見た。生きているかぎり、大統領は戸口に立ちつくしていたこの男の表情を忘れることはないだろう。高台にいたすべてのレンジャーが死んだと知ったときの表情を。そのなかには自ら襲撃の指揮官に選んだ、彼の副官も含まれていた。襲撃と陽動作戦は将軍のアイデアだったのだ。

数時間経った今でも、恐怖に満ちた表情はまだそこにあった。まるですぐ近くに立っている者にしか見えない大網膜（胎児が頭にかぶってくる羊膜の一部。幸運のしるしとされる）のように貼りついていた。

ウィリアムズは、将軍が生きているかぎり、それは消えないのではないかと思った。

午前二時四十五分。

つまり、あと二十五分は。


雪が吹きすさぶなか、エレンは戦後のソビエトの厳かなビルや、頭を低く下げた人々が窓の外を通り過ぎていくのを見ていた。人々は猛吹雪（もうふぶき）のなかを前かがみになり、重い足取りで仕事に向かっていた。車の列が通っても、だれも顔を上げようとしなかった。

エレンは、この国の指導者のことは好きではなかったが、ロシア国民のことは大好きだった。少なくとも彼女が会った人たちは。ただ逞（たくま）しいというだけではなかった。明るくて活気にあふれ、笑いの絶えない人々だった。常に寛大で、温かくもてなしてくれた。料理も酒も喜んで勧めてくれる。ロシアの人々の不屈の精神を否定することはできなかった。だが、ナチスやファシズムの外からの脅威を勇敢に撃退したにもかかわらず、内部からそれが忍び寄ってくるのをただ見ているだけというのは、なんとも残念なことだった。

エレンはもし自分の任務が失敗したら、同じことがアメリカでも起きるのではないかと、少なからず恐れていた。いや、それどころかもうすでに起きているのだ。

自分たちは公正な選挙で独裁者を打ち破って退陣させた。だがその勝利は脆弱だった。とはいえ彼女の仕事は有権者を納得させることではない。彼女の仕事は次の選挙を確実に迎えることだった。

時刻を見た。モスクワ時間の午前九時五十五分。DCでは午前二時五十五分。

前方にはひときわ眼を引く、クレムリンの玉ねぎ型のドームが、吹きつける雪のなかで見え隠れしている。エレンとベッツィーは少なくとも震えが止まる程度には暖まっていたが、まだ服はびしょびしょで、靴は滑走路の油まみれのぬかるみのせいで濡れて汚れていた。

エレンは熱いシャワーをゆっくり浴びたいと心から思った。だがそれはかなわなかった。


ベッツィーは携帯電話をチェックした。彼女は、元ホワイトハウス特派員がケベック州のスリー・パインズという小さな村に住んでいることを発見していた。名前を変えていたが、間違いなく彼だった。

彼女は彼にメッセージを送り、力になってほしいと頼んだ。

深夜だったにもかかわらず、返事をくれた。彼は新しい人生を歩み始めていると説明した。マーナという書店の店主と恋に落ち、いっしょに暮らしていた。週に三日は店で働き、それ以外は村のあちこちでボランティア活動をしていた。

雪かき、食料の配達。夏には芝刈り。

彼は幸せだった。ほっておいてほしいと言った。

彼はどんな要件か訊かなかったが、その返事からは、何かを察したようだった。

それでもはっきりさせる必要があった。

ベッツィーは〝HLI〟と打ち、送信ボタンを押した。

それ以来沈黙が続いていた。それでも彼女は、彼の恐怖が電話を通して脈打っているのを感じていた。まるで恐怖という名のアプリを彼女が起動させたかのように。


「国務長官」

エレンはクレムリンの入口で、イワノフ大統領の補佐官に出迎えられた。彼は笑顔でエレンたちをなかに案内したが、セキュリティチームには武器を渡すよう求めた。

「申し訳ありませんが」とコワルスキーは言った。「それはできません。われわれは外交特権で武器を所持することが認められているはずです」彼は自分の身分証明書を見せた。

「ありがとうございます（スパシーバ）。はい、通常の状況であれば、そのとおりなのですが、今回は急な訪問だったため、書類を作成する時間がありませんでした」

「なんの書類ですか?」とスティーブ・コワルスキーは言った。表面上は冷静だったが、エレンは彼のこめかみの血管が脈打っているのがわかった。

「ああ、民主主義をよくご存じでしょ」と補佐官は微笑みながら言った。「常に書類に記入しなければならないんです」

「古きよき時代とは違って」ベッツィーはそう言うと、険しい表情を浮かべた。

「大丈夫よ」エレンはコワルスキーにやさしく言った。

「大丈夫じゃありません。もし何かあったら……」

「あなたもいっしょにいてくれる。それに何も起きない。さっさと終わらせて出ていきましょう」

午前十時二分。

残り八分。

ダグ・ウィリアムズは大統領執務室のソファに坐っていた。向かいには将軍が坐っていた。

ふたりは何年も前から互いを知っていた。大統領は将軍の妻と息子——空軍でアフガニスタンに派遣されていた——に会ったこともあった。ウィリアムズは将軍に出ていくように言うべきだとわかっていたが、本音では、いっしょにいてくれることがありがたかった。

ふたりともスコッチのグラスを持っていた。一杯目を飲み干し、互いの健康を祝って二杯目を飲んでいた。

どれほどの意味があるかわからなかったが、ウィリアムズはティム・ビーチャムをロンドンから呼び戻すよう命じていた。自分が核爆弾の上に坐っている一方で、国家情報長官が〈ブラウンズ・ホテル〉でフル・イングリッシュ・ブレックファストを愉しんでいると思うと我慢がならなかった。

ビーチャムが到着するのは数時間後だったが、それでもウィリアムズ大統領はささやかな満足感を覚えていた。

ふたりで話しながら、ウィリアムズは、歴史的に重要なことや政治的にも個人的にも極めて重要なことを話すべきだと感じずにはいられなかった。が、結局は愛犬の話をしていた。

将軍の愛犬は、パインという名のジャーマン・シェパードだった。ケベック州の小さな村に住む親友から贈られた犬だと大統領に話した。ある夏、将軍はその友人——ケベック州警察の警部——を訪ねた。そのときふたりは、三本の大きな松の木の下にある、村の緑地のベンチに坐った。彼は鳥や風、子供たちの遊ぶ声に耳を傾け、何十年ぶりかに平穏な気持ちになった。

だから犬の名前もその村の名前にちなんでつけた。

ウィリアムズはビショップというゴールデンレトリバーのことを話した。その名前は聖職者とは関係なく、大統領が通っていて特に好きだった学校の名前から取っていた。たぶんそこが亡くなった妻との出会いの場所でもあったからだろう。ビショップは、いつもは大統領執務室の机の下で、坐っているか、眠っているかしていたが、ダグ・ウィリアムズはホワイトハウスの執事に頼んで、ビショップをホワイトハウスから遠く離れた場所に連れていってもらった。

そして彼の世話をするように頼んだ。万一の場合に。

残り五分。


「国務長官」

マキシム・イワノフは部屋の中央に立ったまま動かなかった。エレンに自分のところまで来させようとしているのだ。彼女はそうした。こういった侮辱を意図したつまらない振る舞いは、彼女にはなんの効果ももたらさなかった。以前なら、いらいらさせられたかもしれないが、今日は違った。

「大統領」

ふたりは握手をし、エレンはベッツィーを紹介した。イワノフは自分の上席補佐官を紹介した。

顧問(アドバイザー)ではないのだとエレンは気づいた。だれもこの男にアドバイスすることはない。あったとしても二度目はなかった。

イワノフは思ったよりもずっと小柄だった。だがその存在感は強烈だ。彼のそばにいるのは手榴弾の近くにいるようだった。それも安全ピンに伸びきったゴムが結びつけられて、今にもはずれそうな感じだった。

ロシア大統領と狂者とのあいだには何もなかった。そしてそれは——それだけではなかったが——エリック・ダンとの共通点でもあった。

ふたりの違いはすぐにわかった。それは、マキシム・イワノフが本物だという点だった。巧妙かつ残酷な圧迫感を身に着けた、冷酷な暴君。

エリック・ダンには他人の弱点を見抜く天性の勘があったが、彼に欠けていたのは計算だった。計算をするにはあまりにも怠惰だった。だがこの男は？　この男はシベリアに寒気をもたらすほどの冷徹さですべてを計算していた。

だがイワノフにとって想定外、予想外だったのはエレン・アダムスだった。アメリカの国務長官がエアフォース・スリーに乗ってモスクワに来るとは思ってもいなかった。クレムリンに。彼の応接間に。

エレンは彼のその冷徹なまなざしの下に、まれにしか見ることのできない混乱があることを見て取った。そしてそれとともに恐怖と怒りがあることを。

彼はこういうことが気に入らないのだ。彼女が嫌いなのだ。これまでも、そしてこれからも。

だがエレンにはわかっていた。彼女を前にして、彼の自信が戻ってきていることを。そしてその理由も。

それは彼女がひどい状態だったからだ。髪は乱れて片方が立ち、もう片方は頭に貼りついていた。機内で身支度を整えたのに、吹雪ですべてが吹き飛ばされてしまった。

服は湿って汚れていた。彼女が近づくと靴がびちゃびちゃと音をたてた。

とても大国を代表する手強い相手には見えなかった。溺れたネズミだった。哀れな。弱々しいネズミだ。彼女が代表する国のように。彼はそう思っていた。そして彼女はそう思わせておきたかった。

「コーヒーでいいかな？」彼は通訳を介して尋ねた。

「お願いします（バジャルスタ）」

イワノフ大統領に会う前に、身なりを整えさせてもらうこともできたが、あえてそうしなかった。イワノフやダンのような男は常に女性を過小評価し、見下していることを彼女は知っていた。特にだらしのない女性は。

それは彼女にとってほんのわずかな利点だった。そして同じ過ちを犯して、自分もイワノフを過小評価してはならなかった。そうした者は後悔することになる。

時間が刻々と過ぎていた。相手に充分に印象を植えつけたと思ったエレンはようやく切り出した。

「大統領、顧問とわたしにお化粧を直させてもらえませんでしょうか？」

「かまわんよ」彼は補佐官に合図し、ふたりをトイレに案内させた。

そこは簡素だったが、必要なものはそろっていた。そして何よりも人目につかなかった。入るとまず、エレンは電話をかけた。


残り九十秒。

ウィリアムズ大統領の携帯電話が鳴った。彼は眼をやった。エレン・アダムスからだ。

「何かわかったのか？」期待に胸を膨らませて彼は尋ねた。

「いいえ、残念ですが」

「そうか」と彼は言った。失望と受容がその声に聞いて取れた。救出は来ない。騎兵隊はやって来ないのだ。

３１０　１６００

残り五十秒。

「わたしたちはクレムリンに到着したところで……」エレンは話し始めたが、ことばは途切れた。

「あなたをひとりにしたくなかったんです」

「ひとりじゃない」彼はだれといっしょにいるかを彼女に告げた。

「よかったです」と彼女は言った。「いや、よかったというのは決して……」

「わかるよ」

残り三十秒。ベッツィーが近くにいて会話を聞いていた。ふたりとも心臓が激しく鼓動していた。

大統領執務室では、ダグ・ウィリアムズが立ち上がった。将軍も。

二十秒。

女たちは眼を合わせた。

男たちも眼を合わせた。

十秒。

ウィリアムズは眼を閉じた。将軍も眼を閉じた。

そこには野草の生い茂る牧草地があった。明るく晴れた日だった。

二秒。

一秒。

沈黙。沈黙。大いなる沈黙。

彼らは待った。タイミングが何秒かずれたのかもしれない。あるいは一分ほど。

ウィリアムズが眼を開けると、将軍が彼を見つめていた。だが、ふたりは何も言わなかった。あえてそうしていた。

「ああ、なんてこと」とアナヒータが言った。「わかったかもしれない。３１０　１６００の意味が」

「なんだ？」とボイントンが言い、全員が彼女のまわりに集まった。

「あなたが聖戦主義者（ジハーディスト）の視点で見るといったこと」彼女はザハラに言った。「わたしたちが〝９・１１〟というとき、だれもがその意味をわかっている。きっとアルカイダにとっての〝３１０〟も同じなのよ」

「どうして？」とキャサリンが訊いた。「どんな意味があるというの？」

「オサマ・ビン・ラディンは三月十日生まれなの」

アナは携帯電話をみんなのほうに向け、自分の調べた彼の略歴を見せた。「わかる？　彼の誕生日なのよ。今日が。アルカイダは、アメリカ人によって殺された彼の復讐を誓ってきた。爆弾が今日爆発するように仕掛けられているのはそれが理由なのよ。彼らは主張している。象徴なのよ」

「復讐の」とボイントンは言った。

キャサリンはそれを見るとうなずいた。「そのとおりだわ。彼は一九五七年三月十日に生まれた。じゃあ、〝１６００〟はなんなの？」

「彼が殺された時間よ」とザハラが言った。

「でも」とキャサリンは言った。「この記事によると、彼が殺されたのは深夜一時よ」

「パキスタンではそうだが」とギルが言った。「アメリカの東海岸では午後四時だ」

「わたしたちはイスラマバードに駐在していて、よくＤＣに報告していたからわかるの」アナはギルと眼を合わせながらそう言った。「あなたのお母さんに知らせないと」

「さあ」ギルは彼女に自分の携帯電話を渡した。「きみが暗号を解いたんだ。きみがメッセージを送るんだ」

エレンはメッセージに眼を通すと、すぐにそれを大統領に読んで伝えた。

ダグ・ウィリアムズは息を吐いた。

「あと十三時間あるようだ、将軍。もう一度、これを繰り返すことになる」

大統領が暗号について説明し、将軍がうなずいた。「このいまいましいものを見つける時間がある。そして見つけてみせる」彼はまだ電話に出ていたエレンに呼びかけた。「ありがとう長官。気をつけてくれ」

「あなたも。ホワイトハウスで会いましょう。ここが終わったらすぐに帰ります」

「ゆっくりしてもいいんだぞ」とウィリアムズは言った。「明日はもうすぐだ」

化粧を直しながら、ベッツィーは元ジャーナリストを見つけたことをエレンに話した。「彼は怯えている」と彼女は言った。「だから新聞社を辞めただけじゃなく、国を出て名前も変えた」

「じゃあ彼はほんとうに何かを知ってるってこと？」とエレンは訊いた。

「そのようね」

「彼を捕まえなければ」

「誘拐する？」とベッツィーは訊いた。彼女はその考えを愉しんでいるように見えた。

「なんてこと、ベッツィー。ひとりくらい誘拐しないでおいてあげましょう」

「それって命令？」

「それって重要？　ううん、だれか彼を説得する人が必要よ。彼に家族か親しい友人はいないの？すぐにそこに派遣できる人は？」

トイレから出ると、エレンは携帯電話をコワルスキーに渡した。彼はエレンの顔をじっと見た。DCで何が起きるはずなのかわかっていたのだ。

「大丈夫よ」と彼女は言い、彼の顔に安堵が浮かぶのを見た。

「帰ってしまったのかと心配になったよ、ミセス・アダムス」ふたりが戻るとイワノフ大統領がそう言った。「コーヒーが冷めてしまう」

「おいしそう」彼女はひと口飲んだ。実際においしかった。コクがあり濃厚だった。

「さて、正直言って、なぜきみがここに来たのか気になって仕方がない」イワノフは肘掛椅子にもたれかかり、脚を大きく開いた。「テヘランからパキスタンに直行した。その前はオマーンのサルタンに会い、その前はフランクフルト。ずいぶんと忙しいようだね」

「わたしのことをよく見てるんですね」とエレンは言った。「気にかけてくれてうれしいです」

「ひまつぶしだよ。そしてきみは今ここにいる」彼はエレンを見つめた。「長官、その理由はなんとなくわかるよ」

「そうでしょうか、大統領？」

「賭けないかね？　百万ルーブル。ヨーロッパで爆発した爆弾と関係あるはずだ。きみはわたしに助言を求めに来た。どうしてわたしが力になれると思ったのかは想像できないがね」

「あら、そんなことはないと思いますよ。そして正解は一部だけです。賞金は山分けにしましょう」

彼の笑顔が消えた。ふたたび話しだしたとき、その声は険しく、ことばはきびきびとしてやや早口だった。

「じゃあ、具体的に言おう」

マキシム・イワノフにとって重要なのは、正しいことよりも、間違っていないことだった。そして間違っていると言われないことだった。ましてやだらしなく、不恰好な中年女から間違っていると言われるなどありえなかった。自分がマスターしたゲームの初心者に言われるなど。

他国との会談はすべて戦争であり、勝たなければならない。引き分けなどありえなかった。

「はい？」エレンは彼がおもしろいことを言ったかのように首を傾げた。

「きみは、あの爆発で殺された科学者たちと、バシル・シャーが顧客に核爆弾を売るために雇った科学者たちとが、別人であることを突き止めた。そして爆弾が爆発する前に、わたしがその爆弾を発見する力になれると期待してここに来た」

「ずいぶんとご存じなんですね、大統領。ですが、一部だけ正解です。爆弾のことでここに来ましたが、核爆弾ではありません。核爆弾のことはよくわかっています。ここには礼儀として来ました。あなたの身近なところで爆発しそうな爆弾を解除するのを助けるために」

彼は身を乗り出した。「ここで？　このクレムリンで？」彼は周囲を見まわした。

「ある意味では。ご存じのとおり、わたしの息子はロイター通信社に勤めています。彼は、出そうとしている記事をわたしに送ってきました。そこで敬意を表してまずあなたにお見せするべきだと思ったんです。直接会って」

「わたしに？　どうしてわたしに？」

「あなたに関係があるからです、マキシム」

イワノフはふたたび椅子にもたれかかると微笑んだ。「わたしとロシアンマフィアの話をまだ追ってるのかね？　そんなものはない。あったとしてもとっくに終わっている。ロシア連邦を貶めたり、ロシア国民を傷つけたりするようなことには我慢するつもりはない」

「ご立派なことね。チェチェンの人々もそれを聞いて喜ぶでしょう。ですが違います。マフィアのことではありません」

ベッツィーはただじっと坐っていた。冷静を装っていたが、すべて彼女にとっては初耳だった。フライト中、エレンはずっとコンピューターに向かっていたが、ギルとは連絡を取っていなかった。じゃあ何をしていたのだろう？

イワノフ同様、ベッツィーもこの話がどこに向かっているのか気になった。もっとも、表情や落ち着きのない姿勢から判断すると、彼のほうが少しだけ関心が強いかもしれなかった。

「じゃあ、なんなんだ……？」とイワノフは言った。

「ではお見せしましょう……」エレンはコワルスキーにうなずくと、携帯電話を受け取った。数回クリックとスワイプをしたあと、彼女はそれをイワノフに向けた。

ベッツィーには画面を見ることはできなかったが、イワノフの顔が突然赤くなり、そして紫色になるのがわかった。

灰色の眼を細め、唇をきつく閉じていた。彼女がこれまでに見たことのない怒りがイワノフから脈打っていた。まるで煉瓦で顔を殴られたようだった。ベッツィーは急に怖くなった。

彼女たちはロシアの奥深くにいた。クレムリンの奥深く。エレンのセキュリティチームは武器を取り上げられていた。彼女たちを消し去るのは難しくないだろう。国内線に乗り換えて、墜落したと発表すればいい。

彼女はエレンを見た。その顔は暗号のようだった。それでもこめかみのかすかな鼓動が教えてくれた。アメリカの国務長官も恐れているのだ。

だが引き下がるわけにはいかなかった。

「これはいったいなんだ！」イワノフが吠えた。

「何とは？」とエレンは言った。その口調はもはや穏やかに愉しんではいなかった。ベッツィーがほとんど聞いたことのない冷たさ、厳しさがそこにあった。「このような写真を見るのは初めてではないでしょう、マキシム？　あなた自身でも以前に使ったことがあるはず。右にスワイプすれば動画が見れる。でもわたしは見るつもりはない。かなりひどい。あなたが上半身裸で馬にのっているやつとはほど遠い。でもギルによると馬は別のビデオに出てくるそうよ」

ベッツィーは気になってしょうがなかった。

イワノフはエレンをにらみつけ、話すことができないでいた。あるいはことばが喉に詰まって出てこないのかもしれない。

エレンは携帯電話を戻そうとしたが、イワノフの手がさっと伸び、それをつかんで壁に投げつけた。

「マキシム、かんしゃくを起こしても無駄よ。そんなことをしてもなんにもならない」

「この愚かなクソ女（ビッチ）が！」

「クソ女（ビッチ）、そうかもしれない。でもそんなに愚かかしら？　わたしはあなたから学んだのよ。どれだけの人たちを脅迫し、どれだけの人たちを小児性愛の捏造画像で破滅させたの？　落ち着いたら、大人の話をしましょう」

ベッツィーは、コワルスキーともうひとりの外交保安局員がかなりふたりに近づいてきていることに気づいてほっとした。コワルスキーが彼女の携帯電話を拾い、確認してからエレンに返した。

まだ使えた。

「わかってるでしょ」と彼女は言った。まるでイワノフをあざ笑うかのように、携帯電話をこれみよがしに膝の上に置いた。「あなたは運がいい。もしこの電話が壊れて、息子に連絡が取れなくなったら、この話は記事になる。この爆弾を解除するのには五分しかない」彼女は電話を顎で示した。「五分経てば、記事が出て爆発する」

「そんなことはできない」

「なぜできないと言えるの？」

「ふたつの国のあいだの平和の希望が失われるからだ」

「ほんとうに？　それはひとつでも、ふたつでもない、三つの核爆弾とともに来る平和？」

彼が何か言おうとしたが、エレンは手を上げてさえぎった。

「もうたくさん。どちらもありもしない時間をむだにしている」彼女はイワノフのほうに身を乗り出した。「あなたはロシアンマフィアを支配しているだけじゃない、それを作り出した。あなたは、あのいまわしいクズどもの父親で、彼らはあなたの言うとおりに動く。ロシアンマフィアはロシアのウランを手に入れることができる。どうやって？　あなたを通してよ。具体的には南ウラルで採掘されたウラン235よ。核分裂性物質。昨晩米軍が急襲したパキスタンの工場でその痕跡が発見された。マフィアがそのウランをバシル・シャーに売り、シャーは核物理学者を雇ってダーティーボムを作らせた。そして彼はそれをアルカイダに売った。アルカイダはそれをアメリカの都市に仕掛けた。すべてはあなたの庇護の下で。シャーの居場所と、爆弾の仕掛けられた場所を知る必要がある」

「夢物語だ」

彼女は携帯電話を手に取り、メッセージを作成した。そして送信ボタンに指をかけた。彼女の決意、そして彼を見るときに感じる強い嫌悪は見紛いようがなかった。

「やればいい」と彼は言った。「だれも信じやしない」

「あなたが敵を罠にかけるために同じような写真を捏造したとき、人々は信じた。あなたのお気に入りの常套手段よ、違う？　政治的暗殺を狙った中性子爆弾。写真付きの小児性愛の告発。完璧よ」

「わたしは尊敬されている」とイワノフは言った。だが脚を閉じ、膝をそろえていた。「だれも信じない。だれもあえて信じようとはしないさ」

「ああ、なるほど。恐怖ね。あなたは恐怖で支配する。でも恐怖が作り出すのは忠誠心ではない。その先に待っているのは敵よ。そしてこれが――」彼女は電話を掲げた。「革命を起こす導火線になる。小児性愛者マキシム。きっと簡単には忘れることのできないイメージとなる。でもたぶんあなたが正しいんでしょうね。試してみましょう」

彼が何かを言う前に、エレンは送信ボタンを押した。

「待て」彼が叫んだ。

「遅い。もう送った。ギルはこのメッセージを受け取ったら、三十秒以内に記事を投稿する。一分後にはロイターのニュースワイヤーで世界中に配信されるでしょう。三分後には他の通信社も取り上げる。その数秒後には、SNSに載って、あなたに関する記事がトレンド入りする。四分後には、あなたのキャリアも人生も終わってしまう。信じないという人たちでさえ、あなたが近づいてきたら、子供を隠し、ペットをしまい込むでしょう」

彼は憎しみも露わに彼女をにらみつけた。「訴えてやる」

「おっしゃるとおりね。わたしでもそうする。でも、悲しいかな、ダメージは残る。まだチャンスはあるわ、大統領。あと数秒ならギルの投稿を止めることができる」

「爆弾がどこにあるのかは知らない」

エレンは立ち上がった。ベッツィーもいっしょに立ち上がる。手の震えを抑えるために両手を握りしめていた。エアフォース・スリーに乗るまでは、この男の慈悲に頼るしかない。そしてイワノフのロシアでは、慈悲は不足していた。

「ほんとうだ」と彼は怒鳴った。「記事を取り消せ」

「どうして？　まだ何も教えてくれてない。それにわたしはあなたのことがほんとうに嫌いなの。あなたが倒れるのを見ることができてしあわせよ」彼女はドアに向かった。「あなたが田舎(ダーチャ)の家でのんびりバラの世話をしているあいだに、わたしたちは平和について話し合うわ」

「シャーの居場所を知っている」

エレンが動きを止めた。立ち止まったまま、やがて振り向いた。「教えなさい、今すぐ」

イワノフは一瞬とまどったが、最後には話した。「イスラマバードだ。彼はきみの眼と鼻の先にいた」

「もう一度言う。あなたは間違っている。彼はそこにいたけど、もういない。爆弾につなげた軍事長官の遺体を自宅に残して消えた。知ってた？ ラカニ将軍をスパイとして手なずけるにはずいぶんと時間がかかったでしょうに。もう一度やり直さなければならないわね。ただし、アワン首相は以前のように黙って見てはいないでしょうけど。全部シャーのおかげよ。彼はあまり信頼できる同盟相手じゃないようね」エレンはイワノフをにらみつけた。「彼はどこにいるの？」彼女は声を荒らげた。「言いなさい」

「アメリカだ」

「どこ？」

「フロリダ」

「フロリダのどこ？」

「パームビーチ」

「嘘よ。彼の別荘は監視下にある。だれも来ていない」

「そこじゃない」とイワノフは言った。今は微笑んでいた。

「時間はない、大統領。パームビーチのどこにいるの？」

そのときにはエレンもベッツィーもその答えを知っていた。それでもロシア大統領の薄い唇からそれを聞いたときにはショックを受けた。

❈

CHAPTER 41

「信じられない」ウィリアムズ大統領は言った。「あるのはロシアの暴君のことばだけだ。エリック・ダンは傲慢な愚か者で、イワノフやシャーにはもちろん、極右の連中にとっては便利な存在だが、テロリストを故意に匿うようなことはしない。イワノフは嘘を言っている。きみを騙したんだ」

エレンは苛立たしげに息を吐き、ベッツィーに眼をやった。ふたりはエアフォース・スリーに乗って帰路についていた。

「ウィリアムズ大統領の言うとおりよ」とベッツィーはエレンに言った。「イワノフの顔を見たでしょ。生きたままあなたの皮をはがせるならそうしていたはずよ。写真で脅迫されたからといって、彼がほんとうのことを話す保証はない。特にあのときは。あなたを破滅させるためならなんでもしたはずよ」

エレンは携帯電話を手で覆っていたが、その機器のなかに閉じ込められたようなアメリカ大統領の小さな、小さな声が聞こえた。「脅迫？　なんの写真だ？」

エレンは手を外すと説明した。

「なんてことを。そんなことをしたのか？　子供の……？」

「その少年はCGで作られたものです。存在しません」とエレンは言った。

「ああ、神に感謝するよ。だが、写真を捏造して一国の元首を脅迫したというのか？」ウィリアムズが問いただした。

「彼はアメリカ本土に核爆弾を仕掛けるのを助けている犯罪組織のトップです。ええ、やりましたよ。そして必要ならもっとやります。何をしてほしかったんですか？　水責め？　もちろん、あなたの言うとおりかもしれない。イワノフはシャーがダンの家にいると嘘をついたのかもしれない。たしかめる方法はひとつしかありません」

「ドアの呼び鈴を鳴らすということではなさそうだね」

「ええ、特殊部隊に前大統領の家を襲わせて、ゲストのひとりを誘拐するんです」

「ああ、なんてことだ」彼はため息をついた。「いいかエレン、イワノフは頭がいい。これがクーデターなら、彼の思うつぼだ。シャーと爆弾を発見し、解除できたとしても、法律違反だけじゃなく、政敵を攻撃したという理由で追放される。文字どおり、実際の武器を使って攻撃することになる。それに彼の屋敷を襲撃すれば、エリック・ダン自身が負傷する可能性もある。そのときはどうするんだ？」しばらく沈黙が流れた。やがてウィリアムズ大統領は訊いた。「ダンがロシアのスパイだと信じているのか？」

エレンは深く息を吸った。「意図的ではないにしても、知らず知らずのうちにそうなったのかもしれません。それは問題ではありません。結局は同じことですから。もしダンが大統領に戻れば、チェスの駒のように操られるでしょう。アメリカはロシアの属国になる。マキシム・イワノフに支配される。パキスタンの首相に自分の意のままに操れる人物を据え、イランの次期大アヤトラをロシアの忠実な人物にする。ロシアは、イワノフがいつも言っているような極超大国になる」

「くそっ」ベッツィーはそう漏らした。

「ああ、クソだ」とウィリアムズは言った。「われわれの唯一の希望は、ダンにシャーがいるかどうか尋ね、もしいるなら自発的に引き渡すよう訴えることだ。もし彼がそうしてくれればそれでいい。

そうでない場合でも、少なくともわれわれは試みたと証明することができる」

「失礼ですが、本気で言ってるんですか、大統領？　相手がだれだかお忘れですか？　ほかの元大統領なら通用するかもしれませんが、そもそもほかの元大統領ならバシル・シャーをゲストに迎えたりしないでしょう。リスクを冒すことはできません。ダンに尋ねれば、シャーに警告を与えることになる。唯一の希望は奇襲することです」

「昨夜のバジョールではうまくいかなかった」

「ええ」それは悲劇だったというだけではなく、憂慮すべきことでもあった。控えめに言っても、テロリストたちはレンジャーが来ることを知っていたのだ。

〝ホワイトハウス〟とファルハードは言った。〝HLI〟とピート・ハミルトンは書き残した。ハミルトンは自分に何が起きようとしているか、ほぼ間違いなく知っていたのだ。

ふたりは同じことを伝えようとして死んだのだ。裏切者を。

その人物がバジョールの襲撃をシャーに伝え、シャーがタリバンに伝えた。そしてタリバンがレンジャーを殺した。

その同じ人物は爆弾についても知っているのだろう。おそらくホワイトハウスに爆弾を仕掛けたのもその人物だ。彼らはそれがだれなのか見つけなければならなかった。そしてエレンはそのために行動を起こさなければならなかった。

「もうひとつ話していないことがあります、大統領」

「ああ、まさかイワノフを誘拐したとか言わないでくれよ」

「いいえ、ですが――」

「なんだね？」

「ピート・ハミルトンは殺される前に、ベッツィーにメッセージを送っていました。たった三文字、〝ＨＬＩ〟と」

彼女は待った。沈黙が流れた。

「なんとなく聞き覚えがあるな」とウィリアムズは言った。「ＨＬＩ。だがわからない。どういう意味だね？」

「高位情報提供者（ハイ・レベル・インフォーマント）」

「ああ」彼は笑った。「あれか。何年か前に議会で流れたジョークだ。あるジャーナリストが質問をしていた。右翼の巨大な陰謀の一部だとかなんとか」彼はばかばかしいというようにそう言った。

「ええ、ばかげた話でした」

ふたたび沈黙が流れた。「今はそれほどばかばかしいとは言えないようだな」と彼は認めた。

「そうでしょ？　ピート・ハミルトンはそれを発見して死んだ。彼が最後にしたのはそのメッセージを送ることでした。はっきり言って、単なる右翼の陰謀だとは思っていません。それをはるかに越えたものだと思います」

「ＨＬＩは存在すると信じてるのかね？」

「はい」

「なぜ今まで話してくれなかったんだ？」ウィリアムズは問い詰めた。

「ほかのだれかに知られるリスクを冒すことはできませんでした。あなたの身近にいる人物に」

「わたしの首席補佐官のことを言ってるんだね」

「はい。バーバラ・ステンハウザーはまさに高位の人物です。そして彼女のアシスタントがバーでハミルトンといっしょだったことがわかっています。その女性は今行方がわかりません。奇妙だと認めざるをえません」

「認めなければならないのは、これを仕組むのに充分な頭のよさと、忍耐強さがあれば、必ずスケープゴートを用意するということだ。そう思わないかね？」

エレンは黙っていた。

「そしてわたしの首席補佐官はかなりわかりやすいスケープゴートになる。おそらくわかりやすすぎるくらいに」

「そうかもしれません。たしかめるにはＨＬＩのサイトを突き止めるしかありません」とエレンは言った。「名前を手に入れる。そのためにはアレックス・ファンを見つけることです」

「それはだれだね？」

「あの質問をした特派員です」

「なぜ名前を知ってる？」

「彼はうちの新聞社の特派員だったからです。彼は全容をつかむ前に退職しました。そのとき彼はＨＬＩにはなんの価値もないと言っていました。おそらく陰謀論者が作り出したものだろうと。彼らがおかしなことをでっち上げ、それを謎のＨＬＩのせいにしたんだと」

「実際そのように聞こえる」

「ピート・ハミルトンが死ぬ前にその情報を伝えるまで、それについて考えることはありませんでした。それにイランの情報提供者が死ぬ直前に〝ホワイトハウス〟と言い残しています。無視することはできません」

「彼はどこにいる？　そのジャーナリストは？」

「ベッツィーが彼を見つけました。名前を変えてカナダのケベック州の村に隠れています。スリー・

パインズ村というところです。でも話すことを拒んでいる。その村で彼を説得できる人物が必要なんです。彼が信頼するだれかを。もし彼を見つけることができたら、シャーもそう遠くはないはずです」

「もし彼がHLIについて知っていることを話さなかったら?」とウィリアムズは問いただした。

「彼も誘拐するのか? そうしない理由はないな。同盟国である別の主権国家を侵略したのと同じことだ。カナダは気にしない」

彼はめまいを覚え、思わずあとずさりした。爆弾を見つけて解除し、今日を生き延びるためには、冷静でいなければならなかった。

「いいか」と彼は言った。「シャーがわれわれのメインターゲットで、最優先事項だ。彼さえ捕らえれば、あとはどうでもよくなる。だが彼を捕らえるには非合法な作戦が必要だ。白昼堂々、自国民に対し、前大統領に対して。はっきり言っておくが違法行為だ」

「ええ、ですが核爆弾を仕掛けるのもおそらく違法よ」とベッツィーが言った。

「ダグ、あなたとわたしが政治的にはもちろん、肉体的にも今日を生き延びることができる可能性はかなり低い」とエレンは言った。「刑務所に何年入ることになるかは心配の種ではないはずよ。もしシャーが爆弾の場所を知っていて、わたしたちがそれを――」彼女は時計を見た。皮肉なことにエアフォース・スリーの机の上にあるのは原子時計だった。「十時間で見つけて解除しなければならないのなら、あらゆる法律を破ってでもそれをするつもりよ。どんな火の粉が降りかかろうとも」

「その火の粉はわれわれを破滅させるだろう、エレン」疲れ切っているだけでなく、空っぽになってしまったような様子だった。そしてあきらめた。「わかった、やろう。今度はうまくいくだろう。シャーはそこにいるはずだ」

エリック・ダンが一番のティーグラウンドに向かっているとき、エアフォース・スリーはアンドルーズ空軍基地に近づいていた。そして特殊部隊がダンの家に迫っていた。

予期せぬコンピューターの不具合のせいでダンのスタートが早まっていた。クラブの職員が苛立たしげなダンのアシスタントにそう説明した。

特殊部隊の隊員たちはダンが屋敷を去るのを見届けてから、それぞれの配置についた。

警備員たちが見えた。アサルトライフルを持ち、たくさんの弾薬をつけたベルトを体に巻いている傭兵（ようへい）だった。その弾薬のせいでパトロールの際にがちゃがちゃと音がするだけでなく、動くのも難しいほどだった。

それに対してデルタフォースは隠密性とスピードが売り物だった。ナイフ、銃、ロープ、テープ。装備はそれだけだ。

真の特殊部隊員ならだれでも、ハードウェアよりも人がより重要であることを知っている。任務の成功は、武器よりも兵士の熟練度と人格にかかっていた。

一方、極右の民兵は、精神的な安定よりもウジ・マシンガンを重視した。

前大統領の警護に当たっているシークレットサービスは、ダンが連れてきた民間の警備員によって疎外されていた。そしてその日の朝、本部からの静かな命令により、さらに後方に下がっていた。

特殊作戦チームのリーダーは、傭兵たちの様子を見て、わずか数分で彼らのルーティンを理解した。リーダーが合図すると、部下たちが塀を登り、猫のように塀の向こう側に降りて静かに屋敷へと疾走していった。赤外線でスキャンすることで、屋敷のどこに人がいるかわかっていた。だがどれがシャーなのかは、推測はできても断定はできなかった。

犠牲者は出すなという命令だった。だれも傷つけない。ターゲットを確保したら脱出する。

ほとんど不可能に近い任務だったが、それができるのは彼らしかいなかった。

最初のグループが二階を捜索し、二番目のグループが一階、三番目のグループが地下を捜索する。

一方で二名の隊員が、男がひとり坐っているパティオに忍び寄る。

「彼じゃない」そう報告すると、見られる前に退却した。そして次の目標に向かった。

「彼じゃない」

「彼じゃない」

「彼じゃない」

ひとりずつ報告してきた。ホワイトハウスとエアフォース・スリーではウィリアムズとエレン、ベッツィーがボディカムの映像を見ていた。ほとんど息をしていなかった。もしシャーがここにいなかったら……

「彼じゃない」最後の隊員が報告してきた。

「彼はここにはいない」副官が言った。

しばらく沈黙が流れたあと、リーダーが言った。「厨房に人がいる」

「全員スタッフだ」と別の隊員が言った。「料理人、皿洗い、給仕。確認した」

「スキャンでは四人いる。ひとりは冷蔵室にいたようだ」そこは金属で覆われていて、なかにいる人間がはっきり見えなかったのだ。「もう一度確認しろ」

二名の隊員が地下へ続く裏階段を静かに駆け下り、脇の部屋に入った。朝食を持って上ってきた側近にかろうじて見つからずにすんだ。

厨房に近づくと、コリアンダーとパンを焼く香ばしいにおいがした。そしてかすかに訛りのある英語の声。

「これはパラーターだ」コンロの前にいた男が、鋳鉄製のフライパンのなかの三角形のパンをつつきながら言った。「焼きあがったら、溶いた卵を入れる」

デルタフォースが厨房に入った。コックが侵入者に気づき、男が振り向いたところで、口にガムテープが貼られ、頭に袋がかぶせられた。

「確保した」

隊員のひとりが男を肩にかつぎ、背を向けると走り去った。コックや皿洗いが反応する前に彼らは消えていた。

彼らは階段を駆け上がった。捕らわれた男は足をばたばたさせて身をよじり、うめき声をあげていた。特殊部隊員たちは、技術サポートスタッフに導かれ、人々がどこにいるか確認しながら進んだ。部屋のなかに潜んで、叫び声に反応して厨房に向かおうとする職員や警備員が走りすぎるまで待った。

デルタフォースが侵入し、脱出するまで数分しかかからなかった。

十二分後、民間のヘリコプターが私有地を離陸し、北へ向かった。

エアフォース・スリーは着陸していたが、エレンとベッツィーは機内に残って、作戦を見守っていた。

「お願い、神様」ヘリコプターが飛び立つと、エレンはそう言った。「シャーでありますように。可哀(かわい)そうなコックじゃありませんように」

「袋を取れ」大統領が命じた。デルタフォースの司令官が従った。

彼らを見つめていたのは、イスラマバードでの晩餐会にいた給仕の顔だった。

彼らを見つめていたのは、悪名高い物理学者の顔だった。

彼らを見つめていたのは、世界で最も危険な武器商人の顔だった。

バシル・シャー。

「捕まえた」エレンはため息をついた。「アジ・ダハーカを捕らえた」

電話の向こうからダグ・ウィリアムズの笑い声が聞こえた。安堵のなかにヒステリックな響きが聞いて取れた。そして笑い声がやむと言った。「アジ……だれだって？ シャーじゃないのか？」

「ああ、すみません。そうです、そうです。シャーです。おめでとうございます、大統領。やりましたね」

「われわれがやったんだ。彼らがやってくれた」ウィリアムズはデルタフォースの司令官に言った。「ありがとう。いつかこの行動がどれだけ重要な意味を持つか伝えられるようにしたいものだ」

「どういたしまして、大統領」

そのことばを聞いてシャーが眼を大きく見開いた。口はまだガムテープで覆われていたが、その眼がすべてを物語っていた。彼は自分がどこに連れていかれようとしているのか確信した。

そしてそこで待っているのが、アメリカ大統領以外の何者でもないことを。


ダグ・ウィリアムズは頭を垂れ、両手を顔に押し当て、無精ひげのこすれる感覚を味わっていた。

専用のバスルームに入ってシャワーを浴び、ひげを剃る前に、〝アジ・ダハーカ〟を調べた。正しいスペルを見つけるのに何回かトライしなければならなかったが、なんとか見つけた。

破壊と恐怖をつかさどる三つの頭を持つ竜。嘘から生まれ、世界を大惨事に陥れるために卵からかえる。世界を破滅に導く悪魔のような暴君。

そうだ。バシル・シャーはまさにそういう存在だ。

だがダグ・ウィリアムズは顔に水をかけ、鏡のなかの自分を見ながら、残りのふたつの頭はだれなんだろうかと考えた。

イワノフ？　そうだ。だがもうひとりは？　ＨＬＩはだれなんだ？

シャワーを浴び、湯が髪から頭、体へと流れ、自分が人間に戻れたと感じたとき、ようやく思いだした。

エレンが言っていたジャーナリストのことを。その男は多くの人々と同じように、安全を求めてカナダに逃れた。彼女はケベック州のどこかの村のことを言っていた。最近同じような話をどこかで聞いていた。

タオルで体を拭きながら思いだした。焼き尽くされるのを待っていたあの恐ろしい時間のことを。

将軍が彼の愛犬のことを言っていた。パイン。

スリー・パインズ。スリー・パインズ村だ。

急いでバスルームから出ると、腰にタオルを巻いたまま、統合参謀本部議長に電話をして話を聞き、それから国務長官に電話をした。彼女はホワイトハウスに向かう前に、シャワーと着替えのため、自宅に向かっている途中だった。

「ジャーナリストを探すためにだれかケベックに送ったかね？」と彼は尋ねた。

「まだです。彼が信頼する人物を探しているところです」

「なら、まかせてくれ。心当たりがある」

今は朝の九時だった。もし彼らが正しければ、核爆弾はその日の午後四時に爆発する。

七時間。七時間しかなかった。

だが彼らはシャーを捕らえていた。そして今、彼らはアジ・ダハーカの三番目の頭の手がかりをつかんだかもしれなかった。

「パインは元気かね？」

「ああ、申し分ない。少し耳が大きいがね」電話越しに将軍が言った。

「ほんとうか？」アルマン・ガマシュは自分の愛犬、ジャーマン・シェパードのアンリを見下ろした。垂れるとふさいでしまうほど大きな耳だが、まっすぐ立っていて、いつも驚いているように見える。

「ワシントンDCで騒ぎがあったと聞いたが、そっちは大丈夫なのか？」

「ああ、実は電話をしたのはそのためなんだ。アレックス・ファンという男を知っているか？」

「もちろん。個人的にではないが、彼のホワイトハウスからのレポートはよく読んだものだ。引退したんじゃなかったか？」

「ああ、辞めている。今はスリー・パインズ村に住んでいる」

「そんなはずはない。ここにはそんな名前の人間はいない」

「ああ、だがアル・チェンという男がいるはずだ。アメリカ人。二、三年前からそこで暮らしている？」

「二年前だ」ガマシュの声は用心深くなっていた。「彼がファンだというのか？　なぜ名前を変えた？」

「電話をしたのはそのためなんだ。してほしいことがある」

エレンはシャワーのなかに足を踏み入れた。やっと。

眼を閉じると、温かい湯が顔に当たり、疲れた体を滝のように流れ落ちた。怪我もしていないのに、全身あざだらけのように感じた。が、眼に見える傷はなかった。とりあえずは。それでもこの数日間のショックや痛み、恐怖からは完全に立ち直ることはないとわかっていた。

傷は心のなかにある。永遠に。

そんなことを考えている時間はない。まだ走らなければならなかった。ラストスパートだ。

彼女とベッツィーはエレンの家に寄って、すばやくシャワーを浴び、きれいな服に着替えた。ピットインだ。自分のための。それともベッツィーのため？

シャワーから出ると、コーヒーとメープルスモークベーコンの香りがした。

「朝食を作ってくれたの？」エレンは明るく活気にあふれたキッチンに入るとそう尋ねた。「世界は文字どおり爆発しようとしているのに、あなたはベーコンを焼いているの？」

「それにあなたの好きなシナモンパンも温めているわよ」

そう、彼女はそのにおいにも気づいていた。

「わたしを拷問するつもり？　ゆっくりしてる時間はないの。ホワイトハウスに行かないと」

「持っていけるようにした。ふたりで車のなかで食べることができる」

「ベッツィー――」

国務長官の顧問はフライ返しを手にしたまま、動きを止めてエレンを見た。「だめ、言わないで」

「あなたはここに残って」

「絶対にだめ。小学校からの親友じゃない。何度もわたしの命を救い、精神的にも経済的にも支えてくれた。パトリックが死んだあとも……」彼女は息を吸い、そして吐いた。底のない心の傷の縁でシーソーのように揺れていた。「あなたはわたしの親友よ。見捨てるつもりはない」

「ここにいてもらう必要がある。キャサリンのため。ギルのため。犬たちのため」

「犬なんて飼ってないわ」

「ええ、でも飼うんでしょ？　もしわたしが……」

ベッツィーの眼はチクチクしだした。そして息が荒くなっていった。「あなたは……わたしを……置いていくことは……できない」

「あなたは――」とエレンは言った。お願い、彼女は自分に言い聞かせた。言うのよ。最後のことば。いっしょに来てと。わたしといっしょに来てほしいと。「ここにいて。わたしの言うとおりにすると約束して。お願い。一生に一度のお願いよ。ビデオ通話をする。でもあなたがここにいなかったら切る。だからお願いわたしを助けて」

「わかったわ」

「玄関の電話のところに電話番号を残しておくから、必要なら使って」

ベッツィーはうなずいた。

エレンは彼女をつかんで強く抱きしめた。「過去形、現在形、未来形がバーに入ってきた……」

エレンは友人を抱きしめ、何か言おうとしたが何も出てこなかった。エレンは体を引くと、ベッツィーの頬にキスをして、背を向けるとキッチンをあとにした。

急ぎ足でドアのほうへ、その先に待っている車に向かって歩きながら、額装された写真の横を通り過ぎた。子供たちの写真、誕生日や感謝祭、クリスマスの写真。クインとの結婚式の写真。

彼女とベッツィーの子供の頃の写真。ベッツィーは汚れて鼻水を垂らしていた。エレンはまったく汚れていなかった。ふたりでひとつのすばらしい存在。

エレン・アダムスは家を出ると、待機していたＳＵＶに乗り込んだ。ホワイトハウスへ向かうため。

大統領と核爆弾が待つ場所へ。

「緊張していた（テンス——tense——には時制という意味もある）」ベッツィーは走り去る車を見ながらそうつぶやいた。そしてゆっくり、ゆっくり膝をついた。エレンの香水が、まるでベッツィーの安全を守るかのように周囲にそっと漂っていた。〈アロマティック　エリクシール〉。

彼女はできるだけ小さくなるように体を丸めると眼を閉じた。震えていた。

ベッツィー・ジェイムソンはただ怖いのではなかった。まさに恐怖のどん底にいた。

ケベック州警察殺人課課長、ガマシュ警部は書店に入った。

「まだ来てないわよ、アルマン」とマーナは言った。

「何が来てないって？」

「お孫さんのために注文した『シャーロットのおくりもの』よ。ぼうっとしてたみたいね」

「ああ、少しね。アルはいるかい？」

「ルースのところで雪をかいてる」

「彼女を雪のなかからかき出すのか？　それとも雪のなかに埋めるのか？」ガマシュは訊いた。マーナが笑った。

「今回はかき出すみたいよ」

「ありがとう（メルシ）」とガマシュは言うと、結晶のように輝く冬の日のなかを、村の緑地からすぐのところにあるルース・ザルドの小さな家まで歩いた。高い雪の吹きだまりの向こうから、舞い上がる雪煙とシャベルの刃がきらめくのが見えた。

「アル？」

四十代後半のその男は、作業と寒さで顔を紅潮させ、動きを止めてシャベルにもたれかかった。

「アルマン、どうした?」

「話せるか?」

チェンは隣人をじっと見た。ガマシュの表情から、なんの話なのか察した。数時間前には国務省のベッツィーという女性から電話があった。彼は話を拒んだ。新しい人生を送っているのだと説明した。すばらしい人生。平和な人生を。

やっと。

だが、完全に平和というわけではなかった。毎日、毎晩、ずっと影が差していた。アル・チェンはこの日が来ることを知っていた。その影が消え、怪物が姿を現すときが来ることを。

チェンはゆっくり、ゆっくり息を吐いた。その息は蒸気のように流れ出た。そしてシャベルを雪だまりに突き立てると言った。「オーケイ、話を聞こう」

ふたりは固まった雪を踏みしだきながらビストロに向かった。深い雪だまりに反射する陽光に思わず眼を細めた。

ガマシュは前方にビストロを見た。チェンは平穏な暮らしの終わりを見ていた。

店内に入ると、ふたりは暖炉のそばに席を見つけ、カフェオレを注文した。

「ありがとう（メルシ）」飲み物が運ばれてくるとガマシュはそう言い、チェンのほうを向いてしばらく観察した。そして静かに話し始めた。「きみがだれで、なぜここに来たのか知っている。隠れるためだ、そうだろ?」

チェンは何も言わなかった。ガマシュは続けた。

「ここにいる理由も知っている」彼は本屋のドアのほうに眼をやった。彼はチェンに体を寄せると、さらに小さな声で言った。「もし彼がきみを見つけたら、あらゆる地獄をここにもたらすだろう。きみだけでなく。マーナや彼が求める者すべてに」

「だれのことを話してるんだ、アルマン。〝彼〟とはだれなんだ?」

「きみが隠れている相手だ。ほんとうに言ってほしいのか? いいか、われわれにきみを見つけられるということは、彼も見つけるということだ。時間がどれくらいあるかはわからない。多くはないはずだ」

「戻れないんだ、アルマン。やっと逃げ出したんだ」彼の手は震えていた。そしてガマシュは二年前にこの男が村に来たときのことを思い出した。

大きな音がするといつも震え上がっていた。人ごみのなかに入れなかった。話しかけたときはもちろん、だれかが彼のほうを見ただけで震えていた。オリヴィエとガブリのB&Bの部屋から連れ出すのが精いっぱいだった。最終的に彼をその気にさせたのは、マーナの温かいメロディのような声とチョコレートケーキだった。

マーナは、彼が、本が好きなのではと思い、ある夏の夜、閉店後の店に彼を招き入れた。それからは三日に一度、彼女はドアを開けて、彼にひとりきりで本を眺めさせた。彼はいろいろな種類の本——ときには新刊、またときには古本——を買った。

そして彼女は彼を裏のパティオに誘い出し、ふたりでビールを飲みながら、ベラベラ川の流れを眺めた。ふたりで話をした。あるいはただ眺めているだけのこともあった。

やがて彼女は彼を正面のパティオに連れ出した。そこでは村の生活を見ることができた。ゆっくりと、だが決して淀(よど)むことなく流れていた。

少しずつ、アル・チェンは人々の前に出てきた。

そして今、彼は完全にコミュニティの一員となっていた。まだすべてを正直に人々に話すわけではなかったが。

「マーナはきみがほんとうは何者なのか知ってるのか？」

「いや、わたしに話したくない過去があることは知っているが、わたしがだれなのかは知らない」

「彼女に話すつもりはない。だがきみは戻る必要がある。あのサイトについて知っていることを彼らに話すんだ。ＨＬＩについて」

チェンは首を振った。「だめだ。できない」

「いいか」とガマシュは言った。「バシル・シャーは捕まった。彼は今拘束されてワシントンに向かっている。だが彼らは高位情報提供者がだれなのか知る必要がある。きみにならわかるだろう？」

「シャーを捕らえたのか？　ほんとうに？　口先だけじゃないのか？」

「彼らはシャーを捕らえた。だが彼がどれだけ危険かは、きみも知っているはずだ。彼と彼の仲間が何をしでかすか。ウィリアムズ大統領は、ホワイトハウスのなかのシャーの情報提供者がだれなのか知る必要があるんだ」

ガマシュは爆弾については知らされていなかったし、知る必要もなかった。もちろんヨーロッパでのバス爆破事件のことは知っていた。そしてほかの爆弾についての噂も聞いていた。もっと強力なものがどこかにあるということを。「もし戻れないなら、わたしに教えてくれ。〝彼〟はだれなんだ？」

だれだ？

怒鳴る代わりに、ガマシュの声はやさしくなった。豊富な経験から、人は怒鳴られると、自然と防御の態勢に入ることを彼は知っていた。だがやさしく話しかければ、傷つき怯えた動物のように話してくれるかもしれない。

アル・チェンは首を振った。だが今回は違う意味だった。話をすること自体を拒んでいるのではなかった。彼はガマシュのことばに対して首を振っていた。

「〝彼〟じゃない」

「〝彼女〟？」

「〝彼ら〟だ。そのことだけはわかった。ＨＬＩはひとりじゃない。だれかが指示していることは明らかだが、わかったのはＨＬＩがグループだということ。組織なんだ」

「その目的は？」

「アメリカを彼らの考えるあるべき姿に戻すこと。そこからわかったのは、ＨＬＩは不満を持った有力者で構成されているということだ」

「何に対して？」

「政府に対して。国の方向性に対して。文化の変化に対して。彼らはほんとうのアメリカの価値観が浸食され、消えていくのを目の当たりにしている。だが彼らはかつての姿を懐かしみ、それを取り戻したいと願う、慎み深い保守主義者なんかではない。極右の過激主義者。ファシスト。白人至上主義者や民兵組織だ。彼らはアメリカがもはやアメリカではないと感じている。だから自分たちが国を裏切っているとは思っていない。反対だ。彼らは船を正そうとしている」

「沈没させることによって？」

「浄化することによって。彼らはそれを自分たちの愛国的義務だと感じている」

「軍人なのか？」

チェンはうなずいた。「高位にいる人物。尊敬されている人物。議会のメンバーも含まれている。上院議員も」

「なんてことだ（モンデュー）」ガマシュはそうつぶやくと、一瞬体を起こして炎を見つめた。

「だれなんだ？　名前が必要だ」

「知っていれば教えるんだが、知らないんだ」

「前大統領の支持者なのか？」

「表向きは。だが表向きだけだ。彼らは政府を憎んでいる。前大統領の政府さえも」

「だがメンバーの何人かは政治家なんだろう？」

「もし巨大な組織を崩壊させようとするなら、内部から腐敗させるんじゃないか？」

ガマシュはうなずいた。「ＨＬＩはダークウェブ上のサイトでもある、違うか？　これらの人々が情報を共有する場所だ」

「ダークウェブのもっと奥だ」

ガマシュは眉をひそめた。「そんなものがあるとは知らなかった」

「ウェブは宇宙のようなものだ。終わりがない。あらゆる種類の不思議があり、あらゆる種類のブラックホールがある。そこでＨＬＩを見つけた」

「アドレスを教えてくれ」

「持っていない」

「嘘だ」

ふたりは見つめ合った。ガマシュはアル・チェンの眼に恐怖と怒りを見た。そしてチェンはガマシュの眼に苛立ちと焦燥を見た。だがチェンはそこにほかのものも見て取った。

ガマシュの眼の奥底には共感があった。そして理解があった。この男は恐怖を知っている。

アル・チェンは深く息を吸うと、マーナが入荷した本を整理している本屋のほうをちらっと見てから、ガマシュが思ってもいなかったことをした。

彼はシャツのボタンを外した。

心臓の上に瘢痕があった。「マーナには、母が好きでよく言っていたことばの略語だと言ってある」

「彼女は信じたのか？」

「わからない。が、受け入れてくれた」

「ほんとうは？」

「ＨＬＩのアドレスだ」

ガマシュは頭を傾けてその瘢痕を見た。そしてチェンの眼を見た。「今までに見たことのないもののようだ」

「なら運がいいと思え。これがきみをブラックホールに連れていってくれる。だがこれだけではなかには入れない。エントリーコードが必要だ」

「で、それは？」

チェンは首を振った。「持っていない。手に入れる前に彼らがわたしを追って、人を送ってきた。だからここに来たんだ」

彼は霜に覆われた連双窓から村を見下ろし、天に向かってそびえ立つ三本の松の木を見た。

「エントリーコードが必要だ」とガマシュは言った。「だれが持っているかわかるか？」

「ＨＬＩのメンバーが持っていることは間違いない。おそらくバシル・シャーも」

「撮ってもかまわないか？」ガマシュは携帯電話を見せた。チェンがうなずくと短い数字と文字と記号の羅列を写真に撮った。

明らかにウェブのアドレスではなかった。少なくとも普通のサイトのものではない。いずれにしろ、この世界のものではない。

「だれがやったんだ？」

「自分で。ある晩、酔ってハイになって」

「どうして？」

「理由はわかるはずだ、アルマン」

チェンがシャツのボタンをかけ直すと、ふたりはビストロをあとにした。厚手のパーカーに身を包んでいたにもかかわらず、アレックス・ファンはそれでも寒さを感じていた。どんなに保温性が高い服も、彼を温めることはできなかった。寒さは内側からやって来ていた。だがこれでまた温かさを感じることができるかもしれない。

別れ際、ガマシュは礼を言うと尋ねた。「きみのお母さんの好きなことばというのはほんとうにあったのかい？」

「ああ、〝恐れるな（ノリ・ティマラ）〟だ」

ガマシュは手を差し出すと言った。「恐れるな（ノリ・ティマラ）」

ファンがルース・ザルド――文句ばかり言う詩人――を掘り起こすために戻っていくと、ガマシュは家に帰って友人に写真を送った。アメリカ統合参謀本部議長に。その写真は単なるウェブアドレスではなかった。ひとりの男の自己嫌悪のしるしだった。彼の肉体に刻み込まれた非難は、毎日彼に自分の臆病さを思い起こさせた。

恐れるな（ノリ・ティマラ）。ガマシュは送信ボタンを押すときにそう思った。

今なら、アル・チェン――アレックス・ファン――もその傷あとを何か別のものとして見ることができるかもしれない。ハレルヤ、祝福しよう。その恐ろしい文字と数字と記号を心臓の上に刻んだこと。そして彼がこの村に逃げ込み、この場所に心を奪われたことも。
ガマシュは光り輝く日を眺めながらつぶやいた。「恐れるな。恐れてはいけない」
だが彼は恐れていた。

❈

CHAPTER 42

これはエンドゲーム（チェスで盤上に駒が数個しか残っていない終盤戦のこと）だった。

その部屋のだれもがそのことをわかっていた。

ワシントン時間の午後二時五十七分。１４５７。１６００まで一時間三分。それまでに爆弾を発見して解除しなければならなかった。最初の暗号メッセージが国務省のアナヒータ・ダヒールの部署に届いたのがはるか昔のようだった。それから長い道のりを歩んできた。

だが果たして充分だったのだろうか？

各チームが主要都市でスタンバイしていた。事件が始まって以来、各国の諜報機関がアルカイダとその同盟国との通信傍受に力を注いできた。だが今のところ成果はなかった。

唯一の希望は、大統領執務室の背もたれの硬い椅子に坐り、レゾリュート・デスクの反対側からアメリカ合衆国大統領をにらみつけているパキスタンの武器商人だった。

「爆弾のありかを話すんだ、ミスター・シャー」とウィリアムズが言った。

「なぜわたしが？」

「ほう、知らないと否定はしないんだな」

シャーは首を傾げた。おもしろがっていた。「否定する？　わたしはきみたちアメリカ人のせいで何年も軟禁されていたあいだ、ずっとこの瞬間のことを考えてきた。夢見てきた。ここアメリカで起きていることを見ながら。きみたちが民主主義を台無しにするのを見ながら。おもしろかったよ。最高のリアリティ番組だった。実際には現実ではないがね。違うか？　政治、いわゆる民主主義のほとんどは幻想だ。無知な大衆のための〝やらせ〟だ」

「爆弾は現実じゃないというの」とエレンが言った。

「いや、そうじゃない。あれは本物だ」

「じゃあ、あなたも死にたくなかったら、どこにあるのか教えなさい。あと――」彼女は時計を見た。

「五十九分よ」

「ということはわたしがポケットに忍び込ませた暗号を解いたんだな。そうさ、五十九分だ。おっと、五十八分か。そうすればすべて消え失せる。混乱と独裁のどちらかを選べと言われたら、アメリカ国民はどちらを選ぶと思うかね？　次の攻撃の恐怖に駆られ、そのなかで自らテロリストと同じことをするだろう。自分たちの自由を破壊し、権利の停止を受け入れ、称賛しさえするだろう。収容キャンプ、拷問、強制退去さえも受け入れるはずだ。女性の平等や同性婚、移民は真のアメリカの死として非難されるだろう。だが少数の愛国者――アングロサクソン系白人キリスト教徒――の大胆な行動のおかげで、祖父母たちの愛した敬虔なアメリカが甦るのだ。そしてそのために数千人を殺戮しなければならなかったとしても問題ない。結局のところ、これは戦争なんだ。アメリカという灯台は死ぬだろう。自殺だ。正直な話、どちらにしろもう血を吐いているのだから」

「爆弾はどこだ！」ウィリアムズ大統領が叫んだ。

「わたしは多くのクーデターを見てきたが、ここまでのものはなかった」シャーは体を乗り出した。

「クーデターにはすべて共通点がある。それが何か知りたいかね？」

ウィリアムズとエレンは彼をにらみつけた。

「教えてあげよう。どれも……突然なんだ。少なくともクーデターをされる側にとっては。倒され、おそらくは銃殺刑や絞首刑にされようとしている人々はみんなきみたちと同じ顔をする。ショックを受け、愕然（がくぜん）とし、混乱し、怯える。どうしてこんなことになった？　だが、もし注意深く見ていたら潮の流れが変わったことに気づいていたはずだ。水位が上がったことに。上昇したことに。これはだれでもない、きみたちのせいなんだ」

シャーは椅子にもたれかかると脚を組み、眼に見えない糸くずを膝から払った。だがエレンは彼の手がかすかに震えていることに気づいた。給仕が彼女にサラダを出したときにはなかった震えだ。

初めてのことだ。

この男もやはり怯えている。だが何を？　死ぬこと？　あるいはほかの何かだろうか？　アジ・ダハーカは何を恐れるのだろう？　ひとつだけある。

より大きな怪物。

そしてその震えから判断するかぎり、そのひとつは近くにあるに違いない。

「きみたちが外を見て、脅威を探して地平線を見ているあいだ」彼は続けた。「きみたちは自分の家の裏庭で何が起きているのかに気づいていなかった。ここアメリカの地に根を下ろそうとしているものに。きみたちの町、きみたちの店、きみたちの中心で。きみたちの友人のあいだで、家族のなかで。良識のある保守派は右傾化していった。右翼は極右へ。極右はオルタナ右翼へ。狂った理論、誤った〝事実〟、嘘を吐き散らすことを許された独りよがりな政治家であふれたインターネットのおかげで、怒りと欲求不満のなかで過激化していった。

きみたちが近すぎて見えないものを、わたしは遠くから見ていた。不満が怒りに変わっていくのを。愛国者と呼ばれる人々は怒りと意思と資金的な裏付けを持っていた。導火線もある。そしてなかったものをわたしが提供することができた」

「爆弾」とウィリアムズは言った。

「核爆弾」とエレンは言った。

「そうだ。わたしが必要としていたのは釈放されることだった。きみたちの国の、ばかだが役に立つ大統領がそれを提供してくれた。おかげでわたしはふたつをひとつにすることができるようになった」彼は両手を上げた。「アルカイダの海外のテロリストと国内の愛国者」彼は両手を合わせた。「じゃじゃーん、出来上がりだ。そう、わたしはこの瞬間について何年も考えてきた。時間と忍耐、時間と忍耐。トルストイはそれらが最強の戦士だと言った。そのとおりだ。その両方を持っている人間はほとんどいない。わたしは持っている。ほんとうはイスラマバードの自宅からこれを見ることになると思っていた。だが最前列で見ることができるようだ」

「あなたは舞台の上にいるのよ」とエレンは言った。

　シャーが彼女のほうを見た。「きみもね。わたしは儲(もう)かるが危険な仕事をしている。そのことに幻想は抱いていない。いろいろな死に方を考えてきたが、正直なところ、光のなかで一瞬で死ぬのが一番だろう。覚悟はできている。きみたちはどうなんだ?」彼は大統領のほうに向きなおった。「もし爆弾の場所を話したら、わたしの死は、わたしのクライアントによって、一瞬でもなければ光に満ちたものでもないものにされるだろう」

「そうだろうな」とウィリアムズは言った。「だが幸運なことに、きみはわたしたちの保護下にあり、彼らはきみに手を出すことはできない。われわれのなかにＨＬＩがいなければの話だが」

　そのことばにシャーが動揺を見せたのはほんの一瞬だった。だがバシル・シャーがだれを恐れているかにエレンが気づくのには充分な時間だった。もっと大きな怪物がだれなのか。高位情報提供者(ＨＬＩ)だ。

「ＨＬＩ?」とシャーが言った。「何を言ってるのかわからないな」

「それは残念だ」とウィリアムズは言った。「もちろんきみにとってではない。ほかの人にとってだ」

シャーの笑みが凍った。「どういう意味だ」

残り五十二分。

「いいかね」とウィリアムズは言った。「きみはいくつもの死体を残してきた。あるときは口止めのため、あるときはほかの者への警告として。きみの友人たちもわれわれがきみを捕らえたと知れば同じことをするだろう。アルカイダやロシアンマフィアは、自分たちを裏切らせないための教訓としてだれを選ぶだろうな？」

エレンはしゃがむと、シャーの耳元でささやいた。ジャスミンと汗のにおいがした。「ヒントをあげましょう。あなたのブラックマーケットでの武器取引を報道機関が報じ始めたとき、あなたはだれを狙った？　だれがわたしの夫に毒を盛った？　だれが子供たちを脅した？　昨日、わたしの息子と娘を殺そうとしたのはだれ？」

「わたしの家族のことを言っているのか？　きみたちはわたしの家族を傷つけようというのか？」

彼女は立ち上がった。「いいえ、ミスター・シャー。それは違う。わたしたちはあなたの家族に危害を加えるつもりはない」

彼は息を吐いた。

「残念ながら、パキスタンやそれ以外の国にいる諜報員や工作員は、爆弾に関する情報を追うのに忙しい。われわれの同盟国も同じよ。あなたの家族には絶対に危害を加えないけど、保護することもできない。あなたがホワイトハウスにいる理由についてアルカイダはどんな話を聞くかしら？　イワノフやロシアンマフィアはどう思うかしら？　だれにもわからない」

「きみが協力したという噂が流れてもおかしくはない」と大統領が言った。「アメリカのスパイだと。

民主主義。言論の自由。愉しませてくれるじゃないか？」

「彼らはわたしが決して裏切らないと知っている」

「それはたしか？　わたしがテヘランにいたとき、大アヤトラがライオンとネズミに関するペルシアの寓話について話してくれた。知ってるわよね？」

　シャーはうなずいた。

「でもあなたが興味を持つかもしれない話がもうひとつある。カエルとサソリの話」

「興味ない」

「サソリは川を渡りたいけど泳げない。助けが必要だった。そこでカエルに背中に乗せて川を渡るように頼んだ」とエレンは言った。「カエルは言った。『でもそうしたらきみに刺されてしまう』サソリは笑って答えた。『刺さないって約束するよ。どちらも溺れてしまうからね』カエルは納得して二匹は川を渡り始めた」

　シャーは顔をそむけていたが、話を聞いていた。

「川を渡っている途中でサソリがカエルを刺した」とエレンは言った。「死ぬ間際にカエルは『どうして』と訊いた」

「サソリは答えた。『刺さずにはいられなかったんだ』」とウィリアムズ大統領が言った。「『それがぼくの習性なんだ』」彼は机の上に身を乗り出した。「われわれはきみがだれなのか知っている。きみの習性を知っている。きみのいわゆる同盟国もそうだ。彼らはきみがすぐに裏切ることを知っている。爆弾のありかを教えるんだ。そうすればきみの家族を守ってやる」

　そのとき、バーバラ・ステンハウザーが大統領執務室に入ってきて、ウィリアムズ大統領に歩み寄った。

「ティム・ビーチャムが戻りました。外の控室で待っています。なかに呼びますか?」

「そうしてくれ、バーブ」

「それからダン前大統領から電話が入っています。怒っているようです」

ウィリアムズは時刻を見た。残り五十分。

「一時間後に折り返すと言ってくれ」


キャサリン・アダムス、ギル・バハール、アナヒータ・ダヒール、チャールズ・ボイントン、ザハラ・アフマディは壊れそうなテーブルのまわりに無言のまま坐っていた。部屋の隅にあった唯一の灯りが消え、彼らの顔はほとんど影になって見えなかった。

それはそれでよかった。彼らはそれぞれの恐怖が高まっていくのを感じていた。それを実際に見る必要はなかった。

ボイントンが携帯電話に触れると、時刻が表示された。パキスタン時間で深夜零時十分。オサマ・ビン・ラディンが殺害された時刻まであと五十分。

何百、何千もの人々が殺されるまであと五十分。キャサリンとギルの母親も含めて。

そして彼らにできることは何もなかった。


ティム・ビーチャムが入ってくると、バシル・シャーはドアのほうを見た。国家情報長官は歩みを止め、背を伸ばして椅子に坐っている男を見つめた。ビーチャムは具合が悪そうだった。眼のまわりのあざと鼻の添え木が痛々しかった。

「彼を捕らえたんですか?」

だが、だれも国家情報長官に注意を払っていなかった。全員の眼がシャーに注がれていた。

「爆弾はどこだ?」大統領は繰り返した。

「言えるのは、ワシントンDC、ニューヨーク、カンザスシティにあるということだけだ。家族を保護してくれ。お願いだ」

「それらの都市のどこだ?」ウィリアムズが問い詰めた。エレンは電話をかけた。

「わからない」

「知っているはずだ」とビーチャムは言った。すぐに状況を把握し、大股でフロアを横切り、シャーが坐っているところまで歩いた。「輸送を手配したんだろう」

「だが。各都市の工作員までだ」

「彼らの名前を言え!」

「知らない。覚えているとでも?」

「出荷品に〝核爆弾〟と表示することはできない」とビーチャムは言った。「なんと書いてある?」

「医療機器だ。放射線ラボ用の」

「くそっ」とビーチャムは言いながら、もうひとつの電話に手を伸ばした。「それだと放射線が検出されても説明がつく。いつ出荷された?」

「数週間前だ」

「日付だ!」ビーチャムが吠えた。「日付を言え」そう言うと彼は電話に話しかけた。「ビーチャムだ。国土安全保障省を呼べ。国際貨物を追跡するんだ。急げ!」

「二月四日。カラチ経由の船で」

ビーチャムは情報を伝えた。

今は電話を切っていたエレンは会話を聞いていた。何かがおかしかった。

「嘘をついている」

ビーチャムが彼女を見た。「なぜそう言える？」

「進んで情報を提供している」

「自分の家族を守るためだ」とウィリアムズ大統領が言った。

エレンは首を振った。「いいえ、考えてみて。彼の家族は安全でなければならない。彼は自分でこの計画を何年も前から練っていたと言っていた。家族も、彼自身もあんなに無防備にしておくわけがない。彼はアルカイダやロシアンマフィアを信用していない。わたしたちを混乱させているのよ」

「なぜ？」とビーチャムが問いただした。

「なぜだと思う？　なぜシャーはなんでも話すの？　盗聴させてるのよ、違う？　われわれが必要としている情報を与える代わりに、重要な何かを訊き出そうとしている。でも教えるのは自分が坐っている爆弾についてだけ。ほかは爆発させるはずよ。すべてあなたが仕組んだのね。ダンの家に行ったのも。分別のある人間ならアルプスの人里離れた城にでも隠れているはずよ。これが過ぎ去る(ブロウ・オーバー)まで――」

「爆発する(ブロウ・アップ)までと言いたかったんじゃないかね？」とシャーは言った。もう不安そうでも、怯えているようにも見えなかった。首を振って笑っていた。

「彼はここに連れてこられることを望んでいたというのか？」とビーチャムは言った。

「きみは頭がいい」シャーはエレンに言った。そしてティム・ビーチャムを見た。「きみはそうでもないな」シャーはエレンに視線を戻した。「たぶんきみにも毒を盛っておくべきだったんだろうな。だがわれわれのちょっとした関係は愉しかったよ」

バーバラ・ステンハウザーが戸口に現れた。「将軍が来ています。護衛といっしょに。お会いに――」

「なかに入れてくれ」とウィリアムズ大統領は言った。「それからきみも入ってくれ」

エレンは携帯電話を取り出すと、ビデオ通話ボタンを押した。

残り三十六分。

ここが勝負だ。


ベッツィーは最初の呼び出し音で電話に出た。

声が聞こえ、大統領執務室が見えた。が、エレンはいない。どうやら彼女は携帯電話を体の前で持っているようだった。ベッツィーは話しかけようとしたが思いとどまった。

エレンが何も話さないのには理由があるはずだ。彼女が何か話すまで黙っているのが一番だ。

ベッツィーがしたことは録画ボタンを押すことだった。カメラがドアのほうを向くと、ベッツィーは驚きのあまり眼を見張った。


ティム・ビーチャムも驚きのあまり眼を見張った。

バシル・シャーも驚きのあまり眼を見張った。

ホワイトヘッド将軍の顔にはあざがあった。制服にはティム・ビーチャムと争ったときの血がついていた。両脇にふたりのアーミーレンジャーが立っていた。

「来てくれてありがとう将軍」とウィリアムズが言い、ほかのメンバーのほうを見た。「みんな統合参謀本部議長のことは知っていると思う」

「〝元〟です」とビーチャムは言った。

「ここにいるだれかが〝元〟であることはたしかだが」とホワイトヘッドは言った。「わたしではない」

彼が将校たちにうなずくと、彼らは前に進み出て、元国家情報長官の両脇に立った。

CHAPTER 43

「なんだこれは?」ビーチャムが叫んだ。

「まだ何もわかっていないのか、バート?」ビーチャムのことばを無視して、ウィリアムズ大統領がホワイトヘッド将軍に尋ねた。

「まだ待っているところです」

「待っている?」ビーチャムはひとりの男から、もうひとりの男に眼をやった。「何を?」

残り三十四分。

エレンがビーチャムに歩み寄った。「話しなさい」

「何を?」

「爆弾はどこなの、ティム?」

「なんだって? わたしが知ってると思ってるのか?」彼は驚き、怯えているようだった。「大統領、あなたまでそう考えているのですか?」

「考えているのではない、知っているんだ」ウィリアムズはビーチャムをにらみつけた。「お前が高位情報提供者(HLI)だ。裏切者だ。情報をリークするだけじゃなく、核爆弾を爆発させるために、積極的にテロリストである敵に協力した。もう終わりだ。十六時一分に議会とメディアに提出する声明文のなかでお前を裏切者として名指ししてある。どうにか生き延びたとしても、追い詰めてやる。失敗したんだ。爆弾のありかを教えろ」

「違う、神様、違うんだ。わたしじゃない。彼だ」彼はホワイトヘッドを指さした。

三十三分。

ウィリアムズが机をまわりこんで、そのまま国家情報長官にまっすぐ歩み寄った。両手をビーチャムの喉にまわし、ビーチャムの背中が壁に当たるまで、執務室の反対側まで彼を強く押した。

だれも彼を止めようとしなかった。

「爆弾はどこだ？」

「知らない」彼は口から唾を吐きながらそう言った。

「家族はどこ？」エレンが訊いた。大股で部屋を横切り、大統領のすぐ隣に立った。

「わたしの家族？」ビーチャムはしわがれた声で言った。

「教えてあげましょう。あなたの家族はユタ州にいる。あなたは子供を学校から連れ出し、放射性降下物（フォールアウト）から遠く離れた場所に行かせた。ホワイトヘッド将軍の家族がどこにいるかわかる？　わたしは知っている。会ってきたから。奥さんと娘さん、お孫さんはここDCにいる。危険が迫ったときにだれもが最初にすることは何？　家族を安全な場所に連れていくことよ。シャーでさえそうした。あなたもよ。そしてあなた自身も脱出した。でもホワイトヘッド将軍は残った。彼の家族と同じように。なぜなら彼らは何が起ころうとしているか知らなかったから。そのときよ。真の裏切者がだれかわかったのは」

「言うんだ！」とウィリアムズは言った。ビーチャムの命を奪わないように自分に言い聞かせなければならなかった。

三十分。

「来た」とホワイトヘッドが言った。「今、届きました。転送します、大統領」

ウィリアムズは手を放した。ビーチャムは喉を押さえながら床に倒れ込んだ。

大統領は机に駆け寄ると、文章を読もうともせず、写真をクリックした。そして顔をしかめた。

「これは人間の皮膚か？　なんだこれは？」

「友人によると、ＨＬＩのサイトのインターネットアドレスだそうです」

「だれかの肌に刻んであるのか？」とウィリアムズは言った。

「だれかではありません」とエレンは言った。「アレックス・ファンです」

「ファン？」とバーバラ・ステンハウザーが言った。そのときまで彼女はドアのそばに控えめに立っていた。今は前に進み出てモニターを見た。「ホワイトハウスの特派員だった男？　あなたの部下じゃなかった？　何年か前に引退した」

「彼は隠れてしまった」とエレンは言い、シャーをにらんだ。彼はまるで芝居でも見るようにこれを見ていた。「ファンはＨＬＩと呼ばれるものに関する噂を調査していた。極右のばかげた陰謀論のサイトのひとつだとばかり思っていたけど、もっと深く掘り下げてみた。ピート・ハミルトンもそれを見つけた。でもピートは逃げなかった」

「彼らは何を見つけたんだ？」とウィリアムズ大統領は訊いた。

「わたしの友人が――」ホワイトヘッドはファンの居場所を口にする前になんとか思いとどまった。

エレンはシャーを見た。少しだけ身を乗り出していた。

「ファンは、ＨＬＩはひとりの人間ではないと言っている」将軍はメッセージを読みながら続けた。

「グループであり、組織だ。政府のさまざまな部署に配置されている。ああ、なんてことだ、軍も含めて」彼は首を振り、さらに続けた。「選挙で選ばれた人々もいる。上院議員、下院議員。最高裁判所判事も少なくともひとりいる」

「なんてことだ」とウィリアムズはつぶやいた。

「言ったとおりだろ」とシャーが言った。「クーデターだ」

「貴様――」ウィリアムズは言いかけたが思いとどまった。

残り二十八分。

大統領はスクリーンに映し出された写真に眼を戻した。「これをどうしろというんだ？　わけがわからない。数字と文字と記号の羅列じゃないか」

エレンは身を乗り出して、自分の携帯電話をモニターに向けた。彼の言うとおりだった。それは彼女がこれまでに見てきたどのインターネットアドレスとも違っていた。

「そのアドレスはメンバーをダークウェブの先に連れていくらしい」とホワイトヘッドは言った。

「戯言（たわごと）だ」ビーチャムがしゃがれた声で言った。まだ床に倒れたまま、喉を押さえている。「そんな場所はない」

「やってみよう」ウィリアムズがラップトップＰＣにそれを打ち込み、エンターキーを押した。

何も起こらない。

コンピューターは考えていた。考えていた。考えていた。

二十六分。

来て、来て、とエレンは思った。そして祈った。

ベッツィーはエレンの家の台所のテーブルに坐り、窓から差し込む太陽の光のなかでそれを見ていた。

来て、来て、来て、と彼女は祈った。

大統領執務室ではウィリアムズ大統領がスクリーンを見つめていた。薄い青色の血管が脈打ち、盛り上がっては戻り、盛り上がっては戻る。

来い。彼は祈った。

「だめよ」ステンハウザーが言った。声はパニックに陥っていた。「出ましょう」彼女はドアのほうに踏み出した。

「動くな、バーブ」大統領が命じた。

「四時まで二十五分です」

「ここにいるんだ。全員ここに残る」と彼は言った。

ホワイトヘッド将軍がレンジャーのひとりにうなずくと、彼はドアの前に陣取った。

来い、来い。

そのとき、コンピューターが考えるのをやめ、暗くなった。

だれもまばたきをしなかった。だれも呼吸をしなかった。そして画面にドアが表示された。

ウィリアムズ大統領は深く息を吸うとつぶやいた。「ああ、神よ、感謝します」

彼はカーソルをドアの中心に置いて、クリックしようとした。

「待って」とエレンは言った。「罠じゃないってどうしてわかるの？　クリックしたら爆発しないってどうしてわかるの？」

ウィリアムズは時刻を見た。「四時まであと二十二分だ、エレン。この時点では、どうでもいいだろう？」

彼女は深く息を吸うと、ホワイトヘッド将軍がしたように静かにうなずいた。

「だめよ」ベッツィーはささやいた。「クリックしちゃだめ」

ウィリアムズはそれをクリックした。

何も起きない。

もう一度。何も起きない。

「ノッカーはないの？　ベルとか？」エレンが訊いた。滑稽に聞こえたが、だれも笑わなかった。

「ない」とウィリアムズは言った。今はカーソルを動かして手あたり次第クリックしていた。「くそっ、くそっ、くそっ」

残り二十分。

ホワイトヘッドは携帯電話を手に取り、ケベックのガマシュ警部から送られてきたメッセージをもう一度見た。

「くそっ、写真に気を取られてメールを全部読んでいなかった。ファンは入るにはパスワードが必要だと言っているそうだ」

「なんだと？」ウィリアムズが叫んだ。「パスワードはなんだと言ってる？」

「いや。ファンは見つけることはできなかった。彼らに追われていることに気づいて調べるのをやめた」

十八分。

彼らはビーチャムを見た。

「なんだ？　パスワードはなんなんだ？」ホワイトヘッドは大股で近づくと、彼の襟をつかんで床から持ち上げ、背中を壁に強く打ちつけた。リンカーンの肖像画が傾いた。「教えろ！」

「知らない。お願いだ、やめてくれ。やつに訊け！」ビーチャムはシャーのほうを手で示した。彼は笑っていた。

「時間と忍耐だ。愉しんでいるところなのに、なぜ話さなければならない？」

「でも知ってるのね？」とエレンは言った。

「そうかもしれないし、そうじゃないかもしれない」

「どうしたらいい？」ウィリアムズが言った。「何ができる？」

エレンはシャーを見つめていた。彼女の視線は彼に穴を開けるかのように鋭かった。シャーはかすかに体を動かした。

「アルカイダ」と彼女は言った。

「〝アルカイダ〟とやってみればいいんだな？」とウィリアムズは訊き返した。そしてエレンが違うと言う前に入力していた。

何も起きない。

「わたしが言いたいのは」とエレンは言った。「アルカイダが今日を爆破の日に選んだのには何か理由があるということ。オサマ・ビン・ラディンの誕生と死を記念すること。象徴的な何か。そして象徴には力があることをわたしたちは知っている。３１０　１６００。彼らは――」彼女はビーチャムのほうを手で示した。「自分たちのことを愛国者だと思っている。真のアメリカ人だと。彼らならパスワードとして何を使う？」

「独立記念日？」ウィリアムズが言った。「だがアルファベット？　それとも数字？」

「両方やってみて」

「だが一回か二回しか試すことはできないかもしれない」とホワイトヘッドが言った。

ウィリアムズは怒ったように両手を上げると、〝IndependenceDay〟と入力してエンターキーを押した。

何も起きない。

大文字、小文字、数字、スペースを試した。

「くそっ、くそっ、くそっ」

十五分。

「待って」とエレンは言った。彼女はシャーのほうを見た。「わたしは間違っていた」彼女は彼を見つめた。一秒。二秒。時間と忍耐。三秒。

彼女がアジ・ダハーカを見つめ、彼が見つめ返すあいだ、すべての音が消え、すべての動きが止まった。

「〝310　1600〟を試して」

ウィリアムズはそうした。

何も起きない。

エレンは眉をひそめた。違うのか？　たしかにあの数字を口にしたとき、シャーが眼を見開いたのを見たのだ。

「3、スペース、10、スペース、1600で試してください」

ウィリアムズがエンターキーを押すとすぐに音がした。きしむような音。そしてドアがゆっくりと開き、三つのスクリーンが現れた。それぞれが爆弾を示していた。

「やったぞ」全員が見つめるなか、大統領はそう言った。

「このばかが、お前が教えたんだぞ」

全員がシャーに眼をやり、それからそのことばを発した人物を見た。

アルバート・ホワイトヘッド将軍が大統領の頭に銃を突きつけていた。

CHAPTER 44

ベッツィー・ジェイムソンには大統領執務室の様子は見えなかったが、何か恐ろしいことが起きているのだとわかった。

彼女に見えているのはラップトップPCのスクリーンだった。

エレンは携帯電話をしっかりと握りしめ、開いたドアとそれが露わにしたものを映していた。


「貴様」とウィリアムズ大統領が叫んだ。椅子から後ろ向きに引きずり降ろされ、こめかみに銃を突きつけられていた。

アーミーレンジャーが前に進もうとした。

「みんな下がっていろ」とホワイトヘッドが命じた。

「だから今朝はわたしといっしょにいたんだな」とウィリアムズは言った。「貴様は午前三時十分には爆発しないことを知っていた」

「もちろん知っていましたよ。ビーチャム、彼らの銃を取れ」彼はアーミーレンジャーを示した。彼らはだれよりもショックを受けているようだった。「ステンハウザー、彼らが手錠を持っている。ふたりに手錠をかけて机の脚につなげるんだ」

「わたしが?」とステンハウザーは言った。

「おいおい、わたしが知らないとでも思っているのか? きみを採用したのはわたしで、きみがあのアシスタントを採用した。ところで彼女はどこだ？　彼女がハミルトンを殺したんだろ？　彼女の始末も頼むぞ」

ティム・ビーチャムはレンジャーの銃を奪い、そのうちの一丁をステンハウザーに渡した。彼女はそれを見た。それを受け取ることが何を意味するか明らかにわかっていた。

「ああ、なんてこと」と彼女は言った。そして銃を受け取るとゆっくりと統合参謀本部議長にその銃を向けた。「あなたはだれ？」

将軍はあざ笑うように鼻を鳴らした。「わたしをだれだと思っている？」

彼女はシャーを見た。「彼を知ってる？」

シャーはこれを見て首を振った。「だがきみのことも知らない。ＨＬＩの身元は厳重に保護されていた。それでも大統領のこめかみに銃を突きつけているということがヒントだ。そう思わないか？」

ホワイトヘッドは微笑んだ。「わたしがだれなのか知りたいのかね。わたしは真のアメリカ人だ。愛国者。わたしがＨＬＩだ」

アジ・ダハーカの三つめの頭は結局、統合参謀本部議長だったのだ。

軍事クーデターが進行していた。


ベッツィーは眼を見張った。話の内容もさることながら、ラップトップＰＣに映し出されている映像に。

開いたドアから爆弾のある場所がわかった。

スクリーンの片側には爆弾の写真、もう片側には爆弾の位置のライブ映像が映し出されていた。

残り十二分。

通勤ラッシュでごった返すニューヨークのグランド・セントラル・ターミナルの巨大なコンコースが見えた。爆弾は駅の医務室にあった。

またカンザスシティのレゴランドに並ぶ家族連れの姿が見えた。爆弾は救護室に仕掛けられていた。

だがホワイトハウスについては、爆弾の場所ははっきりしなかった。画像が近すぎてまわりにあるものがはっきり見えなかった。広大な建物のどこでもありえそうだった。

そこには大統領執務室のライブ映像があった。アルバート・ホワイトヘッドが大統領を人質に取っているのが見えた。結局彼女たちは正しかったのだ。

十一分二十五秒。

だれかが何かをしなければならない。ベッツィーは考えた。だれかに伝えなければ。

だれかが電話をしなければ。

「ああ、そうなのね」彼女はため息をついた。「わたしなのね。エレンはわたしにやれと言ってるのね」

でもだれに電話すればいい?

ベッツィーは身がすくんで動けなかった。だれが爆弾を解除するのか?　わかったとしても自分の携帯は使えない。大統領執務室との通信を切るわけにはいかなかった。大統領のラップトップPCの画面と。エレンと。

だがもうひとつ電話がある。玄関に固定回線があった。駆け寄ると、そこにはエレンが置いていった電話番号があった。ベッツィーは受話器を取ると電話をかけた。

「副大統領ですか?」

十分四十三秒。

「違う、お前はHLIじゃない」とビーチャムが言った。「彼女だ」彼はステンハウザーを示した。「すべて彼女が仕組んだ。彼女が高位情報提供者だ」

「黙りなさい、このばかが」ステンハウザーがうなるように言った。

「彼らはもう知っている」とビーチャムは言い返した。彼は大統領首席補佐官を見ると眼を大きく見開いた。「あんただったんだな。あんたがおれをはめようとした。おれに関する文書を隠して、おれが黒幕のように見せかけた。何かまずいことになったら、おれに責任を押しつけることができる。ホワイトヘッドと共謀していたんだな」

「彼は関係ない」とステンハウザーは言った。「彼がだれなのかは知らない」

「ああそうだ」とホワイトヘッドは言った。「それが狙いだ。わざわざ知られたいと思うわけがないだろう。思いだしてみろ、ステンハウザー。ほんとうにきみの考えだったのか？　だれかに誘導されていたんじゃないか？　わたしには最前線で活動する者が必要だった。上院議員や下院議員に近づける者が。最高裁判事は結局何人取り込んだ？　ふたり？　三人？」

「三人だ」とビーチャムは言った。

「お黙り！」とステンハウザーが言った。

「なんてこと」とエレンはつぶやいた。陰謀の全容が明らかになった。「なぜ、なぜこんなことをするの？　テロリストに核爆弾を爆発させるの？　このアメリカで」

「アメリカ？　ここはアメリカじゃない！」ステンハウザーが叫んだ。「ワシントンやジェファーソン、建国の父たちが今のこの国を認めると思うの？　勤勉なアメリカ人の仕事が奪われ、祈りは禁止され、堕胎は毎日、毎時間のように行なわれている。同性愛者が結婚でき、移民や犯罪者であふれかえっている。それを放っておいていいの？　いいえ今すぐに止めるべきなのよ」

「これは愛国心じゃない。国内テロよ」エレンは叫んだ。「あなたたちはアーミーレンジャーの一小隊の虐殺に手を貸したのよ」

「殉教者だ。彼らは国のために死んだんだ」とビーチャムが言った。

「もううんざりよ」とエレンは言った。彼女はホワイトヘッド将軍を見た。「全部あなたが始めたの？」

六分三十二秒。

「彼が何者なのかは知らない」バーバラ・ステンハウザーは言った。「けれど彼はわれわれの仲間じゃない。銃を下ろすのよ」

彼女がホワイトヘッドのほうに歩み寄ると、将軍は一瞬の動きで銃をウィリアムズ大統領からバーバラ・ステンハウザーに向けた。

ウィリアムズは今がこのときだと思った。肘を後ろに突き出してホワイトヘッドのみぞおちに命中させ、体を折らせた。

そしてエレンに飛びかかり、彼女を床に倒した。一斉に銃弾が放たれ、エレンは体を丸めて頭を覆った。


ベッツィーは恐怖のなかで耳を澄ました。

エレンの携帯電話は床にうつぶせに落ちていた。何も見えなかったが、銃声が聞こえた。叫び声も。

そして静かになった。

彼女は口を開けたまま、眼を大きく見開いて見つめた。息をしていなかった。ようやくなんとかささやくように言った。「エレン？」そして叫んだ。「エレン！」

大きなきびきびとした口調の声がした。「大統領、大丈夫ですか？　国務長官？」

ベッツィーはそれが秩序を取り戻すために入ってきたシークレットサービスの声だとわかった。

「エレン！　エレン！」

真っ白な画面が消え、ベッツィーは友人の顔を見た。

「電話はかけた？」とエレンが訊いた。

「電話？」

「副大統領に。爆弾の場所を教えた？」

「ええ。銃弾は――」

「空砲だ」大統領の張り詰めながらも、なじみのある声がした。

残り五分二十一秒。

「床に伏せろ」力強い男の声がした。「両手を頭の後ろにまわせ」

エレンは振り向くと、携帯電話を掲げて部屋のなかを映した。バシル・シャー、ティム・ビーチャム、バーバラ・ステンハウザーが顔を床に押しつけられ、手を後ろにまわされているところをベッツィーに見せた。ホワイトヘッド将軍は銃を手にアーミーレンジャーたちのそばにひざまずき、彼らの手錠を外していた。

「爆弾は――」とウィリアムズは言った。

「ベッツィーが副大統領に通報しました」とエレンは言った。「彼らが対処しています」

「だがここにあるのはどこだ？」とホワイトヘッドは言った。

彼らはスクリーンを見た。

四分五十九秒。

「どこでもありうる」とウィリアムズは言った。彼は捕らわれた者たちを見た。

「どこだ？　教えるんだ！　きみらも死ぬことになるぞ」

「もう手遅れよ」とステンハウザーは言った。「時間内に解除できない」

ウィリアムズ、エレン、ホワイトヘッドは見つめ合った。

「医務室はどこ？」とエレンが訊いた。

「知らない」と大統領は言った。「食堂の場所もまだ知らないんだ」

だがホワイトヘッド将軍の眼は大きく見開かれていた。「知っている」と彼は言った。彼は下を見た。執務室の真下だ。

「ああ、くそっ」と大統領は言った。

ホワイトヘッド将軍はすでにドアに向かっていた。

残り四分三十一秒。

アメリカ合衆国大統領と国務長官は、レンジャーと統合参謀本部議長に数歩遅れて、裏階段を一段飛ばしで降りていった。

「きみが正しいことを神に祈るよ」とウィリアムズが言った。

「そのはずです。ほかの爆弾も医務室にあった。ここもそのはずです」だがその声は自分が感じているよりもずっと自信に満ちていた。

シークレットサービスがふたりのすぐ後ろにいた。地下に着くと、医務室のドアには鍵がかかっていた。

「なかに入るにはパスワードがいる」大統領がキーパッドを打った。が、手がひどく震えるせいで二回打たなければならなかった。エレンはなんとか怒鳴るのを我慢した。代わりにカウントダウンに眼をやった。

四分三秒。

ドアが勢いよく開き、自動的に電気がついた。

「ツールは持っているな?」ホワイトヘッドがレンジャーに訊いた。

「はい、将軍」

彼らは部屋の真ん中に立ち、まわりを見まわした。

「どこにあるんだ?!」ウィリアムズが叫んだ。その鋭い眼で周囲をぐるっと見まわした。

「MRIよ」とエレンは言った。「爆弾が発見されなかったのなら、MRIからの放射線に保護されていたからよ」

三分四十三秒。

爆弾処理のスペシャリストであるレンジャーが慎重にMRIのパネルを開けた。あった。

「ダーティーボムです、大統領」とレンジャーが言った。「でかい。ホワイトハウスを破壊し、ワシントンの半分に放射能を撒き散らすでしょう」

彼はかがみ込んで作業を始めた。ホワイトヘッドがウィリアムズとエレンに言った。「逃げろと言っても無駄でしょうね……」

三分十三秒。

ホワイトヘッドが離れて電話をかけていた。エレンは妻にかけているのだろうと思った。

ベッツィーは携帯電話を見つめていた。彼女にはエレンが見えていた。エレンには彼女が見えていた。

友人の死を長く悲しむ必要がないのはある意味ではささやかな慰めかもしれない。自分もいずれは放射能にやられて死んでしまうのだから。

エレンはキャサリンとギルが遠く離れたところにいることが大きな慰めだと思った。

キャサリンとギル、アナヒータ、ザハラ、ボイントンはほとんど真っ暗ななかで身を寄せ合い、テーブルの真ん中に置かれた携帯電話を見つめていた。そこにはキャサリンのテレビ局のライブ映像が流れていた。

キャサリンにはわかっていた。もし核爆弾が爆発すれば、数分後には生中継されることを。今はキャスターがトマトは果物か野菜かというテーマで出演者にインタビューしている。学校の食品成分表ではケチャップはどうなっているのだろう？

二分四十五秒。

ギルは、なじみのある手が自分の手のなかに滑り込んでくるのを感じてアナを見た。彼女はもう一方の手でザハラの手を握っていた。ギルはキャサリンに手を伸ばし、キャサリンはボイントンに手を伸ばした。

固く手を握り合った輪は電話を見つめ、カウントダウンを見守った。

レンジャーが作業を進め、将軍が電話で話しているとき、エレンはダグ・ウィリアムズがそばに立っているのを感じた。エレンが彼の手を握ると、彼は微笑んで感謝の意を表した。

「だめだ」とレンジャーが言った。「今までに見てきたものとメカニズムが違う」

一分三十一秒。

「これだ」ホワイトヘッドが携帯電話を突き出した。「これを聞くんだ」

彼らはレンジャーを見つめた。一心不乱に作業をしていた。

四十秒。

レンジャーが別の道具をつかもうとして落としてしまう。ホワイトヘッド将軍がしゃがんでそれを拾い上げ、眼を見開いているレンジャーに渡す。

二十一秒。

まだ動いている。まだ動いている。

九秒。

ベッツィーは眼を閉じた。

八秒。

ウィリアムズは眼を閉じた。

七秒。

エレンは眼を閉じた。そして静寂が訪れるのを感じた。

❈

CHAPTER 45

すべてのネットワークが記者会見を生中継していた。

国務長官の執務室のモニターはジェイムズ・S・ブレイディ記者会見室につながっていた。記者たちが大統領の登場を待ちわびて動きまわっている。

「彼は記者会見に招待してくれなかったの？」キャサリンが母親に訊いた。

「すると思う？」ベッツィーがシャルドネをひと口飲みながら訊いた。

「実は招待されたけど、断ったの」エレンは見つめていった。「あなたたちとここにいるほうがよかったから」

「あれ？」ギルがベッツィーを見て言った。「いつもはボトルから飲んでるのに」

「今日は彼女がいるから」ベッツィーはアナヒータを指さした。

彼女たちはソファとアームチェアに坐り、ストッキングを履いた脚をコーヒーテーブルの上に投げ出していた。ワインとビールのボトル、食べかけのサンドイッチのトレイがサイドボードの上に置かれていた。ギルはビールの蓋を開けるとアナヒータに渡し、自分の分も取った。

「何を言うつもりだろう？」彼は母親に尋ねた。

「真実を」とエレンは言い、子供たちのあいだのソファに倒れ込むように坐った。

彼らが朝早くワシントンに着いたとき、母親は着の身着のままの姿で眠っていた。軍の迅速な輸送に感謝ね。エレンはそう思った。

眼を覚ますと、彼女は彼らにほとんどのことを話した。だが、詳細は時間をかけて説明しなければならないだろう。辛抱強く。

キャサリンはモニターを見ていた。ジャーナリストを記者会見に送り込んでいたが、もちろんすでに内部事情は知っていた。彼女は自分たちが経験した出来事の説明をシニア・ディレクターに送っていた。大統領のスピーチが終わるまでは報道しないように指示した上で。

彼らが知っているすべてをもってしても、全容が解明されるには数カ月、あるいは数年かかるかもしれない。そしてHLIのメンバー全員を見つけ出すのにも。

ふたりの最高裁判事と上院下院合わせて六名の議員が逮捕され、今後数時間から数日のうちにさらに多くの逮捕者が出ることが予想されていた。おそらく数週間、そして数カ月のうちに。

「昨日」とギルが言った。「大統領執務室でホワイトヘッド将軍が大統領を人質に取ったとき、それがブラフだということはわかっていたの？」

「わたしも訊きたかった」とベッツィーは言った。「あなたは副大統領の電話番号を残して、わたしに家にいるように言った。わたしに電話させるためにそうしたのよね？　何か知っていたんでしょ」

「期待していたけど、知ってはいなかった。自分で電話をできないなら、あなたにしてもらうしかなかった。でもホワイトハウスで、将軍が大統領の頭に銃を突きつけたときは、ほんとうに彼が裏切者だと思った」

彼女は一瞬にしてあの恐怖の瞬間に戻った。失敗を悟った瞬間。すべてが失われたと思った瞬間。

次の日の朝は二時半に眼を覚まし、ベッドに硬直して坐っていた。眼を大きく見開き、口を開けた。

エレンはこの恐怖が完全になくなることがあるのだろうかと思った。ソファに坐り、子供たちに囲まれている安全な今も、あのときの恐怖が襲ってくる。心臓がドキドキし、頭がくらくらする。

わたしは安全だ。わたしは安全だ。彼女は繰り返す。みんな安全だ。

少なくとも争いの絶えない民主主義において、だれもが安全であるのと同じように。それが自由の代償なのだ。

「大統領は将軍の行動を知っていたんですか？」とアナヒータが尋ねた。

「彼は知っていたそうよ。ふたりは協力して動いていた。なぜシークレットサービスがすぐに駆けつけなかったか不思議だったんだけど、ウィリアムズ大統領が外で待機するように命令していたのよ」

エレンは爆弾が解除されたときのことを思い出して笑みを浮かべた。あのときホワイトヘッドは妻に電話をしていたのではなかった。彼はニューヨークの爆発物処理班に電話をしていたのだ。

彼らのほうは時間があったため、なんとか解除方法がわかり、どうすべきかをホワイトハウスのレンジャーに教えることができたのだ。

タイマーは残り二秒で止まった。

全員が落ち着きを取り戻すと、ホワイトヘッド将軍はダグ・ウィリアムズのほうを見た。統合参謀本部議長はみぞおちをさすりながら大統領に言った。「あんなに強く殴る必要があったんですか？」

「すまなかった」とウィリアムズは言った。「アドレナリンが出過ぎていたようだ。けれどまだわたしがきみを倒せるとわかってよかったよ」

「試さないほうがいいですよ、大統領」とレンジャーが言った。まだ爆弾に覆いかぶさったままだった。

今、エレンたちは、ジェイムズ・S・ブレイディ記者会見室で記者たちが席に着き始めているのを見ていた。

「ママ、大丈夫？」とキャサリンが言った。

「ごめんなさい」エレンは現実に戻った。

「どうして将軍がＨＬＩではないとわかったの？」とキャサリンは訊いた。

「最初は彼がＨＬＩだと思っていた。ピート・ハミルトンがダン政権の隠されたアーカイブから見つけた書類を信じていた。けれどそのあと、ふたつのことが気になりだした。彼は逮捕されたとき、ティム・ビーチャムに襲いかかって彼を殴った。連行される直前に〝自分の役目は終わった〟と言った」

「覚えている」とベッツィーは言った。「寒気がした。彼がシャーを釈放させて、アメリカ本土に爆弾を仕掛ける道を開いたと告白したんだと思っていた」

「自分の仕事は終わった」とエレンは言った。「わたしもそう思っていた。でも考えれば考えるほど、何かまったく別の意味で言ってるのかもしれないと思った。ホワイトヘッド将軍があそこまでわれを忘れるなんて彼らしくなかった。彼は戦闘に参加し、危険な任務で作戦を指揮してきた。そのような指揮を執る場合、まず自分自身をコントロールする必要がある。わたしはほんとうに彼がわれを失っていたのか疑い始めた。ビーチャムへの攻撃は意図的だったんじゃないかと」

「でもなんでそんなことを？」とギルが訊いた。

「ビーチャムが裏切者だと疑っていたが証拠がなかったため、工場への襲撃作戦を話し合うあいだ、彼を部屋から追い出すためにできることをしたんでしょう。それが功を奏した。わたしたちが襲撃作戦を考えているあいだ、ビーチャムは病院にいた」

「彼が〝自分の役目は終わった〟と言ったのはそういう意味だった」とベッツィーは言った。「次はわたしたちの番だった」

「でも、それだけじゃなかったんでしょ？」とキャサリンは訊いた。

「ええ、もっと明白で、もっと単純な事実があった。ホワイトヘッド将軍の家族はまだＤＣにいた。

ビーチャムの家族は違った」とエレンは答えた。

ベッツィーには今まで怖くて訊けなかった質問があった。今こそ訊くときだった。

「ホワイトヘッド将軍がパキスタンの工場襲撃を計画したの？」

「ええ。わたしはウィリアムズ大統領に自分が間違っていたと告げた。ホワイトヘッド将軍はハメられたのだと。正直なところ、大統領は〝自分の役目は終わった〟ということばに対するわたしの説明を信じようとしなかった。けれど家族の話を聞いて納得した。特殊部隊の隊長やほかの将軍たちが、あの工場への侵入と脱出のための作戦に苦労していたとき、ウィリアムズはホワイトヘッドに相談した。彼はバジョールの戦いでアメリカ側のオブザーバーのひとりだったから、あのあたりの地形をよく知っていた」

「そして陽動作戦を立案した」

「工場の襲撃も。あれはふたつでひとつだった。彼は自分で指揮を執りたがった」とエレンは言った。「でもウィリアムズが許さなかった。ホワイトヘッドが釈放されたことをほかの人間に知らせるリスクは冒せなかった。ビーチャムに自分たちを納得させたと信じさせるしかなかった」

「そのときからビーチャムだとわかっていたの？」とギルが訊いた。

「そう思っていたけど確証はなかった。彼がロンドンに行くと言ったとき、ウィリアムズは承諾した。このときも彼を遠くにいさせるために」

そしてとうとうベッツィーは恐れていた質問をした。

「それでだれが陽動作戦を指揮したの？」

エレンは彼女を見ると静かに言った。「将軍は自分の副官を選んだ。彼女はレンジャーとしてアフガニスタンに三回派遣されていた。彼にとって最高の士官だった」

「デニス・フェラン?」

「そうよ」

ベッツィーは眼を閉じた。もうため息をつくことはないと思っていた。だがもう一回だけ、まさにこの部屋に立ってコーヒーを手に微笑んでいた若い女性に対し、長い悲しみのため息をついた。

そしてピート・ハミルトンの姿を眼に浮かべた。一生懸命作業している姿を。深く深く掘り続けた。彼は統合参謀本部議長に対して仕組まれた情報を見つけたあともやめなかった。

彼は掘り続けた。通常のインターネットを越え、ダークウェブも越え、その果てまでも越えて広大な虚空と真空のなかへと進んだ。光さえも届かないところ。そこで彼はＨＬＩを見つけた。

そして深く掘り下げることで自分の墓穴を掘ってしまった。

ふたりとももういない。


アルバート・ホワイトヘッドは棒を投げ、それが雪だまりに消えるのを見た。パインが飛び跳ねるようにそれを追いかけた。頭を雪に埋め、お尻だけ出して尻尾を振っている。

大きな耳はまるで翼のように、まっさらな雪の上に広がっていた。

パインの横でもう一匹のシェパードが興奮気味に踊っていたが、やがて隣の雪だまりに頭を突っ込んだ。理由はわからない。

「アンリ、認めざるをえないな」ホワイトヘッドの隣の男が言った。「お前の頭のなかにはほとんど何も入ってない。お前の頭は耳を支えるためだけにある。大事なものは全部胸のなかにしまってあるんだろ」

ホワイトヘッドの笑い声が白い息とともに出てくる。「賢い犬だ」

ふたりともスリー・パインズ村のガマシュの家のほうを見た。妻たちはテレビのそばで大統領の記者会見を見ていることだろう。

「なかに入って見るかね？」とガマシュが訊いた。

「いや、行きたければ行ってくれ。わたしは大統領が何を言うかはもう知っている。聞く必要はない」

その声は疲れ切っていて、なんとか絞り出したように聞こえた。ホワイトヘッド夫妻とパインは飛行機でモントリオールまで来て、そこからケベック州の田舎にある平和で小さな村までやって来ていた。まさにこのために。

平和のために。

ふたりは無言で歩き、ブーツで雪を踏みしだきながら、村の緑地をひとまわりした。古い自然石や煉瓦、下見板の家が見え、煙突から煙が上がり、連双窓には暖かい灯りが灯っている。

今は六時過ぎ、もうすっかり暗くなっていた。北極星が頭上で輝いている。ほかの夜空がそのまわりを動いているなかで、北極星はいつも変わらずそこにあった。

ふたりとも立ち止まり、空を見上げた。変わらないものがあるということは心地よいものだ。常に変化し続ける宇宙のなかで不変のものがある。寒さで頬が痛かったが、ふたりとも急いでなかに入ろうとはしなかった。空気が爽やかだった。身が引き締まるようだ。

事件から一日しか経っていないのに、遠い昔のように、そして世界が遠く離れていってしまったように感じていた。

「デニス・フェランのことは残念だった。ほかの兵士たちのことも」

「ありがとう（メルシ）、アルマン」将軍は警部が自分の指揮のもとに部下——そのほとんどはとても若かった

――を失う悲しみを理解していることを知っていた。

警部もまた、最も大切なものを胸に秘めていた。ふたりの男女はここで安全に暮らしていくことだろう。彼らの心臓が鼓動を続けるかぎり。

「全員を捕まえることができればいいんだが」とホワイトヘッドは言った。

ガマシュは立ち止まった。「懸念でもあるのか?」

「シャーのような人物には常に懸念がつきまとう」

「大統領に銃を向けたとき、爆弾の仕掛けられた場所はすでにわかっていた。大統領がHLIのサイトを開き、そこにホワイトハウスを含む正確な場所が表示されていた。なぜ爆発物処理班を送り込んで解除させるだけじゃだめだったんだ? なぜ大統領を人質にするふりをして貴重な時間を無駄にしたんだ?」

「ホワイトハウスの爆弾がどこにあるのかわからなかった。映像には大統領執務室が映っていたが、爆弾そのものはクローズアップされすぎていてわからなかった」

「ならどうやってわかったんだ?」

「推測だ」

ガマシュは愕然としたように統合参謀本部議長を見た。「推測だって?」

「ほかの爆弾が医務室にあることはわかっていた。もうひとつもそうだと推測した。だがそれはあとからわかったことだ。ビーチャムとステンハウザーの自白はなかった。爆弾の場所だけでは不十分だった。爆弾の正確な場所、そして証拠が必要だった」

「アダムス国務長官が彼女の顧問とビデオ通話をしていたのは知っていたのか? 彼女の顧問が状況を知っていたことを?」

「彼女が携帯電話で何かをしていることはわかっていた。ああ、だから願っていた……」

「ぎりぎりだった」とガマシュは言った。「彼らはなぜあんなことをしたんだろう？　国の行く末に幻滅していたのはわかるが、なぜ核兵器なんだ？　どれだけの人が死んでいたことか」

「戦争ではどれだけの人々が死ぬ？　彼らはこれをもうひとつのアメリカ独立戦争だと見ていたんだ」

「アルカイダと手を組んで？　ロシアンマフィアと手を組んで？」ガマシュは言った。

「われわれはときには悪魔と取引をする。きみでさえもだ、友よ」

ガマシュはうなずいた。そのとおりだ。彼はそのような取引をしたことがあった。

彼らはビストロを通り過ぎた。窓からはバターのような灯りが雪を照らしていた。村人たちが炎のそばに坐って酒を飲み、生き生きと話しているのが見えた。何を話しているのだろうか。世界じゅうの人々は今何を話しているのだろうか。

ふたりは暗い書店の前で立ち止まった。階上のロフトの灯りがついていた。灯りが静かに揺らぐなかで、マーナ・ランダースとアレックス・ファンが記者会見を見ているのだろう。

「ここはとても平和だな」とホワイトヘッドは言った。振り向くと山と森に眼をやった。そして満天の星を見上げた。

「ああ」とガマシュは言った。「すばらしいだろ」彼は友人が大きくため息をつくのを見た。「引退したらどうだ？　ここに住んだら？　家が見つかるまでは、きみとマーサでわたしの家に泊ればいい」

ホワイトヘッドは無言のまま数歩歩くと口を開いた。「魅力的だ。どんなに魅力的かきみにはわからないだろうな。だがわたしはアメリカ人だ。たとえ傷があっても、それは闘う価値のある民主主義の傷跡なんだ。それがわたしの祖国なんだ、アルマン。ここがきみの祖国であるように。事件に共謀した者を全員逮捕したと確信するまではこの仕事を続けるよ」

「みなさん、お待たせいたしました。アメリカ合衆国大統領です」

ダグ・ウィリアムズがゆっくりと演壇に歩み寄った。その表情は険しかった。

「準備した声明を発表する前に、この国を破滅から救うために命を捧げた人々に黙とうを捧げます。そのなかには六名の特殊部隊の飛行士とレンジャー小隊の三十六名の男女が含まれます」


国務長官室でも全員が頭を垂れた。

〈オフ・ザ・レコード〉でも全員が頭を垂れた。

タイムズスクエアでも、パームビーチでも、カンザスシティやオマハ、ミネアポリス、デンバーの通りでも。広大な平原や山脈を越えて、あらゆる町や村、大都市でアメリカ国民は頭を垂れた。

その命を捧げた真の愛国者のために。


「用意した声明を読み上げます」ウィリアムズ大統領が沈黙を破って言った。そしてことばを切り、考えているようだった。「そのあとに質問を受けます」

ジャーナリストのあいだからかすかなざわめきが起きた。予想外だったのだ。


国務長官室で、ヘレンらは耳を傾けた。

ウィリアムズ大統領はその日の朝、大統領執務室にエレンを呼び、アメリカ国民に言うべきこと、そして言ってはならないことを話し合っていた。彼は記者会見に同席しないかと誘ったが、彼女は辞退した。

「ありがとうございます。でも今は家族といっしょにいる必要があるような気がするんです、大統領。みんなといっしょに見ています」

「きみのアドバイスが必要だ、エレン」彼は彼女に暖炉のそばのアームチェアに坐るように示した。

「そのスーツとシャツは合っていません」

「いやいやそうじゃなくて。記者会見で質問を受けるかどうか決めかねてるんだ」

「受けるべきだと思います」

「だが彼らがデリケートな質問をしてくるのはわかっているだろう。ほとんど答えることのできない質問を」

「ええ。でも真実を話すんです」とエレンは言った。「真実なら対処できる。ダメージを与えるのは嘘です」

「そんなことをしたら、そこまでのことを許したわたしが非難される」彼はエレンをじっと見た。

「だからそう言ってるのか?」

「韓国の件の仕返しだと思ってください」

「ああ」彼は顔をしかめた。「そう思ってるのか?」

「推測です。だからわたしを国務長官にしたんでしょ? そうすればわたしはメディアの仕事をあきらめなければならないだけでなく、ほとんどの時間を海外で過ごさなければならず、厄介払いできる。そしてわたしが失敗するように仕向ける。わたしは国際的な屈辱を受け、あなたはわたしを更迭することができる」

「いい計画だろ?」

「でも今もわたしはここにいる。ダグ、アフガニスタンで何が起きることになるかわかる? われわれの撤退でタリバンがアルカイダやほかのテロリストといっしょに支配することになるのはわかってるわよね」

「ああ」

「人権のための前進はすべて無駄になってしまうかもしれない。すべての女の子、すべての女性が学校に行き、教育を受け、仕事を得た。教師や医師、弁護士、バスの運転手になった。タリバンがやりたいようにするようになったら、彼女たちに何が起きるかはわかっているでしょう」

「人権を尊重させるために、国際的に尊敬される国務長官が必要だ。そしてアフガニスタンをふたたびテロリストのすみかにしてはならないことを知らせるためにも」そう言うとウィリアムズはエレンをじっと見た。彼女が顔を赤らめるのに充分なほどの時間だった。「ありがとう。テロを止めるためにしてくれたすべてのことに感謝したい。きみはすべてを危険にさらした」

「あなたにはわかっている」とエレンは言った。「道を見失っていると感じるのは陰謀論者だけじゃないことを。彼らは最も目立つ存在です。けれど彼らに賛同する何千万もの人々がいる。善良な人々。まともな人々です。わたしたちとは政治信条が違うかもしれないけど、必要なら力を貸してくれる人々です」

彼はうなずいた。「わかっている。何かしなければならない。力になってやらなければならない」

「彼らに仕事を与えるんです。彼らの子供たちに未来を。彼らの町に未来を。彼らの恐怖を煽る嘘を止めるんです」

その嘘が、自分たちが生み出したアジ・ダハーカを育てたのだ。

「清算しなければならないことが多くある。修復すべきことも」と彼は言った。「わたしが思っている以上にだ。きみは多くの論説で正しいことを言っていた。学ぶべきことが多くある」

「たしかあなたがケツの穴から頭を出すべきだと言ったこともあったと思う」

「そうだ、そうだ、思いだした」だが彼は笑っていた。そしてそのまなざしに彼女は思わず頬を赤くした。

数時間後の今、日が沈むなかで、彼女は自身のオフィスで娘と息子、ベッツィーとチャールズ・ボイントン、そしてアナヒータ・ダヒールといっしょにいた。ギルの表情から察するに、どうやらアナヒータは単なる部下以上の存在になりそうだとエレンは思った。

彼女たちは、核爆弾を解除した爆発物処理班の隊員をダグ・ウィリアムズが紹介しているのを見ていた。そして彼がバス爆破からの経緯を説明するのを見ていた。

「いいアドバイスをしたようね、ママ」とキャサリンが言った。「大統領の雰囲気が変わったみたい」

エレンは気づいた。スーツだ。

ベッツィーが身を乗り出して、エレンに何かを手渡した。「国務長官、公職に就いたことに対するささやかなしるしよ」

それはバー〈オフ・ザ・レコード〉のコースターだった。そこにはエレンの顔が描かれていた。


記者会見が終わると、ギルはアナヒータを夕食に誘った。

レストランでアナヒータは、ギルが出版の話を持ち掛けられていることを聞いた。彼女はギルがそのことをどう思っているのか、執筆にどのくらいかかるのかと訊いた。

すべての事実は明らかになっていたので、秘密にされてきたことを明らかにしても問題はなかった。彼は舞台裏をすべて話せることに興奮していた。ただし、ハムザについての部分は割愛することになるだろう。テロリストのパサン・ファミリーの一員で彼の友人だ。

ギルはいっしょに書かないかと彼女に言った。

彼女は断った。彼女にはまだ国務省の外交官としての仕事があった。

「ご両親はどうしてる?」とギルは尋ねた。

「家に戻ったわ」

ギルはうなずいた。アナヒータは窓の外を見た。今もそこにあるワシントンDCを。

「ご両親の具合は?」

アナヒータは驚いた眼で彼を見た。そして答えた。

「で、きみは?」とギルは訊いた。


「国務長官」

「何、チャールズ」

「ロシアから紛失した核分裂性物質について調べるようにおっしゃいましたよね」

彼は彼女の机から一メートルほど離れたところに立っていた。

すっかり日が暮れていた。ベッツィーは自分のオフィスの机でメモを取りながら、彼女が録画したビデオに関する諜報部門からの質問に答えていた。

「何を見つけたの?」とエレンは尋ねた。

彼はひどく当惑したような顔つきでエレンを見ていた。彼女の首席補佐官が、子猫の入ったかごを見つけたのではないことは明らかだった。

彼女は彼が持っていた書類を受け取ると、自分の隣の椅子に坐るように示した。これまでには決してしなかったことだ。いつもはデスクの横に立たせていた。

だが世界は変わった。そしてふたりの関係もふたたび始まったのだ。

彼女は眼鏡をかけると、書類を見てから彼に眼をやった。

「これは何？」

「核分裂物質が紛失しているのはロシアだけではありませんでした。ウクライナ、オーストラリア、カナダからも紛失しています。アメリカからも」

「どこに行ったの？」そう訊きながら、彼女はそれがいかにばかげた質問なのか悟った。行方不明なのだ。

それでも彼は額を手でこすりながら答えた。「わかりません。ですが数百個の爆弾を作るのに充分な量です」

「いつからなくなったの？」

彼はもう一度首を振った。

「われわれの貯蔵庫からも？」

彼はうなずいた。

「ですがそれだけじゃありません」彼はページのさらに下を指さした。

〝あなたがそれを許しても、許されたことにはならない。わたしにはまだ罪があるのだから〟

彼女は視線を落とした。読みながら、長くゆっくりと息を呑んだ。

炭疽菌。

サリン神経ガス。

エボラウィルス。

マールブルグ・ウィルス。

彼女はページをめくった。リストは続いていた。人類の知るあらゆる恐怖。人類が作り出したあらゆる恐怖がそこにあった。それらもなくなっていた。失われていた。行方不明。

「どうやら次の悪夢を見ているようね」と彼女はささやくように言った。

「はい、そのとおりです、国務長官」

謝辞

わたしたちにいっしょに仕事をする機会を与えてくれたこと、その経験がわたしたちの友情に喜びと驚きを与えてくれたことに感謝している。そしてわたしたちはそれぞれに多くのかたがたに感謝のことばを述べたいと思う。

ルイーズ：

この本は、多くのことがそうであるように、わたしにとって思いがけない形で始まった。

二〇二〇年の春、わたしはモントリオールの北にある湖畔のコテージにいた。パンデミックが猛威を振るうなか避難していたのだ。そこにエージェントからのメッセージが届いた。話がしたいと。

経験上、こういった場合よいニュースであったためしはほとんどなかった。

世界的なパンデミックの真っただなか――結果的には真っただなかではなく始まりにすぎなかったのだが――人里離れた湖のコテージにひとりいるところに、なんらかの災害がわたしの作家としてのキャリアに降りかかろうとしていた。

わたしはジェリービーンズの袋をつかんで、エージェントに電話をした。

「ヒラリー・クリントンと政治スリラーを書くっていうのはどうだろうか？」

「はあ？」

彼は繰り返した。そしてわたしも。

「はあ？」

この質問は大きな驚きだったが、実は青天の霹靂というわけでもなかった。ヒラリーとは知り合いだった。それどころかとても親しい友人だった。そしてそれは今も同じで、そのことは奇跡と言えるかもしれない。

多くのことがそうであるように、わたしたちの友情も思いがけず始まった。

そのときヒラリーは大統領選に出馬していた。二〇一六年七月のことで、彼女の親友であるベッツィー・ジョンソン・エベリングがシカゴの記者のインタビューに応じ、ふたりの関係について語った。そのインタビューのなかで彼女はふたりの共通点について訊かれた。なかでもベッツィーが挙げたのは、本、特にミステリーが好きだということだった。

そしてその記者はわたしたちの人生を変える質問をした。

「今、何を読んでいますか？」

運命のいたずらだろうか、ふたりはどちらもわたしの本を読んでいたのだ。

ミノタウロ・ブックスのすばらしい広報担当者であるサラ・メルニクがこのインタビューを読んで、興奮気味にわたしに連絡をしてきた。

ガマシュ・シリーズの新しい本のツアーがシカゴで始まるので、そこでベッツィーに会うというのはどうでしょうか？

正直言うと、大きなイベントの前はとてもストレスが溜まるし、見知らぬ人と会うのは理想的ではなかった。それでもわたしは同意した。

およそ一週間後、わたしは楽屋で音を聞いて振り返った瞬間に恋に落ちた。まさにそんな感じだった。

ヒラリーの親友はどこか威圧的な政界の実力者的な人物なのだと想像していた。実際にわたしの前に立っていたのは、白髪交じりのボブヘアに、温かな笑顔とやさしい眼をした女性だった。一瞬で心を奪われた。

そのときベッツィーを好きになり、それは今も続いている。

ツアーから帰宅して数週間後、最愛の夫マイケルが認知症でこの世を去った。彼なしの生活に奮闘していたわたしは、すべてのお悔やみのカードに眼を通すことに安らぎを覚えていた。

ある日、わたしはダイニングテーブルに坐って、一枚のカードを開いて読み始めた。そこにはマイケルの小児白血病研究に対する貢献について書かれていた。モントリオール小児病院の血液科部長だったこと。国際小児腫瘍学グループの主要な研究員としての功績について。

そのカードには、それを書いた人物の喪失感と悲しみが語られ、心からの哀悼の意が示されていた。

その人物がヒラリー・ロダム・クリントンだった。

彼女は、世界で最も影響力のある職に就くための、厳しく過酷な選挙戦の最終段階にあったにもかかわらず、時間を割いてわたしに手紙を書いてくれたのだ。

一度も会ったことのない女性に。

一度も会ったことのない男性について。

彼女に投票することのできないカナダ人に。それは個人的な書簡であり、彼女の役に立つものではなかったが、深い悲しみのなかにいる見知らぬ人に慰めを与えるものだった。それはわたしが決して忘れることのできない無私の行為であり、自分の人生においてもやさしくありたいと思わせてくれるものだった。

ベッツィーとは連絡を取り合っていて、十一月になると、ヒラリーの大統領選勝利をいっしょに見ないかとニューヨークのジャビッツ・センターに招待された。広い会場で小さなベッツィーが虚空を見つめて坐っている姿を今も忘れることができない。そのときの虚ろで焦点の定まらないまなざしは、あまりにも多くのものを見てしまった人のものだった。

二〇一七年二月のある週末、ヒラリーはベッツィーとわたしをチャパクアに招待してくれた。それがわたしたちの最初の出会いだった。

そしてわたしはふたたび恋に落ちた。とはいえ、その魔法のような特別な数日間の一部は、六年生のときに出会ったふたりの友人をただ静かに坐って見ているだけだった。生涯を通じて仲のよかったふたりを。ひとりは弁護士、ファーストレディ、上院議員、そして国務長官になり、もし投票が選挙人数ではなく得票数でカウントされていたら、大統領になっていた女性だった。そしてもうひとりは高校の教師になり、その後地域社会活動家として活躍し、すばらしい夫、トムとともに三人の子供を育てた女性だった。

ベッツィーとヒラリーがソウルメイトであることは明らかで、ふたりがいっしょにいるのを見ることはほとんど霊的な体験のようだった。

その年の夏、ベッツィーとトム、ヒラリーとビルが一週間の休暇を取ってケベックに遊びに来てくれた。

その頃には、ベッツィーが長年闘ってきた乳癌が彼女をむしばんでいたのは明らかだった。それでも彼女はヒラリーと共通の友人たちの大きな輪に支えられながら、人生に立ち向かっていた。

二〇一九年七月、ベッツィーはこの世を去った。

本書をお読みのかたなら、この物語が憎しみの検証として、しかし最終的には愛の祝福として描かれた政治スリラーであることをご存じだろう。

ヒラリーとわたしは、わたしたちの共通のひとりの女性との深い関係を、この物語に強く反映させたいと感じていた。友情という揺るぎのない絆を。

そしてわたしたちはベッツィーを誇張して描きたいと思った。

実際のベッツィー・エベリングは、口は悪くなく、はるかにやさしい女性だったが、ベッツィー・

ジェイムソンと多くの資質を共有していた。輝くような知性。強い忠誠心。勇敢で、勇敢で、勇敢で、かぎりない愛の力を持っていた。

そう、だからわたしのすばらしいエージェントであるデイヴィッド・ゲルナートから、友人であるヒラリーと政治スリラーを書かないかと訊かれたとき、恐る恐るではあったが承諾したのだ。

ちょうどガマシュ警部シリーズの最新作を書き終えたばかりだったので時間はあると思っていた。とはいえ、似ている部分はあっても、わたしはこれまで犯罪小説しか書いたことがなかった。このようなスケールの大きい政治スリラーは自分の居心地のよい場所から大きく離れ、別の惑星にいるように感じた。

だが失敗を恐れてこのチャンスを逃すわけにはいかなかった。少なくとも挑戦しなければならなかった。わたしの仕事場には一枚のポスターがある。そこにはアイルランドの詩人、シェイマス・ヒーニーの最後のことばが書かれている。

〝ノリ・ティマラ〟

正直なところ、わたしは恐れていた。だが人生において、不安を少なくするよりも、勇気を多く持つことのほうが大切だ。

だからわたしは眼を閉じ、息を吸って「はい、やります」と答えた。ヒラリーも望むのなら。彼女のほうがはるかに大きいリスクを抱えることは明らかだった。

この作品のプロットがどのように考えられたかについては、その春に何度も交わした電話のなかから出てきたということ以外は詳しく述べないことにする。そのときヒラリーは国務長官時代、午前三時に眼を覚ましてしまったことを話してくれた。そのとき彼女の頭のなかには三つの悪夢のシナリオがあったという。わたしたちはそのうちのひとつを選んだ。

わたしたちがこの本をいっしょに書くというアイデアは、実際にはわたしの友人であり、同世代の――あるいはあらゆる世代の――編集者のなかでも最も偉大なひとりであるスティーブ・ルービンの発案だった。ありがとう、スティーブ。

彼がデイヴィッド・ゲルナートに働きかけ、ゲルナートがわたしに話してくれた。ありがとう、デイヴィッド。この本を迷宮から救い出し、いつも賢明で、前向きで、温かく見守ってくれたことに感謝したい。

ケベックで言うところの〝危険な賭け（ル・ボウ・リスク）〟に挑んでくれたミノタウロ・ブックス、セント・マーティンズ・プレス、マクミランの各出版社に感謝したい。ドン・ワイズバーグ、ジョン・サージェント、アンディ・マーティン、サリー・リチャードソン、トレイシー・ゲスト、サラ・メルニク、ポール・

ホックマン、ケリー・ラグランド、そして本書の編集を担当してくれたＳＭＰの偉大な編集者ジェニファー・エンダーリンに感謝したい。

ヒラリーの出版者であるサイモン＆シュスターのチームには、そのアイデアと協力に多大な感謝を贈りたい。

ボブ・バーネットにも感謝を。

わたしのアシスタント——そしてすばらしい友人——であるリーセ・デロシアーズにもありがとうと伝えたい。あなたのサポートなしには何ひとつ実現しなかった。

トム・エベリング。この本に小説版のベッツィーを描かせてくれたことに。

二〇二〇年の冬から翌年の春にかけていっしょに避難してくれた弟のダグへ。彼はわたしの怒りとばかげた考えをすべて聞いてくれた。

ロブとアウディ、メアリー、カークとウォルター、ロッキーとスティーブへ。

ビルへ。あなたの意見とサポートに感謝します。ビル・クリントンが初期の原稿を読んで、「大統領はこんなことはしそうもない……」と言ったときは、反論するのが大変だった。

このコラボレーションは一年以上のあいだ秘密にしていなければならなかったのだが、気づくと多くの友人たちがそばにいて協力してくれた。そのなかにはヒラリーと共通の友人も含まれ、みなベッツィーのおかげで今もわたしと人生をともにしている。

ハーディーとドン、アリダとジュディ、ボニーとケン、スキー、パッツィー、オスカー、ブレンダン。

そしてヒラリー。あなたのおかげで悪夢になりかねなかったものが喜びになった。あなたはこの本をとても洗練したものにしてくれた。とても愉しい経験だった。余白にあなたの書き込みのある五百ページ——文字どおり——ものスキャンされた原稿を受け取るとき以外は。

わたしの魔法のジェリービーンズにも感謝したい。

この本を書きながら、文字どおりプロットを見失ってしまい、FaceTimeで見つめ合い長い沈黙のあとに笑いだしたことにも。

そしてもちろん、わたしの愛する夫マイケルにも感謝したい。彼が生きていたら、どれほど喜び、誇りに思ってくれたことだろう。彼はクリントン国務長官をとても尊敬していた。ヒラリーとして彼女を知ることは彼にとって大きな喜びだっただろう。そして彼女がどれほどすてきな女性であるかを知ることは。

マイケルはスリラー小説が好きだった。実際に、認知症で読解力が落ちる前に、あと一冊は本を読めるとわかったとき、わたしが選んだのは政治スリラーだった。毎日、わたしは彼がこの本を手にして、にこやかに微笑んでいる姿を想像している。

わたしが見るもの、感じるもの、においを嗅ぐもの、耳にするもののなかで、わたしがマイケル・ホワイトヘッドに恋していたときに存在しなかったものはない。

そして今みなさんはもうひとりのキャラクターの由来を知ったことだろう。

本書は恐怖について描いた作品である。だがその本質には、その中心には、勇気と愛がある。

ヒラリー：

パンデミックのあいだ、わたしはチャパクアの自宅に家族とこもっていた。そのとき、弁護士であり友人でもあるボブ・バーネットから電話があり、スティーブ・ルービンがルイーズとわたしで本を書かないかと提案してきたことを知らされた。

わたしは懐疑的だったものの、ボブがふたりのクライアント――わたしの夫とジェイムズ・パターソン――と仕事をした経験をもとに、順序だてて説明してくれるのを聞いた。彼らふたりはスリラーを二作、共作で書いていたのだ。

ルイーズを作家として尊敬し、友人として愛していたが、可能性は難しいだろうと思っていた。わたしはノンフィクションしか書いてこなかったからだ。それでもわたしの人生は小説みたいなものだから、やってみる価値はあるかもしれないと思った。

ルイーズとわたしは話し合いを始め、長く詳細なあらすじを作り上げた。出版社もそれを気に入ってくれたので、わたしたちは遠距離での共同作業に取り組むことにした。キャラクターを創造し、プロットを練り直し、原稿を交換する作業はほんとうに愉しかった。二〇二〇年に執筆しているあいだ、その前の年に亡くしたふたりの親友と弟のトニーのことをいろいろと考えていた。

ベッツィー・ジョンソン・エベリングは、六年生のとき、イリノイ州パークリッジのフィールド・スクールに参加し、キング先生のクラスで出会ったときからの親友だった。わたしたちは六十年間、人生の浮き沈みをともに乗り越えてきた。今でも毎日彼女のいない日々を寂しく思っている。

エレン・タウシャーはカリフォルニア出身の元下院議員で、わたしが二〇〇九年から二〇一三年まで国務長官を務めた際に、軍備管理・国際安全保障担当の国務次官を務めてくれた。そして二十五年来のわたしの大切な友人だった。二〇一六年の大統領選挙のあと、彼女は『何が起きたのか？』（二〇一七年のヒラリー・クリントンの著作）を考えるために、わたしのところによく泊りにきてくれていた。

エレンは二〇一九年四月二十九日にこの世を去った。

そしてわたしの弟、トニーは一年間の闘病の末、六月七日に息を引き取った。幼い頃の彼や、彼が残した三人の子供たちのことを思うたびに、胸が張り裂けそうになる。

さらに七月二十八日、ベッツィーが乳癌との長い闘いに敗れた。

ひとつひとつの死も痛ましいが、これらの不幸がこんな形で重なったことにわたしの心は粉々になってしまい、今もまだ完全には受け止めきれないでいる。

ベッツィーの夫トムとエレンの娘のキャサリンは、それぞれの妻と母をモデルにした架空のキャラクターを作りたいというわたしたちの希望を支持してくれた。

わたしたちが作り上げたキャラクターとの違いについては彼らにはなんの責任もない。

ルイーズとわたしが国務長官を主人公にした物語を作ろうと決めたとき、わたしはエレンにインスピレーションを得て、彼女の実際の娘であるキャサリンとともにふたりの名前を小説で使うことを提案した。

そしてもちろん、ベッツィーは国務長官のそばにいる顧問の女性のモデルである。

ルイーズが彼女の謝辞で挙げた人々にわたしも感謝の意を表したい。さらにオスカーとブレンダンが最後にコンピューターの不具合からわたしたちの原稿を救ってくれたことを含め、数えきれないほどの方法で助けてくれたことを付け加えたい。

また事実確認を手伝ってくれたヘザー・サミュエルソンとニック・メリルにも感謝したい。

この本は、わたしがサイモン&シュスターで手掛けた八冊目の本であり、不屈のキャロリン・レイディ不在で作った最初の本である。彼女がいないことは寂しいが、決して忘れることはない。ありがたいことに彼女の遺志はジョナサン・カープのリーダーシップのもとに引き継がれ、わたしを励まし続けている。

カープと彼のチーム全員——ダナ・キャネディ、スティーブ・ルービン、メアリースー・ルッチ、ジュリア・プロッサー、マリー・フローリオ、スティーブン・ベドフォード、エリザベス・ブリーデン、エミリー・グラフ、アイリーン・ケラディ、ジャネット・キャメロン、フェリス・ジャヴィット、キャロリン・レヴィン、ジェフ・ウィルソン、ジャッキー・ソウ、そしてキンバリー・ゴールドスタイン——に感謝したい。

そしてスリラーの偉大な読者であり作家でもあるビルにも感謝を。彼はいつものように変わらぬサポートと有益な示唆を与えてくれた。

最後に、この作品はフィクションだが、そこで語られるストーリーはすべて今の時代を反映している。

そのプロットがフィクションであり続けるかどうかはわたしたちにかかっている。

訳者あとがき

ヒラリー・ロダム・クリントンとルイーズ・ペニーによる国際政治スリラー『ステイト・オブ・テラー』をお届けする。

夫の死後、メディア帝国の経営トップを引き継いできたエレン・アダムスは、意外な形で米国国務長官に抜擢される。民主党大統領予備選で自らが支持した候補の対立候補だった次期大統領ダグラス・ウィリアムズによって指名されたのだ。政権内部のだれを信じてよいのかわからない四面楚歌の状況で奮闘するエレン。そんななかロンドン、パリ、フランクフルトで連続爆破テロが発生する。エレンは、親友で国務長官顧問のベッツィー、息子の通信社記者ギル、母に代わってメディア帝国を引き継いだ娘のキャサリン、そして部下の外交官アナヒータらとともにテロの真相を探る。やがてテロの背後に過去からエレンと確執のあったパキスタンの武器商人バシル・シャーによる核兵器開発をめぐっての暗躍があることがわかる。シャーを支援するパキスタン、それを阻止しようとするイラン。シャーの背後に見え隠れするロシアンマフィアとロシア大統領。さらにこれらに前大統領のエリック・ダンの動きが複雑に絡み合う。だが、シャーはすでに核兵器の開発を終え、アメリカのいくつかの都市に核爆弾を仕掛けていた。さらに現政権内部のスパイ、高位情報提供者の存在が明らかになるなか、エレンはベッツィーらの協力の下、ＨＬＩをあぶり出し、シャーの陰謀を阻止しようとする。

ヒラリーとルイーズがどういった役割分担で本書を執筆したのかは明らかにされていないが、国際政治スリラーとしてのプロットをヒラリーが担当し、謎解きを中心としたミステリー部分をルイーズが担当したのではないかと推測することはできる。読者は当然のように主人公のエレンにヒラリー自身を重ね合わせることだろう。またそのほかにも登場人物の何人かは実在の人物をモデルにしているようだ。ヒラリーにとって本書は単なるフィクションではないのかもしれない。この物語は文字どおり、彼女が夢に見てきた〝悪夢〟をストーリーにしたものなのだ。彼女は、核テロリズム、そしてアフガニスタンとパキスタンの国境地帯について、これらが国際政治における重要な懸念であると言い続けてきた。彼女にはこれまで多くのノンフィクションの著作がある。それらの著作を読んだ上で、現実世界の多くの問題と照らし合わせながら本書を読むのもまた一興であろう。ヒラリーが本書の謝辞の最後に述べたことば、「そのプロットがフィクションであり続けるかどうかはわたしたちにかかっている」が彼女のこの物語にかける思いのすべてではないだろうか。とはいえ、あまり堅苦しく考えずに物語を愉(たの)しんでほしい。一級品のページターナーであることは保証する。

もうひとりの共著者ルイーズ・ペニーについても紹介しておこう。ルイーズはこれまで一貫してカナダ、ケベック州のスリー・パインズ村を舞台にしたガマシュ警部シリーズを書き続けてきた。同シリーズは、非常に人気が高いだけでなく、アガサ賞を始めとするミステリー文学賞を何度も受賞するなど国際的に高い評価を得ている。全十七作すべてがなんらかの賞にノミネートされ、そのうち実に十二作がアガサ賞、アンソニー賞、マカヴィティ賞、バリー賞など権威ある賞を受賞している。ヒラリーが共著者に選んだ作家は人気、実力ともに兼ね備えた世界的ミステリー作家なのである。

そんなルイーズだが、日本での知名度は残念ながらそこまで高くない。ガマシュ警部シリーズは日本では『スリー・パインズ村の不思議な事件』『スリー・パインズ村と運命の女神』『スリー・パインズ村の無慈悲な春』『スリー・パインズ村と警部の苦い夏』（いずれも武田ランダムハウスジャパン）の四作が邦訳出版されている。邦題からはコージーミステリーのような印象を受けるかもしれないが、どうしてどうして、なかなか毒を含み、思索に富んだ作品である。個人的な印象としては、レジナルド・ヒルのダルジール警視シリーズに雰囲気が似ているのではないかと思う。シリーズに共通した登場人物であるスリー・パインズ村の住人たちはみな善人でありながら、心の底に小さな悪意のようなものを抱えている。彼女の作品はケベック州ののんびりとした田舎の村を舞台に描いた本格ミステリーであると同時に、人間の心の奥底を描いた人間ドラマなのである。

そんなルイーズの作風は本書にも随所に生かされている。ルイーズが得意としてきたのは、小さな村で発生した殺人事件の謎解きを中心としたミステリーである。本書のようないわゆるスリラー、特に世界を舞台にした国際政治スリラーは決して得意としてきた分野ではない。だが彼女は国際政治スリラーというやや大味になりがちなテーマのなかにも、人々の奥底に潜む心理を巧みに描いてみせている。本書は、ヒラリーの国際政治の経験と見識に基づくスケールの大きなプロットに、ルイーズの描く人間ドラマと本格ミステリーの味付けが加わることで、スリラーとミステリーが見事に融合したすばらしいエンタメ作品となっている。

ガマシュ警部シリーズは、残念ながら前述の四作以降は邦訳が途絶えている。過去の作品を読んでいる読者にとっては、本書でガマシュ警部が重要な役割で登場するのもうれしいサプライズだろう。ルイーズは非常に実力のある作家であり、賞を受賞した作品も多くがまだ未訳である。本書の出版を機に彼女が再評価され、日本でのガマシュ警部シリーズの紹介が再開してくれることを願っている。

さてヒラリーとルイーズによる次回作の可能性はあるのだろうか？　二〇二四年の米国大統領選挙に向けて再出馬も噂（うわさ）されるなど、ヒラリーの周囲がやや騒がしくなっている。次作の可能性は今のところ定かではないが、是非ふたりのコンビによる作品をまた読んでみたい。期待して待っていようと思う。

二〇二二年十月
吉野　弘人

翻訳　吉野弘人（よしの・ひろと）

一九五九年宮城県生まれ。山形大学人文学部卒。銀行員、監査法人勤務を経て翻訳家に。ロバート・ベイリー『ザ・プロフェッサー』の翻訳でデビュー。小学館文庫の同シリーズ『黒と白のはざま』『ラスト・トライアル』『最後の審判』はいずれも話題作となる。ほかには『評決の代償』『フォーリング－墜落－』『喪失の冬を刻む』（いずれも早川書房）の訳書がある。

編集　菅原朝也

ステイト・オブ・テラー

二〇二二年十一月二日　初版第一刷発行

著者　ヒラリー・R・クリントン／ルイーズ・ペニー
訳者　吉野弘人
発行者　石川和男
発行所　株式会社小学館
〒一〇一－八〇〇一　東京都千代田区一ツ橋二－三－一
編集　〇三－三二三〇－五一三四　販売　〇三－五二八一－三五五五
DTP　株式会社昭和ブライト
印刷所　萩原印刷株式会社
製本所　株式会社若林製本工場

造本には十分注意しておりますが、印刷、製本など製造上の不備がございましたら「制作局コールセンター」（フリーダイヤル〇一二〇－三三六－三四〇）にご連絡ください。
（電話受付は、土・日・祝休日を除く九時三十分～十七時三十分）

ISBN 978-4-09-386658-3